Philipp Vandenberg

Purpurschatten

BASTEI LÜBBE

BASTEI LÜBBE TASCHENBUCH
Band 14 771

Erste Auflage: September 2002

Vollständige Taschenbuchausgabe der im Gustav Lübbe Verlag erschienenen Hardcoverausgabe

Bastei Lübbe und Gustav Lübbe Verlag sind Imprints der Verlagsgruppe Lübbe

Umschlaggestaltung: Gisela Kullowatz
Titelbild: Collection/Corbis
Satz: hanseatenSatz-bremen, Bremen
Druck und Verarbeitung: Ebner & Spiegel, Ulm
Printed in Germany
ISBN 3-404-14771-5

Sie finden uns im Internet unter
http://www.luebbe.de

Der Preis dieses Bandes versteht sich einschließlich der gesetzlichen Mehrwertsteuer.

Kapitel 1

Brodka liebte Farben, schließlich lebte er davon. Doch auf unerklärliche Weise empfand er eine tiefe Abneigung gegen Purpur in all seinen Schattierungen, ja, er haßte diese Farbe sogar, wie man ein Empfinden nur hassen kann. Wann immer möglich, mied er sie. Ließen sich das verdammte Purpur, Lila oder Violett nicht vermeiden, setzte er all seine Kunst ein, um diese scheußlichen, dekadenten Farben zu verfremden oder zu verfälschen.

Alexander Brodka, ein gutaussehender Vierziger mit kurzgeschnittenem dunklem Haar, war Bildreporter und Fotograf für Hochglanzmagazine und seit zwanzig Jahren in der ganzen Welt zu Hause. In all den Jahren hatte er es vortrefflich verstanden, seine Abneigung gegen Purpur zu verbergen, weil er fürchtete, kluge Leute könnten irgendwelche Schlüsse daraus ziehen. Er selbst wußte keine Erklärung für seinen Ekel dieser Farbe gegenüber, wenngleich er sich mehr als einmal Gedanken darüber gemacht hatte. Brodka hatte sich zu der Ansicht durchgerungen, daß Farben nun einmal eine unterschiedliche Wirkung auf Menschen ausübten, und daß es den meisten nicht einmal bewußt war.

Diese Gedanken gingen ihm auch jetzt wieder durch den Kopf, als er die Strandszene durch den Sucher seiner Kamera betrachtete: Irina, mit gespreizten Beinen nackt auf einem Motorroller, im weißen Sand von Marco Island, dahinter Palmen und die endlose Skyline der Strandhotels.

»Mußte der Scooter unbedingt lila sein?« murrte Brodka, während er in den Lichtschacht seiner Hasselblad blinzelte.

Florentina, die rothaarige Stylistin und Requisiteurin, kurz Flo genannt – alles andere als eine Schönheit und bei Fotoshootings Mädchen für alles –, erwiderte giftig: »Du wolltest doch eine dunkle Farbe als Kontrast zum hellen Sand. Aber bitte, wenn lila dir nicht gefällt, besorge ich einen Roller in grün oder rot oder ...«

»Um Himmels willen«, unterbrach Brodka, »das kostet nur Zeit. Dann steht die Sonne zu hoch, und die Hitze wird unerträglich. Benni, mehr Licht von unten, und näher ran!«

Kameraassistent Benni, ein hagerer, hoch aufgeschossener junger Bursche von zwanzig Jahren mit langem, strähnigem Haar, kniete mit einem runden, silberfarbigen Plastiksegel im Sand und spiegelte das von hinten einfallende Sonnenlicht auf den nackten Körper des Mädchens auf dem Motorroller.

Irina übte sich in bewundernswerter Geduld und warf auf Kommando ein ums andere Mal den Kopf in den Nacken. Sie stammte aus St. Petersburg und war Lehrerin, hatte aber keine Anstellung gefunden und verdiente seither ihren Lebensunterhalt als Fotomodell. Eine Bildserie im Magazin »Flot« hatte Irina im Westen bekannt gemacht.

Obwohl das Motiv geeignet war, die sexuelle Lust des Betrachters zu erregen – und zu nichts anderem war es gedacht –, war die Arbeit alles andere als lustvoll.

Flo fingerte unentwegt Eiswürfel aus einer Plastikbox und rieb damit über Irinas Brustwarzen, die sich daraufhin für eine, zwei Minuten aufstellten und das Aussehen zweier rosafarbener, feuchter Süßwasserperlen annahmen. Bei einem neuerlichen Blick durch den Sucher störte Brodka eine Bauchfalte Irinas, die auf ihre sitzende Haltung zurückzuführen war. Flo beseitigte den Makel, indem sie, für die Kamera unsichtbar, einen zwei Finger breiten Streifen Klebeband von Irinas rechter Taille bis zu den hinteren Rippen spannte, die Haut nach hinten zog und den Klebestreifen fest anpreßte. In dieser Haltung wurde es jedoch unmöglich für Irina, den Kopf in den Nacken zu werfen. Der Klebestreifen schmerzte, und das Mädchen verzog das Gesicht.

»Ich brauche mehr Bewegung in Irinas Haar«, rief Brodka schließlich und drückte Benni die Kamera in die Hand.

Flo verstand, was Brodka meinte, und dachte nach. »Der Scooter-Vermieter verleiht auch Airboats, diese flachen Boote mit dem riesigen Propeller am Heck. Die machen ganz schön Wind. Ich könnte eines hierher bringen lassen.«

»Gute Idee«, erwiderte Brodka, und kopfschüttelnd fügte er hinzu: »Flo, du bist wirklich unbezahlbar!«

»Dann könnte ich auch den lila Scooter umtauschen.«

Brodka nickte.

»Und welche Farbe hätten Sie gern, Maestro?«

»Egal. Hauptsache kein lila.«

Flo half Irina vom Roller und befreite sie von dem Klebestreifen, was der jungen Russin beinahe noch mehr Schmerzen bereitete als der Streifen selbst; dann warf sie ihr ein weißes T-Shirt zum Überziehen zu.

»Es ist deine Zeit, Brodka!« rief Florentina schnippisch, während sie den Roller startete. Knatternd und schlingernd fuhr sie durch den Sand zu dem schmalen Weg aus Holzplanken, der vom Strand zum South Collier Boulevard führte.

»Jetzt steht die Sonne ohnehin schon zu hoch«, bemerkte Brodka, an seinen Assistenten gewandt. »Außerdem sind mir hier zu viele Gaffer. Wir versuchen es am Nachmittag noch einmal. Dann will ich eine Absperrung. Kümmerst du dich drum?«

»Geht klar, Brodka.«

Die Gaffer zerstreuten sich, als sie sahen, daß die Arbeit beendet war. Brodka, der alte, ausgefranste Jeans und ein weißes T-Shirt trug, ließ sich unter dem Sonnenschirm in den Sand fallen. Er war rücksichtslos gegen sich und andere, wenn es darum ging, gute Fotos zu schießen. Brodka war nicht unbedingt ein cooler Typ. Er neigte zu spontanen gefühlsmäßigen Reaktionen – bis hin zu gelegentlichen Wutausbrüchen –, doch zu den Leuten, die mit ihm arbeiteten, war er immer fair, solange sie sich um ein optimales Ergebnis bemühten. Gute Arbeit zu liefern war sein oberstes Ziel.

Brodka hatte sich daran gewöhnt, mit Superlativen zu leben. In Biarritz hatte er die schönsten Frauen der Welt vor seiner Kamera; in Monterey, Kalifornien, bannte er beim jährlichen Concours d'Elegance die exklusivsten und teuersten Automobile auf Film; für »Magnum« hatte er die höchsten Gebäude der Welt in den fünf Erdteilen abgelichtet, und »Vogue« brachte zwanzig Seiten Farbfotos, auf denen Brodka das süße Leben der Superreichen an der Côte d'Azur zeigte.

Das alles verlieh Alexander Brodka eine gewisse Weltgewandtheit, vor allem aber die Möglichkeit, Aufträge abzulehnen, die ihm nicht gefielen. Bevor er zugesagt hatte, Irina zu fotografieren, hatte er sich das Mädchen erst angesehen, denn – so pflegte er sich auszudrücken – zwischen Fotograf und Modell müsse die Chemie stimmen, sonst sei alle Mühe vergebens. Die Chemie stimmte; aber darüber hinaus gab es zwischen ihm und dem schönen Mädchen aus St. Petersburg keine Annäherungen. In dieser Hinsicht hatte er seine Prinzipien.

Brodka wischte sich mit dem Arm den Schweiß von der Stirn und drückte seine Sonnenbrille fester auf die Nase. Auch Irina, deren Make-up bereits verlief, suchte nun Schutz unter dem Sonnenschirm. Benni fischte sich ein paar Eiswürfel aus der Box und preßte sie in den Nacken.

Auf Marco Island, vor der Westküste Floridas im Golf von Mexiko, herrschte Anfang November für gewöhnlich frühlingshaftes Klima. In diesem Jahr war im Sommer Regen gefallen; selbst die ältesten Einwohner konnten sich nicht erinnern, wann dies das letzte Mal geschehen war. Dafür hatte im Oktober eine ungewöhnliche Hitzeperiode eingesetzt, die bis jetzt anhielt, wenige Tage vor Thanksgiving Day.

Brodka reichte Irina wortlos ein feuchtes Handtuch.

Sie verstand seinen Wink und schlang sich das Tuch wie ein Beduine um den Kopf, bis nur noch ein Schlitz für die Augen frei blieb.

»Dein Gesicht quillt sonst auf wie ein Pfannkuchen. Geh auf dein Zimmer, schmink dich ab, und leg dich möglichst nahe an die Klimaanlage. Benni gibt dir Bescheid, sobald wir mit der neuen Einstellung fertig sind.«

Irina nickte wortlos und verschwand in Richtung des Marriott-Hotels.

Während der Assistent die Kameras, Objektive, Stative und Sonnenblenden in Aluminiumkoffern verstaute, kam Flo zurück.

Sie schwenkte einen Umschlag in der Luft und rief schon von weitem: »Brodka, ein Fax für dich!«

Brodka war es gewöhnt, Faxbriefe und Anrufe zu erhalten, wo immer er sich gerade aufhalten mochte. Er riß den Hotelumschlag auf und las.

Florentina ging davon aus, daß es sich um eine wichtige Mitteilung handelte, die mit diesem Auftrag zu tun hatte, und blickte Brodka fragend an.

Sie konnte die Bedeutung der Nachricht anfangs nicht in seinem Gesicht ablesen. Erst als Brodka den Kopf hob, wortlos in die Ferne blickte und die Augen zusammenkniff, als wollte er ein paar Tränen zerdrücken, ahnte Flo, daß etwas vorgefallen sein mußte.

Ohne ein Wort reichte er Flo die Nachricht. Die zog die Stirn in Falten, als sie den Absender las: Generalkonsulat der Bundesrepublik Deutschland, 100 North Biscayne Boulevard, Miami, Florida 33132.

Sehr geehrter Herr Brodka!
Zu unserem Bedauern müssen wir Ihnen mitteilen, daß Ihre Mutter, Frau Claire Brodka, am 21. November verstorben ist. Da bis zu diesem Zeitpunkt weder Ihr Aufenthaltsort noch nähere Angehörige zu ermitteln waren, fand die Beisetzung am 25. November statt.
Hochachtungsvoll,
Meller, Generalkonsul.

»Welches Datum haben wir heute?« fragte Brodka tonlos.

»Den Sechsundzwanzigsten«, antwortete Florentina.

Brodka nickte. Dann trat er unter dem Sonnenschirm hervor und ging zum Strand, wo die Brandung sich im Sand verlief. Brodka trug Jeans und Schuhe aus Segeltuch, aber das kümmerte ihn nicht. Er watete ins seichte Meer hinaus, bis das warme Wasser ihm an die Hüfte reichte. Mit verschränkten Armen blickte er zum Horizont.

Es war kein Schmerz, den Brodka verspürte, nicht einmal Trauer. In diesem Augenblick empfand er lediglich tiefe Ratlosigkeit; er wußte nicht, wie seine Gefühle dieser Situation begegnen würden. Zwischen Claire und Alexander Brodka hatte nie ein inniges Mutter-Sohn-Verhältnis geherrscht. Was die Ursachen betraf, waren sie stets unterschiedlicher Meinung gewesen – mit der Folge, daß sie sich aus dem Weg gingen und ernsthafte Gespräche vermieden.

Über den Vorwurf, nichts Anständiges gelernt zu haben – wie Claire Brodka sich ausdrückte –, hatte Brodka sich stets nur amüsiert. Die Benediktiner, in deren Internat er aufgewachsen war, hatten ihn dazu gedrängt, Priester zu werden. Aber mit der Religion hatte Brodka immer seine Probleme gehabt.

Doch der Tod, mit dem er sich nun so plötzlich und unerwartet konfrontiert sah, jagte Brodka Schauder über den Rücken und verunsicherte ihn zutiefst, weil ihm mit einem Mal die Unabänderlichkeit des Schicksals deutlich wurde. Obwohl die Sonne gnadenlos vom Himmel brannte, fröstelte er innerlich und ertappte sich dabei, wie er den Kopf schüttelte, als wollte er das Geschehene ungeschehen machen, als wollte er sagen: Es ist nicht wahr, du träumst ...

Während vor ihm weiße Seevögel ins Meer schossen und mit zappelnder Beute aus dem Wasser tauchten, dachte Brodka an seine ferne Kindheit zurück.

Er erinnerte sich noch gut an den Tag, als seine Mutter ihn mit neun Jahren auf ein Internat der Benediktiner schickte. Oder wie er mit vierzehn zum erstenmal fortlief, wütend über die strenge Erziehung, und wie er drei Tage in einer Scheune schlief, bis der Hunger ihn aus seinem Versteck trieb – direkt in die Arme einer Polizeistreife. Oder wie er sich gegen den Willen der Mutter eine Posaune kaufte, auf Teilzahlung und ohne Aussicht, die Raten bezahlen zu können (was sich als zutreffend erwies), weil er ein zweiter Glenn Miller werden wollte (was sich als Fehlschlag erwies).

In seinem Innern mischten sich Verunsicherung und Ratlosigkeit, als er hinter sich Florentinas Stimme hörte: »Tut mir leid für dich, Brodka, wirklich.«

Brodka wandte sich um und nickte. »Schon gut.« Dann watete er zurück in den Sand.

Flo blickte ihn von der Seite an. Nach einer Weile sagte sie: »Ich glaube, es ist besser, wenn wir abbrechen.«

Die Bemerkung riß Brodka aus seiner Lethargie. »Abbrechen? Bist du verrückt? In zwei Tagen ist die Produktion im Kasten. Wir machen weiter. Am Nachmittag, wie abgesprochen.«

»Wie du willst«, erwiderte Flo. Eigentlich hatte sie von Brodka nichts anderes erwartet.

Novembernebel tropfte von den Bäumen, als Brodka seinen Jaguar an der Backsteinmauer vor dem Waldfriedhof in München parkte. Fröstelnd schlug er den Kragen seines Mantels hoch und strebte dem Eingang zu, der von einem hohen Eisengitter verschlossen wurde.

Bisher hatte Brodka nicht in Erfahrung bringen können, weshalb seine Mutter gerade auf diesem Friedhof beerdigt worden war; es erwies sich ohnehin als schwierig, die näheren Umstände ihres Todes und der anschließenden Beisetzung zu klären. Zuerst einmal mußten Behördengänge erledigt, Rechnungen beglichen, Telefonate geführt und ein endloser Strom von Formularen ausgefüllt werden – der Tod war eine komplizierte Angelegenheit.

Am Tor kam Brodka eine schweigsame, dunkel gekleidete Trauergesellschaft entgegen, gefolgt von zwei beschirmten älteren Damen, die aus nicht erkennbarem Grund in heftigen Streit vertieft waren. Ein Schild mit der Aufschrift »Friedhofsverwaltung« und einem Pfeil zeigte nach links zu einem ebenerdigen Gebäude mit vergitterten Fenstern.

Ein grauhaariger, nachlässig gekleideter Mann, den der tägliche Umgang mit Tod und Trauer vorzeitig hatte altern lassen, erklärte Brodka mit ausgesuchter Höflichkeit, auf welcher Parzelle das Grab seiner Mutter zu finden sei, nicht ohne ihm freundlich nickend eine Karte zuzustecken, auf der sich ein Steinmetzunternehmen in der näheren Umgebung zur Anfertigung eines Marmorgrabsteins empfahl.

Brodka machte große Schritte auf dem sandigen Weg, um Pfützen und Morast auszuweichen. Am Brunnen, in dem Schiffchen braunen Laubes trieben, wandte er sich nach links. Nach wenigen Schritten gelangte er zu einem frischen Grab, das mit Blumengebinden und Kränzen überhäuft war. Brodka reckte den Kopf aus dem hochgestellten Kragen, um nach einem bescheideneren Grab in der Nähe Ausschau zu halten, als er das schlichte Holzkreuz inmitten der durchnäßten Blumen sah. Auf dem Querbalken stand der Name »Claire Brodka«.

Er hätte nie geglaubt, daß es so weit kommen würde; doch nun, da er den Namen seiner Mutter las, schossen ihm Tränen in die Augen. Von tiefer Trauer übermannt, weinte er so hemmungslos wie seit seinen Kindertagen nicht mehr. Die Blumen vor seinen Augen zerrannen wie die Farben eines wirren Gemäldes, und er ertappte sich dabei, daß er heftig, beinahe unwillig den Kopf schüttelte. Unfähig, einen klaren Gedanken zu fassen, starrte er mit gefalteten Händen auf das Grab, so tief in Trauer und Erinnerungen versunken, daß er nicht bemerkte, wie von der Seite eine Gestalt zu ihm trat und in der gleichen Haltung wie er neben ihm stehenblieb.

Selbst als der Mann zu reden begann, war Brodka so abwesend, daß er kein Wort mitbekam. Erst als der andere so nahe an ihn herantrat, daß dessen Oberarm ihn berührte, wandte Brodka dem Mann seinen Blick zu. Der trug den schwarzen Umhang eines Sargträgers und eine zylinderartige, runde Kappe auf dem Kopf.

Er räusperte sich und begann von neuem: »Ein merkwürdiger Tod, sehr merkwürdig, hm.«

Erst jetzt betrachtete Brodka den Mann neben sich genauer. Sein rundes, glattrasiertes, rötliches Gesicht wirkte beinahe jugendlich im Vergleich zu seiner ältlichen Fantasieuniform. Über seiner rechten Braue erkannte Brodka ein großes dunkles Muttermal. Die hellen Augen blickten listig, und der gedrungene Hals bildete ein feistes Doppelkinn.

Da Brodka noch immer nicht reagierte, erkundigte sich der Fremde: »Sind Sie ein Angehöriger, wenn ich fragen darf?« Sein Tonfall klang irgendwie hinterhältig.

Brodka nickte und schwieg.

Der Mann im schwarzen Umhang nickte ebenfalls, hüstelte hinter vorgehaltener Hand und sagte nach einer Pause: »Ich meine, es geht mich ja nichts an, aber ...«

»Dann verschwinden Sie, und lassen Sie mich in Ruhe!« unterbrach Brodka ihn barsch und machte eine Handbewegung, als wollte er ihn verscheuchen wie einen lästigen Köter.

Zögernd entfernte sich der Fremde, trottete mit gesenktem Kopf in Richtung des niedrigen Gebäudes. Unweit des Brunnens holte Brodka ihn ein. »Warten Sie!« rief er. »Einen Augenblick!«

Nun zeigte der schwarze Mann sich seinerseits unwillig. Er ging weiter, ohne Brodka auch nur einen Blick zu gönnen.

»Ich möchte mich entschuldigen«, sagte Brodka und wischte sich mit der flachen Hand über die Augen. »Ich war in Gedanken. Sie sagten etwas von einem ›merkwürdigen Tod‹. Was haben Sie damit gemeint?«

Der Fremde blieb abrupt stehen. Er legte den Kopf zur Seite und machte ein gequältes Gesicht. »Eigentlich geht es mich ja wirklich nichts an. Sie haben völlig recht, mein Herr, aber ...«

»Aber?« Brodka ließ den anderen nicht aus den Augen.

»Nun ja, es ist so. Wenn man einen Sarg in die Grube läßt ... verzeihen Sie bitte, daß ich mich so profan ausdrücke ... bekommt man mit den Jahren ein Gefühl dafür ...«

»Ein Gefühl wofür?«

»Nun ja ... man bekommt ein Gefühl dafür, ob der, den man ins Grab läßt ... wie soll ich sagen ... wohlbeleibt war oder hager, ein Schwergewicht oder ein Leichtgewicht. Aber in diesem Fall war es weder das eine noch das andere.« Er zog die Nase hoch.

»Was meinen Sie damit?«

»Wie ich schon sagte. Es war ... merkwürdig. Ich hatte gar kein Gefühl ...«

Viel hätte nicht gefehlt, und Brodka wäre dem anderen an die Gurgel gefahren; dann aber besann er sich eines Besseren und sagte nur abfällig: »Sie sind ja verrückt, Mann! Was faseln Sie denn da?«

Der Fremde blickte Brodka nachdenklich an. »Ich bin mir ziemlich sicher, mein Herr, daß der Sarg leer war.«

Brodka wich einen Schritt zurück. Er fühlte, wie ihm das Blut in den Kopf schoß, holte tief Luft und rief: »Wie können Sie so einen Unsinn behaupten? Wie kommen Sie darauf?«

Der Fremde hob die Schultern. »Entschuldigen Sie, mein Herr. Ich hätte es für mich behalten sollen.« Dabei machte er eine ungelenke Bewegung, als wollte er sich vor Brodka verneigen; dann verschwand er in Richtung des flachen Gebäudes.

Auf dem Weg zu seinem Wagen machte Brodka sich weniger Gedanken über die Aussage des Fremden, den er für einen Spinner hielt, als über das Blumenmeer auf dem Grab seiner Mutter. Wer in aller Welt hatte zur Beerdigung gut und gerne eine Lastwagenladung Blumengestecke und Gebinde geschickt? Solange Brodka zurückdenken konnte, hatte seine Mutter allein gelebt. Gewiß, er hatte sie in den letzten Jahren kaum noch zu Gesicht bekommen, aber der Gedanke, daß sie eine Schar von Verehrern gehabt haben könnte, war so absurd, daß Brodka ein Lächeln nicht unterdrücken konnte.

Die nächsten Tage waren mit Behördengängen und dem Begleichen von Rechnungen ausgefüllt. Brodka blieb es nicht erspart, die Wohnung seiner Mutter in der Prinzregentenstraße aufzulösen – eine Aufgabe, die ihm tiefes Unbehagen bereitete. Er fühlte sich irgendwie als Eindringling, als er hinauf in den ersten Stock stieg, nachdem der Hausmeister ihm mit mißtrauischem Blick die Schlüssel ausgehändigt hatte.

Brodka haßte alte Treppenhäuser wie dieses: Jugendstil, blaue Fliesen, roter Kokosläufer. Alles wirkte irgendwie beklemmend.

Das Verhältnis zwischen ihm und seiner Mutter war in den letzten zehn Jahren eher gespannt als harmonisch gewesen, und in dieser Zeit hatte er die Wohnung nur ein einziges Mal betreten. Jedenfalls hatte das Gespräch, das damals stattfand, Brodka dazu bewogen, seine Mutter nie mehr zu besuchen.

Er hielt einen Augenblick inne – wie jeder, dem ein schwerer Gang bevorsteht –, dann öffnete er die Wohnungstür.

Auf dem Fußboden des Flurraumes lag Post, die man durch den Briefkastenschlitz in der Tür eingeworfen hatte. Brodka suchte den Lichtschalter. Eine runde Deckenleuchte aus gefrostetem bläulichem Glas, gewiß sehr alt und kostbar, doch für seinen Geschmack ebenso scheußlich, verbreitete fahles Licht. Es roch nach Mottenkugeln und altem Vorhangstoff, ein Geruch, den Brodka nicht ausstehen konnte. Am liebsten wäre er wieder umgekehrt.

Als er die Post vom Boden aufhob, fiel sein Blick auf die gegenüberliegende Tür. Sie war nur angelehnt, und ihm war, als könne er unter dem Türspalt den warmen Schein einer Lampe erkennen.

»Ist da jemand?« rief er und lauschte.

Nichts.

Brodka stieß vorsichtig die Tür auf, wobei er angespannt und ein bißchen ängstlich nach der Lichtquelle suchte.

Auf einem runden, niedrigen Tisch neben einem bequemen Sofa an der rechten Wand des Zimmers brannte eine kleine Lampe.

»Ist da jemand?« rief Brodka noch einmal. Ohne eine Antwort abzuwarten, trat er an die Fenster und zog die Rolläden hoch.

Neben der Couch führte eine Tür ins Schlafzimmer. Brodka öffnete sie vorsichtig und machte Licht. Er hatte nicht erwartet, ein aufgeräumtes Zimmer vorzufinden, doch der Anblick, der sich ihm bot, jagte ihm einen Schauder über den Rücken. Das Bett war zerwühlt. Über den Boden verstreut lagen Kleidungsstücke und Medikamentenschachteln.

Brodka stürzte zum Fenster, riß beide Flügel weit auf und holte tief Luft. Von der Straße drang Verkehrslärm herauf, und die Dämmerung senkte sich über die Stadt. Angewidert verließ Brodka den Raum.

In der Tür zum Wohnzimmer blieb er stehen. Als er den Blick über die Einrichtung schweifen ließ, wurde ihm klar, wie weit er sich von seiner Mutter entfernt hatte.

Der quadratische Raum war vollgestopft mit antikem Mobiliar, jedes Stück eine Kostbarkeit für sich, doch angesichts dieser Anhäufung wirkte das Zimmer eher wie eine Abstellkammer. Die linke, der Fensterfront zugewandte Ecke wurde von einem hohen Regal eingenommen, das bis unter die Decke reichte. Davor stand über Eck ein Biedermeier-Sekretär aus Kirschholz, mit schwarzen Halbsäulen verziert. Zwischen den Fenstern sah Brodka eine Vitrine mit alten Gläsern; da sie breiter war als das Wandstück zwischen den Fensteröffnungen, ragten die Ecken der Vitrine darüber hinaus.

An der Wand gegenüber der Tür hing ein riesiges italienisches Barockgemälde: die nackte Göttin Diana auf einem von Schwänen gezogenen Wagen. Darunter ein Biedermeier-Sofa mit rosa und blaugrünen Streifen, das einzige Möbelstück, das Brodkas Gefallen fand. Links davon ein kleiner Tisch mit der brennenden Lampe, rechts eine zierliche Truhe, darauf eine Vase mit vertrockneten Rosen, davor ein großer runder Tisch und zwei Ohrensessel.

Zwischen der Tür, die zum Flur führte und einer weiteren,

hinter der sich ein Abstellraum befand, stand eine barocke Kommode mit vergoldeten Beschlägen, darauf allerlei Krimskrams, Väschen und Döschen, eine uralte Bibel und zwei Fotografien in silbernen Rahmen, die Brodkas Interesse erregten.

Er trat heran und erschrak für einen Moment, als ihm aus einem venezianischen Spiegel mit bemaltem Rahmen, der über der Kommode hing, sein eigenes Gesicht entgegenblickte. Dann betrachtete er das eine Foto, das einen kleinen Jungen auf dem Arm seiner Mutter zeigte. Wenngleich Brodka das Bild nie gesehen hatte, wußte er sofort, das Baby auf dem Foto war er selbst.

Das zweite Foto kannte er bereits. Es zeigte eine vornehme ältere Frau in einem auffälligen Kostüm und einem schwarzen Hut mit breiter, geschwungener Krempe – seine Mutter, wie er sie in Erinnerung behalten hatte.

Wahllos und gleichgültig machte Brodka sich daran, Schubladen und Türen zu öffnen, als suchte er nach der Vergangenheit seiner Mutter, einer Vergangenheit, die ihm völlig fremd war. Gewiß, jeder Mensch hat seine geheime Existenz, eine Wand, hinter der er sich versteckt; aber das Leben seiner Mutter war ihm stets so rätselhaft und unergründlich geblieben wie die Funktion eines Computers.

Er hatte sich immer gefragt, woher seine Mutter das Geld gehabt hatte, ihn als Jungen auf ein teures Internat zu schicken. Später, als seine Begabung sich zeigte, hatte er die Fachhochschule für Fotografie besucht. Als er seine Mutter einmal fragte, ob die Kosten für seine Ausbildung nicht ihre Verhältnisse überstiegen, hatte sie ihm erwidert, er solle sich deswegen keine grauen Haare wachsen lassen – so hatte sie sich ausgedrückt.

Brodkas Mutter war eine Frau ohne Vergangenheit, sogar noch im Alter, wo die Vergangenheit für gewöhnlich immer größere Bedeutung erlangt.

So weit Brodka zurückdenken konnte, war seine Mutter nie

einer regelmäßigen Arbeit nachgegangen. Die einzige Regelmäßigkeit in ihrem Leben waren die Kuren, die sie im Frühjahr und Herbst eines jeden Jahres antrat und mit großem Ernst absolvierte.

Als Brodka den Sekretär öffnete, dessen Vorderfront sich zu einer Schreibplatte herunterklappen ließ, fielen ihm Bündel von Papieren entgegen, Bankauszüge, Aktien, Quittungen und Belege. Brodka hatte nie daran gezweifelt, daß seine Mutter wohlhabend gewesen war; nun aber, da er die Konten und Belege in Augenschein nahm, wurde ihm klar, daß sie reich gewesen sein mußte, ziemlich reich sogar.

In einer kleinen Schublade machte Brodka schließlich eine Entdeckung, die ihn mit Erschrecken und Verwunderung erfüllte: eine Walther PPK, Kaliber 7,65, und zwanzig Schuß Munition.

Während er die Waffe vorsichtig aus der Lade nahm und ebenso vorsichtig von einer Hand in die andere wechselte, brach Brodka plötzlich in lautes Gelächter aus, ja, er schüttelte sich geradezu vor Lachen, hustete laut heraus und schritt zwischen dem Sekretär und der Tür hin und her, um sich abzureagieren. Seine Mutter mit einer Pistole in der Hand!

Die Türglocke schellte.

Abrupt hielt Brodka inne, als erwachte er aus einem Traum.

Er öffnete.

Im Treppenhaus stand eine gut gekleidete ältere Dame, das dünne Blondhaar hochfrisiert.

»Sie sind gewiß der Sohn«, meinte sie ein wenig dünkelhaft und zog dabei ihre schwarz nachgezogenen Brauen hoch.

»Und wer sind Sie?«

»Mein Name ist von Veldhoven. Ich bin ... ich war die Nachbarin Ihrer Frau Mutter.« Dabei wies sie mit der flachen Hand auf die Eingangstür gegenüber.

Brodka wollte der Fremden die Hand reichen, doch in seiner

Rechten hielt er noch immer die Pistole. Er wechselte die Waffe in die Linke und verbarg sie hinter dem Rücken. Dann bat er die Frau in die Wohnung.

»Ich wußte, daß Claire eine Waffe hatte«, bemerkte Frau von Veldhoven und fuhr fort: »Obwohl ich sonst nicht allzu viel von ihr wußte. Ich glaube, es gab niemanden, der sie wirklich gut kannte.«

»Sie waren befreundet?«

»Befreundet? Wo denken Sie hin! Claire lebte hinter einem Schutzschild aus geheimnisvoller Zurückhaltung. Wir nannten uns beim Vornamen, aber es blieb stets beim distanzierten ›Sie‹. Ich wußte nur sehr wenig über Claire, außer daß sie einen Sohn hatte.« Dabei wies sie auf die Fotografie auf der Kommode.

»Ich glaube, sie lebte in ständiger Angst«, sagte die Nachbarin nachdenklich und blickte suchend um sich. »Es fällt schwer, sich mit dem Gedanken vertraut zu machen, daß sie tot ist.« Plötzlich schaute sie Brodka ins Gesicht. »Ich weiß, Ihr Verhältnis zu Ihrer Mutter war nicht gerade das beste.«

Brodka hob die Schultern. »Ehrlich gesagt, meine Trauer hält sich in Grenzen. Ich kannte meine Mutter kaum, jeder lebte sein eigenes Leben. Sie verstand es auf unerklärliche Weise, mich auf Distanz zu halten. Ich habe den Eindruck, erst jetzt lerne ich sie besser kennen, je mehr Schubladen und Türen ich öffne.«

Frau von Veldhoven nickte. Dann fragte sie unvermittelt: »Sie wissen, wie Ihre Mutter starb?«

»In den Papieren steht Herzversagen.«

»Claire bat mich zum Tee, was selten genug vorkam. Wir saßen uns hier gegenüber. Plötzlich rang sie nach Luft und sank lautlos in ihrem Lehnstuhl zusammen. Es dauerte nur zehn Minuten, bis der Arzt eintraf... aber er kam zu spät. Ich war die einzige an ihrem Grab.«

»Dann waren Sie es, die mich in Amerika aufgespürt hat?«

»Nein«, erwiderte Frau von Veldhoven, »das war Sache der Behörden.«

»Und die vielen Blumen am Grab?«

»Ich dachte, die wären von Ihnen.«

»Keineswegs. Als ich vom Tod meiner Mutter erfuhr, war sie schon unter der Erde.«

Brodkas Worte schienen die Besucherin zu verunsichern. Sie zog die Stirn in Falten.

»Hinzu kommt«, bemerkte sie und machte eine lange Pause, »Ihre Mutter hatte nie Besuch, aber am Tag nach ihrem Tod erschienen zwei gut gekleidete vornehme Herren und baten um Zutritt zur Wohnung.«

»Und? Haben Sie die Männer eingelassen?«

»Natürlich nicht, ich bitte Sie. Sie nannten zwar ihre Namen und beteuerten, sie seien Angehörige, aber ich hatte ja gar nicht das Recht, sie in die Wohnung Ihrer Mutter zu lassen. Ich hoffe, ich habe da nichts falsch gemacht. Wissen Sie, wer die beiden Männer gewesen sein könnten?«

Brodka hob die Schultern. »Ich habe keine Ahnung. Ich kann Ihnen nur danken, daß Sie sich so verhalten haben.«

Eine Pause entstand. Beide schauten sich im Zimmer um, als suchten sie nach einer Antwort auf all die Fragen. Als ihre Blikke sich schließlich trafen, wobei Brodka seine Verlegenheit nicht verbergen konnte, fragte er unvermittelt: »Was haben Sie gemeint, als Sie sagten, meine Mutter habe in ständiger Angst gelebt?«

»Ehrlich gesagt, kann ich Ihnen das auch nicht erklären. Es war nur so ein Gefühl. Gewiß, manche Frauen sind von Natur aus schreckhaft, aber Claires Verhalten ging weit darüber hinaus. Sie war äußerst empfindlich, mißtrauisch, ich möchte sogar sagen abweisend ... auch mir gegenüber. Und wenn ich sie darauf ansprach, zog sie sich in ihr Schneckenhaus zurück und erging sich in endlosem Schweigen, als wollte sie mich für meine vorlaute Frage bestrafen. Aber jetzt müssen Sie mich entschuldigen.« Sie reichte Brodka die Hand und verschwand.

Die Weichheit ihrer Hand wirkte abstoßend auf Brodka. Irgendwie hatte er das Gefühl, als würden sich hinter dem gezierten Auftreten der Frau nur Berechnung und Hinterhältigkeit verbergen. Aber vielleicht lag es auch nur an der ganzen Atmosphäre.

Die Wohnung war ungeheizt, und Brodka fröstelte. Er beschloß, das Haus zu verlassen.

Draußen schlug ihm feuchte, eisige Luft entgegen.

Brodka hatte seinen Jaguar an der gegenüberliegenden Straßenseite geparkt. Im dichten Verkehr überquerte er die Fahrbahn. Er zog den Autoschlüssel aus der Tasche und war gerade dabei, die Wagentür zu öffnen, als ein merkwürdiges Geräusch ihn erschreckte. Es klang wie ein Schuß, nur nicht so laut und dröhnend. Sekundenbruchteile später spürte Brodka einen heftigen Schlag an der rechten Wade.

Instinktiv fuhr er herum und blickte zur anderen Straßenseite, wo im selben Augenblick das Mündungsfeuer einer Waffe zu sehen war. Sekunden später folgte ein zweiter Lichtblitz, dann ein dritter. Mit metallischem Klingeln schlug eine Kugel in die hintere Tür seines Wagens ein.

Brodka reagierte rein instinktiv. Er riß die Fahrertür auf, ließ sich auf den Sitz fallen, preßte den Kopf auf den Beifahrersitz und blieb starr vor Schreck liegen.

Wie lange er in dieser Haltung verharrte, vermochte er später nicht zu sagen. Erst ein heftiges Klopfen gegen die Scheibe holte ihn in die Wirklichkeit zurück.

»Sind Sie verletzt?« rief eine aufgeregte Stimme durch die geschlossene Tür.

Brodka rappelte sich hoch. Draußen stand ein Polizist. Das Blaulicht eines Streifenwagens kreiselte grell.

»Sind Sie verletzt?« wiederholte der Polizist, während er die Fahrertür öffnete.

»Nein, nein. Alles in Ordnung«, stammelte Brodka, immer noch benommen.

»Jemand hat auf Sie geschossen. Ihr Bein ist verletzt«, sagte der Polizist und half Brodka aus dem Wagen. Dann zeigte er auf dessen blutenden Unterschenkel und auf den Einschuß an der hinteren Tür: eine Beule im Blech, in deren Mitte die Kugel ein kleines schwarzes Loch gestanzt hatte.

Der Polizeibeamte musterte Brodka. »Sie hatten großes Glück. Von wo kamen die Schüsse, Herr ...?«

Brodka schüttelte seine Benommenheit allmählich ab. »Brodka«, sagte er. »Alexander Brodka.« Er deutete zur anderen Straßenseite. »Die Schüsse kamen von da drüben. Aber sie haben nicht mir gegolten. Bestimmt nicht. Wer sollte die Absicht haben, mich zu erschießen? Und vor allem aus welchem Grund?«

Nachdem die Fleischwunde an der Wade von einem Notarzt behandelt worden war, wurde Brodka auf dem Polizeirevier von einem Kriminalkommissar zum Tathergang befragt. Er bezweifelte Brodkas Ansicht, durch Zufall in eine Schießerei geraten zu sein.

Der Kommissar, ein alter Fuchs in seinem Job mit grauem Kraushaar und dunklen, buschigen Brauen, lächelte säuerlich und meinte, während er mit den Fingern auf der Tischplatte trommelte: »Sie sind Fotograf und Bildreporter, Herr Brodka. In Ihrem Beruf hat man doch Feinde, oder?«

»Feinde? Mag sein. Jeder Mensch hat seine kleinen persönlichen Feindschaften und den einen oder anderen Rivalen; aber diese Rivalitäten werden doch nicht mit der Waffe ausgetragen!«

»Da haben Sie wohl recht«, erwiderte der Kommissar. »Aber bei den Schüssen ging es nicht um irgendwelche Rivalitäten. Wir müssen davon ausgehen, daß sie Ihnen galten. Aber Sie sollten nicht ernsthaft verletzt oder gar getötet werden. Der Täter war kein Killer. Er hat auf die Beine gezielt. Er wollte Sie warnen, Ihnen einen Denkzettel verpassen, was weiß ich. Wissen Sie, wer so vorgeht?«

»Wer?«

»Die Mafia.«

Im ersten Augenblick erschrak Brodka; dann aber löste sich die Spannung in seinem Inneren, und er mußte lachen. »Ich glaube, da überschätzen Sie meine Bedeutung, Herr Kommissar. Ich bin weder so reich, daß diese Herrschaften sich für mich interessieren könnten, noch deale ich mit Heroin, Kokain oder dergleichen. Alles was ich besitze, habe ich mit ehrlicher Arbeit verdient. Was sollten diese Leute also von mir ...«

»Sie halten sich doch viel im Ausland auf«, unterbrach ihn der Kommissar.

»Ja, sicher. Aber ist das ein Grund, von der Mafia verfolgt zu werden?«

»Das allein gewiß nicht«, entgegnete der Kommissar. »Aber es wäre denkbar, daß Ihr Weg sich mehrmals mit denen der ehrenwerten Gesellschaft gekreuzt hat ... zufällig oder nicht. Und das mögen diese Leute gar nicht gern, wissen Sie.«

Brodka schaute den Kommissar lange und durchdringend an. Er fühlte das Mißtrauen, das dieser ihm gegenüber an den Tag legte, und es machte ihn wütend. Verdammt, warum glaubte der Mann ihm nicht? War es an ihm, sich zu rechtfertigen, weil irgend jemand auf ihn geschossen hatte?

Die mysteriösen Umstände des Todes seiner Mutter waren mit einem Mal vergessen, zumal Brodka weit davon entfernt war, sie auf irgendeine Weise mit den Schüssen in Verbindung zu bringen. Er wußte, daß es Tage gibt, da es den Anschein hat, als wollten sämtliche Widrigkeiten des Lebens auf einmal über einen hereinbrechen. Und obwohl er alles andere als ängstlich war, hatten die Schüsse ihm doch einen gehörigen Schrecken eingejagt.

Wieder zu Hause, sperrte Brodka entgegen seiner sonstigen Gewohnheit die Tür hinter sich zu. Er ging ins Badezimmer und spritzte sich unter dem laufenden Hahn kaltes Wasser ins Gesicht. Seine verbundene rechte Wade schmerzte; das Hosenbein war von der Kugel zerfetzt.

Geistesabwesend hörte er den Anrufbeantworter ab. Allerlei Unwichtigkeiten. Er wandte sich vom Gerät ab, wollte sich in einen Sessel fallen lassen ...

... und fuhr plötzlich herum, spulte den Anrufbeantworter zurück. Eine Stimme mit rollendem R und fremdem Akzent: *»Hören Sie auf, das Leben Ihrer Mutter auszuforschen. Das ist eine ernste Warnung!«*

Brodka drückte erneut auf »Repeat«, und die Stimme wiederholte ihre Drohung.

Zum erstenmal seit langer Zeit hatte Alexander Brodka wirklich Angst.

Kapitel 2

Sie hatten sich in der Bar des Hotels Waldorf-Astoria in New York kennengelernt, die eine Frau auch ohne männliche Begleitung besuchen konnte, ohne anrüchig zu wirken, und wo der Barmann mit schöner Regelmäßigkeit frisch geröstete Nüsse auf die Tische stellt, während der Pianist »As Time Goes By« spielt. Brodka hatte eine unbrauchbare Fotoreportage über den Modeschöpfer Sam Suller hinter sich – ein ziemliches Ekel, wie sich herausgestellt hatte –, und Juliette Collin hatte bei einer Impressionisten-Auktion bei Christie's in der Park Avenue den erfolglosen Versuch unternommen, für ihre Galerie in München drei Graphiken von Marc, Heckel und Kandinsky zu ersteigern. Niederlagen verbinden, und so hatten sich beide damals ihr Leid geklagt. Man kam sich näher, und die Tatsache, daß sie beide aus derselben Stadt kamen, half dabei ein wenig – immerhin so viel, daß sie die Nacht gemeinsam verbrachten.

Es wäre verkehrt gewesen, Juliette Collin deshalb für leichtfertig oder gar liederlich zu halten, und auch Brodka war keineswegs der Typ, der, was Frauen betraf, jede Gelegenheit nutzte, die sich ihm bot. Nein, diese Begegnung im September vor drei Jahren hatte beide mit der Wucht eines Sinnenrausches getroffen, wie weder Brodka noch Juliette dies zuvor erlebt hatten.

Gewiß, Juliette war verheiratet. Ihr Mann, Professor Hinrich Collin, besaß einen hervorragenden Ruf als Chirurg; aber nur seine nächste Umgebung wußte davon, daß er vor jeder Operation eine halbe Flasche Cognac konsumierte. Ohne Alkohol lief bei ihm gar nichts, wenngleich er mit fünfundvierzig Jahren seine Potenz versoffen und seine Liebesfähigkeit verspielt hatte. Was Wunder, daß Juliette darunter litt. Sie fühlte sich vernachlässigt, frustriert, und nur ihre gesellschaftliche Stellung hatte sie bis dahin davon abgehalten, sich einen Liebhaber zu nehmen.

Zum damaligen Zeitpunkt war Brodka bereits seit mehr als zehn Jahren geschieden. Es war keine Scheidung aus Haß oder Überdruß gewesen. Brodka und seine Frau hatten schlichtweg eingesehen, daß sie nicht zueinander gepaßt hatten. So hatten sie sich nach drei Jahren getrennt, ohne Streit, ohne Zorn und ohne dem anderen weh zu tun – und mit der Erkenntnis, daß eine Stierfrau nicht zu einem Steinbock paßt.

Nicht mehr, aber auch nicht weniger wußten Brodka und Juliette voneinander, nachdem sie ihre erste gemeinsame Nacht verbracht hatten. Sie waren beide alt genug, davon auszugehen, daß sich keine feste, ernsthafte Beziehung daraus entwickeln würde, doch beide hatten sich getäuscht. Brodka liebte Juliette noch immer so sehr wie vor drei Jahren – eine Liebe, die sie mit der gleichen Intensität erwiderte.

Juliette war ein kleines, energiegeladenes Persönchen mit braunen Augen und schwarzem Haar, das sie meist streng nach hinten gekämmt und im Nacken geknotet trug. Wie alle Schwarzhaarigen besaß sie eine dunkle Haut. Früher hatte sie darunter gelitten, daß sie von der Natur nur mit ein Meter sechzig Körpergröße gesegnet worden war, und sie hatte stets hohe Absätze getragen, was ihrem Typ sehr entgegenkam, doch seit Brodka ihre 160 Zentimeter als die schönsten der Welt bezeichnet und erklärt hatte, jeder Zentimeter mehr würde nur die Harmonie des Ganzen stören, hatte ihre Kleinheit sich in pures

Selbstbewußtsein gewandelt, und Juliette trug ihr Aussehen mit jenem gewissen Stolz zur Schau, der Frauen so anziehend macht.

Ihre Galerie in bester Lage der Stadt lief gut, besser als die meisten anderen Kunsthandlungen in der Gegend, die nach Abzug der horrenden Mieten kaum Gewinn abwarfen. Juliette hatte Kunstwissenschaft und Deutsch für das Lehramt studiert, ihre Pläne aber nach sechs Semestern aufgegeben, weil Hinrich Collin ihr einen Heiratsantrag machte. Sie legte unerwartetes kaufmännisches Geschick an den Tag, als sie ihre neue Karriere begann, indem sie den zehnjährigen Mietvertrag einer in Konkurs gegangenen Boutique übernahm und einem Schulfreund die Expressionisten-Sammlung seines verstorbenen Vaters abschwatzte. Der Sohn hatte kein Interesse an den Gouachen von Klee, Munch, Feininger und Nolde und verkaufte sie für eine halbe Million, die Juliette über einen Kredit finanzierte, welchen sie bei der Bank ihres Mannes aufnahm, der die erforderlichen Sicherheiten bieten konnte. Nach einem halben Jahr hatte sie bereits die Hälfte der Bilder verkauft – mit den üblichen 100 Prozent Aufschlag, versteht sich – und damit einen Großteil ihrer Schulden getilgt. Seither galt die Galerie Collin unter Sammlern von Impressionisten und Expressionisten als erste Adresse.

Professor Collin stand den Aktivitäten seiner Frau von Anfang an mit Argwohn gegenüber, und je mehr Erfolg Juliette für sich buchte, desto mißtrauischer wurde ihr Mann; ja, seine anfängliche Eifersucht steigerte sich bisweilen zur Bösartigkeit, und er ließ keine Gelegenheit aus, sie zu kränken, beispielsweise, indem er ihre Galerie als Dorado für Müßiggänger bezeichnete oder – schlimmer noch – als Tante-Emma-Laden für infantile Kritzeleien.

Von ihrem Verhältnis mit Brodka ahnte Collin nichts, da war

Juliette sich ziemlich sicher – jedenfalls bis zu jenem Tag Anfang Dezember, als sie in ihrer Galerie eine Vernissage veranstaltete. Sie hatte eine Sammlung von Kubin-Zeichnungen erworben und präsentierte sie einem ausgewählten Publikum.

Brodkas Anwesenheit würde nicht weiter auffallen, auch wenn er – wie er sich selbst eingestehen mußte – von expressionistischer Kunst wenig Ahnung hatte; aber diese Ahnungslosigkeit teilte er mit manch anderem der Anwesenden, denen Kunst nur als Vorwand für ein gesellschaftliches Ereignis diente oder als Demonstration vermeintlicher Bildung.

Juliette wußte inzwischen vom Tod der Mutter Brodkas und auch, daß sein Schmerz sich in Grenzen hielt, wenngleich der Tod in nächster Umgebung stets dazu geeignet ist, einen Menschen aus der Bahn zu werfen – selbst wenn Liebe und Zuneigung zu Lebzeiten des Verstorbenen nicht allzu groß waren.

Die mysteriösen Umstände jedoch, die mit dem Tod seiner Mutter verknüpft waren, hatte Brodka seiner Geliebten bisher verschwiegen. Er wollte sie nicht beunruhigen, solange er selbst keine Erklärung für all die Ungereimtheiten fand.

Als Brodka die Galerie betrat, in der sich mehr als hundert Menschen drängten, löste Juliette sich lächelnd aus einer Menschentraube. Sie trug einen schwarzen Hosenanzug mit Nadelstreifen und schwarze Stilettos, die Brodka so sehr an ihr liebte. Juliette trat auf ihn zu und küßte ihn länger auf den Mund, als schicklich war, was aber in keiner Weise Aufsehen erregte, weil das Küssen und andere Berührungen in diesen Kreisen zu den alltäglichen Umgangsformen gehörten wie andernorts das Händeschütteln.

»Was ist mit dir? Du humpelst ja«, sagte Juliette und wies auf Brodkas rechtes Bein.

Der machte eine beschwichtigende Handbewegung. »Nichts weiter. Kaum der Rede wert.«

Juliette hakte Brodka unter und führte ihn in eine Ecke, wo es ruhiger war, und wiederholte ihre Frage: »Was ist? Bist du verletzt? Warum sagst du nicht, was los ist?«

Brodka kannte Juliettes Beharrlichkeit. Er wußte, daß es unmöglich war, ihr etwas zu verheimlichen, an dessen Aufklärung sie interessiert war. Deshalb rang er sich zu einer Erklärung durch: »Mach dir keine Sorgen, Juliette, es wird sich alles aufklären ... als Irrtum erweisen. Man ... man hat auf mich geschossen.«

»Wer?« rief Juliette entsetzt. »Was ist passiert?«

Brodka faßte Juliette an den Oberarmen. »Bitte, mach kein Aufsehen. Es ist ja nichts geschehen. Bloß eine Schramme, nichts weiter. Ich bin ganz sicher, daß ich durch Zufall in eine Situation geraten bin, die ...«

»Zufall?« Juliette lachte schrill. »Du wirst von einer Kugel getroffen und redest von Zufall!«

»Aber wer sollte auf mich schießen?«

»Was weiß ich! Wieso haben die Zeitungen nichts davon gebracht?«

»Weil ich darauf bestanden habe.«

»Wo ist es passiert?«

»Vor dem Haus meiner Mutter. Ich habe mich in meinen Wagen in Deckung geworfen.«

Juliette blickte Brodka prüfend an. »Und was hat die Polizei unternommen?«

»Die Ermittlungen laufen. Aber der oder die Täter sind im dichten Verkehr untergetaucht. Weiß der Teufel, auf wen die Kerle geschossen haben.« Er zögerte, fügte dann hinzu: »Der Kommissar, der das Protokoll aufnahm, meinte allerdings, es hätte sich um einen gezielten Anschlag gehandelt, um mich zu warnen.«

»Mein Gott!« Juliette preßte beide Hände vor den Mund.

»Dich zu warnen? Wovor? Du verschweigst mir etwas, nicht wahr?«

Brodka senkte den Kopf wie ein Junge, der beim Lügen ertappt wurde. »Ich wollte dich nicht beunruhigen, Liebes, glaub mir. Ich weiß selbst nicht, in was ich da plötzlich geraten bin. Als ich nach Hause kam und den Anrufbeantworter abhörte, sagte eine fremde Stimme, ich solle aufhören, das Leben meiner Mutter auszuforschen, das sei eine ernste Warnung.«

An Juliettes zittrigen Bewegungen erkannte Brodka, wie aufgeregt sie war. Immer wieder schüttelte sie den Kopf. Brodka bemerkte, daß ihr Gespräch bereits Aufmerksamkeit erregte; deshalb versuchte er Juliette zu beruhigen und meinte mit betont ruhiger Stimme: »Ich weiß wirklich nicht, um was es dabei geht. Die ganze Geschichte ist so ... widersinnig. Aber glaub mir, es wird sich alles als Irrtum erweisen. Jedenfalls kann ich mir beim besten Willen nicht vorstellen, daß meine Mutter mit der Mafia oder sonst irgendwelchen Verbrechern in Verbindung stand.«

Er lachte, doch Juliettes Miene blieb ernst und besorgt.

»Du solltest dich um deine Kunstliebhaber kümmern«, sagte Brodka.

Sie zögerte, ging dann aber zurück zu ihren Gästen.

Die Zeichnungen, vor denen sich die Besucher drängten, riefen bei manchen Laute des Entzückens hervor. Brodka, eher der Harmonie und dem Schönen zugetan, vermochte die Begeisterung nicht zu teilen. Ihm gefielen eher Macke mit seinen fröhlichen Figurinen oder Nolde mit seinem leuchtenden Blau und Rot. Kubin erschien ihm zu trist, gequält und mystisch.

So wandte er sich der Beobachtung der kunstbeflissenen Gäste zu, die allesamt piekfein gekleidet waren und sich einer höchst intellektuellen Sprechweise bedienten.

In der Luft hing der gewohnte Geruch einer Vernissage, jene Mischung aus Zigarettenrauch, Parfüm und Rotwein, die geeignet ist, einem normalen Menschen den Kopf zu verwirren – von den mehr oder weniger fachkundigen Gesprächen ganz zu schweigen. Es war eine Atmosphäre, in der Brodka sich unwohl fühlte.

Er hoffte auf einen raschen Abgang der Kunstliebhaber, damit er den Abend mit Juliette verbringen konnte.

Ein Glas Orangensaft in der Hand, drängte Brodka sich durch die Reihen der Besucher zu Juliette, die sich auf der gegenüberliegenden Seite des Raumes befand, in ein Gespräch mit einem älteren Herrn vertieft. Doch plötzlich hielt Brodka inne. Aus den Wortfetzen, die an sein Ohr drangen, glaubte er eine männliche Stimme herauszuhören, die ihn erschauern ließ. Er wagte nicht, sich umzudrehen und den Mann zu betrachten, der mit schwerem ausländischem Akzent sprach und der das R rollte, als würde seine Zungenspitze flattern.

Es war die drohende Stimme, die Brodka auf dem Anrufbeantworter gehört hatte.

Mit aller Kraft versuchte er sich zu konzentrieren und diese Stimme aus dem allgemeinen Lachen, Plaudern und Diskutieren herauszufiltern.

Kein Zweifel. Er war sich ganz sicher. Es war dieselbe Stimme.

Während Brodka noch überlegte, wie er der Situation begegnen sollte, kam Juliette, die ihn in der Menge ausgemacht hatte, auf ihn zu, nahm ihn bei der Hand und führte ihn energisch beiseite.

Brodka widersetzte sich, zog die Hand zurück, wollte Juliette erklären, was er soeben bemerkt hatte, doch sie schien so aufgeregt zu sein wie er. Eilig zog sie ihn in die andere Richtung. »Komm mit!« zischte sie ihm zu. »Bitte!« In einer Ecke blieb sie stehen; es schien, als wollte sie sich hinter ihm verstecken. Brodka sah, wie ihre Augen funkelten.

Sie wirkte wütend und verängstigt zugleich. Noch nie hatte er diesen Gesichtsausdruck bei ihr gesehen. Juliette, einen Kopf kleiner als er, blickte zu ihm auf und sagte in verzweifeltem Tonfall: »Mein Mann ist hier. Er ist völlig betrunken, kann kaum noch stehen. Was soll ich bloß tun?« Sie preßte die Hände vor den Mund.

Brodka, der sich immer noch über die Männerstimme den Kopf zerbrach, fragte geistesabwesend: »Wo ist er?«

Juliette schluckte und holte tief Luft. »Da drüben. Wie ich den Kerl hasse. Ich könnte ihn umbringen!«

Brodka warf einen verstohlenen Blick zur gegenüberliegenden Seite des Raumes. Er hatte den Professor noch nie gesehen, nicht einmal ein Foto von ihm; dabei wußte er fast alles über diesen Mann. Und jetzt, wo er ihn zum erstenmal sah, überkamen ihn keine Haßgefühle, wie er es eigentlich erwartet hatte; statt dessen empfand er Mitleid mit dieser Jammergestalt, die wankend und mit stumpfem Blick dastand, so verloren und einsam, als gäbe es die Menschen um ihn herum gar nicht.

Professor Collin war ein kleiner Mann mit Stirnglatze, nicht viel größer als Juliette, und unscheinbar. Wer ihn nicht kannte, hätte ihn für einen Beamten bei irgendeiner Behörde halten können. Er trug einen grauen Anzug, der bestimmt teuer gewesen war; dennoch wirkte er schlampig, ja heruntergekommen. Seine Krawatte hing eine Handbreit unter dem Hals. Nur seine Brille mit Goldrand verlieh ihm etwas Professorenhaftes.

Während er Collin beiläufig musterte, hatte Brodka noch immer die Stimme im Ohr, diese fremde drohende Stimme, und er überlegte, ob er Juliette davon erzählen sollte. Aber noch während er darüber nachdachte, kamen ihm Zweifel, und er fragte sich, ob er sich das alles nicht nur einbildete, ob ihm seine Sinne nach den Anspannungen der letzten Tage nicht bloß einen

Streich spielten. Vielleicht sah er Gespenster. Mein Gott, was war los mit ihm?

Juliettes Stimme holte Brodka in die Wirklichkeit zurück. »Wenn Hinrich hier aufkreuzt, hat das nichts Gutes zu bedeuten. Er ist noch nie zu einer Vernissage gekommen. Herrgott, was soll ich tun? Ich kann ihn doch nicht rausschmeißen! Aber ich kenne diesen Gesichtsausdruck. Es wird nicht lange dauern, und er wird randalieren wie ein besoffener Penner. Mein Gott, es sind Leute aus der Münchner Gesellschaft hier – und welche von der Presse. Wenn er so weitermacht, ruiniert er sich selbst und seine Klinik – und mich dazu!«

Noch während sie redete, begann Collin die Gäste bereits mit lallenden Worten zu beschimpfen. Juliette trat auf ihren Mann zu und redete besänftigend auf ihn ein. Gleichzeitig versuchte sie, den Betrunkenen in den hinteren Büroraum zu drängen.

Brodka beobachtete die Szene zunächst aus einiger Entfernung, doch als Collin sich immer ungestümer wehrte, wild mit den Armen wedelte und schließlich auf Juliette einzuschlagen drohte, kam er ihr zu Hilfe, packte den schwankenden Mann am Arm und zerrte ihn gemeinsam mit Juliette in den hinteren Raum.

Dort wankte Collin zu einem Sessel und ließ sich erschöpft hineinfallen. Sein Kopf sank zur Seite; sein Körper wurde schlaff. Er gab noch ein paar unverständliche Laute von sich und schlief schließlich ein, wobei er schnarchend durch den weit geöffneten Mund atmete.

Kurz vor Mitternacht, als die letzten Besucher gegangen waren, hoben Brodka und Juliette den immer noch laut schnarchenden Mann auf den Rücksitz ihres Wagens. Juliette wollte nicht, daß Brodka sie begleitete, doch der bestand darauf. »Dein Mann ist volltrunken«, sagte er. »Ich fahre mit dir. Außerdem ... wie willst du ihn allein ins Haus bringen?«

Die Fahrt nach Bogenhausen, im Osten der Stadt, wo Collin und seine Frau eine luxuriöse Villa bewohnten, verlief ziemlich schweigsam. Brodka saß am Steuer. Immer wieder warf er einen Blick in den Innenspiegel, hielt den Betrunkenen im Auge, der ab und zu ein Grunzen von sich gab. Nach einer Weile sagte Juliette mit gedämpfter Stimme: »Jetzt hast du ihn kennengelernt. Jetzt weißt du, mit wem ich seit fünfzehn Jahren zusammenlebe.«

Brodka legte den Zeigefinger auf den Mund zum Zeichen, daß sie lieber schweigen solle.

»Ach was«, erklärte Juliette. »Der ist vor morgen früh nicht ansprechbar.«

»Und morgen früh?«

»Nimmt er einen kräftigen Schluck aus der Pulle und ist wieder völlig klar. Für ihn ist das normal.«

»Normal?« Brodka schüttelte den Kopf.

»Er ist Alkoholiker, kein gewöhnlicher Säufer, der ab und zu einen über den Durst trinkt und einen heiligen Eid schwört, das Saufen sein zu lassen, wenn ihm hundeelend ist. Nein, dieser Versager« – dabei zeigte sie mit dem Daumen auf den Rücksitz – »ist süchtig. Ohne seinen Stoff kann er gar nicht mehr leben.«

»Und seine Arbeit?«

»Als Arzt hat er einen hervorragenden Ruf. Viele Chirurgen hängen an der Mineralwasserflasche.«

»An der Mineralwasserflasche?«

»Ja, sie haben ständig eine mit Schnaps gefüllte Mineralwasserflasche bei sich.«

Brodka lachte auf. »Und ich dachte, Journalisten sind die größten Trinker vor dem Herrn.«

»Das kann ich nicht beurteilen«, antwortete Juliette, »aber es stellt sich natürlich die Frage, wer dabei mehr Schaden anrichten kann.«

Sie dirigierte Brodka von der Hauptstraße in einen schmalen, von dürren Hecken gesäumten Weg zu einer Einfahrt. Wie von Geisterhand öffnete sich ein halbhohes, braunes Holztor, und automatisch schaltete sich die Hausbeleuchtung ein. Vor der grünen Eingangstür, die mit Messingbeschlägen verziert war, hielt Brodka den Wagen an.

Während Juliette die Tür aufschloß, faßte Brodka den Professor unter den Armen und zog ihn aus dem Wagen. Noch bevor Juliette ihm zu Hilfe eilen konnte, schleifte er den Besinnungslosen ins Haus und wuchtete ihn auf eine Couch in der Wohnhalle.

Dabei erwachte Collin kurz aus seiner Bewußtlosigkeit.

Über den Goldrand seiner Brille warf er Brodka einen spöttischen Blick zu, wobei er ein paar unverständliche Worte lallte, die sich anhörten wie: »Gut gemacht, mein Junge.«

Dann fiel er wieder in tiefen, alkoholseligen Schlaf.

Juliette nahm ihrem Mann die Brille ab und zog ihm die Schuhe aus, kümmerte sich ansonsten aber nicht weiter um sein Wohlbefinden. Für sie war eine derartige Situation nicht neu.

»Ich mache uns einen Kaffee«, sagte sie und ging rechter Hand durch eine Rundbogentür in die Küche.

Aus der Entfernung beobachtete Brodka, wie Juliette die Kaffeemaschine bediente; dann schaute er sich in der Wohnhalle um, die halbkreisförmig angelegt war. In der Mitte des Bogens befanden sich zwei Flügeltüren, die nach draußen führten. Zu beiden Seiten reichten Bücherschränke bis zur Decke, und in der Mitte machte sich eine wuchtige Sitzgarnitur breit. Wo noch Platz war, standen kleine Tischchen mit allerlei Krimskrams darauf. Von einem eher konventionellen Ölgemälde mit einem Porträt des Professors abgesehen gab es keinerlei Bilder, was Brodka seltsam vorkam.

»Komm, du kannst mir helfen«, rief Juliette aus der Küche.

Brodka warf noch einen Blick auf den Betrunkenen; dann ging er zu Juliette.

Kaum hatte er die Tür geschlossen, fiel sie ihm um den Hals und küßte ihn ungestüm.

Brodka war die Situation unangenehm, ja peinlich. Er versuchte, sich mit sanfter Gewalt von Juliette zu befreien, doch sie ließ es nicht zu; je mehr Brodka sich sträubte, desto heftiger, leidenschaftlicher klammerte sie sich an ihn und schlang die Beine um seine Schenkel.

»Du ... bist verrückt«, stammelte Brodka. Oh, es gefiel ihm, was sie tat; er genoß ihre Berührungen. Er liebte Juliette gerade wegen ihrer Wildheit, Triebhaftigkeit und Hemmungslosigkeit, die sie bisweilen alles um sich herum vergessen ließ, doch hier und jetzt schien ihm ihr Verhalten ordinär – und zu riskant. »Wenn dein Mann aufwacht ...«, murmelte er.

»Unsinn«, raunte Juliette heiser und fingerte nach Brodkas Hosenschlitz.

Brodka hielt ihre tastende, streichelnde Hand fest. »Hör auf, Juliette. Nicht hier, verdammt!«

»Warum nicht? Die meisten Ehen werden auf dem Küchentisch gebrochen.«

»Woher hast du das denn?«

»Hab' ich gelesen.«

»Aber wir haben deine Ehe schon an angenehmeren Orten gebrochen, oder?«

»Das braucht uns doch nicht zu hindern ...«

»Stimmt, aber ich finde es nicht so angenehm, wenn dein Mann betrunken im Nebenzimmer liegt. Warum willst du das nicht einsehen?«

Von einem Augenblick auf den anderen ließ Juliette von Brodka ab; schmollend wandte sie sich der Kaffeemaschine zu. »Du liebst mich nicht«, sagte sie, ohne sich umzudrehen.

Brodka schmunzelte. Er kannte sie nur zu gut und wußte, daß sie nun zurückerobert werden wollte. Seit ihrer ersten Begegnung vor drei Jahren, als ihre Leidenschaft Feuer gefangen hatte, gab es ein ständiges Hin und Her zwischen ihnen. Jeder lebte sein Leben, und jeder war davon überzeugt, daß der andere genau *der* Partner war, den er brauchte.

Brodka kannte Juliette vermutlich besser als ihr eigener Mann, vor allem was ihre heimlichen Gedanken und Wünsche betraf, und so wußte er natürlich, was sie jetzt, in dieser Situation, von ihm erwartete.

Deshalb warf er all seine Bedenken und Vorsicht über Bord, trat von hinten an sie heran und umfaßte ihre Brüste.

Juliette stöhnte leise auf und warf den Kopf in den Nacken, während Brodka sich wollüstig an ihrem Po rieb. »Spürst du, wie sehr ich dich liebe?« fragte er leise und herausfordernd, und Juliette antwortete mit einem langen, genießerischen »Jaaa«, gab sich ganz dem herrlich schamlosen Treiben hin.

Dann, mit einem Mal, löste sie sich von ihm.

»Brodka ...«

Am Klang ihrer Stimme erkannte er sofort, daß sie etwas Bedeutungsvolles sagen wollte. Sie nannte ihn nie beim Vornamen; das war nicht nötig. Wie sie mit ihrer weichen Stimme seinen Familiennamen modulierte, genügte vollauf, um jede Empfindung zu artikulieren: Zärtlichkeit und Begierde, Zorn und Enttäuschung, Heiterkeit und Ernst.

»Brodka«, wiederholte Juliette, drehte sich um und schaute ihm in die Augen. Dann, nach einer winzigen Pause, fragte sie leise, beinahe flüsternd, aber mit fester Stimme: »Willst du mich heiraten?«

War die Situation schon ungewöhnlich genug – wie auch die Tatsache, daß nicht *er sie* mit dem Ansinnen überraschte, sondern *sie ihn* –, ließen die Umstände alles geradezu absurd erscheinen.

»Liebes«, meinte Brodka beinahe hilflos, »du scheinst vergessen zu haben, du *bist* verheiratet.«

»Noch«, erwiderte Juliette. Sie hatte keine andere Reaktion erwartet, und ihre Stimme wurde heftiger: »Glaubst du, ich will mein ganzes Leben so verbringen? Immer nur Heimlichkeiten? Du reist mit den hübschesten Mädchen der Welt zu den schönsten Flecken der Erde. Soll ich warten, bis du dich in eine andere verliebst?«

Brodka wich ihrem Blick aus, schaute betroffen zur Seite.

Er verstand sie nur zu gut. Und wenn er ehrlich zu sich selbst war – bisher hatte er alle Gedanken an eine gemeinsame Zukunft verdrängt. Was sollte er tun? Seine Leidenschaft für Juliette war so überwältigend, daß er sich ein Leben ohne sie nicht mehr vorstellen konnte; aber sie zu heiraten und als biederer Ehemann in einem Häuschen mit Garten zu wohnen erschien ihm ebenso unvorstellbar. War es nicht gerade der Reiz des Heimlichen, Verbotenen, der für sie beide so anziehend war, so erregend?

Wortlos reichte Juliette ihm eine Tasse Kaffee.

Brodka trank einen Schluck, stellte die Tasse zur Seite und meinte: »Laß uns ein andermal darüber reden. Bitte, Juliette.« Er trat auf sie zu, faßte sie an den Armen und küßte sie.

Sie ließ es teilnahmslos über sich ergehen, hielt den Blick gesenkt und schwieg.

»Rufst du mir ein Taxi?« fragte Brodka.

Immer noch schweigend ging Juliette aus dem Zimmer.

Brodka hörte sie telefonieren.

Der volltrunkene Professor lag noch immer in tiefem Schlaf, als Brodka aus der Küche trat.

»Laß uns ein andermal darüber reden«, wiederholte er.

Juliette setzte ein gequältes Lächeln auf und nickte.

Er bemerkte ihre Traurigkeit und wußte, daß es in dieser Situation das Beste war, keine weiteren Worte zu verlieren.

»Ja?« sagte er hilflos.

»Ja«, antwortete Juliette.

Brodka verließ das Haus.

Am nächsten Tag meldete Juliette sich am Telefon. Ihre Niedergeschlagenheit vom Vortag war hörbarer Aufgeregtheit gewichen.

»Brodka!« rief sie in den Hörer. »Wir sind in eine ganz unmögliche Situation geraten!«

Es gelang ihm nur mit Mühe, Juliette zu beruhigen. Schließlich erfuhr er, daß Collin, als er am Morgen aus seinem alkoholseligen Schlaf erwachte, gefragt hatte, wer der freundliche junge Mann gewesen sei, der ihn nach Hause gebracht hatte.

»Und was hast du gesagt?«

»Ich hab' ihm deinen Namen genannt. Und gesagt, daß du ein Sammler bist. Ein Kunde, den ich gut kenne. Und daß ich mich bei dir schon für deine Hilfe bedankt hätte.«

»Gut gemacht, Liebes«, erwiderte Brodka.

»Das dachte ich auch!« erregte sich Juliette. »Ich konnte ja nicht ahnen, wie Hinrich reagieren würde.«

»Was meinst du damit?«

»Er ließ es sich nicht ausreden, dich zu uns einzuladen. Zum Abendessen.«

Eine lange Pause entstand. Brodka war sprachlos.

Schließlich fuhr Juliette fort: »Ich habe mit Engelszungen versucht, ihm diese Idee auszureden. Aber er läßt sich nicht davon abbringen. Er meint, er müsse sich unbedingt auf diese Weise bei dir persönlich bedanken.«

»Das ... das ist doch unmöglich!« rief Brodka entsetzt.

»Natürlich ist es unmöglich. Aber hast du eine Idee, wie wir aus dieser Sache rauskommen?«

Wieder entstand eine lange Pause. Schließlich sagte Juliette: »Siehst du? Ich fürchte, es gibt keine andere Möglichkeit. Wir müssen gute Miene zum bösen Spiel machen.« Sie lachte bitter.

»Wann?« fragte Brodka und holte tief Luft.

»Am besten gleich morgen abend«, erwiderte Juliette und fügte mit bitterem Humor hinzu: »Wenn es dir recht ist.«

Von der Polizei erfuhr Brodka an diesem Tag, daß die Projektile, die der unbekannte Schütze vor dem Haus seiner Mutter abgefeuert hatte, vom Kaliber 7,65 mm waren und daß es sich bei der Waffe mit hoher Wahrscheinlichkeit um eine Walther PPK handelte – eine Pistole, die kaum einen Schluß auf den oder die Täter zuließe. Eine solche Waffe sei in München zuletzt bei einem Kapitalverbrechen vor drei Jahren benutzt worden. Der Fall sei jedoch geklärt, die Waffe sichergestellt; ein Zusammenhang mit dem damaligen Verbrechen sei daher auszuschließen. Man wolle ihn weiter auf dem Stand der Ermittlungen halten. Ob er irgendwelche neue Beobachtungen gemacht habe oder sich verfolgt fühle?

Nein, beeilte Brodka sich zu antworten, dann legte er auf.

In Wahrheit hatte das Ausmaß seiner Psychose – als solche betrachtete Brodka seinen Zustand mittlerweile – ein Stadium erreicht, in dem er selbst nicht mehr zu erklären vermochte, was um ihn herum vorging. Das Blumenmeer auf dem Grab seiner Mutter. Die rätselhaften Andeutungen des Mannes auf dem Friedhof, der Sarg seiner Mutter sei leer gewesen. Die seltsamen Äußerungen der Nachbarin. Die Stimme auf dem Anrufbeantworter, die er in Juliettes Galerie wieder zu hören geglaubt hatte. Die Schüsse, die nach Meinung der Polizei tatsächlich ihm, Brodka, als Warnung zugedacht gewesen waren. Es war ein verrücktes, unentwirrbares Knäuel. Brodka neigte inzwischen sogar dazu, die unerwartete Begegnung mit Professor Collin und die unwillkommene Einladung zum Abendessen mit den mysteriösen Umständen des Todes seiner Mutter in Zusammenhang zu bringen. Doch er verwarf diesen Gedanken rasch wieder. Es war verrückt. Das *alles* war verrückt. Er war fast so weit, an seinem Verstand zu zweifeln.

Zumindest was die fremde Stimme betraf, die ihn bei der Vernissage beinahe aus der Fassung gebracht hätte, hatte er sich bestimmt getäuscht. Er war überdreht gewesen. Kein Wunder bei all der Aufregung, die er in den letzten Tagen hatte durchmachen müssen.

Oder? Kaum hatte Brodka sich mit dem Gedanken angefreundet, überkamen ihn neuerliche Zweifel. Die Stimme war zu markant, um sie nicht aus Hunderten heraushören zu können. Er schaltete den Anrufbeantworter ein, um sich noch einmal zu vergewissern. Das Gerät gab mehrere Pieptöne von sich; dann folgte nur noch Rauschen.

Brodka stutzte, versuchte es erneut – mit dem gleichen Ergebnis. Wütend begann er an dem Gerät herumzuschalten, doch so sehr er sich auch mühte, es war nur ein Zischen und Rauschen zu hören.

»Das gibt's doch gar nicht!« rief er zornentbrannt und drosch mit der flachen Hand auf das Gerät. Das Band war von Anfang bis Ende gelöscht, und er hatte nicht die leiseste Ahnung, wie das geschehen sein konnte. Er selbst war es jedenfalls nicht gewesen.

Wer dann?

Noch einer dieser seltsamen »Zufälle«? Furcht stieg in Brodka auf. Er fühlte sich beobachtet. Irgend jemand mußte bei ihm eingebrochen sein und das Band gelöscht haben.

Brodka ging zur Tür, betrachtete das Schloß von beiden Seiten, konnte aber keine Spuren entdecken, die auf einen Einbruch schließen ließen. Hastig begann er seine Wohnung zu durchsuchen, um festzustellen, ob irgend etwas fehlte oder verstellt war oder ob es irgendeinen anderen Hinweis auf einen ungebetenen Besucher gab. Als er keine Anhaltspunkte dafür fand, durchwühlte er Schubladen und Schränke, fluchend, verzweifelt, von Furcht und hilfloser Wut angetrieben.

Minutenlang wütete er wie von Sinnen. Als er erschöpft innehielt und sah, was er in seinen eigenen vier Wänden angerichtet hatte, ließ er sich auf einen Stuhl fallen, stützte die Ellbogen auf die Knie und verbarg das Gesicht in den Händen.

Brodka weinte; es waren Tränen der Hilflosigkeit, Tränen der Wut, daß er es so weit kommen hatte lassen. Er kannte sich selbst nicht mehr. Verdammt, er war doch sonst ein harter Knochen; er mußte es sein, um sich in seinem Beruf durchzusetzen. Ohne Härte hätte er es nie so weit gebracht.

Wer in aller Welt trieb ein so teuflisches Spiel mit ihm? Was bezweckte diese Person – oder diese Leute? Und welchen Grund hatten sie, ihn so in die Enge zu treiben?

Am folgenden Tag erschien Brodka kurz nach 19 Uhr zum Dinner bei den Collins. Juliette hatte sich mit ihm in allen wichtigen Punkten abgesprochen, damit es beim Gespräch keine Unstimmigkeiten gab. Im übrigen sollte Brodka am besten bei der Wahrheit bleiben. Natürlich würden sie sich mit »Sie« anreden, was in ihrer Situation nicht ganz einfach war.

Brodka reichte Juliette ein Blumengebinde und gab ihr einen Handkuß.

Der Professor war wie umgewandelt. Keine Spur mehr von jenem beklagenswerten, abstoßenden Geschöpf, das Brodka zwei Tage zuvor erlebt hatte. Collin war nicht nur äußerst gut gekleidet, er sprühte vor guter Laune und machte gar nicht erst den Versuch, zu beschönigen, unter welch peinlichen Umständen sie sich kennengelernt hatten.

»Wissen Sie«, sagte er, während Juliette als Vorspeise gefüllte

Avocados auftrug, »manchmal bin ich ein Kotzbrocken – verzeihen Sie den Ausdruck. Volltrunken und völlig weggetreten. Das sind die Augenblicke im Leben, die ich im nachhinein gern ungeschehen machen würde. Aber es ist sinnlos, darüber nachzudenken. Ein Alkoholiker bleibt, was er ist. Ich hoffe, ich habe Sie nicht zu sehr erschreckt, Herr Brodka.«

»Keineswegs. Ich bin nur erstaunt, wie sachlich Sie über Ihr Problem sprechen. Die meisten Alkoholiker versuchen, ihre Sucht herunterzuspielen. Zumindest suchen sie nach einer Erklärung.«

Collin hob beide Hände. »Mein Freund, da gibt es weder etwas zu beschönigen noch zu erklären. Sucht bleibt Sucht.« Er räusperte sich. »Ich möchte Sie nur um eines bitten. Wie Sie wissen, leite ich als Chirurg eine renommierte Privatklinik. Wenn öffentlich bekannt würde, daß ich Alkoholiker bin ...«

»Ich verstehe«, sagte Brodka. »Und ich versichere Ihnen, daß die Sache unter uns bleibt.«

Juliette hatte sich bisher zurückgehalten; nun aber wandte sie ein: »Können wir uns nicht über etwas Erfreulicheres unterhalten?«

»Ja, gewiß«, entgegnete der Professor, »ich wollte dem Abend nur die Peinlichkeit nehmen und unseren Gast darauf hinweisen, daß das Thema bei uns nicht tabu ist. Jedenfalls danke ich Ihnen für die Hilfe, die Sie mir zukommen ließen.«

Er hob sein Glas und prostete Brodka zu.

Der sah mit Unbehagen, daß das Glas mit Rotwein gefüllt war, und ihn überkam die Furcht, der Abend könnte wieder in einer Katastrophe enden.

»Das war doch selbstverständlich, Herr Professor.«

»Selbstverständlich? O nein, verehrter Freund, das ist überhaupt nicht selbstverständlich. Wie viele Personen waren vorgestern in der Galerie? Hundert? Hundertfünfzig? Aber nur einer hat sich dazu durchgerungen, mich in meinem erbärmlichen Zustand nach Hause zu bringen.«

»Ich habe Herrn Brodka darum gebeten«, versuchte Juliette die Sache herunterzuspielen. »Ich kenne ihn schon länger.«

Brodka und Juliette warfen sich einen kurzen Blick zu. Hatte Juliette eine unvorsichtige Bemerkung gemacht? Über das Gesicht des Professors huschte ein Schmunzeln.

Über den Tisch hinweg ergriff er Juliettes Hand. »Eine Frau zu haben, die das alles erträgt«, sagte er, »ist ebenfalls keine Selbstverständlichkeit.« Seltsamerweise schaute er dabei seinem Gast ins Gesicht.

Brodka war es peinlich; er wandte seinen Blick Juliette zu und nickte höflich.

»Sie sind nicht verheiratet?« fragte Collin, und erst jetzt ließ er Juliettes Hand los.

»Geschieden«, entgegnete Brodka, »seit zehn Jahren. Bei meinem Beruf ist es schwierig, eine anständige Ehe zu führen. Im übrigen habe ich viel zu jung geheiratet.«

»Herr Brodka ist Fotograf und Bildreporter«, fügte Juliette erklärend hinzu. »Er knipst die hübschen Mädchen in den Magazinen und macht große Bildreportagen in Bali, Kapstadt, New York ... rund um den Globus. Nicht wahr, Herr Brodka?«

Brodka nickte, und der Professor bemerkte: »Interessant. Vermutlich gehören Sie zu den wenigen Menschen, die ihren Beruf lieben.«

»O ja«, erwiderte Brodka, »ich habe es noch keine Minute bereut, Fotograf geworden zu sein. Obwohl die meisten Menschen eine falsche Vorstellung von meinem Job haben. Er bedeutet harte Arbeit, auch wenn es nicht so aussieht. Man mißt meine Leistung immer nur an ihrem Ergebnis, wie in jedem anderen Beruf, und das Ergebnis hängt oft nicht von mir allein ab.«

Wie abwesend blickte der Professor in sein Glas, und ohne aufzusehen sagte er: »Die meisten Menschen hassen ihren Beruf und würden lieber heute als morgen etwas anderes tun.«

»Sie doch gewiß nicht, Herr Professor«, erwiderte Brodka.

Collin sah auf. »Wie kommen Sie darauf, Herr Brodka?«

»Nun, Ihr fachliches Können ist anerkannt. Sie gelten als Koryphäe auf Ihrem Gebiet.«

»Ach was.« Die Stimme des Professors klang beinahe ärgerlich. »Was heißt Koryphäe? Chirurgen werden an ihrem Mut gemessen, nicht an ihrem Wissen oder Können. In der Theorie könnte jeder meiner Assistenten eine Herzoperation vornehmen; aber ihnen fehlt der Mut. Und wie macht man sich Mut? Indem man so lange zusieht und assistiert, bis die Operation zur Routine wird, zur Selbstverständlichkeit, bis Ihr Innerstes dermaßen abgestumpft ist, daß Sie in einem zuckenden Herzen bloß noch einen faustgroßen Muskel sehen, der vielfachen Fehlleistungen und Verschleißerscheinungen unterworfen ist wie der Motor in Ihrem Auto, und nicht mehr den Menschen, der sein Leben Ihrer ärztlichen Kunst anvertraut. Wenn Ihre Gefühle so weit abgestumpft sind, dann sind Sie ein guter Chirurg.« Er nahm sein Glas und kippte den Rotwein in sich hinein. Schließlich fügte er hinzu: »Seien Sie versichert, mein Freund, Sie spielen den besseren Part von uns beiden.«

Brodka blickte betroffen, und Juliette, der die Ursache für Collins Alkoholismus nicht unbekannt war, versuchte das Thema zu wechseln. An ihren Mann gewandt, sagte sie: »Du solltest Herrn Brodka nicht zu sehr mit deinen Problemen langweilen. Ich glaube, er interessiert sich mehr für Kunst als für Chirurgie.«

»Ja, gewiß«, entschuldigte sich der Professor. »Ich fürchte nur, da kann ich nicht mitreden. Von Kunst verstehe ich, mit Verlaub, überhaupt nichts. Wissen Sie, die heutige Kunst erscheint mir als die Perfektion des Unvermögens. Ich bin der Meinung, daß zu einem Kunstwerk mehr gehört als das Aufstapeln von Holzprügeln, Eisenbahnschienen und Fernsehapparaten oder das Manipulieren mit Fett, Filz, Blut und Schrott. Ich bin gewiß kein frommer Mensch, aber ich glaube, daß Blasphemie und Pornographie keineswegs ein Gütezeichen für künstlerische Potenz sind.«

Juliette lachte auf und sagte: »Und mit so einem Mann bin ich verheiratet! Wenn es nach ihm ginge, müßten noch heute alle Maler Rembrandt zum Vorbild haben, und die Bildhauer Michelangelo. Aber darüber haben wir uns mehr als einmal unter Androhung von Scheidung und Duellierung gestritten.«

Auch Collin lachte jetzt, zum erstenmal an diesem Abend. Dann wandte er sich Brodka zu. »Sie stehen mit meiner Frau in geschäftlicher Beziehung, Herr Brodka?«

Juliette nahm ihm die Antwort ab. »Wenn du damit meinst, ob Herr Brodka Kunstwerke bei mir gekauft hat, lautet die Antwort ja. Er sammelt leidenschaftlich grafische Arbeiten der deutschen Expressionisten.«

Brodka schmunzelte und nickte zustimmend, und bevor der Professor ihn näher zu seiner angeblichen Leidenschaft befragen konnte, fragte er Collin: »Und Sie, Professor? Haben Sie keine Leidenschaft?«

»Natürlich habe auch ich eine Leidenschaft ...«

»Mich«, unterbrach Juliette ihn lächelnd, doch Brodka hatte den Eindruck, als wollte sie Collin am Weiterreden hindern.

Doch der ließ sich nicht beirren und fuhr fort: »Dich vor allem, ja. Aber es gibt noch andere Dinge, die mich ins Schwärmen bringen.«

»Lassen Sie mich raten. Kostbare alte Bücher?«

Der Professor schüttelte den Kopf.

»Die meisten Ärzte und Rechtsanwälte sammeln alte Bücher.«

»Ich nicht.« Collin schien verärgert über diese Bemerkung. »Selbst wenn Sie mich für einen Banausen halten, ich will Ihnen zeigen, was meine Leidenschaft ist.« Er erhob sich.

Juliette machte ein finsteres Gesicht. »Kann das nicht bis nach dem Essen warten? Außerdem glaube ich, daß du unseren Gast langweilst.«

Doch Collin hob nur die Schultern, als wollte er sagen: Dann ist das seine Sache. »Kommen Sie, Herr Brodka.«

Brodka warf Juliette einen fragenden Blick zu; dann folgte er dem Professor in den Keller, ein hell erleuchtetes Gewölbe mit vielen Türen. Er hatte eigentlich erwartet, der Professor würde ihn in ein Kabinett erlesener Wein- oder Champagnerflaschen führen, und vielleicht verbarg sich hinter einer der Türen tatsächlich ein solcher Weinkeller. Doch nachdem Collin eine doppelt gesicherte Tür mit zwei verschiedenen Schlüsseln geöffnet und den Kellerraum dahinter betreten hatte, verharrte Brodka staunend und erschreckt zugleich: Aufgereiht an den Wänden und in Stahlregalen lagerte eine beeindruckende Sammlung Pistolen, Revolver und Gewehre, alte Vorderlader und Steinschloßpistolen, Jagdflinten und Colts. Was in aller Welt bewegte einen Mann, eine solche Sammlung zusammenzutragen?

Als hätte er Brodkas Gedanken erraten, trat der Professor vor ihn hin und sagte, wobei seine Augen unruhig flackerten: »Ich weiß, was Sie jetzt denken, mein Lieber. Da versucht einer, seine Potenz und Männlichkeit zu beweisen. Aber das ist ein Irrtum. Mich fasziniert die Schönheit der Waffen, die handwerkliche Kunst und ihre Geschichte. Egal ob eine Waffe zweihundert Jahre alt ist oder zwanzig, jede hat ihre eigene Geschichte. Hier, nehmen Sie die mal in die Hand.«

Er reichte Brodka ein eigenartig rund geschwungenes Schießeisen und erklärte: »Eine Roth-Sauer-Pistole, von Sauer in Suhl und Roth in Wien hergestellt. Sie wird von oben geladen und besitzt einen Drehwarzenverschluß, Kaliber 7,65.«

Brodka erschrak. Widerwillig hielt er die eigenartig geformte Waffe in der Hand. Dann fragte er unvermittelt: »Haben Sie auch eine Walther PPK in Ihrer Sammlung?«

»Wie kommen Sie darauf?« fragte Collin zurück.

»Es ist die einzige Pistole, deren Namen ich kenne.«

»Nein«, antwortete der Professor, »eine Walther PPK habe ich nicht. So etwas ist mir zu alltäglich.« Schließlich nahm er Brodka die Waffe aus der Hand, legte sie an ihren Platz zurück und meinte kühl: »Obwohl sie zum Töten gut genug ist.«

Brodka fühlte sich unbehaglich. Er wußte nicht, was er davon halten sollte, daß Collin im Keller seines Hauses ein solches Waffenarsenal lagerte – mehr noch, daß er ihm seine Sammlung so bereitwillig gezeigt hatte. Und warum hatte Juliette ihm nie davon erzählt?

Als die beiden Männer aus dem Keller kamen, bat Juliette zum Hauptgang. Es gab Rehbraten mit Rotkohl und Maronenmus. Hatten sie die Vorspeise noch bei angeregter Unterhaltung genossen, verlief das Dinner nun ziemlich schweigsam.

Weiß er von meinem Verhältnis mit Juliette, fragte sich Brodka. Mit einem Mal hegte er Zweifel an Collins Unwissenheit. Hatte er nur einen Verdacht, oder wußte er viel mehr? Wäre es nicht sogar denkbar, daß Collin auf ihn geschossen hatte? Oder daß er den Auftrag gegeben hatte, auf ihn zu schießen?

Die Messer und Gabeln klangen in der Stille beinahe nervtötend laut. Nachdenklich stocherte Brodka im Rotkohl, der purpurviolett auf seinem Teller leuchtete. Da war sie wieder, die Farbe, die ihm solches Unbehagen bereitete.

»Es schmeckt dir wohl nicht?« unterbrach Juliette das peinliche Schweigen und lächelte Brodka an. Kaum hatte sie ausgesprochen, erstarrte ihr Lächeln.

Auch Brodka war nicht entgangen, daß sie ihn geduzt hatte. Deshalb erwiderte er rasch und überschwenglich: »Aber nein, das Essen ist vorzüglich, gnädige Frau. Ich esse schweigend und mit Andacht, glauben Sie mir.« Eine ziemlich dämliche Bemerkung, fand er, aber etwas Besseres war ihm nicht eingefallen.

»Wirklich hervorragend«, pflichtete der Professor mit hinterhältigem Grinsen bei, wobei er abwechselnd Juliette und ihren Gast anschaute.

Verzweifelt versuchte Brodka diese Geste zu deuten. Er war überzeugt, ein guter Menschenkenner zu sein und an der Mimik einer Person deren Absichten deuten zu können. Doch so eingehend er sein Gegenüber auch musterte, er kam zu keinem Ergebnis. Collin ließ mit keiner Regung erkennen, ob er Juliettes Versprecher bemerkt hatte.

Das Dinner endete schweigend. Während Juliette den Tisch abräumte, bat Collin seinen Gast in das linker Hand gelegene Herrenzimmer, einen Raum mit dunkler Möblierung aus der Gründerzeit, kalt und ungemütlich. Es gab Cognac, doch Brodka lehnte dankend ab. Ebenso die Zigarre, die der Professor ihm aus einem spiegelblank polierten Mahagonikästchen anbot.

»Wissen Sie«, meinte Collin schließlich, während er sich umständlich eine Zigarre anzündete, »Juliette ist eine wunderbare Frau. Sie ist klug, sieht gut aus, und sie ist in der Lage, sich ihr eigenes Geld zu verdienen ... gegen meinen Willen übrigens. Kurz, sie ist eine Frau, wie man sie selten findet. Ich liebe sie sehr. Ich würde mich umbringen, wenn sie mich wegen eines anderen verlassen würde. Aber zuvor würde ich diesen anderen umbringen.«

Obwohl er ganz ruhig sprach, hämmerten Collins Worte wie die Kanzelrede eines Bußpredigers auf Brodka ein. Brodka wußte nicht, ob die Bemerkung des Professors nur zufällig gewesen war oder ob er ihr Verhältnis längst durchschaut hatte und nur mit ihm spielte wie die Katze mit der Maus. Dieser Mann erschien ihm undurchsichtig, ja, unheimlich. Er war, so schien es Brodka, zu allem fähig, auch daß er eine Pistole aus der Tasche zog, auf ihn zielte und abdrückte.

Doch noch gab es den kleinen Funken Hoffnung, daß alles nur Einbildung war und daß Collin keine Ahnung davon hatte, daß seine Frau ihn betrog. Deshalb wartete Brodka schweigend, was geschehen würde. Der Rauch der im Aschenbecher abgelegten Zigarre stieg ihm unangenehm in die Nase. Er wich Collins Blick aus und tat, als betrachte er mit Interesse die alte Standuhr, deren Pendel im Rhythmus des Sekundenschlags hin und her schwang.

Brodka schwieg. Er schwieg mit der Beharrlichkeit eines ertappten Jungen, der ergeben darauf wartet, gemaßregelt zu werden, doch insgeheim legte er sich bereits die Antworten parat, falls Collin ihn zur Rede stellen sollte.

Eine Frau wie Juliette, würde er Collin sagen, habe das Recht auf einen ganzen Kerl, einen Mann, der sich nicht zu Tode soff und der sie auch sexuell befriedigte. Mit einer luxuriösen Villa, gesellschaftlichem Prestige und der bloßen Bekundung, von ihrem Mann geliebt zu werden, ließe sich so etwas nicht wettmachen. Wie er sich denn ihre gemeinsame Zukunft vorstelle, würde er Collin fragen. Ob es nicht besser sei, in eine Scheidung einzuwilligen?

Brodka staunte über seinen aufflammenden Mut, doch diese Fragen mußten irgendwann beantwortet werden. Warum nicht hier und jetzt?

Da ihm das Schweigen allmählich unerträglich wurde, erhob sich Brodka, räusperte sich und erklärte: »Also gut, Professor. Machen wir uns nichts vor. Wir sind erwachsene Menschen, und Sie wissen offenbar, daß Ihre Frau und ich ...«

Er verstummte.

Und hätte beinahe laut aufgelacht.

Collin schlief.

Während es um seine, um ihrer aller Zukunft ging, schlief der Mann wie ein Kind. Seine Brille war auf der Nase verrutscht, und aus dem Kragen quetschte sich ein Doppelkinn hervor.

Wie es schien, hatte der Professor der Situation weit weniger Bedeutung beigemessen als Brodka. Ließ das nicht darauf schließen, daß er doch nichts von ihrem Verhältnis wußte? Ein Mann, der dem Mann begegnet, der ihm die Frau ausgespannt hat, schläft ein? Lächerlich!

Brodka drückte die glimmende Zigarre aus, als er hinter sich Juliettes flüsternde Stimme vernahm: »Das ist seine Zeit. Gegen elf schläft er immer ein, egal ob nüchtern oder betrunken.« Sie trat zu ihm, nahm ihn bei der Hand, führte ihn aus dem ungemütlichen Zimmer und schloß die Tür.

»Ich war drauf und dran, ihm alles zu beichten«, sagte er kopfschüttelnd und mit leiser Stimme. »Ich hatte das Gefühl, er wüßte Bescheid.«

Juliette blickte zornig. »Du bist ja verrückt. Hinrich weiß nichts. Gar nichts! Bist du dir überhaupt im klaren darüber, welche Folgen dein ›Geständnis‹ auch für dich gehabt hätte?« Ihre Augen funkelten.

Brodka preßte ihre Hände zwischen die seinen. »Reg dich nicht auf«, sagte er beschwichtigend, »es ist ja nichts passiert. Aber es fügte sich alles auf so merkwürdige Weise zusammen. Er redete und verhielt sich so, als würde er sich über mich und unsere Heimlichkeiten lustig machen. Und als er mir seine Waffen zeigte – während des Essens, verdammt noch mal –, empfand ich das als Drohung. Warum hast du mir verschwiegen, daß er ein Waffennarr ist?«

»Warum sollte ich dir davon erzählen? Ich wußte, daß es dich beunruhigen würde. Im übrigen hat er noch niemandem seine Sammlung gezeigt. Jedenfalls kann ich mich nicht daran erinnern. Das ist eher ein Vertrauensbeweis als eine Drohung. Mach dich nicht verrückt, Brodka. Du brauchst dir keine Sorgen zu machen, mein Mann weiß nichts. Er ahnt nicht einmal etwas.«

»Dein Wort in Gottes Ohr«, murmelte Brodka.

Es begann zu regnen, als er in seinen Wagen stieg.

Die Straßen glänzten spiegelglatt, und Brodka nahm die Lichter eines Fahrzeugs wahr, das ihn zu verfolgen schien. Mach dir nicht schon wieder etwas vor, sagte er sich und schob den Gedanken beiseite. Du hast dich in den letzten Tagen schon viel zu oft getäuscht und dich unnötig verrückt gemacht.

Rascher als erwartet erholte er sich von dem Schrecken, den dieser Abend ihm eingejagt hatte.

Am Tag darauf bereitete die Wunde an seiner Wade ihm kaum noch Schmerzen, und so faßte er den Entschluß, noch einmal die Wohnung seiner Mutter aufzusuchen.

Insgeheim verspürte er ein Unbehagen; er kam sich wie ein Schnüffler vor, als ginge die Vergangenheit seiner Mutter ihn nichts an. Aber früher oder später würde er sich mit der Hinterlassenschaft dieser Frau auseinandersetzen müssen.

Diesmal parkte er seinen Wagen nicht vor dem Haus gegenüber, sondern zwei Ecken weiter in einer Seitenstraße. Er schlug den Mantelkragen hoch und schlich ungesehen, wie er hoffte, in das Haus an der Prinzregentenstraße.

Als er die Wohnung betrat, bemerkte er sofort, daß Licht brannte, wie schon beim letztenmal. Brodka rannte durch den Flur, schaute in jedem Zimmer nach und durchsuchte auch die Abstellkammer neben dem Wohnzimmer, die er letztes Mal außer acht gelassen hatte. Nichts. Dennoch gab es für ihn keinen

Zweifel, daß das brennende Licht ein Zeichen, irgendein Hinweis sein sollte.

Er ließ sich in einem Sessel nieder und schaute sich minutenlang um. An dem Sekretär blieb sein Blick haften. Er hatte Skrupel, ihn zu öffnen, denn er hatte eine dunkle Ahnung, was er vorfinden würde. Schließlich gab er sich einen Ruck, ging zum Sekretär und riß die Tür des Möbels auf wie ein Eindringling, bei dem es um jede Sekunde geht.

Die Pistole war verschwunden.

Entsetzt fuhr er herum, als erwartete er, daß jemand mit der Waffe im Anschlag hinter ihm stand, doch er starrte nur verschreckt ins Leere. Vor seinen Augen verschwamm alles wie eine Fata Morgana, und es dauerte eine Weile, bis Brodka bewußt wurde, daß er sich fürchtete. Ohnmächtige Wut, Hilflosigkeit und Angst kamen in ihm hoch; er bangte wie ein Kind und wünschte sich, er könnte aus diesem bösen Traum entfliehen und die Ereignisse der letzten Tage ungeschehen machen.

Seit seiner Rückkehr aus Amerika war zu viel passiert – zu viel, das selbst einen abgeklärten Mann wie Brodka aus der Bahn werfen konnte.

Nach einer Weile fing er sich wieder und machte sich daran, planlos in den Fächern und Schubladen zu wühlen. Keine Dokumente, keine Briefe. Nur Kontoauszüge und Bankgeschäfte schienen im Leben seiner Mutter eine Rolle gespielt zu haben. Bei oberflächlicher Durchsicht entdeckte Brodka Konten von mehr als einer halben Million, doch was ihn noch mehr verblüffte und seine Neugier weckte, war ein doppelbärtiger Schlüssel, wie er bei Bankschließfächern benutzt wurde.

Brodka nahm den Schlüssel an sich; dann löschte er das Licht und verließ die geisterhafte Wohnung.

Die Bank seiner Mutter befand sich, wie Brodka den Unterlagen entnommen hatte, nicht weit entfernt in derselben Straße.

Der Bankdirektor, ein jugendlicher Karrieretyp, der sich durch einen tadellosen anthrazitfarbenen Zweireiher, vermutlich sogar durch Abitur auszeichnete, prüfte Brodkas Ausweis gewissenhaft. Er bestätigte auch, daß Claire Brodka bei der Bank mehrere Konten und ein Schließfach unterhalten habe. Beim Gespräch über die Vermögensverhältnisse seiner Mutter erfuhr Brodka, daß das Haus, in dem sich ihre Wohnung befand, ihr selbst gehörte und jeden Monat zwanzigtausend Mark abwarf. Ob er der einzige Erbe sei? Als Brodka bejahte, fühlte der Zweireiher sich bemüßigt, ihn zu beglückwünschen und seiner Hoffnung Ausdruck zu verleihen, das Finanzamt möge nicht allzu rabiat mit ihm umgehen – so pflegte er sich auszudrücken. Trotz seiner beinahe peinlich zur Schau gestellten Höflichkeit, lehnte der Bankmensch Brodkas Wunsch, das Schließfach zu öffnen, mit Entschiedenheit ab. Dazu – und für den Zugang zu sämtlichen Konten – benötige er zuerst einen Erbschein, der jedoch vom Nachlaßgericht rasch und problemlos ausgestellt werde.

Der rasche und problemlose Vorgang bei der Behörde dauerte einen ganzen Tag. Mit dem Dokument in der Tasche suchte Brodka am nächsten Tag erneut die Bank in der Prinzregentenstraße auf.

Wieviel Geld er abzuheben gedenke, erkundigte sich der überfreundliche Bankdirektor und war erstaunt, als Brodka erwiderte, er wolle überhaupt kein Geld abheben. Was, wie der verwunderte Direktor entgegnete, höchst ungewöhnlich sei in einem Fall wie diesem. Anscheinend hatten sich die meisten Erben, die er kennengelernt hatte, erst einmal kräftig bedient.

Nein, antwortete Brodka, er wolle nur den Inhalt des Schließfaches kontrollieren, mehr nicht. Dabei tat er, als wüßte er genau, was sich in dem Fach befand.

Gemeinsam betraten sie das Untergeschoß, wo der Bankdirektor ein Gittertor aufsperrte und Brodka zu einer eisernen Wand mit Hunderten von Schließfächern geleitete. Vor Nummer 747, in Brusthöhe gelegen, blieb er stehen, schob einen Schlüssel ins Schloß und öffnete eine Tür. Wortlos und diskret zog er sich in den vor dem Gitter gelegenen Vorraum zurück, wo er an einem kahlen Schreibtisch Platz nahm und wartete, den Blick abgewandt.

Brodka zog eine Kassette aus dem Fach. Mit seinem Schlüssel öffnete er den Deckel. Er spürte, wie seine Hände zitterten; er hatte keine Ahnung, was seine Mutter hier unter Verschluß hielt. Vielleicht Schmuck aus Angst vor Dieben oder irgendwelche Dokumente, die niemand sehen durfte?

Doch er wurde enttäuscht. In der Kassette lag nur eine alte Fotografie, gerade so groß wie eine Postkarte, vergilbt und zerknickt. Das Foto zeigte seine Mutter in inniger Umarmung mit einem Mann. Was Claire Brodka betraf, mochte sie auf dem Bild etwa zwanzig sein, der Mann ein wenig älter.

Den Mann kannte Brodka nicht, er hatte ihn nie gesehen, doch gab es für ihn keinen Zweifel, daß dieser Mann sein Vater sein mußte. Er sah nicht besonders gut aus; doch das Foto mußte aus den fünfziger Jahren stammen, und es war arg verschlissen. Und irgendeine Ähnlichkeit vermochte er schon gar nicht auszumachen.

Warum in aller Welt, fragte sich Brodka, bewahrte seine Mutter dieses Foto in einem Tresor auf? Brodka fühlte sich von dem Mann am Schreibtisch beobachtet und bemühte sich, seine innere Erregung zu verbergen. Deshalb legte er das Bild in die Kassette zurück, verschloß sie und gab dem Bankdirektor ein Zeichen, daß er fertig sei.

Die nächsten Tage verbrachte Brodka damit, Licht in das Dunkel seiner Vergangenheit zu bringen – einer Vergangenheit, die ihn bisher wenig interessiert hatte. Im Gegenteil hatte er stets jeden Gedanken an seine Herkunft verdrängt, als sei es etwas Schmutziges, Verderbtes, sich damit auseinanderzusetzen. Zumindest hatte seine Mutter ihm diesen Eindruck vermittelt. Aber je länger er über seine Kindheit nachdachte, die sich vor allem im Internat abgespielt hatte, desto deutlicher wurde ihm, wie wenig er seine Mutter kannte und wie aussichtslos der Versuch war, mehr über jene Zeit in Erfahrung zu bringen.

Die ganzen Jahre war er gut ohne Vergangenheit ausgekommen. Er hatte seine Begabung früh erkannt und wußte schon mit vierzehn genau, was er wollte. Nun hatte er alles erreicht, ohne daß jemand ihm dabei geholfen hätte oder daß seine Vergangenheit ihm auf irgendeine Weise hilfreich gewesen wäre. Doch plötzlich, von einem Tag auf den anderen, hatte ihn diese unbekannte Vergangenheit eingeholt. Seine Gleichgültigkeit, seine Sorglosigkeit hatten sich mit einem Mal ins Gegenteil verkehrt. Es schien, als verfolgte er sich selbst, als wollte er versuchen, seinen eigenen Schatten zu fangen.

Gewiß, das nicht unerhebliche Vermögen seiner Mutter kam ihm nicht ungelegen. Geld bedeutet Freiheit. Und für Brodka bestand Freiheit darin, nicht jeden Auftrag annehmen zu müssen, nicht Geld verdienen zu *müssen,* sondern zu *können.* Er würde nur noch Bildreportagen machen, die ihn interessierten, egal ob sich ein Magazin fand, das seine Arbeiten veröffentlichte. Dennoch hätte er gern auf diese neu gewonnene Freiheit verzichtet, wären ihm die unheimlichen Geschehnisse der letzten Tage erspart geblieben.

Brodka fühlte sich nicht mehr sicher in seiner Wohnung hoch über den Dächern der Stadt, in der er im Laufe der Jahre unterschiedlichstes Mobiliar angesammelt hatte. Selbst der endlose Blick von der Dachterrasse auf die Alpenkette erschien ihm getrübt. Er wußte, daß irgend jemand sich in seiner Abwesenheit Zutritt zu der Wohnung verschafft und den Anrufbeantworter gelöscht hatte. Es war, als hätte jemand seine Intimsphäre verletzt und als hätte er, Brodka, dadurch die Kontrolle über sein Leben verloren. Zwar hatte er inzwischen das Schloß auswechseln lassen, aber sicherer fühlte er sich trotzdem nicht.

Sogar das Telefon jagte ihm einen Schrecken ein. Es war Dorn, der Chefredakteur von »News«, der ihm eine Reportage in Wien anbot. Brodka nahm an. Er war froh um den Auftrag; denn er sah darin die Möglichkeit, zumindest für ein paar Tage dem Teufelskreis zu entfliehen, in dem er sich gefangen fühlte.

Kapitel 3

Es gibt Städte, die einer ganz bestimmten Jahreszeit bedürfen, um schön zu sein. Rom braucht den Frühling; im Sommer ist die Stadt scheußlich. London dagegen zeigt seine Schönheiten nur im Sommer. In Prag ist der Herbst am schönsten und in Kairo der Winter.

Nur Wien weiß zu jeder Jahreszeit zu gefallen, sogar im nassen Herbst und im kalten Winter, wenn das Morbide dieser Stadt Triumphe feiert.

Brodka kannte jede dieser Städte ziemlich gut, doch Wien mochte er mehr als alle anderen. Das Taxi, das ihn vom Flughafen Schwechat zum Grand Hotel brachte, geriet am Donaukanal in einen Stau, wobei der Fahrer fachkundige Kommentare von sich gab, die in der Erkenntnis gipfelten: »Ka Wunder, daß ma' hier steh'n, wann's dauernd alle Straß'n aufreiß'n.« Wie allen Österreichern war auch dem Taxifahrer ein schlichtes Leiden Lebensinhalt, während die Deutschen meist mit Größenwahn oder Minderwertigkeitskomplexen zu kämpfen haben.

Es war sechzehn Uhr und beinahe dunkel, und der Nieselregen, der diese Stadt zu verzaubern vermag, ging in Schnee über. Brodka nickte geistesabwesend bei jedem weiteren Kommentar des Fahrers. In Gedanken war er längst bei seinem Auftrag, der Erfolgsstory eines Autorennfahrers, der nach dem Ende seiner sportlichen Karriere eine Fluggesellschaft gegründet hatte.

Zwei volle Tage waren veranschlagt: Fototermine am Flughafen, in der Konzernzentrale und in der Villa des Mannes außerhalb der Stadt. Für Brodka Routine.

An der Aspernbrücke bog das Taxi nach links ab und fuhr den Ring entlang. Die Fassade des Hotels in Sichtweite der Oper, einem Juwel der Ringstraßen-Architektur, war hell erleuchtet. Brodka stieg nicht zum erstenmal in diesem Hotel ab, und als er durch die gläserne Drehtür die lichtdurchflutete Halle betrat, begrüßte der Portier ihn von weitem mit jenen Floskeln, die sämtlichen Hotelportiers auf der Welt eigen sind. Doch dieser Portier, dessen Namen Brodka zwar vergessen, dessen Äußeres er jedoch im Gedächtnis behalten hatte, schien mit dem Hotel verwachsen zu sein wie eine Frucht mit dem Baumstamm; er sah aus wie Kaiser Franz Joseph persönlich, und wäre er nicht ein so eilfertiger, allgegenwärtiger Portier gewesen, man hätte ihn für einen Schauspieler halten können, der hier in einem Film mitwirkte.

Auf Befragen erfuhr Brodka, daß der Portier weder mit Herr Franz noch Herr Josef und schon gar nicht mit Herr Franz-Josef angeredet zu werden wünschte, sondern schlicht Herr Erich, was seiner epochalen Erscheinung jedoch keinen Abbruch tat.

Trotz dieses distinguierten Auftretens war sich der Portier nicht zu fein, die Kleidung des Gastes mit scharfen Blicken zu mustern, wobei sein besonderes Interesse Brodkas Rolex zu gelten schien. Herr Erich teilte die Gäste des Hotels – wie sämtliche Menschen – in zwei Kategorien ein: Leute mit und ohne Geschmack. Er behauptete, den wahren Geschmack eines Menschen könne man einzig und allein an seiner Uhr ablesen. Jedenfalls verachtete er Leute mit diesen batteriebetriebenen Dingern am Handgelenk; er bezeichnete dies sogar als Sittenverfall. Natürlich nur im privaten Gespräch; im Dienst hätte Herr Erich nie gewagt, sich über die Gäste auszulassen.

Nachdem Brodka seine Anmeldung ausgefüllt hatte, fuhr er mit dem Lift in sein Zimmer im vierten Stock und zog sich um.

Mit hochgeschlagenem Mantelkragen trat er vor das Hotel. Es hatte zu schneien aufgehört, und Brodka ging zu Fuß die Akademiestraße hinunter in Richtung Stephansdom. In einer Seitenstraße bog er links ab. Ein grün beleuchtetes Schild machte ihn auf ein Restaurant aufmerksam. Brodka aß ein scharfes Herrengulasch, das sich durch langfaseriges Rindfleisch auszeichnete, mit einem Spiegelei bedeckt, und trank dazu ein Krügerl Bier. Dann kehrte er ins Hotel zurück.

Es war kurz nach 21 Uhr und zum Schlafen noch zu zeitig. Deshalb besuchte Brodka die im Zwischengeschoß befindliche Hotelbar, nahm in der Mitte vor dem Fenster unter dem Kronleuchter Platz, bestellte einen Whisky und schaute zur Tür, als erwarte er jemanden. In Wahrheit war sein Blick ins Leere gerichtet. Wieder einmal dachte er darüber nach, wie er die Situation, in die er geraten war, bewältigen konnte – und kam natürlich zu keinem Ergebnis.

Im Hintergrund klimperte ein Klavierspieler »Night and Day« mit hundertfach erprobter Routine, und drei alterslose Japaner am Nebentisch freuten sich fernab heimischer Förmlichkeit ihres Lebens. Ein altes Ehepaar zelebrierte mit Vornehmheit und Sekt seinen Hochzeitstag – dem Aussehen der beiden nach die Goldene Hochzeit –, unentwegt beobachtet von einer – ebenfalls dem Aussehen nach – reichen Witwe an einem der Nebentische. Reiche Witwen in Hotelbars sind etwas Schlimmes.

Gleichgültig beobachtete Brodka eine Geschäftsfrau, die lächelnd durch die Tür trat. Sie trug ein schwarzes Kostüm und schwarze Strümpfe und ein unverschämt anziehendes Selbstbewußtsein zur Schau. Obwohl, wie Brodka später feststellte, noch zwei der kleinen runden Tische frei waren, fragte sie höflich, mit zur Seite geneigtem Kopf, ob es gestattet sei.

Für gewöhnlich hätte Brodka auf eine Frage wie diese vermutlich geantwortet: Was? Aber die Frau war einfach zu hübsch, um so zu reagieren, und das Risiko zu groß, daß sich im nächsten Augenblick irgendein Dampfplauderer zu ihm gesellte.

Also erhob er sich, freundlich nickend, und schob der fremden Frau einen Sessel zurecht. Die bestellte einen Manhattan, schlug die Beine übereinander, zündete sich eine Zigarette an und sagte, nachdem der Glimmstengel bereits die Luft verpestete: »Sie erlauben?«

Auf eine Frage wie diese pflegte Brodka stets mit einem schlichten Nein zu antworten; er haßte Zigarettenrauch. Aber in diesem besonderen Fall wollte er eine Ausnahme machen, um sich nicht gleich alle Sympathien zu verscherzen, und antworten: Bitte! Doch bevor es dazu kam, nahm die Schöne ihre gerade erst angezündete Zigarette, drückte sie im Aschenbecher aus und sagte, wobei sie Brodka in die Augen schaute: »Sie haben völlig recht. Rauchen ist ohnehin blödsinnig. Ehrlich gesagt, rauche ich nur aus Verlegenheit.«

So kam eine angenehme Unterhaltung in Gang, bei der jeder ein Stückchen Leben des anderen zu ergründen suchte, und nach gut einer Stunde wußte Brodka immerhin ihren Namen, Beruf und Familienstand – das Alter konnte man schätzen; sie war vielleicht 35 –, und er hatte seinerseits ebensoviel preisgegeben. Sie hieß Nora Molnar, war PR-Agentin für eine Sportswear-Firma und geschieden. Ihr kurzes kastanienbraunes Haar, das sie nach vorn frisiert trug, faszinierte Brodka mindestens ebensosehr wie ihre großen Brüste unter der Kostümjacke und das Muttermal auf ihrer Oberlippe. Kurz, die Begegnung hinterließ bei Brodka einen nachhaltigen Eindruck, und als sie voneinander erfahren hatten, daß sie beide auch am folgenden Tag im Hotel sein würden, verabredeten sie sich für den nächsten Abend, die gleiche Zeit, derselbe Ort.

In gewisser Weise ähnelte Nora Juliette; zwar nicht äußerlich – Juliette war viel kleiner und hatte langes schwarzes Haar –, aber was ihre Herzlichkeit und Offenheit betraf. Selbst während der Arbeit mit dem smarten Exrennfahrer und Flugunternehmer am folgenden Tag ging Brodka die unerwartete Begegnung vom Vorabend nicht aus dem Kopf.

Kurz vor 21 Uhr, zur vereinbarten Zeit, betrat Brodka die Hotelbar, bestellte wie tags zuvor beim Barmann seinen Whisky und wollte am selben Tisch wie am gestrigen Abend Platz nehmen, als er am hinteren Ende des Raumes vor einem blaugrünen Gobelin mit üppiger Landschaft Nora sitzen sah, wenngleich sie kaum wiederzuerkennen war.

Sie sei etwas zu früh dran, erklärte sie, weil ein Geschäftstermin geplatzt sei, was ihr aber durchaus recht sei, denn sie habe sich sehr auf den Abend gefreut.

Brodka betrachtete verwundert und fasziniert zugleich Noras verändertes Äußeres. Sie war viel auffälliger geschminkt als gestern. Ihr dunkles Haar war mit Gel zu einer Art Helm frisiert, der sich um den Kopf schmiegte. Ihre Lippen, gestern noch zartrosa, leuchteten nun dunkelrot und herausfordernd. Und was Nora am Vortag noch unter einer schwarzen Jacke verborgen hatte – ihren atemberaubenden Busen –, stellte sie heute unter einer eng taillierten Seidenjacke zur Schau, die zwar den obersten Knopf, ansonsten aber keine Wünsche offenließ, denn sie trug nichts darunter.

Der Anblick verwirrte ihn und erregte seine Phantasie, und wie alle Männer in einer solchen Situation begann er von sich selbst zu erzählen und rückte sich dabei ins beste Licht. Nora zeigte sich sehr interessiert, stellte immer neue Fragen und ließ hin und wieder einen bewundernden Ausruf hören. Und Brodka redete – über seinen Beruf, sein Leben, seine Wünsche.

Er fand in Nora eine sehr aufmerksame Zuhörerin; noch

mehr aber schien sie sich in der Rolle der Kokotte zu gefallen. Unruhig, als lauschte sie gespannt seinen Worten, beugte Nora sich immer wieder vertraulich zu ihm vor, lehnte sich lächelnd zurück, verlagerte ruckend ihre Sitzhaltung, daß ihre Brüste wippten, schlug die Beine übereinander oder spreizte sie undamenhaft, so weit der enganliegende Rock es zuließ. Während Brodka bei Champagner aus seinem Leben erzählte, überlegte er fieberhaft, wie er es anstellen konnte, dieses frivole Weibsstück in sein Bett zu kriegen.

Er wußte, die meisten Frauen verabscheuen jede Art von plumper Anmache, finden jedoch die unverblümte Frage ›Wollen Sie mit mir schlafen?‹ schlichtweg umwerfend. Bei einem Drittel aller Angesprochenen endet diese Frage jedoch mit einer Ohrfeige, und alle Mühe war vergebens.

Während Brodka sich den Kopf zerbrach, wie er Nora herumkriegen konnte und seine Begierde wie Spargel im warmen Regen wuchs, schob Nora den Arm über den Tisch, hielt ihm die Fingerspitzen der rechten Hand hin und lächelte dabei vielsagend.

Ob es sein könne, daß sie beide in diesem Augenblick dasselbe im Sinn hätten, fragte Brodka mit der Behutsamkeit eines erfahrenen Mannes.

Eigentlich hätte Nora gar nicht mehr zu antworten brauchen, denn sie hatte Brodkas Hand ergriffen und drückte sie so fest, daß es keiner weiteren Zustimmung bedurfte. Dennoch erwiderte sie laut genug, daß es auch am Nebentisch zu hören war: »Wenn du wissen willst, ob ich Lust auf dich habe – ja.«

Brodka war in diesem Augenblick alles egal: die wissenden Gesichter der Gäste am Nebentisch, die fragenden Blicke des Barkeepers, wenn sie jetzt aufstünden und gingen, und was Herr Erich, der Portier denken mochte, wenn der Gast mit der fremden Schönen durch die Hotelhalle stolzierte.

Brodka wollte, mußte diese Frau haben.

Vor dem Lift trat der allgegenwärtige Herr Erich an Brodka und seine Begleiterin heran. Er entschuldigte sich dienernd, daß er störe, aber er habe eine wichtige Nachricht für Herrn Brodka.

Brodka paßte das gar nicht in den Kram. »Das kann doch wohl bis morgen warten!« fuhr er ihn an. »Heute abend will ich meine Ruhe haben.«

Indigniert hob Herr Erich die Schultern und entfernte sich.

Brodkas Zimmer war in Ocker und Resedagrün gehalten, wie die meisten Zimmer im Grand Hotel. Über dem breiten französischen Bett hing ein alter Stich von Wien, und auf den nußbaumfarbenen Nachtschränkchen zu beiden Seiten brannten zwei Lampen mit gelben Seidenschirmen. In der Ecke ein Schreibtisch. Daneben, dem Fenster zugewandt, eine Sitzgruppe. Dicker Teppichboden mit Rautenmuster, der jeden Schritt verschluckte. Luxus pur.

Brodka warf Noras Mantel über einen Stuhl. Nora breitete die Arme aus, als wollte sie tanzen oder die ganze Welt umarmen – oder niemand anderen als Brodka. Dann hielt sie inne, legte den Kopf in den Nacken und schloß die Augen. Brodka trat auf sie zu und faßte sie um die Taille. Nora preßte ihren Schoß an seinen Leib, rieb ihren Körper so leidenschaftlich an dem seinen, daß Brodka sie am liebsten sofort genommen hätte, bekleidet, im Stehen.

Als schämte sie sich ein wenig, hielt Nora die Augen geschlossen und öffnete langsam die Knöpfe ihrer Seidenjacke. Brodkas Atem ging immer heftiger. Nie hatte er so vollendete Brüste gesehen, groß und fest und herausfordernd. Er faßte sie mit beiden Händen, streichelte, rieb und knetete sie lustvoll. Als er sich bückte, um mit der Zunge die steil aufgerichteten Brustwarzen zu liebkosen, wich Nora ihm aus und gab leise Laute von sich, aus denen Wollust und Ungeduld sprachen.

Aufreizend wand sie sich aus ihrem Rock, ließ ihn zu Boden gleiten und schleuderte ihn mit dem rechten Fuß beiseite. Dann stand sie nackt vor ihm – nackt bis auf ihre halterlosen weißen Strümpfe und die hochhackigen Schuhe. Ihre Figur war makellos, ihre Haut leicht gebräunt. Brodka öffnete seine Hose.

Nora lachte schamlos und wies, ohne ein Wort zu sagen, mit der einen Hand auf die Tür zum Badezimmer, während sie mit der anderen sanft seinen Penis streichelte. In ihren Augen lag die Aufforderung: Warte einen Moment. Dann verschwand sie im Bad.

Brodka wußte nicht, ob das Rauschen, das er vernahm, aus der Dusche kam oder aus dem Inneren seines verwirrten Kopfes. Die Zeit erschien ihm endlos. Er streifte seine Hose herunter und legte sie über den Sessel neben Noras Mantel. Aus dem Augenwinkel sah er, daß irgend etwas aus ihrer Manteltasche ragte, ein Brief vielleicht, oder ein Foto. Er zog es heraus – und erschrak.

Das Foto zeigte ihn.

Im ersten Augenblick war er zu keinem klaren Gedanken fähig. Verwirrt starrte er abwechselnd zur Badezimmertür und auf das Bild. Es war mit einem 180er-Teleobjektiv aufgenommen; der Hintergrund war unscharf, so daß er nicht erkennen konnte, wo man das Foto geschossen hatte.

Es war also keineswegs eine Zufallsbekanntschaft – und Zuneigung schon gar nicht. Nora war auf ihn angesetzt worden. Aus welchem Grund? Mit welchem Ziel? Von wem?

Brodka überlegte fieberhaft. Sollte er Nora zur Rede stellen? Oder sollte er so tun, als wüßte er von nichts, und Nora in die Irre führen, um sie dann seinerseits auszuspionieren? Doch ehe Brodka eine Entscheidung treffen konnte, trat Nora nackt und mit einem Lächeln aus dem Badezimmer.

Brodkas erstarrter Gesichtsausdruck schien sie zu verwirren.

Sie musterte ihn mit zur Seite geneigtem Kopf. »Was ist?« fragte sie.

Brodka hielt ihr das Foto entgegen.

Nora schnappte nach Luft wie ein Fisch auf dem Trockenen; dann riß sie ihm das Foto aus der Hand, raffte ihre Kleidungsstücke zusammen und streifte sie hastig über. Ehe er sich versah, hatte sie das Hotelzimmer ohne ein Wort verlassen.

Halbnackt, nur im Hemd, ließ Brodka sich in einen Sessel sinken. Er fühlte sich benommen. Was, um alles in der Welt, ging hier vor? Erst in München, jetzt in Wien. Wer hatte es auf ihn abgesehen, und weshalb? Er mußte herausfinden, wer diese Frau war.

Brodka zog sich an und fuhr mit dem Lift nach unten. Er wollte erst einmal einen Drink nehmen, um seine flatternden Nerven zu beruhigen, und an der Rezeption die dringende Nachricht abholen, die der Portier ihm avisiert hatte.

Als Brodka den sichtlich pikierten Herrn Erich um die Nachricht bat, suchte der Portier anscheinend nach den passenden Worten und begann schließlich umständlich, wie man es von einem Wiener Hotelportier gewöhnt ist: »Wissen S', der Herr, es ist mir ja peinlich, und eigentlich geht es mich überhaupt nichts an, aber als ich Sie in Gesellschaft der Dame ...«

»Schon gut«, unterbrach Brodka und gab sich alle Mühe, die Begegnung herunterzuspielen, »eine flüchtige Bekannte.«

»Ja, dann«, erwiderte Herr Erich, begann seine Papiere und Schreibutensilien nervös hin und her zu schieben und nickte verstehend.

»Kennen Sie die Dame?« setzte Brodka nach.

»Was heißt kennen, der Herr. Lassen Sie's mich einmal so ausdrücken ... Sie verkehrt bisweilen bei uns, Sie verstehen?«

Brodka verstand zwar nicht genau, ahnte jedoch, was der

Portier andeuten wollte. »Nein. Wie darf ich das auffassen, Herr Erich?«

Der Portier machte ein paar verlegene Handbewegungen, wobei er von einem Fuß auf den anderen trat. »Wir sind ein großes Hotel, wissen S'. Bei uns steigen viele Geschäftsleut' ab, Herren, die schon mal das Bedürfnis haben, mit einer Dame ... Sie wissen schon. Aber es ist nicht an uns, die Moralapostel zu spielen. Manchmal kommt eben einer und fragt nach einer Frau für eine Nacht.« Er kramte in einem hölzernen Karteikästchen und zog ein paar Visitenkarten hervor. »In solchen Fällen haben wir unsere Adressen, verstehen S'?«

Und ob Brodka verstand. Wütend preßte er die Lippen zusammen. Er war auf eine ganz gewöhnliche Nutte hereingefallen!

Herr Erich schien seine Gedanken zu erraten, denn er fügte hastig hinzu: »Ich möchte betonen, es sind alles Damen mit Niveau, keine billigen ...« Er hielt inne und räusperte sich.

Brodka nickte. »Haben Sie die Adresse einer Nora Molnar in Ihrer Kartei?«

Herr Erich ließ die Visitenkarten wie ein Kartenspiel durch die Finger gleiten und murmelte: »Molnar, Molnar ... nein, tut mir leid. Eine Dame dieses Namens ist nicht darunter. Aber das besagt nichts. Die Damen wechseln ihre Namen genauso häufig wie ihre ... Bekanntschaften.«

Brodka war es gleichgültig, was Herr Erich von ihm denken mochte: Er notierte sämtliche Namen und Telefonnummern auf einen Zettel und ging zurück auf sein Zimmer. Er mußte diese Nora ausfindig machen und zur Rede stellen, koste es was es wolle. Er war es satt, immer wieder vor neue Rätsel gestellt und mit unangenehmen Überraschungen konfrontiert zu werden.

Brodka hatte die Nummern von insgesamt zwölf Damen –

wie Herr Erich sich ausgedrückt hatte. Nach zwölf Anrufen wußte er immerhin, daß der Preis für eine Nacht bei 10 000 Schilling lag und daß keine dieser Damen ihrer Tätigkeit unter dem richtigen Namen nachging. Von Nora Molnar wollten zwei Damen schon einmal gehört haben; eine wußte sogar, daß Nora bevorzugt im Hotel »Occident« verkehrte, einem am Graben gelegenen Etablissement, nicht weit vom Stephansdom.

Nach Abschluß seiner Fotoreportage, die er halbherzig und ohne viel Engagement hinter sich brachte, fand Brodka endlich die Zeit, sich auf die Suche nach Nora und ihrem Auftraggeber zu machen.

Das Hotel »Occident« am Graben entpuppte sich als eine Wiener Institution von Rang. Man hätte es ein Stundenhotel nennen können, wäre diese Bezeichnung nicht mit dem Geruch von Schmuddelsex und dem Geschmack des Ordinären und Kriminellen behaftet. Doch das »Occident« erwies sich als seriöse, beinahe vornehme Adresse mit 26 Zimmern und der Versicherung, auch bei stundenweiser Anmietung eines Zimmers nicht mit einem schiefen Blick bedacht zu werden. Und weil das spezielle Angebot des Etablissements keinen saisonalen Schwankungen unterlag, war das »Occident« das einzige Hotel Wiens, das sommers wie winters dieselben Zimmerpreise verlangte.

Einen Gast mit Namen Nora Molnar kenne sie nicht, ließ die Besitzerin, die spätabends auch Portiersdienste verrichtete, Brodka wissen. Natürlich nicht, lebte das Etablissement doch in erster Linie von der Diskretion. Aber Diskretion ist des Beutels größter Feind. So erfuhr Brodka von der verblühten Blondine, nachdem eine Tausend-Schilling-Note den Besitzer gewechselt hatte, daß Nora Molnar im wahren Leben Markovicz hieß und sich jeden Mittwoch zwischen 23 Uhr und Mitternacht in Zimmer 24 – nach dem Muster der Tapete »Fliederzimmer« genannt – einfände, um dort mit einem gutsituierten Herrn »von außerhalb«, der in der Oper das Abonnement 11 belegt habe, den Abend abzurunden – seit gut einem Jahr übrigens, mit Ausnahme der Theaterferien.

Es war Mittwoch, spät am Abend, und die Gelegenheit war günstig. Brodka sah ein Taxi, das an der nächsten Straßenecke hielt, setzte sich hinein und gab dem Fahrer ein reichliches Trinkgeld und die fadenscheinige Erklärung, er müsse noch eine Zeitlang auf jemanden warten. Von dieser Position aus beobachtete er den Eingang des »Occident«.

Punkt elf betrat Nora das Hotel, nachdem kurz zuvor ein elegant gekleideter Herr im Eingang verschwunden war. Genau eine Stunde später verließ sie es wieder und ging über die Straße, um ebenfalls ein Taxi herbeizuwinken. Brodka wies den Fahrer an, dem Wagen zu folgen. Das Taxi nahm den Weg nach Süden, überquerte den Ring und fuhr an der Secession und dem Theater an der Wien vorüber in die Linke Wienzeile in südöstlicher Richtung. Mit Blick auf den Naschmarkt reihten sich hier die wuchtigen Bürgerhäuser, von denen viele in den letzten Jahren sehr schön restauriert worden waren, wie Elefanten in einer Herde.

Das Taxi hielt vor einem Durchgang, der hinter eine Häuserzeile führte. Nora stieg aus. Brodka folgte ihr in sicherem Abstand.

Hinter dem Durchgang entdeckte er ein heruntergekommenes Mietshaus, sechsstöckig und mit Blick auf den spärlich erleuchteten Innenhof. Aus der Fassade ragten eiserne Balkons, die in der Hauptsache als Abstellplätze benutzt wurden und den Eindruck vermittelten, als würden sie jeden Augenblick in die Tiefe stürzen.

Brodka folgte Nora unbemerkt durch die Haustür, ein hohes, hölzernes Ungetüm, dessen Schloß längst schon den Dienst aufgegeben hatte. Er hörte, wie im ersten Stock eine Tür auf- und zuging, und stieg die Treppe hinauf.

»Markowicz« stand rechter Hand auf dem Türschild. Brodka drückte auf den Klingelknopf, was ein häßliches Schnarren verursachte. Als Nora keine Anstalten machte, die Tür zu öffnen, begann Brodka lautstark zu klopfen.

Schließlich hörte er eine Stimme: »Wer ist da?«

»Brodka!« sagte er laut.

Zuerst geschah nichts. Sekundenlang herrschte Stille. Dann hörte Brodka, wie ein Schlüssel im Schloß gedreht wurde, und Nora öffnete die Tür einen Spalt. Dahinter erschien ihr grell geschminktes Gesicht.

»Verschwinden Sie!« zischte sie. »Sonst rufe ich die Polizei.«

Brodka stieß mit dem Fuß die Tür auf, schob Nora zur Seite und stand mitten in der Wohnung, die nur aus einem einzigen großen Zimmer bestand, welches mit alten, sperrigen Möbeln in zwei Räume aufgeteilt worden war.

»Ich rufe die Polizei!« wiederholte Nora heftiger. Angst stand ihr ins Gesicht geschrieben. Sie war halb entkleidet und trug ein purpurviolettes Mieder, aus dem ihre Brüste hervorquollen.

Purpur, dachte Brodka. Ausgerechnet!

Er reagierte nicht auf Noras Drohungen, blickte sich statt dessen in dem ziemlich heruntergekommenen Zimmer um.

Nora zeigte sich plötzlich prüde und schlüpfte in einen geblümten Morgenmantel. Sie fingerte eine Zigarette und ein Feuerzeug aus der Tasche. Als sie die Zigarette anzünden wollte, schlug Brodka sie ihr aus der Hand.

»Was soll das? Was wollen Sie?« rief Nora und machte einen Schritt auf das Telefon zu, das auf einem kleinen Tisch neben dem Sofa stand. Doch Brodka kam ihr zuvor, riß ihr den Apparat aus der Hand und schmetterte ihn auf den Boden.

»Was wolltest du von *mir*, lautet wohl eher die Frage!« Brodka konnte nicht mehr an sich halten. Er stieß Nora aufs Sofa, daß sie einen schrillen Schrei ausstieß und den Kopf schützend in der rechten Armbeuge verbarg.

Brodka baute sich drohend vor ihr auf und wiederholte: »Also, was wolltest du von mir? Wer waren deine Auftraggeber? Raus damit!«

Als Nora den Arm vom Gesicht nahm, war ihr Lidschatten verlaufen, ihr Haar zerzaust. Von ihrer Attraktivität war nicht mehr viel geblieben. Brodka fragte sich, wie diese Frau ihm so sehr den Kopf hatte verdrehen können.

Nora stammelte irgend etwas von viel Geld, für das sie den Auftrag übernommen habe; Geld, das sie dringend benötige. Er sehe ja, in welchen Verhältnissen sie lebe.

»Und wer hat dir das Geld gegeben?«

»Zwei Männer. Ich kenne ihre Namen nicht. Es ging auf Vermittlung von Madame ...«

»Madame?«

»Ja, die Chefin vom ›Occident‹. Wer sich etwas nebenbei verdienen will, so wie ich, ohne sich mit einem Zuhälter einzulassen, der hinterläßt seine Telefonnummer bei Madame. Und Männer, die Lust auf irgendein besonderes Vergnügen haben, gehen ebenfalls zu ihr. Jeder in Wien weiß das.«

»Und diese beiden Männer haben dir Geld gegeben? Wofür?«

»Ich sollte Sie ausforschen. Ihr ganzes Leben, alle Einzelheiten, Ihre ganze Vergangenheit. Die Männer haben mir zwanzigtausend Schilling als Vorschuß gegeben. Morgen sollte ich noch einmal zwanzigtausend bekommen, wenn ich ihnen berichte, was ich über Sie herausgefunden habe. Aber das kann ich jetzt wohl vergessen.«

»Aber du mußt doch wissen, wie die beiden Männer heißen.«

»Ehrlich, ich weiß es nicht!« rief Nora verzweifelt. Verärgert über den nächtlichen Lärm, klopfte ein Nachbar lautstark an die Wand. »Ich weiß es wirklich nicht«, fuhr Nora mit gedämpfter Stimme fort. »Wir haben uns im Operncafé getroffen. Die beiden Männer fragten, ob ich mir zwanzigtausend Schilling verdienen wolle. Ich habe vierzig verlangt, und sie waren einverstanden. Ich dachte erst, die Kerle würden irgendeine Riesenschweinerei von mir verlangen. Sie können sich vorstellen, wie erstaunt ich war, daß ich nichts weiter tun sollte, als Sie auszuforschen. Dann gaben die Männer mir das Foto, nannten mir Ihren Namen und sagten, Sie hätten ein Zimmer im Grand Hotel. Und daß ich genau Ihr Typ sei, so daß es nicht allzu schwer für mich wäre, die Wahrheit aus Ihnen herauszubekommen.«

»Die Wahrheit? Welche Wahrheit?« Brodka legte die Stirn in Falten. »Worauf wollten die Kerle hinaus?«

»Ich habe keine Ahnung, wirklich nicht. Ich hatte den Eindruck, daß die Männer schon eine ganze Menge über Sie wußten. Aber offensichtlich nicht genug. Mir kam es so vor, als suchten die beiden nach was ganz Bestimmtem.«

»Aber wonach?« Brodka ging drei Schritte zum Fenster. Scheibengardinen verwehrten den Blick nach draußen. Er drehte sich um, trat erneut vor Nora hin und fragte, diesmal weniger schroff als zuvor: »Morgen solltest du die Kerle wieder treffen?«

»Ja ... das heißt, heute. Es ist ja schon Mitternacht durch. Im Operncafé, um vierzehn Uhr.«

Brodka nickte. »Wirst du dich mit diesen Männern treffen?«

»Ja. Ich gehe hin und geb' ihnen das Geld zurück. Ich werd' denen sagen, es ist mir nicht geglückt, etwas aus Ihnen rauszubekommen. Sie seien betrunken gewesen oder sonst etwas und hätten nur Blödsinn geredet.«

»Keine schlechte Idee«, erwiderte Brodka nachdenklich. »Aber auch keine besonders gute.«

Nora blickte zu ihm auf. »Wie meinen Sie das?«

Brodka holte Luft und sagte: »Wir wissen beide nicht, ob wir beobachtet wurden. Mir jedenfalls wäre es nicht im Traum eingefallen, im Hotel nach irgendwelchen Spitzeln Ausschau zu halten. Hast du beobachtet, ob jemand uns verfolgt hat?«

Nora hob die Schultern und schüttelte den Kopf.

»Eben. Du solltest hingehen und den Kerlen irgend etwas auftischen. Wer sagt denn, daß ich dir die Wahrheit über mich erzählt habe? Es könnte doch sein, daß ich die Sache durchschaut und dir irgendeine Geschichte aufgetischt habe, die nicht das geringste mit mir zu tun hat.«

»Das stimmt«, bemerkte Nora nachdenklich.

Brodka fuhr fort: »Ich werde mir die beiden Kerle unauffällig aus sicherer Entfernung anschauen. Operncafé, sagtest du? Um vierzehn Uhr?«

»Ja. Ich ... habe Angst.«

»Unsinn«, bemerkte Brodka und wandte sich zur Tür. Dann drehte er sich noch einmal um. »Ach, übrigens, das mit dem Telefon tut mir leid.« Er fingerte zwei Scheine aus der Tasche und legte sie auf den Küchentisch. »Kauf dir ein neues. Ich habe in letzter Zeit einfach zuviel durchgemacht.«

Als Brodka ins Hotel zurückkehrte, war es noch dunkel, aber bereits zu früh am Morgen, um noch zu Bett zu gehen. Ohnehin war er viel zu aufgeregt, als daß er Schlaf hätte finden können. Deshalb stellte er sich unter die Dusche und ließ sich minutenlang das heiße Wasser auf den Kopf prasseln, als wollte er alles, was auf ihn eingestürzt war, aus seinem Hirn spülen.

Hatte er vor Tagen noch geglaubt, den Widrigkeiten entfliehen zu können, die das Schicksal für ihn bereithielt, so hatten die jüngsten Ereignisse ihn eines Besseren belehrt und in der Überzeugung bestärkt, daß es für ihn keinen anderen Ausweg gab, als sich diesem Schicksal zu stellen und den Kampf gegen jenen unbekannten Gegner endlich aufzunehmen.

Brodka bestellte sich das Frühstück aufs Zimmer, entgegen seiner Gewohnheit. Hätte man ihn nach dem Grund gefragt, hätte er keine Antwort gewußt. Lustlos stocherte er in den Rühreiern, trank eine Tasse Kaffee und schob den Rest beiseite; dann stellte er das Tablett vor die Tür – so schmuddelig wie alle benutzten Frühstückstabletts in sämtlichen Hotels dieser Welt.

Schließlich versuchte er Juliette am Telefon zu erreichen, aber es war noch zu früh. In der Galerie meldete sich niemand. Brodka zog sich an, streifte diesmal einen Pullover unter das Sakko, denn draußen war es noch kalt. Doch es schien ein schöner Tag zu werden.

Noch immer ging ihm das Erlebnis mit Nora durch den Kopf. Ihr Sex-Appeal hatte ihn zu einem geilen Bock gemacht, der kaum noch einen Funken Verstand besessen hatte. Brodka schüttelte den Kopf. Ausgerechnet ihm mußte so etwas passieren, einem Mann, der glaubte, alles im Leben erlebt zu haben. Einem Mann in seinem Alter. Lachhaft! Mein lieber Brodka, sagte er sich, du wirst doch nicht senil?

Das Telefon summte. Es war Juliette. Sie schickte ihm Küsse durch den Hörer.

»Gerade habe ich versucht, dich zu erreichen«, sagte Brodka.

»Ich bin noch zu Hause«, entgegnete Juliette. »Mein Mann ist auf einem Kongreß. Wann kommst du endlich zurück? Du fehlst mir sehr. Wolltest du nicht längst wieder hier sein?«

»Du weißt doch, wie das in meinem Job ist«, suchte Brodka bei einer Notlüge Zuflucht. »Wegen des schlechten Wetters konnte ich keine Aufnahmen im Freien machen. Ich ... äh, weiß nicht einmal, ob ich heute fertig werde.«

Eine Pause entstand, in der sich spürbare Unsicherheit, ja Peinlichkeit ausbreitete.

»Ist etwas mit dir?« fragte Juliette schließlich. »Du klingst so merkwürdig.«

»Wie meinst du das?« erwiderte Brodka mit gespielter Verwunderung. Dabei wußte er genau, daß seine Fähigkeit sich zu verstellen, bei Juliette ihre Grenzen hatte. Doch er hatte nicht vor, ihr am Telefon von den Ereignissen des gestrigen Tages zu erzählen, obgleich er Gewissensbisse verspürte, wenn er an Nora dachte. »Wie lange bleibt dein Mann noch fort?« fragte er, um das Thema zu wechseln.

»Drei Tage«, antwortete Juliette. »Bitte, komm bald, bevor ich mich nach einem anderen Kerl umsehe.« Sie lachte leise.

Das weitere Gespräch drehte sich um Nichtigkeiten. Brodka war mit seinen Gedanken ohnehin schon bei dem Treffen im Operncafé; außerdem war er peinlich darauf bedacht, keine Bemerkung über das Geschehen der letzten beiden Tage zu verlieren. Das mußte warten. Er hatte schon genug am Hals.

Brodka versprach seine Rückkehr für den nächsten Tag und tauschte mit Juliette noch ein paar Belanglosigkeiten aus, als er plötzlich ein leises Geräusch an der Tür vernahm. Unter dem Türspalt wurde ein Zettel hindurchgestoßen.

Nachdem er das Gespräch beendet hatte, hob Brodka den Zettel auf. Es war eine Hotel-Message: *Anruf 8 Uhr 25: Frau Nora Markowicz, Linke Wienzeile, erbittet dringend Besuch.*

Brodka schaute auf die Uhr: fünf nach halb neun. Was hatte diese Nachricht zu bedeuten? Während er seinen Mantel anzog, bestellte er beim Portier ein Taxi.

Als er vor dem Hotel auf die Straße trat, blinzelte die Sonne durch das Astwerk der Bäume, die den Kärntnerring säumten. Der Taxler schien stumm zu sein und mißgelaunt, was Brodka nur recht war. Ihm stand absolut nicht der Sinn nach Konversation.

In den Morgenstunden hat der Wiener Verkehr etwas Neapolitanisches. Es hat den Anschein, als gelte das Faustrecht, und um diesem Nachdruck zu verleihen – und weil das ewige Stop-and-Go es erlaubt –, sind Automobilisten in der Hauptsache damit beschäftigt, die Scheiben ihrer Fahrzeuge herunterzukurbeln, um Vorder-, Hinter- oder Nebenleuten markige Schlachtrufe zu übermitteln. Zum Glück sind heimische Verkehrsteilnehmer daran gewöhnt; für sie sind die Beschimpfungen wie Valbil, ein Mittel, das den Gallenfluß fördert. Fremde verstehen die Kraftausdrücke ohnehin nicht.

Bei Tag sieht die Wienzeile mit ihren Marktbuden und Ständen viel freundlicher aus als zu nächtlicher Stunde, und es bereitete Brodka Schwierigkeiten, die Einfahrt zu finden, welche zu dem Rückgebäude führte, wo Nora wohnte. Als er den Durchgang endlich entdeckt hatte, bezahlte er den Taxler und stieg aus. Er durchquerte das Vorderhaus und betrat das Rückgebäude.

Im Inneren war es kaum wärmer als draußen. Brodka stieg über die abgetretenen Stufen zum ersten Stock hinauf. Von oben kam ihm eine ältere Frau entgegen, die sich am Geländer abstützen mußte. Sie musterte Brodka mit zusammengekniffenen Augen, wandte dann aber den Kopf zur Seite und ging wortlos vorüber.

Nora schien ihn zu erwarten, denn die Tür stand einen Spalt offen.

Brodka klopfte und trat ein.

Wie eine Schlampe, die einen Freier erwartet, saß Nora auf dem Sofa hinter dem Küchentisch. Sie trug denselben geblümten Morgenmantel, der Brodka schon in der Nacht mißfallen hatte. Ihr Kopf lag weit im Nacken; die Arme waren ausgebreitet und die Beine gespreizt, daß man höher blicken konnte, als es einem Mann zukam, der nicht dafür bezahlte.

Brodka hielt Nora für betrunken, denn in der Wohnung stank

es nach Alkohol. Doch als er näher trat, sah er die dunklen Flekken links und rechts an ihrem Hals. Noras Augen starrten ins Leere, als wären sie aus Glas. Die Lippen waren blau, und der Mund stand einen Fingerbreit offen.

Brodka, der sich noch nie in einer solchen Situation befunden hatte, durchfuhr ein eisiger Schreck. Hilflos griff er nach Noras linker Hand. Sie fühlte sich kalt an, und als er sie losließ, fiel ihr Arm schlaff herab. Erst jetzt wurde Brodka wirklich klar, daß sie tot war.

Im selben Augenblick wurde ihm die ganze Tragweite des Geschehens offenbar. Nora war ermordet worden.

Und er war den Mördern in die Falle getappt.

Kein Zweifel, man wollte ihm den Mord in die Schuhe schieben!

In seinem Kopf jagten sich panische Angst und ohnmächtige Wut. Er fühlte, wie das Blut in seinen Schläfen hämmerte. Nur ein Gedanke beherrschte ihn: Weg hier!

Im Treppenhaus vernahm er Stimmen. Er ging zur Tür, lauschte. Die Stimmen entfernten sich. Vorsichtig öffnete er die Tür einen Spalt, spähte nach draußen. Niemand war zu sehen.

Brodka beschloß, sofort zu verschwinden. Er trat vor die Tür. Das Treppenhaus schien leer zu sein. In irgendeiner Wohnung dudelte ein Radio. Brodka atmete einmal tief durch; dann zog er die Wohnungstür hinter sich ins Schloß.

Betont gleichmütig stieg er die Treppe hinunter. Es kostete ihn ungeheure Überwindung, nicht Hals über Kopf loszurennen. Bevor er das Haus verließ, warf er einen Blick nach draußen. Niemand zu sehen. Brodka überquerte den Hof und trat auf die Straße.

Der Verkehrslärm erschien ihm wie Musik. Zu Fuß machte er sich auf den Weg zum Hotel. Er nahm die Passanten, die ihm entgegenkamen, kaum wahr. Erst jetzt schritt er schneller aus, ständig das Bild der Toten vor Augen. Als er nahe der Oper den Ring überquerte, begann er zu rennen.

Auf seinem Zimmer angelangt, packte er hastig seinen Koffer, beglich die Rechnung und stieg in ein Taxi zum Flughafen. Brodka hörte gar nicht hin, als der Taxler zu reden begann. Zu viele Gedanken schossen ihm durch das Gehirn; verzweifelt suchte er nach einer Möglichkeit, seinen Kopf aus der Schlinge zu ziehen.

Er sah ein, Flucht war die denkbar schlechteste Lösung.

Das Taxi hatte die halbe Strecke zum Flughafen zurückgelegt, als Brodka den Fahrer aufforderte, zum Polizeipräsidium zu fahren.

Der Taxler schaute Brodka verwundert von der Seite an, zuckte die Schultern und wendete in Richtung Schottenring. »Bittschön, der Herr. Es ist Ihr Geld.«

Die Bundespolizeidirektion befand sich im 1. Bezirk, ein riesiger alter Kasten mit unzähligen Fenstern. Hinter einer Glasscheibe saß ein Beamter vor mehreren Telefonen und Monitoren. Als Brodka ihm den Mord meldete, zeigte der Mann nur wenig Interesse. Er schickte ihn zunächst zur Unfallaufnahme. Von dort wurde er an das Mordkommissariat verwiesen, an einen Beamten namens Wallner.

Der hörte sich Brodkas Geschichte an, wobei er bisweilen das Gesicht verzog, als empfinde er Ekel und Abscheu. Schließlich rief er einen Assistenten zu sich, einen Zweizentnermann mit langsamen Bewegungen und einem buschigen Schnauzer, und meinte in einem Anflug von Temperament: »Also dann, pack ma's.« An Brodka gewandt sagte er höflich: »Wenn Sie bitte mitkommen wollen.«

Am Steuer des Polizeifahrzeugs entpuppte sich der behäbige Assistent als temperamentvoller Fahrer; jedenfalls schien ihm das am Dach des Volkswagens befestigte Blaulicht Flügel und eine gewisse Todesverachtung zu verleihen, denn er überfuhr zwei rote Ampeln und benutzte sowohl Fahrbahn wie Bürgersteig, um zügig voranzukommen.

An der linken Wienzeile eingetroffen, schickte der Kommissar seinen Assistenten zur Hausbesorgerin im vorderen Gebäude, die sich als resolute Endfünfzigerin mit aufgetürmten blonden Haaren entpuppte. Sie schloß die Tür zu Noras Wohnung auf. Nachdem es ihr mit einiger Mühe gelungen war, einen kurzen Blick ins Innere zu werfen, schlug sie die Hände über dem Kopf zusammen und klagte, daß so etwas – großer Gott! – ausgerechnet in ihrem Haus passieren müsse.

Nachdem der Kommissar sich ein erstes Bild vom Tatort gemacht hatte, schickte er seinen Assistenten zum Dienstwagen, der im Hof parkte, um über Funk die Spurensicherung und den Leichenbeschauer zu rufen.

Letzterer traf zuerst ein, ein junger, studentenhafter Typ mit randloser Brille und schwarzem Koffer. Während Brodka, der diese Prozedur nicht mit ansehen konnte, sich zum Fenster wandte, stellte der Leichenbeschauer offiziell den Tod Noras fest. Ursache: Tod durch Erwürgen. Die Tat, erklärte er, sei vor etwa zehn Stunden begangen worden.

Nach einer halben Stunde trafen die Beamten der Spurensicherung ein, zwei alte Hasen in diesem Job, die das Mobiliar, Flaschen und Gläser, sogar das auf dem Boden liegende Telefon und eine kostbare Armbanduhr, deren Armband durchgerissen war, mit Graphitpulver betupften, um Fingerabdrücke nehmen zu können. Außerdem wurden Fotos geschossen, wobei die Spurensicherungsleute munter über die »Austria«, einen traditionsreichen Wiener Fußballverein, diskutierten.

Als zwei Bestatter mit einem Zinksarg erschienen und Nora an Armen und Beinen hineinhoben, stürzte Brodka zur Toilette neben dem Eingang und übergab sich. Die mißtrauischen Blikke des Kommissars, der die Tür zur Toilette aufmerksam im Auge behielt, entgingen ihm.

»Na«, meinte Wallner mit falscher Freundlichkeit, als Brodka wieder im Zimmer erschien, »wollen S' uns jetzt vielleicht sagen, wie's wirklich war?«

Brodkas Gesicht war bleich wie ein Bettlaken. Er fühlte sich elend, und das Sprechen fiel ihm schwer. Er wunderte sich nicht, daß der Kommissar an seiner Version des Geschehens zweifelte. Zu perfekt hatte man das Verbrechen eingefädelt. Aber wie sollte er seine Unschuld beweisen?

»Ich habe Ihnen die Wahrheit gesagt«, erklärte Brodka müde. »Es war so, wie ich es geschildert habe.«

Ein beinahe mitleidiges Lächeln huschte über das Gesicht des Kommissars. Er trat vor Brodka hin und hielt ein Foto hoch. »Ein wirklich hübsches Bild von Ihnen«, sagte er. »Steckte im Mantel der Ermordeten. Haben Sie eine Erklärung dafür?« Er hielt das Bild in die Höhe, das ein Unbekannter mit dem Teleobjektiv geschossen hatte. »Und können Sie uns erklären, weshalb Sie sich heute früh gegen halb eins mit der Ermordeten gestritten haben, wie ein Nachbar der Frau aussagte?« Brodka schwieg; er gab sich geschlagen, als Wallner steif erklärte: »Herr Brodka, Sie sind wegen Mordverdachts vorläufig festgenommen.« Wallner löste die Handschellen von seinem Gürtel und ließ sie um Brodkas Handgelenke schnappen.

Bei Brodka machte sich ein Gefühl der Gleichgültigkeit breit. Im Moment war ihm alles egal. Wie sollte er sich wehren? Ihm fehlte die Kraft, aber auch die Argumente. Er hatte nur das dringende Bedürfnis, diesen schrecklichen Ort zu verlassen.

Der Assistent packte Brodkas Arm und führte ihn die Treppe hinunter zum Polizeifahrzeug. Fünf-, sechsmal flammten die Blitzlichter von Pressefotografen auf. Brodka nahm es wie durch einen Nebelschleier wahr und fragte sich beiläufig, wie es wohl sein würde, wenn sein Foto morgen in allen Zeitungen erschien. Alexander Brodka, der Frauenmörder! Er hatte diese Art sensationslüsterner Bilder immer verabscheut. Nun war er selbst zum Objekt solcher Fotos geworden – zum Abschuß freigegeben, wie man in seiner Branche zu sagen pflegte.

Brodka war nicht mehr er selbst. Er war nicht einmal wütend über das, was mit ihm geschah. Er hatte das Gefühl, seiner Persönlichkeit beraubt worden zu sein, als hätte man ihn unter Drogen gesetzt. So ließ er alles ohne Protest über sich ergehen. Er war nur müde, hundemüde.

Auch als die Hausbesorgerin, während der Assistent den Verhafteten ins Polizeifahrzeug drückte, mit gellender Stimme »Mörder, Mörder!« rief, prallte es an ihm ab wie ein Stein an einer Betonmauer.

Zellen für Untersuchungshäftlinge sind nirgends auf der Welt eine Augenweide, und die Zelle, in die Brodka gesteckt wurde, machte keine Ausnahme. Kaum zehn Schritte bis zum Fenster – eher ein hohes Lichtloch aus Glasbausteinen – und gerade noch Platz für zwei mit Plastik bezogene Liegen.

Brodka war nicht der erste Gast. Eine Stunde vor ihm hatte bereits ein anderer unfreiwillig Quartier in der Zelle bezogen. Der Mann trug einen dunkelblauen Anzug und eine rote Krawatte und tat sehr vornehm, was gar nicht zu ihm passen wollte, sobald er den Mund aufmachte.

Er heiße Agostinos Schlegelmilch, stellte er sich vor und machte eine beinahe lächerlich elegante Handbewegung.

Abwesend murmelte Brodka seinen Namen.

Eine Zeitlang saßen die beiden sich auf ihren Pritschen wortlos gegenüber, Brodka mit gesenktem Kopf, während Schlegelmilch ihn mit verlegenem Grinsen musterte und schließlich das Wort ergriff. »Sieht aus, als wärst du zum erstenmal im Häfen«, sagte er; dann hielt er die linke Hand in die Höhe, die Finger gespreizt, und erklärte: »Bei mir ist's heuer der fünfte Besuch. Das härtet ab.«

Obwohl er die Bemerkung komisch fand, konnte Brodka nicht darüber lachen. Er wollte seine Ruhe haben und nachdenken, nichts weiter als darüber nachdenken, wie er es anstellen sollte, hier wieder herauszukommen.

»Und?« bohrte der andere weiter. »Warum bist' hier?«

Brodka wollte nicht antworten, ahnte jedoch, daß sein redseliger Mitgefangener keine Ruhe geben würde. Deshalb erwiderte er: »Die wollen mir einen Mord anhängen.«

Agostinos Schlegelmilch pfiff durch die Zähne. »Das ist ja 'n Ding!« sagte er, und in seiner Stimme schwang eine gewisse Bewunderung mit.

»Verdammt, ich war's nicht!« rief Brodka.

»Klar«, meinte Schlegelmilch, »du warst es nicht.« Es klang ein bißchen wie ein Trost, doch die Ironie war unüberhörbar. Beschwichtigend fuhr er fort: »Keine Angst. Du brauchst deine Unschuld nicht zu beweisen. Die müssen dir deine *Schuld* beweisen.«

»Ich bin unschuldig, verdammt«, wiederholte Brodka ungehalten.

Schlegelmilch hob beide Hände: »Ist scho' gut, ist scho' gut.« Und nach einer Pause: »Was war's denn genau?«

»Mord an einer Prostituierten.«

Agostinos Schlegelmilch begann laut zu lachen. Prustend stieß er hervor: »A Schnall'n hat er gekillt, a Schnall'n!«

Das abstoßende Lachen des anderen war zuviel für Brodka. Er sprang auf und wollte Schlegelmilch mit dem Handrücken der Rechten ins Gesicht schlagen.

Der Mann fing den Schlag mit der Hand auf und verstummte abrupt. Für einen Moment schien er versucht, aufzuspringen und es Brodka mit gleicher Münze heimzuzahlen; dann aber entspannte sich seine Haltung.

»Tu das nicht noch einmal, Freunderl«, sagte er leise, aber mit bedrohlichem Unterton, ehe er Brodkas Handgelenk wieder losließ.

Brodka setzte sich schwerfällig auf die Pritsche und schwieg.

»Mach dir nicht die Hosen voll«, sagte Schlegelmilch. »Der Mord an einer Nutte ist in den Augen unserer Justiz eigentlich gar kein richtiger Mord. Da gibt's Gutachter, die bescheinigen dir verminderte Zurechnungsfähigkeit, Sexualekel oder ein gestörtes Verhältnis zu deiner Mutter, und schon bist du aus dem Häfen wieder raus. Nichts leichter als das, glaub mir.«

Brodka widerstrebte es, dem Mann überhaupt zuzuhören. Andererseits hatte dieser seltsame Typ anscheinend wirklich Erfahrungen mit dem hiesigen System – mehr jedenfalls als Brodka selber. Er beschloß, sich seinem Zellenpartner anzuvertrauen. Was hatte er schon zu verlieren?

»Ich werde verfolgt«, begann er und erzählte Schlegelmilch, wie die ›Schnalle‹ von Unbekannten auf ihn angesetzt worden war – Unbekannte, die vermutlich Noras Mörder waren und nun versuchten, ihm diesen Mord in die Schuhe zu schieben.

Schlegelmilch zog die Brauen hoch. »Hast du eine Ahnung, *wer* hinter dir her ist?« fragte er.

»Wenn ich das wüßte, wäre mir wohler«, erwiderte Brodka und fügte wütend hinzu: »Dann hätte ich wenigstens einen Feind, gegen den ich etwas unternehmen könnte!«

Die Bemerkung schien Schlegelmilch Unbehagen zu bereiten, denn er entgegnete: »Du bist wohl einer von den ganz Mutigen, was? Mann, du lebst gefährlich!«

Brodka verstand nicht, was er meinte, hatte aber keine Lust, noch mehr preiszugeben, und starrte schweigend auf den glatten Boden.

Agostinos Schlegelmilch entledigte sich seines Jacketts; dann löste er die Krawatte und legte sich auf seine Pritsche. Er verschränkte die Hände hinter dem Kopf und blickte zur Decke. Es schien, als dächte er nach. Schließlich fragte er, ohne den Blick von der Decke zu nehmen: »Hast du Kohle? Ich meine, bist du reich?«

»Was heißt reich«, murmelte Brodka abwesend.

»Was heißt reich?« äffte Schlegelmilch ihn nach. »Hast viel Schotter, oder bist a armer Hund?«

Zum erstenmal legte sich der Anflug eines Lächelns auf Brodkas Gesicht. »Ich habe ein bißchen Schotter. Ehrlich gesagt weiß ich selbst nicht einmal, wieviel.«

»Geerbt?«

Brodka nickte.

»Das stinkt, das stinkt sogar sehr!« rief Agostinos, erhob sich und blickte Brodka an. »Und weißt du, wonach das stinkt? Nach der ehrenwerten Gesellschaft.« Er zog die Brauen in die Höhe und lächelte verschmitzt. »Die kennen deinen Kontostand besser als du selbst. Kannst mir glauben.«

Brodka war es unerklärlich, weshalb er diesem zwielichtigen Typen soviel Vertrauen entgegenbrachte. Vielleicht machte die ungewöhnliche Situation ihn so gesprächig. Andererseits hatte er schlicht das Bedürfnis, sich jemandem mitzuteilen. Er rang sich ein Schmunzeln ab und entgegnete: »Also, für die Mafia sind mein Vermögen und ich selbst bestimmt eine Nummer zu klein.«

Agostinos Schlegelmilch wiegte den Kopf. »Sag das nicht. Wenn du selbst nicht mal weißt, wieviel Kohle du hast ...«

Brodka blickte sein Gegenüber mißtrauisch an. »Du kennst dich da anscheinend aus«, meinte er.

Verlegenes Schweigen. Dann Schlegelmilchs vielsagende Antwort: »Du weißt doch, wie das ist. Man kennt einen, der wiederum einen kennt, und der ist ...«

»Ach, so ist das.«

»Ja, so ist das.«

»Und was macht die ehrenwerte Gesellschaft, wenn es nicht gerade um viel Geld geht?«

Agostinos grinste. »Zum Beispiel Aufträge für ehrenwerte Leute erledigen, die sich nicht die Finger schmutzig machen wollen. Wenn du willst, kann ich mich für dich umhören, sobald ich morgen hier rauskomme. Gegen Spesen, versteht sich.«

»Ist das nicht gefährlich?«

»Das ganze Leben ist gefährlich. Mach dir um mich keine Sorgen. Du erreichst mich unter Schwitzko, Zwölfergasse 112, am Westbahnhof.«

»Deine Frau?«

»Na. Meine Postanlaufstelle. I bin net verheiratet. I bin schwul, wenn'stes genau wissen willst.«

Brodka musterte den Mann. Er hielt Schlegelmilch für einen kleinen Gauner, einen Angeber. »Woher willst du wissen, daß du morgen rauskommst?« fragte er spöttisch.

Agostinos setzte ein hinterhältiges Grinsen auf und antwortete mit einer Gegenfrage: »Weißt du, was ein Haftrichter im Monat verdient? Keine 30 000 Schilling. Für so einen sind 50 000 eine Riesennummer. Verstehst, was ich meine? Morgen abend sitz' ich im ›Roten Gimpel‹ und sauf' mir einen an. Wetten?«

Am folgenden Tag nahm das Schicksal für Brodka eine unerwartete Wendung. Nach einem weiteren Verhör am Vormittag, bei dem er nichts anderes ausgesagt hatte als am Tag zuvor, war er in seine inzwischen leere Zelle zurückgebracht worden. Der

Kommissar hatte ihm geraten, sich einen Anwalt zu nehmen, aber noch ehe Brodka dieser Aufforderung nachkommen konnte, erschien der Kommissar erneut in der Zelle und überbrachte Brodka die unverhoffte Nachricht, er sei frei; die Beweise reichten nicht aus, um ihn festzuhalten. Im übrigen habe sich eine neue Sachlage ergeben.

Auf sein Drängen erfuhr Brodka, was geschehen war: Herr Erich vom Grand Hotel hatte zwei Betrüger zur Anzeige gebracht, die überstürzt und ohne ihre nicht unerhebliche Rechnung zu begleichen, das Hotel verlassen hatten – ein Fall, wie er nicht gerade häufig vorkommt, und der umfangreiche Ermittlungen nach sich zieht.

Bei der Beschreibung der Täter kamen den Ermittlern das geschulte Auge von Herrn Erich, seine mehr als dreißigjährige Berufspraxis und seine besonderen Ansichten in Bezug auf Geschmack und Kultiviertheit zu Hilfe – kurz, der scheinbar gleichmütige Portier hatte nicht nur eine präzise Beschreibung der Männer geliefert, welche die Erstellung zweier brauchbarer Phantombilder erlaubte, Herr Erich hatte überdies bei einem der beiden ein besonderes Kennzeichen bemerkt, eine Armbanduhr von Lange & Söhne, gut und gern eine halbe Million Schilling wert und Zeichen eines erlesenen Geschmacks.

Nach Auffassung von Herrn Erich hätten weder der materielle noch der ideelle Wert dieser Uhr zu dem Mann gepaßt; deshalb habe er das Auftreten der beiden von Anfang an mit Argwohn verfolgt. Als bekannt wurde, daß die Männer das Hotel in betrügerischer Absicht verlassen hätten, ließ der Portier das Zimmer bis zum Eintreffen der Spurensicherung bewachen, die – außer gut verwertbaren Fingerabdrücken – auf einem Schreibblock neben dem Telefon den Abdruck einer Telefonnummer entdeckten; die Nummer von Nora Markowicz, die in der Nacht zuvor eines gewaltsamen Todes gestorben war.

Also wanderte der Fall der beiden Unbekannten vom Betrugs- zum Morddezernat, und als der Kommissar Herrn Erich die in der Wohnung Noras aufgefundene Uhr mit dem gerissenen Armband präsentierte, erklärte der Portier, ja, das sei die Uhr eines der beiden Herrn, ein seltenes Stück; er glaube, daß es in ganz Wien kein zweites Exemplar davon gebe. Außerdem, so der Kommissar, habe die Hausbesorgerin des Gebäudes an der Linken Wienzeile anhand des Phantombilds bestätigt, einen der Männer beobachtet zu haben, als er Noras Wohnung verließ. Grund genug, Brodka aus der Haft zu entlassen.

Brodka war frei, doch seine Stimmung war gedrückt. Er ertappte sich dabei, daß er aus Angst vor Verfolgern nervös um sich blickte, daß er seine Schritte beschleunigte, sobald jemand sich ihm näherte, und daß er den Blick senkte, wenn ein Fremder ihn anschaute.

Selbst wenn man die beiden Kerle faßt – wäre damit auch *dein* Fall aus der Welt geschafft, fragte er sich. Für Brodka gab es keinen Zweifel, der Mord sollte ihm angelastet werden. Man wollte ihn aus dem Weg schaffen. Aber warum? Und warum so *umständlich*? Wieso hatten diese Leute ihn nicht ebenfalls getötet?

Am Schottentor stieg Brodka der aromatische Geruch, der von einem Würstelstand ausging, in die Nase. Er aß eine Käsekrainer mit scharfem Senf und geriebenem Kren. Als er den Pappteller in die Abfalltonne warf, fiel sein Blick auf die Zeitungen am benachbarten Kiosk, hier Trafik genannt. Leise fluchend blickte er auf sein Foto und legte unwillkürlich die linke Hand vors Gesicht, damit niemand ihn erkannte. Eine unsinnige Handlung.

Er brauchte sich nicht zu verstecken. Er war kein Mörder. Er war ein freier Mann.

Seine größte Sorge galt nun Juliette, der er erklären mußte, was passiert war, bevor sie alles aus der Zeitung erfuhr. Er wußte nicht, wie sie reagieren, ja, ob sie ihm überhaupt glauben würde. Er hatte Angst vor dem Gespräch. Und wenn sie ihn ein mieses Schwein nennen würde, einen Lügner und Hurenbock, könnte er ihr nicht einmal böse sein.

Von einer Telefonzelle am Rathausplatz wählte er die Nummer ihrer Galerie. Erst jetzt bemerkte er, daß seine Hand zitterte. Er behielt die Umgebung im Auge, während das Freizeichen ertönte. Niemand hob ab. Brodka versuchte, Juliette zu Hause zu erreichen, aber auch dort blieb sein Anruf unbeantwortet.

Schließlich ließ er sich auf einer Parkbank nieder, mit Blick aufs Burgtheater. Ihn fröstelte. Er versuchte, das Geschehen der letzten Tage zu analysieren, vernünftige Schlüsse zu ziehen, die ihm helfen konnten, sich seine nächsten Schritte zu überlegen.

Er mußte an seine gestrige Begegnung mit Agostinos Schlegelmilch denken, diesem seltsamen, nestroyhaften Gecken in der Gefängniszelle. Hatte der Kerl nicht selbstsicher erklärt, er würde heute aus dem Gefängnis entlassen und sich einen ansaufen? Offenbar hatte der Bursche gute Beziehungen, denn er war tatsächlich auf freien Fuß gekommen. Überhaupt schien dieser Kerl in der Wiener Unterwelt eine bekannte Größe zu sein – oder er verfügte über Hintermänner, die ihm behilflich waren.

So gesehen, erschien ihm Schlegelmilchs Angebot, sich umzuhören, wer seine Verfolger waren und welche Ziele sie hatten, keineswegs so unsinnig wie noch am Vortag. Wo, hatte Schlegelmilch gesagt, war er zu erreichen? Brodka waren nur der Name Schwitzko und der Westbahnhof im Gedächtnis geblieben; Schlegelmilchs genaue Adresse hatte er vergessen. Und Brodka war sicher, daß Schwitzko nicht im Telefonbuch stand.

Also winkte er ein Taxi heran, nannte den Westbahnhof als

Fahrziel und fragte den Taxler unterwegs nach sämtlichen Straßen um den Westbahnhof. Schon nach kurzer Aufzählung wurde Brodka fündig: Zwölfergasse.

›Schwitzko, Zwölfergasse Nummer 112, am Westbahnhof‹, hatte Schlegelmilch gesagt.

Das Haus ähnelte jenem Hinterhaus an der Linken Wienzeile auf verblüffende Weise und schürte in Brodka den Verdacht, daß in dieser Stadt die meisten Mietshäuser so aussähen: alt, schauerlich und furchteinflößend.

Brodka fand den Namen Schwitzko ganz oben auf dem Klingelbrett. Natürlich gab es keinen Lift in einem Haus wie diesem; also stieg Brodka bis in den sechsten Stock hinauf und läutete.

Ein Mann in Unterhemd und Boxershorts öffnete. Er hatte ein rosarotes Gesicht, Halbglatze und eine abstoßende schneeweiße Haut.

»Sie wünschen?« fragte er mit steifer Förmlichkeit und gewährte bei seinem Lächeln den Blick auf einen goldgefaßten Eckzahn. Doch sein Mißtrauen war beinahe mit Händen zu greifen.

Brodka nannte seinen Namen und den Grund seines Kommens. Agostinos, mit dem er einen Tag die Zelle geteilt habe, habe ihm diese Adresse genannt. »Ist er da?« fragte Brodka.

Der seltsame Mann verneinte, bat Brodka aber mit großer Freundlichkeit in die Wohnung, denn Agostinos' Freunde seien auch seine Freunde. Er selbst heiße Titus.

Die Wohnung war liebevoll und mit allerlei Krimskrams eingerichtet und bot somit einen deutlichen Kontrast zum Erscheinungsbild des Bewohners, der einen ziemlich heruntergekommenen Eindruck machte.

Titus bot Brodka einen Stuhl an, ging zum Telefon und wählte eine Nummer; dann reichte er Brodka den Hörer. Am anderen Ende der Leitung meldete sich Schlegelmilch. Der reagierte zunächst ungehalten, als er Brodkas Stimme hörte, doch als dieser den Grund seines Anrufs nannte, erinnerte Schlegelmilch sich an seine Worte und versprach, Erkundigungen einzuziehen – gegen Erstattung der Unkosten, verstehe sich. Er solle morgen wieder zu Titus kommen.

Brodka bedankte sich bei Titus und wandte sich zum Gehen, doch der häßliche Mann, eine Flasche Gin in der Hand, redete auf Brodka ein, er möge noch bleiben; er wolle sich nur rasch etwas überziehen.

Brodka konnte Gin nicht ausstehen, doch in seinem Zustand wirkte der Alkohol auf ihn wie Medizin, und er kippte ein volles Glas auf einen Zug hinunter. Dann erschien Titus wieder im Zimmer. Anständig gekleidet machte er einen seriöseren Eindruck. Und wenn er redete, wurde deutlich, daß er kein ungebildeter Penner war, sondern bessere Tage gesehen hatte.

Nichts verbindet zwei Männer so sehr wie eine Flasche und zwei Gläser. Jedenfalls löste der Gin Titus' Zunge. Es dauerte nicht lange, und er begann aus seinem Leben zu erzählen, als habe er nur auf die Gelegenheit gewartet, ausgiebig mit einem Fremden zu plaudern.

Titus war ehemaliger Geistlicher und Doktor der Theologie. Bis vor drei Jahren war er angeblich der Sekretär eines Kurienkardinals gewesen; dann habe er seinen lange unterdrückten Neigungen zum eigenen Geschlecht nachgegeben und ein Verhältnis mit einem jungen Kaplan angefangen. Das sei in »diesen Kreisen«, so Titus, eigentlich nichts Besonderes und bliebe ohne Folgen, solange man alles abstreite. Doch wie Titus unverblümt und ohne Hemmungen schilderte, habe er sich öffentlich zu seiner Neigung bekannt und sei deshalb vom Priesteramt suspendiert worden. Danach sei er von »anderer Seite« – was er nicht näher erläutern wolle – ständigen Verfolgungen und der Drohung ausgesetzt worden, daß man ihn beseitigen wolle, so daß er, aus Angst um sein Leben, eines Tages untertauchte. Natürlich hieße er nicht Titus, und der Name »Schwitzko« an der Wohnungstür sei der einer alten Dame, die seit dem Tod ihres Mannes 350 Tage im Jahr in Florida verbringe.

Irgendwie fühlte Brodka sich diesem seltsamen Mann verwandt; denn auch er hatte es mit einem übermächtigen Gegner zu tun – und das erzählte er Titus auch. Nur war seine Lage, so Brodka, noch verzweifelter, weil er seinen Gegner nicht einmal kannte.

Geteiltes Leid ist halbes Leid, und so soffen sich beide ihren Kummer von der Seele. Es war längst Abend geworden, als plötzlich jemand an der Tür klingelte. Es war Agostinos Schlegelmilch, der – für die beiden Männer völlig unerwartet – in der Wohnung erschien.

Brodka hatte Agostinos als umgänglichen Menschen kennengelernt, der ihm weit weniger Mißtrauen entgegengebracht hatte als umgekehrt. Jetzt aber lag Argwohn in Schlegelmilchs Haltung und Aggressivität in seiner Stimme.

»Was hast du hier so lange zu suchen?« fuhr er Brodka an. »Verschwinde und sag bloß keinem, daß du hier gewesen bist. Hast du verstanden?«

»Was regst du dich so auf?« fragte Brodka, der schlagartig nüchtern wurde. »Du wolltest doch etwas über meine Verfolger in Erfahrung bringen. Hast du schon was rausgefunden?«

Statt einer Antwort packte Agostinos Brodka am Kragen, zerrte ihn zur Tür und drängte ihn ins Treppenhaus. Dabei zischte so er leise, daß niemand es hören konnte: »Gib auf, mein Freund. Gegen diese Gegner hast du keine Chance.«

»Was willst du damit sagen?« fragte Brodka.

»Hau endlich ab!« fuhr Schlegelmilch ihn an und schlug ihm die Tür vor der Nase zu.

Brodka fuhr mit einem Taxi zur Bundespolizeidirektion, holte sein Gepäck ab und begab sich erneut zum Grand Hotel, wo er von Herrn Erich, dem er indirekt seine Freiheit verdankte, freudig in Empfang genommen wurde.

Am Abend erreichte Brodka Juliette am Telefon. Die zeigte sich besorgt, obwohl sie noch keine Ahnung hatte, was in den vergangenen 48 Stunden geschehen war. Brodka beließ es bei Andeutungen, er sei in einen Mordfall verwickelt worden, was sich jedoch als Irrtum erwiesen habe. Sie solle sich keine Sorgen machen. Morgen werde er zurück sein.

In dieser Nacht fand Brodka keinen Schlaf. Ein ums andere Mal kreisten seine Gedanken um die Ereignisse der letzten Tage, und wieder versuchte er vergeblich, das wirre, absurde Geschehen in einen Zusammenhang zu bringen. Daß ausgerechnet Agostinos und sein seltsamer Freund mit den Ereignissen zu tun haben sollten, erschien ihm undenkbar; andererseits löste Schlegelmilchs Verhalten bei Brodka Spekulationen aus, die jedoch allesamt keinen Sinn ergaben.

Am Vormittag des nächsten Tages machte Brodka sich erneut auf den Weg zur Zwölfergasse. Schlegelmilchs Worte, er, Brodka, habe es mit einem Gegner zu tun, gegen den er keine Chance hätte, gingen ihm nicht aus dem Kopf. Wenn er von jemandem mehr über die Hintergründe des Geschehens der letzten Tage erfahren konnte, dann war es Schlegelmilch. Wie der Mann reagieren würde, war Brodka gleichgültig. Er wollte um jeden Preis Auskunft darüber, was Agostinos herausgefunden hatte.

Das Herz klopfte ihm bis zum Hals, nachdem er das sechste Stockwerk erreicht hatte und auf den Klingelknopf drückte.

Titus öffnete in derselben schlampigen Kleidung wie gestern, in fleckigem Unterhemd und Boxershorts. Als er Brodka erkannte, wollte er die Tür zuschlagen, doch Brodka war schneller und schob einen Fuß in die Tür.

»Ich muß Agostinos sprechen«, sagte er. »Es ist wichtig.«

»Er ist nicht da«, entgegnete Titus unwillig. »Es ist besser, du gehst jetzt.«

»Dann muß ich mit dir reden«, erwiderte Brodka. »Verdammt, es ist mir ernst! Ich habe dir doch erzählt, wie tief ich in der Scheiße sitze.«

Titus zögerte einen Moment; dann seufzte er und ließ Brodka ein.

»Agostinos weiß mehr über mich«, sagte Brodka. »Warum will er nicht mit der Sprache raus? Warum ergeht er sich in Andeutungen?«

Titus hob die Schultern und schwieg.

Brodka hielt den Blick fest auf den schmuddeligen Mann gerichtet. Wut stieg in ihm auf, daß dieser seltsame Kerl möglicherweise über den Schlüssel verfügte, der eine Erklärung für seine absurde Situation bot.

»Und was ist mit dir?« fragte Brodka. »Warum rückst du nicht mit der Sprache raus? Was hast du zu befürchten?«

Schließlich ließ Titus die Schultern sinken und begann zögerlich, als suche er nach Worten: »Ich darf ... ich will nichts sagen. Es gibt eine Organisation, die viel mächtiger ist als die ehrenwerte Gesellschaft ... und die teuflischer ist als der Teufel. Du solltest ihr aus dem Weg gehen. Gegen diese Leute hast du keine Chance. *Keine Chance,* hörst du!«

Titus redete mit solcher Eindringlichkeit, daß Brodka fröstelte. Er wußte die Worte nicht zu deuten. Warum redete Titus nicht Klartext, wenn er um die Hintergründe wußte?

»Du kennst diese Leute?« fragte Brodka.

»Nein«, antwortete Titus hastig. »Nur ein paar ... Handlanger, kleine Rädchen in dem großen Getriebe, austauschbar und jederzeit zu ersetzen.«

»Warum sagst du mir nicht wenigstens, was du weißt?«

Titus schwieg.

»Also gut«, meint Brodka bitter, »dann behalte es für dich. Aber beantworte mir eine letzte Frage: Was würdest du an meiner Stelle tun?«

Brodka glaubte schon, Titus würde auch auf diese Frage nicht eingehen, doch nach kurzem Zögern erwiderte er: »An deiner Stelle würde ich mir eine neue Identität beschaffen. Ich würde mich von meinem bisherigen Leben verabschieden, ohne eine Spur zu hinterlassen. Ich würde so tun, als wäre ich tot. Vor allem würde ich die Vergangenheit ruhenlassen. Und jetzt verschwinde möglichst unauffällig!«

Während Titus bereits die Tür schloß, nahm Brodka an der Garderobe, einem scheußlichen Ungetüm aus Schmiedeeisen, eine Schlinge wahr. Gewiß hätte er die kunstvoll geknüpfte Kordel übersehen, wäre sie nicht purpurrot gewesen – jene Farbe, gegen die Brodka eine tiefe Abneigung hegte und die bei ihm stets ein Gefühl des Unbehagens hervorrief, ohne daß er eine Erklärung dafür hatte.

Auf dem Heimflug kreisten seine Gedanken um den Ratschlag, den Titus ihm gegeben hatte. Einfach aus dem Leben verschwinden – ein verlockender Gedanke in dieser unerträglichen Situation. Vielleicht wäre es wirklich das Beste, irgendwo ein neues Leben zu beginnen. In London, Rom, Zürich, New York ...

Aber da war Juliette. Die Vorstellung, ohne sie leben zu müssen, war Brodka unerträglich. Er liebte sie. Und er brauchte sie – mehr als je zuvor.

Kapitel 4

Am Abend des Tages, an dem Brodka aus Wien zurückkehrte, parkte Professor Collin seinen Wagen auf der gegenüberliegenden Straßenseite vor Juliettes Galerie. Es war gegen 18 Uhr und bereits dunkel. Collin blieb im Auto sitzen.

Aus seiner Manteltasche zog er ein kleines schwarzes Kästchen hervor, kaum so groß wie eine Zigarettenschachtel; dann fingerte er unter dem Armaturenbrett herum und fand nach einigen vergeblichen Versuchen den Stecker des Antennenkabels.

Collin schob den Stecker in eine dafür vorgesehene Buchse des Kästchens und drehte an einem roten Knopf. Aus dem Kästchen vernahm er zunächst nur ein Rauschen; dann hatte er die richtige Frequenz gefunden und hörte plötzlich Juliettes aufgeregte Stimme. Ein Mann antwortete. Kein Zweifel, es war Brodka.

Collin grinste mit zusammengepreßten Lippen. Durch die Windschutzscheibe schaute er zu den hell erleuchteten Fenstern zu beiden Seiten des Eingangs hinüber. Er hatte schon lange geahnt, daß seine Frau ein Verhältnis hatte, aber den Verdacht, daß Brodka ihr Liebhaber war, hegte Collin erst seit der Einladung vor zwei Wochen.

Nur beweisen konnte er nichts.

Zuerst hatte Collin seiner Frau auf den Kopf zusagen wollen, daß sie mit Brodka schlief; dann aber waren ihm Bedenken gekommen. Schließlich fehlte ihm der Beweis, und wenn Juliette schlichtweg alles abstritt, war sie gewarnt – und er stand wie ein Trottel da.

Deshalb hatte Collin in einem Elektronikshop in der Bahnhofsgegend eine Wanze gekauft, einen winzigen Sender samt Empfänger zum Preis von 350 Mark – soviel war ihm die Sache wert. Den Sender, kaum größer als ein Hosenknopf, hatte er am Innenfutter von Juliettes Mantel befestigt. Und nun hörte Collin aus dem kleinen schwarzen Empfänger, was er bisher nur vermutet hatte.

Nicht nur, daß die beiden sich duzten; Juliettes Versprecher bei ihrem ersten Zusammentreffen war ihm trotz seines alkoholisierten Zustandes keineswegs entgangen. Nein, ihr Umgang schien äußerst vertraut und ließ darauf schließen, daß sie sich schon länger kannten – und zwar intim.

Collin verfolgte die Unterhaltung mit einer Mischung aus Eifersucht, Spannung und jener seltsamen Art voyeuristischer Lust, die nur beim heimlichen Zuhören oder Zuschauen entsteht und die Sinne mehr schärft als das unmittelbare Erleben. Anfangs begriff Collin nicht, worüber die beiden sich unterhielten; dann aber wurde ihm klar, daß Brodka offenbar von Unbekannten verfolgt wurde und sein Leben in Gefahr war.

Die ganze Geschichte hörte sich an, als würde der verdammte Mistkerl unter Verfolgungswahn leiden. Aber vielleicht war ja doch etwas dran. Collin grinste. Brodka hatte ihm Juliette weggenommen. Und Juliette hatte sich ihm wegnehmen *lassen* und ihn mit diesem Schweinehund betrogen. Schadenfreude stieg in Collin auf – mehr noch, er *wünschte* diesem Hurensohn den Tod.

Collin hatte sich mehr als einmal die Frage gestellt, wie lange eine Frau wie Juliette ohne Sex auskam. Man brauchte kein Arzt zu sein, um zu wissen, daß dieser Zustand physisch wie psychisch, ja sogar physiologisch Gefahren barg; insofern wußte Collin, daß er zumindest für Juliette hätte Verständnis aufbringen müssen, daß sie sich einen Liebhaber nahm – oder wie immer man den anderen Teil eines solchen außerehelichen Verhältnisses nennen möchte. Aber das war alles Theorie.

Denn nun, da er aus dem kleinen schwarzen Kästchen plötzlich Juliettes leises Stöhnen vernahm – Laute der Lust, die er selbst bei seiner Frau nicht zu erregen vermochte –, stieg heiße Wut in ihm auf. Das verdammte Luder trieb es mit Brodka!

Collin lauschte angestrengt, doch aus dem Kästchen drang jetzt nur Rauschen. Aber der Professor brauchte nicht viel Phantasie, um sich vorzustellen, was dort, keine fünfzig Meter von ihm entfernt, nun geschah: Er sah vor seinem inneren Auge, wie Juliette sich vor diesem Kerl auszog, wie sie sich in lasziven Bewegungen vor ihm wand, ihn heiß machte, sich auf ihn setzte und seinen gottverdammten Schwanz in sich hineingleiten ließ.

Collin vernahm jetzt ab und zu ein leises Stöhnen, ein lustvolles Ächzen oder einen kleinen Schrei – und er hätte gelogen, wenn er geleugnet hätte, daß er dabei nicht selber Lust empfand. Doch seine Wut war unendlich viel größer. Wie konnte Juliette ihm so etwas antun? Wie konnte sie ihn auf so perfide Weise derart erniedrigen?

Hatte sie nicht alles, wovon eine Frau nur träumen kann? Hatte er gelogen, als er damals vor ihrer Heirat versprach, ihr die Welt zu Füßen zu legen? Ließ er ihr nicht alle Freiheiten?

Das war der Punkt. Vielleicht hatte er ihr zu viele Freiheiten gelassen. So viele Freiheiten, daß sie es mit einem hergelaufenen Fotografen treiben konnte, der mit Vorliebe halbnackte Mädchen ablichtete. Vielleicht hatten die beiden schon seit Jahren ein Verhältnis. Und er, Collin, hatte nichts bemerkt.

Er zog eine Flasche unter dem Fahrersitz hervor, setzte sie an den Mund, daß seine Lippen den Flaschenhals umschlossen, und ließ den Cognac in sich hineinlaufen, als wäre es Wasser.

Aus dem Verstärker drangen nun immer heftigere Laute der Erregung. Collin konnte sich nicht erinnern, Juliette je so erlebt zu haben. Sie schrie, tobte, stieß die ordinärsten Aufforderungen aus wie in einem miesen Pornostreifen. Sie nannte den Kerl einen geilen Hengst und flehte ihn an, es ihr noch heftiger zu besorgen. Und dieser Brodka stand ihr in nichts nach. Er brüllte seine Lust heraus wie ein Tier, nannte Juliette eine geile Schlampe und stellte keuchend, im Rhythmus ihrer Schreie, die – rhetorische – Frage: »Brauchst du das? Brauchst du das? Brauchst du das?«

Collin konnte es nicht mehr mit anhören und schaltete das Gerät aus. Das Lusttheater endete von einem Augenblick auf den anderen.

Ihm war heiß geworden. Er nahm die Brille ab und wischte sich mit einem Taschentuch übers Gesicht. Er kochte vor Wut und fühlte, wie Hitze in ihm aufstieg und sich in seinem Kopf ausbreitete, wie seine Schläfen pochten und seine Augäpfel zu platzen drohten.

Er wollte aus dem Wagen stürzen, die Schaufenster der Galerie einschlagen, diesen Brodka ins Freie zerren und dermaßen verprügeln, daß er ein für allemal seine dreckigen Finger von Juliette ließ.

Für immer ...

Collin grinste verzerrt. Er würde diesen Hurensohn erschießen. Und alles mußte so aussehen, als wäre es Selbstmord. Er war erfahren im Umgang mit Waffen. Er wußte, wie man so etwas anstellte.

Während Collin erneut zur Flasche griff, stellte er den Empfänger wieder ein. Das lustvolles Keuchen und Stöhnen hatte geendet, und der Professor lauschte aufmerksam einem Gespräch zwischen seiner Frau und ihrem Geliebten.

Brodka (zögerlich): »Vor nicht allzu langer Zeit hast du mich gefragt, ob ich dich heirate.«

Juliette (aufgeregt): »Und du bist mir bis heute die Antwort schuldig geblieben.«

Pause.

Brodka (umständlich): »Nun ja, weißt du, Liebes, ich dachte bis gestern, daß ich kein Mann zum Heiraten bin, daß ich meine Freiheit brauche und ohne sie nicht leben kann.«

Juliette (gekränkt): »Ach? Und hast du heute deine Meinung geändert?«

Pause.

Brodka (unsicher): »Wie soll ich es dir sagen ...«

Juliette (belustigt): »Ich weiß es nicht.«

Brodka (gefaßt): »Ich sehe nur eine Möglichkeit, mich aus dieser Misere zu befreien. Ich muß ein neues Leben anfangen ... in London, Rom, New York. Wir könnten heiraten, und ich würde deinen Namen annehmen.«

Collin lauschte atemlos. Er drückte den Empfänger so fest ans Ohr, daß es schmerzte.

»Warum antwortet sie nicht?« fauchte er dann und schlug mit den Händen gegen das Lenkrad. »Dieses Miststück soll ihm endlich sagen, daß sie *verheiratet* ist! Seit fünfzehn Jahren! Daß ihr Mann niemals in eine Scheidung einwilligen würde! Warum sagst du es nicht, Juliette?«

Collin preßte den Kopf auf die Unterarme. Seine Augen brannten. Er merkte, daß er weinte.

Dann wieder eine Stimme im Empfänger.

Juliette (ratlos): »Merkwürdig. Als ich dich fragte, ob du mich heiraten willst, wußtest du keine Antwort. Heute fragst *du* mich, und *ich* weiß nicht, was ich antworten soll. Ich habe einen Beruf, ein gutgehendes Geschäft. Soll ich das alles aufgeben?«

Brodka (zögernd): »Wenn du mich liebst ...«

Collin schleuderte den Empfänger auf den Wagenboden, daß das hochempfindliche Gerät seinen Geist aufgab. Dann drehte er den Zündschlüssel und jagte mit kreischenden Reifen los.

Nicht ahnend, daß Collin nun von ihrem Verhältnis wußte, suchte Brodka am folgenden Tag das Meldeamt auf. Er hoffte, dort irgendeinen Hinweis auf das Vorleben seiner Mutter zu finden; doch außer den bekannten Personalien und einem Wohnungswechsel vor dreißig Jahren stieß er auf keine Information, die ihm weiterhelfen konnte.

Der Wohnungswechsel ins Haus in der Prinzregentenstraße, das nun ihm gehörte, brachte ihn jedoch auf eine andere Idee. In Deutschland wird alles – egal ob es sich um ein Geschäft, eine Geburt oder einen Umzug handelt – beurkundet und mit Stempeln und Unterschriften versehen, die wiederum von einem Anwalt besonderer Qualifikation beglaubigt und mit Brief und Siegel versehen werden. Handelt es sich gar um ein Haus, wird sogar der Vor- und Vorvorbesitzer sowie der Kaufpreis und die Zahlungsweise festgehalten.

Auf dem Grundbuchamt wurde Brodka durch Zufall fündig. In der Akte 69/17431, Kataster XIII, fand er den Vermerk, daß seine Mutter das Haus von einer Immobilienfirma namens »Pro Curia« erworben und bar bezahlt hatte. Der Kaufpreis betrug eine Mark. Beglaubigt von einem Dr. Seyfried, seines Zeichens Notar.

Brodka zweifelte an dem lächerlichen Kaufpreis; er glaubte an einen Irrtum. Doch auch nach gründlichem Studium der Akte kam er zu keinem anderen Ergebnis. Brodka zog einen Katasterbeamten zu Rate. Der Mann erklärte, ein solcher Kaufpreis sei zwar ungewöhnlich, aber durchaus möglich und juristisch nicht anfechtbar, handle es sich doch praktisch um eine Schenkung.

Von einer Immobiliengesellschaft »Pro Curia« hatte Brodka nie gehört. Er vermutete, daß dieses Unternehmen längst pleite sei. Um so größer war sein Erstaunen, als er die »Pro Curia« im Telefonbuch fand – samt Adresse in einer gediegenen Umgebung, nur fünf Minuten von Juliettes Galerie entfernt.

Ein dezentes Schild an einer Toreinfahrt – »Pro Curia Immobiliengesellschaft« – war der einzige Hinweis auf das Unternehmen. Durch die Einfahrt gelangte man auf einen Parkplatz mit überdachten Stellplätzen. Eine hohe Mauer schirmte den Platz vor möglichen Blicken vom Nachbargrundstück ab.

Brodkas Erscheinen erregte immerhin soviel Aufsehen, daß linker Hand ein gut gekleideter Mann mittleren Alters aus dem Eingang trat und nach seinen Wünschen fragte.

Brodka erklärte, er wolle zur Firma »Pro Curia«, um dort eine Auskunft zu erbitten, die ein Geschäft betraf, das vor mehr als dreißig Jahren abgewickelt worden sei.

Der Gutgekleidete blickte für einen Moment verwirrt; dann stellte er sich Brodka als Lorenzoni vor und bat ihn ins Gebäude.

Angesichts der sterilen Aufgeräumtheit, in der sich das Büro der »Pro Curia« präsentierte, konnte man sich schwer vorstellen, daß hier Immobiliengeschäfte abgewickelt wurden. Eine ältliche Sekretärin mit streng frisierten grauen Haaren saß, die Hände gefaltet, an einem weißen Schreibtisch, auf dem sich nichts außer einem Telefon befand. Weiße Einbauschränke an den Wänden wirkten kalt und abweisend und ließen beim Besucher die Frage aufkommen, was wohl darin aufbewahrt wurde.

Brodka berichtete Lorenzoni von seiner Entdeckung im Katasteramt und erkundigte sich, ob noch Unterlagen über die fragliche Transaktion existierten; schließlich sei es ungewöhnlich, daß ein Haus für eine Mark den Besitzer wechsle.

Lorenzoni lächelte freundlich – vielleicht eine Spur zu sehr, als daß man ihm diese Freundlichkeit abkaufen konnte – und erwiderte, über Geschäftsvorgänge von vor dreißig Jahren gäbe es keine Unterlagen mehr. Allein die Geschäftsführung des Unternehmens habe in dieser Zeit gewiß dreimal gewechselt. Er bedaure.

Brodka verließ das Büro der »Pro Curia« mit dem Gefühl, daß diese Immobiliengesellschaft nicht weniger dubios war als das Eine-Mark-Geschäft vor dreißig Jahren.

Dorn, der Chefredakteur des »News«-Magazins, mit dem Brodka wenn nicht Freundschaft, so doch freundschaftlichen Umgang pflegte, erwies sich als ergiebigste Quelle. Nachdem Brodka ihn in die Einzelheiten seiner Erbschaft eingeweiht hatte, erinnerte sich Dorn, daß sein Magazin vor vielen Jahren über die Geschäftspraktiken der »Pro Curia« berichtet hatte. Dorn, damals Chefreporter, hatte den Artikel zusammen mit einem Kollegen geschrieben und war anschließend mehrmals bedroht worden. Es hatte sogar das Gerücht kursiert, Dorns Vorgänger habe seinen Sessel nicht freiwillig oder auf Wunsch der Verlagsleitung geräumt, sondern auf Druck der Hintermänner dieser obskuren Gesellschaft.

Im Archiv des Blattes entdeckte Brodka die betreffende Ausgabe. Der Bericht war sieben Jahre alt und schilderte die Machenschaften einer undurchsichtigen Firma, die hinter einer Fassade der Wohlanständigkeit schmutzige Geschäfte betrieb. »Pro Curia« hatte, dem Bericht zufolge, mit der Vermittlung von Häusern und Grundstücken wenig zu tun; vielmehr besaß die Firma selbst diverse Immobilien im In- und Ausland und bezog ihre Einkünfte aus so unterschiedlichen Institutionen wie kirchlichen Stiftungen und Spielhöllen, aus dem Drogenhandel und der Prostitution, wobei es für die drei letztgenannten Einnahmequellen zwar Hinweise, aber keine Beweise gab.

Brodka konnte sich beim besten Willen nicht vorstellen, daß seine Mutter mit einer derartigen Organisation in Verbindung gestanden hatte; dennoch konnte es keinen Zweifel daran geben: Diese Immobiliengesellschaft hatte Claire Brodka vor dreißig Jahren ein Mietshaus in bester Lage geschenkt. Aus welchem Grund? Welches Ziel hatten diese Leute mit ihrer Großzügigkeit verfolgt?

»News«-Chef Dorn meinte, es sei ratsam, die Sache auf sich beruhen zu lassen. Er selbst, erklärte er, würde heute keine Zeile mehr über die »Pro Curia« veröffentlichen. Der Reporter Andreas von Sydow, der mit ihm seinerzeit die Story recherchiert hatte, habe sich danach unter bis dato ungeklärten Umständen ins Ausland abgesetzt. Nein, erklärte Dorn, ihm wäre die Sache viel zu heiß.

Brodka ließ sich von Dorns Worten nicht einschüchtern. Zum erstenmal hatte er eine konkrete Spur, einen Hinweis, der einige Erlebnisse der vergangenen Wochen, diesen verrückten Alptraum, in einen gewissen, noch vagen Zusammenhang brachte.

Brodka, der in letzter Zeit mitunter an seinem Verstand gezweifelt und sich gefragt hatte, ob er sich das alles nicht bloß einbildete, klammerte sich daran wie an einen Strohhalm. Der Sog, in den er geraten war, war immer stärker geworden, hatte ihn wie ein Strudel immer weiter in die Tiefe gezogen. Nun endlich hatte er einen, wenn auch unsicheren, Halt gefunden.

Eigentlich hatte Brodka sich vorgenommen, die Wohnung seiner Mutter nie mehr zu betreten. Denn bei jedem Besuch kam es ihm vor, als lauerte irgendwo in der stummen Hinterlassenschaft ihres Lebens etwas Geheimnisvolles, Gefährliches, dem man besser aus dem Weg ging.

Doch nun, als die Möbelpacker anrückten, wollte Brodka unbedingt dabeisein. Die Wohnung wurde geleert; Gemälde und andere Wertgegenstände wurden in Kisten verpackt und zusammen mit den Möbeln bei einer Spedition eingelagert. Irgendwann wollte Brodka das gesamte Inventar sichten, sortieren und die Kleidungsstücke endgültig entsorgen.

Bis auf den Sekretär, ein schönes altes Möbel aus dem Biedermeier, gefiel ihm kaum ein Einrichtungsgegenstand. Doch alte Leute hängen an alten Möbeln. Seine Mutter machte da keine Ausnahme.

Beim Abtransport einer Couch kam ein Briefumschlag zum Vorschein, an Claire Brodka adressiert, der zwischen die Polster gerutscht und dort längere Zeit unentdeckt geblieben war. Obwohl der dazugehörige Brief fehlte, erschien Brodka der Umschlag äußerst interessant, denn der Absender lautete: *Hilda Keller, Sengerstraße 6, Zürich.*

Brodka konnte sich dunkel erinnern, daß Hilda Keller eine Schulfreundin seiner Mutter gewesen war, die vor vielen Jahren einen Schweizer Bankier geheiratet hatte und nach Zürich gezogen war.

Spontan beschloß er nach Zürich zu fliegen. Vielleicht konnte Claires alte Freundin ihm einen Hinweis geben.

Brodka verzichtete darauf, sich telefonisch bei Hilda Keller zu melden; schließlich mußte er damit rechnen, daß die alte Dame ihm mit Mißtrauen begegnete oder gar ablehnte, mit ihm zu reden, wenn er sein Kommen ankündigte.

Ein Taxi brachte Brodka zum Haus der Kellers, das über dem Zürichsee in einer noblen Wohngegend stand, wo sich die Bewohner mit dichten Hecken oder mannshohen Mauern voneinander abgrenzten, vor allem aber von der Straße.

Das Haus mit dem dezenten Namensschild »Keller« verbarg sich hinter einem braun gestrichenen Holzzaun und machte einen unbewohnten Eindruck. Als Brodka läutete, geschah zunächst nichts; nach einer Weile jedoch meldete sich eine Männerstimme über die Sprechanlage.

Brodka nannte seinen Namen und erklärte, er sei der Sohn von Claire Brodka, einer Schulfreundin Hilda Kellers. Seine Mutter sei vor kurzem gestorben; er würde mit Frau Keller gern ein paar Worte wechseln.

Nach längerem Warten gab der elektrische Türöffner den Eingang frei. Ein schmaler, mit Platten gepflasterter Weg führte zum Haus, einem Gebäude aus den dreißiger Jahren mit einer breiten Terrasse und einem großen, von eckigen Säulen getragenen Vordach.

In der Haustür erschien ein alter, korrekt gekleideter Herr mit bleichem, kränklichem Gesicht, der einen leicht debilen Eindruck machte, und stellte sich vor. Als er Brodka mit dem Anflug eines Lächelns die Hand reichte, fühlte sie sich weich und schwammig an.

»So, so«, meinte der alte Mann – er leitete jeden zweiten Satz mit ›so, so‹ ein –, »Sie sind also Claire Brodkas Sohn.«

»Ja«, antwortete Brodka. »Haben Sie meine Mutter gekannt?«

»Nein, ich kannte sie nicht, aber ich habe von ihr gehört. Meine Frau und Ihre Mutter gingen zusammen zur Schule.«

»Sie haben sich oft geschrieben«, bemerkte Brodka aufs Geratewohl.

»So, so«, entgegnete der Alte. »Aber kommen Sie doch erst einmal herein, junger Mann.«

Verstohlen schaute Brodka sich um. In gewisser Weise ähnelte die Einrichtung der im Haus seiner Mutter. Er hoffte, Hilda Keller würde jeden Augenblick erscheinen, doch seine Hoffnung erfüllte sich nicht.

Deshalb fragte er, nachdem sie längere Zeit geschwiegen hatten: »Könnte ich Ihre Frau sprechen, Herr Keller?«

»Tut mir leid«, sagte der alte Mann, »das ist leider nicht mehr möglich. Sie verstehen gewiß.«

Brodka nickte mitfühlend. Er vermutete, daß Hilda Keller tot und jede weitere Frage unangebracht sei.

Keller beendete das Rätselraten, indem er sagte: »Sie ist in einem Heim, wissen Sie.« Als Brodka verdutzt schwieg, fuhr Keller fort: »Sie hat den Verstand verloren. Alzheimer, wissen Sie ...«

»Das ... tut mir leid«, erwiderte Brodka stockend. »Entschuldigen Sie meine Frage.«

Keller nickte. Erst jetzt bot er Brodka einen Stuhl an. Er selbst nahm ebenfalls Platz und saß dann steif wie eine Statue da; die Hände lagen flach auf den Schenkeln, die Beine waren kerzengerade ausgerichtet. »Es gibt Tage, da erkennt sie nicht einmal mich. Dann trägt sie mir Grüße an ihren Mann auf. So etwas muß man erst einmal verkraften.«

So sehr Kellers Worte ihn berührten – Brodka erkannte, daß seine Reise vergeblich war.

»Aber vielleicht«, sagte der alte Mann, »kann ich Ihnen einen kleinen Gefallen tun. Warten Sie bitte einen Augenblick, ich bin gleich wieder da.«

Keller verschwand und kehrte nach kurzer Zeit mit einem kleinen Stapel Briefe zurück, den er Brodka mit den Worten reichte: »So, so. Das sind Briefe Ihrer Mutter. Ein paar hat Hilda aufgehoben. Nicht alle, aber ein paar. Es wird Hilda nichts ausmachen, wenn ich sie Ihnen überlasse. Hilda weiß gewiß nichts mehr damit anzufangen.«

Soviel Entgegenkommen hatte Brodka von dem alten Mann nicht erwartet. »Sie wissen gar nicht, welche Freude Sie mir damit machen«, sagte er. Er hoffte, in den Briefen irgendeinen Hinweis auf das geheimnisvolle Leben seiner Mutter zu finden.

»Und dann wäre da noch ...«, sagte Keller, als Brodka sich zum Gehen wandte.

»Ja?« fragte Brodka.

»Ach, nichts«, antwortete Keller und reichte Brodka noch einmal die Hand, wobei er sich ein Lächeln abrang.

Während eines äußerst unruhigen Fluges entlang der Alpennordseite begann Brodka die Briefe zu lesen. Es waren zwölf, die sich über einen Zeitraum von acht Jahren erstreckten.

Die Briefe entpuppten sich als Momentaufnahmen aus dem Leben Claire Brodkas – nicht gerade weltbewegende Ereignisse, die sie ihrer Schulfreundin mitteilte. Brodka hatte die eine oder andere Bemerkung über ihn erwartet, oder Klagen über das distanzierte Verhältnis zwischen Mutter und Sohn, doch er fand keine Zeile darüber.

All die Nebensächlichkeiten und Nichtigkeiten, die Claire Brodka in den Briefen erwähnte, schienen ihr von größerer Bedeutung gewesen zu sein als das Leben ihres Sohnes. Vieles blieb Brodka unverständlich und handelte von Leuten, die er nicht kannte, und von Erlebnissen, über die er nichts wußte und die alles andere als ein Hinweis darauf waren, wonach er suchte.

Bis auf einen hatte Brodka bereits alle Briefe überflogen. Über den Passagieren flammten die Schilder »Fasten Seat Belts« auf. Die Maschine kämpfte mit immer stärkeren Turbulenzen. Frischluft zischte aus den Düsen über den Köpfen der Passagiere. Brodka, der in seinem Leben viele Flüge erlebt hatte, ließ sich durch das Rütteln und Schütteln der Maschine nicht aus der Ruhe bringen. Er faltete den letzten Brief auseinander.

Er unterschied sich auf den ersten Blick kaum von den übrigen. Der Brief war erst anderthalb Jahre alt und betraf gemeinsame Jugenderlebnisse. Claire schien ihn in depressiver Stimmung verfaßt zu haben, denn sie schrieb von ihrem ›verpfuschten Leben‹, von Fehltritten und Irrtümern, ohne ins Detail zu gehen.

An einer Stelle schrieb sie von ›einem störrischen alten Mann – du weißt schon. Als ich ihn gestern im Fernsehen sah, bin ich erschrocken.‹

Störrischer alter Mann? Aufmerksam las Brodka weiter und stutzte, als er einen anderen merkwürdigen, scheinbar völlig zusammenhanglosen Satz las: ›Kardinal Smolenski ist ein Teufel. Die meisten von seiner Sorte sind keine Heiligen, sondern leibhaftige Teufel. Wie kann man mir das alles antun!‹

Smolenski – den Namen hatte Brodka schon gehört. Smolenski war ein ultrakonservativer Kurienkardinal. Brodka schüttelte den Kopf. Was, um in aller Welt, hatte seine Mutter mit einem Kardinal der Kurie zu schaffen? Und wieso bezeichnete sie ihn als Teufel? Allein die Vorstellung, daß seine Mutter von diesem Mann schrieb, als hätte sie ihn gekannt, erschien ihm absurd.

Er faltete auch diesen Brief zusammen und steckte ihn zu den anderen in die Tasche.

Wieder mal eine Sackgasse, dachte er und seufzte leise, als er sich für den Landeanflug anschnallte.

Bei seiner Rückkehr fand Brodka Juliette im Treppenhaus vor seiner Wohnung. Sie saß auf der obersten Stufe und schien völlig aufgelöst. Als sie Brodka erblickte, sprang sie auf und warf sich ihm an den Hals.

»Mein Mann weiß alles«, schluchzte sie. »Ich hab' keine Ahnung, wie er's herausgefunden hat, aber er weiß alles über uns. Er wird uns beide umbringen. Ich habe furchtbare Angst!« Sie vergrub das Gesicht an Brodkas Hals.

»Na, na, so schlimm wird's schon nicht kommen«, sagte Brodka beruhigend, drückte sie an sich und strich ihr zärtlich über den Rücken. »Wenigstens hat das ewige Versteckspiel jetzt ein Ende.« Behutsam löste er sich aus Juliettes Umarmung und schloß die Wohnungstür auf. »Komm erst mal rein und erzähl mir, wie er dahintergekommen ist«, sagte er und sah erst jetzt, daß Juliette einen Koffer bei sich hatte.

»Kann ich bei dir bleiben?« fragte sie leise. »Ich will nicht mehr zu meinem Mann zurück.«

»Aber sicher«, erwiderte Brodka nach kurzem Zögern. Er nahm den Koffer und schob Juliette behutsam in die Wohnung.

»Also«, fragte er, als sie beide auf der Couch Platz genommen hatten. »Wie hat er's herausgekriegt?«

Juliette hatte sich ein wenig beruhigt. Sie hielt die Hände vor dem Kinn gefaltet und starrte vor sich hin. Schließlich schüttelte sie den Kopf. »Ich weiß es nicht. Ich habe mir schon den Kopf zermartert, aber ich habe nicht die leiseste Ahnung.«

Brodka legte eine Hand auf ihren Schenkel und bemerkte nachdenklich: »Ich hatte schon damals, bei der ersten Begegnung mit deinem Mann, den Verdacht, daß er nur den Ahnungslosen spielt. Ich halte ihn für einen grandiosen Schauspieler.«

»Er weiß einfach alles«, erwiderte Juliette. »Sogar von unseren Heiratsplänen. Wenn ich nur wüßte, wie er dahintergekommen ist.«

»Vielleicht waren wir zu sorglos. Und wahrscheinlich haben wir deinen Mann unterschätzt. Ich nehme an, er hat uns beobachten lassen.«

Juliette schaute ihn an. »Aber wie hätte er dann von unseren Heiratsplänen erfahren können? Er wußte sogar, daß zuerst ich mich gesträubt habe und dann du. Und daß ich mit dem Gedanken spiele, die Galerie aufzugeben. Das kann doch kein Privatschnüffler herausfinden.«

»Stimmt. Dein Mann ist Hellseher, kein Chirurg«, bemerkte Brodka trocken.

»Jedenfalls sieht es so aus.« Juliette trat ans Fenster und blickte gedankenverloren auf die Straße, wo der abendliche Verkehr aus der Innenstadt strömte.

Brodka machten weniger die Umstände Sorge, wie der Professor von ihrem Verhältnis erfahren hatte, als die Tatsache an sich. Collin wußte jetzt Bescheid, und damit nahm sein und Juliettes Leben eine neue Wendung.

»Hat er dich geschlagen, oder ist er irgendwie ausfallend geworden?« fragte Brodka.

Juliette, die immer noch am Fenster stand, schüttelte den Kopf. Ohne sich umzudrehen, sprach sie gegen die Fensterscheibe: »Das nicht, aber du weißt ja, wie er ist, wenn er ausfällig wird. Er hat gedroht, mich und dich umzubringen.«

»Betrunkene reden viel dummes Zeug ...«

»Er war nicht betrunken.« Juliette drehte sich um und trat vor Brodka hin. »Als er mir drohte, war er so nüchtern wie damals, als er mit dir geredet hat. Wenn es um wirklich wichtige Dinge geht, ist er immer bei klarem Verstand, und ...«

Das Klingeln des Telefons unterbrach sie.

Brodka hob den Hörer ab. Er warf Juliette einen Blick zu und formte mit dem Mund den Namen Collin.

Brodka lauschte ein paar Augenblicke lang in den Hörer, dann entgegnete er mit fester Stimme: »Ja, natürlich ist es eine peinliche Situation, in der wir uns befinden, aber ich war leider nicht imstande, Ihnen von dem Verhältnis mit Juliette zu erzählen, in einem Gespräch von Mann zu Mann. Tut mir leid. Aber nun kennen Sie die Tatsachen. Was erwarten Sie jetzt von mir? Soll ich mich entschuldigen? Das würde nichts ändern. Im übrigen kann ich mich schlecht für meine Gefühle rechtfertigen. Ich liebe Ihre Frau, und Ihre Frau liebt mich. Ich kann Sie nur bitten, daß wir dies als vernünftige Menschen regeln.«

Juliette hatte Brodkas Worten aufgeregt gelauscht. Er hatte genau den richtigen Ton gefunden. Keine Ausflüchte, kein Gejammer. Statt dessen Selbstsicherheit. Sie stand auf und hielt den Kopf nahe an den Telefonhörer, damit sie Collins Stimme hören konnte.

Der wirkte nicht so gelassen wie Brodka. Er erkundigte sich, ob Juliette bei ihm sei. Als Brodka die Frage bejahte, nahm Collins Stimme einen drohenden Tonfall an. »Wie stellen Sie sich das eigentlich vor? Liebe hin, Liebe her – Juliette ist immer noch meine Frau. Hätten Sie vielleicht die Güte, mir zu erklären, wie es mit Juliette und Ihnen weitergehen soll?«

»Ja«, erklärte Brodka, noch immer gelassen, »vorerst wohnt Juliette bei mir. Ich glaube, das ist für alle Beteiligten die beste Lösung, um möglichen Konflikten aus dem Weg zu gehen.«

Am anderen Ende der Leitung lachte Collin gekünstelt; ein Lachen, in dem Zorn und Bitterkeit lagen. Schließlich erwiderte er in belehrendem Tonfall: »Mein lieber junger Freund, wir reden hier nicht von Liebe oder Konflikten.«

»Sondern?«

»Einzig und allein über Geld.«

»Wie bitte?« Brodka und Juliette schauten sich fassungslos an.

»Ja«, wiederholte Collin, »wir reden über Geld, mein Lieber. Auf dieser Welt ist alles lediglich eine Frage des Preises. Oder sehen Sie das anders?«

»Was soll ich Ihnen denn für Ihre Frau bezahlen?« sagte Brodka mit ätzendem Spott.

Nach einer endlos erscheinenden Pause antwortete Collin mit hämischer Stimme: »Na, wer sagt's denn. Endlich haben Sie mich verstanden. Umsonst ist nichts auf der Welt, nicht einmal der Tod. Denn der kostet das Leben.«

Brodka war für einen Moment sprachlos. Juliette war nicht weniger entgeistert. Sie schaute Brodka mit großen Augen an.

Schließlich meinte Brodka: »Und wenn ich mich weigere? Ich meine, früher oder später würde Ihre Ehe sowieso geschieden.«

Der Professor antwortete knapp: »Das wäre äußerst unklug von Ihnen.«

Brodka runzelte die Stirn. »Sie wollen uns drohen?«

»Drohen? Das haben Sie gesagt. Ich äußere nur meine bescheidene Meinung, verstehen Sie? Und wenn wir uns einigen, lasse ich Sie in Ruhe. Sie können meine Frau haben. Ich brauche sie nicht mehr. Billig wird der Handel aber nicht; schließlich sind Sie ein reicher Mann ...«

Juliette ertrug die Stimme nicht mehr. Sie streckte den Arm aus und schlug mit der Hand auf die Gabel.

Dann schauten sich beide in die Augen; lange Zeit sprachen sie kein Wort. Schließlich sagte Brodka: »Das meint er doch nicht ernst, daß ich für dich bezahlen soll? Dein Mann ist wohl wieder mal besoffen.«

Zornig und traurig zugleich wandte Juliette den Blick zur Seite. »Ich habe es ja immer gesagt. Hinrich ist ein altes Ekel.«

»Den Eindruck habe ich jetzt allerdings auch«, murmelte Brodka. Manchmal, wenn Juliette über ihren Mann herzog, hatte er seine Zweifel gehabt, ob Collin wirklich das Scheusal war, als das sie ihn bisweilen hinstellte; vor allem die Begegnung neulich im Haus der Collins hatte bei Brodka keinen so furchtbar negativen Eindruck hinterlassen. Aber jetzt, nach diesem Telefongespräch, fand er Juliettes Meinung bestätigt.

»Na ja«, sagte er schließlich und setzte sich aufs Sofa, »das paßt jedenfalls alles ins Bild. Mein Flug nach Zürich war ungefähr so angenehm wie dein Herr Gemahl. Es war ein reiner Horrortrip.«

Juliette nahm neben Brodka Platz und fragte: »Und? Hattest du wenigstens Erfolg?«

Brodka hob die Schultern und verzog das Gesicht. »Wenn ich dir sage, was passiert ist«, meinte er, »glaubst du es nicht.«

»Was ist denn passiert?«

Brodka schüttelte den Kopf, als könnte er noch immer nicht fassen, was er in Zürich erlebt hatte. »Hilda Keller, die beste Freundin meiner Mutter – die einzige, die mir wahrscheinlich hätte weiterhelfen können –, hat den Verstand verloren. Sie ist in einer Anstalt. Manchmal erkennt sie nicht einmal mehr ihren Mann.«

»Ich wünschte, mir ginge es genauso«, sagte Juliette mit einem Anflug von Galgenhumor. »Dann war deine Reise also völlig umsonst?«

Brodka nahm das Päckchen Briefe, das vor ihm auf dem Tisch lag, in beide Hände und ließ sie wie Buchseiten durch Daumen und Zeigefinger seiner Rechten gleiten. »Vielleicht doch nicht«, meinte er. »In einem der Briefe findet sich ein sehr merkwürdiger Hinweis. Was sagt dir der Name Smolenski?«

»Smolenski?« Juliette blickte auf. »Klingt polnisch. Gibt es da nicht einen Kardinal Smolenski im Vatikan?«

»Genau der ist gemeint.«

»Aber was hat der mit deiner Mutter zu schaffen?«

Brodka lachte bitter. »Wenn ich das wüßte! Jedenfalls schreibt meine Mutter in einem dieser Briefe an ihre Schulfreundin, dieser Kardinal Smolenski sei ein Teufel, und sie verstehe nicht, wie man ihr das alles antun könne. Hier.« Er fingerte den betreffenden Brief von dem Stapel, nahm ihn aus dem Umschlag und reichte ihn Juliette.

Nachdem sie den Brief gelesen hatte, gab sie ihn Brodka zurück. »Was, in aller Welt, hat das zu bedeuten?« fragte sie ungläubig. »Ich hoffe, du nimmst mir die Frage nicht übel, aber war deine Mutter in den letzten Jahren bei klarem Verstand?«

Brodka nickte verstehend. »Das, Juliette, habe ich mich auch schon gefragt. Soweit ich weiß, war meine Mutter alles andere als eine fromme Frau. Was kümmert sie dieser Kardinal in Rom? Aber dann habe ich mich an Titus erinnert. Einen zwielichtigen

Expriester, den ich in Wien getroffen habe. Er war früher angeblich Sekretär eines Kurienkardinals gewesen. Dieser Titus hat mir gegenüber Andeutungen gemacht ... über eine mächtige Organisation, der er selbst mal angehört hat. Er hat ganz ähnliche Worte benutzt wie meine Mutter. Er sagte, diese Leute seien teuflischer als der Teufel.«

»Und du glaubst, dieser Titus und deine Mutter meinen denselben Mann?«

»Nicht denselben Mann. Aber vielleicht dieselbe Gruppe. Diese Vatikan-Connection. Vielleicht gibt es da irgendeinen Zusammenhang.«

»Das glaubst du wirklich?«

Wenn er ehrlich zu sich selbst war, mußte Brodka gestehen, daß es reichlich gewagt war, einen Zusammenhang zwischen Titus' Worten und dem Brief seiner Mutter herzustellen. »Der einzige, der mir vielleicht weiterhelfen könnte, wäre dieser Titus.«

»Warum fahren wie nicht zusammen nach Wien und fragen ihn?«

Brodka zögerte. »Ich möchte nicht mehr nach Wien«, sagte er schließlich.

»Und warum? Das mußt du mir erklären. Geht es um diesen Mordfall, in den du verwickelt warst?«

»Da war noch etwas anderes.« Brodka wand sich. »Diese Frau, die dann später ermordet wurde, war auf mich angesetzt. Und beinahe hätte sie mich auch herumgekriegt. Aber ich schwöre dir, da war nichts.«

»Überhaupt nichts, wirklich nicht?«

»Nun, ja, sie war bei mir auf dem Zimmer. Aber glaube mir, es ist nichts passiert!«

Juliette sah Brodka lange an.

»Ich wollte es dir schon längst gesagt haben«, begann Brodka erneut, »aber ich hatte nicht den Mut. Ich hatte Angst, dich zu verletzen. Verzeih mir.«

»Dann wollen wir das zum Anlaß nehmen, jetzt gemeinsam nach Wien zu reisen. Vielleicht wäre es ohnehin das beste für uns, wenn wir für ein paar Tage aus der Stadt verschwänden.«

»Und die Galerie?« versuchte Brodka einzuwenden.

Juliette lachte. »Ich hänge das Schild ›Geschlossen‹ in die Tür.«

»Das würdest du tun?«

»Das werde ich tun.«

In Wien ließ der Frühling noch auf sich warten. Die Laubbäume am Ring zeigten noch ihre kahlen Äste, aber der Himmel strahlte zum erstenmal seit Wochen in lichtem Blau. Vor der Hofburg warteten die Fiaker. Man hatte das Gefühl, die Tage wurden bereits merklich länger.

Brodka und Juliette stiegen im Grand Hotel ab, was bei Brodka gemischte Gefühle hervorrief. Aber Herr Erich, der Portier, hob Brodkas Stimmung deutlich, indem er Juliette überschwenglich und mit den Worten willkommen hieß: »Einen Handkuß der Frau Gemahlin.«

Ein Gefühl von Beklommenheit befiel Brodka, als er sich am nächsten Vormittag zusammen mit Juliette auf den Weg zum Westbahnhof machte, in die Zwölfergasse 112. Es rührte vor allem daher, daß er nicht so recht wußte, wie er Titus begegnen sollte. Immerhin hatte der ihn mehr oder weniger hinausgeworfen – aus Furcht, wie er deutlich zu erkennen gab.

Juliette blieb Brodkas Unsicherheit nicht verborgen, als das Taxi vor dem Haus in der Zwölfergasse hielt. Während sie die Treppen in den sechsten Stock hinaufstiegen, hielt sie sich dicht an ihm, um ihn zu bestärken. Oben angelangt, drückte Brodka auf den Klingelknopf neben dem Namensschild »Schwitzko«.

Die Tür wurde geöffnet. Doch nicht Titus erschien, wie erhofft, sondern eine vornehme ältere Dame.

»Sie wünschen?« erkundigte sie sich.

Brodka nannte seinen Namen und fragte, ob Titus zu sprechen sei.

»Titus?« wiederholte die fremde Frau. »Ich kenne keinen Titus. Ich bin Witwe und wohne allein hier. Und ich heiße Schwitzko, wie Sie vermutlich gesehen haben. Guten Tag.«

Sie wollte schon die Tür zuschlagen, als Brodka hastig erklärte: »Einen Moment bitte, gnädige Frau. Sie wissen so gut wie ich, daß Titus hier wohnt, wenn Sie in den Vereinigten Staaten sind. Er hat mir davon erzählt, daß Sie den größten Teil des Jahres in Florida verbringen. Wie Sie sehen, bin ich ein Freund von Titus.«

Die Frau musterte abwechselnd Brodka und Juliette; dann meinte sie mißtrauisch: »Sie sind nicht aus Wien, oder?« Und als Brodka verneinte: »Dann sind Sie auch von keiner Behörde.«

»Aber nein«, versuchte Brodka die alte Frau zu beruhigen.

»Wissen Sie«, sagte die alte Dame, »Titus ist ein guter Mensch, auch wenn es vielleicht nicht den Anschein hat. Man darf einen Menschen nicht wegen seiner Veranlagung verurteilen.«

Um das Zutrauen der Witwe zu gewinnen, nickte Brodka eifrig. »Ganz meine Meinung. Sie wissen nicht zufällig, wo Titus sich aufhält?«

»Tut mir leid«, erwiderte die alte Dame. »Titus hat die Wohnung überstürzt verlassen und all seine Habseligkeiten mitgenommen. Viel war's ohnehin nicht. Ein einziges Taxi hat für den Abtransport gereicht.«

Brodka und Juliette blickten einander an.

»Und Sie haben wirklich keine Ahnung, wohin Titus sich abgesetzt haben könnte?« fragte Brodka noch einmal.

Indigniert zog die Witwe Schwitzko ihre sorgsam nachgezogenen Augenbrauen hoch. »Schauen Sie«, sagte sie schließlich, »er wäre doch dumm, wenn er seinen Aufenthaltsort verraten würde. Deshalb ist er ja so schnell verschwunden, ohne zu sagen, welches Ziel er hat.« Sie beugte sich vor und fügte in verschwörerischem Tonfall hinzu: »Titus glaubt immer, daß man ihn verfolgt.«

»Hat er jemals Andeutungen gemacht, wer hinter ihm her ist?«

Die Frau machte mit den Händen eine hilflose Geste.

Brodka und Juliette warfen sich einen verstohlenen Blick zu. Beide erkannten, daß es keinen Zweck hatte, weiter in die Frau zu dringen. Sie wußte nicht mehr, als sie gesagt hatte.

Also verabschiedeten sie sich höflich.

In Wien nach einem Mann wie Titus zu suchen, der sich noch dazu versteckt hielt, erschien Brodka noch schwieriger als die sprichwörtliche Suche nach der Nadel im Heuhaufen. Aber vielleicht gab es doch einen Weg, an Titus heranzukommen.

Bei der Rückkehr ins Hotel machte Juliette einen ziemlich verzweifelten Eindruck. Sie hatte nicht die geringste Vorstellung, wie es weitergehen sollte. Doch ungeachtet der vielen Menschen, die am späten Vormittag die Hotelhalle bevölkerten, zog Brodka sie an sich und strich ihr übers Haar. Und während er sie anschaute, sagte er leise, aber eindringlich: »Ich gebe nicht auf, hörst du. Jetzt erst recht nicht. Ich habe da eine Idee ...«

Brodka ging zur Portiersloge und zog Juliette mit sich. Es gab einen Menschen, der ihm vielleicht helfen konnte, Titus aufzuspüren: Agostinos Schlegelmilch.

Brodka erinnerte sich, daß Schlegelmilch – als sie gemeinsam eine Zelle im Polizeipräsidium bewohnten – freimütig seine

Homosexualität bekannt und getönt hatte, er werde sich am folgenden Abend als freier Mann in irgendeinem Lokal einen Rausch ansaufen. Doch Brodka hatte den Namen des Etablissements vergessen.

Wozu gab es Hotelportiers? Herr Erich war nicht da, aber ein hilfsbereiter Kollege.

Der musterte Brodka mit versteinerter Miene, als er von ihm wissen wollte, wo sich in Wien die Schwulenszene treffe, nannte dann aber diskret, wobei er vorsichtig nach beiden Seiten blickte, die exotischen Namen mehrerer Lokale. Einer kam Brodka bekannt vor: der »Rote Gimpel« in der Favoritenstraße.

Juliette, die dem ganzen Wortwechsel mit Verwunderung gefolgt war, traute ihren Ohren nicht, als Brodka sie in seinen Plan einweihte und ihr eröffnete, daß sie den Abend allein verbringen müsse, weil er die Absicht habe, ein stadtbekanntes Schwulenlokal aufzusuchen.

Der »Rote Gimpel« lag im Tiefparterre eines frisch restaurierten Stadthauses aus der Zeit der Jahrhundertwende. Den seitlich gelegenen Eingang beschirmte ein roter Baldachin, und zwei Sträucher auf beiden Seiten waren mit Hunderten kleiner Lämpchen dekoriert.

Das Innere strahlte einen verspielten Charme aus, wie ihn Schwulenlokale häufig an sich haben, und war halbkreisförmig in viele Nischen mit kleinen Tischen unterteilt, die zur Hälfte besetzt waren. Die Bar rechter Hand wurde von einem phantasievoll gestalteten roten Vogel gekrönt.

Brodka nahm am Tresen Platz. Entgegen seinen Erwartungen wurde er kaum beachtet. Nur der Barmann, ein glatzköpfiges Muskelpaket mit einer Goldkette um den Hals, fragte höflich nach seinen Wünschen.

Mehr aus Verlegenheit bestellte Brodka einen Scotch mit Eis.

Während der Barkeeper das Getränk einschenkte, erkundigte Brodka sich so beiläufig er konnte, ob Agostinos Schlegelmilch heute schon dagewesen sei.

Nein, erwiderte der Barmann und schob den Whisky über den Tresen. Agostinos komme nie vor halb neun und verschwinde meist nach einer halben Stunde wieder.

Noch bevor man auf Brodka aufmerksam werden konnte, leerte er sein Glas, zahlte und ging.

Auf der Straßenseite gegenüber befand sich ein kleines Lokal, ein typisches Wiener Beisel mit zwei großen Fenstern, durch die man gute Sicht auf den Eingang des »Roten Gimpel« hatte. Das Publikum – halbseiden bis anrüchig – zählte nicht gerade zur feinen Wiener Gesellschaft. Doch Brodka war nicht gekommen, um Ablenkung zu suchen oder seine Langeweile zu vertreiben. Das machte er auch der Kellnerin klar, einer nicht unsympathischen, blonden Schlampe, die sich sofort zu dem – wie sie wohl meinte – besseren Herrn an den Tisch setzte und fragte, was sie für ihn tun könne.

Sie könne ihm ein Bier bringen, sagte Brodka und erklärte zudem, daß er jemanden erwarte. Was die junge Dame jedoch in keiner Weise irritierte und zu der Bemerkung veranlaßte, man könne sich ja bis zum Eintreffen dieses Jemand gemeinsam die Zeit vertreiben. Ob sie sich einen Piccolo bestellen dürfe?

In der Hoffnung, seine Ruhe zu haben, willigte Brodka ein, was sich jedoch als Fehleinschätzung erwies, denn die Blondine begann nun zu erzählen und – schlimmer noch – Fragen zu stellen: woher er komme und ob er zufällig in der Gegend sei und ob sie ihm gefalle oder ob er mehr auf Kerle stehe, dann müsse er nur über die Straße gehen.

Während die Blondine munter drauflosplauderte, behielt Brodka den Eingang des »Roten Gimpel« aufmerksam im Auge. Tatsächlich dauerte es nicht lange, da erschien Agostinos

Schlegelmilch. Er kam zu Fuß, wie Brodka erleichtert feststellte. Wenn Agostinos das Lokal verließ, konnte er sich an seine Fersen heften. Ihn in dem Lokal oder auf der Straße anzusprechen erschien Brodka zu riskant; falls Agostinos sich so verhielt wie bei ihrer letzten Begegnung, würde er ihn womöglich abblitzen lassen.

Er wußte, Schlegelmilch war ein gerissener Kerl, und ihm beizukommen war beinahe ein Ding der Unmöglichkeit. Agostinos' Furcht vor der geheimnisvollen Organisation, die er gefährlicher als die Mafia einstufte, hielt Brodka für übertrieben. Wahrscheinlich war diese Furcht nur gespielt gewesen – mit dem Ziel, ihn loszuwerden. Dennoch mußte er Schlegelmilch oder Titus, vermutlich sogar beiden, irgendwie in die Quere gekommen sein.

Vorsorglich beglich Brodka seine Rechnung. Der Blonden gab er ein reichliches Trinkgeld, das sie im weiten Ausschnitt ihrer Bluse verschwinden ließ. Dann wartete er, den Blick auf die gegenüberliegende Straßenseite gerichtet.

Vor dem »Roten Gimpel« herrschte reges Kommen und Gehen, und Brodka befürchtete schon, Schlegelmilch übersehen zu haben; dann aber trat der Gesuchte plötzlich vor die Tür und wandte sich stadteinwärts. Brodka verließ das Lokal, überquerte die Straße und folgte Agostinos in geringem Abstand.

In Höhe des Theresianums bog Schlegelmilch in die Mayerhofgasse ab, wo er nach etwa fünfzig Metern in einem offenen Hauseingang verschwand.

Zum Glück war Brodka so schnell, daß er die Haustür auffing, noch bevor sie ins Schloß fallen konnte. Doch Agostinos war wie vom Erdboden verschluckt.

Es war ein altehrwürdiges Treppenhaus mit breiten Steinstufen und einem alten, kunstvollen Geländer. In der Mitte befand sich ein Fahrstuhl, der diesen Namen wahrhaftig verdiente: eine aus rötlichbraunem Holz gezimmerte Kabine mit Türflügeln und Seitenscheiben aus geschliffenem und mit geätzten Blumenranken verziertem Glas – ein kostbares Relikt aus der Zeit der Secession.

Links neben dem Eingang führte eine grün gestrichene Flügeltür zu einer Wohnung. Einst hatte sie vermutlich den Hausmeister beherbergt, doch heutzutage war solcher Wohnraum viel zu teuer, um ihn einem Hausangestellten zu überlassen.

Auf dem Namensschild stand – Brodka wollte seinen Augen nicht trauen – »Schlegelmilch«.

Brodka lauschte an der Tür, hörte aber keinen Laut im Inneren der Wohnung. Er zog sich seitlich in den Schutz des Fahrstuhls zurück und überlegte, wie er Schlegelmilch den derzeitigen Aufenthaltsort Titus' entlocken konnte. Geld schien ihm dabei die einzige erfolgversprechende Möglichkeit.

Während er noch überlegte, wie er vorgehen sollte, wurde die Wohnungstür leise geöffnet, und Agostinos steckte den Kopf hinaus. Offenbar wollte er sich vergewissern, ob die Luft rein war. Dann machte er ein paar Schritte zur Haustür und öffnete sie leise.

Brodka beobachtete aus seinem Versteck hinter dem Fahrstuhl, wie Schlegelmilch den rechten Zeigefinger auf die Lippen legte. Im selben Augenblick schlüpfte eine dunkle Gestalt nach der anderen ins Innere des Hauses, gewiß ein Dutzend Männer und Frauen sowie zwei Kinder, kaum älter als zehn Jahre. Einige trugen Taschen, andere ein geschnürtes Bündel.

Plötzlich fiel es Brodka wie Schuppen von den Augen. Agostinos Schlegelmilch hatte nie angedeutet, mit welcher Art von Geschäften er seinen Lebensunterhalt bestritt. Jetzt war es klar: Schlegelmilch war ein Schlepper.

Zurück im Hotel berichtete Brodka Juliette von seiner Entdeckung, und gemeinsam legten sie sich einen Plan zurecht.

Juliette bestand darauf, Brodka nicht mehr allein gehen zu lassen, zumal sie als Frau schon durch ihre bloße Anwesenheit zur Entspannung einer Situation beitragen könne, falls es einmal kritisch würde.

So besuchten Brodka und Juliette am folgenden Abend gemeinsam den »Roten Gimpel«.

Wer glaube, eine Frau sei in einem Schwulenlokal nicht gern gesehen, der irrt. Man begegnete Juliette mit höflicher Zuvorkommenheit, wenngleich nicht mit jenen Komplimenten, mit denen sie für gewöhnlich bedacht wurde. Die beiden nahmen an einem der hinteren Tische Platz, von wo sie den Eingang im Blickfeld hatten, und tranken einen der vorzüglichen Cocktails, die in dieser Bar serviert wurden.

Kurz vor neun erschien Agostinos, wie immer im dunkelblauen Anzug und mit roter Krawatte. Noch ehe er an der Bar Platz nehmen konnte, trat Brodka auf ihn zu und bat ihn an ihren Tisch.

Schlegelmilch war völlig überrascht und verhielt sich zunächst abweisend.

»Wie kommst du überhaupt hierher?« fragte er.

Brodka spielte den Überlegenen. »Ich weiß mehr über dich, als du ahnst«, erklärte er. »Aber vielleicht können wir ja ins Geschäft kommen. Setz dich zu uns, wir müssen reden.«

Er führte Schlegelmilch an seinen Tisch und stellte ihm Juliette als seine Lebensgefährtin vor, was Agostinos noch mißtrauischer machte; aber schließlich setzte er sich, bestellte einen Rotwein und sagte: »Ich höre.«

»Zunächst einmal: Wo ist Titus?« legte Brodka los.

Schlegelmilch starrte ihn mit einer Mischung aus Verwunderung und Zorn an. Juliette fürchtete, er würde auf Brodka losgehen, weil er glaubte, dieser wollte ihn an der Nase herumführen. Schließlich hatte Brodka ihm ein Geschäft versprochen.

Dann aber setzte Agostinos schweigend sein Weinglas ab und stand auf, um zu gehen. Doch Brodka drückte ihn auf den Stuhl zurück. »Wo ist Titus?« wiederholte er und fügte hinzu: »Wenn du mir die Frage nicht beantwortest, wird's nichts mit unserem Geschäft.«

»Was redest du immer von Geschäft?« fragte Agostinos ungehalten.

»Nun ja«, meinte Brodka, »du verkaufst mir dein Geheimnis, und ich verkaufe dir mein Schweigen.«

»Ich weiß überhaupt nicht, wovon du redest, Brodka. Wenn du dich nicht klarer ausdrückst, können wir unser Gespräch gleich beenden. Ich hab' Besseres zu tun.«

Brodka blickte sich verstohlen um; dann rückte er ganz nahe an Schlegelmilch heran und sagte mit gedämpfter Stimme: »Es ist bestimmt ein einträgliches Geschäft, Menschen aus Rußland, der Ukraine, dem Iran, aus Pakistan, Albanien und Gott weiß woher in den Goldenen Westen zu schleusen. Es wäre doch schade, wenn du diesen lukrativen Job aufgeben müßtest.«

Agostinos Schlegelmilch sagte nichts. Er griff nach dem Weinglas und nahm einen großen Schluck. Seine plötzliche Unsicherheit war nicht zu übersehen. Er wischte sich mit dem Handrücken über die Lippen und sagte: »Respekt, Brodka. Das hätte ich dir gar nicht zugetraut, wirklich nicht.«

Brodka nutzte die Gelegenheit und stieß sofort nach: »Übrigens – es wäre zwecklos, mich oder Juliette oder uns beide zu beseitigen. Ich habe bei einem Anwalt einen versiegelten Umschlag hinterlegt, der nur im Fall meines Ablebens geöffnet werden darf. In diesem Brief ist der nähere Sachverhalt erläutert.« Natürlich stimmte das nicht, aber es hörte sich professionell an.

Schlegelmilch lockerte seine rote Krawatte und schüttelte ungläubig den Kopf. »Es scheint, ich habe dich wirklich unterschätzt, Brodka. Gut. Was willst du von Titus?«

»Ein paar Informationen, nichts weiter. Titus hat mir einige Dinge angedeutet, und ich habe den Verdacht, daß er über die Strukturen der Organisation Bescheid weiß, die hinter mir her ist. Du kannst dich da völlig raushalten. Du mußt mir nur Kontakt zu ihm verschaffen. Er muß mit mir reden.«

»Und wenn er nicht will?«

Brodka hob die rechte Schulter. »Du hast großen Einfluß auf Titus. Also sorge dafür, daß er redet. Schon in deinem eigenen Interesse ...«

Agostinos preßte die Lider zusammen, als bereitete ihm die ganze Sache Kopfschmerzen. Schließlich erwiderte er: »Gut. Ich werd's versuchen. Aber glaub nicht, daß ich dir sonst in irgendeiner Weise weiterhelfen werde. Diese Leute, mit denen du es da zu tun hast, sind gefährlich, Brodka. Sie verbergen sich unter dem Mantel von Frömmigkeit und Nächstenliebe, aber in Wirklichkeit führt Satan bei ihnen das Regiment. Es sind Teufel, sage ich dir, Teufel.«

Die Worte Schlegelmilchs gingen Juliette durch Mark und Bein. Sie spürte eine Gänsehaut auf ihren Unterarmen. Wenn sie Brodkas Darlegungen bisher für übertrieben oder aufgebauscht gehalten hatte, hegte sie nun keinen Zweifel mehr daran, daß er sich in Gefahr befand.

Brodka hörte solche Worte nicht zum erstenmal; sie rührten ihn wenig. Er hatte den Plan gefaßt, der Sache auf den Grund zu gehen, und nichts und niemand sollte ihn davon abbringen. Aber er brauchte Titus' Hilfe.

»Morgen früh erwarte ich Titus' Anruf im Grand Hotel«, sagte er. »Dann werden wir uns im Laufe des Tages treffen. Wo und wann, das überlasse ich ihm.«

Schlegelmilch nickte. »Also gut. Ich werde tun, was ich kann.«

Auf der Taxifahrt zum Hotel war Juliette ungewöhnlich schweigsam. Aber es imponierte ihr, wie Brodka die ganze Sache angepackt hatte, vor allem die Idee mit dem angeblich bei einem Anwalt hinterlegten Brief. Und nicht einmal Brodkas Geständnis, er habe die Geschichte nur erfunden, damit Schlegelmilch nicht auf dumme Gedanken komme, tat Juliettes Bewunderung Abbruch.

Am nächsten Morgen – Brodka und Juliette schliefen noch –, summte kurz nach sieben das Telefon. Schlaftrunken angelte Brodka nach dem Hörer und ließ ein mürrisches »Hallo?« vernehmen.

Die Stimme am anderen Ende der Leitung nannte keinen Namen, doch Brodka erkannte sofort, daß es Titus war. »In drei Stunden, Punkt zehn Uhr im Stephansdom, letzte Bankreihe.«

Noch bevor Brodka antworten konnte, war die Leitung tot.

Obwohl auf der Kärntnerstraße und dem Stephansplatz ein lauer Wind wehte, herrschte im Inneren der großen Kirche eine so frostige Kälte, daß der Atem zu weißen Wölkchen kondensierte. Juliette zog den hochgeschlagenen Kragen ihres Mantels zusammen.

Im Dom war es noch nicht so voll wie um die Mittagszeit, wenn sich Reisegesellschaften und Bildungshungrige durch die Kirche wälzen. Nur ein Fremdenführer versuchte in wienerisch gefärbtem Englisch einer Gruppe japanischer Rentner die Schönheit des fünfhundert Jahre alten Bauwerks nahezubringen.

Titus wartete bereits in der letzten Bankreihe und blickte gedankenverloren zum Gewölbe empor. Fast wäre Brodka an ihm vorbeigegangen, ohne ihn zu erkennen; denn Titus trug eine dunkelblonde Perücke mit langem, nach hinten gekämmtem Haar.

Brodka und Juliette setzten sich rechts und links neben Titus auf die Kirchenbank. Er roch nach Alkohol.

Mit einem Kopfnicken deutete Titus einen Gruß an; dann sagte er, an Brodka gewandt: »Entschuldige die Maskerade, aber ohne diese Perücke wage ich mich nicht aus dem Haus. So erkennt mich wenigstens keiner.« Dann fragte er unvermittelt: »Was willst du?«

Brodka hüstelte. Er wußte nicht, wie er beginnen sollte. Doch nachdem er behutsam nach allen Seiten gespäht und niemanden bemerkt hatte, der ihr Gespräch belauschen könnte, sagte er mit gedämpfter Stimme: »Titus, du bist der einzige, der mir weiterhelfen kann. Und du brauchst keine Angst zu haben, daß ich auch nur ein Wort darüber verliere, von wem ich meine Informationen habe.«

»Und Agostinos? Er sagt, daß du ihn erpreßt.«

»Es war die einzige Möglichkeit, an dich heranzukommen. Ich würde Agostinos nie verraten. Ehrenwort.«

»Und wer ist sie?« Titus wies mit den Kopf auf Juliette.

»Das ist meine Lebensgefährtin. Was ich dir verspreche, gilt auch für sie.«

Juliette streckte Titus die Hand entgegen. »Sind wir uns nicht schon irgendwo einmal begegnet?«

Der betrachtete sie einen Augenblick wie ein Päckchen, dessen Annahme man verweigert. »Nicht daß ich wüßte.« Ohne die Hand zu ergreifen – was bei einem Mann wie Titus nicht einmal unhöflich wirkte –, wandte er sich dann fragend an Brodka: »Geht es um die alte Geschichte?«

»Wenn du es so nennen willst.« Brodka nickte. »Nur bin ich inzwischen auf neue Spuren gestoßen, und sie führen alle in eine Richtung ...«

»Ich kann's mir schon denken«, murmelte Titus. »Die Spuren enden vor den Mauern des Vatikans.«

»So ist es. Ich weiß, es hört sich verrückt an, denn weder ich noch meine Mutter hatten je etwas mit der Kirche zu tun. Was hat das alles zu bedeuten, Titus? Du hast als Priester im Vatikan gedient, wenn ich dich richtig verstanden habe. Du mußt wissen, was dort vor sich geht. Du hast es selbst erlebt, nicht wahr?«

»O ja. Sogar mehr, als mir lieb sein konnte. Allein die Erinnerung hinterläßt einen ekelhaften Geschmack im Mund.« Titus griff in seine Jackentasche, zog einen Flachmann hervor und nahm einen kräftigen Schluck.

»Du meinst, so gottesfürchtig sind die Herren nicht, die sich um den Stellvertreter Jesu auf Erden scharen?«

Titus lachte bitter. »Gottesfürchtig? Im Vatikan wird über alles geredet, nur nicht über Gott. Glaub mir, ich weiß, wovon ich spreche.«

Juliette warf Titus einen erschrockenen Blick zu. Man mußte schon sehr verbittert sein, wenn man sich so ausdrückte, zumal als Expriester.

Titus drehte die silberfarbene Taschenflasche in den Händen. Nervös rückte er näher an Brodka heran, wobei er sich furchtsam umblickte. Dann fuhr er leise fort: »Kaum jemand weiß, was sich wirklich im Vatikan abspielt. Damals, nach dem Tod des polnischen Papstes, traten die Kardinäle zum Konklave zusammen, um aus ihren Reihen einen Nachfolger zu wählen. Aber sie konnten sich nicht einigen. Sie haben zwei Monate hinter verschlossenen Türen getagt, aber keiner der Kardinäle bekam die Mehrheit der Stimmen. Schließlich waren die Fronten derart verhärtet und die Aussichten, einen neuen Papst zu finden, so gering, daß die alten Männer sich entschlossen, das Los entscheiden zu lassen. Alle erklärten sich mit der Bedingung einverstanden, der neue Papst dürfe keine eigenen Entscheidungen treffen. Man kam überein, daß sämtliche Entscheidungen von den Kardinälen nach Absprache getroffen werden sollten. Das Los fiel auf einen Mann, den kaum einer kannte.«

»Aber es hat doch immer schon starke und schwache Päpste gegeben«, sagte Brodka.

»Das ist richtig.« Titus nickte. »Doch in diesem Fall verhält die Sache sich anders. Denn kaum war der neue Papst gewählt, riß eine kleine, aber mächtige Abordnung von Kurienkardinälen die Macht an sich. Seither halten sie den Papst mehr oder weniger im Vatikanischen Palast eingesperrt. Er darf den Vatikan nicht verlassen und muß sämtliche Dokumente unterschreiben, die man ihm vorlegt.«

»Man liest immer wieder, daß der Papst sehr zurückgezogen lebt«, bemerkte Brodka.

»Ja.« Titus lachte leise. »Das kann man wohl sagen.«

Brodka runzelte die Stirn. »Und welche Rolle spielt dieser Kardinal Smolenski dabei?« fragte er. »Ist er der ... Boß?«

»Er ist einer der Bosse. Diese Organisation ist wie ein riesiger Krake, dessen Kopf man nicht sieht. Aber seine Arme reichen bis in die letzten Winkel.«

»Und gibt es niemanden, der etwas dagegen unternimmt?«

»Wer es wagt, in offene Feindschaft zur Heiligen Mafia zu treten, hat sein Leben verspielt. Du erinnerst dich an das Kardinalssterben vor zwei Jahren? Damals haben binnen kurzer Zeit sechs Kardinäle aus Südamerika und Ostasien das Zeitliche gesegnet. Es hieß, sie seien alte Männer gewesen. Aber der jüngste war 56, der älteste 66. Das ist kein Alter. Dennoch wurden keine Obduktionen vorgenommen. Kardinäle sterben keines gewaltsamen Todes. Sie werden heimgeholt. Fragt sich nur, von wem.«

Titus war jetzt nicht mehr aufzuhalten. »Die Römische Kurie verfügt über ein gewaltiges Heer von Helfershelfern. Für die Kurie sind alle Priester wie Schachfiguren, überall auf der Welt und egal, welchen geistlichen Rang sie bekleiden. 120 Kardinäle, 4000 Bischöfe und über 400 000 Priester stehen unter der Fuchtel jener Kardinäle, die die wirkliche Macht haben.«

»Kennst du diese Leute?« erkundigte sich Brodka vorsichtig.

»Ich kenne einige von ihnen«, erwiderte Titus großspurig. »Ich weiß, wo und mit wem sie verkehren. Ich kenne ihre Kontonummern und Paßwörter in der Schweiz und auf den Bahamas ... kurz, ich weiß eher zu viel über diese Leute. Jetzt weißt du, warum ich es vorziehe, im Untergrund zu leben.«

Brodka blies die Luft durch die Lippen. Er schaute zu Juliette hinüber, die Titus' Worten nicht weniger betroffen gelauscht hatte. »Wovon lebst du?« fragte er schließlich, und er war sich der Peinlichkeit seiner Frage durchaus bewußt.

»Von dem, was Agostinos mir zukommen läßt«, antwortete Titus.

»Du weißt, was für Geschäfte Agostinos macht?«

»Er macht alles, was Geld bringt. Er ist Hehler, Schmuggler und Schleuser. Er ist ein Ganove, aber kein Verbrecher. *Er* würde nie jemanden umbringen ...«

Allmählich füllte sich der Stephansdom mit schaulustigen Touristen.

»Ich bin auf einen Brief meiner verstorbenen Mutter gestoßen«, begann Brodka. »In diesem Brief erwähnt sie Kardinal Smolenski. Sie bezeichnet ihn als Teufel. Und sie beklagt sich darüber, was er ihr angetan hätte. Was kann das zu bedeuten haben?«

Titus verzog das Gesicht und dachte nach. Schließlich erwiderte er: »Keine Ahnung. Aber was kümmert es dich?«

»Wie ich dir schon sagte, geschehen seit dem Tod meiner Mutter merkwürdige Dinge. Man hat auf mich geschossen. Man wollte mir einen Mord anhängen. Man verfolgt mich. Und meine Mutter hinterließ ein riesiges Vermögen, das mit der Kirche zu tun hat. Alle Nachforschungen, die ich anstelle, verlaufen im Sand. Leute, die mir weiterhelfen könnten, sind tot oder schweigen wie ein Grab. Verdammt, was soll ich tun?«

Titus fuhr sich mit dem Ärmel des Mantels über die Nase und schniefte. Dann sagte er, während er mit dem Fuß scharrte, als wollte er einen Käfer zertreten: »Hast du gar keine Erklärung für die Vorfälle? Falls du dir wirklich ihre Feindschaft zugezogen hast, muß es doch irgendeinen Anhaltspunkt geben.«

»Meine Mutter besaß ein Mietshaus in allerbester Lage, ein Millionenvermögen. Aus dem Grundbuch erfuhr ich, daß sie es vor dreißig Jahren von einer Immobiliengesellschaft zum Preis von einer Mark erworben hat.«

»Wie heißt diese Gesellschaft?«

»Pro Curia.«

Titus blickte Brodka an. In seinen Augen lag Erstaunen. »Du weißt, wer sich dahinter verbirgt?«

»Nein.«

»Pro Curia ist ein Unternehmen mit Grundstücks- und Häuserbeteiligungen in aller Welt. Es gehört zu hundert Prozent einer Holdinggesellschaft in Zürich, an der wiederum die Credit Suisse in Genf, das Istituto per le Opere Religiose – sprich: die Bank des Vatikans – und einige kleinere Privatbanken als Eigner beteiligt sind, die alle in irgendeiner Form mit dem Opus Dei zusammenhängen. Mit anderen Worten: ein profitorientierter Konzern, der nach außen hin von den Banken, in Wirklichkeit aber vom Vatikan kontrolliert wird. Und diese Firma soll deiner Mutter eine Immobilie für eine Mark verkauft haben?«

Brodka zischte: »Verdammt, ich kann es beweisen! Ich habe alle Dokumente!«

»Und warum sollten sie das getan haben?«

»Das ist es ja. Ich habe keine Ahnung!« Brodka schaute Titus ins Gesicht; dann sagte er leise, aber eindringlich: »Du mußt mir helfen. Es soll dein Schaden nicht sein. Ich habe Geld. Sag mir, wieviel du willst.«

Titus zögerte. Er ließ sich Zeit mit der Antwort.

Erst als Juliette sich einmischte und erklärte, weder sie noch Brodka könnten diese ungewisse Situation noch lange ertragen, erklärte Titus, er wolle sich das Ganze noch einmal durch den Kopf gehen lassen, und erbat sich vierundzwanzig Stunden Bedenkzeit.

Schließlich zog er einen Zettel aus der Tasche und kritzelte eine Nummer darauf, unter der er zu erreichen sei.

Er wollte den Zettel Brodka zuschieben, doch dieser schien ihn gar nicht wahrzunehmen. Er saß regungslos auf der Bank, wie vom Schlag getroffen, und starrte ins Kirchenschiff. Seine Augen waren weit aufgerissen, seine Unterlippe zuckte leicht, und er hatte die Fäuste geballt – nicht aus Wut, sondern als erwarte er irgendein furchtbares Ereignis.

»Brodka«, flüsterte Juliette erschreckt, »Brodka, was ist mit dir?«

Der schien Juliettes Stimme gar nicht zu hören. Sein starrer Blick war auf eine vornehme ältere Frau in einem auffälligen Kostüm gerichtet. Sie trug einen schwarzen Hut mit breiter, geschwungener Krempe und schlenderte zwischen anderen Dombesuchern den Mittelgang entlang. Plötzlich blieb sie stehen und wandte den Blick in die Höhe des gotischen Gewölbes. Als sie die Augen senkte, schaute sie für einen Moment auf Brodka; es schien sogar, als neigte sie den Kopf leicht zur Seite wie zum Gruß. Dann drehte sie sich um und setzte ihren Weg fort.

»Brodka«, wiederholte Juliette, »was hast du?«

Als würde er aus einem Traum erwachen und versuchen, ein Trugbild von sich abzuschütteln, machte Brodka ein paar heftige Kopfbewegungen und fuhr sich mit der Hand übers Gesicht.

Und während er immer noch nach vorn starrte, sagte er atemlos: »Meine Mutter. Das war ...«

Die Stimme versagte ihm. Sein Blick ging an Juliette vorbei zu der Frau, die sich inzwischen etwa zwanzig Meter entfernt hatte.

»Was ist denn los, um Himmels willen?« fragte Juliette besorgt.

»Es ist meine Mutter!« stieß Brodka hervor und starrte unverwandt auf die Frau, die sich über den Mittelgang entfernte.

»Unsinn«, sagte Juliette. »Deine Mutter ist tot.«

»Aber sieh doch!« Brodka wies mit dem Finger in Richtung der alten Dame, die zwischen den anderen Besuchern verschwand.

Juliette drückte seine Hand herunter. »Deine Nerven spielen dir einen Streich«, meinte sie beschwichtigend und nahm seine Hand. »Es war einfach zuviel, was in den letzten Wochen auf dich eingestürzt ist.«

Brodka riß sich los. Er sprang auf und stürmte in Richtung der Frau, die plötzlich aus seinem Blickfeld verschwunden war. Er stieß ein paar Touristen um, als er über den Mittelgang stürmte. »Mutter!« schrie er, daß es durch den Dom hallte.

An der Stelle angelangt, wo er die Frau zuletzt gesehen hatte, warf er hastige Blicke nach beiden Seiten, konnte die alte Dame aber nirgends ausmachen. Er rannte nach links, zwängte sich durch eine Bankreihe, stieg auf die Sitzfläche und machte einen weiten Satz über eine Betende hinweg. Ein Ständer mit brennenden Opferkerzen fiel um. Ein Altartuch fing sofort Feuer. Ein vielstimmiger Aufschrei hallte durch den Dom.

Als er die Frau auf dieser Seite des Kirchenschiffes nicht entdecken konnte, hetzte Brodka, wirr um sich blickend, in Richtung des Hauptaltars, stolperte, rappelte sich auf, kletterte über ein Absperrgitter und stieß, ohne es zu bemerken, gegen einen Betstuhl, der lärmend zu Boden krachte.

Brodka umrundete den Altar, als hätte die Frau sich dahinter versteckt, und schaute mit wildem Blick um sich. Das Haar hing ihm wirr in die Stirn. Sein Gesicht war kreidebleich. »Mutter?« rief er. »Mutter!«

Beißender Qualm zog durch das Kircheninnere.

Die Besucher duckten sich in die Bänke. Vom Stephansplatz hörte man Polizeisirenen. Augenblicke später drangen durch mehrere Eingänge zugleich und von allen Seiten Polizisten in den Dom ein. Ein schriller Pfiff gellte durch das Gotteshaus; dann waren nur noch die dumpfen, polternden Tritte von Polizeistiefeln zu vernehmen.

Brodka tauchte hinter einer Säule auf. Sein wirrer Blick huschte nach allen Seiten. Er wirkte wie ein Mann, der den Verstand verloren hatte.

Während einige der Polizisten die auflodernden Flammen erstickten, stürzten sich zwei von ihnen auf Brodka und rissen ihn zu Boden. Einer zerrte ihn auf die Seite, der andere legte ihm Handschellen an. Brodka trat mit den Beinen, schrie, wehrte sich. Der eine Beamte rammte ihm ein Knie in die Seite. Brodka brüllte auf.

»Tun Sie ihm nichts!« rief Juliette, stieß die Polizisten zur Seite und stellte sich schützend vor Brodka.

Um die Gruppe herum bildete sich in Windeseile eine Traube schimpfender und geifernder Menschen.

»Ich kann alles erklären!« sagte Juliette zu den Beamten, während sie Brodka aufhalf.

Inzwischen waren sie von einem halben Dutzend Polizisten umstellt; dahinter sammelten sich gut fünfmal so viele Gaffer.

Rufe hallten durchs Kirchenschiff. »Ein Irrer!« – »Ein Wahnsinniger!« – »Der Mann hat den Verstand verloren!«

»Sie sind seine Frau?« fragte der Einsatzleiter.

»Ja«, log Juliette.

»Hat er so etwas schon öfter getan?« Im Blick des Einsatzleiters lag eher Spott als Mitgefühl.

In Juliette stieg Wut auf. Sie konnte sich nur mühsam beherrschen.

»Nein«, entgegnete sie heftig. »So etwas hat mein Mann noch nie getan. Aber wenn ich Ihnen den Grund für sein Verhalten erkläre, werden Sie ihn gewiß verstehen.«

»Wenn Sie meinen«, bemerkte der Polizist zynisch und warf seinen Kollegen einen vielsagenden Blick zu.

Juliette schaute Brodka ins Gesicht. Er war kreidebleich.

»Wir haben den Dom besichtigt«, begann Juliette, »als mein Mann seine Mutter unter den Besuchern zu erkennen glaubte ...«

»Ja, und?« Der Einsatzleiter wurde ungeduldig.

»Seine Mutter ist tot.«

»Ich verstehe«, bemerkte der Polizist. An seine Kollegen gewandt, sagte er knapp: »Baumgartner Höhe.«

Beifälliges Murmeln war aus den Reihen der Gaffer zu vernehmen. Die Baumgartner Höhe war die psychiatrische Anstalt der Stadt Wien im 14. Bezirk. Ein Bauwerk, das geeignet war, jedem Angst einzuflößen, der es auch nur von außen sah.

Kapitel 5

Juliette betrat Brodkas Wohnung in München, zog die Tür hinter sich zu, stellte das Gepäck mitten im Zimmer ab und ließ sich erschöpft auf die Couch fallen.

Die Ärzte der psychiatrischen Anstalt hatten Brodka in eine Art Heilschlaf versetzt und Juliette zu verstehen gegeben, daß sie den Patienten zwei bis drei Wochen zur Beobachtung in der Klinik behalten müßten. Überstürzt war Juliette aus Wien abgereist, nachdem Journalisten ihr Hotel belagert hatten, zumal sie das Gefühl hatte, in dieser Situation ohnehin nichts für Brodka tun zu können. Sie hoffte, durch die Arbeit in ihrer Galerie auf andere Gedanken zu kommen. Zu ihrem Ehemann wollte sie nicht mehr zurück, das stand fest.

Juliette schloß die Augen, doch die Bilder, die aus dem Dunkel vor ihr auftauchten, machten alles nur noch schlimmer. Immer wieder sah sie Brodka vor sich, wie er in einen Streifenwagen gezerrt und mit Blaulicht in die Nervenklinik gebracht wurde. Sie sah sein bleiches, eingefallenes Gesicht, auf dem sich eine seltsame Mischung aus Fassungslosigkeit und Fatalismus spiegelte – das Gesicht eines Mannes, dessen Verstand nicht mehr verarbeiten kann, was er erlebt hat.

Doch wenn Brodka zehnmal behauptete, die Frau im Dom sei seine Mutter gewesen – für Juliette stand fest, daß er sich getäuscht hatte. Seine Nerven hatten ihm einen Streich gespielt.

Bei aller Härte, die Brodka in seinem Berufsleben entwickelt hatte – was in den letzten Wochen auf ihn eingestürmt war, hatte ihn aus der Bahn geworfen.

Juliette atmete tief durch und schlug die Augen auf. Auch sie selbst war völlig mit den Nerven herunter. Sie erhob sich, ging unruhig ein paar Schritte auf und ab und fuhr heftig zusammen, als plötzlich das Telefon klingelte. Es war die Spedition, bei der Brodka die Möbel und die anderen Habseligkeiten seiner Mutter hatte einlagern lassen.

In die Lagerhalle sei eingebrochen worden, erklärte ein Angestellter. Vermutlich seien einige Dinge aus Brodkas Besitz geraubt worden. Ob sie vorbeikommen könne? Es sei dringend.

Zuerst wollte Juliette ablehnen, wollte dem Mann erklären, daß sie mit der Angelegenheit nichts zu tun habe und den Nachlaß nicht kenne; dann aber wurde ihr klar, daß Brodka sich in frühestens zwei Wochen mit der Sache befassen konnte. Also machte sie sich auf den Weg.

Das Lagerhaus befand sich im Norden der Stadt zwischen Bahngleisen und einem Tiefbauunternehmen, das hier mannshohe Kanalrohre und Baugerüste lagerte. Als Juliette den Wagen vor dem Lagerhaus parkte, trat der Verwalter, eine Dogge an der Leine, aus einem kleinen Anbau hervor, grüßte höflich und beteuerte, die Firma sei versichert und der Einbruch sei bereits von der Polizei aufgenommen worden; sie brauche sich also keine Sorgen zu machen.

Juliette erklärte dem Mann im grauen Kittel ihre Situation und ließ ihn wissen, daß der Eigentümer in den nächsten Wochen unabkömmlich sei. Dennoch bat der Verwalter sie, den Schaden zu begutachten.

Das Lagerhaus war so lang wie ein Fußballfeld und erstreckte sich über zwei Stockwerke. Aufeinander und nebeneinander gestapelt lagerten hier zu beiden Seiten zweier Längsstraßen –

zum Teil in Verschlägen aus Drahtgeflecht, zum Teil in verschlossenen Containern – Wohnungseinrichtungen, ja das Inventar ganzer Häuser und Geschäfte. Manches davon wartete schon seit Jahren auf seinen rechtmäßigen Besitzer, wie der Verwalter erklärte.

Auf dem Weg zum hinteren Teil der Halle, die nur spärlich beleuchtet war, erklärte der Mann, Einbrüche seien hier äußerst selten, weil die Halle Tag und Nacht bewacht werde und es äußerst mühsam sei, Mobiliar und andere sperrige Gegenstände abzutransportieren. Der letzte Einbruch liege mindestens sechs Jahre zurück, wenn er sich recht erinnere. Weshalb die Diebe sich ausgerechnet Brodkas Besitz ausgesucht hätten – alle anderen Verschläge und Container seien unangetastet geblieben –, könne er sich beim besten Willen nicht erklären. Ob sie darauf eine Antwort wisse?

Juliette schüttelte den Kopf.

Hinter einem Gitterverschlag, an dem ein Schild mit der Aufschrift »Brodka« angebracht war, herrschte ein heilloses Durcheinander. Mobiliar und Kisten waren aufgebrochen. Kleidungsstücke und Wäsche lagen verstreut.

»Sieht so aus, als habe jemand hier etwas ganz Bestimmtes gesucht«, meinte der Verwalter, während er Kleidungsstücke in eine Kiste zurücklegte. »Gewöhnliche Einbrecher waren das jedenfalls nicht. Das ist auch die Meinung der Polizei.«

»Sie meinen, daß die Einbrecher es gezielt auf diese Sachen abgesehen hatten?« fragte Juliette.

»Was würden Sie denn meinen?« erwiderte der Mann im grauen Kittel leicht ironisch. »Es ist doch merkwürdig, daß 169 Container unbeachtet blieben und nur dieser eine die Einbrecher interessiert hat.«

»Weiß man denn schon, was gestohlen wurde?«

»Nein«, erwiderte der Verwalter. »In unseren Inventarlisten

führen wir nur die Möbelstücke und die Anzahl der Kisten auf. Den Inhalt kennen wir nicht.«

Voller Unruhe sammelte Juliette die herumliegenden Kleidungsstücke ein und verstaute sie in den aufgebrochenen Kisten. Ihr wurde allmählich klar, daß dieser Einbruch auf das Konto jener Leute ging, die hinter Brodka her waren. In welch undurchdringliches Netz geheimnisvoller Geschehnisse mochte Brodka verstrickt sein?

Nachdenklich kehrte sie in Brodkas Wohnung zurück, nahm ein heißes Bad und schlüpfte in Brodkas Bademantel, ein rot und blau gestreiftes Kleidungsstück aus Frottee, das so häßlich war, daß es Juliette trotz allen Kummers ein Schmunzeln entlockte. Geschmack ist manchmal Glückssache, vor allem bei Männern.

Um sich die Zeit zu vertreiben – und ein bißchen auch aus Neugierde –, ließ Juliette den Blick über die Buchrücken in den Regalen, die Fotoausrüstungen und den vielen in der Wohnung verstreuten Krimskrams schweifen, der einen Junggesellenhaushalt so liebenswert chaotisch erscheinen läßt.

Dabei stieß sie auf ein altes Fotoalbum. Jugendfotos. Bilder aus Brodkas Ehe. Italienurlaub im Kleinwagen. Taubenfüttern auf dem Markusplatz. Zeugnisse aus einer anderen Zeit.

Brodkas erste Frau war attraktiv, groß und schlank und blond, vom Typ her das Gegenteil Juliettes. Und wenn sie Brodka auf den alten Fotos betrachtete, bezweifelte sie, daß sie sich damals in ihn verliebt hätte.

Auffallend war, daß es keine Bilder aus Brodkas Kindheit gab. Sein Leben begann, so schien es, erst im Alter von siebzehn, achtzehn Jahren.

Wie alle, die ein Fotoalbum betrachten, blätterte Juliette von hinten nach vorn. Als sie etwa in der Mitte angelangt war, hielt sie verwirrt inne. Sie erkannte die Frau auf dem Foto auf Anhieb. Ja, sie trug sogar dasselbe auffällig karierte Kostüm, denselben breitkrempigen schwarzen Hut. Es war Brodkas Mutter.

»Mein Gott«, stammelte Juliette halblaut. »Das gibt's doch gar nicht!«

Sie betrachtete das Foto ganz genau; dann ließ sie das Album auf die Knie sinken. Juliette fühlte, wie das Blut in ihren Schläfen hämmerte; sie rang nach Luft, ihr wurde übel.

»Es darf nicht sein«, murmelte sie halblaut, und sie ballte die Fäuste, als wollte sie das Schicksal bezwingen. Von einer Sekunde auf die andere wurde ihr Brodkas Reaktion im Stephansdom verständlich. Sie hatte seine Mutter nie gesehen, aber die Ähnlichkeit mit der Frau in Wien war eindeutig.

»Jetzt kann ich verstehen, daß du ausgerastet bist, Brodka«, murmelte sie halblaut und kramte einen Zettel mit der Nummer der Psychiatrischen Anstalt in Wien aus ihrer Handtasche. Sie rief dort an, bekam aber nur einen Pfleger an den Apparat, der ihr mit kühler, unbeteiligter Stimme die Auskunft gab, daß sich an Herrn Brodkas Zustand nichts geändert habe. Er befinde sich noch immer im Tiefschlaf.

»Es geht mir um etwas anderes«, sagte Juliette. »Ich ...«

»Weitere Auskünfte darf Ihnen nur der Stationsarzt geben«, unterbrach sie der Pfleger.

»Dann holen Sie ihn an den Apparat.«

»Der Herr Doktor«, sagte der Pfleger schroff, »ist vor morgen nicht zu erreichen.«

Dann legte er auf.

An diesem Abend ahnte Juliette nicht, daß sie ihre geplante Reise nach Wien würde aufschieben müssen. Und niemals wäre sie auf die Idee gekommen, die Ereignisse der folgenden Tage mit Brodka in Verbindung zu bringen.

Es begann damit, daß am nächsten Morgen ein Staatsanwalt

in Begleitung von zwei Kriminalbeamten und einem Polizisten in der Galerie erschien, sich auswies und erklärte, es liege eine Anzeige vor, sie handle mit Fälschungen. Sämtliche ausgestellten Kunstwerke seien bis zur Klärung des Sachverhalts beschlagnahmt. Dann forderte er Juliette auf, ihn zur Vernehmung zu begleiten.

Juliette war so schockiert, daß sie es nicht einmal wagte, ihren Anwalt anzurufen, Dr. Ellermann. Der Anwalt war ein Studienfreund ihres Mannes, und Juliette wußte nicht, ob sie ihm in der gegenwärtigen Situation trauen konnte.

Das Verhör verlief aus ihrer Sicht äußerst fragwürdig, weil der ermittelnde Staatsanwalt und die beiden Kriminalbeamten wenig von Kunst und schon gar nichts von expressionistischer Graphik verstanden, obwohl sie Kunstfahnder waren. Immerhin erfuhr Juliette, daß es sich bei dem angeblich gefälschten Bild um einen Holzschnitt von de Chirico handelte, den sie zusammen mit drei Jawlensky-Aquarellen vor drei Monaten von einem römischen Sammler erworben hatte, der über jeden Zweifel erhaben war. Der Käufer, ein Fabrikant aus Westdeutschland, hatte den Holzschnitt begutachten lassen und anstandslos den geforderten Preis von 60 000 Mark gezahlt.

Nun behauptete der Kunstsammler, Juliette habe den de Chirico nach der Begutachtung gegen eine Kopie ausgetauscht, eine sehr gute Kopie zwar, aber eben eine Fälschung.

Außerdem, so der ermittelnde Staatsanwalt, sei eine Anzeige eines namhaften Kunstsachverständigen bei ihm eingegangen, in dem behauptet wurde, mindestens sieben von den in Juliettes Galerie angebotenen Grafiken, die er in seinem Schreiben genau benannt habe, seien Falsifikate. Deshalb werde er die Galerie bis zum Eintreffen der angeforderten Experten des Dörner-Instituts und der Staatlichen Graphischen Sammlungen schließen und versiegeln.

Juliette verstand die Welt nicht mehr. Obwohl sie ihr Studium nie abgeschlossen hatte, war sie als Expertin für expressionistische Grafik durchaus anerkannt. Sie konnte sich einfach nicht vorstellen, daß man ihr Fälschungen untergejubelt hatte, zumal sie ausschließlich mit renommierten Sammlern und Auktionshäusern geschäftliche Verbindungen pflegte.

Hatte ihr Mann die Hand im Spiel? Wollte Hinrich sich an ihr rächen? Juliettes Erfolg war dem Professor ein Dorn im Auge. Die Unabhängigkeit, die sie sich mit ihrer Galerie erworben hatte, störte ihn seit langem. Er wußte, daß Juliette in ihrem Beruf genug Geld verdiente, um ihn bedenkenlos verlassen zu können. Und nun, da er von ihrem Verhältnis zu Brodka wußte, hatte er Anlaß genug, sie auf diese Weise zu demütigen.

Langsam, ganz allmählich erwachte Brodka aus seinem künstlichen Tiefschlaf. Er starrte minutenlang zur Decke, an der er nichts als einen verschwommenen hellen Fleck erkannte, der sich als Milchglaslampe erwies; ansonsten sah er nur eine große weiße Fläche.

Es dauerte Minuten der Angst, bis Brodka die Erinnerung zurückfand und sein Gehirn ihm mitteilte, daß er in eine psychiatrische Klinik eingeliefert worden war. Was dazu geführt hatte, schien in weiter Ferne zu liegen, und Brodka erinnerte sich nur noch so vage daran, daß er nicht hätte sagen können, ob die Geschehnisse Realität waren oder ob er sich das alles nur einbildete.

Er setzte sich auf. Er hatte geschwitzt; Laken und Kissen klebten an seinem Körper. Als er an sich hinunterschaute, sah er, daß er einen abstoßenden weißen Kittel trug, eine Art Umhang aus gestärktem Stoff, der im Nacken zusammengeschnürt war.

Das Zimmer war schmal; das Mobiliar bestand lediglich aus

einem weißen Schrank. Es gab nur ein hohes, seltsam anmutendes Fenster. Nachdem Brodka es lange betrachtet hatte, erkannte er, weshalb es so eigenartig aussah: Der Rahmen besaß keine Klinke, nur ein viereckiges Loch für einen Spezialschlüssel.

Immerhin ließ es einen schmalen Sonnenstrahl in den Raum. Wie in allen Zimmern in sämtlichen Kliniken roch es nach Bohnerwachs, und allein der Geruch ließ Übelkeit in ihm aufsteigen. Behutsam tastete er seinen Körper ab – Bauch, Arme, Hals und Gesicht –, um festzustellen, ob er verletzt war oder an irgendwelchen Schläuchen oder Kabeln hing, die mit medizinischen Überwachungsmonitoren oder Infusionsflaschen verbunden waren.

Erleichtert stellte Brodka fest, daß er unverletzt und an keinerlei Geräte angeschlossen war, und er versuchte sich einzureden, daß alles so schlimm nicht sein könne. Du mußt Ruhe bewahren, sagte er sich. Daß du kein Irrer bist, wissen sie längst.

Aber war er tatsächlich noch geistig gesund?

Brodka legte die Hände vors Gesicht. Diese Frau im Dom ... warum ging sie ihm nicht aus dem Kopf? Wenn er weiter an sie dachte, würde sie ihn wirklich noch in den Wahnsinn treiben.

Sie war eine Fremde, verdammt noch mal, hämmerte er sich ein. Begreif das endlich!

Und wo war Juliette? Er wußte nicht einmal, wie lange er im Schlaf zugebracht hatte. Blutunterlaufene Einstiche in beiden Armbeugen waren ein Zeichen, daß man seinem Schlaf nachgeholfen hatte. Bei dem Versuch, die Arme zu heben, fielen sie schlaff und kraftlos herab. Es kam ihm vor, als würde Blei in seinen Adern fließen.

Er gähnte, doch es blieb eher bei dem Versuch, denn sein Kiefer schmerzte. Unter Aufbietung aller Kräfte ließ er sich aus dem fahrbaren Klinikbett gleiten. Die sieben Schritte bis zum Fenster fielen ihm schwer wie ein Fußmarsch im Gebirge.

Der Blick nach draußen konfrontierte ihn mit einem Innenhof und einem einstöckigen Gebäude gegenüber. Eine Reihe Aluminium-Container, gefüllt mit schmutziger Wäsche, wartete auf Abholung. Kein schöner Anblick.

Der weiße Schrank neben seinem Bett war verschlossen. Wo war seine Kleidung, sein Geld, seine Brieftasche? Als er im Gang vor seinem Zimmer Schritte hörte, schlüpfte er so schnell ins Bett zurück, wie er konnte.

In der Tür erschien eine Nonne mit weißer Flügelhaube. Als sie Brodka wach fand, lächelte sie freundlich und erkundigte sich nach seinem Befinden.

Erst jetzt bemerkte Brodka, daß ihm das Sprechen schwerfiel. Statt zu antworten, stellte er seinerseits die Frage, wie lange er im Schlaf zugebracht habe.

Sechs Tage, bedeutete die Schwester mit den Fingern, als ob er taub wäre.

Brodka erschrak. Sechs Tage Tiefschlaf? Damit hatte er nicht gerechnet. Sechs Tage sind eine lange Zeit, in der viel passieren kann. Ungehalten fragte er nach seiner Kleidung und wann er endlich entlassen werde.

Der freundliche Gesichtsausdruck der Nonne schwand; sie blickte ihn beinahe boshaft an, und ihre anfängliche Güte schlug augenblicklich in Strenge um. Er sei nicht im Erholungsheim, meinte sie schroff, sondern in einer geschlossenen Anstalt. Über die Dauer des Aufenthalts habe der Arzt zu entscheiden, nicht der Patient. Und seine Kleidung und die Wertsachen würden sicher verwahrt.

Beinahe hätte Brodka sie angeschrien, daß er nicht verrückt sei, sondern daß unerklärliche Umstände ihn in diese verhängnisvolle Situation getrieben hätten. Aber wie sollte er dieser Frau das beibringen? Sollte er sagen, er wäre einem Trugbild aufgesessen? Hätte ihn das nicht noch tiefer in den Sumpf gezogen?

Also schwieg er, sank förmlich in sich zusammen und wagte nicht zu widersprechen. In seinem Kopf kreiste nur ein Gedanke: Flucht.

Wortlos verließ die Nonne das Zimmer und ließ Brodka in tiefer Ratlosigkeit zurück. Er fühlte sich zu schwach und zu durcheinander, um einen klaren Gedanken zu fassen. Er dachte nur: Wie tief soll ich denn noch fallen? Brodka in der Klapsmühle! Er lachte verzweifelt auf und erschrak vor seiner eigenen Stimme.

In diesem Augenblick kam die Nonne wieder ins Zimmer. Mit strengem Blick reichte sie Brodka ein Glas Wasser und zwei rosafarbene Kapseln.

Brodka nahm die beiden Kapseln in die hohle Hand, und während er unter dem scharfen Blick der Nonne so tat, als schluckte er sie, ließ er sie unbemerkt in den Ärmel seines Kittels fallen. Es war mehr ein Reflex als nüchterne Überlegung.

Die Kapseln, meinte die Nonne mit einem unerwarteten Anflug von Freundlichkeit, würden seine »schlimmen Gedanken« vertreiben, wie sie sich ausdrückte. Als sie die Tür hinter sich zuzog, hörte Brodka das Geräusch eines Schlüssels, der im Schloß gedreht wurde. Erst jetzt entdeckte er den Spion in der Tür – eine häßliche kleine Linse.

Brodka war allein. Gütiger Himmel, dachte er, sechs Tage hast du geschlafen. Er vermißte seine Uhr; denn er hatte jedes Zeitgefühl verloren. Einige Zeit dämmerte er vor sich hin, wobei er auf jedes Geräusch lauschte, das von draußen kam, und fragte sich, wie er weiter vorgehen sollte.

Irgendwann, nach Stunden des Grübelns und tiefer Ratlosigkeit, wurde der Schlüssel im Schloß seiner Zimmertür wieder gedreht, und abermals erschien die Nonne mit der Flügelhaube. Ihr Blick war streng, ihr Auftreten geschäftsmäßig. Sie warf einen Blick in den Topf unter dem Bett, indem sie den Deckel hob. Brodka hatte den Behälter noch gar nicht bemerkt, geschweige denn benutzt. Ekel stieg in ihm auf.

Wortlos wie sie gekommen war, verschwand die Nonne aus dem Zimmer, um nach kurzer Zeit abermals zurückzukehren. Sie trug ein Tablett mit einer Kanne und einer Schale Suppe, die nach Brühwürfeln roch. Brodka verspürte Hunger.

Wann er denn endlich einen Arzt zu Gesicht bekomme, erkundigte er sich vorsichtig. Die Nonne reagierte heftig, beschimpfte ihn als Querulanten und erklärte, er würde noch früh genug erfahren, was mit ihm geschehe. Allein ihr Tonfall genügte, Brodka von weiteren Fragen abzuhalten. Allerdings bestärkte ihn der Vorfall nur noch mehr in seiner Absicht, bei nächstbester Gelegenheit die Flucht zu ergreifen.

Hungrig und unter Aufsicht löffelte er seine Suppe. Sie schmeckte scheußlich, doch unter den bitterbösen Blicken der Nonne hätte ihm nicht einmal seine Lieblingsspeise gemundet. Kaum hatte er die Schüssel geleert, nahm sie das Tablett und entschwand.

Wieder war Brodka allein mit sich und seinen Gedanken, Ängsten und Sorgen. Warum meldete sich Juliette nicht? Er konnte sich nur noch daran erinnern, daß sie zu ihm gesagt hatte: »Keine Angst, ich bin bei dir«, als die Polizei ihn in der Klinik eingeliefert hatte. Und einer der Weißkittel hatte gesagt: »Ist das nicht der angebliche Schnallenmörder?« Was danach geschah, war in einem tiefen, schwarzen Loch verschwunden.

Im Laufe des Tages, den Brodka im Bett liegend oder am Fenster stehend verbrachte, kehrten allmählich seine Kräfte zurück. Die Gedanken wurden klarer und die Müdigkeit, die sein Hirn gelähmt hatte, begann zu weichen. Er urinierte in den Behälter unter dem Bett, warf die beiden Kapseln, die er hätte schlucken sollen, hinein und beobachtete, wie sie sich langsam auflösten.

Er legte sich wieder ins Bett. Hat Juliette sich in den sechs Tagen, die ich geschlafen habe, nicht gemeldet, fragte er sich. Hat sie sich von dir abgewandt, von dem angeblichen ›Schnallenmörder‹, dem Amokläufer in der Kirche, dem vermeintlich Geistesgestörten in der geschlossenen Anstalt? Angst kroch in ihm hoch. Im Geiste sah er Juliette, wie sie sich mit einem anderen vergnügte. In hilfloser Wut knüllte er seine Bettdecke mit beiden Händen zusammen und stieß wilde Verwünschungen aus, verstummte jedoch abrupt, als er Schritte auf dem Flur hörte.

Die Tür wurde geöffnet, und der Stationsarzt trat an sein Bett. Er war ein schlaksiger, hochgewachsener Mann mit Nickelbrille. Brodka brauche sich keine Sorgen zu machen, erklärte er freundlich; hier seien alle um seine rasche Genesung bemüht. Wie er sich fühle, erkundigte sich der Arzt.

Er fühle sich gut, erwiderte Brodka und fügte hinzu, daß er froh sei, endlich jemanden gefunden zu haben, mit dem er über seine vermeintliche Krankheit reden könne.

Doch der Arzt nickte bloß. Dann begann er Brodka am Kopf abzuklopfen. Mit erhobenem Zeigefinger prüfte er seine Augenreflexe. Schließlich erkundigte er sich, ob in der Familie neurologische Erkrankungen bekannt seien.

Brodka verneinte und beteuerte, er sei absolut kein Fall für die geschlossene Abteilung. Wann er mit seiner Entlassung rechnen könne.

Die Frage schien den Stationsarzt ebenso zu ärgern wie die Nonne, denn mit energischer Stimme erwiderte er, an eine Entlassung sei überhaupt nicht zu denken, und Patienten wie er würden grundsätzlich in die geschlossene Abteilung überstellt.

Brodka wollte erklären, wie es zu dem Zwischenfall im Dom gekommen war; aber noch ehe er auch nur ein Wort sagen konnte, hatte der Arzt das Zimmer verlassen.

Am späten Nachmittag erschien die Nonne mit dem Abendessen, bestehend aus Suppe, Zwieback und Tee, dazu zwei rosafarbene Kapseln. Wieder ließ Brodka die Kapseln geschickt verschwinden; dann löffelte er lustlos die Suppe.

Die Nacht verbrachte er im Halbschlaf und schmiedete Pläne, wie er seine Flucht bewerkstelligen könnte. Er hatte beobachtet, daß gegen Mittag ein Lieferwagen die Container mit der schmutzigen Wäsche abholte. Wenn es ihm gelänge, sich an einen der Container heranzuschleichen, könnte er sich unter der Wäsche verstecken und so in die Freiheit gelangen.

Als die Nonne am nächsten Morgen erschien, verfolgte Brodka jede ihrer Bewegungen. Dabei fiel ihm auf, daß sie den Schlüssel zu seinem Zimmer an einem Band unter ihrer Schürze trug.

Gegen Mittag trat sie erneut ins Zimmer. Und während sie das Tablett auf dem Nachttisch abstellte, stürzte Brodka sich nach vorn, stieß die Nonne aufs Bett und entriß ihr den Schlüssel. Ehe die Schwester begriff, wie ihr geschah, war er bereits aus dem Zimmer, hatte die Tür hinter sich zugeschlagen und den Schlüssel von draußen umgedreht. Gedämpft hörte er die Hilfeschreie der Frau; dann hämmerte sie mit den Fäusten an die Tür.

Vor Brodka tat sich ein langer, weißgetünchter Gang auf, an dessen Ende zwei Flügeltüren den Weg versperrten. Er vermutete, daß sie verschlossen wären, und rannte in die entgegengesetzte Richtung bis zu einem Treppenabsatz.

Das war sein Verhängnis.

Auf dem Treppenabsatz kam ihm der Stationsarzt mit ausgebreiteten Armen entgegen, als hätte er ihn erwartet. Im Nu waren zwei, drei Helfer zur Stelle, die beruhigend auf ihn einsprachen wie auf ein störrisches Tier, während sie ihn zurück auf sein Zimmer führten.

Dort wartete die Nonne mit flammend rotem Gesicht. Sie warf

Brodka bitterböse Blicke zu, als habe der Teufel persönlich ihr Gewalt angetan. Hastig ordnete sie ihre Kleidung, ehe sie mit einem letzten giftigen Blick auf ihren Patienten den Raum verließ.

Von nun an wurde Brodka nicht mehr von der Nonne, sondern von einem stämmigen Pfleger betreut, dem er körperlich unterlegen war.

»Herr Brodka? Herr Brodka, Sie haben Besuch.«

Brodka schreckte aus dem Halbschlaf hoch.

»Besuch?« fragte er schlaftrunken. »Wer?«

Der Pfleger lächelte und reichte ihm einen weißen Bademantel und Pantoffeln. »Eine sehr attraktive Dame«, sagte er.

Juliette, fragte Brodka sich aufgeregt. Lieber Himmel, laß es Juliette sein!

Der Besucherraum lag ein Stockwerk tiefer hinter einer undurchsichtigen Glastür. Im Inneren saß Juliette an einem schlichten Tisch mit zwei Stühlen. Sie sprang auf, als Brodka in Begleitung des Pflegers durch die Tür trat, und fiel ihm um den Hals. Allein der Duft von Juliettes Haar wirkte auf Brodka wie eine belebende Droge. Bewußt versuchte er, die Tristesse der vergangenen Tage zu verbergen, und in seiner Verlegenheit sagte er: »Gut siehst du aus.«

Juliette litt mehr unter diesen Worten, als Brodka ahnen konnte; denn sie fühlte sich hundeelend, und der tägliche Blick in den Spiegel lieferte nur die Bestätigung, daß ihr inneres Befinden an ihrem Äußeren Spuren hinterlassen hatte.

»Es geht mir auch gut, Brodka«, log Juliette und verschwieg ihm wohlweislich, daß sie unter Verdacht stand, mit Kunstfälschungen zu handeln. Als sie Brodkas skeptischen Blick erkannte, fügte sie hinzu: »Soweit es mir angesichts deiner Schwierigkeiten gutgehen kann.«

Als sie an dem kleinen Tisch in der Mitte des Raumes Platz

nahmen, rang Brodka sich ein mühsames Lächeln ab und sagte: »Ich dachte schon, du hättest mich fallenlassen. Ich könnte es dir nicht mal verdenken.«

»Warum sollte ich?« fragte Juliette und legte ihre Hand auf seinen ausgestreckten Arm.

»Nun ja«, meinte Brodka verbittert, »wer pflegt schon freiwillig Umgang mit einem Kerl aus der geschlossenen Anstalt. Einem Irren, dem seine tote Mutter über den Weg läuft.«

Juliette erwiderte zornig: »Du weißt, daß ich dich liebe, Brodka. Und du solltest deine Situation nicht durch dumme Sprüche verschlimmern. Du bist so normal wie ich oder der Pfleger da drüben, und das weißt du.«

Brodka senkte den Kopf; dann schaute er Juliette unter gesenkten Lidern an und sagte ganz leise: »Damals, im Stephansdom ... ich glaubte ganz sicher, daß die Frau meine Mutter war. Inzwischen weiß ich natürlich, daß meine Nerven mir einen Streich gespielt haben. Es ist einfach zuviel passiert in letzter Zeit. Aber ist das ein Grund, mich hier festzuhalten?«

Juliette drückte Brodkas Hände und schaute ihm fest in die Augen. Schließlich sagte sie ebenso leise, aber mit Nachdruck: »Mir wäre es genauso ergangen wie dir. Schließlich habe ich die Frau ebenfalls gesehen. Ich kannte deine Mutter zwar nicht, aber dann habe ich das hier gefunden ...«

Sie griff nach ihrer Handtasche. Der Pfleger, der das Gespräch schweigend verfolgt hatte, reckte den Hals, damit ihm ja nichts entging. Als Juliette das Mißtrauen des Mannes bemerkte, hielt sie ihm demonstrativ ihre geöffnete Tasche hin, damit er hineinschauen konnte. Der Pfleger zeigte sich verlegen. »Entschuldigung«, sagte er und wandte den Blick aus dem vergitterten Fenster.

Juliette nahm das Foto aus der Tasche und legte es vor Brodka auf den Tisch.

»Das Bild ist aus deinem Fotoalbum.«

Brodka betrachtete die Fotografie mit weit aufgerissenen Augen. Juliette konnte sich vorstellen, was in ihm vorging.

»Kannst du jetzt verstehen, warum ich im Dom so ausgerastet bin?« flüsterte Brodka schließlich.

Juliette nickte. »Ich habe deine Mutter zwar nie kennengelernt, aber die Frau auf dem Foto sieht genauso aus wie die alte Dame, die wir im Stephansdom gesehen haben. Sie trägt sogar das gleiche karierte Kostüm.«

Brodka brachte keinen Ton hervor. Juliette bemerkte, daß seine Unterlippe zitterte. Er preßte die Hände auf die Tischplatte und wagte nicht, das Bild zu berühren.

»Nein, Brodka«, sagte Juliette nach längerem Schweigen, »du bist nicht verrückt. Aber frage mich bitte nicht nach einer Erklärung. Nach meiner Auffassung gibt es zwei, und eine ist so furchtbar wie die andere. Entweder war die Frau im Dom wirklich deine Mutter. Oder irgend jemand hat die Geschichte inszeniert, um dich fertigzumachen ...«

Brodka nickte stumm. Seine Gedanken tanzten, schlugen Kapriolen. Er hatte sich schon damit abgefunden, nicht mehr richtig im Kopf zu sein, doch nun auf einmal stellte sich die Situation ganz anders dar. Er war das Opfer eines Komplotts. Aber wie sollte er das denen, die ihn festhielten, klarmachen?

In seinem Gehirn hämmerte nur der eine Gedanke: Du mußt hier raus!

Er musterte den Pfleger von der Seite, ob der ihre Unterhaltung belauschte, und fragte Juliette im Flüsterton, ob sie wisse, wie lange man ihn noch hierbehalten wolle.

Sie antwortete mit einem Achselzucken, beteuerte jedoch, sie werde die besten Anwälte und Gutachter nehmen, um ihn hier rauszuholen. Gleich anschließend habe sie ein Gespräch mit dem Stationsarzt.

Brodka beugte sich zu ihr vor und flüsterte: »Länger als drei Tage halte ich das nicht mehr aus. Bitte, hol mich hier raus, sonst gehe ich vor die Hunde. Hast du Geld bei dir?«

»Ja«, antwortete Juliette erstaunt. »Wieviel brauchst du?«

»Zehntausend Schilling. Besser noch mehr«, flüsterte Brodka.

Juliette fragte gar nicht erst, wozu er in der geschlossenen Anstalt soviel Geld brauche; statt dessen öffnete sie unter dem Tisch ihre Tasche und schob Brodka ein paar gefaltete Scheine zu. Vom Pfleger unbemerkt, ließ er das Geld in der Tasche seines Bademantels verschwinden.

Kaum hatte das Geld den Besitzer gewechselt, klopfte der Pfleger mit seinem Schlüssel auf die steinerne Fensterbank, als hätten sie die Zeit schlafend zugebracht, und rief mit energischer Stimme: »Sprechzeit zu Ende!«

Brodka verabschiedete sich mit einem langen, innigen Kuß von Juliette. Er hörte noch, wie sie sagte: »Wir schaffen es!« Dann ging er mit gesenktem Kopf neben dem Aufpasser denselben Weg zurück, den sie gekommen waren.

Brodka merkte sich jeden Schritt.

Der lange, schlaksige Stationsarzt hieß Dr. Saulus und war ein ausgemachtes Ekel. Die meisten fanden ihn seltsam, er hingegen hielt sich für äußerst interessant. Man mochte ihm seine Marotten verzeihen, die er im jahrelangen Umgang mit verhaltensgestörten Patienten angenommen hatte – sein unkontrolliertes Augenzwinkern, oder daß er sich ständig mit Daumen und Zeigefinger am Ohrläppchen zog –; aber daß er Juliette, kaum daß sie in seinem Sprechzimmer Platz genommen hatte, mit gierigen Blicken verschlang und sie von Kopf bis Fuß musterte, als hätte er seit Jahren keine Frau mehr gesehen, war mehr als unverschämt. Es war beleidigend.

Am liebsten wäre Juliette aufgesprungen und hätte das Zimmer verlassen, dann aber besann sie sich eines Besseren. Sie brauchte diesen Mann, wollte sie Brodka so schnell wie möglich helfen.

Der Raum unterschied sich kaum von den Sprechzimmern anderer Ärzte, die mit einem Schreibtisch, einem Glasschrank, einem Untersuchungsstuhl und einer plastikbespannten Liege ausgestattet sind. Dennoch wirkte die Atmosphäre beklemmend. Das Zimmer war von irgendeinem Geruch durchdrungen, den Juliette noch nie wahrgenommen hatte; es roch säuerlich und leicht scharf. Die vergitterten Fenster wirkten schon abweisend genug, aber daß es an den Türen keine Klinken, sondern Knöpfe gab, die man auf ganz bestimmte Weise betätigen mußte, verursachte in ihr ein Gefühl der Angst.

»Sie heißen Collin. Warum heißt Ihr Mann Brodka?« erkundigte sich der Arzt.

»Wir sind nicht verheiratet«, antwortete Juliette wahrheitsgemäß, fügte jedoch eine Lüge an: »Aber wir leben seit Jahren in einer eheähnlichen Gemeinschaft. Herr Brodka hat keine weiteren Angehörigen.«

Dr. Saulus rieb mit der Rechten über den Handrücken seiner Linken und erwiderte, ohne Juliette anzuschauen: »Dann sind Sie im Grunde gar nicht verwandt, und ich dürfte Ihnen keine Auskunft geben. Sie verstehen ...«

Juliette sprang auf, beugte sich über den Schreibtisch und blickte Saulus ins bebrillte Gesicht: »Hören Sie zu, Doktor«, sagte sie aufbrausend, ja drohend, »Ihre Einschätzung meiner Familienverhältnisse interessiert mich nicht im geringsten. Ich bin hier, um zu erfahren, wann Sie Herrn Brodka endlich entlassen. Es gibt absolut keinen Grund, ihn länger hier festzuhalten!«

Saulus wich Juliette aus, indem er sich im Stuhl zurücklehnte. »Es tut mir leid, Ihnen mitteilen zu müssen, daß Herr Brodka unter paranoider Schizophrenie leidet. Der Patient weist Denk- und Affektstörungen auf, die dringender Therapie und längerer Beobachtung bedürfen. Erste Anzeichen lassen auf eine Kampfparanoia schließen. Was Sie vielleicht nicht wissen, der Patient hat bereits eine Krankenschwester niedergeschlagen. Ich selbst konnte ihn nur mit Gewalt von weiteren unkontrollierten Taten abhalten.«

Juliette ließ sich wieder auf dem Stuhl nieder. Brodka – schizophren? Sie schüttelte so heftig den Kopf, daß Saulus sie fragend musterte. Schließlich sagte sie mit ruhiger Stimme: »Wenn Brodka unter paranoider Schizophrenie leidet, können Sie mich auch gleich hierbehalten. Wir haben nämlich beide dasselbe gesehen.«

»Was haben Sie gesehen?« erkundigte der Arzt sich mit gespieltem Interesse.

Juliette öffnete ihre Handtasche und zog das Foto hervor, hielt es Saulus ganz nahe vor die Augen. »Wir haben im Stephansdom eine ältere Dame gesehen, die haargenau so aussah wie die Frau auf diesem Foto.«

»Schön und gut«, erwiderte der Arzt, »aber das ist doch kein Grund, in Panik zu geraten. Hat die Person Herrn Brodka bedroht? Oder verfolgt?«

»Nein«, entgegnete Juliette kühl, »das wäre auch gar nicht möglich, denn die Person ist Brodkas Mutter, und die ist seit zwei Monaten tot. Jedenfalls hat man sie auf dem Münchner Waldfriedhof beerdigt. Ich weiß nicht, wie Sie reagieren würden, wenn Ihnen das gleiche passierte.«

Saulus musterte Juliette mit kritischem Blick. Dabei funkelten seine Brillengläser bedrohlich.

Was wird er jetzt wohl sagen, überlegte Juliette. Sie war auf alles gefaßt. Doch Saulus' Antwort fiel knapp und nichtssagend aus. Er erwiderte: »Ach, so ist das.«

»Ja, so ist das!« wiederholte Juliette in spöttischem Tonfall. Es fiel ihr schwer sich zu mäßigen. In ihrer Stimme lag etwas Drohendes, als sie fragte: »Wie lange wollen Sie Herrn Brodka noch in der Klinik festhalten?«

Saulus verschränkte die Arme über der Brust. »Von Festhalten kann keine Rede sein. Herr Brodka wird hier behandelt. Und was die Dauer der Behandlung angeht, möchte ich keine Prognose wagen. Aber Patienten mit diesem pathologischen Erscheinungsbild kann man keinesfalls von heute auf morgen entlassen. Seien Sie versichert, daß wir alles tun werden, um seine Gesundheit wiederherzustellen.«

»Aber Brodka ist nicht krank!«

»Das sagen Sie, Frau Collin. Im übrigen sagen das alle, die hier eingeliefert werden. Und jetzt entschuldigen Sie mich bitte.«

Dann erhob er sich und hielt Juliette lächelnd die Tür auf.

Brodka hatte viel Zeit – Zeit genug, um sich einen Plan zurechtzulegen, wie er aus dieser gottverdammten Anstalt herauskommen konnte.

Die Schlüsselfigur in seinem Plan war der stämmige Pfleger, dessen Namen er nicht einmal kannte und den er deshalb nur mit »Pfleger« anredete. Nach ein paar Tagen, in denen Brodka bemüht war, mit dem Mann ins Gespräch zu kommen, nervte diesen die Anrede »Pfleger« so sehr, daß er erklärte: »Ich heiße Joseph. Aber sagen Sie Jo zu mir.«

»Jo«, meinte Brodka eines Tages, nachdem er sich ein gewisses Zutrauen erschlichen hatte, »als Pfleger in einer geschlossenen Anstalt wird man sicher nicht gerade üppig bezahlt, oder?«

Der Pfleger knallte Brodka das Tablett mit dem Frühstück hin, eine Art Milchkaffee und zwei Brötchen, mit Marmelade bestrichen, und erwiderte mürrisch: »Das kannst du laut sagen.

Aber besser als gar kein Job. Trotzdem kann ich auf dein Mitleid verzichten, Brodka.«

»Von Mitleid ist keine Rede«, entgegnete Brodka. »Eher von einem Geschäft zwischen uns beiden.«

»Aha«, meinte Jo, und seine Bemerkung klang, als würde er sich über seinen Patienten lustig machen.

»Zehntausend Schilling sind doch für einen Mann wie dich viel Geld, oder?« Brodka musterte den Pfleger aufmerksam. Wie würde er auf diese Frage reagieren?

»Zehntausend? Klar ist das viel Geld. Soviel bleibt mir gerade mal im Monat zum Leben, nach Abzug aller Kosten. Aber was kümmert's dich, Brodka?«

Brodka erhob sich im Bett und strich verlegen über die Dekke. »Ich biete dir zehntausend.«

»Wofür?«

»Wenn du mir für eine Nacht deinen Universalschlüssel überläßt.«

»Du bist ja verrückt, Mann.«

Brodka grinste. »Eben nicht. Das ist es ja gerade.«

»Zehntausend?« Jo blickte sich im Zimmer um, als suchte er nach dem Versteck des Geldes. Schließlich erwiderte er in verschwörerischem Tonfall: »Für zehntausend würde ich's tun. Aber die Geschichte kann mich meinen Job kosten.«

Auf dieses Argument hatte Brodka nur gewartet. »Glaubst du, ich bin so dumm, daß ich daran nicht gedacht habe? Paß auf. Du überläßt mir morgen abend deinen Schlüssel. Alles weitere braucht dich nicht zu kümmern. Wenn ich den Schlüssel nicht mehr brauche, lege ich ihn unter den Heizkörper neben dem Eingang zum Besucherraum. Dort holst du ihn am Morgen, und niemand wird je erfahren, wie der Patient Brodka durch alle Türen gegangen ist.«

Der Pfleger rieb sich das Kinn. Brodka glitt aus dem Bett, hob das vernickelte Bettgestell an der Rückseite hoch, zog aus dem hohlen Rahmen eine Rolle Geldscheine und reichte sie Jo.

Der benetzte Daumen und Zeigefinger mit der Unterlippe und zählte die Scheine. »Zehntausend!« bemerkte er staunend und blickte Brodka verwundert an.

»Gehört dir«, meinte Brodka mit gespielter Gleichgültigkeit.

»Für den Fall, daß ich da mitmache – wann soll die Sache steigen?« fragte Jo, noch immer unentschlossen.

Brodka lachte leise. »Na, heute abend.«

Jo steckte das Geld in die Tasche und verschwand aus dem Zimmer.

Brodkas Plan war folgender: Im Besitz des Universalschlüssels, wollte er mit seiner Flucht bis nach Mitternacht warten. Um diese Zeit herrschte auf den Gängen völlige Stille, und die Möglichkeit einer unliebsamen Begegnung war gering. Brodkas Ziel war nach wie vor die Kleiderkammer mit den Wäschecontainern im gegenüberliegenden Gebäude. Diesmal aber wollte er nicht über das vordere Treppenhaus dorthin, wo in jedem Stockwerk eine Aufsicht wachte und es praktisch kein Durchkommen gab, ohne Alarm auszulösen. Auf dem Weg zum Besucherzimmer hatte Brodka einen hinteren Ausgang bemerkt, der zwar stets verschlossen war – aber dafür bekam er ja den Universalschlüssel.

Gespannt wartete Brodka auf das Abendessen.

Ihm war, als träfe ihn ein Faustschlag in die Magengrube, als die Tür seines Zimmers geöffnet wurde und eine Nonne, die Brodka noch nie gesehen hatte, mit dem Abendessen erschien.

»Wo ist Jo?« fragte Brodka, als die Schwester das Tablett abstellte.

»Nicht da«, lautete die lapidare Antwort. Und schon war die Nonne verschwunden.

Wo mochte Jo geblieben sein? Brodka schossen tausend Gedanken durch den Kopf. Was hatte das zu bedeuten? Hatte irgend jemand von dem Plan erfahren und Jo abgelöst? Gab es hier irgendwo versteckte Mikrofone? Oder hatte der Mistkerl sich das Geld einfach eingesteckt? Unruhig ging Brodka zwischen seinem Bett und dem Fenster hin und her. Das Essen rührte er nicht an.

Nach einer halben Stunde kam die Nonne erneut ins Zimmer, nahm das unberührte Tablett und verschwand, ohne ein Wort zu sagen. Brodka hörte noch, wie der Schlüssel sich im Schloß drehte; dann wurde es still.

Brodka gab die Hoffnung auf. Der Hundesohn hatte ihn reingelegt. Brodka legte sich ins Bett und fiel in einen unruhigen Schlaf.

Als er am nächsten Morgen erwachte, stand Jo im Zimmer.

»Wo warst du gestern?« fragte Brodka aufgebracht. »Was ist passiert?«

»Wieso? Ich hatte meinen freien Abend«, stellte Jo sich dumm.

»Und was ist mit unserer Abmachung?« Brodka schwang sich aus dem Bett, baute sich vor dem Pfleger auf und schrie ihn an: »Glaubst du, ich hab' dir die zehntausend aus Nächstenliebe zugesteckt?«

»Zehntausend? Welche Zehntausend? Und was für eine Abmachung? Ich weiß nicht, wovon du sprichst.« Jo drehte sich um und wollte das Zimmer verlassen.

Doch Brodka trat ihm in den Weg. »Hiergeblieben!« rief er. »Ich will die zehntausend Schilling zurück. Kein Universalschlüssel, kein Geld.«

Jo lachte laut und hämisch auf. »Ich fürchte, mein Freund, das ist leider ein weiterer Beweis für paranoide Schizophrenie. Und jetzt ab ins Bett mit dir! Sonst hole ich den Stationsarzt.«

»Du bist ein mieses, dreckiges Schwein!« zischte Brodka.

Jo grinste überlegen. »Und du bist ein armer Irrer.«

Brodka war sich vollauf bewußt, daß er gegen den wuchtigen Mann keine Chance hatte; dennoch ging er mit unbändiger Wut auf ihn los und rief: »Ich will den Stationsarzt sprechen, sofort!«

Jo packte Brodka an den Handgelenken und drückte ihn mit seiner gewaltigen Kraft nieder, daß er in die Knie ging. So hielt er Brodka eine Zeitlang; dann ließ er den stöhnenden Mann los. Während Brodka seine brennenden Handgelenke rieb, sagte Jo gelassen: »In Ordnung, ich hole den Stationsarzt. Dann kannst du ihm deine Version der Geschichte erzählen. Ich werde ihm sagen, daß alles erstunken und erlogen ist. Was meinst du, wem wird der Doktor glauben? Dir oder mir? Und es macht sich bestimmt nicht gut in deiner Krankengeschichte, wenn du ihm deine Story auftischst.«

Brodka setzte sich auf die Bettkante und senkte resigniert den Kopf. Er konnte sich nicht vorstellen, in absehbarer Zeit aus diesem Gefängnis zu entkommen.

Juliette hatte mit dem römischen Kunstsammler telefoniert, einem gewissen Alberto Fasolino, und ihm von der Fälschung berichtet. Fasolino zeigte sich ungehalten wegen des Vorwurfs, ihr einen falschen de Chirico verkauft zu haben. So etwas habe er nicht nötig, erklärte er wütend; er entstamme mütterlicherseits einem alten römischen Adelsgeschlecht, das sich über Jahrhunderte hinweg durch Redlichkeit hervorgetan und Dutzende von Päpsten auf der Sedia gestatoria durch die Gegend geschleppt habe, was nur Angehörigen der vornehmsten und frommsten Familien erlaubt gewesen sei. Würde der Papst noch heute an diesem Brauch festhalten – er, Alberto Fasolino, wäre einer der ersten Anwärter für dieses Amt. Und was den Holzschnitt betreffe, so könne er gleich mehrere Experten aufbieten, welche die Echtheit des Werkes zu bestätigen bereit seien – solange es sich in seinem Besitz befand.

Für Juliette gab es eigentlich nur zwei Erklärungen: Entweder war der de Chirico auf dem Transport von Rom nach München gegen eine Fälschung ausgetauscht worden oder der Austausch fand erst statt, als das Bild bereits in der Galerie hing.

Gegen die erste Möglichkeit sprach, daß Juliette den Holzschnitt bei Empfang eingehend auf Transportschäden untersucht hatte. Dabei waren ihr keine Form- oder Farbabweichungen aufgefallen, die auf eine Kopie schließen ließen. Andererseits hätte ein Austausch in der Galerie nur während eines nächtlichen Einbruchs stattfinden können. Aber das Türschloß war unversehrt, und die Alarmanlage war stumm geblieben.

Doch es sollte noch schlimmer kommen: Für den nächsten Tag hatte der Staatsanwalt die Prüfung der angeblich gefälschten Kunstwerke in der Galerie durch Dr. Senger vom Dörner-Institut und Professor Reimann von den Staatlichen Graphischen Sammlungen angekündigt.

Die Galerie war noch immer versiegelt, und Juliette atmete auf, daß Senger und Reimann die Prüfung vornehmen sollten, zwei Experten, die über jeden Zweifel erhaben waren. Mit beiden hatte sie des öfteren zu tun gehabt. Reimann stand sogar in ihrer Kundenkartei.

»Eine peinliche Geschichte«, meinte Professor Reimann tröstend. »Tut mir wirklich leid. Wie konnte Ihnen das nur passieren?«

Wie zur Entschuldigung hob Juliette die Schultern und blickte zur Tür, denn der Staatsanwalt traf ein, begleitet von Dr. Senger.

Noch bevor der Staatsanwalt Juliette die Anweisung erteilte, die Eingangstür aufzuschließen, prüfte er das Siegel mit dem schwarzen Adler. Umständlich nahm er seine randlose Brille ab und betrachtete das Siegel von allen Seiten. Schließlich meinte er mit drohender Stimme: »Das hätten Sie nicht tun sollen, Frau Collin.«

»Was hätte ich nicht tun sollen?« fragte Juliette irritiert.

»Das Siegel ist erbrochen«, erklärte der Staatsanwalt. »Das Erbrechen eines Siegels zur Vertuschung einer Straftat kann mit Gefängnis mit bis zu einem halben Jahr bestraft werden.«

Juliette warf ihm einen verständnislosen Blick zu. »Warum sollte ich in meine eigene Galerie einbrechen? Das müssen Sie mir erklären, Herr Staatsanwalt.«

»Dafür könnte es verschiedene Gründe geben.«

»Zum Beispiel?«

»Zum Beispiel, um in der Galerie ausgestellte Falsifikate in letzter Minute gegen die Originale auszutauschen. Wenn Sie jetzt bitte aufschließen würden.«

Juliette schluckte die scharfe Erwiderung hinunter, die ihr auf der Zunge lag, und schloß die Tür auf. Die Alarmanlage piepte, was zeigte, daß sie aktiviert war, aber sie war offensichtlich nicht ausgelöst worden. Juliette atmete auf. An die Kunstsachverständigen gewandt sagte sie: »Bitte, meine Herren. Lassen Sie uns diese Geschichte aus der Welt räumen.«

Was die sieben Bilder betraf, die der Staatsanwalt in seiner Liste aufführte, so hatte Juliette hinsichtlich ihrer Echtheit niemals Bedenken gehabt. Neben den drei Aquarellen von Jawlensky, die aus ihrem Ankauf von dem römischen Kunstsammler stammten, handelte es sich um zwei Holzschnitte von Erich Heckel und je ein Selbstbildnis von Emil Nolde und Otto Dix, die sie allesamt auf großen Auktionen in London, Genf und Berlin erworben hatte.

Reimann nahm die Jawlensky-Aquarelle aus den Rahmen und protestierte gegen die Forderung des Staatsanwalts, die

Echtheit eines Kunstwerks »zwischen Tür und Angel« zu begutachten, wie er sich ausdrückte. Für eine vernünftige Begutachtung bedürfe es eines hohen Zeitaufwands und möglicherweise naturwissenschaftlicher Untersuchungen, es sei denn ... der Professor hielt inne. Er prüfte mit Daumen und Zeigefinger die Stärke und Griffigkeit des Papiers. Dann wandte er sich an Juliette und fragte nach einer hellen Lampe.

Juliette bat Reimann in den kleinen Büroraum, in dem ihr Schreibtisch mit einer Halogenlampe stand.

»Sie wissen, daß Jawlensky nur sehr wenige Aquarelle gemalt hat«, bemerkte der Professor leise, während Juliette die Lampe anknipste und gegen die Decke richtete.

»Ich weiß«, antwortete sie gelassen. Sie war sich ihrer Sache sicher.

Reimann nahm ein Blatt, hielt es mit der Vorderseite gegen die Lampe und schüttelte den Kopf. Dann nahm er ein zweites und drittes Blatt und verfuhr damit genauso. Verlegen stieß er den Atem durch die Nase aus, und ein bedauerndes Lächeln huschte über sein Gesicht.

»Tut mir leid, Frau Collin, tut mir wirklich leid, aber was diese Aquarelle betrifft, können wir uns die Arbeit weiterer Untersuchungen ersparen.«

»Was soll das heißen, Professor?«

»Das soll heißen, daß diese Aquarelle – über die Qualität der Arbeit wollen wir gar nicht reden – mit Sicherheit nicht von Jawlensky stammen.«

Juliette wurde schwarz vor Augen. Rasch setzte sie sich auf den Schreibtischstuhl. Allein die drei Jawlenskys hatten sie fast eine halbe Million gekostet.

»Nun beruhigen Sie sich. Es hat keinen Sinn, Ihnen die Wahrheit zu verschweigen. Jawlensky hat nur auf russischem oder deutschem Papier gemalt, mitunter auch auf Papier aus der

Schweiz. Dieses Papier«, er hielt das Bild gegen das Licht, »stammt aus Italien. Hier, sehen Sie dieses Wasserzeichen? Es ist ein Hinweis auf den Ursprungsort. Amalfi. Dort werden noch heute Papiere in alter Handwerkstechnik hergestellt und künstlich gealtert. Bei den drei Jawlenskys handelt es sich eindeutig um Fälschungen. Tut mir wirklich leid, Frau Collin.«

Der Staatsanwalt trat hinzu. Er hatte Reimanns Worte mitgehört. An den Professor gewandt sagte er nur: »Also doch!« Dann schaute er Juliette an. Die saß beinahe teilnahmslos hinter ihrem Schreibtisch und blickte starr vor sich hin, den Kopf auf die Hände gestützt.

»Und was haben Sie dazu zu sagen?« fragte der Staatsanwalt.

Juliette nahm eines der Aquarelle in die Hand, drehte es nach allen Seiten und hielt es nah vor die Augen, betrachtete es ganz genau. Schließlich antwortete sie: »Ich weiß, es klingt ziemlich unglaubhaft, aber ich könnte schwören, dieses Bild ist nicht dasselbe, das ich in Rom gekauft habe. Es ist eine Kopie.«

Dr. Senger kam an den Schreibtisch. Auch er prüfte das Papier zwischen Daumen und Zeigefinger; dann drehte er das Blatt um und streute aus einem Fläschchen ein weißes Pulver auf die Rückseite. Nach kurzer Zeit verfärbte sich das Pulver grün. Senger pustete es fort.

»Kein Zweifel«, sagte er und rückte seine Brille zurecht, »das Papier ist noch keine fünf Jahre alt, auch wenn es älter aussieht. Für eine präzise Bestimmung muß ich es allerdings im Labor untersuchen. Doch ohne dem Ergebnis vorgreifen zu wollen, ich halte die Aquarelle für Kopien, die erst vor kurzer Zeit hergestellt und mit Mikrowelle und UV-Licht künstlich gealtert wurden. Keine sehr professionelle Arbeit übrigens. Das Ganze macht mir eher den Eindruck, als hätte hier jemand schnell und schlampig gearbeitet. Absolut zweitklassig, wenn Sie mich fragen.«

Professor Reimann nickte beipflichtend. »Ich dachte zuerst, die Aquarelle gehörten zu den KGB-Fälschungen, die seit Jahren in Umlauf sind, aber dazu sind sie offenbar zu neu.«

Sichtlich nervös unterbrach der Staatsanwalt das Fachgespräch: »Professor, würden Sie mir bitte auf allgemein verständliche Art und Weise erklären, wovon Sie reden? Sie wollen mir doch nicht etwa weismachen, daß von einem Geheimdienst Kunstwerke gefälscht wurden?«

»Was wundert Sie daran, Herr Staatsanwalt?«

»Ich könnte mir vorstellen, daß ein Geheimdienst andere Aufgaben hat, als Bilder zu fälschen.«

»Gewiß, aber Geheimdienste brauchen Geld, viel Geld, und gefälschte Kunstwerke sind eine relativ saubere Sache, um an Geld zu kommen. Sie erinnern sich an van Goghs Sonnenblumen? Das Gemälde wurde 1987 für 77 Millionen Mark versteigert. Herkunft unbekannt. Auf öffentlichen Druck mußte das Auktionshaus zehn Jahre später gestehen, daß der angebliche van Gogh aus dem Besitz des Zeichenlehrers und Kunstfälschers Claude-Emile Schuffenecker stammte. Ich überlasse es Ihnen, Schlüsse daraus zu ziehen.«

Der Staatsanwalt machte ein verblüfftes Gesicht. »Diese Jawlenskys hätten wirklich Fälschungen des KGB sein können?« fragte er.

Reimann schmunzelte in sich hinein. Es schien, als bereite die Geschichte ihm sichtliches Vergnügen. »Wissen Sie«, meinte er bedächtig, »Sie dürfen sich das nicht so vorstellen, daß irgendwelche russischen Agenten in einer Moskauer Dachkammer saßen und sich an Jawlensky versuchten. Das lief ganz anders. Zu Zeiten des Kalten Krieges hat der russische Geheimdienst sich an verschiedene Fälscher herangemacht. In den meisten Fällen ließen sie diese Leute auffliegen. Sie drohten mit drakonischen Strafen, versprachen den Fälschern gleichzeitig aber ein sattes Einkommen, wenn sie sich bereit erklärten, ausschließlich für den KGB zu arbeiten. Eine Praxis, die im übrigen nicht nur von den Russen gehandhabt wurde. Die Russen gingen nur mit besonderer Raffinesse vor.«

»Und sie haben auch Werke von Jawlensky fälschen lassen?« Der Staatsanwalt zeigte auf die Aquarelle, die auf Juliettes Schreibtisch lagen.

»Mit Jawlensky hat es seine besondere Bewandtnis. Von Farbgebung und Malweise zählt er zu den Malern, deren Werke am leichtesten zu fälschen sind. Er steht da in einer Reihe mit Corot, von dem man sagt, er habe in seinem Leben zweitausend Bilder gemalt, von denen allein sechstausend in Amerika hingen.«

Der Professor lachte über diesen Scherz; dann aber sah er Juliettes ernstes Gesicht und fuhr verhalten fort: »Seit vielen Jahren tauchen auf dem Kunstmarkt immer wieder Jawlensky-Aquarelle auf. Sie galten zunächst als Sensation, weil dieser russische Expressionist kaum Aquarelle gemalt hat. Kein Mensch wußte, woher die Werke kamen, am allerwenigsten die Käufer. Um den Markt zu beruhigen, wurde schließlich eine abenteuerliche Geschichte in Umlauf gebracht: Jawlensky, hieß es, habe 1917 seinem Bruder Dimitri 600 Aquarelle nach St. Petersburg gesandt, mit denen dieser jedoch nichts anzufangen wußte. Erst nach dem Zusammenbruch der Sowjetunion seien die Kunstwerke wieder aufgetaucht. Nähere Einzelheiten sind unbekannt.«

»Und Sie glauben, die drei Bilder hier stammen auch aus dieser Quelle?«

»Eben nicht!« erwiderte der Professor und hielt dem Staatsanwalt eines der Bilder hin. »Dagegen spricht schon das Papier, auf dem sie gemalt sind.«

»Aber es sind Fälschungen, nicht wahr?«

»Fälschungen neueren Datums. Ich halte Frau Collins Ansicht, daß die ursprünglichen Originale gegen Auftragskopien ausgetauscht wurden, nicht einmal für unwahrscheinlich. Eine Vermutung, wie das vonstatten gegangen sein könnte, möchte ich allerdings nicht äußern.«

Der Staatsanwalt trat an Juliettes Schreibtisch. »Und Sie, Frau Collin? Möchten Sie etwas dazu sagen?«

»Nein«, erwiderte Juliette, »denn ich habe nichts damit zu tun.«

»Dann erkläre ich die sieben Bilder für die Dauer der Ermittlungen als beschlagnahmt.«

Für Juliette brach eine Welt zusammen.

Seit drei Tagen genoß Brodka den Luxus eines altmodischen Lautsprecherkissens mit einem Kabel, das man in eine dafür vorgesehene Buchse stecken mußte. Es gab nur ein Programm, und das auch nur während des Tages.

Seit geraumer Zeit, seit der Pfleger Jo ihn betrogen und um sein Geld gebracht hatte, ging Brodka ein Gedanke durch den Kopf: wie er sich an dem Betrüger rächen könnte. Jeden Morgen, wenn Brodka aufwachte und die Visage des Pflegers in der Tür erschien, schwor er sich aufs neue, es diesem Mann heimzuzahlen, sobald er hier herauskäme.

Brodka vermied es, mit Jo auch nur ein Wort zu wechseln. Und der beschränkte sich seinerseits auf die nötigste Konversation.

Wenn Brodka nicht gerade wie ein Tiger im Käfig zwischen Bett und Fenster hin und her trottete, lag er auf dem Bett, die Hände hinter dem Kopf verschränkt, starrte zur Decke und dachte über neue Fluchtmöglichkeiten nach. Aber sämtliche Pläne, die er ausbrütete, scheiterten an Jo. Dieser Mistkerl war sein größter Feind.

Die Tage zogen sich immer zäher dahin; ihr monotoner Ablauf schien von der scheußlichen Deckenlampe bestimmt zu werden, die bei Einbruch der Dämmerung wie von Geisterhand aufflammte und pünktlich um 19 Uhr erlosch. Die Bevormundung ging so weit, daß Brodka nicht einmal in der Lage war, das Licht in seinem Zimmer nach eigenem Willen ein- und auszuschalten.

Brodka hatte jegliches Zeitgefühl verloren, seit er sich in der Anstalt befand; er wußte nur, daß seit der Geschichte mit Jo drei Tage vergangen waren. An diesem dritten Tag starrte Brodka wieder einmal auf die Deckenlampe, als ihm eine geniale Idee kam.

Abends, nachdem das Licht gelöscht war und niemand ihn durch den Spion in der Tür beobachten konnte, zog er das Radiokissen aus der Steckdose und prüfte das Kabel. Für seine Zwecke war es durchaus brauchbar. Es gab nur ein Problem: Brodka hatte kein Werkzeug. Ein Messer oder eine Zange wären hilfreich gewesen.

Durch das vergitterte Fenster fiel das fahle Mondlicht. Es reichte gerade, um sich zu orientieren. Brodka nahm das Hörkissen und riß das Kabel heraus. Es war keine Armspanne lang, aber lang genug.

Mit den Zähnen zog er den Stecker vom Kabel ab und legte die zwei blanken Drahtenden am einen Ende bloß; dann nahm er das andere Ende des Kabels und kaute die Isolierung von den beiden Drähten. Er stand auf und verschob sein Bett am Fußende, so daß es schräg im Zimmer stand.

Das eine Ende des Drahtes befestigte Brodka am Kopfende des eisernen Bettgestells. Längst hatte er an der Wand, hinter dem Nachttisch verborgen, eine Steckdose ausgemacht. Brodka rückte den Nachttisch beiseite, so daß er das andere Ende des Kabels in den linken Pol der Steckdose schieben und das Bettgestell unter Strom setzen konnte.

Jo würde der erste sein, der am Morgen ins Zimmer kam.

Brodka legte sich ins Bett. An Schlaf war nicht zu denken.

Ein um das andere Mal überdachte er seinen Plan. Er wußte, daß seine Flucht nur gelingen konnte, wenn alles sehr schnell, zugleich jedoch ohne Hast ablief.

Der Stromschlag, den der Pfleger abbekommen würde, sobald er das Bett berührte, würde ihn nicht töten, denn das Bett stand auf einem Bodenbelag aus Linoleum, der eine gute Isolation darstellte; aber er würde den Kerl für Sekunden, vielleicht sogar Minuten außer Gefecht setzen. Diese kurze Zeitspanne war Brodkas Chance – die vermutlich letzte Chance, ohne psychischen Schaden aus dieser Anstalt herauszukommen.

Draußen dämmerte der Tag. Brodka wurde zunehmend aufgeregt. Er fror, und seine Hände zitterten leicht, als er den Draht an dem verschobenen Bett anbrachte und den Nachttisch vor die Steckdose schob. Dann trat er ans Fenster, blickte auf das gegenüberliegende Gebäude und wartete.

Brodka hatte Zeit genug gehabt, Jo zu beobachten. Er war ein Widerling, gewiß, aber wenn er ihm etwas Positives abgewinnen sollte, so war es sein Ordnungssinn, der nicht duldete, daß etwas nicht an seinem Ort war. Mit mehr Bedacht als die Nonne hatte er stets sein Bett gerichtet und den hölzernen Stuhl, so er nicht an seinem vorgesehenen Platz stand, an die Wand neben seinem Bett gestellt. Ein schräg stehendes Bett mußte seinen ausgeprägten Ordnungssinn aktivieren.

Jo kam nicht. Warum kam er nicht?

Verdammt, was ist da los, fragte sich Brodka, der immer nervöser wurde. Vor der Tür seines Zimmers hörte er bereits die ersten Geräusche des Tages.

Für einen Augenblick wurde er unsicher. Ihm kamen Bedenken, was geschehen würde, falls nicht der Pfleger, sondern jemand anders in sein Zimmer trat. Er hatte den Gedanken noch nicht zu Ende geführt, als er hörte, wie der Schlüssel im Schloß gedreht wurde.

Auf dem Fensterglas spiegelte sich die Gestalt Jos. Brodka atmete auf.

»Was soll denn das?« fragte Jo schroff, als er das verschobene Bett sah.

Brodka antwortete nicht.

Wie er erwartet hatte, ging Jo geradewegs auf das Bett zu, um es in die richtige Position zu schieben. Alles lief genau nach Plan: Jo griff nach dem Fußende des Bettes. Ein Schrei, als hätte ihn ein Pfeil getroffen. Brodka drehte sich um. Er sah, wie der Pfleger mit beiden Händen am Fußteil klebte, am ganzen Körper zitternd. Dann sank er in sich zusammen.

Brodka stürzte zum Nachttisch und riß das Kabel aus der Steckdose. Jetzt mußte alles blitzschnell gehen. Er zog dem bewußtlosen Pfleger den Kittel aus, legte seine Handgelenke über Kreuz, schlang das Kabel darum und verknotete die Enden am Bettgestell. Dann riß er Jo den Universalschlüssel vom Hosenbund und sperrte den Schrank auf, in dem er seine Kleidung vorfand. Hastig zog er sich an, streifte Jos Pflegerkittel über, ging zur Tür und lauschte.

Draußen näherten sich Schritte, entfernten sich wieder. Gott sei Dank. Als auf dem Gang völlige Ruhe herrschte, begann Jo leise zu stöhnen.

Höchste Zeit, sagte sich Brodka. Er steckte den Schlüssel in den Klinkenknopf, öffnete und schob vorsichtig den Kopf aus der Tür.

In dem langen Gang hielt sich niemand auf. Brodka trat heraus und versperrte die Tür. Es kostete ihn unendliche Mühe, mit gemäßigten Schritten zum rechter Hand gelegenen Ausgang zu gehen. Auch diese Tür öffnete er mit dem Universalschlüssel, verschloß sie hinter sich und fand sich auf der Treppe wieder, die nach unten führte, am Besucherzimmer vorbei.

Auf halbem Weg – Brodka hatte das Besucherzimmer bereits

hinter sich gelassen – kam ihm eine Schwester entgegen. Brodka schlug das Herz bis zum Hals, doch er zwang sich, ruhig weiter zu gehen.

»Grüß Gott«, sagte er im Vorbeigehen freundlich. Die Nonne, die er noch nie gesehen hatte, erwiderte seinen Gruß.

Ungehindert erreichte Brodka das Ende der Treppe, mußte aber feststellen, daß er das Erdgeschoß verpaßt hatte; denn als er am Ende des Ganges eine eiserne Tür aufschloß, fand er sich plötzlich im Heizungskeller. Er wollte schon umkehren, als er hinter den fauchenden, dröhnenden Heizkesseln eine eiserne Treppe entdeckte, die steil nach oben zu einem schmalen Durchlaß führte.

Brodka zog den Pflegerkittel aus, zwängte sich zwischen den Heizkesseln hindurch und rannte die eiserne Treppe hinauf. Oben angelangt, fluchte er leise. Wieder eine gottverdammte Tür. Brodka bezweifelte, daß sein Schlüssel auch hier seinen Dienst tun würde, doch wider Erwarten paßte er.

Vorsichtig öffnete Brodka die Tür. Vor ihm lag ein gepflasterter Hinterhof, auf dem zahlreiche Lieferwagen parkten. Obwohl es noch früh am Morgen war, herrschten hier Lärm und reges Treiben.

Er schaute sich rasch um und entdeckte die Hofeinfahrt, die normalerweise von einem Gatter verschlossen war. Doch jetzt, mitten im Lieferverkehr, stand es offen. Brodka überlegte nicht lange. Mit gespielter Gelassenheit – dabei wagte er kaum zu atmen – schritt er durch das Tor.

Er war frei.

Kapitel 6

München, Hauptbahnhof. Aus den Lautsprechern dröhnte – schwer verständlich wie auf allen Bahnhöfen – eine weibliche Stimme und verkündete: »Auf Gleis 12 fährt ein der Euro City 64 aus Wien, planmäßige Ankunft 13 Uhr 36.«

Juliette hatte Angst, der Zug könnte einfahren, fünfhundert Menschen oder mehr kämen über den Bahnsteig – und Brodka wäre nicht darunter. In ihre Verzweiflung war gestern Brodkas Anruf geplatzt, er sei aus der geschlossenen Anstalt geflohen; zusammen mit Titus treffe er gegen halb zwei mit dem Zug im Münchner Hauptbahnhof ein.

Nach ihrem Besuch in der Klinik fiel es Juliette schwer zu glauben, daß Brodka die Flucht geglückt sein sollte. Am Telefon hatte er ihr die näheren Umstände verschwiegen, doch seine Stimme klang fest und selbstsicher, ganz anders als damals im Besucherzimmer der Anstalt.

Ich brauche Brodka, dachte Juliette, während sie unruhig auf und ab ging. Ich brauche ihn mehr als je zuvor. Allein der Gedanke an seine Rückkehr gab ihr Auftrieb und neue Zuversicht.

Als der Zug einfuhr, kam es ihr unendlich langsam vor. Es schien eine Ewigkeit zu dauern, bis die Räder quietschend zum Stillstand kamen. Als Kind hatte Juliette in ähnlichen Situationen – wenn es darum ging, daß sich ein inständiger Wunsch erfüllte – stets gebetet: »Lieber Gott, mach ...« Aber seit sie schon vor langer Zeit zu der Einsicht gelangt war, daß der liebe Gott ziemlich schwerhörig war, verzichtete sie darauf.

Juliette stellte sich an das Ende des Bahnsteigs, wo sie eine gute Sicht hatte. Sie brauchte nicht lange zu warten; sie erkannte Brodka schon von weitem in der Menge. Ungestüm rannte sie ihm entgegen, fiel ihm um den Hals, küßte ihn und drückte ihn an sich. Menschen schoben sich an ihnen vorbei, doch Juliette schenkte dem Gedränge keine Beachtung. Für einige Augenblicke verspürte sie ein tiefes Glücksgefühl.

Brodka war wieder da.

Wie vergessen stand Titus ein wenig abseits. Ihm machten die ungewohnte Umgebung und die Tatsache, sich in aller Öffentlichkeit aufzuhalten, zu schaffen. Er blieb ernst, auch als Juliette ihm lächelnd die Hand reichte.

Vor dem Bahnhofsgelände, dessen Vorplatz von einem großen Schirm aus Beton überspannt wird, erklärte Brodka, er werde Titus fürs erste in einer kleinen Pension in der Landwehrstraße unterbringen. Sie trug den Namen »Tausendschön« und wurde häufig von Journalisten und Künstlern besucht, die für mehrere Tage in der Stadt zu tun hatten.

Brodka kannte den Besitzer und konnte sicher sein, daß dieser keine Einwände hatte, wenn Titus sich unter falschem Namen eintrug, solange Brodka die Rechnung beglich. Titus hatte dies zur Bedingung gemacht, wenn er Brodka nach München begleite.

Nachdem sie Titus in der Pension untergebracht hatten, fuhren sie auf direktem Weg zu Brodkas Wohnung. Doch als sie sich zum erstenmal seit Wochen allein und ungestört gegenübersaßen, entstand eine seltsame Atmosphäre der Betretenheit, ja Peinlichkeit zwischen ihnen. Sie hatten sich viel zu erzählen, doch keiner von beiden wagte einen Anfang.

Schließlich beugte sich Brodka über den Tisch. »Juliette, liebst du mich noch?« fragte er. »Nach allem, was war?«

Juliette verstand Brodkas Frage so als wolle er jetzt, in diesem Augenblick, mit ihr schlafen. Aber genau das wollte sie nicht. Sie *konnte* nicht, denn ihr Kopf war voll von wirren Gedanken.

»Ich kann nicht!« brach es plötzlich aus ihr heraus. »Du mußt mich verstehen, Brodka, bitte!«

Brodka sagte eine Weile nichts. Dann holte er tief Luft, und mit leiser, kaum hörbarer Stimme erwiderte er: »Ich hätte es mir denken können. In Wahrheit bist du auch der Ansicht, daß ich nicht mehr ganz richtig im Kopf bin.«

Juliette war empört. »Was redest du für einen Unsinn, Brodka. Das eine hat mit dem anderen nichts zu tun. Ich liebe dich, ich brauche dich ...«

»Aber du sagtest doch eben ...«

»Daß ich mit dir jetzt nicht schlafen kann. Kannst du das nicht verstehen, Brodka?«

Brodka blickte irritiert. »Ich habe dich nicht gefragt, ob du mit mir schlafen willst, ich habe dich gefragt, ob du mich noch liebst!«

Im nächsten Augenblick lagen sie sich in den Armen und bedachten einander mit Zärtlichkeiten, die sich rasch in unbändige Lust verwandelten.

Wie lange hatten sie darauf gewartet? Wie oft, wie sehr hatten sie eine Situation wie diese herbeigesehnt?

Behutsam, als könnte er etwas falsch machen, strich Brodka über Juliettes Haar, und sie küßte ihn voller Verlangen, klammerte sich an ihn und preßte ihre Brüste gegen seinen Leib.

Juliette spürte seine heftige Erregung. Sie nestelte an seiner Kleidung, und bald gaben beide sich ihrer Lust hin.

Schließlich saß Juliette nackt auf Brodka, der rücklings auf dem Boden lag; sie hielt seinen Körper mit den Schenkeln gefangen und stieß im Rhythmus ihrer Bewegungen lustvolle Schreie aus. Brodka seinerseits nahm Juliette mit aller Leidenschaft, aber auch mit aller Liebe, die er für sie empfand.

Als sie später schwer atmend und glücklich nebeneinander auf dem Teppich lagen, als jeder den anderen in seinem Inneren nachklingen ließ wie einen endlosen Glockenschlag, flüsterte Juliette leise: »Ich liebe dich, Brodka. Ich werde dich immer lieben.«

Da wußte Brodka, daß sich an ihrem Verhältnis nichts geändert hatte.

Weder Brodka noch Juliette hatten bis zu diesem Zeitpunkt erzählt, was inzwischen vorgefallen war. Als Juliette den Einbruch in der Spedition erwähnte, bei dem offenbar nur die Kleidung seiner Mutter durchwühlt worden war, stiegen erneut Zweifel in Brodka auf.

Titus, der Brodkas Mutter nicht kannte und bei dem peinlichen Zwischenfall im Stephansdom schnell und heimlich davongeschlichen war, hatte sich während ihrer gemeinsamen Zugfahrt nach München, als sie über das Thema diskutierten, in Zurückhaltung geübt. Er meinte zu Recht, er kenne Brodka zu wenig, um beurteilen zu können, ob er zu einem psychischen Kurzschluß dieser Art fähig sei. Im übrigen hatte Brodka den Eindruck, daß Titus irgend etwas verschwieg. Es kam ihm jedoch so vor, als wären für den undurchsichtigen Expriester Erlebnisse dieser Art gar nicht so ungewöhnlich.

Seither befand sich Brodka in einer gewissen Ratlosigkeit. Denn Titus hatte sich bereit erklärt, für eine Summe von 20 000 Mark auszupacken und ihm auf eine ganz bestimmte Weise zu helfen. Wie diese Hilfe konkret aussehen sollte, wußte Brodka allerdings noch nicht. Titus weigerte sich beharrlich, sich näher zu dieser Frage zu äußern.

Vermutlich hatte Titus Angst. Und vermutlich war das der Hauptgrund dafür, daß er sich erst nach anfänglichem Zögern bereit erklärt hatte, Wien zu verlassen und Brodka nach München zu begleiten.

Was Juliette und die Aufdeckung der Fälschungen betraf, erzählte sie Brodka erst spät abends davon, nachdem sie gemeinsam die erste von zwei Flaschen Rotwein geleert hatten. Juliette schämte sich beinahe, daß der Staatsanwalt gegen sie ermittelte, doch als sie Brodka die Geschichte erzählt und beteuert hatte, nichts von dem Betrug bemerkt zu haben, fühlte sie sich wie von einer Zentnerlast befreit.

»Du weißt, was das bedeutet?« sagte sie. »Ich bin pleite.«

Brodka hatte Juliette fassungslos zugehört. »Warum hast du mir nicht gleich davon erzählt?« meinte er vorwurfsvoll.

»Es war zu schön zwischen uns«, entgegnete Juliette, »ich wollte die Stimmung nicht kaputtmachen.«

»Aber das ist doch Unsinn! Die Angelegenheit ist viel zu wichtig. Du mußt etwas unternehmen.« Brodka erhob sich, trat ans Fenster und blickte über das Lichtermeer der Stadt. Dann fragte er, ohne den Blick vom Fenster zu wenden: »Und du glaubst wirklich, dein Mann steckt dahinter?«

Juliette hatte auf der Couch Platz genommen und die Beine angezogen, als fröstelte sie in dem wohlig warmen Zimmer. »Er will sich rächen und weiß genau, daß er mich mit dieser Geschichte finanziell ruiniert. Oh, dieser Mistkerl. Ich kann sein Gesicht vor mir sehen, sein schadenfrohes Grinsen. Er ist der einzige, der die Möglichkeit hatte, unbemerkt den Schlüssel zu meiner Galerie zu entwenden und einen Nachschlüssel anfertigen zu lassen. Ich vermute, mit diesem Nachschlüssel ist er in die Galerie eingedrungen und hat die Bilder ausgetauscht.«

Brodka rieb sich nachdenklich das Kinn. »Traust du ihm wirklich soviel kriminelle Energie zu? Ich meine, er würde doch ein hohes Risiko eingehen. Und er müßte die Fälschungen beschafft haben. Gesetzt den Fall, dein Mann steckt wirklich dahinter, gäbe es nicht nur einen Mitwisser. Dann muß er Kontakt zur Kunstfälscherszene aufgenommen haben, und diese Leute sind Profis. Die drehen ihre eigenen Dinger. Dazu brauchen die keinen Chirurgen.«

»Worauf willst du hinaus, Brodka?«

»Hast du schon mal daran gedacht, daß jemand anders dahinterstecken könnte?«

Juliette blickte zu Brodka auf. »Ja, natürlich«, antwortete sie. »Kunstraub ist ein einträgliches Geschäft, und in diesem Fall geht es insgesamt um fast eine Million. Die Frage ist nur, warum gewöhnliche Gangster sich die Mühe machten, die Grafiken zu kopieren und sie gegen die Originale auszutauschen.«

Brodka zuckte die Achseln. »Vielleicht wollten die Diebe auf Nummer Sicher gehen. Zeit schinden. Sie wollten die gestohlenen Bilder verkaufen, bevor der Coup überhaupt bemerkt wurde. Das ist eine Erklärung. Dagegen spricht allerdings der anonyme Anruf bei der Staatsanwaltschaft. Also scheidet diese Theorie aus. Nein, ich glaube, irgend jemand will dir ganz bewußt Schaden zufügen.«

»Also doch Hinrich.«

Verlegen blickte Brodka zur Seite. »Ich will dich ja nicht beunruhigen, Mädchen, aber ich habe einen verdammt schlimmen Verdacht.«

»Und wie sieht der aus?« Juliette schaute ihn gespannt an.

»Könnten nicht dieselben Leute, die seit Monaten hinter mir her sind, nun *dich* ins Visier genommen haben?«

»Warum sollten sie das tun? Ich habe keine Feinde. Jedenfalls keine, von denen ich wüßte.«

»Aber sie kennen dich und wissen, daß du zu mir gehörst. Sie treffen *dich,* wollen aber *mich* treffen.«

Juliette dachte nach. Ihr war in den letzten Tagen vieles durch den Kopf gegangen. Sie hatte sich das Hirn zermartert, wer in ihrem Umfeld und von ihren Kunden Verbindungen zur Unterwelt haben könnte, doch sämtliche Überlegungen erschienen ihr um so unsinniger, je länger sie sich den Kopf zerbrach.

Nun aber nahm Brodka diesen Gedanken wieder auf. Er bestürmte Juliette, sie sollte nachdenken, wem sie eine solche Tat zutraue.

Doch Juliette erwiderte überzeugt: »Hinrich. Sonst keinem.«

Sein Instinkt sagte Brodka, daß Collin die falsche Fährte war. Er hielt den Professor für rachsüchtig, vielleicht sogar für infam, doch trotz seiner Alkoholsucht war Collin viel zu intelligent, als daß er eine Sache einfädelte, bei der zuallererst er selbst in Verdacht geriet.

Zusammen mit Juliette forstete Brodka am folgenden Tag die Einladungsliste der Vernissage durch. Brodka hinterfragte jeden Namen, und Juliette gab ihm Auskunft, soweit sie über ihre Klientel Bescheid wußte.

Daß unter den Gästen ein schwarzes Schaf gewesen sein könnte, wollte sie nicht ausschließen, denn manche Besucher kannte sie nur dem Namen nach, der auf den Schecks stand, die sie ausstellten. Doch in dieser Hinsicht hatte es nie irgendwelche Probleme gegeben. Die meisten waren seit Jahren ihre Kunden.

»Und wer war zum erstenmal dein Gast?« erkundigte sich Brodka, nachdem sie am Ende der Liste angelangt waren.

»Die Leute waren alle mindestens schon einmal bei mir«, erwiderte Juliette. »Ich habe keinen Fremden eingeladen, und keine neuen Kunden. Das heißt ...«

»Ja?« Brodka schaute sie erwartungsvoll an.

»Auf der Liste fehlen die Namen der Journalisten. Du siehst ja, die Einladungen gingen an die Redaktionen, wie es üblich ist. Da waren diese Redakteurin vom Kunstmagazin ›Arte‹ und außerdem zwei Fotografen.«

»Den älteren kannte ich«, erwiderte Brodka. »Er heißt Hagen und arbeitet für den Feature-Dienst von dpa. Und der andere?«

»Keine Ahnung. Aber er ist mir aufgefallen, weil er herumrannte wie ein aufgescheuchtes Huhn und so viele Bilder machte, als müßte er damit die Sonderausgabe einer Illustrierten füllen.«

»Und wo sind die Fotos erschienen?«

»Nirgends, glaube ich.«

»Wie heißt dieser begabte Reporter?«

Juliette zog die Schultern hoch. »Seinen Namen habe ich vergessen. Ich weiß nur noch, daß er gesagt hat, er würde für das Magazin ›News‹ arbeiten.«

»›News‹? Ausgerechnet! Als würde ›News‹ Bilder von einer Vernissage bringen!«

»Warum nicht?« fragte Juliette verdutzt.

Brodka erwiderte nichts, denn er hatte bereits zum Telefon gegriffen und wählte die Nummer des »News«-Chefredakteurs Dorn. Von Dorn erfuhr er, was er bereits vermutet hatte: »News« hatte keinen Auftrag vergeben, bei der Vernissage Fotos zu schießen.

»Merkwürdige Geschichte«, murmelte Brodka nachdenklich.

Juliette, die noch immer nicht begriffen hatte, worauf er hinauswollte, fragte: »Wieso merkwürdig? Ich habe mich gefreut, daß der Mann gekommen war. Ich dachte, die Veröffentlichung seiner Bilder wäre eine gute Werbung für meine Galerie.«

Brodka lachte ein wenig bitter. Er versuchte sich zu erinnern, wie der Fotograf ausgesehen hatte. Doch der Vorfall mit dem betrunkenen Collin überdeckte jede Erinnerung an den Abend.

Statt dessen erkundigte sich Brodka telefonisch bei dpa, wann und wo er Hagen treffen könne, und erfuhr, daß der Fotograf sich um die Mittagszeit in seinem Büro aufhielt.

»Komm!« sagte Brodka. »Unterwegs erkläre ich dir alles.«

Die Presseagentur war in einem großen Altbau in der Innenstadt untergebracht. Ein freundlicher Portier am Eingang ließ sie passieren, nachdem Brodka seinen Namen genannt hatte. Zweiter Stock links, zweite Tür.

Hagen war ein älterer Herr kurz vor Erreichen der Pensionsgrenze. Er kleidete sich wie ein Mann von englischem Landadel; sein silberfarbener Schnauzbart paßte hervorragend in dieses Bild. Sein Talent als Fotograf hielt sich in Grenzen, weshalb er in der Hauptsache bei Pressekonferenzen und gesellschaftlichen Events eingesetzt wurde. Besser als seine Fotos war ohnehin seine Kamera, eine Leica M3 aus den fünfziger Jahren, auf die er – zu Recht – große Stücke hielt.

Brodka erklärte Hagen, worum es ging, und fragte ihn, ob er sich an den anderen Fotografen erinnere, der bei der Vernissage dabeigewesen war.

»Kaum«, erwiderte Hagen. »Ich hatte den Mann noch nie zuvor gesehen, und später auch nicht mehr. Ich weiß allerdings noch, daß ich mich über den Feuereifer gewundert habe, mit dem der Bursche ans Werk ging. Er hat wie wild drauflosgeknipst und Dinge fotografiert, die ich selbst nie aufgenommen hätte.«

»Dürfte ich mir Ihren Film von der Vernissage ansehen?« fragte Brodka.

Hagen hatte nichts dagegen und schaltete den Leuchttisch ein.

Mit einer Lupe betrachtete Brodka jedes einzelne Negativ. Auf mehreren Bildern war Juliette zu erkennen, einmal sogar Brodka selbst mit finsterem Gesicht. Aber es war kein Foto darunter, das ihnen hätte weiterhelfen können. Doch kurz vor dem Ende des Films entdeckte Brodka, worauf er gehofft hatte: ein gestochen scharfes Negativ, auf dem der ominöse Fotoreporter zu sehen war.

Er bat Hagen um eine Vergrößerung von Negativ Nr. 28.

»In fünf Minuten haben Sie das Foto«, meinte Hagen. »Entschuldigen Sie mich einen Moment.« Dann verschwand er.

»Hast du gehört?« sagte Brodka, während sie in Hagens Büro warteten. »Der Kerl hat Dinge fotografiert, die mit der Ausstellung überhaupt nichts zu tun hatten.«

Juliette verzog ihr hübsches Gesicht, als würde sie an Brodkas Worten zweifeln. »Weißt du«, meinte sie schließlich, »wir dürfen uns da nicht in irgendwas verrennen, das sich im nachhinein als Irrtum erweist. Vielleicht kam der Fotograf von irgendeiner anderen Zeitung. Du hast doch einmal selbst gesagt: ›Wo es kostenlos zu essen und zu trinken gibt, sind Fotoreporter nicht weit.‹«

Sie lachten beide. Dann kam Hagen zurück und legte das gewünschte Bild im Format 20 x 30 vor Brodka auf den Tisch.

Brodka beugte sich darüber. Der Fotograf auf dem Foto war etwa dreißig Jahre alt, hatte kurzes dunkles Haar und eine leicht gekrümmte Hakennase. Die Kamera und das Blitzgerät, die vor seiner Brust baumelten, wirkten nicht sehr professionell. Er schob das Bild zu Juliette hin. »Kennst *du* ihn vielleicht?«

Juliette betrachtete das Foto mit zusammengekniffenen Augen. Nach einer Weile antwortete sie: »Nein. Ich kenne zwar die meisten Leute auf dem Bild, aber einige sind mir völlig unbekannt. Den Fotografen habe ich nie gesehen.«

Auch Hagen schaute sich noch einmal das Foto an; aber auch er schüttelte nur den Kopf und hob die Schultern.

Brodka hatte gehofft, daß sie den Fotoreporter auf dem Bild identifizieren und auf diese Weise einen Hinweis bekommen könnten. Enttäuscht bedankte er sich bei Hagen für die schnelle Hilfe.

»Keine Ursache«, sagte Hagen und reichte Brodka einen Umschlag. Während Brodka das Foto hineinschob, fiel sein Blick auf eine Gestalt am linken Bildrand, die ihm bekannt vorkam.

Es war, als würde ihm der Boden unter den Füßen weggezogen. Für einen Moment schloß er die Augen und schwankte leicht.

Juliette bemerkte Brodkas seltsame Reaktion. Besorgt fragte sie: »Ist dir nicht gut?«

Brodka reichte ihr das Foto. »Kennst du den Kerl?«

»Titus!« rief Juliette entsetzt. Kein Zweifel, es war Titus: dasselbe rosarote Gesicht, dieselbe blonde Perücke. »Jetzt weiß ich, wieso der Mann mir im Stephansdom so bekannt vorkam!«

Was hatte Titus auf Juliettes Vernissage zu suchen gehabt? Offenbar hatte er sich schon lange vor ihrer Begegnung in Wien für Brodka interessiert.

Und er hatte von Juliette gewußt! Wahrscheinlich auch davon, daß er, Brodka, ihr Liebhaber war. Aber wenn Titus davon gewußt hatte, dann spielte er ein falsches Spiel.

Was, um alles in der Welt, mochten diese Leute noch alles wissen?

Auf der Straße vor der Agentur erklärte Brodka, er wolle Titus in seiner Pension aufsuchen; Juliette solle zu Hause auf ihn warten.

Die Pension Tausendschön in der Landwehrstraße war nicht weit entfernt, und so entschloß sich Brodka, den Weg zu Fuß zurückzulegen. Der Verkehrslärm und die vielen Menschen, die um die Mittagszeit unterwegs waren, empfand er nicht als störend wie sonst – im Gegenteil. Sie lenkten ihn von seinen trüben Gedanken und den tausend Fragen ab, die ihm durch den Kopf gingen.

»Guten Tag, Herr Brodka.« Der junge Mann am Empfang der Pension begrüßte ihn mit Namen, was Brodka verwunderte; dann aber erinnerte er sich, daß Titus' Zimmer auf seinen Namen vermietet war.

»Ich möchte Herrn Titus sprechen«, sagte Brodka höflich.

Der junge Mann im schwarzen Anzug tippte auf eine Computertastatur; dann schaute er auf und meinte: »Tut mir leid, der Herr ist heute morgen abgereist. Darf ich Ihnen die Rechnung aushändigen?«

»Abgereist?« Brodka runzelte die Stirn. »Das ist nicht möglich.«

»Wenn ich's Ihnen sage. Gegen sieben Uhr dreißig«, erklärte der junge Mann, nachdem er sich auf dem Monitor vergewissert hatte. »Zahlen Sie bar oder mit Karte?«

Es hätte nicht viel gefehlt, und Brodka wäre dem penetranten Portier an die Gurgel gefahren; er besann sich im letzten Augenblick aber eines Besseren, warf dem Schnösel seine Visacard hin, unterschrieb eine Quittung und verließ grußlos die Pension.

In der Fußgängerzone, die sich in München nicht im geringsten von den Fußgängerzonen anderer deutscher Städte unterschied, aß Brodka eine Bratwurst, die genauso schlecht schmeckte wie in allen vergleichbaren Innenstädten in Deutschland; dazu trank er eine Cola, an der es nichts auszusetzen gab.

Brodkas Magen war immer noch hungrig; dafür waren seine Augen übersättigt vom Anblick der Schaufenster, in denen die neue Frühjahrsmode in schreienden Farben präsentiert wurde. Niedergeschlagen schlenderte er die Theatinerstraße entlang.

Nach kurzem Höhenflug war Brodka wieder an einem Tiefpunkt angelangt. Er fühlte sich eingekreist, hilflos einem übermächtigen, unsichtbaren Gegner ausgesetzt.

Was hatte das jetzt wieder zu bedeuten?

Titus' Verschwinden stellte ihn vor neue Rätsel. Er versuchte gar nicht erst, sich eine Antwort darauf zusammenzureimen. Statt dessen grübelte er über die zentrale Frage nach.

Wer war sein Feind?

Der Weg nach Hause war weit, doch es tat Brodka gut, durch die Straßen zu gehen und ein wenig Ablenkung zu finden. Er überquerte die Prinzregentenbrücke und fragte sich müßig, wie lange er eigentlich schon in dieser Stadt wohnte. Jedenfalls war es heute das erste Mal, daß er zu Fuß über diese Brücke ging. Er schlenderte den Straßenbogen zum Friedensengel hinauf und bog linker Hand in die Maria-Theresia-Straße ab. Aus dem Augenwinkel nahm er die Schilder von Anwaltskanzleien und Immobilienfirmen wahr. Hätte ihn später jemand gefragt, wie er nach Hause gelangt sei, er hätte es nicht sagen können.

Und dort erwartete ihn die nächste Überraschung. Juliette hatte Besuch.

Collin.

»Einen schönen guten Tag«, sagte der Professor.

»Guten Tag«, sagte Brodka knapp; dann schaute er Juliette an. »Titus ist weg. Was will *er* hier?«

Collin nahm Juliette die Antwort ab. »Ich wollte meine Frau zurückholen. Verstehen Sie?«

»Nein, verstehe ich nicht.«

»Ich liebe meine Frau, junger Mann. Im übrigen sind Juliette und ich noch immer verheiratet.«

»Sie meinen auf dem Wisch, den Sie mal unterschrieben haben? Vergessen Sie's. Juliette liebt Sie nicht mehr. Und daran sind Sie nicht ganz unschuldig.«

»Sie sollten sich mäßigen, Herr. *Sie* waren es, der mir meine Frau weggenommen hat. Früher war so etwas strafbar, Herr.«

»Brodka«, sagte Brodka trocken. »Es scheint Ihnen entgangen zu sein, daß wir im zwanzigsten Jahrhundert leben. Eine verheiratete Frau ist keineswegs verpflichtet, ihr Leben mit einem impotenten Trunkenbold zu verbringen.«

Zum erstenmal meldete Juliette sich zu Wort. »Laß ihn, Brodka. Das ist alles schon hundertmal gesagt, und daran wirst auch du nichts ändern.« Und an Collin gewandt: »Zuerst hast du dich selbst ruiniert, und jetzt versuchst du, mich in die Knie zu zwingen. Glaubst du, ich weiß nicht, daß du hinter den Bilderfälschungen steckst? Du willst mich fertigmachen, damit ich freiwillig zu dir zurückkehre. Aber diese Rechnung geht nicht auf, mein Lieber. Im Gegenteil, jetzt weiß ich wenigstens, daß du bis zum Äußersten gehst.«

»Aber das ist doch Unsinn!« versuchte Collin sich zu rechtfertigen. »Du weißt genau, daß ich von Kunst nichts verstehe. Woher sollte ich Verbindungen zur Kunstfälscherszene haben?«

Brodka lachte aufgesetzt. »Sie behaupten doch, alles ist käuflich.«

Collin sprang auf, nahm eine drohende Haltung ein. Juliette fürchtete, die beiden Kontrahenten würden jeden Augenblick wie Hirsche mit gesenkten Geweihen aufeinander losgehen. Dann kam ihr ein schrecklicher Gedanke: Wenn Collin nun plötzlich eine Waffe zog und auf Brodka richtete? Oder auf sie? Sie beobachtete Collin ängstlich und sah erleichtert, wie sein Körper sich allmählich entspannte.

Juliette trat auf ihn zu. Mit der Rechten hakte sie ihn unter, während sie sich mit der Linken bei Brodka einhakte. Dann sagte sie mit ihrem freundlichsten Lächeln: »Ihr benehmt euch wie Schuljungen. Sollten wir die Angelegenheit nicht bei einer Flasche Rotwein besprechen?«

Juliettes Vorschlag verdutzte die Männer. Schließlich sagte Collin achselzuckend: »Einverstanden.«

Brodka nickte bloß.

Juliette holte einen Côte du Rhône aus der Küche. Nachdem sie gemeinsam die erste Flasche geleert hatten, ohne daß die angestrebte Diskussion in Gang kam, beschlossen sie, eine zweite Flasche zu kappen.

Collin schaute Brodka an. »Rotwein ist für alte Knaben eine von den besten Gaben«, sagte er mit dem Anflug eines Lächelns.

»Wilhelm Busch«, bemerkte Brodka.

»Ach?« erwiderte Collin. »Ich dachte, es wäre von mir.«

Brodka grinste, und plötzlich war das Eis gebrochen. Die beiden Streithähne prosteten einander zu, und nach kurzer Zeit begannen sie eine lebhafte Diskussion über Juliettes weiteres Schicksal. Der Rotwein zeigte seine Wirkung. Jedenfalls argumentierten die beiden ebenso lautstark wie infantil, wobei sie Juliette, um die es ja ging, vollkommen außer acht ließen. Als Juliette den Versuch machte, sich einzumischen, verbot Collin ihr sogar den Mund, ohne daß Brodka Einwände erhob.

Zu Juliettes Leidwesen soffen Collin und Brodka sich beinahe so etwas wie gegenseitige Sympathie an. Die völlige Harmonie scheiterte nur an der einen Frage, wer von beiden ein Recht auf Juliette habe.

»Und ich werde überhaupt nicht gefragt?« rief sie und wußte nicht, ob sie lachen oder weinen sollte.

Collin und Brodka bedachten sie mit staunenden, alkoholseligen Blicken. Aber keiner antwortete.

»Wenigstens dich«, meinte Juliette, an Brodka gewandt, »hätte ich für klüger gehalten.«

Die Männer blickten einander an. Dann sagte Brodka zu Collin: »So kann man sich irren.«

Als er wenig später, halb ernst, halb weinselig, Collin die Frage stellte: »An wieviel Ablöse für Juliette haben Sie eigentlich gedacht?«, stampfte sie wütend auf, holte eine Tasche aus dem Nebenzimmer, warf sich den Mantel über die Schulter und knallte die Wohnungstür hinter sich zu.

Ziemlich ratlos starrten Collin und Brodka auf die Tür. Dann schauten sie sich an, und Collin sagte mit schwerer Zunge: »Ich habe mal von einer Nutte gelesen, die war ihrem Zuhälter hunderttausend Mark wert. So gesehen, ist Juliette natürlich viel teurer. Sie ist schließlich eine ehrbare Frau. Ist sie nicht wunderbar?«

Brodka nahm einen tiefen Schluck.

»Ich mache Ihnen einen Vorschlag, Professor«, sagte er dann. »Wir lassen das Schicksal entscheiden, wem Juliette gehören soll.«

»Sie gehört mir!« grölte Collin mit verschleiertem Blick.

»Und ich behaupte, sie gehört zu mir«, gab Brodka zurück. »Und da wir uns nun mal nicht einigen können, sollte das Los entscheiden. Ich mach' Ihnen einen Vorschlag: Wir würfeln um sie.«

Vom Wein benebelt, dachte Collin nach. Der Vorschlag erschien ihm verlockend, und er erklärte sich einverstanden.

Was Brodka zu dem irrwitzigen Vorschlag veranlaßt hatte, vermochte er später selbst nicht zu sagen. Im Spiel hatte er noch nie Glück gehabt. Im Gegenteil. Er gehörte zu den Leuten, die bei einer Tombola zwanzig Lose kaufen konnten und mit Sicherheit zwanzig Nieten zogen.

Brodka nahm einen Würfelbecher vom Regal. »Sie nennen die Bedingungen.«

»Dann schlage ich vor, wir würfeln abwechselnd. Wer als erster drei Sechser hat, der hat gewonnen.«

Collin nahm den Becher zwischen beide Hände und schüttelte ihn so heftig, als wollte er sämtliche Augen aus den Würfeln rütteln. Dann stülpte er den Becher mit lautem Knall auf den Tisch.

Brodka grinste, als er sah, daß Collins Wurf danebengegangen war.

Aber auch Brodka war nicht gerade vom Glück verfolgt.

Die beiden würfelten und tranken beinahe seit einer halben Stunde, als Collin erklärte, sie sollten es mit nur einem Würfel versuchen; dreimal die Sechs zu werfen sei beinahe unmöglich. Noch während er den Vorschlag machte, hämmerte er den Becher auf die Tischplatte. Die beiden Männer starrten auf die Würfel: dreimal die Sechs.

»Sie haben gewonnen«, murmelte Brodka enttäuscht. Es schien, als hätte ihn Collins Wurf von einem Augenblick auf den anderen ernüchtert.

Collin grinste, sichtlich mit der Wirkung des Alkohols kämpfend. Er rappelte sich hoch und prüfte wankend und steif wie ein Besenstiel seine Standfestigkeit. Schließlich sagte er mit ernstem Tonfall: »Dann ist ja alles klar. Wenn Sie mir bitte ein Taxi rufen wollen.«

Wie in Trance griff Brodka zum Telefon. Er nahm nicht einmal wahr, wie Collin verschwand, als das Taxi eintraf. Er dachte nur: Jetzt ist alles aus.

Auf dem Weg zur Toilette sah er in der Diele Collins Mantel an der Garderobe. Brodka nahm ihn vom Haken, wankte damit ins Treppenhaus, doch Collin war bereits verschwunden. Als Brodka den Mantel wieder aufhängte, bemerkte er in einer der Seitentaschen einen schweren Gegenstand.

Brodka griff in die Tasche und zog einen Revolver hervor.

In ihrer Verärgerung über Brodkas Verhalten – von Collin hatte sie nichts anderes erwartet – hatte Juliette sich zu Norbert geflüchtet, der nicht weit entfernt in einer Mansarde lebte und seit vielen Jahren zu Juliettes stillen Verehrern zählte.

Norbert war etwa dreißig Jahre alt. Er trug seine kurzen dunklen Haare nach vorn in die Stirn gekämmt. Sein Aussehen war eher durchschnittlich – bis auf eine Kleinigkeit, die kaum jemand wahrnahm. Für Norbert jedoch hatte sie außerordentliche Bedeutung: Ihm fehlte der kleine Finger der rechten Hand.

In einem gewöhnlichen Menschenleben ist dieses Glied nicht von allzu großer Wichtigkeit, doch Norbert führte ein außergewöhnliches Leben; er war Ästhet und den schönen, harmonischen Dingen des Seins zugetan. Von Beruf war er Pianist, so daß der Unfall, den er vor einigen Jahren erlitten und der ihn neben ein paar Narben an Hals und Stirn den kleinen Finger gekostet hatte, sein Leben von Grund auf verändern sollte.

Seine Karriere als Konzertpianist war mit diesem Unfall natürlich beendet; seither schlug Norbert sich als Barpianist durchs Leben, als Meister der linken Hand und des rechten Ringfingers, der nun auch die Funktion des fehlenden kleinen übernahm.

In Norberts Seelenleben hatte der Verlust des kleinen Fingers beinahe noch größeren Schaden angerichtet, denn seit jenem Ereignis neigte er – im Unterschied zu früheren Zeiten – mehr dem eigenen als dem anderen Geschlecht zu. Er führte ein regelrechtes Doppelleben und war in den einschlägigen Lokalen um den Gärtnerplatz unter dem Namen ›Berta‹ bekannt und beliebt.

Was seine Verehrung für Juliette betraf, war sie von platonischer Natur. Norbert hätte es nie gewagt, sich ihr in unlauterer Absicht zu nähern – ganz abgesehen davon, daß ihm ohnehin das Verlangen fehlte. Nein, Männer wie er schaffen sich mit Vorliebe ihre anbetungswürdigen, weiblichen Ikonen und bleiben ihnen ein Leben lang treu.

Ein solcher Mann war Norbert. Bisweilen kam er in der Galerie vorbei und schaute sich Bilder an, von denen er wußte, daß er sie sich niemals würde leisten können. Bei diesen Besuchen schüttete er Juliette häufig sein Herz aus, und sie übernahm die Rolle seiner besten Freundin.

Norbert wußte um ihre zerrüttete Ehe und kannte ihr leidenschaftliches Verhältnis zu Brodka; er stand auf dessen Seite, wenn es darum ging, sich zwischen Ehemann und Liebhaber zu entscheiden. Dabei war er Brodka nie begegnet, und auch Brodka kannte Norbert nur vom Hörensagen und wußte nichts von der tiefen inneren Bindung zwischen Juliette und dem Barpianisten.

Juliette verbrachte die ganze Nacht bei Norbert. Von Männern hatte sie fürs erste die Nase voll. Sie haßte Collin, und Brodka konnte ihr gestohlen bleiben.

In dieser Nacht reifte in Juliette der Plan, ihr Schicksal in die eigenen Hände zu nehmen. Sie wolle damit beginnen, erklärte sie Norbert, ihre Galerie vor dem Konkurs zu retten. Deshalb müsse sie klären, wie sie in die Fänge der Kunstfälscher-Mafia geraten war.

Norbert äußerte heftige Bedenken gegen ihren Plan, den Weg der Bilder von Rom nach München zurückzuverfolgen. Doch Juliette ließ sich nicht beirren und buchte für den nächsten Tag einen Flug der Alitalia nach Rom.

Inzwischen war sie fast überzeugt davon, daß Alberto Fasolino ihr keine Fälschungen angedreht hatte. Fasolino genoß als Sammler einen integeren Ruf. Er hatte selbst des öfteren Bilder bei Juliette gekauft und korrekt und ohne zu feilschen bezahlt.

Für Juliette galt es also, jene Stelle ausfindig zu machen, an der die Bilder gegen Fälschungen ausgetauscht worden sein konnten. Zwar deutete einiges darauf hin, daß der Coup in ihrer Galerie stattgefunden hatte, aber woher wollte sie wissen, ob es nicht irgendwo zwischen Rom und München geschehen war? Sie mußte sichergehen.

Keine leichte Aufgabe.

Am Tag darauf landete Juliettes Maschine, eine McDonnell Douglas 80, nach anderthalbstündigem Flug um kurz nach zwölf in Rom Fiumicino. Von dort begab Juliette sich geradewegs zum Hotel Excelsior an der Via Veneto.

Das Zimmer zur Straße war laut, doch hinter den schweren Vorhängen aus grünem Damast bot es den schönsten Blick, den man auf das bunte Treiben dieser Straße haben konnte. Gewiß, die Via Veneto hatte seit Fellinis »La dolce vita« viel von ihrem einstigen Charme verloren, aber im Vergleich zu anderen berühmten Straßen mit großen Namen ging von ihr noch immer ein gewisser Reiz aus, vor allem aber von den Menschen, die sie bevölkerten.

In einer der zahlreichen Boutiquen kaufte Juliette ein Frühjahrskostüm, lindgrün und zweireihig geschnitten; in einem Geschäft nur ein paar Schritte weiter erwarb sie ein Paar schwarze Schuhe. Beides hob ihre Stimmung deutlich. Dann rief sie Alberto Fasolino an und teilte ihm mit, daß sie in Rom sei und ihn umgehend sprechen müsse.

Fasolino zeigte sich überrascht und versuchte Juliette auf den nächsten Tag zu vertrösten; aber mit der ihr eigenen Beharrlichkeit gelang es ihr, den Sammler zu überreden, seine Termine zu verschieben und sie zu empfangen.

Es war noch keine vier Monate her, seit sie Fasolino in Rom getroffen hatte. Er lebte mit seiner Frau – die seine Mutter hätte sein können und nur schwarze, sehr elegante Kleidung und hochhackige schwarze Schuhe trug – in einem palazzoähnlichen Haus mit hohen Fenstern und einem Säulenportal in der Via Banco Santo Spirito – ein Straßenname, der in keiner Stadt der Welt denkbar ist, heißt er doch frei übersetzt: Straße der Bank des Heiligen Geistes. Aber dem Heiligen Geist hatte die Kirche schon soviel zugemutet, daß es auf diese Geschmacklosigkeit auch nicht mehr ankam.

»Es tut mir sehr leid, Signora, daß Sie mit den Bildern in eine so mißliche Lage geraten sind«, wurde Juliette von Fasolino empfangen. Er tat sehr geschäftig, und seine Haltung wurde noch geschäftiger, als seine Frau kurz in den Salon trat und die fremde Besucherin kritisch musterte.

Der Salon war mit wuchtigem, antikem Mobiliar eingerichtet, das jedem Mitteleuropäer Bauchschmerzen bereitete. Von der Decke hingen zwei Lüster, die auch am Tag brannten, um den düsteren Raum einigermaßen zu erhellen. Die hohen Wände waren überladen mit Gemälden und Grafiken, daß man kaum noch einen Flecken von der kostbaren Tapete sah. Nur die zur Straßenseite gelegene Wand, die von vier nebeneinanderliegenden Fenstern unterbrochen wurde, war frei von Kunstgegenständen jeder Art.

Juliette sah die Schreckensgalerie – anders konnte man diesen Raum wirklich nicht bezeichnen – gottlob nicht zum erstenmal, und so hielten sich die Beklemmungen, die ihr erster Besuch in diesem Haus ausgelöst hatte, in Grenzen. Angesichts der kostbaren Gemälde fand sie sich jedoch in ihrer Meinung bestätigt, daß ein Mann, der über so bedeutsame Kunstschätze verfügte, kaum mit der Kunstfälscher-Mafia zusammenarbeiten konnte.

Voll Stolz und bereitwillig wie jeder Sammler zeigte Alberto Fasolino Juliette seine neueste Erwerbung, die Rötelzeichnung eines Ballettmädchens von Renoir, die Juliette gut und gern auf eine Million einschätzte. Mark versteht sich, nicht Lire.

Sie hatte sich schon bei ihrem ersten Geschäft gefragt, woher Fasolino das Geld für seine aufwendige Sammlerleidenschaft nahm; während eines langen und durchaus fachkundigen Gesprächs hatte sie dann erfahren, daß der Familienbesitz der Fasolinos in der Hauptsache aus Immobilien bestand – Häusern und Grundstücken in bester Lage.

Nachdem Juliette die Renoir-Zeichnung eingehend begutachtet und neidlos bewundert hatte, erklärte sie: »Signore Fasolino, ich bin hier, um die Fälschung der Grafiken von de Chirico und Jawlensky aufzuklären. Und ich möchte Sie bitten, mir dabei zu helfen.«

Fasolino reckte theatralisch beide Hände gen Himmel und rief im Tonfall eines schlechten Schauspielers: »Signora, wie soll ich Ihnen helfen, eine Fälschung aufzuklären, wenn ich Ihnen zweifelsfrei Originale verkauft habe! Fasolino ist doch kein Betrüger!«

»Das habe ich nie behauptet«, erwiderte Juliette. »Ich bin der festen Überzeugung, daß die Bilder, die ich hier, in diesem Zimmer, besichtigt habe, Originale waren. Aber ich weiß nicht, was *danach* mit den Bildern geschah. Am siebenundzwanzigsten November vorigen Jahres habe ich sie das erste Mal gesehen; am dreißigsten Januar wurde der Betrug entdeckt. Irgendwann während dieser Zeitspanne könnten die Originale gegen Kopien ausgetauscht worden sein.«

»Sie hätten sie gleich mitnehmen sollen«, bemerkte Fasolino.

Juliette blickte ihn verärgert an. »Im Flugzeug? Und ohne Versicherung? Kein ernst zu nehmender Kunsthändler käme auf eine solche Idee.«

»Ich weiß«, sagte Fasolino entschuldigend.

»Sie haben also die Kunstspedition ...«

»Gioletti Fratelli.«

»... Gioletti Fratelli mit der Verpackung und dem Transport beauftragt.«

»Ja. Das ist eine renommierte Firma, Signora, sie arbeitet für alle römischen Museen. Ich kann mir nicht vorstellen, daß beim Transport Ihrer Bilder irgend etwas passiert ist.«

»Der Weg nach Deutschland ist weit, Signore Fasolino.«

»Ja, gewiß, Signora. Das würde aber bedeuten, daß Sie den Empfang der Bilder bestätigt und unterschrieben haben, ohne daß Ihnen aufgefallen wäre, daß Ihnen Fälschungen geliefert wurden.«

Juliette hob die Schultern. Ratlos blickte sie auf die gegenüberliegende Wand, an der sich Gemälde an Gemälde reihte. Wenn ich davon ausgehe, überlegte sie, daß alle diese Bilder echt sind, würden mir dann ein paar Fälschungen auffallen?

»Für Gioletti Fratelli lege ich jedenfalls meine Hand ins Feuer«, erklärte Fasolino. »Diese Leute haben schon viele Transporte für mich ausgeführt, und stets zu meiner größten Zufriedenheit. Ein absolut zuverlässiges und seriöses Unternehmen. Sie können sich gerne selbst davon überzeugen.«

Fasolino ging zu einem klotzigen Schreibsekretär, der auf schwarzen Löwenpranken stand, öffnete eine Lade und zog einen Stadtplan hervor. Er reichte ihn Juliette mit den Worten: »Das Büro liegt in der Via Marsala, nicht weit von Stazione Termini. Nehmen Sie sich ein Taxi, vorne an der Ecke zum Corso.«

Nachdem Fasolinos Frau zum zweitenmal den Kopf durch die Tür gesteckt und Juliette erneut gemustert hatte, zog diese es vor sich zu verabschieden, auch wenn sie kaum einen Schritt weitergekommen war.

»Wenn ich Ihnen helfen kann, Signora«, meinte der Hausherr freundlich, »lassen Sie es mich wissen.«

Und Juliette erwiderte: »Sie finden mich im Hotel Excelsior.«

Gioletti Fratelli war ein Unternehmen, das sich auf den Transport von Kunstwerken spezialisiert hatte. Entsprechend vornehm und gediegen präsentierte sich die Zentrale an der Via

Marsala. Sie lag im ersten Stock eines Gebäudekomplexes aus den fünfziger Jahren, der noch deutliche Anklänge an die Architektur des Duce zeigte.

Um in den ersten Stock zu gelangen, mußte Juliette eine Marmortreppe hinaufsteigen. Sie betrat einen Vorraum, in dem ein halbes Dutzend schwarzer Ledersessel in einer Reihe stand. An den Wänden hingen überdimensionale Fotografien von den spektakulärsten Kunsttransporten der Firma.

Eine Glastür führte zum Empfang, wo eine freundliche Dame sich nach den Wünschen der Besucherin erkundigte.

Nachdem Juliette erklärt hatte, worum es ging, erschien ein korrekt gekleideter Mann mittleren Alters und bat sie, ihm in sein Büro zu folgen.

Er fragte Juliette nach Namen, Adresse, Absender, Empfänger und Datum des Auftrags und tippte ihre Angaben in einen Computer ein. Nach wenigen Sekunden erschien auf dem Bildschirm der gesamte Vorgang, und der Angestellte fragte: »Was möchten Sie wissen, Signora?«

»Alles«, erwiderte Juliette. »Ich möchte den Weg der Bilder vom Haus Signore Fasolinos bis in meine Galerie verfolgen. Ist das möglich?«

»Selbstverständlich«, bemerkte der Angestellte schmunzelnd. Er tippte auf der Tastatur und wies dann auf den Bildschirm. »Sehen Sie, Signora, die Bilder wurden am ersten Dezember in der Via Banco Santo Spirito abgeholt und mit Wagen siebzehn nach Bologna in unser Zentrallager transportiert. Die Fahrer hießen Cipro und Mattei. In Bologna wurden die Bilder von einem Kleinlaster übernommen und auf direktem Weg nach München gebracht. Für diesen Transport zeichneten unsere Fahrer Morgagni und Lancisi verantwortlich. Der Auftrag wurde am zweiten Dezember um zehn Uhr dreißig abgeschlossen und der Empfang der Bilder von Ihnen, Signora, mit Ihrer Unterschrift bestätigt.«

»Und Sie halten es für unmöglich, daß die Bilder beim Transport ausgetauscht wurden?«

Der Angestellte zog die Augenbrauen hoch. »Signora, die Gemälde befanden sich in einem versiegelten Container aus Aluminium. Das Siegel wurde im Hause von Signore Fasolino angebracht und unter Ihrer Aufsicht gelöst. Sehen Sie, hier.« Er zeigte auf den Bildschirm. »Siegel angebracht – erster Dezember, acht Uhr zwanzig, bestätigt von Anastasia Fasolino. Siegel erbrochen – zweiter Dezember, zehn Uhr dreißig, bestätigt von Juliette Collin.«

Wie Fasolino vorhergesagt hatte, machte die Kunstspedition einen sehr soliden und seriösen Eindruck auf Juliette; sie konnte sich nicht vorstellen, daß während des Transports irgend etwas Unkorrektes geschehen war. Sie war jedoch verwundert, daß nicht Alberto Fasolino selbst, sondern seine Frau Anastasia die Verpackung der Bilder überwacht und bestätigt hatte.

Von Fasolino wußte Juliette, daß seine Frau so gut wie nichts von Kunst verstand, ja daß sie der Sammelleidenschaft ihres Mannes mit Abneigung und Widerwillen begegnete.

Der Gedanke ließ Juliette keine Ruhe. Sie beschloß, Fasolino noch einmal aufzusuchen und ihn um Aufklärung zu bitten, weshalb er das Verpacken und Versiegeln der Bilder nicht selbst übernommen hatte.

Als Juliette mit dem Taxi in der Via Banco Santo Spirito eintraf, fiel ihr ein junger Mann auf, der gerade das Haus Fasolinos verließ. Juliette stutzte. Sie war ganz sicher, den Mann schon einmal gesehen zu haben, wußte im Moment aber nicht, wann und wo sie ihm begegnet war. Er hatte kurzes, dunkles Haar und eine Römernase und trug eine schwarze Tasche bei sich.

Juliette drückte dem Fahrer zwei Scheine in die Hand und folgte dem Mann zu Fuß. Er strebte der Engelsbrücke zu, die für den Fahrverkehr gesperrt ist, überquerte den Tiber und wandte sich vor der Engelsburg nach links zur Via della Conciliazione.

Juliette ließ den Mann nicht aus den Augen, folgte ihm in sicherem Abstand. Vor ihr tauchte im Dunst die Kuppel von St. Peter auf, ein erhabener Anblick, der selbst einen Atheisten ein bißchen fromm macht.

Dieser eine Gedanke genügte. Juliette verlor den Mann aus den Augen. Er war plötzlich wie vom Erdboden verschluckt. Sie umrundete die Obelisken am Straßenrand, um festzustellen, ob der Mann die Verfolgung bemerkt und sich versteckt hatte, doch der Fremde blieb verschwunden.

Juliettes Versuche, ein Taxi herbeizuwinken, blieben erfolglos. So ging sie schließlich über den Ponte Vittorio Emanuele zurück zu dem gleichnamigen Corso, wo sie sich mehr Erfolg versprach.

Touristen, mit Kameras behängt, suchten am Tiberufer nach lohnenden Motiven. Bei diesem Anblick fiel ihr plötzlich ein, wer der Mann war, den sie verfolgt hatte: Es war der unbekannte Fotograf, der ihre Vernissage besucht und den Brodka auf Hagens Fotos entdeckt hatte.

Juliette stützte sich mit den Unterarmen auf die Mauer, die steil zum Tiber abfällt, und starrte nachdenklich in den trägen Fluß. Aber je länger sie über den Mann nachdachte, desto unsicherer wurde sie. Konnte es einen solchen Zufall geben? Vielleicht sah der Unbekannte dem Fotografen nur ähnlich.

Von ihrem Hotelzimmer rief Juliette Norbert an und ließ sich die Nummer von dpa in München geben. Sie ließ sich mit Hagen verbinden und bat ihn, ihr per Expreß das Bild zu schicken, auf dem der mysteriöse Fotograf zu sehen war. Adresse: Hotel Excelsior, Via Veneto, Rom.

Hagen versprach es.

Juliette wollte Fasolino mit dem Foto konfrontieren und ihn fragen, was der Besuch dieses Mannes zu bedeuten habe.

Das Foto von Hagen traf vierundzwanzig Stunden später ein und versetzte Juliette in helle Aufregung. Hatte sie bisher noch gezweifelt, ob der Mann, der Fasolinos Haus verlassen hatte, mit dem Fotografen auf Hagens Bild identisch war, so waren jetzt alle Unsicherheiten beseitigt: Er war es.

Nun sah sie Fasolino in ganz anderem Licht. Der gute Alberto war wohl doch nicht der seriöse, wohlhabende Kunstsammler, für den sie ihn bisher gehalten hatte. Wohlhabend mochte er sein – fragte sich nur, wie er diesen Wohlstand erworben hatte.

Um den Schatten zu erhellen, der Fasolino umgab, entschloß sich Juliette zu einem ungewöhnlichen Schritt. Von Brodka hatte sie gelernt, daß am Beginn jeder seriösen Recherche der Besuch im Archiv steht. Also begab sie sich zum »Messaggero« in der Via del Tritone 152 – der einzigen Zeitung, die sie vom Namen her kannte – und fragte sich zum Archiv durch.

Das Pressearchiv des »Messaggero« lag versteckt im obersten Stockwerk eines Rückgebäudes. Doch so verborgen und unscheinbar es untergebracht war – es zählte zu den besten Zeitungsarchiven Italiens.

Juliette stellte sich als Journalistin aus Deutschland vor und erklärte, sie recherchiere in Sachen Kunstfälscher-Mafia. Ob man ihr behilflich sein könne?

Ein gutaussehender Archivar mit langem, glatt zurückgekämmtem Haar, das im Nacken zu einem Zopf zusammengebunden war, nahm sich Juliettes an, wies ihr einen Platz an einem altmodischen Bildschirm zu und erklärte, sie solle die Stichwörter »falsario« oder »falsificatore«, hilfsweise »arte« oder »processo« eingeben.

»Capisco?«

»Si.«

Doch als Juliette allein vor dem Gerät saß, waren ihre Bemühungen nicht von Erfolg gekrönt. Schließlich schien sie auf den jungen Archivar einen so hilflosen Eindruck zu machen, daß er sich neben sie setzte und den Computer mit verblüffender Geschwindigkeit zu füttern begann. Nach wenigen Sekunden erschien auf dem flimmernden Bildschirm der erste Text.

Die Reportage stammte vom vergangenen Dezember und berichtete von einem Prozeß gegen einen Maler aus Neapel, der mit Vorliebe und besonderem Geschick Guardi-Veduten gefälscht und dafür mehrere Millionen Lire kassiert hatte.

Mit Mausklicks holte der Archivar Artikel für Artikel auf den Bildschirm, doch kein einziger gab Juliette einen Hinweis auf Fasolino.

»Wie heißt der Mann, nach dem Sie suchen, Signora?« fragte der Archivar.

»Alberto Fasolino«, antwortete Juliette.

Der Archivar gab den Namen ein, tippte »falsario« als Schlagwort ein und fügte »processo« hinzu. – Fehlanzeige.

»Tut mir sehr leid, Signora«, meinte der Archivar, nachdem er sich in weiteren Querverbindungen versucht hatte. »Ich würde Ihnen wirklich gern helfen, Signora.«

Juliette lachte. Die Entschuldigung des Archivars und die Beteuerung, daß es ihm leid tat, klangen überaus glaubhaft. »Sie müssen sich nicht entschuldigen, Signore.«

»Ich heiße Claudio. Claudio Sotero.«

»Juliette Collin«, erwiderte sie freundlich.

»Giulietta«, wiederholte Claudio ihren Namen, als ließe er ihn auf der Zunge zergehen.

Lachend schüttelte sie den Kopf, wurde sogar ein bißchen verlegen – das einzige Gefühl, das eine Frau nie zeigen sollte.

Und so sah Claudio sich durch diesen Anflug von Verlegenheit zu der Frage ermutigt: »Darf ich Sie heute abend zum Essen einladen, Giulietta?«

Juliette nahm den Blick vom Bildschirm und schaute Claudio ins Gesicht. Er sah verdammt gut aus, dieser junge Römer. Er war vielleicht zehn Jahre jünger als sie. In seinen dunklen Augen lag Selbstsicherheit, und sein Lächeln war schlichtweg umwerfend.

Als anständige Frau, dachte Juliette, müßtest du jetzt nein sagen. Aber sie wußte, dieser junge Mann wäre kein Römer, würde er dieses »nein« nicht als »ja, aber« auffassen und in endlosen Beteuerungen die Lauterkeit seiner Absichten erklären.

Warum soll ich es ihm so schwer machen, fragte sich Juliette. Er wird ja doch nicht lockerlassen. Außerdem kann der Junge dir vielleicht noch von Nutzen sein.

Also antwortete sie zurückhaltend: »Aber das kann ich doch nicht annehmen ...«

Claudio schien sich seiner Sache sicher. Er überhörte Juliettes Zögerlichkeit und sagte: »Neunzehn Uhr. Wo darf ich Sie abholen?«

»Ich wohne im Hotel Excelsior.«

»Via Veneto!« Claudio pfiff leise durch die Zähne. »Vornehme Adresse, Signora. Ich hoffe, das Lokal, in das ich Sie ausführe, wird Ihren Ansprüchen genügen.«

»Da machen Sie sich mal keine Sorgen.« Juliette lachte. »Beim Essen sind meine Ansprüche eher bescheiden. Ich liebe die einfache italienische Küche, Pizza, Pasta und Meeresfrüchte.«

»Sehr gut. Ich hole Sie ab, Signora. Und was Ihre Recherchen betrifft, werde ich mir noch einmal Gedanken machen.«

Claudio brachte Juliette zum Lift und verabschiedete sich mit südländisch-feurigen Beteuerungen, wie sehr er sich auf den heutigen Abend freue. Er wartete, bis die Türen des Lift sich geschlossen hatten; dann ging er an dem Bildschirm zurück und tippte die Schlagworte »scandalo« und »Leonardo« ein.

Nach wenigen Sekunden erschien ein alter Zeitungsausschnitt auf dem Bildschirm:

›Urteil im Leonardo-Skandal – Sieben Jahre Haft für Hehler Alberto F.‹

Claudio Sotero schmunzelte.

Es war lange her, daß ein Rendezvous Juliette so sehr in Aufregung versetzt hatte. Vor dem Spiegel stellte sie sich die skeptische Frage, ob das neue Kostüm sie nicht zu alt machte und ob sie Claudio nicht zu damenhaft erschiene. Doch weil es vorteilhaft ihre Figur betonte, beließ sie es dabei. Außerdem stand ihr lindgrün wirklich gut.

Das Haar trug Juliette offen und schlicht nach hinten gekämmt, was sie jünger erscheinen ließ. Dazu wählte sie ein sehr dezentes Make-up. Dann wartete sie in ihrem Hotelzimmer auf den Anruf des Portiers.

Claudio Sotero kam pünktlich auf die Minute. Er überreichte Juliette eine rote Rose. Sie verspürte wieder diesen Anflug von Verlegenheit, der sie an ihre Mädchenzeit erinnerte.

»Sie kennen die Piazza Navona?« fragte Claudio, als sie zu dem Taxistand vor dem Hotel gingen.

»Nein«, antwortete Juliette, »ich kenne nur wenige Sehenswürdigkeiten Roms – die Peterskirche, das Kolosseum und das Forum Romanum, aber mehr auch nicht. Ich war immer nur geschäftlich hier und hatte nie Zeit zum Sightseeing.«

Da schlug Claudio lachend die Hände zusammen und rief: »Aber Giulietta! Sie *müssen* Rom besser kennenlernen. Rom ist die schönste Stadt der Welt! Wenn Sie wollen, werde ich Ihnen Mama Roma zeigen, so viel und so lange Sie wollen.«

Wem hätte ein solches Angebot nicht gefallen? Juliette nickte lächelnd und wandte sich zu den Taxis um, doch Claudio faßte sie am Arm und drängte sie sanft zu einer Lambretta, die auf dem Bürgersteig geparkt war.

»Ich hoffe, es macht Ihnen nichts aus, mit mir Motorroller zu fahren.«

»Nein, im Gegenteil«, beteuerte Juliette, fragte sich jedoch, wie sie das Gefährt mit ihrem engen Rock besteigen konnte.

»Wissen Sie, Giulietta, in Rom fährt kein vernünftiger Mensch mit dem Auto. Vor jeder Kreuzung steht man im Stau. Mit der Lambretta kommen Sie überall durch.«

Claudio bemerkte den besorgten Blick, mit dem Juliette das Gefährt musterte. »Keine Angst«, meinte er lachend, »eine Dame sitzt auf einer Lambretta natürlich im Damensitz, so wie früher die vornehmen Signoras geritten sind – beide Beine nach einer Seite, in der Regel nach links. Ganz einfach, Sie werden sehen.«

Claudio startete den Motorroller, und Juliette nahm hinter ihm Platz, wie er es beschrieben hatte.

»Sie müssen sich mit beiden Händen an mir festhalten, Giulietta«, rief Claudio; dann gab er Gas.

Er lenkte die Lambretta so verwegen durch den abendlichen Verkehr, daß Juliette Angst bekam. Sie klammerte sich an Claudio, so fest sie nur konnte, und gewann allmählich Zutrauen in seine Fahrkünste. Es gefiel ihr.

Über die Piazza Colonia, die von der Triumphsäule des Marc Aurel beherrscht wird, vorbei am Pantheon mit seiner imposanten Kuppel, durch Straßen, die für jeden Verkehr gesperrt sind, und über rote Ampelkreuzungen gelangten sie in weniger als zwanzig Minuten zur Piazza Navona, einem der schönsten Plätze Roms.

»Mit dem Taxi wären wir gerade auf der Piazza Barberini«,

meinte Claudio schelmisch, während er Juliette vom Roller half. Er parkte die Lambretta geradewegs vor einem Lokal, vor dem weißgedeckte Tische auf die Straße gestellt und mit Efeu eingerahmt waren. Dazwischen funkelten Girlanden aus roten, grünen und gelben Lämpchen. Aus dem Inneren der Trattoria drang laute Musik, eine Opernarie von Verdi. Die Ober trugen lange weiße Schürzen und balancierten Tabletts mit Gläsern und Speisen gekonnt über den Köpfen der Gäste, als gelte es einen Wettbewerb zu gewinnen.

Die meisten Tische waren besetzt. Claudio faßte Juliette am Arm und steuerte auf den einzigen freien Ecktisch zu. »Ich hoffe, es gefällt Ihnen, Giulietta. Sie müssen wissen, hier gibt es das allerbeste Fritto misto in ganz Rom.«

Juliette gefielen die ständigen Übertreibungen des jungen Mannes, der stets mit einem Augenzwinkern sprach, als würde er sich selbst nicht ganz ernst nehmen. So machte es Juliette nichts aus, als Claudio mit lauter Stimme, daß man es auch am Nebentisch hören konnte, verkündete: »Giulietta, Sie sind die schönste Frau, mit der ich je gespeist habe.«

»Schmeichler«, sagte Juliette auf deutsch.

»›Schmeichler‹?« fragte Claudio. »Was ist das, ›Schmeichler‹?«

Plötzlich schallte vom Nebentisch eine kräftige, tiefe Stimme: *»Adulatore!«*

Die Stimme gehörte einem wohlbeleibten Mann mit kurzem grauem Haar und gepflegtem Backenbart, der einen ganzen Tisch für sich einnahm.

Mit einem Augenzwinkern bedankte Claudio sich bei dem zuvorkommenden Tischnachbarn für die Übersetzungshilfe; dann beugte er sich zu Juliette vor und sagte leise hinter vorgehaltener Hand: »Ein verrückter Schriftsteller aus Deutschland. Er sitzt wieder mal beim Frühstück.«

»Es ist halb acht abends! Wie kann er da beim Frühstück sitzen?«

»Das müssen Sie ihn fragen, Giulietta«, erwiderte Claudio mit einem raschen Blick zum Nebentisch. »Die Leute sagen, er schläft tagsüber und arbeitet bei Nacht. Sieht er nicht aus wie ein Kirchenfürst aus dem sechzehnten Jahrhundert?«

Während Juliette die Speisekarte studierte, blickte sie über den Kartenrand, musterte das imponierende, barocke Äußere des Mannes und mußte Claudio recht geben.

Natürlich bestellte sie das »beste Fritto misto in ganz Rom« und auf Claudios Empfehlung einen Castelli-Wein aus den Albaner Bergen.

Die Nacht senkte sich über die Piazza Navona. Obwohl noch früh im Jahr, herrschten beinahe frühlingshafte Temperaturen.

Juliette konnte sich nicht satt sehen an den Häusern und Kirchen, die den Platz wie eine überdimensionale Pappkulisse umgaben.

»Wir Italiener sind verliebt in unsere Plätze«, sagte Claudio, der Juliettes bewundernde Blicke auffing, »deshalb heißt es bei uns auch *die* Piazza. Bei euch Deutschen ist es *der* Platz. Das ist wohl auch der Grund dafür, daß viele eurer Plätze eine so martialische Vergangenheit haben.«

Gar nicht so dumm, was der Junge da sagte, ging es Juliette durch den Kopf.

»Deshalb müssen Sie aber nicht traurig sein, Giulietta«, fuhr Claudio fort. »Auch dieser wunderschöne Platz hat eine martialische Vergangenheit. In römischer Zeit war er Rennbahn und Circus für Gladiatoren. Später wuchsen Häuser und Kirchen aus seinen Grundmauern. Und vor vierhundert Jahren haben die Römer bei besonderen Anlässen die ganze Piazza knietief unter Wasser gesetzt, um sich darin zu vergnügen.«

Der Ober servierte die frittierten Meeresfrüchte. Aber noch

bevor sie zu essen begannen, schob Claudio Juliette eine Fotokopie über den Tisch. »Ich muß Ihnen ein Geständnis machen«, sagte er und machte plötzlich einen zerknirschten Eindruck. »Es ist mir nicht entgangen, wie enttäuscht Sie waren, daß ich Ihnen nicht weiterhelfen konnte. Dabei wußte ich, wonach Sie suchten. Ich wollte es nur nicht sofort herausrücken. Dann hätte ich Sie nie wieder gesehen. Hier. Das ist es wohl, was Sie suchen.«

Juliette warf einen Blick auf das Papier, und ihre Miene wurde finster.

»Das haben Sie bestimmt noch nicht gewußt, nicht wahr?« meinte Claudio. »Urteil im Leonardo-Skandal – Sieben Jahre Haft für Hehler Alberto F.«

»Alberto Fasolino«, sagte Juliette leise vor sich hin. »Ich habe es geahnt.« Sie überflog den Zeitungsausschnitt mit raschem Blick. Zwischendurch stellte sie die Frage: »Wann war das?«

»Der Bericht stammt vom Juni 1986. Er besagt, daß Alberto F. ein Ölgemälde von Leonardo da Vinci an einen amerikanischen Industriellen verkauft hat – für 35 Millionen Dollar. Das Bild war wie sämtliche Gemälde Leonardos unsigniert, aber Leinwand und Farben stimmten vom Alter her, und alle Experten waren sich einig, daß es sich um einen echten Leonardo handelte. Leider bat der Industriebaron einen befreundeten Röntgenologen, das Gemälde genauer unter die Lupe zu nehmen. Dabei stellte sich heraus, daß sich unter dem angeblichen Leonardo ein Gemälde von Rosario Bertucci befand, einem nicht sehr bedeutenden Maler. Der Bertucci war zwei Jahre zuvor aus einem Museum in Neapel gestohlen worden.«

Juliette nickte scheinbar geistesabwesend.

»Aber jetzt, Giulietta«, sagte Claudio und zeigte mit beiden Händen auf das vorzüglich angerichtete Essen, »greifen Sie zu, bevor alles kalt wird. Über den Leonardo-Skandal können wir uns später unterhalten.«

Er hob sein Glas und prostete Juliette zu. »Auf die schönste Frau der Welt, mit der zu speisen ich die Ehre und das Vergnügen habe. Salute, Giulietta.«

Obwohl ihr ganz und gar nicht danach zumute war, brachten Claudios Worte Juliette zum Lachen. Schon wie er ihren Namen aussprach – Giulietta – war die Romreise wert. Dazu die Atmosphäre der abendlichen Piazza, die milde Luft, der Wein – all das war dazu angetan, ihren Unmut, den Groll und die Angst für ein paar Stunden zu vergessen.

Die Scampi und Calamari mundeten vorzüglich, und nach einem tiefen Schluck aus dem Glas sagte Juliette: »Auch ich muß Ihnen ein Geständnis machen, Claudio.«

Der junge Mann blickte verschmitzt. Er hatte eine Ahnung, was jetzt kommen würde, und er sah sich nicht getäuscht.

»Ich bin gar keine Journalistin«, erklärte Juliette, »ich habe Sie angelogen.«

»Ich weiß«, bemerkte Claudio gelassen.

»Sie wissen?«

»Natürlich. Journalistinnen haben ein ganz anderes Auftreten. Jeden Tag kommen ein, zwei Dutzend zu mir. Die meisten führen sich auf wie Kleopatra, bevor sie sich die Schlange an den Busen setzte, oder wie Madame Curie nach der Entdeckung des Radiums.«

»Jedenfalls ... es ist mir peinlich, Claudio. Ich bin keine Journalistin, ich besitze eine Galerie.«

»Aha. Na, Sie werden für Ihr Verhalten schon Ihre Gründe haben.«

Juliette schaute um sich, ob jemand ihrem Gespräch lauschte. Der dicke Schriftsteller hatte sein Frühstück beendet und war gegangen.

»Claudio«, sagte Juliette, »ich vertraue Ihnen. Ich bin in einer mißlichen Lage. Dieser Alberto F.«, sie zeigte mit dem Finger auf den Zeitungsausschnitt, »hat mir für eine halbe Million Mark Bilder verkauft. Keine Fälschungen, sondern hochklassige Originale. Einige Wochen hingen diese Bilder in meiner Galerie. Doch irgendwann wurden die Originale gegen Kopien ausgetauscht, ohne daß ich es bemerkt habe. Aber man glaubt mir nicht, und nun habe ich eine Klage wegen Betrugs am Hals.«

Claudio machte ein ernstes Gesicht. »*Dio mio,* das darf doch nicht wahr sein!«

»Ist es aber leider. Nach diesem Zeitungsbericht habe ich keine Zweifel mehr.«

»Aber Sie sagten doch, die Bilder, die Sie von Fasolino kauften, waren Originale. Woher wollen Sie wissen, daß Fasolino hinter der Tauschaktion steckt?«

»Als die Gemälde sich noch in seinem Besitz befanden, hatte Fasolino die Möglichkeit, Kopien anfertigen zu lassen. Dann verkaufte er mir die Originale, denn er wußte, daß ich die Bilder vor dem Kauf genau prüfen würde. Nachdem sie in meiner Galerie hingen, hatte ich keinen Grund, an ihrer Echtheit zu zweifeln. Dann hat er Profis geschickt, die in meine Galerie eingedrungen sind und die Originale gegen die Fälschungen vertauscht haben.«

»Haben Sie Beweise, daß tatsächlich Fasolino dahintersteckt?«

»Keinen direkten Beweis. Aber Fasolino hat einen Fotografen zu einer Vernissage geschickt, die ich veranstaltet habe. Der Mann hat jeden Winkel meiner Galerie fotografiert und die Anleitung für einen perfekten Einbruch geliefert. Und diesen Mann, diesen Fotografen, habe ich gestern aus Fasolinos Haus kommen sehen.«

»Giulietta, wenn ich mir eine Bemerkung erlauben darf – was hat Fasolino davon? Er kann diese Bilder doch nicht noch einmal verkaufen.«

Juliette nickte. »Sie sind ein kluger Kopf, Claudio. Es gibt nur eine Erklärung. Fasolino will mich ruinieren.«

»Und weshalb? Sie haben doch Geschäfte mit ihm gemacht.«

»Eben. Zuerst dachte ich, mein Mann steckt dahinter. Doch allmählich habe ich einen ganz anderen Verdacht. Aber darüber möchte ich nicht reden.«

»Sie sind verheiratet, Giulietta?«

Juliette schwieg. Nach einer Pause sagte sie: »Nur noch auf dem Papier.«

»Ich verstehe. – Nun, was Fasolino betrifft, warum gehen Sie nicht zur Polizei?«

»Was habe ich gegen diesen Mann schon in der Hand?«

Der Abend, der so heiter begonnen hatte, schien für beide enttäuschend ernst zu enden. Dabei hatte Juliette sich fest vorgenommen, wenigstens für diesen einen Abend den wahren Grund für ihren Aufenthalt in Rom zu vergessen.

Claudio preßte die Lippen zusammen und schüttelte den Kopf. »Es tut mir leid«, meinte er schließlich, »daß ich Ihnen mit diesem Artikel so viel Kummer bereite. Es sollte ein schöner Abend für uns werden.«

»Lassen Sie uns darauf anstoßen.« Juliette hob ihr Glas. »Und lassen Sie uns die ganze Geschichte vergessen. Einverstanden?«

In Claudios Gesicht kehrte der verschmitzte Ausdruck zurück, der Juliette von Anfang an so sehr gefallen hatte. Vermutlich war Claudio älter als er aussah; jedenfalls trug dieses Lächeln zu seinem jugendlichen Aussehen bei.

»Woran denken Sie, Giulietta?« fragte er, als er merkte, daß sie ihn musterte.

»Ich überlege, wie alt Sie sind, Claudio.«

»Was glauben Sie?«

»Ich weiß es nicht. Es ist mir auch egal.«

»Ich bin fünfunddreißig.«

»Wußte ich's doch.« Juliette schlug mit der Hand auf den Tisch.

»Was wußten Sie, Giulietta?«

»Daß Sie älter sind, als Sie aussehen. Sind Sie verheiratet, Claudio?«

»Ein kleiner Archivar beim ›Messaggero‹ hat bei den Frauen keine großen Chancen.«

Juliette zog die Stirn in Falten. »Ach, Claudio, mir kommen die Tränen.«

»Nein, im Ernst. Italienerinnen sind sehr materiell eingestellt. Die meisten betrachten die Ehe als eine Versorgungseinrichtung. Ohne ein Haus, ein Boot oder ein Cabrio hat ein Mann in Rom schlechte Karten. Ich habe es bisher nur zu einer kleinen Wohnung in Trastevere gebracht. Klein, aber mein, und mit Blick auf den Tiber. Wollen Sie sie sehen?«

»Ja«, erwiderte Juliette ohne zu zögern, erschrak aber im selben Augenblick. Sie wußte selbst nicht, welcher Teufel sie ritt. Sie kannte den Jungen doch kaum. Und es war unschwer zu ahnen, was er im Schilde führte. Und doch wirkte er auf besondere Weise anziehend auf Juliette.

Claudio schien ihre Gedanken zu erraten. »Sie können mir vertrauen, Giulietta, glauben Sie mir. Und es ist nicht weit von hier.«

Nachdem Claudio die Rechnung beglichen hatte, stiegen sie auf die Lambretta.

Das Haus, in dem Claudio eine Eigentumswohnung besaß, war ein Altbau, der vor kurzem renoviert worden war. Es gab keinen Lift, dafür aber ein sechstes Stockwerk, das offiziell gar nicht existierte, so daß niemand, nicht einmal die mächtige

Baubehörde, es abreißen lassen konnte. Hier hatte Claudio sein Zuhause.

Als sie vor der Tür standen, war Juliette völlig außer Atem.

Die Wohnung bestand aus einer großen Diele mit je einem kleinen Zimmer zu beiden Seiten. Das Bemerkenswerteste jedoch war die Dachterrasse hoch über der Stadt, von der man weit über den silbern schimmernden Tiber blicken konnte. Zahlreiche Bäumchen und Topfpflanzen, die auf der Terrasse standen, vermittelten den Eindruck, als schwebte man in einem Hain. Juliette stand am Geländer und konnte sich gar nicht satt sehen.

Plötzlich fühlte sie, wie Claudio von hinten die Arme um sie legte. Sie hatte es nicht erwartet, aber erhofft, wenn sie ehrlich zu sich selbst war. Claudio sagte kein Wort, und das war gut so.

Juliette warf den Kopf in den Nacken, schloß die Augen und genoß die Gefühle, die mit aller Macht auf sie einströmten. Sie fühlte Schmetterlinge im Bauch – ein prickelndes Gefühl der Erregung. Das Herz schlug ihr bis zum Hals.

Zaghaft zuerst, dann immer heftiger preßte Claudio sich von hinten an sie, nahm den Duft ihres Haares in sich auf und hörte, wie ihr Atem immer schneller ging, was seine Erregung noch steigerte. Sanft schob er ihr Haar beiseite und küßte sie auf den Hals, nicht fordernd und leidenschaftlich, sondern zärtlich und behutsam, als befürchtete er, irgend etwas Zerbrechliches zu zerstören.

Diese Behutsamkeit war es, die in Juliette ein Gefühl hervorrief, das sie so noch nie erlebt hatte. Und als sie am Po die pralle Härte seiner Männlichkeit spürte, vergaß sie ihre Zurückhaltung. Sie drehte sich um, nahm seinen Kopf in beide Hände und preßte ihre Lippen auf die seinen.

»Giulietta«, flüsterte Claudio, als sie sich voneinander lösten, »Giulietta.«

Juliette fröstelte, zitterte. Ob wegen der Kühle der Frühlingsnacht oder vor Erregung, wußte sie nicht zu sagen, und es kümmerte sie in diesem Augenblick auch nicht. Claudio bemerkte es und drängte sie sanft, ohne von ihr abzulassen, ins Innere der Wohnung.

Vor der breiten Liege angelangt, welche die ganze linke Wand des Zimmers einnahm und von einem Gemälde mit Engeln gekrönt wurde, machte Juliette sich von Claudio frei und drückte ihn rücklings nieder. Dann kniete sie sich über ihn, die Beine gespreizt, und öffnete langsam die Knöpfe ihres Kostüms, wobei sie die Augen schloß und den Kopf hin und her wiegte, was ihrem Körper noch mehr Anmut verlieh.

Sie schlüpfte aus ihrer Jacke, schleuderte sie zur Seite und zog den Rock über den Kopf. Juliette trug weiße Unterwäsche und Strümpfe. Ihr Anblick erregte Claudio so sehr, daß er ihr zwischen die Schenkel griff, noch ehe sie den Versuch machen konnte, sich zu wehren.

Juliette stöhnte leise und hörte sich sagen: »Ja, mach weiter ... mach weiter ...«

Claudio erwies sich nach wie vor als sehr behutsamer Liebhaber. Mit zärtlichen Fingern suchte er jene intime Stelle, die jede Frau in höchste Erregung versetzt.

Um Juliette versank die Welt. Es war ihr gleichgültig, die wievielte Geliebte Claudios sie sein mochte. Was kümmerten sie die Umstände, die sie zusammengeführt hatten? Juliette verspürte nur noch das unbändige Verlangen, mit Claudio zu schlafen.

Ehe sie sich versah, hatte er sich entkleidet. Er besaß einen wundervollen Körper und eine dunkle Haut. Ein Kerl zum Verlieben.

Juliette und Claudio liebten sich bis tief in die Nacht. Erst als der Morgen über den Dächern der Stadt graute, schliefen sie eng umschlungen ein.

Geschirrklappern weckte Juliette. Durch die Terrassentür blinzelte die Sonne. Das Hupen ungestümer Autofahrer und das Knattern zahlloser Motorroller drang gedämpft von der Straße zu ihnen herauf. Claudio war bereits angezogen und bereitete das Frühstück.

Während Juliette sich im Zimmer umschaute und nach ihren Kleidungsstücken suchte, lief vor ihren Augen der erotische Film der vergangenen Nacht noch einmal ab. Doch ehe sie sich in Zweifeln ergehen konnte, ob sie richtig gehandelt hatte, erschien Claudio in der Tür und rief: »Guten Morgen, Giulietta. Frühstück ist fertig!« Dann küßte er sie auf den Mund und umarmte sie.

Schöne Tage lobt man abends, schöne Frauen morgens. Giulietta, dachte Claudio, war so eine Frau. Sah sie nicht auch ungeschminkt und ungekämmt bezaubernd aus?

Juliette verschwand kurz im Badezimmer. Als sie zurückkam, hatte Claudio auf der Terrasse den Frühstückstisch gedeckt. Es roch nach starkem Kaffee und angebranntem Toast.

Während des Frühstücks, das zunächst schweigsam verlief, wagte Juliette es nicht, Claudio anzuschauen.

»Tut es dir leid?« fragte er schließlich kleinlaut.

»Wie kommst du darauf?« erwiderte sie, schaute ihn endlich an und lächelte. »Es war wunderbar.«

»Du bist so still. Was habe ich falsch gemacht?«

Juliette legte ihre Hand auf die seine. »Nichts, Claudio. Ich möchte die vergangene Nacht nicht missen, glaub mir. Es kam nur so plötzlich. Ich ... ich kenne dich ja kaum.«

»Wir haben Liebe gemacht, Giulietta. Mir kommt es vor, als würde ich dich schon jahrelang kennen. Bist du mir jetzt böse?«

»Aber nein. Du mußt mich nur verstehen. Wir haben zwar miteinander geschlafen, aber deshalb kennen wir uns noch lange nicht.«

Claudio nickte und verfiel mit einem Mal in eine für ihn ungewohnte Traurigkeit. Während er sein halb verbranntes Toastbrot kaute, wurde ihm plötzlich und schmerzhaft klar, daß Giulietta unerreichbar für ihn war.

»Dann war das also nur eine einmalige Angelegenheit?« bemerkte er, ohne Juliette dabei anzuschauen.

Juliette blickte an Claudio vorbei zum Tiber und über die Stadt, die noch im morgendlichen Dunst lag; ein lichter Frühlingstag kündigte sich an. Juliette rang mit sich, als sie über die Antwort auf Claudios Frage nachdachte. Sie wollte ihm keine falschen Hoffnungen machen. Andererseits schien ihr der Gedanke unerträglich, es bei dem einen Mal zu belassen. Sie wollte ihn haben – mehr als einmal.

»Laß uns einen Tag und eine Nacht darüber nachdenken«, sagte sie schließlich. Ihr Vorschlag klang beinahe wie eine Entschuldigung. Doch im stillen stellte sie sich die Frage: Warum tust du das? Warum bist du so hart gegen dich selbst? Er will es, du willst es. Wo, zum Teufel, liegt das Problem?

Vielleicht, weil sie Brodka trotz allem immer noch liebte?

»Einen Tag und eine Nacht. Dann sehen wir uns morgen früh?«

»Sagen wir, morgen abend.«

»Madonna, so lange muß ich auf dich warten?« Er seufzte. »Und wo treffen wir uns?«

»Im Hotel Excelsior.«

Claudio mußte zum Dienst.

Und Juliette hatte einen Plan ...

Kapitel 7

Die Collinsche Klinik lag im Süden der Stadt auf dem Hochufer der Isar und galt als eine der ersten Adressen für betuchte Patienten. Nur wenige wußten, daß der Leiter der Klinik ein Alkoholiker war, denn Collin hatte im Laufe eines langen Säuferlebens einen raffiniert gestaffelten Schutzschild aus bezahltem Schweigen und wohldotierten Karrieristen um sich aufgebaut.

Nachdem Juliette mitten in der Nacht verschwunden war, hatte Brodka zunächst vermutet, sie wäre nach Hause zurückgekehrt. Doch seine Anrufe bei Collin blieben den ganzen Tag unbeantwortet, so daß er sich entschloß, den Professor in seiner Klinik aufzusuchen.

Weder einem alten Portier in dunkelblauer Uniform noch einer gestrengen Schwester in gestärkter weißer Kleidung gelang es, den Eindringling abzuwimmeln. Als Brodka das Vorzimmer von Collins Büro betrat und den Professor zu sprechen verlangte, stürzten zwei Pfleger durch zwei verschiedene Türen in den Raum; aber noch bevor sie handgreiflich wurden, erschien Collin in der Tür. Er trug eine weiße Hose und ein weißes Polohemd.

Als er Brodka erkannte, sagte er zu seinen Leuten: »Alles in Ordnung. Herr Brodka ist ein Freund der Familie.«

Die beiden Pfleger und die Vorzimmerdame, eine hübsche

Brünette, blickten mißtrauisch drein und blieben, nachdem Collin Brodka mit gespielter Höflichkeit in sein Sprechzimmer komplimentiert hatte, vor der Tür stehen.

»Ich habe Sie zwar nicht hergebeten«, begann Collin ziemlich ungehalten, während er Brodka mit einer Handbewegung einen Stuhl anbot, »aber wenn Sie nun schon einmal da sind ... bitte, legen Sie ab.«

»Danke, es wird nicht lange dauern.«

Brodka griff in seine Manteltasche und knallte Collins Pistole auf den Schreibtisch: »Vielleicht hätten Sie die Güte, mir zu erklären, was das bedeuten soll.«

Der Professor verzog das Gesicht, als er die Waffe betrachtete. »Peinlich, peinlich«, meinte er und bemühte sich um einen gleichgültigen Tonfall. »Ich habe sie bei Ihnen vergessen, wie es scheint.«

»Das ist nicht das Problem. Für mich stellt sich vielmehr die Frage, warum haben Sie die Pistole überhaupt mitgebracht?«

Collin erhob sich und beugte sich über den Schreibtisch. »Um ehrlich zu sein«, sagte er mit gedämpfter Stimme, »ich wollte Sie erschießen.«

Das verschlug Brodka die Sprache. Er hatte erwartet, Collin würde irgendwelche Ausflüchte gebrauchen, würde ihm irgendeine dumme Geschichte auftischen. Aber daß er ihm die Wahrheit ins Gesicht sagte, damit hatte er nicht gerechnet.

»Halten Sie das für den richtigen Weg«, sagte er schließlich, »Juliette zurückzubekommen?«

»Natürlich nicht«, entgegnete Collin, »aber wenn *ich* sie nicht halten kann, soll sie keiner haben. Sie am allerwenigsten.«

»Sie hatten sich den Verlauf des Abends offenbar anders vorgestellt.«

»Das kann man wohl sagen. Ich glaube, Juliette hat mich von Anfang an durchschaut, als sie den Rotwein auftischte. Und Sie und ich ... wir haben uns wie dumme Kinder aufgeführt. Oder haben Sie inzwischen vergessen, wie wir um Juliette gewürfelt haben?« Er lachte künstlich.

»Tut es Ihnen leid, daß Sie nicht geschossen haben?«

Collin trat ans Fenster und blickte hinaus. »Wissen Sie, Herr Brodka, dazu gehört eine ganze Portion Mut.«

»Und der hat Sie im letzten Augenblick verlassen?«

Collin drehte sich um und blickte Brodka schweigend an.

Der schüttelte den Kopf. »Sie wären also bereit, das alles hier aufzugeben?« Er machte eine ausladende Handbewegung.

Collin ließ Brodka nicht aus den Augen. Sein Mund war schmal wie ein Strich. Brodka fühlte, wie es in Collin arbeitete; er erwartete keine Antwort auf seine Frage.

Collin meinte es ernst. Todernst.

Auf dem Schreibtisch lag noch immer die Pistole. Beide Männer waren gleich weit von der Waffe entfernt. Und jeder haßte den anderen. Sie belauerten sich wie wilde Tiere vor dem Sprung.

Die Nerven des Professors lagen blank. Man sah es ihm an. Ein heftiges Zucken um den rechten Mundwinkel verriet seine Anspannung. Dagegen wirkte Brodka gelassen. Er schien sich seiner Sache sicher. Sein Atem ging heftig, aber ohne Hast. Collin glaubte ein feines, süffisantes Lächeln um Brodkas Mund zu erkennen.

In Gedanken rekapitulierte Collin die Ladung seiner Pistole. Sechs Schuß, Kaliber neun Millimeter. Genug, um seinen Todfeind zu erschießen und anschließend sich selbst. Brodka durfte ihm nur nicht zuvorkommen. Wirre Gedanken schossen durch Collins Hirn. Wer jetzt zuerst die Hand an der Waffe hat, sagte er sich, wird den anderen töten. Der Langsamere wird sterben. Der Schnellere wird seinen Tod selbst bestimmen. Zupacken, spannen, abdrücken! hämmerte es in seinem Kopf.

Blitzschnell faßte Collin zu. Er sprang auf, wich zwei Schritte zurück und nahm mit ausgestreckten Armen Brodkas Kopf ins Visier. Er spannte den Abzug mit dem rechten Daumen. Und mit hysterischer, beinahe krächzender Stimme rief er: »Es ist aus, Brodka. Aus!« Dann schloß er die Augen und drückte ab.

Die Pistole gab ein klickendes Geräusch von sich. Collin spannte erneut, drückte ein zweites Mal ab, ein drittes, viertes Mal. Dann gab er auf.

Brodka erhob sich vom Stuhl. Er griff in die Jackentasche und streckte Collin seine Faust entgegen. Als er sie öffnete, lagen sechs Neun-Millimeter-Patronen in seiner Hand.

Für ein paar Augenblicke stand Collin bewegungslos da. Dann hob er die Pistole über den Kopf und schleuderte sie mit Wucht in einen Glasschrank, daß dieser lärmend in sich zusammenfiel. Die Waffe prallte ab und blieb mitten im Zimmer liegen.

Der Klirren und Poltern rief zuerst die Sekretärin, dann Pfleger und Schwestern ins Zimmer, die sich aufgeregt durch die Tür drängten. Doch niemand konnte sich einen Reim darauf machen, was zwischen den beiden Männern vorgefallen war.

Collin stand am Fenster. Er hatte die Hände auf dem Rücken verschränkt und starrte ins Nichts.

Brodka wandte sich zum Gehen. Er schaute Collins Mitarbeiter an, wies mit einer Kopfbewegung erst auf den Professor, dann auf die am Boden liegende Pistole und meinte: »Er wollte mich erschießen. Aber es ist ihm nicht geglückt.«

Das Klinikpersonal umringte den Professor, der keine Regung zeigte. Die Sekretärin rief nach dem Oberarzt; dem Herrn Professor gehe es nicht gut. Im Nu herrschte Chaos in Collins Zimmer.

Unbemerkt verließ Brodka die Klinik.

Die ganze Tragweite des Geschehens wurde Brodka erst klar, als er nach Hause kam, sich in einen Sessel setzte und versuchte, Ruhe in seine Gedanken zu bringen.

Collin wollte ihn tatsächlich erschießen. Brodka hätte nie geglaubt, daß die Hemmschwelle, einen Menschen zu töten, so niedrig sein könnte. Nun wußte er, wie gefährlich Collin war. Ein Mann, dem sein Leben gleichgültig geworden war und der deshalb keinerlei Skrupel kannte. Er würde es wieder versuchen.

Brodka schenkte sich einen Cognac ein. Er setzte gerade den Schwenker an die Lippen, als das Telefon summte.

Am anderen Ende meldete sich Hagen von der dpa. Er erkundigte sich, ob es in Ordnung gehe, daß er Frau Collin, mit der Brodka neulich bei ihm gewesen sei, Fotos von der Vernissage geschickt habe. Frau Collin habe aus Rom angerufen und um Abzüge der Bilder gebeten. Er habe keinen Grund gesehen, ihr die Bitte abzuschlagen, und ihr die Fotos geschickt.

Brodka war verwirrt. Juliette in Rom? Und was wollte sie mit Hagens Fotos?

Die unerwartete Nachricht rief bei Brodka ein ungutes Gefühl hervor. Doch Hagen gegenüber wollte er sich keine Blöße geben. »Nein, nein«, meinte er, »das ist schon in Ordnung. Schließlich sind es Ihre Fotos. An welche Adresse haben Sie die Bilder geschickt?«

»Warten Sie.« Brodka hörte am Telefon, wie Hagen in seinen Unterlagen blätterte. »Ah, ja. Hier haben wir's. Hotel Excelsior, Via Veneto, Rom.«

Brodka bedankte sich. »Melden Sie sich, wenn ich Ihnen mal einen Gefallen tun kann, Herr Kollege.«

Er hätte es wissen müssen. Juliette war nicht die Frau, die sich ergeben und ohne Widerstand in ihr Schicksal fügte. Doch sie setzte sich einer großen Gefahr aus. Brodka war von Anfang an der Überzeugung gewesen, daß die Fälscher-Intrige nicht Juliette treffen sollte, sondern ihn.

Er griff zum Hörer, um Juliette anzurufen und sie zu warnen, entschloß sich dann aber, die nächste Maschine nach Rom zu nehmen. Denn am Telefon würde er Juliette kaum zur Rückkehr bewegen können.

Flug LH 3538 startete in München mit zwanzigminütiger Verspätung gegen 19 Uhr 35. Die Maschine, eine Boeing 737-500, quälte sich schlingernd und schaukelnd über die Alpen, und Brodka war froh, als er neunzig Minuten später in Rom Fiumicino landete.

Trotz der späten Stunde herrschten noch milde Temperaturen. Der Taxifahrer hatte in etwa dasselbe Alter wie sein fahrbarer Untersatz – beide stammten aus den siebziger Jahren –, doch er sah darin keinen Hinderungsgrund, den Fiat mit atemberaubender Geschwindigkeit durch den Verkehr in die Innenstadt zu jagen. Die Fahrt zum Hotel in der Via Veneto dauerte keine 45 Minuten.

Natürlich hatte Brodka sich die Frage gestellt, wie Juliette auf sein Erscheinen reagieren würde. Sie hatte ihn im Zorn verlassen, und wenn er ehrlich war, hatte sie gute Gründe gehabt. Wie er und Collin sich ihr gegenüber verhalten hatten, war nicht gerade ein Ruhmesblatt. Dieser gottverdammte Alkohol! In halbwegs nüchternem Zustand wäre es Brodka nie eingefallen, um Juliette zu würfeln.

Beim Portier des Hotel Excelsior erkundigte er sich nach dem Zimmer von Juliette Collin; er sei der Ehemann der Signora.

Ein Zehntausendlireschein vertrieb das Mißtrauen im Blick des Bediensteten. Er nannte die Zimmernummer 203 und fragte Brodka, ob er den Besuch ankündigen solle; die Signora sei auf dem Zimmer.

Brodka verneinte und nahm linker Hand den Lift nach oben.

Es war gegen 22 Uhr 30, als Brodka zaghaft an die Tür von Zimmer 203 klopfte.

Sein Klopfen wurde lauter, als er keine Reaktion vernahm. Endlich hörte er Juliettes Stimme: »Wer ist da?«

»Brodka.«

Schweigen, schier endlos.

Dann Juliettes Stimme: »Was willst du?«

»Mit dir reden. Bitte, mach auf.« Brodka begann erneut zu klopfen, diesmal ziemlich heftig.

Endlich öffnete Juliette die Tür einen Spalt. Sie hatte sich ein Badetuch um den Körper geschlungen und schaute ihn mit großen Augen an. Sie war verlegen.

»Willst du mich nicht reinlassen?« fragte Brodka leise. »Ich möchte mich entschuldigen.«

Juliette schüttelte den Kopf, preßte die Lippen zusammen. Brodka kannte sie nur zu gut; er wußte, daß dies ein Zeichen großer Anspannung war.

»Wir müssen dringend miteinander reden«, sagte Brodka und drückte die Tür ein bißchen weiter auf. »Es ist wichtig.«

In diesem Augenblick tauchte hinter Juliette ein Mann auf. Er war nackt und hatte langes, im Nacken zusammengebundenes Haar. »Was will er?« fragte er Juliette mit deutlichem italienischem Akzent.

Brodka und Juliette blickten sich schweigend an. Dann sagte Brodka: »Ach so ist das.« In seiner Stimme lag tiefe Enttäuschung. Er ließ den Kopf hängen, wollte sich umdrehen und gehen.

»Augenblick, Brodka«, sagte Juliette. »Wir sollten miteinander reden. Bitte, warte unten im Foyer auf mich.«

Ohne eine Antwort wandte Brodka sich um und ging über den langen Korridor zum Lift. In seinem Inneren tobten Wut und Enttäuschung. Was gibt es da noch zu bereden, dachte er. Die Situation war mehr als eindeutig. Ich hätte es wissen müssen. Eine Frau wie Juliette läßt man nicht ungestraft fortgehen. Wie benommen fuhr er mit dem Lift nach unten.

Aus, hämmerte es in seinem Gehirn, es ist alles aus.

Vom Portier ließ er sich seine Reisetasche aushändigen, die er dem Mann zur Verwahrung gegeben hatte. Dann verließ er das Hotel und ging zu einem der wartenden Taxis.

Der Fahrer kam ihm entgegen, nahm ihm die Tasche ab und überfiel ihn mit einem Redeschwall, von dem Brodka nur den letzten Satz mitbekam: »Wohin wollen Sie, Signore?«

Brodka nahm neben dem Fahrer Platz. »Fahren Sie ein bißchen durch die Stadt und dann zum Hotel zurück«, sagte er müde.

Der Fahrer, ein nach Zigarettenrauch stinkender Endfünfziger mit gelben Fingerkuppen, nickte und fuhr los.

Brodka lehnte sich im Sitz zurück. Er war innerlich so aufgewühlt, daß er die Fahrt gar nicht richtig mitbekam. An der Porta Pinciana, wo die Via Veneto endet, bog der Fahrer nach rechts ab und fuhr in einem weiten Kreis durch die Stadt. Brodka wußte nicht zu sagen, wie lange er unterwegs gewesen war, als das Taxi zum Ausgangspunkt der Fahrt zurückkehrte, dem Hotel Excelsior.

Brodka blieb neben dem Fahrer sitzen und dachte nach. Schließlich bezahlte er das Fahrgeld und kehrte samt seinem Gepäck ins Excelsior zurück.

Die Hotelhalle war in schwarzgrünem Marmor gehalten. Trotz der mitternächtlichen Stunde herrschte noch reger Betrieb. Brodka suchte nach einer stillen Ecke, von der aus er das gesamte Foyer im Blickfeld hatte und steuerte geradewegs auf eine Sitzgruppe neben der Bar zu, als Juliette ihm entgegenkam.

»Ich habe mir unser Wiedersehen anders vorgestellt«, sagte Brodka.

»Ich ...«, begann Juliette und verstummte.

Schweigend standen sie sich gegenüber.

»Wollen wir uns nicht setzen?« meinte Brodka schließlich und ging, ohne ihre Antwort abzuwarten, zur Sitzgruppe. Höflich wartete er, bis Juliette Platz genommen hatte; dann setzte er sich.

Juliette sagte noch immer kein Wort.

Brodka räusperte sich. Noch ehe er eine umständliche Einleitung fand, nahm Juliette ihm die Sorge ab.

»Ich habe das nicht gewollt«, sagte sie, »ich wollte dich nicht betrügen, denn ich liebe dich, Brodka. Ich liebe dich wirklich, auch wenn du ein Scheusal bist. Aber es ist nun mal passiert. Soll ich mich jetzt entschuldigen? Soll ich sagen: Verzeih mir, daß ich mit einem anderen geschlafen habe?«

Brodka starrte vor sich hin.

»Es war wie eine Ohrfeige«, sagte Brodka leise. »Aber wahrscheinlich muß einer wie ich sich so etwas gefallen lassen.«

»Rede keinen Unsinn!« erwiderte Juliette heftig. »Ja, ich habe einen Mann kennengelernt und zweimal mit ihm geschlafen. Vielleicht aus Enttäuschung ... oder sogar aus Rache. Ich weiß es nicht. Ich weiß nur, daß ihr mich gedemütigt habt, Collin und du, als ihr wie Pferdehändler um mich gewürfelt habt.«

»Ich war betrunken«, murmelte Brodka.

»Oh, das kenne ich! Das kenne ich zur Genüge. ›Ich war betrunken.‹ Die bequemste aller Ausreden. Sie hängt mir allmählich zum Hals heraus. Seit ich Collin kenne, dient sie ihm als bequeme Entschuldigung für alles und jedes. Und jetzt fängst du auch damit an. Ich kann es nicht mehr hören!«

»Du hast ja recht«, gab Brodka zu. »Aber war das ein Grund, fortzulaufen und mit dem erstbesten Gigolo ins Bett zu gehen?

Es ist noch gar nicht lange her, da hast du mich gefragt, ob ich dich heiraten will.«

»Hör auf, mir moralische Vorschriften zu machen. Habe ich dir je zum Vorwurf gemacht, daß du es in Wien mit dieser Prostituierten treiben wolltest? Glaubst du, das hätte nicht weh getan?«

Es war Juliettes Stärke, jede Verteidigung zum Angriff zu nützen, eine bei Frauen nicht seltene Eigenheit. Das verstand sie meisterlich. Aber wenn Brodka ehrlich war, mußte er eingestehen, daß Juliette recht hatte. Nach allem, was vorgefallen war, durfte er ihr zuallerletzt Vorwürfe machen.

Bisher hatte Juliette ihm nie Anlaß gegeben, ihr Vorwürfe zu machen. Er hielt sie für treu und wußte, daß sie sich sogar ihrem Ehemann verweigerte – so das überhaupt nötig war –, und in diesem Bewußtsein hatte er sich in Sicherheit gewiegt. Er hatte gar nicht in Erwägung gezogen, daß Juliette fremdgehen könnte. Nun, da er sie in flagranti ertappt hatte, spürte er, wie sehr so etwas schmerzte. Es zeigte ihm aber auch, wie sehr er diese Frau liebte.

»Weshalb bist du in Rom?« riß ihn Juliettes Stimme aus seinen Gedanken.

»Weil es viel zu bereden gibt«, erwiderte Brodka schließlich. Und nach einer Pause: »Collin wollte mich erschießen.«

Juliette blickte ihn erschrocken an. »Das ist nicht wahr.«

»Leider ja. Ich glaube sogar, er wollte uns beide umbringen. Als er dich in meiner Wohnung besuchte, hatte er eine mit sechs Schuß geladene Pistole bei sich. Sie steckte in seiner Manteltasche. Als er volltrunken nach Hause fuhr, hat er den Mantel an der Garderobe vergessen, und ich fand die Waffe. Am nächsten Tag ging ich zu ihm in die Klinik. Ich wollte ihn zur Rede stellen, legte die Pistole auf seinen Schreibtisch. Plötzlich nahm er die Waffe, zielte auf mich und drückte ab. Gott sei Dank hatte ich vorher die Patronen herausgenommen. Sonst säße ich jetzt nicht hier.«

Juliette hörte fassungslos zu. Nachdem Brodka geendet hatte, murmelte sie: »Er wird es wieder versuchen. Hast du Anzeige erstattet?«

Brodka hob die Schultern. »Ich weiß nicht, ob das Sinn hätte. Es gibt keine Zeugen, und ich habe das Gefühl, daß er in der Klinik von allen gedeckt wird. Und du kennst ja unsere Polizei. Man muß erst tot sein, bevor man bei denen Glauben findet.«

»Bist du deshalb hierhergekommen?« fragte Juliette. »Damit wir überlegen können, wie es weitergehen soll?« Nach einer Pause fügte sie hinzu: »Wie hast du mich eigentlich gefunden?«

Brodka setzte ein mühsames Lächeln auf. »Es war Zufall oder eine schicksalhafte Fügung. Ich glaubte dich zunächst bei Collin; aber mehrere Anrufe blieben erfolglos. Dann rief Hagen mich an und sagte, du hättest ihn um die Fotos von dem rätselhaften Fotografen gebeten. Er wollte wissen, ob es damit seine Richtigkeit habe. Wozu brauchtest du die Bilder?«

Nach kurzer Zeit war der Streit zwischen ihnen vergessen. Denn als Juliette erklärte, daß ihr römischer Geschäftspartner Fasolino schon einmal in einen Fälscherskandal verwickelt gewesen war und deshalb sieben Jahre im Gefängnis gesessen hatte, kannte Brodka nur noch ein Ziel: Licht in das Dunkel dieser Affäre zu bringen.

»Wie hast du es herausgekriegt?«

Juliette senkte den Blick. »Der Gigolo, wie du ihn nennst, hat mir dabei geholfen. Er arbeitet im Zeitungsarchiv des ›Messaggero‹.«

»Verstehe«, bemerkte Brodka knapp. »Und dieser Fotograf?«

»Als ich noch einmal zu Fasolino wollte, um ihn zur Rede zu stellen, sah ich einen Mann aus seinem Haus kommen, den ich von irgendwoher kannte.«

»Und du meinst, es war der Fotograf, der deine Vernissage besucht hat?«

»Anfangs war ich mir nicht sicher, aber seit ich die Fotos gesehen habe, gibt es für mich keinen Zweifel.«

Brodka rieb sich über das Kinn. Er dachte nach. »Das würde bedeuten, du bist das Ziel eines Komplotts.«

»Ich glaube auch nicht mehr daran, daß ich zufällig an einen Fälscherring geraten bin. Das alles war zu perfekt eingefädelt. Es würde mich nicht wundern, wenn wir selbst hier, in diesem Augenblick, heimlich beobachtet würden.«

Obwohl er nicht daran glaubte, ließ Brodka seinen Blick durch das Hotelfoyer schweifen. Vornehm gekleidete Menschen schlenderten ungezwungen umher. Opern- und Theateraufführungen und die gesellschaftlichen Ereignisse des Abends waren zu Ende. Man ließ den Tag bei angenehmer Unterhaltung ausklingen.

»Erinnerst du dich«, nahm Brodka den Faden wieder auf, »wie ich dir sagte, dieses Fälscherkomplott richte sich gegen dich, solle in Wahrheit aber mich treffen? Du hast mir nicht geglaubt. Bis dahin warst du sogar der Meinung, die seltsamen Ereignisse nach dem Tod meiner Mutter würden nur in meiner Einbildung existieren, nicht wahr?«

»Unsinn«, erwiderte Juliette. »Du hast mir von diesem Totengräber erzählt, der gemeint hat, der Sarg deiner Mutter sei leer gewesen. Dann haben wir diese Frau im Stephansdom gesehen. Dann entdeckst du in Zürich diesen seltsamen Brief. Dann wird die Hinterlassenschaft deiner Mutter durchwühlt. Das alles ist rätselhaft, gespenstisch, aber keine Einbildung. Was hast du in dieser Sache eigentlich unternommen?«

Brodka ließ sich Zeit, bevor er antwortete. Dann erwiderte er: »Ich war fest entschlossen, die Leiche exhumieren zu lassen. Aber das ist gar nicht so einfach. Ich habe mich erkundigt. Ich müßte zunächst Anzeige gegen Unbekannt erstatten und stichhaltige Gründe für die Exhumierung nennen. Dabei würde möglicherweise bekannt, daß ich wegen des Zwischenfalls im Stephansdom in der Klinik festgehalten wurde und von dort geflohen bin. In meiner Situation kann ich alles brauchen, nur kein Aufsehen. Und was habe ich davon, wenn festgestellt wird, daß das Grab leer ist? Gewißheit? Keinesfalls. Dann muß ich damit rechnen, daß mein Erbe gesperrt wird. Ich weiß, es hört sich verrückt an, aber vielleicht liegt die Lösung des Falles gar nicht in München oder in Wien verborgen, sondern hier in Rom.«

Schweigend schauten Brodka und Juliette sich an. Wie sollten sie sich in dieser Lage verhalten? Wenn sie Fasolino mit ihrem Wissen um seine Vergangenheit konfrontierten, mußten sie damit rechnen, daß er alles unternahm, um Spuren zu beseitigen. Dann würde es noch schwieriger werden, Beweise zu finden. Nein, Fasolino sollte sich – zumindest vorerst – in Sicherheit wiegen, den perfekten Fälscher-Coup gelandet zu haben.

Brodka gähnte und schaute auf die Uhr. Es war halb eins. »Ich bin hundemüde«, sagte er.

»Du kannst ...«, begann Juliette vorsichtig. Weiter kam sie nicht.

»Nein, danke. Ich nehme mir hier im Hotel ein eigenes Zimmer.«

Brodka erhob sich, gab Juliette einen flüchtigen Kuß auf die Wange und ging zur Portiersloge.

Und Juliette erkannte, daß Brodka ihr dieses Abenteuer noch lange nicht verziehen hatte.

Am nächsten Morgen wurde Juliette vom Telefon geweckt. Verschlafen hob sie ab. Sie glaubte es sei Brodka. Statt dessen meldete sich der Portier. Ein Signore Carracci warte in der Halle und wolle sie sprechen. Es sei wichtig.

Carracci, überlegte Juliette. Einen Mann dieses Namens kannte sie nicht – doch im selben Augenblick dachte sie sich, daß es nur Claudio sein konnte. Bestimmt hatte er einen falschen Namen angegeben, um nicht aufzufallen.

»Ich komme«, antwortete sie knapp und legte auf.

Claudio! Ihn konnte sie jetzt am allerwenigsten brauchen. Der Blick in den Spiegel zeigte Juliette eine unausgeschlafene, ungeschminkte Frau. Mit dem nassen Handtuch wischte sie sich übers Gesicht, fuhr mit der Bürste durch ihr Haar, zog sich hastig an und begab sich nach unten.

Die Hotelhalle roch nach kaltem Rauch. Im Hintergrund summte ein Staubsauger. Juliette hielt nach Claudio Ausschau. Doch an seiner Stelle trat ein alter Mann auf sie zu.

»Entschuldigen Sie die frühe Störung, Signora. Mein Name ist Arnolfo Carracci. Es war mir leider nicht möglich, Sie zu einem anderen Zeitpunkt aufzusuchen. Trotzdem bitte ich Sie, mich anzuhören. Ich glaube, es ist wichtig für Sie.«

Arnolfo Carracci? Juliette hatte den Namen nie gehört. Der Mann mit dem silbergrauen Kraushaar machte einen freundlichen Eindruck; eine Freundlichkeit, die nicht darüber hinwegtäuschen konnte, daß sich hinter seiner liebenswürdigen Maske eine gewisse Melancholie, wenn nicht Trauer verbarg.

»Sind Sie sicher, Signore Carracci, daß Sie mich meinen?« fragte Juliette verwundert.

»Gewiß«, antwortete der Alte mit einem feinen Lächeln, »ich bin der Hausdiener von Signore Fasolino.«

Juliettes erste Reaktion auf das Geständnis des Mannes war, daß die schwelende Wut auf Alberto Fasolino in ihr hochkochte. Dennoch versuchte sie, sich nichts anmerken zu lassen, als sie fragte: »Und? Was will Fasolino von mir?«

Carracci, der bisher höflichen Abstand zu Juliette gewahrt hatte, trat einen Schritt näher und sagte in ruhigem Tonfall: »Signora, damit Sie sich keine falschen Vorstellungen machen, ich komme nicht im Auftrag von Signore Fasolino. Im Gegenteil, ich komme ohne sein Wissen, und ich bitte Sie, um alles in der Welt, niemandem von unserer Begegnung zu berichten. Ich habe meine Gründe, Signora.«

Die Worte des Dieners verwirrten Juliette, und sie brauchte eine Weile, bis sie sich mit der Situation zurechtfand. Schließlich bat sie Fasolinos Diener in den hinteren Teil der Halle, wo sie sich ungestört unterhalten konnten.

»Woher kennen Sie mich, Signore Carracci?«

»Sagen Sie Arnolfo zu mir, Signora. Ich bin es gewöhnt, mit dem Vornamen angeredet zu werden. Alles andere klingt für mich fremd.«

»Also gut, Arnolfo. Woher kennen Sie mich?«

»Wissen Sie, Signora, mir entgeht nichts, was im Hause Fasolino vor sich geht. Ich kenne die Herrschaften besser, als sie sich selbst kennen. Seit nunmehr 35 Jahren stehe ich in Signora Anastasias Diensten. Sie brachte mich gleichsam mit in die Ehe. Wie sagt man? Ich gehöre zum Inventar. Aber wie es mit alten Sachen nun einmal ist ... irgendwann hat man sie über, und man will neue. Dann räumt man die alten beiseite und vergißt allzu schnell, welch gute Dienste sie einem geleistet haben. In einer solchen Situation befinde ich mich. Signora Anastasia hat einen jungen Hausdiener eingestellt. Seitdem bin ich abgeschrieben. Mag ja sein, daß er besser aussieht als ich; aber er hat keine Erfahrung und sein Auftreten ist, mit Verlaub, grauenhaft.«

Während Juliette dem alten Diener zuhörte, überlegte sie, welchen Grund er für sein Kommen haben könnte. Offenbar fühlte er sich von Fasolino schlecht behandelt und kaltgestellt. Wollte er deshalb auspacken? Dann wäre der Alte ein Geschenk des Himmels.

»Signore Arnolfo«, unterbrach Juliette den Redefluß des alten Mannes, »wissen Sie, weshalb ich bei Fasolino war?«

Der Diener blickte verschämt auf den schwarzgrünen Marmorboden. Dann hob er den Kopf und meinte: »Ich habe gelauscht. Verstehen Sie mich nicht falsch, Signora, aber ein guter Hausdiener muß über alles informiert sein. Früher führte ich den Terminkalender des Signore und der Signora. Was nicht schriftlich niedergelegt werden sollte, behielt ich im Kopf. Heute bin ich weitgehend vom gesellschaftlichen Leben ausgeschlossen. Da muß ich mich mit ... nun ja, unlauteren Mitteln auf dem laufenden halten.«

Juliette nickte verständnisvoll. »Fasolino hat mir für eine halbe Million Mark Bilder verkauft, und genau diese Bilder sind irgendwann durch Fälschungen ersetzt worden. Er muß etwas damit zu tun haben. Ich kann es ihm zwar nicht nachweisen. Aber ich bin für jeden Hinweis dankbar, der mich weiterbringt.«

Arnolfo wiegte den Kopf hin und her, als sei er mit Juliettes Worten nicht einverstanden. »Sie müssen wissen, Signore Fasolino ist nicht der Mann von Welt, als der er nach außen erscheint. Er ist eher, wenn ich mir die Bemerkung erlauben darf, ein armer Hund, der völlig unter dem Pantoffel seiner Frau steht. Signora Anastasia hat das gesamte Vermögen in die Ehe gebracht. Er selbst stammt aus einer alten, völlig verarmten Familie, und das läßt die Signora ihn bei jeder Gelegenheit spüren. Er hat mir oft leid getan, aber inzwischen hält sich mein Mitleid in Grenzen.«

»Aber Fasolino ist ein millionenschwerer Kunstsammler!«

»Zweifellos. Aber dahinter steckt Signora Anastasia. Sie entscheidet über An- und Verkäufe, obwohl sie nichts von Kunst versteht, und sie hält auch das Geld beisammen. Signore Alberto ist nur der Strohmann. Er ging sogar für seine Frau ins Gefängnis, als der Leonardo-Skandal aufgedeckt wurde. Damals wollte sie sich von ihm scheiden lassen. Aber dann haben sie einen Vertrag geschlossen: Wenn Signore Fasolino alle Schuld auf sich nähme, sollte die Ehe auf Lebenszeit fortbestehen. Der Signore unterschrieb und ging für seine Frau ins Gefängnis. In der Zwischenzeit ließ die Signora ihren Neigungen freien Lauf.«

Das alles war ein bißchen viel auf einmal. Juliette schnappte nach Luft. »Wollen Sie damit sagen, daß Anastasia Fasolino der Kopf des ... wie soll ich es nennen? Daß sie der Kopf des Unternehmens ist?«

Carracci schwieg. Er hielt den Blick gesenkt, als wollte er nichts mehr sagen, doch irgend etwas gärte in ihm. Und Juliette ahnte, was sich hinter seiner plötzlichen Schweigsamkeit verbarg.

Sie fragte: »Signore Arnolfo, warum erzählen Sie mir das alles so bereitwillig?«

»Man hat mich schlecht behandelt«, erwiderte Carracci im Tonfall eines verstockten Kindes. »Man hat mir mein ohnehin bescheidenes Gehalt gekürzt mit der Begründung, ich brächte nicht mehr die Leistung, die man von mir erwarte. Ich hatte mit Signora Anastasia eine Auseinandersetzung, weil ich mich weigerte, im Januar, bei klirrender Kälte, den Wagen zu waschen, wie ich es früher getan habe. Aber mit 68 ist man nicht mehr der Jüngste; man muß mehr auf seine Gesundheit achten. Ich fürchte, früher oder später wird Signora Anastasia nach einem Grund suchen, mich hinauszuwerfen. Ich bin zwar alleinstehend, aber ich hätte nicht mal eine Wohnung. Und das bißchen Ersparte, das ich mir beiseite gelegt habe, ist zu wenig zum Leben und zu viel zum Sterben.«

Juliette hatte sich nicht getäuscht. Sie hatte damit gerechnet, daß Carracci Geld wollte. Doch sie nahm es ihm nicht einmal übel. Der Mann bot Informationen und verlangte seinen Preis dafür. Juliette war bereit zu zahlen, sofern ihr die Informationen von Nutzen waren. Und nach allem, was sie bisher von dem Mann erfahren hatte, konnte Carracci ihr außerordentlich hilfreich sein.

»Wieviel verlangen Sie, Signore Arnolfo?«

Carracci antwortete wie aus der Pistole geschossen: »Ich dachte an zwanzig Millionen, Signora.«

»Lire?« fragte Juliette ebenso prompt zurück, bevor ihr die Dummheit dieser Frage bewußt wurde – als hätte Carracci Dollar oder Mark im Auge gehabt. »Das ist eine Menge Geld, Arnolfo.«

Der alte Diener nickte. Er schien sich befreit zu fühlen, daß seine Forderung endlich heraus war, und fuhr fort: »Dafür kann ich Ihnen aber auch eine Menge berichten. Wie ich schon sagte, habe ich Einblick in alle Machenschaften des Hauses Fasolino, und die sind von größerer Tragweite, als Sie ahnen.«

»Und wenn ich nicht zahle?«

»Ich kann Sie nicht zwingen, Signora. Aber ich halte Sie für eine kluge Frau, die durchaus in der Lage ist, den Wert einer Information einzuschätzen. Im übrigen müssen Sie nicht die Katze im Sack kaufen. Sie zahlen selbstverständlich erst nach Lieferung der Informationen und entscheiden dann, ob sie ihren Preis wert sind.«

Ein ungewöhnliches Angebot, dachte Juliette. Welches Risiko war eigentlich damit verbunden? Doch dies erweckte zugleich ihr Mißtrauen: Verbarg sich hinter seinem Angebot in Wahrheit eine Falle?

Juliette hielt es für das Beste, sich Bedenkzeit zu erbitten. Sie wollte sich mit Brodka beratschlagen; vor allem mußte sie ihn in das Gespräch mit einbeziehen.

Wider Erwarten hatte Arnolfo Carracci keinen Einwand, nachdem Juliette ihn mit ihrer Situation vertraut gemacht und angedeutet hatte, sie müsse sich wegen der geforderten Summe erst mit ihrem Lebensgefährten besprechen.

Carracci blickte unruhig auf seine Uhr, eine alte Pronto aus den dreißiger Jahren, und meinte, er müsse jetzt gehen, könne aber morgen zur selben Zeit wieder hier sein; denn um diese Zeit erledige er seinen Marktgang und wäre den Fasolinos keine Erklärung schuldig.

Nach diesen Worten stand er auf, verneigte sich höflich und entschwand durch die Drehtür wie eine seltsame Erscheinung.

Kein Mensch hätte den heruntergekommenen Mann in dem alten Trenchcoat erkannt, der mit unsicheren Schritten durch die Münchner Schillerstraße trottete. Er hatte seinen Wagen, einen dunkelblauen Mercedes-Benz, vor dem Hauptbahnhof geparkt und die Parkuhr vorschriftsmäßig mit fünf Mark gefüttert. Nun strebte er den grellen Neonlichtern zu, deren Widerschein sich auf dem regennassen Asphalt spiegelte.

Friedrich Schiller hätte als Namenspate der Straße gewiß etwas Besseres in dieser Stadt verdient; aber zu Dichtern hatte man hier schon immer ein gestörtes Verhältnis. Auch unter Goethes Namen, einen Straßenzug weiter, findet man in der gleichnamigen Straße nur Halbwelt, Türkenläden, Sexshops und Waffenhändler.

Collin war unrasiert, und er machte einen verwahrlosten Eindruck. Er blieb vor jedem Schaukasten stehen, in dem Fotos von Mädchen hingen, die sich in dem dazugehörigen Etablissement spärlich oder gar nicht bekleidet zu zeigen versprachen.

Vor der Pinguin-Bar, deren Eingang lila beleuchtet war, sprach ihn der Türsteher an, ein Kleiderschrank von einem Mann mit buschigen Brauen. Er trug dunkelrote Livree mit Goldborten; eine Schildmütze verlieh ihm eine gewisse Würde.

»Kleines Vergnügen gefällig, der Herr?« fragte der Türsteher.

Collin schüttelte unwillig den Kopf, hielt dann aber inne, trat näher an den Mann in der roten Uniform heran und sagte: »Hören Sie, ich suche jemanden, der mir ...«

Weiter kam er nicht, denn der Türsteher langte in seine Tasche, zog eine Visitenkarte hervor und reichte sie Collin mit den Worten: »Du brauchst nur zu sagen, Billy schickt dich. Billy, das bin ich. Die Boys dort sind allererste Klasse. Meist Ballettänzer aus Rußland.«

Es dauerte eine Weile, bis Collin den Irrtum begriff. Schließlich erwiderte er mit schwerer Zunge: »Hören Sie, ich suche keine Strichjungen.«

»Meinst du vielleicht, wir hätten keine Mädels? Wir haben die schärfsten Bräute der Stadt!« rief der Türsteher prahlend und streckte beide Arme gen Himmel wie ein Prophet.

»Ich suche auch keine Mädels.«

»Ah, ich verstehe. Junk, Speed, Koks ...«

»Auch das nicht.« Collin grinste gequält. »Ich suche jemanden, der mir bei der Lösung meiner Probleme behilflich ist und mit einem Revolver umgehen kann.«

Der Türsteher pfiff verhalten durch die Zähne. »Verstehe«, sagte er leise und zog Collin beiseite. »Aber eine solche Adresse gibt es nicht kostenlos.«

»Na klar.« Collin zog einen Hunderter hervor und drückte ihn dem Türsteher in die Hand.

Der ließ den Schein blitzschnell in seiner Außentasche verschwinden und hielt Collin erneut die Hand hin.

Collin blickte erstaunt, dann holte er einen zweiten Schein aus der Tasche und murrte: »Das muß jetzt aber reichen.«

Nachdem er auch den zweiten Schein eingesackt hatte, kam der Türsteher näher. Er war beinahe einen Kopf größer als Collin; deshalb mußte er sich zu ihm hinunterbeugen. »Paß auf,

Alter. Du gehst in das Fischlokal am Ende der Straße und fragst nach Goschguloff. Und nicht vergessen: Billy schickt dich! Und dann sagst du, was du vorhast. Klar?«

Collin war nicht mehr nüchtern, aber doch so klar im Kopf, daß er sich alles einprägen konnte. Und weil er glaubte, das sei in diesen Kreisen so üblich, tippte er zum Gruß mit dem ausgestreckten Zeigefinger an die Schläfe und ging.

Das Fischlokal am Ende der Straße hieß »Bei Goschguloff« und befand sich im Keller, den man über eine schmale Steintreppe erreichte, welche mit Fischernetzen und großen Meermuscheln geschmückt war. Soweit Collin in dem schummrigen Licht erkennen konnte, gab es nur sechs quadratische Tische, von denen nur ein einziger besetzt war.

Ein ziemlich schmuddeliger Ober trat auf Collin zu und fragte beinahe verwundert: »Sie wollen speisen?«

»Nein«, erwiderte Collin, »ich möchte Goschguloff sprechen. Billy schickt mich.«

Der Ober machte eine Kopfbewegung, der Fremde möge ihm folgen, und führte Collin durch einen Gang, in dem sich Bierkästen und Getränkekartons stapelten, zur Küche, einem weiß gekachelten Raum mit alter Einrichtung.

»Chef, da will Sie jemand sprechen«, sagte der Ober und verschwand.

Unter einem hohen Deckenfenster stand Goschguloff vor einem Hackstock, auf dem ein fetter Seewolf lag. Der dicke, plumpe Kopf des Fisches war vom Rumpf abgetrennt, und das Maul mit den hervorstehenden Mahlzähnen stand offen. Goschguloff war damit beschäftigt, den Fisch zu tranchieren. Er schwitzte und hatte blutige Hände und stach mit einem langen Messer in den Leib des Fisches.

»Und?« fragte Goschguloff, wobei er Collin über den Rand seiner Nickelbrille musterte.

»Billy schickt mich.« Collin sah, wie Goschguloff den Kopf hob und ihn durch die dicken Brillengläser anstarrte. Seine Augen wirkten riesengroß. »Und?« wiederholte er.

Collin warf einen Seitenblick auf die junge Küchengehilfin, die im Hintergrund mit Töpfen und Pfannen hantierte.

Goschguloff verstand. Er räusperte sich und gab dem Mädchen ein Zeichen, zu verschwinden. Die befolgte seinen Wink, als sei es die selbstverständlichste Sache der Welt.

»Ich suche jemand, der mit einer Pistole umgehen kann«, sagte Collin. Dabei zitterte seine Stimme ein wenig.

Goschguloff zog die Innereien aus dem Fischbauch. Es schien ihm besondere Lust zu bereiten, als er die glitschige, unappetitliche Masse auf den Hackstock knallte.

»Geht's um einen Mann oder eine Frau?« Er sprach mit deutlichem slawischem Akzent.

Collin zog die Stirn in Falten. »Warum wollen Sie das wissen?«

Goschguloff lachte kurz auf. »Einen Mann auszuknipsen ist billiger, verstehen Sie? Die meisten Killer sind anständige Kerle. Sie weigern sich, auf eine Frau zu schießen.«

»Verstehe. Ein Mann. Mitte Vierzig. Fotograf.«

»Arm? Reich?«

Auch diese Frage verblüffte Collin, daß er zunächst nicht antwortete.

»Ich sagte doch«, begann Goschguloff, »die meisten Killer sind anständige Kerle. Die würden nie auf einen armen Hund zielen, verstehen Sie?«

Collin verstand. »Reich«, sagte er.

»Das ist gut. Und was soll für mich herausspringen?«

»Ich habe keine Ahnung, was so ein Auftrag kostet. Nennen Sie mir Ihre Forderung.«

Goschguloff trat vor Collin hin. Mit der Spitze des Messers

tippte er auf dessen Brust; dann sagte er: »Also, damit das klar ist. Ich selbst habe mit der Sache nichts zu tun. Ich besorge dir nur, was du haben willst. Wir kennen uns nicht und haben uns nie gesehen.«

»Natürlich.«

»Ich würde sagen ... zehntausend für mich. Noch mal zehn Riesen für den anderen.«

»Einverstanden.«

»Wie heißt du?«

»Nenn mich Hinrich.«

»Komischer Name. Meinetwegen. Also gut, Hinrich. Ich würde sagen, heute in einer Woche, hier in meinem Lokal. Bis dahin habe ich sicher gefunden, was du suchst. Und jetzt verschwinde möglichst unauffällig.«

Collin tat, wie ihm geheißen.

Auf der Straße regnete es in Strömen, und Collin flüchtete in eine der billigen Stehkneipen. Ihm war nach Wodka zumute. Kurz hintereinander kippte er drei Doppelte in sich hinein. Dann fühlte er sich kräftig genug, sich bis zu seinem Wagen durchzukämpfen.

Trotz seines beträchtlichen Alkoholpegels sah Collin völlig klar: Er mußte Brodka beseitigen. Solange dieser Kerl sich in sein Leben drängte, solange er Juliette in Beschlag nahm, würde seine Frau nie zu ihm zurückfinden. Nein, Brodka mußte verschwinden. Er, Collin, würde sich ein todsicheres Alibi verschaffen – ein Kongreß oder eine Reise ins Ausland. Sollten andere sich die Finger schmutzig machen. Wozu hatte er sein Leben lang gearbeitet? Wozu hatte er Geld?

Collin ließ den schweren Wagen an und gab Gas. Er war ein sicherer Fahrer. Sogar im volltrunkenen Zustand lenkte er den Wagen ohne erkennbare Zeichen übermäßigen Alkoholkonsums durch den Verkehr – die Macht der Gewohnheit. Und nichts auf der Welt, außer einer Polizeistreife, hätte ihn davon abhalten können.

Als er in den Tunnel am Altstadtring eintauchte, rubbelten die Wischerblätter trocken quietschend über die Scheibe. Mit einer heftigen, unwilligen Handbewegung schob Collin den Scheibenwischerhebel nach oben. Als er vor dem Haus der Kunst aus dem Tunnel kam, wollte er die Wischer wieder einschalten, doch der Hebel war abgebrochen, die Wischer versagten ihren Dienst.

Regenwogen klatschten gegen die Windschutzscheibe. Die Lichter vor ihm und die beleuchtete Straße zerrannen zu undurchsichtigen Zerrbildern. Eingekeilt zwischen Autokolonnen zu beiden Seiten, sah Collin keine Möglichkeit zum Anhalten. Er fuhr weiter über eine Ampelkreuzung und versuchte, an den rechten Straßenrand zu kommen, verursachte jedoch nur ein ungehaltenes Hupkonzert und fuhr weiter.

Auf der Isarbrücke peitschte ein Sturmwind Regenwände gegen die Windschutzscheibe. Collin fuhr in ein grauschwarzes Loch. Nur raus aus dieser Blindheit, schoß es ihm durch den Kopf. Er gab Gas. Auf der glatten Fahrbahn brach das Heck der schweren Limousine nach rechts aus; dann griffen die Reifen plötzlich wieder, und der Wagen schoß quer über die Gegenfahrbahn, rammte frontal und mit einem lauten Knall die Brückenmauer, stellte das Heck auf und überschlug sich.

Vom explodierenden Airbag betäubt, nahm Collin gerade noch wahr, daß er durch die Luft flog – ein traumgleiches, berauschendes Gefühl.

Dann wurde alles schwarz um ihn herum, und sämtliche Geräusche verstummten.

In derselben Nacht fand Juliette keinen Schlaf. Sie hatte Brodka vom Angebot des Hausdieners Arnolfo erzählt. Brodka hatte sofort zugestimmt, die geforderte Summe zu zahlen. Wenn es überhaupt die Chance gebe, meinte er, Licht in das Dunkel dieses groß angelegten Komplotts zu bringen, habe Arnolfo den Schlüssel in der Hand.

Juliette war froh, daß Brodka gekommen war, wenngleich sie die Umstände ihres Wiedersehens allzu gerne ungeschehen gemacht hätte. Anders als Brodka, der keinen Zweifel hatte, daß zwischen der Fälscher-Mafia und den Leuten, die ihm aus unerklärlichen Gründen nachstellten, eine Verbindung bestand, rätselte sie immer noch daran herum. Was hatte der Tod von Brodkas Mutter mit den gefälschten Bildern zu tun?

Juliette lag stundenlang wach im Bett und versuchte vergeblich, Claudio aus ihrem Gedächtnis und, was noch schwieriger war, aus ihren Gefühlen zu verdrängen. Sie hätte nie geglaubt, daß sie in ihrem Alter wegen eines Mannes noch Herzklopfen und Schweißausbrüche bekommen könnte. Dabei war sie sich darüber im klaren, daß Claudio nur ein Abenteuer war, ein Traum.

Vergiß ihn, sagte sie sich. Vergiß ihn.

Sie erschrak, als das Telefon summte. Es war kurz vor vier und noch dunkel. Leise fluchend nahm sie den Hörer ab.

Es war Claudio.

»Du bist verrückt!« schimpfte Juliette. »Weißt du eigentlich, wie spät es ist?«

»Giulietta«, sagte Claudio beschwichtigend. »Giulietta, was soll ich tun? Ich liebe dich. Ich ...«

»Unsinn, Claudio. Was du als Liebe bezeichnest, ist bloß ein bißchen Vergnügen und Sex. Wir sollten das ganze vergessen.«

Juliette wußte, daß sie zu schroff gewesen war, und es schmerzte sie, weil sie noch immer Gefühle für diesen Mann hegte. Sie wollte sich entschuldigen, ihm sagen, daß es nicht so gemeint war, daß er ihr auch jetzt nicht gleichgültig sei; doch noch ehe sie dazu kam, antwortete Claudio. Seine Stimme klang, als hätte er einen Frosch im Hals.

»Entschuldige, Giulietta. Ich habe es einfach nicht mehr ausgehalten. Ich mußte dir noch einmal sagen, wie sehr ich dich liebe. Ich verstehe, daß es keinen Sinn hat mit uns beiden. Aber ich bin immer für dich da. Das sollst du wissen.«

Dann legte er auf.

Allmählich graute der römische Morgen; der Verkehr auf der Via Veneto erwachte. Juliette stand auf, stellte sich unter die Dusche und ließ abwechselnd kaltes und heißes Wasser auf ihr Gesicht prasseln.

Für halb acht waren sie und Brodka zum Frühstück verabredet, denn um acht erwarteten sie Arnolfo Carracci.

Doch statt des alten Hausdieners erschien ein junger Mann, der sich als Baldassare Cornaro vorstellte. Er bringe einen Brief von Signore Carracci, seinem Onkel, der es für besser halte, hier nicht mehr zu erscheinen. Alles Nähere stehe in dem Brief.

Juliette nahm den an sie adressierten Umschlag entgegen und schaute Brodka ratlos an. Was war geschehen?

Brodka witterte eine List und folgte, kaum daß Carraccis Neffe sich verabschiedet hatte, dem jungen Mann auf die Straße. Er sah gerade noch, wie dieser in einen kleinen Lieferwagen mit der Aufschrift »Baldassares Pizza-Service« stieg und in Richtung Piazza Barberini davonfuhr.

An einem ruhigen Platz in der Hotelhalle öffnete Juliette den Umschlag mit bloßen Fingern. Brodka traute seinen Augen nicht, als sie ein Band hervorzog, das zu einer Schlinge geknüpft war. Ein Band von purpurner Farbe!

Dann lasen sie aufgeregt Arnolfos krakelige Zeilen.

Verehrte Signora!
Ich hoffe, Sie nehmen es mir nicht übel, daß ich nicht, wie vereinbart, in Ihrem Hotel erscheine. Ich habe Angst. Im Kalender von Signore Fasolino fand ich einen Eintrag: Hotel Excelsior, Zimmer 203. Sollte es sich dabei um Ihre Zimmernummer handeln, würde das bedeuten, daß Sie unter Beobachtung stehen, und unser Zusammentreffen könnte nicht geheim bleiben.
Zu meinem Bedauern hatte ich keine Möglichkeit, Sie telefonisch von der neuen Situation in Kenntnis zu setzen. Ich mußte davon ausgehen, daß jedes meiner Gespräche abgehört wird. Deshalb habe ich Ihnen meinen Neffen Baldassare Cornaro geschickt. Er ist der einzige Mensch, der sich um mich kümmert. Zufällig kam er am Abend vorbei, und ich konnte ihm diesen Brief mitgeben. Sie können ihm vertrauen.
Nur soviel: Fasolino ist bloß ein kleiner Fisch in einem großen Syndikat, dessen Drahtzieher hinter den Mauern des Vatikans verborgen sitzen, mächtige Männer in kostbaren Gewändern. Selbst der Papst, dessen Namen kaum noch jemand kennt, ist nur eine beklagenswerte Figur in ihren Händen. Manche glauben sogar, daß der Papst längst tot ist und sein Tod aus gewissen Gründen verheimlicht wird. Ich bin zu alt und habe nicht den Mut, diese Verschwörung aufzudecken.
Die beiliegende Purpurschlinge ist aus Seide und das geheime Zeichen dieser Vereinigung. Soweit ich in Erfahrung bringen konnte, wird sie sowohl als Auszeichnung für besondere Taten, als Trophäe und als Schlüssel verwendet, der Zugang zu geheimen Orten und Zusammenkünften gewährt.
Sollte ich Sie mit meinen Informationen neugierig gemacht haben und sollten Sie noch immer an Beweisen interessiert sein, Ihren Fall betreffend, schlage ich vor, sich heute kurz vor

Sonnenuntergang im Campo Santo Teutonico einzufinden. Ich werde dort sein, sofern ich nicht unerwartet verhindert bin.
Nehmen Sie, Signora, den Ausdruck meiner Hochachtung entgegen.
Ihr ergebener Arnolfo Carracci, Diener.

Post scriptum: Da mein Konto Signore Fasolino bekannt ist, möchte ich Sie bitten, die finanziellen Angelegenheiten mit meinem Neffen Baldassare zu regeln. Er wohnt in der Via Sale 171. Entschuldigen Sie meine Schrift – ich bin in großer Eile.

Brodkas Hände zitterten, als er Juliette die Purpurschlinge aus der Hand nahm. Nachdenklich ließ er das geknüpfte Seidenband durch die Finger gleiten. Er schüttelte den Kopf. Schließlich blickte er Juliette an und meinte: »Ich begreife das alles nicht. Was haben wir mit diesen Leuten zu schaffen?«

Juliette war blaß geworden. »Wir müssen weg von hier«, sagte sie leise und mit gepreßter Stimme. »Wahrscheinlich stehen wir längst unter Beobachtung.«

Da nahm Brodka ihre Hand und drückte sie. »Du hast recht. Wir müssen aus dem Fadenkreuz dieser Gangster verschwinden. Paß auf. Du gehst jetzt auf dein Zimmer und packst deine Sachen. Ich begleiche in der Zwischenzeit unsere Hotelrechnungen. Dann hole ich meine Reisetasche, und wir verschwinden über die Hintertreppe in den Keller.«

»Was sollen wir im Keller?«

»Wir verschwinden durch den Hinterausgang. Und den erreicht man fast immer durch den Keller.«

Brodkas Plan ging auf. Seit sie Arnolfos Brief gelesen hatten, waren gerade dreißig Minuten vergangen. Vorbei an der Küche und der dahinter gelegenen Wäscherei waren Brodka und Juliette beinahe unbemerkt zu einer Tiefgaragenzufahrt gelangt, die ins Freie führte.

»Hast du dir überhaupt schon Gedanken gemacht, wohin wir sollen?« fragte Juliette, während sie mit ihrem Gepäck die steile Rampe emporstiegen.

»Ehrlich gesagt, nein«, erwiderte Brodka. »Hauptsache, weg von hier, aus diesem Hotel, wo jeder unserer Schritte beobachtet wird. In Rom gibt es Tausende von kleinen Hotels und Pensionen. Da wird wohl eines dabei sein, in dem wir unbemerkt für ein paar Tage untertauchen können.«

Brodka stellte seine Tasche neben Juliettes Koffer und bat sie zu warten; er wolle ein Taxi holen. Er vermied es bewußt, um den Häuserblock herum zur Via Veneto zu gehen, weil dort größere Gefahr bestand, entdeckt zu werden. Also ging er in die entgegengesetzte Richtung, wo der Straßen- und Taxiverkehr längst nicht so dicht waren.

Nach zehn Minuten hatte er Glück. Ein Taxifahrer mit einem zerbeulten Renault hielt an und fragte, wo es hingehen sollte. Brodka hatte Mühe, dem Fahrer klarzumachen, daß er ein paar Straßen weiter seine Frau abholen wollte, um sich mit ihr gemeinsam auf die Suche nach einer ruhigen kleinen Pension zu machen.

Brodka ließ den Taxifahrer vor der Rampe halten, an der eine sichtlich nervöse Juliette wartete. Wie sie mit ihren Koffern am Straßenrand stand, machte sie einen offenbar armseligen Eindruck, denn der Fahrer verlangte eine Vorauszahlung, bevor er sich bereit erklärte, die Fahrt anzutreten, was selbst in Anbetracht römischer Verhältnisse unüblich ist.

Als Brodka dem Fahrer jedoch, zwischen Zeige- und Mittelfinger geklemmt, 50 000 Lire reichte, hellte sich dessen bis dahin skeptische Miene auf und wich freudiger Erregung, die in der Aussage gipfelte, gerade eben falle ihm ein Albergo ein, in Richtung Monte Mario gelegen, nicht weit entfernt von der Piazza Giuseppe Mazzini. Das Albergo Waterloo.

Gut, meinte Brodka, wenn es nicht gerade am anderen Ende der Stadt sei.

Der Fahrer beteuerte bei der heiligen Francesca und dem Leben seiner gleichnamigen Mutter, länger als eine halbe Stunde würde die Fahrt nicht dauern, und die Anzahlung dafür sei ausreichend.

Natürlich war die Ankündigung des Fahrers hoffnungslos untertrieben; die Fahrt währte beinahe doppelt so lange wie veranschlagt. Dafür erwies sich das Albergo Waterloo als gemütliche Pension mit einem Apartment unter dem Dach und Blick auf den Monte Mario; der Gast mußte allerdings vier Stockwerke auf einer Wendeltreppe hinter sich bringen.

Während sie gespannt auf den Abend warteten, um Fasolinos Hausdiener zu treffen, zog Brodka zum wiederholten Male dessen Brief aus der Tasche. Er ließ die Purpurschlinge durch die Finger gleiten; dann las er, was Arnolfo darüber zu sagen wußte. Vor seinen Augen tauchte das Bild der toten Nora Molnar auf, ihre Wohnung in dem heruntergekommenen Haus an der Wienzeile. Er dachte an Titus, diesen rätselhaften Expriester, der so plötzlich und ohne Erklärung aus München verschwunden war und von dem Brodka nicht wußte, ob der Mann ihn bespitzelte oder seine Hilfe brauchte. Bei Titus hatte er eine solche Purpurschlinge gesehen. War sie eine Auszeichnung gewesen, eine Trophäe oder ein Schlüssel, wie Arnolfo schrieb?

Das würde bedeuten, daß Titus zu dieser geheimen Bruderschaft zählte. Wieso versteckte er sich dann? Wieso hatte er dann eine so schreckliche Angst vor der ›Heiligen Mafia‹?

Kein Zweifel, Arnolfo wußte mehr über diesen Geheimbund oder was immer es sein mochte – und er war sich der Tragweite seines Wissens bewußt. Er schrieb sogar von einer Verschwörung. Doch Brodka fand nicht den Hauch einer Erklärung dafür, weshalb er – und vielleicht auch Juliette – Ziel dieser Verschwörer geworden sein konnten.

Brodka steckte den Brief und die Schlinge in den Umschlag zurück und trat ans Fenster. Der Tag war mild, und über der Stadt lag jener gelbe Dunst, der schon in geringer Entfernung alle Konturen verschwimmen läßt.

Während Juliette den Inhalt des Gepäcks in einem rötlich gemaserten Ungetüm von Schrank verstaute, dachte Brodka darüber nach, welche Schwachstellen sein Leben aufwies. Jeder Mensch, jedes Leben besitzt solche Schwachstellen, welche Feinden die Möglichkeit bieten, sich in ein fremdes Dasein zu drängen.

Brodka mußte an seine Ehe denken, die vor zehn Jahren zerbrochen war. Nein, da boten sich keine Angriffspunkte. Es war eine einvernehmliche, saubere Trennung gewesen, und er hatte seiner Frau eine großzügige Abfindung bezahlt. Und was sein Berufsleben betraf – gewiß, er hatte sich nicht nur Freunde geschaffen, und mancher Kollege, dem er die besten Aufträge wegschnappte, hatte ihm wahrscheinlich die Pest an den Hals oder Schlimmeres gewünscht. Aber um irgendwelche Rachewünsche zu befriedigen, hätte es nicht dieses umständlichen Aufwandes bedurft, mit dem die Unbekannten ihm nachstellten. Und seine Beziehung zu Juliette? Ja, die war natürlich ein Angriffspunkt in seinem Leben. Aber seit Collin Bescheid wußte, waren die Fronten geklärt, und Collin hatte gezeigt, daß er auf eigene Faust kämpfen wollte. Es war mehr als unwahrscheinlich, daß Juliettes Mann eine Verbrecherorganisation auf ihn angesetzt hatte. Außerdem waren die Unbekannten schon hinter ihm her gewesen, bevor Collin vom Verhältnis Brodkas mit seiner Frau erfahren hatte.

»Was grübelst du, Brodka?« Juliettes Stimme kam von ganz weit her.

Brodka drehte sich um. Entgegen ihrer Gewohnheit hatte Juliette sich betont unauffällig gekleidet. Sie trug Jeans und einen weiten, dünnen Pullover mit breitem Ausschnitt.

»Ich denke über den Inhalt des Briefes nach«, entgegnete er, »vor allem versuche ich seinen Inhalt mit den Geschehnissen der letzten Monate in Verbindung zu bringen.«

»Und? Mit welchem Ergebnis?«

Brodka schüttelte den Kopf. »Das alles ist so verwirrend, und durch Arnolfos Andeutungen wird die Sache noch unüberschaubarer.«

»Vielleicht wissen wir heute abend mehr. Wann sollen wir uns mit Arnolfo treffen?«

»Kurz vor Sonnenuntergang, schreibt er.«

»Ach ja. Eine merkwürdige Zeitangabe. Findest du nicht auch?«

»Allerdings«, meinte Brodka.

»Auch der Treffpunkt ist ungewöhnlich. Warum mag er sich den Campo Santo Teutonico ausgesucht haben?«

Brodka legte den Kopf zur Seite und zog eine Schulter hoch. »Keine Ahnung. Carracci wird schon seine Gründe haben. Vermutlich hat er den Ort gewählt, weil er ihm sicher erscheint. Was meinst du, kann man ihm trauen?«

Nach kurzem Nachdenken – wie stets nahm Juliette dabei die Haltung eines Schulmädchens ein, den Zeigefinger auf die Lippen gedrückt, was Brodka an ihr besonders liebte – antwortete sie: »Arnolfo hat uns eigentlich schon zu viel gesagt, als daß er ein falsches Spiel mit uns treiben könnte. Nein, ich glaube, er ist bitter enttäuscht über die Undankbarkeit der Fasolinos. Ich kann ihn verstehen.«

Brodka nickte.

Der Campo Santo Teutonico liegt im Schatten von St. Peter, an der linken Außenmauer des Langhauses, ein uralter kleiner Friedhof mit verwitterten Grabplatten berühmter Deutscher. Seine Geschichte geht bis auf Karl den Großen zurück, der dem Papst dieses Stückchen Land abkaufte und einen Teil geschenkt bekam.

Als Brodka und Juliette diesen einnehmenden Flecken Erde betraten, glaubten sich beide für einen Augenblick im Elysium, dem Wohnsitz der Seligen, und sie blieben ergriffen stehen. Überragt von der gewaltigen, im tiefen Sonnenlicht leuchtenden Kuppel, tat sich eine Bühnenarchitektur auf: Fenster, Bögen und Pilaster vor malerischem Hintergrund, kitschig schön wie ein Gemälde von Anselm Feuerbach. Zwischen den Grabsteinen wuchsen dunkle, spitze Zypressen und Palmen, die vom Abendlicht vergoldet wurden und in denen ein leises, geheimnisvolles Rauschen erklang.

Ansonsten war es still. Die Tagestouristen, in der Hauptsache Deutsche und Japaner, waren längst verschwunden. Juliette zupfte Brodka am Ärmel. Sie sagte kein Wort und wies mit dem Kopf in die hinterste Ecke des Campo Santo, wo Arnolfo auf einer Grabmauer saß, die Hände in den Taschen eines dunklen Mantels vergraben.

Als Juliette und Brodka näher kamen, bemerkten sie die seltsam verkrümmte Haltung Arnolfos, der die Augen geschlossen hielt.

»Signore Arnolfo«, sagte Juliette leise, während sie vor den alten Mann hintrat.

Der zeigte keine Reaktion.

»Was ist mit ihm, Brodka?« sagte Juliette mit hoher, gepreßter Stimme.

Brodka kniete sich vor Arnolfo hin, nahm seine Hand. Sie war warm. So gut er konnte, versuchte er Arnolfos Puls zu fühlen, jedoch vergeblich. Dann preßte er ein Ohr an die Brust des Mannes. Nichts. Doch er sah, daß sich der Brustkorb Carraccis langsam hob und senkte.

»Er atmet«, sagte Brodka und schaute zu Juliette auf. »Wir müssen einen Arzt holen. Da« – er wies zum Eingangsportal –, »sieh zu, ob du einen Küster findest oder irgend jemanden, der den Notarzt verständigt. Ich bleibe solange hier.«

So schnell sie konnte, rannte Juliette los.

Inzwischen redete Brodka mit ruhiger Stimme auf Carracci ein: »Signore Arnolfo, können Sie mich verstehen?«

Zuerst zeigte der alte Mann keine Reaktion.

»Was ist mit Ihnen? Haben Sie Schmerzen?« Brodkas Stimme wurde eindringlicher.

Plötzlich begann Arnolfo zu röcheln, leise zuerst, dann immer lauter, bis er schließlich keuchend nach Luft schnappte, als wäre er kurz vor dem Ersticken aus dem Wasser aufgetaucht.

Gott sei Dank, er lebt, dachte Brodka und beobachtete, wie Arnolfo den rechten Arm hochhob, als wollte er auf etwas zeigen. Doch es blieb bei dem Versuch. Arnolfo ließ den Arm sinken und drohte von der Mauer vornüber auf den Boden zu stürzen. Brodka fing ihn auf und lehnte ihn ans Mauerwerk.

Aus der Ferne näherte sich Sirenengeheul. Kurze Zeit später kam Juliette im Laufschritt mit einem Notarzt und zwei Sanitätern.

»Er lebt«, sagte Brodka drängend. »Beeilen Sie sich!«

Während die Sanitäter Carracci auf eine Bahre legten, überprüfte der Notarzt seine Augenreflexe und setzte eine Infusion.

»Wie heißt der Mann?« fragte der Arzt, als er sich bereits zum Gehen wandte.

»Arnolfo Carracci«, erwiderte Juliette hastig.

»Sind Sie verwandt?«

»Nein. Er ist ein flüchtiger Bekannter. Signore Carracci hat nur einen Verwandten. Einen Neffen, Baldassare Cornaro, Via Sale 171. – Wo bringen Sie ihn hin?«

»Ospedale Santo Spirito!« rief der Notarzt zurück. Dann waren die Männer verschwunden.

Juliette ließ sich auf der Grabmauer nieder, auf der kurz zuvor noch Arnolfo gesessen hatte. Bedrückt starrte sie ins Leere.

Als Brodka sich zu ihr gesellte, legte sie, Schutz und Wärme suchend, ihre Hand auf seinen Schenkel.

»Manchmal«, sagte Brodka mit müder Stimme, »habe ich den Eindruck, die ganze Welt hat sich gegen uns verschworen.«

Ohne auf Brodkas Bemerkung einzugehen, meinte Juliette: »Es war wohl die Aufregung. Ob er durchkommt?«

»Hoffen wir's. Ich wünsche es ihm von Herzen – und uns natürlich auch.«

»Hat er noch etwas gesagt?«

»Nein, aber ich hatte den Eindruck, als wollte er mir noch irgend etwas mitteilen. Es war schrecklich, wie der arme Kerl sich abgemüht hat. Dann hob er plötzlich den Arm«, Brodka ahmte die Bewegung nach, »und hat in diese Richtung gewiesen, als wollte er mir irgend etwas zeigen, aber ...« Brodka verstummte abrupt und starrte nach vorn.

Juliette, die ihn fragend anblickte, erschrak: Brodka war kreidebleich. Es schien, als sei alles Blut aus seinem Gesicht gewichen. Juliette faßte ihn an den Oberarmen, schüttelte ihn. »Brodka? Brodka!«

Apathisch ließ Brodka es geschehen, den Blick starr nach vorn gerichtet. Erst als Juliette ihm mit der Rechten kräftig auf die Wange schlug, kam er wieder zu sich. Er starrte Juliette an, als hätte er eine Fremde vor sich; dann wies er auf das Grab gegenüber und sagte nur: »Da!«

Juliette begriff nicht. Es war ein frisches Grab mit einem schlichten, modernen Grabstein, eine Ausnahme auf diesem

Friedhof, auf dem fast alle Gräber mehr als hundert Jahre alt waren. Auch der reiche Blumenschmuck unterschied diese Begräbnisstätte von den anderen.

»Was ist denn, Brodka?«

»Die Inschrift auf dem Grabstein!«

Juliette betrachtete den Stein. ›C. B. 13. Januar 1932 – 21. November 1998‹, war darauf eingemeißelt.

»Das sind die Lebensdaten meiner Mutter, Juliette! ›C. B.‹ steht für ›Claire Brodka‹!«

Unsinn, lag es Juliette auf der Zunge. Dir spielen wieder mal die Nerven einen Streich. Daß Geburts- und Sterbedatum übereinstimmen, ist ein Zufall, nichts weiter, was auch für die Namensinitialen gilt. Dann aber dachte sie intensiver darüber nach und wurde mehr und mehr von Zweifeln erfüllt. Zufall? Nein, einen solchen Zufall konnte es nicht geben.

»*Das* war es, worauf Arnolfo mich aufmerksam machen wollte«, sagte Brodka aufgeregt. »Das war der Grund, warum er uns ausgerechnet hierher bestellt hat.« Er blickte Juliette an und fuhr beinahe im Flüsterton fort: »Juliette, sag mir, daß ich nicht verrückt bin. Lies vor, was auf diesem Grabstein steht. Lies es vor, damit ich es mit eigenen Ohren höre.«

»Du tust mir weh«, protestiere Juliette, so fest hielt Brodka ihren Arm.

»Bitte, lies es vor«, wiederholte er flüsternd.

Sie las die Inschrift auf dem Grabstein.

Brodka nickte bei jedem ihrer Worte. Dann ließ er sich schwerfällig wie ein alter Mann auf der Mauer nieder, auf der kurz zuvor noch Arnolfo gesessen hatte.

»Juliette«, sagte er leise. »Du mußt mir helfen, aus diesem Labyrinth herauszufinden.«

Kapitel 8

Wie jeden Dienstag, außer in der Karwoche oder wenn ein hohes Kirchenfest auf diesen Tag fiel, verließ Alberto Fasolino sein Haus in der Via Banco Santo Spirito, um sich zur nahen Kirche San Giovanni zu begeben, wo der Kirchenchor sich zur Gesangsprobe versammelte. Wenngleich Fasolino alles andere als ein begabter Sänger war, hatte seine Teilnahme an diesem wöchentlichen Ereignis einen praktischen Grund. Es war keineswegs die jedem Römer angeborene Frömmigkeit, die ihn zum Besuch der Chorproben bewegte; vielmehr kam er dem Wunsch seiner Frau Anastasia nach. Und die hatte gute Gründe, daß sie Alberto dienstags aus dem Haus haben wollte.

Kaum hatte Fasolino das Haus verlassen, näherte sich vom Corso Vittorio Emanuele der dunkle Volvo Kardinal Smolenskis. Seine Eminenz höchstselbst saß am Steuer. Smolenski trug einen zivilen schwarzen Anzug, so daß jene, die ihn nur in seinem Purpur oder klerikalen Prunkgewändern kannten – und das waren die meisten –, ahnungslos an ihm vorbeischauten.

Aus welchem Grund der Kardinalstaatssekretär, wie übrigens die meisten Mitglieder der Kurie, sich einer Limousine aus einem Land bediente, in dem man eher einen Trüffel als einen Katholiken findet, blieb sein Geheimnis. Jedenfalls parkte Smolenski sein protestantisches Gefährt einen Straßenzug weiter, damit kein Verdacht aufkam, und ging dann mit einem Aktenkoffer in der Linken die paar Schritte zurück bis zum Haus Fasolinos, wo er sich durch ein dreimaliges Klingelzeichen bemerkbar machte.

Wer Smolenski vor der Tür stehen sah, hätte ihn für alles mögliche halten können, nur nicht für den Kardinalstaatssekretär, den zweithöchsten Mann im Vatikan. Smolenski war ein Mensch mit zwei Gesichtern; genaugenommen hatte er sogar drei, und jedes dieser Gesichter führte ein eigenes Leben, geschützt durch eine Mauer des Schweigens.

Niemand konnte dem unscheinbaren Mann vor der Tür ansehen, welche Macht von ihm ausging. Smolenski war gerade mal eins sechzig groß, also von jener Gnomenhaftigkeit, die Männer zu gefährlichen Ungeheuern machen kann, wie die Geschichte lehrt. Seine gewohnte Miene besaß etwas Raubvogelhaftes, doch konnte er diese Physiognomie in Sekundenschnelle verwandeln und scheinbare Güte und Freundlichkeit ausstrahlen, als wäre er einer von den 140 Heiligen auf den Kolonnaden von St. Peter.

Über die natürliche Farbe seines schütteren Haares stellten selbst die Menschen in seiner unmittelbaren Umgebung nur Vermutungen an, denn Smolenski hatte sein Haar – wie auch seine Augenbrauen – pechschwarz gefärbt und straff nach hinten gekämmt, was seine hohe Stirn noch höher erscheinen ließ und ihm – durchaus erwünscht – etwas Professorales verlieh. Sein Blick aus den dunklen Augen war stechend und vermochte sein Gegenüber zu durchbohren.

Aus Gewohnheit rauchte Smolenski daumendicke billige Zigarren und pflegte die kalten Stumpen oft tagelang zwischen den Lippen zu halten. Was seine persönlichen Dinge betraf, war Smolenskis Sparsamkeit geradezu krankhaft; selbst der Aktenkoffer, den er ständig mit sich führte, hatte mit dieser neurotischen Sparsucht zu tun: Er enthielt unter anderem ein Säckchen mit Metallplättchen verschiedener Größe, mit denen der Kardinalstaatssekretär mit Vorliebe Parkuhren, Telefone und die verschiedensten Automaten fütterte, was ihm jedesmal eine tiefe Befriedigung verschaffte.

Nach außen hin schien Smolenskis Luxus sich auf seinen wuchtigen Kardinalsring am rechten Ringfinger zu beschränken, was aber in doppelter Hinsicht ein Trugschluß war; denn zum einen frönte der Kardinalstaatssekretär durchaus dem schnöden Prunk, zum anderen waren der Rubin und die Brillanten, die den Kardinalsring zierten, lediglich die Nachbildungen kostbarer Steine, die zu Beginn der neunziger Jahre bei Sotheby's für eine Viertelmillion Pfund versteigert worden waren.

Viktor Smolenski war an Lichtmeß des Jahres 1920 als neuntes Kind einer Bauernfamilie in einem kleinen, ärmlichen Dorf geboren worden, was vermutlich der Grund für seine krankhafte Sparsamkeit war. Der einzige Reichtum des Dorfes bestand aus einer Kirche und einem Ackergaul, der auf unerklärliche Weise den Krieg überlebt hatte, was die Bewohner als Wunder betrachteten.

Smolenskis Vater hingegen war eines Tages spurlos verschwunden, und die Mutter sah nur eine Möglichkeit, ihre Kinder durchzubringen: indem sie die sieben Jungen auf sieben verschiedene Priesterseminare verteilte. Für die beiden Mädchen konnte sie gerade noch selbst sorgen.

Wie sich später herausstellte, war Smolenskis Vater nicht tot, sondern hatte die Gunst der Stunde genützt, um die vielköpfige Familie zu verlassen. Seine Tat wäre vermutlich verborgen geblieben, hätte er nicht im Jahre 1933 Schlagzeilen gemacht, als er eine Prostituierte, mit der er seit Jahren zusammenlebte, mit einem Messer zerstückelte und die Leichenteile im Tagesabstand in den Fluß warf.

Der junge Smolenski war nie damit fertiggeworden, weder

durch die ihm anerzogene Frömmigkeit noch durch ein ausschweifendes Leben, dem er sich bisweilen hingegeben hatte. Nun, im Alter, erlangte er wahre Befriedigung nur dienstags im Hause Fasolino.

Sein Besuch galt freilich nicht Signore Fasolino, sondern dessen Frau Anastasia, mit der sich am genannten Tag eine seltsame Wandlung vollzog.

Anastasia empfing Smolenski in einem Boudoir im zweiten Stock des Hauses, zu dem ihr Mann Alberto keinen Zutritt hatte, obwohl ihm durchaus bekannt war, was dort in seiner Abwesenheit vor sich ging. Wie jeden Dienstag trug Anastasia einen langen Hausmantel aus fließender schwarzer Seide, der vorne offenstand und ein wenig Einblick gewährte auf das, was sich darunter verbarg. Albertos Frau war nicht mehr die jüngste, doch ihre pralle Weiblichkeit und die in ihrem Charakter verwurzelte herrische Art wirkten auf gewisse Männer äußerst anziehend.

So auch auf Smolenski. Der entledigte sich, ohne daß es zwischen den beiden zu einem erwärmenden Wortwechsel gekommen wäre, seines schwarzen Anzugs und der purpurfarbenen Unterwäsche und stand plötzlich, nackt und verschämt, mit dickem Bauch und dünnen Beinen, auf dem rotgemusterten Orientteppich inmitten des Zimmers. Ein neunflammiger Kerzenleuchter auf einer sperrigen Barockkommode hüllte den Raum, der mit plüschigem Mobiliar ausgestattet war, in sanftes Licht.

Man hätte meinen können, Smolenski fröstelte; in Wahrheit war er so erregt, daß er am ganzen Leibe zitterte. Und als Anastasia vor ihn hintrat, ihren Seidenmantel öffnete und zu Boden gleiten ließ, kniete Smolenski nieder wie beim Sanctus und blickte verzückt zu der Herrin empor, als wäre sie die Jungfrau Maria persönlich.

Anastasia trug schwarze Stiefel mit hohen, spitzen Absätzen. Ihre stämmigen Schenkel wurden von schwarzen Strümpfen verhüllt und von breiten Strumpfbändern gehalten, die mit Schleifchen an einem Korsett befestigt waren, das ihren üppigen Körper einzwängte. Ihre Haut war milchigweiß, und ihr grelles Make-up glich einem expressionistischen Gemälde.

Nachdem Anastasia auf einem abgewetzten Fauteuil Platz genommen und die Beine übereinandergeschlagen hatte wie eine billige Hure, kroch Smolenski auf allen vieren auf sie zu und küßte ihre Stiefel. Dieses Treiben bereitete dem Kardinalstaatssekretär so viel Lust und Wonne, daß er schmatzte und grunzte wie ein Schwein vor dem Trog; nach langer Ergötzung, die auch Anastasia nicht kaltgelassen hatte, sank er auf den Teppich und blieb bäuchlings liegen wie nach einem teuflisch guten Orgasmus.

Bis zu diesem Augenblick hatten die beiden kaum ein Wort gesprochen, weil das Ritual, das seit Jahren in dieser Form ablief, keiner besonderen Wünsche oder Erklärungen bedurfte. Es ging rein zeremoniell vor sich wie ein Pontifikalamt; nur war nicht Smolenski der Zeremonienmeister, sondern Anastasia.

»Schaff mir so schnell wie möglich dieses Weibsstück aus Deutschland vom Hals!« geiferte Anastasia unvermittelt. »Sie war hier. Die Frau ist gefährlich – und sie ist intelligent.«

Der nackte Kardinalstaatssekretär stützte sich auf die Unterarme und blickte auf einen zähnefletschenden Keramik-Leoparden in der Ecke. »Glaub mir«, erwiderte er, »sie wird dich nicht mehr lange belästigen. Ich brauche sie noch, denn sie ist eine wichtige Figur in meinem Schachspiel. Ich konnte ja nicht ahnen, daß diese Frau in Rom auftaucht, gleichsam in der Höhle des Löwen.«

Smolenski lachte und erhob sich. Während er sich mit großer Sorgfalt anzog, wobei er die Dienste eines fast blinden Standspiegels in Anspruch nahm, fragte er Anastasia: »Hast du etwas Neues von deinem Neffen gehört?«

Anastasia machte eine wegwerfende Handbewegung und rückte die hervorquellenden Brüste in ihrem Korsett zurecht. »Er hält sich angeblich in München auf. Er hat mich angerufen und um Geld gebeten.«

»Und? Hast du ihm welches geschickt?«

»Nein, keine Lira. Weißt du etwas Neues?«

»Soweit mir bekannt, hat er seinen Auftrag immer noch nicht erfüllt. Er ist ein Trottel; aber vielleicht kann er uns noch einmal nützlich sein. Er ist ein verdammt guter Schütze.«

Von San Giovanni schlug die Turmuhr.

Anastasia schlüpfte eilig in ihren Hausmantel. »Es ist neun«, sagte sie. »Höchste Zeit, wenn du meinem Sängerknaben nicht über den Weg laufen willst.«

Smolenski nickte. Er zupfte sich seine silbergraue Krawatte zurecht; dann öffnete er seinen Aktenkoffer, holte ein Bündel abgezählter Scheine hervor und legte es mit beiden Händen neben den Leuchter.

Und wie jeden Dienstag trat daraufhin Anastasia auf Smolenski zu, beugte ein Knie, nahm seine rechte Hand und küßte den Ring des Kardinals.

Mit Wohlgefallen nahm Smolenski die Huldigung entgegen.

Die Morgensonne spitzte durch das Fenster im Albergo Waterloo, als Juliette erwachte. Sie hatten bis in die späte Nacht geredet, Theorien entworfen und verworfen und am Ende festgestellt, daß sie keinen Schritt weitergekommen waren.

Die Annahme, Brodkas Mutter könnte auf dem Campo Santo neben der Peterskirche begraben worden sein, erschien unglaublich, ja widersinnig, und doch gab es deutliche Hinweise. Der alte Kammerdiener mußte irgend etwas gewußt haben.

Als ihre Hand nach Brodka suchte, bemerkte Juliette, daß das Bett neben ihr leer war. Dann aber wurde ihr klar, wo sie ihn suchen mußte. Sie zog sich an, trank im Frühstücksraum eine Tasse Kaffee und machte sich auf den Weg zum Vatikan.

Auf dem Petersplatz war es noch ruhig. Nur vereinzelt hallten Stimmen über das weite Rund. Ein paar eilige Nonnen hasteten über das Pflaster.

Der deutsche Friedhof lag verlassen im Schatten hohen Mauerwerks. Vogelgezwitscher war zu vernehmen.

Juliette hatte sich nicht getäuscht. Brodka saß in der hintersten Ecke des Campo. Er hielt den Blick wie in Trance gen Himmel gerichtet. Als er Juliettes Schritte hörte, wandte er sich ihr zu.

»Ich dachte mir schon, daß ich dich hier finde«, sagte Juliette.

Brodka nickte. »Ich konnte nicht schlafen. Mir sind zu viele Gedanken durch den Kopf gegangen. Kurz nach Sonnenaufgang bin ich aufgestanden und hierher gefahren. Entschuldige, daß ich dir keine Nachricht hinterlassen habe.«

»Du brauchst dich nicht zu entschuldigen. Sag mir lieber, was du jetzt tun willst.«

Brodka blickte auf die Uhr, erhob sich und sagte: »Komm.« Dann nahm er ihre Hand.

Sie traten durch das Steinportal ins Freie. »Es muß doch einen Küster geben«, meinte Brodka, »irgend jemanden, der für den Campo Santo zuständig ist.«

Im Informationsbüro in den südlichen Kolonnaden erfuhren sie, daß der Friedhof außerhalb der Zuständigkeit der Verwaltung des Vatikans liege; allein das Deutsche Kolleg sei für den Campo Santo verantwortlich. Also kehrten sie an ihren Ausgangsort zurück und trafen in einem kahlen Raum mit weiß getünchten Wänden auf einen Kapuzinermönch. Er trug eine braune Kutte und die Frisur eines Cäsaren und saß an einem

Holztisch, dem einzigen Möbelstück. Er sprach mit süddeutschem Akzent; auf Brodkas dahingehende Frage erklärte der Mann, er käme aus dem Kloster St. Konrad im bayerischen Altötting, wo er zu seinem Leidwesen, wie er sich ausdrückte, einst die Bibliothek geleitet habe. Dann erkundigte er sich, was er für sie tun könne.

Brodka erklärte, es handle sich um das neu errichtete Grab auf dem Campo Santo, das die Initialen ›C. B.‹ trage, und bat um Auskunft, wer darin bestattet sei.

Der eben noch gesprächige Mönch erklärte sich mit einem Mal als nicht zuständig für Auskünfte dieser Art und verwies obendrein auf sein schlechtes Gedächtnis, an dem er seit einem Unfall leide, bei dem sein Schädel unliebsame Bekanntschaft mit einer Autotür gemacht habe. Die Ärzte hätten ihm – er pochte sich mit dem Knöchel auf den Kopf – eine Platte aus Silber in die Schädeldecke eingesetzt, was aber nichts daran geändert habe, daß sein Gedächtnis deutliche Ausfallerscheinungen zeige. Sie sollten sich an das Informationsbüro wenden.

Brodka seufzte tief und erklärte dem Kapuziner, sie seien vom Informationsbüro *hierher* geschickt worden; also müsse *er* doch wissen, wer jüngst auf dem Campo bestattet worden sei.

Der Mönch, wie alle Kanzelredner ein schlechter Schauspieler, tat so, als würde er nachdenken. Dann erwiderte er, daß er sich nicht erinnern könne. Es sei wohl am besten, wenn Brodka sich schriftlich an das Deutsche Kolleg wende; mit einer Antwort müsse er sich dann allerdings gedulden.

Juliette sah, wie Brodkas Gesicht rot anlief. Sie ergriff ihn am Arm, schob ihn mit sanfter Gewalt aus dem kahlen, kühlen Raum, der einen frösteln machte, und drängte ihn zur Piazza del Sant' Ufficio, die im Sonnenschein lag.

Die Fahrt zum Ospedale Santo Spirito verlief schweigsam. Brodka blickte düster aus dem Fenster.

Die Klinik lag am Lungotevere in Sassia, nicht weit vom Haus Fasolinos entfernt, jedoch am anderen Tiberufer und in Sichtweite des Vatikans. Das uralte, langgestreckte Gebäude wurde von einer Kuppel überragt und wirkte kalt und abweisend.

Es dauerte eine Weile, bis sie sich zu der Abteilung durchgefragt hatten, in die Arnolfo Carracci eingeliefert worden war. Die Treppen und Gänge erwiesen sich als Labyrinth und erinnerten Brodka an die Psychiatrische Anstalt in Wien.

Der zuständige Stationsarzt war ein unfreundlicher alter Mann, der die Pensionsgrenze längst überschritten hatte. Mürrisch führte er Brodka und Juliette in ein düsteres Besprechungszimmer, wo er sich zunächst nach ihrem verwandtschaftlichen Verhältnis zu Arnolfo Carracci erkundigte.

Als Brodka erklärte, er sei kein Verwandter Carraccis, habe den Mann aber in bedenklichem Zustand aufgefunden und seine Einweisung in die Klinik veranlaßt, rückte der Doktor seine randlose Brille zurecht und teilte mit der Routine eines Schalterbeamten mit, der Patient sei in den frühen Morgenstunden verstorben – das Herz. Er bedaure, ihnen diese traurige Nachricht mitteilen zu müssen.

Brodka und Juliette schauten sich betroffen an.

Ob er noch etwas für sie tun könne, fragte der Stationsarzt, wartete die Antwort aber gar nicht erst ab und meinte, dann dürfe er sich wohl verabschieden.

Als sie ins Freie traten, hätte Brodka beinahe laut geflucht. Der Tod des alten Mannes hatte ihm erneut seine eigene Ohnmacht vor Augen geführt. Er war zu der Überzeugung gelangt, mit Carraccis Hilfe in dem entnervenden Verwirrspiel wenigstens einen Schritt weiterzukommen. Allein der gewählte Treffpunkt im Campo Santo verriet Carraccis Wissen um ungeahnte Zusammenhänge. Nun aber stand er wieder vor einer schier unüberwindlichen Mauer.

Plötzlich stieß Juliette Brodka an. Auf der Straße vor der Klinik stand ein kleiner Fiat mit der Aufschrift: »Baldassares Pizza-Service«. Gewiß hätten sie den Wagen übersehen, wäre er nicht mitten auf dem Bürgersteig geparkt gewesen.

»Er ist bestimmt ins Krankenhaus gegangen, zu seinem Onkel. Wollen wir warten, bis er kommt?« fragte Juliette.

Brodka nickte.

Nach zehn Minuten, die sie schweigend verbrachten, erschien Baldassare. Er sah mitgenommen aus.

Brodka und Juliette traten auf ihn zu, sprachen ihm ihr Beileid aus und berichteten, daß sie mit Arnolfo ein Treffen vereinbart hatten.

Offenbar wußte Baldassare Bescheid, denn er beschränkte sich aufs Zuhören und stellte keine Frage. Auch als Brodka darauf hinwies, daß Carracci ihnen gewisse Informationen verkaufen wollte, nickte er bloß und hielt den Blick auf seine Schuhe gerichtet.

Schließlich schaute er auf. »Vielleicht kann ich Ihnen helfen. Onkel Arnolfo stand mir sehr nahe, müssen Sie wissen. Er hat mir erzählt, worum es sich handelt, und daß es ihm nicht bloß um finanziellen Gewinn ging.«

»Also wissen Sie, daß Ihr Onkel Geld von uns gefordert hat?« fragte Brodka.

Baldassare nickte. »Er hat es mir gesagt.«

»Hat er Ihnen auch gesagt, was er uns dafür bieten wollte? Ihr Onkel hat meiner Frau gegenüber Andeutungen gemacht, die von größtem Interesse für uns sind. Falls Sie uns sagen könnten, was er Ihnen erzählt hat, wären wir bereit, uns Ihnen gegenüber erkenntlich zu zeigen.«

Wie alle Italiener hatte Baldassare ein liebevolles Verhältnis zum Geld, und wie alle Italiener zeigte er Hemmungen, dies einzugestehen. Deshalb sagte er, obwohl er wahrscheinlich das Gegenteil meinte: »Signore, Geld ist nicht so wichtig, wenn ich Ihnen helfen kann. Außerdem ist es im Sinne von Onkel Arnolfo, Gott hab' ihn selig.«

So vereinbarten Brodka und Baldassare ein Treffen am folgenden Tag, an dem Juliette jedoch nicht teilnehmen konnte. Auf sie wartete eine gerichtliche Vorladung in München.

Vom Flughafen begab sich Juliette direkt in die Collinsche Villa im vornehmen Stadtteil Bogenhausen, um Kleidung und wichtige Papiere abzuholen. Sie hatte Angst, unvermittelt auf ihren Mann zu treffen; aber es war Vormittag, und um diese Zeit war ihr Mann mit ziemlicher Sicherheit in der Klinik.

Als sie die Haustür aufschloß, schlug ihr ein unangenehmer Geruch entgegen. Es roch, als wäre das Haus wochenlang nicht gelüftet worden. Im Salon türmten sich zwei Haufen Kleidungsstücke; es dauerte eine Weile, bis Juliette erkannte, daß es sich um ihre eigenen Kleider handelte.

Sie eilte in ihr Schlafzimmer im ersten Stock. Schranktüren und Schubladen standen offen. Hier hatte ein Wahnsinniger gewütet. Oder ein Betrunkener.

Bei diesem Anblick überkam Juliette eine unsagbare Wut. Sie rannte die Treppe hinunter, stürmte zum Telefon und bestellte ein Taxi.

Der Fahrer wußte nicht, wie ihm geschah, denn die wütende Frau feuerte ihn zur Eile an, als ginge es um ihr Leben. Vor der Collinschen Klinik angekommen, steckte Juliette dem Fahrer einen Schein zu, sprang aus dem Wagen und vergaß sogar die Tür zu schließen. Dann stürmte sie in die Klinik.

Die Sekretärin im Vorzimmer sprang auf, als sie die Frau des

Chefs kommen sah, brachte aber keinen Laut hervor. Juliette riß die Tür des Chefzimmers auf. Collin war nicht da.

Sie machte kehrt, wandte sich an die Sekretärin und fragte mit frostiger Stimme: »Wo ist er?«

Die Frau schluckte und wandte den Blick ab. Mühsam brachte sie hervor: »Es tut mir schrecklich leid, aber ...« Ihre Stimme versagte.

Juliette, die hinter der Schweigsamkeit der Frau eine Anordnung Collins vermutete, fuhr die Vorzimmerdame an: »Ich will wissen, wo mein Mann ist, verdammt noch mal!«

Die Sekretärin fand endlich die Sprache wieder und murmelte verschüchtert: »Folgen Sie mir bitte.« Sie führte Juliette über die Treppe in den dritten Stock bis vor eine Tür am Ende eines Korridors.

Juliette schlug mit der Hand auf die Klinke. Die Tür flog auf, und sie stürmte ins Zimmer.

Sie hatte sich nicht die geringsten Gedanken gemacht, was sie hinter der Tür erwarten würde. In ihrer Wut sah sie nur Collins Gesicht vor sich, hämisch grinsend wie stets in solchen Situationen.

Nun aber fuhr Juliette der Schreck durch alle Glieder. Collin saß in einem Rollstuhl. Sein Kopf war mit langen, funkelnden Schrauben aus Stahl fixiert und steckte in einer Art Schraubstock. In starrer Haltung wie eine ägyptische Statue blickte er auf Juliette. Es war ein fürchterlicher Anblick.

»Mein Gott!« stieß Juliette entsetzt hervor.

Offenbar von der Sekretärin seines Chefs alarmiert, betrat Collins Oberarzt den Raum, begleitet von einer Krankenschwester. Er nahm Juliette am Arm und bat sie, ihm zu folgen, doch Juliette riß sich los. »Was ist mit meinem Mann?« fragte sie. »Was ist passiert?« Sie blickte Collin an. »Hinrich, so sag doch etwas!«

Der Professor warf dem Oberarzt einen Blick zu und kniff die Augenbrauen zusammen, als wollte er etwas erwidern.

Doch an Collins Stelle entgegnete der Oberarzt: »Ihr Mann hatte einen schweren Autounfall. Er ist vom Hals abwärts gelähmt.«

»Gelähmt?« Juliette trat einen Schritt auf Collin zu und blickte ihm ins Gesicht. »Was ist passiert, Hinrich?« fragte sie zaghaft.

»Er kann nicht sprechen«, sagte der Oberarzt. »Aber sein Gehör ist intakt.«

»Ein Autounfall, sagten Sie?« fragte Juliette.

Der Oberarzt nickte.

Juliette schaute ihn an. »War er betrunken?« meinte sie, mit einem Blick auf ihren Mann.

Der Arzt schwieg.

»Armer Kerl.« In diesen beiden Worten lag das einzige Gefühl, das sie im Augenblick für Collin empfand: Mitleid.

Umsichtig führte der Oberarzt Juliette aus Collins Zimmer. Während sie über den langen Korridor gingen, suchte der Doktor nach tröstenden Worten. Schließlich sagte er: »Er hat darauf bestanden, in seiner eigenen Klinik behandelt zu werden. Dabei sind wir für so schwere Fälle gar nicht eingerichtet. Natürlich weiß er das; aber er sträubt sich gegen die Verlegung in eine Spezialklinik. Sie kennen ihn ja. Wenn er sich etwas in den Kopf setzt ...«

»Und er wird nie mehr laufen können?« Juliette blieb stehen.

»Ich will Ihnen keine falschen Hoffnungen machen. Es ist schlimmer als das. Der Professor wird den Rest seines Lebens in dem Gestell verbringen müssen, das Sie gesehen haben. Sein Körper muß auf dem Rollstuhl angeschnallt und der Kopf festgeschraubt werden. Es tut mir leid, Ihnen das sagen zu müssen.«

Nicht einmal die harte Wahrheit ließ in Juliette das Gefühl aufrichtiger Anteilnahme aufkommen, und sie haßte sich dafür. Nie hätte sie geglaubt, daß ihre Empfindungen Collin gegenüber so abgestumpft waren, daß sie nur noch Mitleid für ihn empfinden konnte. Sie dachte auch nicht an die Folgen, die dieser Unfall für sie selbst haben würde. Juliette fühlte sich innerlich leer.

Deshalb hörte sie kaum zu, als der Oberarzt erklärte: »Dank modernster Medizintechnik kann Ihr Mann sich wenigstens in einem Rollstuhl fortbewegen. Sie haben vielleicht den Löffel vor seinem Mund gesehen. Wenn er diesen Löffel in den Mund nimmt, kann er den Rollstuhl lenken – eine fantastische Erfindung.«

»Ja, eine fantastische Erfindung«, bemerkte Juliette bitter. Dann verabschiedete sie sich mit knappen Worten und verließ die Klinik, die noch immer den Namen ihres Mannes trug.

Juliette wollte nicht in die Villa zurück. Es war wie eine Sperre, ein unüberwindbares Hindernis. Sie wußte, daß sie dort nachgrübeln würde, über Collin und vor allem über sich selbst und ihre unerwartete, erschreckende Gefühlskälte ihrem Mann gegenüber. Deshalb fuhr sie zu Brodkas Wohnung, griff zum Telefon und versuchte Brodka in Rom anzurufen. Vergeblich.

Sie nahm die Postsendungen, die aus seinem Briefkasten hervorschauten, und legte sie auf seinen Schreibtisch, in der Absicht, sie für Brodka nach Rom mitzunehmen.

Noch einmal versuchte sie, Brodka zu erreichen; denn sie hatte das dringende Bedürfnis, mit jemandem zu reden. Sie wollte kein Mitleid, und sie brauchte niemanden, der mit ihr litt; denn ihr Leid hielt sich in Grenzen. Sie brauchte nur jemanden, dem sie erzählen konnte, was geschehen war.

Juliette überlegte.

Norbert. Ja, er war genau der Richtige. Er selbst hatte Juliette oft genug sein Herz ausgeschüttet, und sie hatte sich geduldig seine Geschichten aus dem Schwulenmilieu angehört.

Diesmal brauchte sie selbst einen Zuhörer.

Juliette wußte nicht, daß Norbert, der sie in seiner Wohnung herzlich empfing, längst über alles informiert war. Sämtliche Zeitungen hatten von dem entsetzlichen Unfall berichtet, bei dem Collin mit seinem Wagen in die Isar gestürzt war und um ein Haar im Autowrack ertrunken wäre. Doch Norbert war feinfühlig genug, den Überraschten und Schockierten zu spielen. Er ließ Juliette erzählen. Es tat ihr sichtlich gut.

»Manchmal«, sagte sie nachdenklich, nachdem sie sich die Erlebnisse der vergangenen Stunden von der Seele geredet hatte, »manchmal glaube ich, das alles nimmt keine Ende mehr, so viel Schlimmes ist in letzter Zeit passiert. Nun auch noch das. Jetzt komme ich nie mehr von ihm los.«

»Was meinst du damit?« fragte Norbert verwundert.

Juliette ließ den Kopf hängen. Norbert sollte nicht sehen, daß sie feuchte Augen hatte. »Ich wollte mich von Hinrich scheiden lassen und Brodka heiraten.«

»Ja, und? Hast du deine Meinung geändert?«

»Ich kann mich doch nicht von einem Krüppel scheiden lassen, der vom Hals abwärts gelähmt ist ...«

Norbert dachte nach, wobei er die fünf Finger seiner linken und die vier seiner rechten Hand betrachtete. Dann meinte er: »Einen schalen Beigeschmack hätte die Scheidung in dieser Situation natürlich schon. Aber wenn dein Mann ein anständiger Kerl ist, reicht *er* die Scheidung ein.«

»Hinrich – ein anständiger Kerl? Daß ich nicht lache. Er wird seine Situation ausnutzen, um mich weiter zu quälen und zu demütigen. Schlimmer als zuvor.«

»Dann verstehe ich nicht, was dich daran hindern sollte, dich von ihm scheiden zu lassen. Dein Mann hat Geld genug, um eine ganze Truppe von Pflegern zu bezahlen.«

»Wahrscheinlich hast du recht«, murmelte Juliette. »Würde ich bei ihm bleiben, würde er mir das Leben noch mehr zur Hölle machen.«

Norbert setzte sich an den Flügel, der beinahe die Hälfte seiner Mansarde einnahm. Er griff ein paar sanfte Akkorde, aus denen sich eine Melodie entwickelte: »As Time Goes By.« Juliette konnte sich nicht erinnern, Norbert jemals davon erzählt zu haben, was sie mit dieser Melodie verband.

»Warum spielst du das?«

»Warum?« Norbert runzelte die Stirn. »Das Stück gefällt mir. Jeder Barpianist beherrscht es im Schlaf. Gefällt es dir nicht?«

»O doch, sehr. Für mich hat es nur eine ganz besondere Bedeutung.«

»Mit den meisten Musikstücken verbinden wir eine besondere Bedeutung. Meist sind es schöne Erinnerungen, die durch den Klang neu belebt werden. Wir Barpianisten leben davon. Laß mich raten: Brodka.«

Juliette nickte. »Es ist nun schon über drei Jahre her. Es war in New York ...«

»Die Stadt mit den besten Barpianisten der Welt. Was gäbe ich darum, einer von denen zu sein.«

Nach einer Pause stellte Juliette die Frage: »Kennst du ›Ach dieser Liebe gewaltige Zaubermacht‹ aus La Traviata?«

Norbert blickte schmunzelnd zur Decke, als stünden dort die Noten der Arie geschrieben; dann setzte er drei Akkorde und wechselte die Tonart. Und mit jenem einschmeichelnden Pathos, der diesem Stück eigen ist, spielte er Verdis Liebesmelodie.

War es der Glanz in ihren Augen oder seine Überzeugung, daß jede Melodie im Leben eines Menschen eine ganz bestimmte Bedeutung hat? Jedenfalls schaute Norbert Juliette lange an; dann sagte er frei heraus: »Laß mich raten, Juliette. Er ist Italiener, hat dunkles Haar, sieht blendend aus und ist vermutlich sogar ein paar Jahre jünger als du ...«

Juliette musterte den Pianospieler mit großen Augen. »Woher willst du das wissen?«

»So was ahnt man.«

»Und wenn ich dir sage, du hast recht?«

»Dann wäre es keine Überraschung für mich.«

Juliette fühlte sich ertappt. Aber es war ihr nicht unangenehm, im Gegenteil. Nun konnte sie sich Norbert vorbehaltlos anvertrauen.

»Sag mal«, begann sie vorsichtig, »glaubst du, daß eine Frau zwei Männer gleichzeitig lieben kann?«

»Nein, das glaube ich nicht«, kam es wie aus der Pistole geschossen.

»Warum nicht?«

»Wenn du behauptest, zur selben Zeit in zwei Männer verliebt zu sein, betrügst du dich selbst. Vermutlich liebst du keinen von beiden; denn was du als Liebe zu dem einen bezeichnest, ist nur Gewohnheit, und das Gefühl für den anderen ist Begehren oder Leidenschaft, bestenfalls Liebelei.«

Juliette trat zu Norbert, der immer noch am Klavier saß, und sagte: »Wenn ich nur wüßte, was ich tun soll. Er heißt Claudio. Ich habe ihn in Rom kennengelernt.«

Norbert wiegte den Kopf. »Hör mir auf mit den römischen Männern! Sie haben den schlechtesten Ruf der Welt.«

»Das ist nicht wahr!« fuhr Juliette auf, um dann kleinlaut fortzufahren: »Das heißt ... es mag schon stimmen, aber Claudio ist ein anständiger Junge.«

»Dann nimm ihn.«

»Ich liebe Brodka.«

»Dann bleib bei Brodka.«

Juliette seufzte. »Du machst es mir auch nicht gerade leichter.«

Norbert hob beide Arme. »Das ist eine Angelegenheit, die du ganz allein entscheiden mußt. Hör nicht auf deinen Verstand, sondern auf dein Gefühl. Das ist der einzige Rat, den ich dir geben kann. Alles andere ergibt sich von selbst.«

Was ihre Gefühle betraf, fühlte sich Juliette noch immer zu Brodka hingezogen. Doch der Gedanke an Claudio erregte sie. Mehr als einmal – und stets ohne Ergebnis – hatte sie sich die Frage gestellt: Was hat dieser Junge, das Brodka nicht hat?

Claudio sah nicht besser aus als Brodka, im Gegenteil; mit Brodka war gewiß mehr Staat zu machen als mit diesem jungen Römer. Und Brodka war ein weltgewandter Mann, selbstbewußt, erfahren und erfolgreich. Claudio dagegen war ein liebenswerter Softie, eher hilfsbedürftig als mit jener sprichwörtlich starken Schulter ausgestattet, an die eine Frau sich anlehnen konnte.

Was also war es, das sie an Claudio so anziehend fand?

Hätte Juliette eine Antwort darauf gewußt, wäre vieles einfacher gewesen.

»Und wie sehen deine weiteren Pläne aus?« fragte Norbert, als er erkannte, daß Juliette mit ihren Gedanken weit weg war.

»Ich habe morgen einen Gerichtstermin in Sachen Bilderfälschungen. Dann fliege ich nach Rom zurück.«

»Zu Claudio oder zu Brodka?«

Juliette lächelte, auch wenn ihr gar nicht danach war. »Ich glaube, ich gehe jetzt lieber. Sonst machst du es mir mit deinen Fragen noch schwerer.«

Sie war schon auf dem Weg zur Tür, als ihr etwas ins Auge fiel, das ihr Blut in den Adern gefrieren ließ. Achtlos, aber deutlich sichtbar, lag auf dem Klavier eine Purpurschlinge.

Juliette fiel es schwer, sich nichts anmerken zu lassen, nicht in Panik fortzurennen. Es gab keinen Zweifel. Norbert, dem sie vertraut hatte, spielte ein falsches Spiel.

Der Gerichtstermin am Morgen des folgenden Tages verlief für Juliette höchst unerfreulich. Der Staatsanwalt konfrontierte sie mit zwei Gutachten von Dr. Senger und Professor Reimann, die bestätigten, daß es sich bei den Grafiken von Jawlensky und bei dem bereits verkauften de Chirico eindeutig um Fälschungen handelte. Reimann, so der Staatsanwalt, habe die Behauptung aufgestellt, es sei kaum vorstellbar, daß eine anerkannte Expertin und Kunsthändlerin wie Juliette Collin die Falsifikate nicht bemerkt haben sollte.

Auf dieser Grundlage versuchte der Staatsanwalt Juliette zu bewegen, ein Geständnis abzulegen und ihre Hintermänner preiszugeben. Dies würde das Verfahren abkürzen und vereinfachen und ihr Strafmaß mildern, falls es zum Prozeß käme.

Doch Juliette wiederholte, was sie schon bei ihrer ersten Begegnung mit dem Staatsanwalt behauptet hatte: Sie sei Opfer eines Komplotts und könne beschwören, daß die Grafiken, die sie in ihrer Galerie in Empfang genommen und für die sie unterzeichnet hatte, Originale gewesen seien. Sie habe keine Ahnung, wann und wie die Bilder gegen Kopien ausgetauscht wurden.

Der Staatsanwalt beharrte auf seiner Ansicht, dies sei eine ziemlich abenteuerliche Erklärung und durch nichts zu beweisen. Deshalb müsse geprüft werden, ob die Voraussetzungen für eine Anklage wegen Betrugs gegeben seien.

Selbst die Tatsache, daß sich die vier anderen Bilder von Heckel, Nolde und Dix als Originale erwiesen hatten, konnte Juliette nicht darüber hinwegtäuschen, daß der Ruf ihrer Galerie mit einer solchen Anklage ruiniert wäre.

Gegen Mittag erreichte sie Brodka am Telefon und berichtete ihm von Collins Schicksal. Sie hatte beschlossen, ihm vorerst weder von der drohenden Anklage noch von der erschreckenden Entdeckung zu erzählen, die sie bei Norbert gemacht hatte. Für Brodka waren die Dinge ohnehin kompliziert genug.

Er hörte Juliette schweigend zu.

»Bist du noch dran?« fragte sie, nachdem sie geendet hatte.

»Ja«, erwiderte er. »Ich denke, du weißt, was das für uns beide bedeutet.«

»Was meinst du damit?«

Brodkas Stimme wurde leise. »Daß du dich von einem Mann in seiner Lage nicht scheiden lassen kannst.«

Schweigen.

»Ich weiß, er ist ein Mistkerl«, begann Brodka erneut, »der mich sogar umbringen wollte. Aber unter diesen Umständen kannst du dich unmöglich von ihm trennen.«

»Es geht immer nur um ihn. Denkt keiner mal an mich? Wie soll ich denn mit dieser Situation fertig werden? Soll ich ihn vielleicht für den Rest seines Lebens pflegen und bemuttern? Und kannst du dir nicht vorstellen, daß er jetzt noch unausstehlicher wird?«

»Ich kann dich ja verstehen. Aber ich glaube, damit müssen wir uns abfinden, so hart es klingt.«

Juliette schwieg.

»Aber das ist kein Thema, das man Telefon bereden sollte«, hörte sie ihn sagen. »Wann kommst du zurück?«

»Ich melde mich, sobald ich hier alles erledigt habe.«

Juliette legte auf und verließ Brodkas Wohnung. Ihr Weg führte sie geradewegs zum Flughafen.

Flug AZ 435 nach Rom hatte noch Plätze frei.

Flughafen Rom, Fiumicino.

In der Abfertigungshalle wählte Juliette Claudios Nummer. Das Freizeichen ertönte, doch er nahm nicht ab. Auch in seinem Büro war er nicht zu erreichen.

Sie nahm ein Taxi nach Trastevere, zu Claudios Wohnung. Während der Fahrt in die Innenstadt träumte sie davon, in seinen Armen zu liegen. Alle Gedanken an Collin und Brodka waren wie weggewischt. Für Juliette gab es nur noch Claudio. Seine Berührungen hatten sie in Ekstase versetzt, hatten sie eine Nacht lang all ihre Probleme vergessen lassen. Sie sehnte sich nach einer weiteren Nacht in den Armen dieses Mannes.

Das Taxi hielt vor dem Haus in Trastevere, und Juliette eilte die steile Treppe hinauf zum obersten Stock. Sie klingelte ungestüm, klopfte und rief.

Keine Antwort.

Juliette beschloß, im Treppenhaus auf ihn zu warten. Sie wußte nicht, wie lange sie auf dem Treppenabsatz verharrt hatte, als sich draußen die Dunkelheit über Rom senkte. In unregelmäßigen Abständen flammte das Licht im Treppenhaus auf, verlosch dann aber nach kurzer Zeit, ohne daß Claudio erschienen wäre.

Juliette hatte gerade den Entschluß gefaßt, aufzugeben und zu gehen, als sie von unten Claudios übermütige Stimme hörte.

Endlich, dachte sie. Doch schon im nächsten Augenblick erhielt ihre freudige Erregung einen jähen Dämpfer. Claudio kam nicht allein, sondern in Begleitung eines Mädchens, das sich durch albernes Gekicher bemerkbar machte.

Am liebsten wäre Juliette im Boden versunken, als sie einen Blick über das Geländer wagte. Doch besondere Vorsicht war gar nicht erforderlich; denn die beiden waren viel zu sehr mit sich beschäftigt. Scherzend und schmusend kamen sie das Treppenhaus hinauf. Claudio hatte die Bluse des Mädchens geöffnet.

Als sie endlich auf der letzten Treppe angelangt waren, von den Mitbewohnern nicht mehr zu sehen, drückte Claudio das Flittchen auf die Treppenstufen. Er schob ihren kurzen Rock hoch und schob seine Hand darunter.

Die Laute, die beide von sich gaben, empfand Juliette als widerwärtig und abstoßend. War das der Mann, mit dem sie eine Nacht voller Zärtlichkeit verbracht hatte? Der liebenswerte, einfühlsame Claudio?

Eine Zeitlang beobachtete sie das Treiben, ohne zu wissen, was sie tun sollte. Dann stieg unbändige Wut in ihr auf. Sie fühlte sich erniedrigt, mißbraucht und schämte sich vor sich selbst, weil sie einem Kerl auf den Leim gegangen war, der es heute mit der, morgen mit jener trieb. Römische Männer waren wirklich die schlimmsten der Welt.

Juliette stieg die Treppe hinunter.

Claudio bemerkte sie zunächst nicht. Doch als sie plötzlich über ihm stand, blickte er zu ihr hoch und verharrte mitten in seinen Bewegungen.

»Darf ich vorbei?« fragte Juliette, als wäre nichts geschehen.

Claudio ließ von dem Mädchen ab, stammelte irgend etwas und versuchte hastig, seine Hose zu ordnen.

Einen Augenblick hielt Juliette inne; dann machte sie einen großen Schritt über die Beine des Mädchens hinweg. Sie war ein junges Ding, kaum zwanzig, grell geschminkt und mit gefärbten Haaren. Daß Claudio sich mit so einer hergelaufenen Schlampe abgab, kränkte Juliette um so mehr.

Mit gespielter Gleichgültigkeit sagte sie zu der jungen Frau: »Ich hoffe, Sie sind nicht allzu sehr von ihm enttäuscht, Signorina. Er ist ein lausiger Liebhaber. Glauben Sie mir, ich weiß, wovon ich rede.«

Noch immer erschreckt über ihr plötzliches Auftauchen und verblüfft von so viel Kaltschnäuzigkeit, zogen die beiden verschämt ihre Kleidung zurecht und gaben Juliette den Weg frei. Sie stieg die Treppe hinunter, ohne Claudio auch nur eines Blikkes zu würdigen.

Der räusperte sich und rief Juliette hinterher: »Warte, ich muß dir etwas erklären!«

Juliette machte eine wegwerfende Handbewegung und ging weiter. Sie war schon im ersten Stock, als sie sich noch einmal umdrehte und nach oben rief, daß es durchs Treppenhaus schallte: »Das kannst du ja deiner *puttana* anvertrauen. Die kleine Schlampe glaubt dir vielleicht noch!«

Auf der Straße schlug Juliette der Geruch von Pizza, Knoblauch und Meeresfrüchten entgegen. In Trastevere gibt es kaum eine Straße, in der nicht mindestens zwei Trattorien um Gäste buhlen, was in der Hauptsache dadurch geschieht, daß die Küchendüfte mit großem Geschick auf die Straße gelenkt werden.

Was bist du doch für eine dumme Pute, ging es Juliette durch den Kopf. Benimmst dich wie ein alberner Teenager und verknallst dich in den nächstbesten Gigolo. Es mußte ja so kommen.

Während sie die Straße entlangging und überlegte, ob sie sich zu Brodka ins Albergo Waterloo begeben sollte – schließlich hatte sie ihre Ankunft erst für den folgenden Tag angekündigt –, verspürte sie plötzlich Hunger. Sie hatte den ganzen Tag nichts gegessen; deshalb ließ sie sich in einer Trattoria nieder, die sich durch bunt bemalte Tische und Stühle auszeichnete, die sorgsam ausgerichtet auf der Straße standen und von roten Lampions beleuchtet wurden.

Sie überflog die handgeschriebene Karte, bestellte Spaghetti alla Vongole und eine Karaffe Vino della casa. Müde stützte sie den Kopf in beide Hände und beobachtete den Strom der Passanten, der an der Trattoria vorüberzog. Sie hätte sich ohrfeigen können, wenn sie an Claudio dachte.

Die Spaghetti dufteten vorzüglich, und Juliette benutzte nach Art der Italiener eine klaffende Muschel als Zange, um die übrigen Muscheln aus ihrer Schale zu ziehen. Sie war so eingehend mit dieser Aufgabe beschäftigt, daß sie gar nicht bemerkte, wie ein wohlbeleibter Herr am Nebentisch Platz nahm.

Als sie aufsah, nickte der Dicke freundlich. Sie kannte den Mann von irgendwoher, doch noch ehe sie eingehender darüber nachdenken konnte, sagte der Tischnachbar freundlich und auf deutsch: »Na, schöne Frau, heute ganz allein?«

Juliette war nicht in der Stimmung, auf irgendeine Anmache zu reagieren; dann aber fiel ihr plötzlich ein, woher sie den Mann kannte: Es war der Schriftsteller aus der Trattoria an der Piazza Navona.

Juliette rang sich ein mühevolles Lächeln ab, hob die Schultern und erwiderte: »Ja, wie Sie sehen.«

»Haben Sie Ärger?«

»Wie kommen Sie darauf?«

»Sie machen einen niedergeschlagenen Eindruck, wenn ich mir die Bemerkung erlauben darf.«

»Nein«, antwortete Juliette kurz angebunden.

»Sie haben recht. Lassen Sie sich nicht von irgendwelchen Kerlen anquatschen. Bitte, entschuldigen Sie.«

»Es war nicht so gemeint«, lenkte Juliette ein. Und nach einer Pause: »Sie sind Schriftsteller, nicht wahr?«

Der Dicke nahm einen tiefen Schluck Rotwein, und sein bärtiges Gesicht verzog sich zu einem breiten Grinsen. »Sagen wir so, ich versuche dem Anspruch eines Schriftstellers gerecht zu werden. Mein Name ist Sperling, Paul Sperling.«

»Juliette Collin.«

»Angenehm. Sie machen Urlaub in Rom?«

»Urlaub? Nein, so würde ich es nicht ausdrücken. Ich habe geschäftlich hier zu tun.«

Paul Sperling beugte sich mit der ganzen Masse seiner Erscheinung zu Juliette hinüber und musterte sie ziemlich unverschämt. »Lassen Sie mich raten«, meinte er schließlich, »Sie haben in Ihrem Beruf mit Kunst zu tun, Musik oder Malerei.«

Juliette zuckte unwillkürlich zusammen. Woher kannte sie der Mann? Wußte er noch mehr über sie?

»Wie kommen Sie darauf, Herr Sperling?«

»Es ist nur eine Vermutung. Sie beruht auf langer Lebenserfahrung. Wissen Sie, einem Boxer steht Brutalität ins Gesicht geschrieben, ein Pfarrer kann selbst im Bordell eine gewisse Frömmigkeit nicht verbergen, und eine Anwältin strahlt auch auf dem ausgelassensten Fest Korrektheit aus.«

»Finden Sie?« erwiderte Juliette. »Haben Sie denn schon mal einen Pfarrer im Bordell gesehen?«

»Mehr als einen. Und in Ihrem Gesicht erkenne ich soviel Harmonie, wie sie nur in der Musik oder der Malerei zu finden ist. Sollte ich mich irren?«

»Nein, Sie irren sich nicht.«

»Also Musik?«

»Nein, Malerei. Ich bin Kunsthändlerin.«

»Sehen Sie?« Sperling grinste selbstzufrieden.

»Und Sie sind also Schriftsteller«, sagte Juliette, während sie beim Ober zahlte und sich erhob, um die Trattoria zu verlassen. »Was schreiben Sie denn?«

»Historische Romane. Sie spielen meist im alten Rom und handeln von Liebe, Laster und Leidenschaft. Aber Sie können noch nichts von mir gelesen haben. Bisher habe ich nur für die Schublade gearbeitet. Ich lebe seit dreißig Jahren in Rom. Das Leben in einer anderen Stadt könnte ich mir gar nicht vorstellen. Aber das liegt wohl daran, daß ich in Rom gezeugt wurde. Meine Eltern haben ihre Hochzeitsreise nach Rom gemacht.

Neun Monate später brachte meine Mutter Zwillinge zur Welt. Mein Zwillingsbruder lebt ebenfalls in Rom.«

»Das ist ja erstaunlich.«

»Nicht so sehr, wie es den Anschein hat. Es gibt eine Theorie, die besagt, daß es den Menschen stets an den Ort seiner Zeugung drängt. Mein Bruder, zum Beispiel, wollte unbedingt nach Rom, da er schon in jungen Jahren Papst werden wollte.«

Juliette lachte über diesen vermeintlichen Witz, verstummte jedoch abrupt, als Sperling fortfuhr:

»Aber er hat es im Vatikan nur bis zum Kurienkardinal gebracht.« Sperling lachte, daß sein dicker Bauch wabbelte. Er reichte Juliette eine orangefarbene Visitenkarte mit Namen und Telefonnummer. »Aber jetzt will ich Sie nicht länger aufhalten. Bitte, meine Karte. Für den Fall, daß Sie mal einen kundigen Führer durch Rom benötigen sollten. Und grüßen Sie Ihren Mann, Signora!«

»Woher wollen Sie wissen, daß ich verheiratet bin?« fragte Juliette erstaunt.

Sperling strich sich lächelnd mit der Hand über seinen Kinnbart. »Ach wissen Sie, dazu gehört nun wirklich nicht viel. Zum einen sind Frauen wie Sie immer verheiratet. Andererseits habe ich Ihnen ja erklärt, daß jeder Mensch sein Schicksal in seiner Physiognomie spazieren trägt.«

»Und in meinem Gesicht lesen Sie, daß ich verheiratet bin.«

»So ist es. Ich wage sogar zu behaupten, daß Sie ziemlich glücklich verheiratet sind.«

Wenn du wüßtest, dachte Juliette.

Ihr war zum Heulen zumute.

Es war kurz vor 23 Uhr, als Juliette im Albergo Waterloo eintraf. Brodka lag bereits im Bett.

Juliette hatte sich gleich mehrere Ausreden zurechtgelegt,

warum sie ohne Anmeldung kam; doch sie verhaspelte sich beim Reden, zupfte imaginäre Falten an ihrer Kleidung zurecht und konnte ihre Nervosität nicht verbergen.

Schließlich faßte Brodka sie an den Oberarmen und zog sie nahe an sich heran.

»Was ist los?« fragte er. »Du bist ja völlig durcheinander.«

Juliette hätte die Wahrheit sagen können, aber dazu fehlte ihr der Mut. Deshalb erwiderte sie – und diese Antwort war nicht einmal gelogen: »Die Sache mit meinem Mann hat mich zu sehr mitgenommen. Ich sehe dauernd sein Bild vor mir, festgeschnallt in einem Rollstuhl. Stumm. Bewegungslos.« Sie schauderte. »Als säße er auf einem elektrischen Stuhl, bereit für die Hinrichtung. Du kannst dir nicht vorstellen, wie schrecklich er aussieht. Und dabei liegt immer noch dieses hämische Grinsen in seinem Gesicht.«

»Er kann nicht einmal die Arme bewegen?«

»Nein. Er muß seinen elektrischen Rollstuhl mit dem Mund steuern, mit einer Art Löffel. Es ist entsetzlich. Er müßte eigentlich in eine Spezialklinik, in der man für solche Fälle eingerichtet ist; aber er weigert sich. Er wird sich und seine Klinik zugrunde richten.«

Brodka strich Juliette über das Haar. Er bemerkte, daß sie zurückwich, schrieb dies aber ihrer inneren Anspannung zu.

»Und wie denkst du jetzt über ihn?« erkundigte er sich vorsichtig. »Ich könnte mir vorstellen, daß deine Gefühle für Collin sich geändert haben ...«

»Weil er jetzt gelähmt und auf Hilfe angewiesen ist?« Juliette schüttelte den Kopf. »Vielleicht wäre es so gewesen, hätte Hinrich sich geändert. Aber das ist nicht der Fall. Du hättest sein teuflisches Gesicht sehen sollen. Es kam mir beinahe so vor, als wollte er sagen: Jetzt habe ich dich endgültig an mich gebunden.«

Brodka vertiefte das Thema nicht weiter. Er zog Juliette ins Bett, und sie fiel in einen unruhigen Schlaf.

Für zehn Uhr hatte Brodka ein Treffen mit Baldassare Cornaro vereinbart, dem Neffen Arnolfos. Er ließ Juliette in der Pension zurück. Nachdem sie die halbe Nacht wach gelegen hatte, hatte sie eine Schlaftablette genommen. Bis Mittag, flüsterte Brodka ihr ins Ohr, wolle er zurück sein. Juliette reagierte nur mit einem matten »mhm« darauf.

Vor dem Haus in der Via Sale parkte Baldassares kleiner Lieferwagen. Das Geschäft war noch ruhig um diese Zeit. Um so aufgeregter schien Baldassare. Als er Brodka erblickte, trat er auf ihn zu und zog ihn über eine enge, steile Treppe in den ersten Stock.

»Kommen Sie, Signore, sehen Sie sich das an!« sagte er atemlos. Dabei machte er eine ausladende Handbewegung.

Das erste Stockwerk des schmalbrüstigen Hauses bestand nur aus einem einzigen Zimmer mit zwei Fenstern zur Straße, und die Decke war so niedrig, daß man sie mit ausgestreckten Armen berühren konnte.

Es herrschte heilloses Durcheinander. Schranktüren standen offen, Schubladen waren herausgerissen. Der Inhalt lag auf dem Boden verstreut. Baldassares Frau Adriana kam hinzu. Sie weinte und wischte sich Tränen aus dem Gesicht.

»Es muß heute nacht passiert sein«, meinte Baldassare kopfschüttelnd.

Brodka blickte den jungen Mann fragend an. »Einbrecher?«

Baldassare hob beide Arme und rief mit theatralischer Stimme: »Was sollten Einbrecher bei Baldassare Cornaro schon stehlen?«

»Keine Ahnung.«

»Nein, bei Baldassare Cornaro gibt es nichts zu holen. Und

meine Tageseinnahmen bringe ich jeden Abend zum Nachttresor der Bank.«

»Und Sie haben nichts gehört?«

»Wir schlafen oben im zweiten Stock. Unser Tag endet selten vor zwei Uhr morgens. Dann fallen wir hundemüde ins Bett. Nein, wir haben beide nichts gehört.«

»Sieht so aus, als hätte jemand etwas ganz Bestimmtes gesucht«, meinte Brodka, während er sich im Zimmer umsah. »Haben Sie eine Ahnung, was das sein könnte?«

Plötzlich erhellte sich das traurige Gesicht Baldassares, und ein listiges Schmunzeln huschte über seine Lippen. »Ja«, antwortete er knapp, kramte einen Tresorschlüssel aus der Hosentasche und reichte ihn Brodka.

Der betrachtete ihn eingehend. Es war ein kleiner, doppelbärtiger Schlüssel mit einer eingravierten Buchstabenkombination und einer Zahl darunter. »Was ist das für ein Schlüssel?« fragte er.

»Den hatte Onkel Arnolfo dabei, als er sich mit Ihnen auf dem Campo Santo traf. Ich fand ihn in seiner Manteltasche. Dieser Schlüssel und 45 000 Lire waren das einzige, das Onkel Arnolfo bei sich trug.«

»Und was schließen Sie daraus, Baldassare?«

»Onkel Arnolfo wollte Ihnen diesen Schlüssel verkaufen.«

»Wie kommen Sie darauf?«

Baldassare zögerte; dann hob er beide Hände und sagte: »Signore, Sie können offen mit mir reden. Ich weiß, worum es geht, und ich kenne die Forderungen, die Onkel Arnolfo an Sie gestellt hat. Er wollte zwanzig Millionen Lire von Ihnen. Nun möchte ich die gleiche Summe.«

»Und was bekomme ich dafür?« fragte Brodka. »Die Informationen, die Ihr Onkel mir geben wollte? Oder nur diesen Schlüssel? Da würde ich ja die Katze im Sack kaufen.«

Baldassare hob die Schultern. »Ihr Risiko.«

»Ihr Onkel hat sich nie geäußert, über welche Informationen er verfügte.«

»Dann will ich es Ihnen sagen, Signore. Onkel Arnolfo hatte geschworen, sich an Fasolino und seiner Frau Anastasia zu rächen, und er hatte eine Möglichkeit gefunden. Er suchte nur jemanden, der ihm dabei behilflich war. Da kamen Sie und Signora Collin ihm gerade recht. Sie hatten ebenso wie er eine Rechnung mit Fasolino zu begleichen.«

»Aber was hatte Ihr Onkel in der Hand?«

»Onkel Arnolfo pflegte zu sagen: ›Selbst die raffiniertesten Gauner haben einen Schwachpunkt, man muß ihn nur finden.‹ Bei Fasolino mußte er nicht lange suchen. Der hatte die Angewohnheit, bei allen Telefonaten ein Tonband mitlaufen zu lassen, bei belanglosen ebenso wie bei wichtigen Gesprächen, wenn es ums Geschäft ging. Er hat sie auf Mikrokassetten aufgezeichnet und in einem Aktenkoffer archiviert – mehr als hundert Stück. Vermutlich wollte er sich aus irgendwelchen Gründen absichern. Anfangs war Onkel Arnolfo noch mit der Aufgabe betraut, die Kassetten unterzubringen. Zuletzt durfte er auch dieser Arbeit nicht mehr nachkommen. Aber im Lauf der Zeit konnte er immer mehr Kassetten an sich bringen. Es sollen etwa zwanzig Stück gewesen sein. Ich bin sicher, diese Bandaufnahmen haben die Einbrecher bei mir gesucht.«

»Und wo befinden sich die Kassetten jetzt?«

Baldassare verzog das Gesicht. »Das hat Onkel Arnolfo nicht einmal mir gesagt, obwohl ich sonst alles von ihm wußte. Er machte nur eine Andeutung, daß die Kassetten an sicherem Ort sind, hinter Schloß und Riegel – so hat er sich ausgedrückt. Und er sagte, daß sie genug Zündstoff enthielten, um Fasolino und seinen Kumpanen das Handwerk zu legen.«

Brodka dachte nach. Die Erklärung des Neffen schien einleuchtend. »Alles schön und gut«, meinte er, »aber was soll ich mit dem Schlüssel, wenn ich nicht weiß, wohin er gehört?«

Baldassare zeigte auf den runden Griff des Schlüssels. Brodka sah einen Buchstabencode – GHE –, darunter die Zahl 101.

»Onkel Arnolfo hätte Ihnen bestimmt sagen können, was das bedeutet«, meinte Baldassare.

»Vermutlich.« Brodka nickte, während er noch immer den Schlüssel betrachtete. »Aber Sie wollen mir den Schlüssel für dieselbe Summe wie Ihr Onkel verkaufen, ohne den Standort des dazugehörigen Tresors oder Schließfachs zu kennen. Denn wenn Sie wüßten, wo es sich befindet, hätten Sie sich die Kassetten längst beschafft.«

»Stimmt«, erwiderte Baldassare. »Aber es kann nicht so schwer sein, das herauszufinden. Es ist bestimmt ein Schließfach am Bahnhof oder bei einer Bank.«

»Und wenn dieses Schließfach jemand anderem gehört? Einem Freund oder Bekannten?«

»Onkel Arnolfo hatte keine Freunde mehr. Sie sind alle tot. Er lebte sehr zurückgezogen, müssen Sie wissen.« Nach einem Moment des Nachdenkens meinte er: »Also gut, Signore Brodka. Sagen wir, zehn Millionen Lire. Außerdem biete ich Ihnen meine Hilfe an, soweit sie Onkel Arnolfos Umfeld betrifft. Aber erwarten Sie nicht zuviel.«

»Einverstanden.« Brodka warf den Schlüssel in die Luft und fing ihn mit einer geschickten Handbewegung wieder auf. Dann stellte er einen Scheck aus und reichte ihn Baldassare. »Wenn Ihnen sonst noch etwas einfällt, was uns weiterhelfen könnte, Sie finden uns im Albergo Waterloo.«

Kapitel 9

Nach fünfzehn Jahren öffneten sich für Giuseppe Palmezzano die Tore des römischen Gefängnisses »Regina Coeli«. Palmezzano, genannt »Assassino«, seit er einen Galeristen mit dessen Brieföffner erstochen hatte, war nur eins fünfundsechzig groß, wog aber achtzig Kilo, und nicht einmal die frugale Gefängniskost hatte an seiner Figur etwas geändert.

Fünfzehn Jahre Gefängnis konnten auch seinem Charakter nichts anhaben, und seine äußere Erscheinung, die eher einem Banker von der Via del Corso glich als einem Killer, hatte während dieser Zeit kaum Schaden genommen, wenn man davon absah, daß der Haarkranz um seine Glatze, der einst dunkel gewesen war, nun in lichtem Grau erstrahlte. Wie früher benutzte er aus anatomischen Gründen Hosenträger, und auch die Gewohnheit, zu jedwedem Aufzug weiße Socken zu tragen, hatte er beibehalten.

Ansonsten konnte seine Kleidung noch so schäbig sein – Palmezzano verstand es, auch diese mit einer gewissen Grandezza zu tragen, wozu seine aufrechte Haltung und der leicht in den Nacken geworfene Kopf beitrugen. Die Ursache für diese Körperhaltung war zweifellos sein Stolz, der ihn erhobenen Hauptes einherschreiten ließ; andererseits ist diese Haltung bei kleinwüchsigen Männern keine Seltenheit.

Wer Palmezzano zum erstenmal begegnete, hätte ihn auch

für einen Schöngeist, aber nicht für einen brutalen Mörder halten können. Daß beides auf ihn zutraf, war wohl das Verblüffendste an diesem Mann. »Assassino« konnte ebenso geistvoll über das Cinquecento diskutieren wie auf den Abzug einer Waffe drücken. Wenn er auf dem letztgenannten Gebiet tätig war, verwandelte sich sein sonst so sanftes Gesicht in Sekundenbruchteilen in eine häßliche, hinterhältige Visage, die einen das Fürchten lehrte.

Giuseppe Palmezzano blinzelte in die Frühlingssonne, und ein glückliches Lächeln huschte über seine vollen Wangen. Mit zusammengekniffenen Augen ließ er den Blick über den Vorplatz schweifen. Er hatte ihn ganz anders in Erinnerung. In der linken Hand trug er ein hochformatiges, schmales Paket, in der rechten eine ausgebeulte Reisetasche, und er machte einen ziemlich ratlosen Eindruck.

Kein Wunder nach fünfzehn Jahren und sieben Tagen!

Palmezzano hatte schon nicht mehr daran geglaubt, in die Freiheit entlassen zu werden. Denn nach drei Jahren Aufenthalt hatte er einen Wärter, der sich über seine einzige Leidenschaft lustig gemacht und ihn verspottet hatte, mit einem Faustschlag niedergestreckt, daß dieser mit einem Kieferbruch in die Klinik eingeliefert werden mußte. Aber Giuseppe konnte es nun einmal nicht ausstehen, wenn man ihn nicht ernst nahm. Denn »Assassino« war ein Genie.

Er fühlte sich dem griechischen Künstler Apelles verwandt, der als größter Maler der Antike galt und Weintrauben so realistisch zu malen vermochte, daß die Menschen danach griffen. Palmezzano konnte das auch, doch seine größte Begabung lag im Kopieren alter Meister. Und diese Fähigkeit war es, die ihn in gewissen Kreisen beliebt, in anderen jedoch gefürchtet gemacht hatte; kurz, Giuseppe war in seiner Vielfalt eine höchst seltsame Erscheinung und selbst für römische Verhältnisse ein Unikum.

Der Fahrer des Taxis, der gelangweilt auf Kundschaft wartete und den Blick starr auf das Gefängnistor gerichtet hielt, machte einen Fehler, denn er fragte Palmezzano, als der auf ihn zusteuerte: »Kannst du die Fahrt auch bezahlen, Kumpel?«

Da setzte Giuseppe sein Gepäck auf der Straße ab, trat auf den Fahrer zu und sagte mit jenem furchteinflößenden Gesichtsausdruck: »Wenn du mich das noch einmal fragst, gehst du bald mit Schuhen aus Beton auf dem Grund des Tiber spazieren, *capito?*«

Dem Fahrer fuhr der Schreck in die Knochen. Er beeilte sich, das Gepäck des Fahrgastes in seinem Wagen zu verstauen. Dann fragte er verschüchtert: »Wohin darf ich Sie ...«

»Via Banco Santo Spirito«, unterbrach ihn Palmezzano. »Und den Preis bestimme ich.« Dann sagte er während der ganzen Fahrt nichts mehr.

Bevor Giuseppe Palmezzano auf den Klingelknopf unter dem Schild mit dem Namen »Fasolino« drückte, rückte er sein Sakko, das deutliche Anzeichen einer früheren Mode zeigte, noch einmal zurecht.

Ein junger Diener öffnete, tat sehr vornehm und fragte, wen er melden dürfe.

Palmezzano schob den Diener beiseite und sagte: »Mach hier keinen Aufstand und kümmere dich um mein Gepäck, Kumpel.« Dann trat er in den düsteren Vorraum.

»Wo ist Fasolino?« fragte Giuseppe, als der Diener sich ängstlich mit dem Gepäck näherte.

»Ich werde ihn sofort herbeiholen«, beeilte er sich zu antworten.

Es dauerte nicht lange, und Fasolino erschien aus dem Hintergrund. Er erkannte Giuseppe sofort.

»Du?« sagte er geschockt. »Ich dachte, du sitzt lebenslänglich!«

Palmezzano grinste. »Das war vielleicht so vorgesehen. Aber dann haben die Herren es sich doch anders überlegt.«

»Mein Gott.« Erst jetzt begriff Fasolino die ganze Tragweite dieses Ereignisses. Giuseppe Palmezzano war frei. Und so ihm, Fasolino, nicht eine schleichende Krankheit sämtliche Erinnerungen aus dem Hirn getilgt hatte, wußte Palmezzano mehr als genug, um sie alle hochgehen zu lassen. Fasolino spürte, wie ihm die Knie weich wurden.

»Ich kann doch für ein paar Tag hier bleiben?« fragte Giuseppe ganz selbstverständlich. »Ich komme auf direktem Weg vom Knast hierher und weiß noch nicht, wie es weitergehen soll. Kein Geld, keine Wohnung. Du verstehst?«

»Natürlich!« erwiderte Fasolino hastig und versuchte, Ruhe zu bewahren. »Selbstverständlich kannst du bei uns bleiben. Aber wäre ein Hotel in der Stadt nicht vielleicht doch abwechslungsreicher ...?«

Palmezzano trat näher an Fasolino heran. »Du willst nicht, daß ich bleibe, stimmt's?«

»Wo denkst du hin! Natürlich kannst du bleiben! Wenn es dir gefällt, kannst du bleiben, so lange du willst.«

Giuseppe schlug Fasolino freundschaftlich auf die Schulter; aber der Schlag war so kräftig, daß Fasolino in die Knie ging und keine Zweifel hatte, daß er als Drohung gemeint war.

So standen sie sich ein paar Augenblicke gegenüber, bis Palmezzano erklärte: »Ich will Smolenski sprechen. Er soll sofort antanzen.«

Fasolino zuckte zusammen. Giuseppes Jähzorn und seine Gewaltausbrüche, die durch die kleinsten Kleinigkeiten ausgelöst werden konnten, waren ihm noch in unangenehmer Erinnerung. Deshalb meinte er bedächtig: »Ich will mich gerne für dich einsetzen, Giuseppe; aber Smolenski ist inzwischen ein hohes Tier. Er ist Kardinalstaatssekretär ...«

»Hältst du mich für bescheuert?« Giuseppes Stimme wurde lauter. »Du hast doch selbst sieben Jahre gesessen. Du weißt doch, daß man im Knast stets auf dem neuesten Stand ist – jedenfalls was die eigenen Leute betrifft. Natürlich weiß ich von Smolenskis Karriere. Ich will ihn sprechen, und zwar hier und sofort!« Palmezzano ging zum Telefon und reichte Fasolino den Hörer.

Ängstlich wählte Fasolino eine Nummer, und ebenso ängstlich stotterte er ins Telefon: »Eminenza, entschuldigen Sie die Störung, aber bei mir hier ist ein Mann, an den Sie sich sicher gut erinnern. Giuseppe Palmezzano.«

Entweder sagte der Mann am anderen Ende der Leitung eine volle Minute kein einziges Wort, oder er schickte ein halbes Dutzend Flüche gen Himmel; denn erst nach Ablauf einer Minute antwortete Fasolino untertänig: »Doch, es ist wahr, Eminenza. Palmezzano steht neben mir und will Sie dringend sprechen. Er läßt Sie bitten, hierher zu kommen.«

Eine Zeitlang ging es hin und her. Palmezzano beobachtete Fasolino mit gequältem Lächeln. Schließlich wurde es ihm zu bunt. Er nahm Fasolino den Hörer aus der Hand und rief mit lauter Stimme: »Hallo, Eminenza. Das hast du wohl nicht gedacht, wie?«

Überrascht faselte der Kardinal irgend etwas von lebenslänglich und erkundigte sich nach dem Grund der Entlassung. Ob er krank sei?

»Ich und krank?« prustete Giuseppe lachend ins Telefon. »Eher stürzt die Kuppel von St. Peter ein, bevor ich krank werde. Die Kuppel steht doch noch, oder?« Er lachte dröhnend. »Nein, mein lieber Smolenski, der Grund für meine vorzeitige Entlassung war gute Führung. Ich habe alle Pissoirs im Knast mit Fresken von Michelangelo ausgemalt. Sogar der Gefängnisdirektor hat beim Pinkeln vor Entzücken geweint.«

Fasolino hielt sich die Hand vor den Mund, um nicht selbst in Gelächter auszubrechen.

Plötzlich wurde Palmezzano ernst, und drohend sagte er ins Telefon: »Deine Ämter interessieren mich nicht, Smolenski, ich erwarte dich hier bei Fasolino. Sagen wir, in einer halben Stunde.« Damit legte er auf.

Auf die Minute genau eine halbe Stunde später trat Kardinalstaatssekretär Smolenski zur Tür herein. Wie stets bei seinen Besuchen in diesem Hause trug er einen schwarzen Anzug und seinen Aktenkoffer. Und wenngleich der Grund seines Besuchs diesmal ein anderer war, wirkte der Kardinal nicht weniger aufgeregt als an jenen Tagen, da Anastasia ihn erwartete.

Palmezzano küßte den Kardinal, aber nicht seinen Ring, wie es Brauch war, sondern seine von roten Äderchen durchzogenen Wangen, und das gleich mehrmals hintereinander. Daß Fasolino dabei zusah, war dem Kardinalstaatssekretär sichtlich peinlich; deshalb stieß er Giuseppe, nachdem dessen Liebesbezeugungen kein Ende nehmen wollten, vorsichtig von sich und sagte: »Ist ja gut.«

Der so Gemaßregelte zeigte sich brüskiert. »Mir scheint, du freust dich gar nicht, daß ich frei bin. Was ist das für ein kühler Empfang nach all den Jahren?«

»Aber du mußt doch verstehen«, entschuldigte sich der Kardinal, wobei er mit Blicken bei Fasolino Unterstützung suchte, »es kommt einfach zu plötzlich. Natürlich freuen wir uns für dich.«

»Und wie!« Fasolino nickte heftig.

»Dabei hätte ich allen Grund, vor allem dir böse zu sein, Smolenski«, sagte Palmezzano lauernd.

»Ich bitte dich! Das ist alles lange her und vergeben und vergessen.« Smolenski schüttelte die gefalteten Hände.

Palmezzano schien da anderer Meinung, jedenfalls erwiderte er mit erhobener Stimme: »Ja, ja, in Freiheit neigt man eher zu vergeben und zu vergessen als hinter Gefängnismauern. Wer einmal sitzt, der vergißt nichts. Ich werde jedenfalls nie vergessen, daß ihr mich wie eine heiße Kartoffel habt fallen lassen!«

Smolenskis stets leicht gerötetes Gesicht nahm noch mehr Farbe an. Der Kardinal schnappte nach Luft und sagte: »Giuseppe, du bist ein genialer Fälscher, aber ein lausiger Mörder. Man bringt niemanden um, wenn man nicht hundertprozentig sicher ist, daß man unentdeckt bleibt.«

»Leicht gesagt«, wandte Palmezzano ein, »aber wenn du einen killst, denkst du *daran* zu allerletzt. Ich hatte damals nur einen Gedanken: Du hast einen Augenzeugen, und den mußt du beseitigen. Wäre er am Leben geblieben, wärst du heute kein so hohes Tier. Das kannst du mir glauben.«

Da hob Smolenski den Finger. »Du hattest den Auftrag, den Coup auszuführen. Von Mord war nie die Rede. Ich bin ein anständiger Kardinal!«

»Konnte ich denn ahnen, daß der Antiquitätenhändler um Mitternacht in seinen Laden zurückkommt? Wir standen uns plötzlich Auge in Auge gegenüber! Sollte ich sagen, Entschuldigung, ich hab' mich in der Tür geirrt, und mit dem echten Tizian in der Hand abhauen und den falschen dalassen? Da hab' ich mir in meiner Ratlosigkeit den Brieföffner geschnappt ... übrigens ein wunderschönes Stück aus geschmiedetem Silber ... und hab' zugestochen. Dreizehnmal, hieß es in der Anklageschrift.«

»Das war gegen jede Abmachung!« Smolenskis Stimme überschlug sich beinahe.

»Abmachung hin, Abmachung her. Wir hatten auch nicht vereinbart, daß ich die Hintermänner meiner Tat verschwieg.«

»Für Hintermänner gab es keine Beweise, Giuseppe. Nicht einen!«

»Ja, weil ich den Mund gehalten habe, Smolenski. Hätte ich dich verpfiffen, wärst du heute nicht das, was du bist.«

»Was hätte es dir schon genützt, uns zu verraten. Den Mord hättest du damit nicht ungeschehen gemacht.«

»Eben. Das habe ich mir auch gesagt, als ich alles auf meine Kappe nahm. Und solltest du doch noch mal aus dem Knast kommen, hab' ich mir gesagt, werden sich die Leute, die du geschont hast, bestimmt erkenntlich zeigen.«

»Hast du dir gesagt.«

»Ja, hab' ich mir gesagt.« Palmezzano verschränkte die Arme vor der Brust.

Der Kardinalstaatssekretär legte die Stirn in Falten. Dann preßte er so leise hervor, daß man es kaum verstehen konnte: »Was willst du, Giuseppe?«

»Geld.«

»Wieviel?« Smolenskis Stimme klang drohend.

»Hundert Millionen Lire sofort. Und die Madonna von Leonardo da Vinci aus Saal IX der Vatikanischen Museen.«

»Du bist ja verrückt!«

»Mag sein, mag sein. Aber auch ein Verrückter braucht Geld zum Leben. Was hast du *ihm* denn bezahlt, als er entlassen wurde?« Palmezzano zeigte mit dem Daumen auf Fasolino.

Der Mann im schwarzen Anzug räusperte sich und wechselte undeutbare Blicke mit Fasolino. Endlich rang er sich zu einer Antwort durch: »Die Kurie hat seiner Frau Anastasia während seines Gefängnisaufenthalts eine wöchentliche Leibrente gezahlt.« Er seufzte. »Also gut, reden wir über das Geld. Aber was die Madonna von Leonardo da Vinci betrifft ... wie stellst du dir das eigentlich vor?«

»Ganz einfach«, entgegnete Palmezzano und zog das hochformatige Paket hervor, das er mitgebracht hatte. Eilig löste er die Schnur und faltete das Packpapier auseinander. Dann nahm er die Madonna heraus, 103 mal 75 Zentimeter, Tempera auf altem Holz, ein Gemälde von unnachahmlicher Schönheit, das heitere Ruhe ausstrahlte. Er stellte es vor Smolenski auf den Boden.

Der kniete nieder und unterzog das Gemälde einer eingehenden Begutachtung, wobei er hin und wieder verzückte Laute ausstieß. Schließlich blickte er zu Palmezzano auf und sagte: »Wüßte ich nicht genau, daß das Original im Vatikan hängt, würde ich sagen, das ist ein echter Leonardo. Es ist fantastisch!«

Da breitete Giuseppe die Arme aus wie ein nach Applaus heischender Schauspieler, verneigte sich vor einem imaginären Publikum und sagte: »Gestatten, Leonardo da Vinci.«

Inzwischen hatte auch Fasolino kniend neben Smolenski Platz genommen. Und während er das Gemälde auf sich wirken ließ und ob der perfekten Kopistenarbeit Palmezzanos in unregelmäßigen Abständen den Kopf schüttelte, ergriff der Kardinal das Wort und sagte: »Du bist wahrhaft ein Genie, Giuseppe. Du bist nur – und das ist deine Tragik – fünfhundert Jahre zu spät auf die Welt gekommen.«

»Ach was! Viel besser wäre es mir da auch nicht ergangen. Man weiß doch, mit welchen Schwierigkeiten Leonardo zu kämpfen hatte.«

Allmählich ließ bei Smolenski die Ergriffenheit nach. Als er sich ein wenig gefangen hatte, fragte er, noch immer vor dem Bild kniend: »Und das hast du im Gefängnis gemalt?«

Giuseppe nickte. »Nach einem Bildband aus der Knastbücherei.«

»Und warum gerade dieses Gemälde?«

»Ein Auftrag von so einem verrückten Amerikaner.«

»Und wie bist du an diesen Mann herangekommen? Oder besser, wie kam er an dich heran?«

»Ich sagte doch: Wer glaubt, daß man im Gefängnis von der Außenwelt abgeschnitten ist, der irrt sich gewaltig. Im Knast weißt du alles, was draußen vor sich geht. Du kannst alles haben, was du willst. Du brauchst nur eines: Geld. Wärter sind nämlich schlecht bezahlt, ziemlich schlecht.«

»Verstehe ich dich recht«, holte Smolenski aus, »daß du dein Bild nun gegen das Original austauschen und das Original dem Amerikaner verkaufen willst?«

»Gut mitgedacht!« Palmezzano klatschte in die Hände. »Kein Mensch wird den Coup bemerken. Du sagst doch selbst, daß die Kopie perfekt ist.«

»Und was hat man dir für das Original geboten, Giuseppe?«

Palmezzano zierte sich. Dann sagte er leise: »Zwei Millionen Dollar.«

Smolenski zog die Augenbrauen hoch: »Das ist viel Geld. Aber für einen Leonardo natürlich nur ein Bruchteil dessen, was dieses Gemälde einbringen würde, stünde es auf dem Kunstmarkt zum Verkauf.«

»Das ist mir auch klar«, erwiderte Giuseppe, »aber dafür bekommt der verrückte Amerikaner ja auch kein Gemälde, von dem er behaupten kann, es wäre ein Original von Leonardo da Vinci, obwohl es eins ist. Selbst wenn er es behaupten *würde* – keiner würde ihm glauben. Er kann nur behaupten, er sei im Besitz einer Kopie von Leonardo, obwohl es ein Original ist. Aber davon wissen nur eine Handvoll Leute, und das mindert den Wert natürlich erheblich.«

Smolenski dachte nach. Schließlich meinte er: »Und wenn ich nein sage?«

»Was soll das heißen – wenn ich nein sage? Du meinst, du willst mir das Geschäft vermiesen? Das würde ich mir an deiner

Stelle gründlich überlegen, Smolenski. Es gibt eine Menge Leute, die wären überrascht zu erfahren, was wirklich im Vatikan vor sich geht.«

»Und woher willst du das wissen, Giuseppe?«

»Ach Gott, man hat so seine Zuträger.«

Smolenski verschränkte die Hände im Rücken und sagte mit einem falschen Lächeln: »Trotzdem, ich sage nein.«

Das Grab im Campo Santo bereitete Brodka Qualen, als wäre er von einer heimtückischen Krankheit befallen. Es zog ihn beinahe magisch an. Kein Tag verging, an dem er nicht den Weg zum Vatikan nahm und bei allen möglichen Stellen vorsprach, um irgend etwas über das Grab in Erfahrung zu bringen.

Mit der Hartnäckigkeit eines erfahrenen Fotojournalisten und einem mit grünem Stempel versehenen Passierschein gelangte er sogar zum Palazzo del Governatorato, der Zivilverwaltung des Vatikans, die sich hinter St. Peter befindet, einem wuchtigen Gebäudekomplex mit endlosen Gängen und zahllosen Büros.

Aber auch hier begegnete Brodka jener bewußten Zurückhaltung und Reserviertheit, die man ihm schon an den anderen offiziellen Stellen entgegengebracht hatte. Er hatte sogar den Eindruck, daß die gespielte Ahnungslosigkeit um so deutlicher wurde, je höher der Rang der entsprechenden Dienststelle war.

Vom Governatorato wurde Brodka schließlich mit schriftlicher Empfehlung und der Bitte um Erledigung der Angelegenheit an den Büroleiter des Deutschen Kollegs verwiesen, jene Stelle, bei der Brodka drei Tage zuvor seine Nachforschungen aufgenommen hatte.

Trotzdem gab er nicht auf. In der Hoffnung, das Dokument des Governatorato könnte Wirkung zeigen, suchte Brodka erneut das Büro des Kollegs auf, wo er in dem weiß getünchten

Raum wiederum auf den Kapuziner mit den unfallbedingten Ausfallerscheinungen traf.

War es das Empfehlungsschreiben des Governatorato, oder hatte der Mann schlichtweg einen guten Tag? Jedenfalls zeigte der Mönch sich diesmal sehr gesprächig und bereit, etwas für Brodka zu tun.

Brodka begann also noch einmal von vorn und trug sein Anliegen vor, die Bedeutung der Initialen ›C. B.‹ auf dem Grab auf dem Campo Santo zu erfahren.

Von einem solchen Grab, beteuerte der fromme Mann mit der Cäsarenfrisur, wisse er nichts; der Signore möge doch die Freundlichkeit haben, ihm die fragliche Ruhestätte des lieben Verblichenen zu zeigen.

Wieder war Brodka nahe daran, die Fassung zu verlieren; dann aber gab er sich einen Ruck und beschloß, den Kapuziner auf den Campo zu begleiten.

Vor der Grabstätte angelangt, erlebte Brodka eine böse Überraschung. Als er auf den Grabstein blickte, traute er seinen Augen nicht: Die Inschrift war ausgelöscht, der Stein glattpoliert, als wäre er nie mit einem Meißel in Berührung gekommen.

»Die Inschrift!« rief Brodka, daß es über den kleinen Friedhof hallte. »Wo ist die Inschrift auf dem Grabstein?«

Der Mönch verbarg beide Hände in den Ärmeln seiner Kutte. Er stand regungslos da und verbreitete klerikale Überheblichkeit. »Wovon reden Sie, Bruder in Christo?« sagte er und schaute Brodka mit breitem Siegerlächeln an.

Brodka fuhr zu dem Mönch herum. Auf seinem Gesicht lag ein Ausdruck, daß der Mann einen Schritt zurückwich. Das überhebliche Grinsen war wie weggewischt.

»In diesen Stein waren gestern noch die Buchstaben ›C. B.‹ und das Geburts- und Sterbedatum eingemeißelt, verdammt noch mal!«

Mit dem gequälten Blick eines Laokoon begann der Mönch: »Bruder in Christo ...«

Weiter kam er nicht, denn Brodka fuhr dazwischen: »Nennen Sie mich nicht Bruder in Christo! Auf mich trifft weder das eine noch das andere zu! Sagen Sie mir lieber, was mit dem Stein geschehen ist!«

Wieder legte sich das hinterhältige Grinsen auf das Gesicht des Kapuziners. »Sie wollen ernsthaft behaupten, gestern hätte der Stein noch eine eingemeißelte Inschrift getragen? Wenn dem so wäre, wären wir Zeugen eines Wunders, das denen des heiligen Padre Pio gleichkommt. Aber ich muß Sie enttäuschen. Der Stein trug nie eine Inschrift. Noch nicht. Denn der Eigner des Grabes, ein hoher Würdenträger deutscher Abstammung, weilt noch unter den Lebenden.«

»Aber nicht nur ich habe die Inschrift mit eigenen Augen gesehen. Auch meine Frau hat ...«

»Könnte es vielleicht sein«, unterbrach der Mönch mit hoher Stimme, »daß Sie sich in letzter Zeit allzu sehr mit dem Tod eines lieben Menschen beschäftigt haben – aus Gründen, die ich nicht kenne?«

Brodka nickte verblüfft.

»Sehen Sie.« Der Mönch nahm wieder seine vorherige Haltung ein; er schob seine Hände in die Ärmel seiner Kutte und richtete den Kopf leicht gen Himmel. »Leben wir nicht alle bisweilen im Wahn unserer Einbildung? Sind wir nicht alle schon einmal ein Opfer dieser Einbildung geworden? Wer kann von sich schon behaupten, ihm hätten seine Sinne noch nie einen Streich gespielt?«

Noch während der Kapuzinermönch im Tonfall eines Predigers redete, machte Brodka wütend kehrt und entfernte sich vom Grab. Er zweifelte keinen Augenblick daran, die Inschrift tatsächlich gesehen zu haben, und ging in Gedanken schon einen Schritt weiter: Er war sich nun ganz sicher, daß er einem Komplott auf der Spur war. Mochten die Zusammenhänge noch so widersinnig erscheinen – die Ereignisse der letzten Wochen und Monate hatten einen gemeinsamen Ursprung und ein gemeinsames Ziel.

Brodka hatte von Juliette mehr Mitgefühl erwartet, als er ihr von der neuen Entwicklung berichtete. Er hatte geglaubt, sie würde ihn zu trösten wissen, ihm Mut machen, ihn aufmuntern.

Doch Juliette reagierte auf eine Weise, wie er es am wenigsten erwartet hatte: Nachdem er vom Verschwinden der Inschrift berichtet hatte, lachte sie plötzlich lauthals und wiederholte ein ums andere Mal prustend: »Ein Wunder, ein Wunder, ein Wunder!«

So hatte Brodka sie noch nie erlebt. Er schüttelte sie, doch ohne jede Wirkung. Erst als er die Hand hob, als wollte er ihr eine Ohrfeige verpassen, verstummte sie abrupt und schaute ihn an. Lag Verwunderung in ihren Augen? Zorn? Enttäuschung? Er konnte ihren Blick nicht deuten.

»Entschuldige bitte«, sagte er leise und wagte es nicht, ihren Blick zu erwidern. »Ich ... es tut mir leid.«

»Schon gut«, erwiderte sie. »Ich weiß selbst nicht, was in mich gefahren ist. Vielleicht reagieren manche Menschen so, wenn Verzweiflung und Absurdität zusammentreffen.«

»Mag sein«, sagte Brodka sanft.

»Da ist noch etwas«, begann sie zögernd. »Ich habe dir etwas verschwiegen. Ich ... ich wollte dich nur nicht noch mehr beunruhigen.«

Brodka hatte sich auf die Bettkante gesetzt und den Kopf in beide Hände gestützt. Nun schaute er auf.

Juliette ging zum Fenster und ließ den Blick über die Dächer der Häuser schweifen, welche die Piazza Mazzini einrahmten. »Ich habe dir doch schon mal von Norbert erzählt, dem neunfingrigen Barpianisten ...« Sie stockte.

»Ja. Was ist mit ihm?«

»Ich kenne ihn seit vielen Jahren und habe ihn immer für einen ehrlichen, anständigen Kerl gehalten. Wir haben uns öfters geholfen. Ich war für ihn halb Beichtvater, halb Ersatzmutter. Und manchmal habe *ich* mich bei ihm ausgeheult. Das letzte Mal vor ein paar Tagen in München.«

»Bis hierher brauchst du kein schlechtes Gewissen zu haben.« Brodka erhob sich und trat hinter Juliette ans Fenster.

»Nein, nein. Es ist nicht, was du jetzt vielleicht denkst. Als ich mich von ihm verabschiedet habe, sah ich in seinem Zimmer etwas liegen, das ich die ganze Zeit nicht bemerkt hatte ...«

»Und was?«

»Eine Purpurschlinge.« Juliette drehte sich um.

»Was sagst du da?« stieß Brodka hervor.

»Ich habe auch keine Erklärung dafür.« Juliette schmiegte sich an seine Brust. »Aber wir lassen uns nicht unterkriegen. Nicht wahr, Brodka? Wir lassen uns nicht unterkriegen.«

Von Baldassare Cornaro erfuhr Brodka, daß die Beerdigung Arnolfo Carraccis am nächsten Vormittag auf dem Friedhof Verano stattfand. Wenngleich Brodka und Juliette von Friedhöfen die Nase voll hatten, bot das Begräbnis des alten Hausdieners vielleicht eine Möglichkeit, aufschlußreiche Beobachtungen zu machen.

Doch es war riskant für sie beide. Sie durften auf keinen Fall von Fasolino und dessen Komplizen gesehen werden, wer immer diese Männer sein mochten. Deshalb schlichen sie sich lange vor Beginn der Beisetzung auf die riesige Begräbnisstätte.

Es war ein leichtes, sich in dem Wald von Grabsteinen und

pompösen Denkmälern zu verstecken. So warteten sie auf die Trauergesellschaft.

Sie hatten eine vielköpfige Trauergemeinde erwartet, wie in Italien üblich, und waren erstaunt, als hinter dem Sarg mit dem Pfarrer nur sieben Personen schritten: der Neffe Baldassare mit seiner Frau Adriana, Anastasia Fasolino ohne ihren Mann Alberto, zwei junge Leute vom Hauspersonal und zwei Männer, die ihr besonderes Interesse erregten.

»Das ist doch wieder dieser mysteriöse Fotograf!« flüsterte Juliette, während der kleine Trauerzug den Weg zur Grabstätte nahm. »Was hat der Kerl mit Arnolfo zu schaffen?«

Brodka hob die Schultern. »Und der andere? Mir kommt es vor, als wäre ich dem Mann auch schon mal begegnet.«

»Ja«, entgegnete Juliette, »jetzt, wo du es sagst ...«

Während der Pfarrer mit hoher Fistelstimme Gebete sprach, meinte Brodka: »Ich bin nicht sicher, ob wir Baldassare wirklich trauen können, auch wenn es so aussieht, als hätten wir denselben Gegner.«

»Aber sie haben seine Wohnung verwüstet, und er hat dir den Schlüssel gegeben.«

»Verkauft, Juliette, verkauft! Und es muß sich erst noch herausstellen, ob die ganze Sache nicht ein Betrug ist.« Brodkas Rechte glitt unwillkürlich in seine Hosentasche, um nach dem Schlüssel zu tasten.

Nach fünfzehn Minuten war die Beerdigung zu Ende. Die Trauergäste zerstreuten sich eilig.

»Armer Arnolfo«, sagte Juliette, als sie den Friedhof verließen.

»Ich hätte dem alten Mann noch ein paar Jahre gegönnt«, meinte Brodka und fügte in einem Anflug von Zynismus hinzu: »Dann hätten wir wenigstens erfahren, was wir mit diesem verdammten Schlüssel anfangen können.«

Die Suche nach dem Tresor, dessen Schlüssel sie besaßen, gestaltete sich schwieriger, als Brodka erwartet hatte. Er war nach seinem Gespräch mit Baldassare Cornaro überzeugt gewesen, daß der Schlüssel zu einem Bankschließfach gehörte. Doch die Bank, bei der Baldassare ein Konto für seinen Onkel führte, erwies sich als Fehlschlag. Ebenso sämtliche Banken, die in der Nähe von Arnolfos einstiger Arbeitsstätte lagen.

Ein Blick ins Telefonbuch verriet, daß es in Rom mehr als tausend Banken und Zweigstellen gab – ein aussichtsloses Unterfangen. Deshalb versuchte Brodka, über die Zentralen aller in Rom ansässigen Banken die Schlüsselcodes ihrer Filialen zu erfahren.

Auch dieser Versuch erwies sich als Fehlschlag. In den meisten Banken erntete Brodka nur Mißtrauen und die Auskunft, man könne nicht mit Bestimmtheit sagen, welches Schlüsselsystem in den verschiedenen Zweigstellen Verwendung finde. Anfragen dieser Art seien noch nie vorgekommen.

Allmählich wuchs bei Brodka der Zorn auf Baldassare Cornaro, der ihn möglicherweise betrogen hatte; er spielte mit dem Gedanken, den nutzlosen Tresorschlüssel zurückzugeben und sein Geld zurückzuverlangen.

Entgegen ihrer Gewohnheit zeigte Juliette in diesem Fall mehr Ausdauer. Sie überzeugte Brodka davon, daß Baldassare viel zuviel von sich und seinem Onkel preisgegeben habe, um das Risiko eines Betrugs auf sich zu nehmen. Zum anderen, meinte Juliette, könne Brodka nicht damit rechnen, in einer Millionenstadt wie Rom binnen zweier Tage den passenden Tresor für einen Schlüssel zu finden. Die einzige Chance, ans Ziel zu gelangen, bestehe darin, das Umfeld Arnolfo Carraccis zu erkunden.

Brodka pflichtete Juliette bei. Sie beschlossen, einen letzten Versuch zu machen und die Schließfächer in Statione Termini, dem Hauptbahnhof Roms, in Augenschein zu nehmen.

Doch auch diese letzte Hoffnung zerplatzte wie eine Seifenblase. Entmutigt schlenderten sie in Richtung Piazza della Repubblica, um in einer Seitenstraße etwas zu essen und zu überlegen, wie sie weiter vorgehen sollten.

Auf der Suche nach einer Trattoria stießen sie nahe der Via Torrino auf einen kleinen finsteren Laden mit der Aufschrift ›Servizio chiavi‹, Schlüsseldienst.

Brodka und Juliette schauten sich an. Beide hatten den gleichen Gedanken.

Der Schlüsselladen war zehn Meter lang, aber kaum breiter als zwei Meter, und an den Wänden hingen Tausende Schlüssel. Zwei Neonröhren an der hohen Decke tauchten den Laden in ein fahles, kaltes Licht.

Hustend und rotzend tauchte aus dem Hintergrund ein Mann im grauen Kittel auf. Er war von mittlerem Alter und kleiner Statur und trug eine dicke Hornbrille auf der Nase, über deren oberen Rand er hinwegblickte. Was er für sie tun könne?

Brodka hielt dem Mann den doppelbärtigen Schlüssel hin und fragte, ob er eine Ahnung habe, wohin dieser gehöre.

Zuerst musterte der Schlosser Brodka von oben bis unten; dann warf er einen mißtrauischen Blick auf Juliette. Schließlich aber wandte er sich dem Schlüssel zu, drehte ihn nach allen Seiten, hielt ihn gegen das Licht und fragt schließlich mit heiserer Stimme wie ein sardischer Hirte: »Warum wollen Sie das wissen, Signore? Es ist doch Ihr Schlüssel, oder? Also müssen Sie doch wissen, wo er paßt!«

Brodka tat verlegen und erzählte dem Mann die Geschichte, die er sich zuvor gemeinsam mit Juliette zurechtgelegt hatte: »Wissen Sie, Signore, ein enger Verwandter von uns ist gestorben, hier in Rom, und wir haben in seinem Nachlaß diesen Schlüssel gefunden. Wir vermuten, daß er irgendwo in der Stadt ein Schließfach besitzt.« Er lächelte. »Vielleicht sind wir reich und wissen noch gar nichts davon.«

Der kleine Scherz gefiel dem Schlosser, und seine mißtrauische Miene hellte sich auf. Abermals hielt er den Schlüssel in die Höhe, um die Bartzacken zu betrachten; dann suchte er unter den tausend Schlüsseln an der Wand nach einem Vergleichsstück. Als er nicht fündig wurde, meinte er: »Das ist ein ziemlich simples Tresorschloß, wissen Sie. Ich kann mir nicht vorstellen, daß es sich um ein Bankschließfach handelt. Das Schloß stammt aus den fünfziger Jahren. Schwer zu sagen.«

»Sie meinen also, es könnte sich um einen altmodischen Privattresor handeln?« fragte Brodka, der seine Felle davonschwimmen sah.

»Das glaube ich nicht, Signore, es ist ohne Zweifel ein Systemschlüssel.«

»Das heißt?«

»Das heißt, es gibt mehrere Schließfächer, deren Schlüssel sich nur unwesentlich voneinander unterscheiden. Sehen Sie, hier.« Er zeigte auf die Zacken des Doppelbartes. »Damit können Sie 3 mal 3 ist 9, mal 9 ist 81 Schlösser variieren. Es handelt sich also vermutlich um eine kleine Schließfachanlage. Nimmt man hinzu, daß es ein eher einfaches Schloß ist, dürfte es sich um einen Schlüssel für einen Hotelsafe oder für die Schließfächer einer Firma handeln. Nein, keine Bank der Welt könnte sich noch solche Safes erlauben – schon wegen der Versicherung. Mehr kann ich Ihnen auch nicht sagen.«

Brodka schob dem Schlosser einen Schein hin und bedankte sich. »Sie haben uns sehr geholfen.«

Eine Trattoria mit Namen »Da Giovanni«, einen Straßenzug weiter, bot Brodka und Juliette Gelegenheit, die neuen Erkenntnisse zu erörtern. Die aber waren nicht gerade dazu geeignet, ihre Stimmung zu heben.

Zwar wußten sie jetzt, daß Arnolfo Carracci kein Bankschließfach in Anspruch genommen hatte und daß der Tresor oder das Schließfach nicht über die besten Sicherheitsvorkehrungen verfügte; aber das half ihnen auch nicht viel weiter.

Ein Hotelsafe, meinte Juliette, scheide in Anbetracht der Lebensumstände des Hausdieners aus. Vermutlich habe er nicht eine einzige Nacht seines arbeitsreichen Lebens in einem Hotel verbracht. Daß es sich um die Personalschließfächer einer Firma handeln könnte, schien eher wahrscheinlich. Doch zu welcher Firma oder Institution pflegte Arnolfo Kontakte?

Eine Frage, die wohl am besten sein Neffe beantworten konnte.

Auf dem Weg zu Baldassare Cornaro überquerten Brodka und Juliette die Via Veneto, in der sich das Hotel Excelsior befand, mit dem beide unterschiedliche Erinnerungen verbanden, und wie von selbst wechselten beide auf die gegenüberliegende Straßenseite.

Plötzlich blieb Juliette stehen. Sie hielt den Blick auf das Hotel gerichtet. Brodka ahnte ihre Gedanken und mochte nicht nach dem Grund für ihre plötzliche Nachdenklichkeit fragen. Er hatte das unliebsame Ereignis weitgehend verdrängt; ausgelöscht aber war es nicht.

»Brodka«, sagte Juliette, ohne den Blick vom Hotel zu nehmen, »du erinnerst dich doch an den unbekannten Mann bei Arnolfos Beerdigung? Jetzt weiß ich, wo ich ihn schon einmal gesehen habe.«

Brodka warf Juliette einen skeptischen Blick zu. »Und wer war dieser Mann?«

»Der Portier vom Hotel Excelsior.«

Brodka stutzte. »Verdammt, ich glaube, du hast recht. Aber was hat das zu bedeuten?«

Doch Juliette war in Gedanken schon weiter. »Wo ist der Schlüssel?« fragte sie unruhig.

Brodka nahm ihn aus der Tasche und drückte ihn Juliette in die Hand.

»Hier«, sagte sie und deutete auf die drei auf dem Schlüsselgriff eingravierten Buchstaben. »GHE – Grand Hotel Excelsior.«

Zuerst war Brodka sprachlos. Es dauerte eine Weile, bis er die Logik von Juliettes Darlegungen verarbeitet hatte. Dann handelte er rein impulsiv, ohne zu wissen, ob es klug oder gefährlich war, was er tat. Er nahm Juliette bei der Hand und rannte mit ihr, begleitet von einem Hupkonzert, durch den Verkehrsstrom über die Via Veneto zum Hotel.

»Da!« Juliette zeigte auf den Portier hinter der Empfangsloge. »Er ist es wirklich!«

Der Portier, ein älterer Herr von tadellosem Äußeren und ebensolchen Manieren, grüßte höflich und erkundigte sich nach den Wünschen der vermeintlichen Gäste.

»Sie kannten Arnolfo Carracci?« fragte Brodka unvermittelt und – wie er im nachhinein empfand – etwas zu forsch.

Verunsichert schaute der Gefragte die beiden an. Er rückte seinen antiquierten Gehrock zurecht, als wollte er Zeit gewinnen. »Ja«, sagte er schließlich. »Darf ich fragen, wer Sie sind und warum Sie sich für Arnolfo interessieren? Er ist tot. Wir haben ihn gestern zu Grabe getragen.«

»Ich weiß. Mein Name ist Brodka. Wir haben bis vor kurzem hier im Hotel gewohnt. Und Arnolfo Carracci war ein Bekannter von uns.«

»Ach«, erwiderte der Portier und betrachtete abwechselnd Brodka und Juliette. »Ja, ich glaube, ich erinnere mich an Sie.«

»In welcher Verbindung standen Sie zu Signore Carracci?« fragte Brodka. »Waren Sie befreundet?«

Der Portier legte den Kopf schräg, und für einen Augenblick leuchteten seine Augen wie verklärt. »Ja. Arnolfo war der letzte meiner Schulfreunde. Jetzt bin nur noch ich übrig. Wahrscheinlich bin ich dem Teufel zu gut und dem Herrgott zu schlecht. *Chi se ne frega* – wen juckt's?«

Andächtig öffnete Brodka seine Faust. »Kennen Sie diesen Schlüssel, Signore?«

»Nennen Sie mich Marco, *per favore.*« Er zeigte auf das Messingschild auf seiner linken Brustseite. »Ja, natürlich kenne ich einen solchen Schlüssel. Er ist von einem unserer Schließfächer. Lassen Sie mich bitte sehen.« Er nahm den Schlüssel, las die eingestanzte Nummer und fuhr mit dem Zeigefinger über eine ausgedruckte Liste.

Plötzlich hielt er inne. »Wie kommen Sie an diesen Schließfachschlüssel, Signore? Er gehörte Arnolfo.«

Brodka nickte. »Ich weiß. Aber jetzt gehört er mir.«

»Was soll das denn heißen?« erwiderte Marco verärgert. »Ich habe Arnolfo das Schließfach zur Verfügung gestellt. Angeblich enthält es wichtige Dokumente. Arnolfo meinte, daß niemand sie hier vermuten würde. Er hatte Streit mit seinem Arbeitgeber Alberto Fasolino, wissen Sie. Arnolfo machte aber immer nur Andeutungen und hat nie gesagt, worum es eigentlich ging. Nein, ich werde Sie nicht an das Schließfach lassen, Signore. Nur über meine Leiche.«

Diskret blickte Brodka nach allen Seiten, ob jemand sie beobachtete; dann beugte er sich über den Tresen vor und sagte: »Hören Sie, Marco, ich habe Arnolfo für den Inhalt des Schließfachs eine hohe Summe geboten. Beim Übergabetermin erlitt er den Infarkt, der zu seinem Tod führte. Wir waren es, die seine Einweisung in die Klinik veranlaßt haben.«

Marco blickte an Brodka vorbei, während er ihm zuhörte. »Hat Arnolfo das Geld bekommen?« fragte er schließlich.

»Nein«, entgegnete Brodka, »dazu kam es nicht mehr. Aber Arnolfos Neffe wußte von unserem Geschäft. Also habe ich ihm das Geld gegeben und dafür von ihm den Schlüssel des Schließfachs erhalten.«

Da hob der Portier abwehrend beide Hände. »Das, mit Verlaub, Signore, entspricht nicht der Wahrheit.«

Brodka wurde wütend. Juliette merkte es und legte ihre Hand auf seinen Arm. In ihrem Blick lag die stumme Bitte: Bleib ruhig. Du verschlimmerst die Situation sonst nur.

Deshalb gab sich Brodka versöhnlich. »Das müssen Sie mir erklären. Warum sollte ich lügen?«

»Hören Sie, Signore. Ich war der einzige, der von diesem Schließfach wußte. Nicht einmal Baldassare, dem er sonst alles anvertraute, wußte Bescheid, wo Arnolfo seine Dokumente versteckt hielt. Und ich, der ich den Aufbewahrungsort kannte, kenne bis heute den Inhalt nicht. Nein, Signore, ich glaube Ihnen kein Wort.«

Der Portier stellte Brodka auf eine harte Geduldsprobe. Er griff zum Telefonhörer, hielt ihn Marco hin und sagte: »Bitte, rufen Sie Baldassare an. Er wird Ihnen meine Aussage bestätigen.«

Marco wählte die Nummer und führte ein längeres Telefongespräch, in dessen Verlauf er mehrmals das Wort »*veramente* – wirklich?« gebrauchte. Schließlich legte er auf und sagte: »Entschuldigen Sie mein Mißtrauen, Signore, Sie sind vollkommen im Recht. Aber das konnte ich ja nicht wissen.«

»Schon gut.« Brodka winkte ab. »Wo ist der Tresorraum?«

Juliette zog es vor in der Halle zu warten, während Brodka mit dem Portier einen kleinen Raum neben der Telefonzentrale betrat, der etwa drei mal drei Meter im Quadrat maß. Die gegenüberliegende Wand wurde von Schließfächern eingenommen. Linker Hand stand ein schlichter Holztisch. In der rechten oberen Ecke des Tresorraumes war, kaum erkennbar, eine Kamera angebracht.

»Wenn Sie bitte Ihren Namen, das Schließfach und die Uhrzeit eintragen wollen«, sagte Marco und wies mit der Hand zu dem Tisch, auf dem eine Liste mit Namenseintragungen lag.

Brodka schrieb seinen Namen und die Uhrzeit nieder; dann steckte er den Schlüssel in die Tür mit der Nummer 101. Marco blickte diskret zur Seite, als gehe ihn die Sache nichts an.

Schon beim Betreten des Tresorraums hatte Brodka ein ungutes Gefühl befallen, eine böse Ahnung. Als er das Schließfach öffnete und leer vorfand, zeigte er sich nicht einmal sonderlich verwundert.

Er bat Marco zu sich und zeigte, ohne ein Wort zu sagen, in das geöffnete leere Fach.

In Marcos Augen trat ein Ausdruck der Verwunderung und Ratlosigkeit; er brauchte eine ganze Weile, bis er die richtigen Worte fand. »Signore«, sagte er, und seine Betroffenheit schien glaubhaft, »hier stimmt etwas nicht. Ich habe mit eigenen Augen gesehen, daß Arnolfo irgend etwas in diesem Fach deponiert hat.«

»So, haben Sie?« entgegnete Brodka verbittert. »Gibt es für alle Fächer einen Zweitschlüssel?«

»Nein, Signore, das wäre viel zu gefährlich.«

»Aber wenn einmal ein Schlüssel verlorengeht?«

»Der Direttore verfügt über einen Universalschlüssel. Soweit ich mich erinnere, wurde er noch nie gebraucht.«

Brodka verschloß die Tür und kehrte zu Juliette zurück, die Brodkas Worten einfach nicht glauben wollte.

»Dann gibt es nur eine Erklärung«, sagte sie schließlich. »Baldassare hat uns betrogen.«

Doch Brodka wollte nicht glauben, daß Arnolfos Neffe es darauf angelegt hatte; dazu war die Sache viel zu durchsichtig.

Brodkas Verdacht richtete sich vielmehr gegen den Hoteldirektor, der über den einzigen Universalschüssel verfügte. Aber woher sollte der Mann von dem brisanten Inhalt wissen?

Als Brodka den Portier mit seinem Verdacht konfrontierte, bat Marco ihn, Stillschweigen zu bewahren. Auch er wolle unbedingt erfahren, ob jemand sich am Schließfach zu schaffen gemacht habe, und es gäbe vielleicht eine Möglichkeit, dies herauszufinden. Er bat Brodka, sich nach Dienstschluß gegen 19 Uhr im Hotel einzufinden. Dann könnten sie sich gemeinsam die Videoaufzeichnungen der Überwachungskamera ansehen. Es sei nämlich unmöglich, in den Tresorraum zu gelangen, ohne die Kamera in Funktion zu setzen.

Kurz nach sieben betraten Brodka und Juliette erneut die Halle des Hotels Excelsior. Sie wurden bereits erwartet.

Ohne seinen altmodischen Gehrock wirkte Marco um zehn Jahre jünger, freilich auch längst nicht so seriös wie in seiner Uniform. Er bat die beiden in die Telefonzentrale, wo an einer Wand mehrere Monitore installiert waren. Sie zeigten Überwachungsbilder vom Hoteleingang, der Tiefgarage, dem Ladehof und dem Korridor mit den VIP-Suiten.

Marco drückte auf eine Taste. Auf einem leeren Bildschirm erschien das Bild des Tresorraums.

»Die Kamera«, erklärte Marco, »schießt alle acht Sekunden ein Bild, sobald jemand den Raum betritt. Datum und Uhrzeit sind eingeblendet. Sie kann nicht ausgeschaltet werden, ohne daß auf dem Bildschirm ein entsprechender Vermerk erscheint. Mit welchem Tag wollen wir beginnen?«

Brodka und Marco einigten sich darauf, zunächst die Aufnahmen der letzten drei Tage in Augenschein zu nehmen.

Die Bilder des ersten Tages zeigten insgesamt sechzehn Besucher im Tresorraum; von den Besuchern blieb Brodka nur eine wohlbeleibte Frau mit aschblonden Haaren im Gedächtnis, die ihre Pretiosen mit bloßer Hand in dem Fach verstaute, als handelte es sich um Holzwolle.

Auch die Überprüfung des zweiten Tages brachte keine Erkenntnisse, was Schließfach 101 betraf.

Die Aufzeichnung des letzten Tages – eingeblendeter Zeitpunkt ein Uhr dreißig nachts – versetzte sie in Aufregung.

»Da! Sehen Sie!« sagte der Portier und zeigte auf den Bildschirm.

Brodka murmelte: »Das ist doch nicht möglich ...«

Ein Mann mittleren Alters mit dunklem Haar und Hakennase betrat den Tresorraum, öffnete mit einem Schlüssel das Fach 101 und nahm ein Paket heraus, kaum größer als eine Zigarrenkiste.

»Moment, ich spule das Band zurück!« Aufgeregt drückte Marco eine Taste, und die Aufnahme lief von neuem ab.

»Ich kenne den Mann irgendwoher«, sagte Brodka, ohne den Blick vom Monitor zu nehmen. »Verdammt! Wenn ich nur wüßte ...«

»Es ist Walter Keyserling, ein Fotograf«, sagte Marco. »Er war bei Arnolfos Beerdigung.«

»Keyserling?« fragte Juliette, während das Band zum drittenmal ablief. »Er ist kein Italiener?«

»Er ist deutscher Abstammung und mit einer Italienerin verheiratet. Wenn ich mich recht entsinne, lebt er in Gaeta, auf halbem Weg zwischen Rom und Neapel. Mein Gott, was war ich gutgläubig!«

Brodka schaute den Hotelportier fragend an.

Marco blickte betreten drein. »Ich habe Ihnen verschwiegen, daß Keyserling von dem Schließfach wußte. Ich habe ihm davon erzählt. Sie müssen das verstehen, Signore. Keyserling kam nach der Beerdigung auf mich zu. Er sprach so gut über Arnolfo, daß ich annehmen mußte, er habe ihn gut gekannt. Außerdem zeigte Keyserling sich ungehalten über Fasolino, wie übel der dem armen Arnolfo mitgespielt habe. Ihm selbst, beteuerte er, sei es nicht anders ergangen. Er warte nur auf die passende Gelegenheit, es Fasolino heimzuzahlen. Da hab' ich Keyserling von den Dokumenten erzählt, die ich für Arnolfo in einem Hotelschließfach aufbewahrte. Aber wie ist er an den Schlüssel gekommen?«

Ein Display am unteren Rand der Aufnahme zeigte, daß der Einbruch – wie sollte man es sonst nennen? – in der Nacht nach Arnolfos Beisetzung verübt worden war, also nachdem Keyserling mit Marco gesprochen hatte. Das klärte freilich noch nicht die Frage, wie Keyserling an den Safeschlüssel gekommen war.

Brodka dachte nach. »Hat jeder, der einen Safeschlüssel vorweist, Zugang zum Tresorraum?«

»In der Regel ist es so, daß wir den Hotelgast bis zur Tür des Tresorraums begleiten und dann Diskretion wahren. Wir gehen davon aus, daß nur Personen den Raum betreten, die über einen Safeschlüssel verfügen.«

»Ein Nachschlüssel würde also nicht auffallen?«

»Ehrlich gesagt, nein, Signore. Wir hatten allerdings noch nie einen Fall, bei dem ein Nachschlüssel benutzt wurde. Mein Gott, mir ist die Sache furchtbar peinlich. Ich hätte Arnolfo das Fach gar nicht zur Verfügung stellen dürfen. Er war ja nicht Gast des Hotels. Sie verraten mich doch nicht, Signore?«

»Wer war der Nachtportier in dieser Nacht?«

»Warten Sie ... das war gestern, da hatte Alessandro Dienst. Ein zuverlässiger Mann. Ich weiß nicht, wie es dazu kommen konnte. Keyserling muß auf die erstbeste Gelegenheit gewartet haben, daß ich dienstfrei hatte. Was werden Sie jetzt tun?«

»Was würden Sie an meiner Stelle tun?« fragte Brodka zurück.

Der Portier überlegte nicht lange. »Keine Frage, ich würde

Keyserling zur Rede stellen. Wie ist dieser Mann bloß an einen Nachschlüssel gekommen?«

»Und wo finde ich diesen Keyserling?«

»Wie ich schon sagte, wohnt er in Gaeta, hundert Kilometer südlich von Rom, am Meer. Der Ort ist nicht so groß, daß man einen Mann nicht finden könnte. Wenn Sie wollen, begleite ich Sie. Schließlich habe ich etwas gutzumachen. Und mit Keyserling habe ich noch ein Hühnchen zu rupfen. Das werden Sie verstehen, Signore.«

Der Vorschlag klang nicht übel. Mit Hotelportiers hatte Brodka stets gute Erfahrungen gemacht, und so verabredeten sie sich für den folgenden Tag.

Kapitel 10

Entgegen allen Erwartungen erlangte Professor Collin das Sprachvermögen wieder. Es begann mit unartikulierten Lauten, die der gelähmte Mann zehn Tage nach dem Unfall ausstieß. Seither machte er beinahe täglich Fortschritte. Es gelang ihm bereits, kurze Sätze zu formulieren, meist rüde Befehle oder bösartige Nörgeleien, die das Klinikpersonal zur Verzweiflung trieben.

So bestand er darauf, daß die Tür zu seinem Zimmer im dritten Stock Tag und Nacht geöffnet blieb, damit er verfolgen konnte, was auf dem Gang vorging. Bald konnte er mit Hilfe des Steuerknüppels vor dem Mund seinen Rollstuhl durch die Gänge lenken; nur beim Bedienen des Lifts brauchte er einen Helfer, der die gewünschten Knöpfe drückte.

Oberarzt Dr. Nicolovius leitete die Klinik kommissarisch, doch nominell war nach wie vor Collin der Chef. Nicolovius hatte keinen leichten Stand, denn Collin verfolgte jede seiner Handlungen mit Argwohn; seit zwei Tagen bestand er sogar darauf, daß schwierige Operationen in seinem Beisein durchgeführt wurden.

Der Mann im Rollstuhl, dessen Körper und Kleidung vor jeder Operation, die er sich anschaute, umständlich und zeitraubend sterilisiert werden mußten, erwies sich immer mehr als untragbare Belastung für den reibungslosen Arbeitsablauf in der

Klinik. Nicht wenige wünschten diesen unerträglichen Quälgeist in die schwärzeste Hölle. Besonders die Schwestern hatten unter seinen Ausfällen zu leiden. Collin überschüttete sie mit giftiger Kritik oder pöbelte sie an; keine konnte dem schwerkranken Mann etwas recht machen. Die meisten weigerten sich, sein Zimmer im dritten Stock überhaupt noch zu betreten.

Collins Lebensumstände und die damit verbundene Bewegungsunfähigkeit hatten ihn nur vorübergehend dem Alkohol entwöhnt. Inzwischen soff er, übrigens mit Billigung seines Oberarztes Dr. Nicolovius, mehr als je zuvor. Er trank Unmengen von Cognac – für ihn die einzige Möglichkeit, seinen Zustand zu ertragen. Doch für seine Mitarbeiter brachen dadurch noch schlimmere Zeiten an.

Vom Hausmeister der Klinik, einem technischen Improvisationsgenie, wurde Collins elektrischer Rollstuhl umgerüstet, daß er doppelt so schnell fahren konnte wie eigentlich vorgesehen. Seither machte es Collin ein besonderes Vergnügen, mit hoher Geschwindigkeit durch die Gänge zu jagen und Patienten und Personal schikanieren.

Collin schien nur noch Interesse am Alkohol zu haben und daran, andere mit den Abgründen der menschlichen Seele zu konfrontieren.

Seine ehemalige Sekretärin wurde von Collin beauftragt herauszufinden, wo Juliette sich aufhielt. Die Aufgabe nahm beinahe ihre ganze Zeit in Anspruch, obwohl Collin ihr mehrere Anlaufstellen, Namen und Adressen genannt hatte; aber jede erwies sich als ein Schlag ins Wasser.

Als telefonische Recherchen keinen Erfolg brachten, verlangte Collin von ihr, einen ganzen Tag lang den Eingang zu Brodkas Wohnung zu bewachen. Die Sekretärin legte sich in ihrem Auto zwölf Stunden auf die Lauer – ohne Ergebnis.

Als sie Collin am folgenden Tag davon unterrichtete, geriet der Professor außer sich, drehte sich in seinem Rollstuhl immer wieder um die eigene Achse und stieß üble Verwünschungen aus. Ängstlich wich die Sekretärin in eine Ecke des Zimmers zurück.

Collin sah die Furcht in ihren Augen, und sie erregte ihn. Er richtete seinen Rollstuhl aus, drückte den Steuerlöffel nach vorn, und sein unheimliches Gefährt schoß auf die junge Frau zu. Diese versuchte auszuweichen, doch Collin reagierte ebenso schnell, lenkte den Rollstuhl zur Seite und preßte die Frau gegen die Wand.

Sie schrie in Todesangst um Hilfe, unfähig ihrem Peiniger zu entfliehen. Wie wild schlug sie auf Collins Kopf ein, mit dem der Professor den Rollstuhl steuerte.

Mit stechenden Augen setzte Collin sein unheimliches Gefährt ein paar Zentimeter zurück, um von neuem Anlauf zu nehmen. Dabei bohrten sich seine toten Knie in die Oberschenkel der Frau. Wieder schrie sie – weniger aus Schmerz als aus Abscheu vor diesem Ungeheuer.

Endlich, nach endlosen Augenblicken der Qual, wurden die Hilferufe gehört. Ein Pfleger eilte zu Hilfe und versuchte Collin in seinem Rollstuhl wegzuziehen. Collin wendete sein Gefährt so plötzlich, daß der Pfleger strauchelte; aber im Fallen bekam der Mann eines der Kabel zu fassen, die von den Batterien zum Motor führten. Der Pfleger riß es aus dem Steckkontakt, und im nächsten Augenblick stand der Rollstuhl still.

Schluchzend kauerte die Frau am Boden. Der Pfleger half ihr auf und führte sie aus dem Zimmer. Collin blieb in seinem unbeweglichen Rollstuhl zurück.

Auf den Vorfall angesprochen, reagierte Collin am folgenden Tag mit gespielter Fassungslosigkeit. Er lallte unartikuliert, alle

Vorwürfe seien erstunken und erlogen; man suche nur nach einem Vorwand, ihn loszuwerden.

Obwohl Collins Sekretärin außer ein paar blauen Flecken keine Verletzungen davongetragen hatte, nahm Dr. Nicolovius den Zwischenfall sehr ernst. Am Abend versammelte er in seinem Zimmer die Belegschaft. Gegen seinen Willen und ohne Zustimmung seiner Ehefrau Juliette, erklärte Nicolovius, könne der Professor nicht in ein Pflegeheim eingewiesen werden. Andererseits stelle Collins Zustand für Personal und Patienten der Klinik eine Gefahr dar.

Collin sei verrückt, meinte der Pfleger, der die Sekretärin aus der Gewalt des Professors befreit hatte; es sei unzumutbar, ihn weiter in der Klinik zu belassen.

Aus Angst vor einer neuerlichen Wahnsinnstat des Professors drohten zwei Schwestern mit Kündigung. Und die beiden Assistenzärzte lehnten die weitere Verantwortung für das Wohl der Patienten ab, solange »der Wahnsinnige« in der Klinik sein Unwesen treibe.

Unbemerkt hatte Collin seinen Rollstuhl vor die Tür seines Oberarztes gesteuert. So wurde er Zeuge der Anschuldigungen. Niemand sah das teuflische Grinsen, das für einen Augenblick über sein Gesicht huschte.

Marco, der Portier vom Hotel Excelsior, fuhr einen hellblauen Fiat Cinquecento, der schon manche Karambolage überstanden hatte, und wie alle Italiener liebte er seinen Kleinwagen über alles. Man hätte meinen können, daß sich diese Liebe in besonders schonender Behandlung des Kleinwagens äußerte, aber das war nicht der Fall. Am Steuer war Marco, sonst ein Ausbund an Ruhe und Gelassenheit, ein anderer Mensch.

Er jagte den Zweizylindermotor hoch, als säße er am Steuer eines Ferrari. Und was ihm an Beschleunigung fehlte, machte er durch die Kleinheit des Autos wett; jedenfalls fand er immer eine Lücke in den Fahrzeugkolonnen, die sich auf den Ausfallstraßen südwärts bewegten.

Während Juliette auf dem Beifahrersitz beinahe hautnah die Stoßstangen von Last- und Lieferwagen zu sehen bekam, wurde Brodka auf der hinteren Sitzbank vom Lärm des luftgekühlten Heckmotors traktiert, der eine Unterhaltung unmöglich machte. Auf diese Weise blieben ihm zahllose italienische Schimpfwörter erspart, deren Marco sich im morgendlichen Berufsverkehr bediente, um besser voranzukommen und von denen »puttana«, Nutte, und »porco dio«, Schweinegott, noch die gängigsten waren.

Für die Fahrt nach Gaeta wählte Marco die Autostrada 2, die zwar gebührenpflichtig, aber dafür staufrei ist. An der Ausfahrt Cassino bog er auf die 630 ab, die sich übers Gebirge bis ans Meer schlängelt.

Gaeta liegt auf einer Halbinsel. Nur ein kleiner Stadtteil stammt aus dem Mittelalter; die steinigen Buchten und langen Strände sind von zahlreichen Villen und Hotels besiedelt.

Die Portiers der meisten Hotels kennen sich vom Telefon, und so steuerte Marco zielsicher das Hotel Serapo an, einen verschachtelten Gebäudekomplex am Fuße des Monte Orlando, um sich nach Walter Keyserling zu erkundigen. Brodka und Juliette warteten unterdessen im Wagen.

Nach zehn Minuten kehrte Marco mit der Nachricht zurück, Keyserling wohne zweihundert Meter landeinwärts in einem Haus von rosaroter Farbe, was in Italien nicht selten, in dieser Gegend aber ungewöhnlich sei.

Marco fand das Haus auf Anhieb. Brodka bat ihn, zunächst im Auto zu bleiben und den Eingang nicht aus den Augen zu lassen. Durch den großen Garten, der von niedrigen Bäumen bewachsen war, erreichten Brodka und Juliette das Haus.

Auf ihr Klopfen öffnete eine freundliche, anmutige Frau von dunklem Typ, die jedoch sofort verschwand, als Keyserling in der Tür erschien.

Einen Augenblick standen sich der Hausherr und die unerwarteten Besucher sprachlos gegenüber. Brodka befürchtete schon, Keyserling könnte ihnen die Tür vor der Nase zuschlagen, als dieser plötzlich erklärte, ohne seine Bestürzung zu überspielen: »Ich wußte, Sie würden mich eines Tages finden. Ich hätte nur nicht erwartet, daß es so schnell geschieht. Kommen Sie herein!«

Brodka und Juliette warfen sich einen raschen, verwunderten Blick zu, dann folgten sie der Aufforderung.

Im Haus war es angenehm kühl, wozu auch der Steinfußboden beitrug, mit dem viele Häuser Italiens in Strandnähe ausgestattet sind. Nachdem sie auf rustikalen Holzstühlen Platz genommen hatten, die auf dem Steinboden kreischende Geräusche von sich gaben, begann Walter Keyserling zu reden, ohne daß seine Besucher auch nur ein Wort darüber verloren hatten, weshalb sie überhaupt gekommen waren.

»Fasolino ist ein Schwein«, sagte er. »Ich will gar nicht lange herumreden. Mein Erfolg als Society-Fotograf hält sich in Grenzen. Es gibt einfach zu viele. Vielleicht bin ich auch nicht penetrant und skrupellos genug, um jene indiskreten Bilder zu schießen, die das große Geld bringen. Jedenfalls war ich froh, wenn ich von Fasolino ab und zu einen Auftrag bekam. Er zahlte gut, zumindest am Anfang. Und wenn die Kasse stimmt, ist mir egal, was ich fotografiere. Sie verstehen. Doch allmählich gewann ich den Eindruck, daß Fasolino mich für irgendwelche kriminellen Machenschaften mißbrauchte. Bei seinen Aufträgen sagte er nie, was dahintersteckte; aber es lag auf der Hand, daß es um irgendwelche krummen Dinger ging. Für den Auftrag, in München eine Gemäldeausstellung, die Lokalität und sämtliche Anwesenden zu fotografieren, versprach er mir zehn Millionen Lire. Als ich die Bilder ablieferte, bekam ich fünf Millionen mit der Begründung, mehr seien die Fotos nicht wert. Vielleicht verstehen Sie jetzt meinen Zorn auf Fasolino.«

Brodka wollte Keyserlings Redefluß nicht stoppen. Doch nachdem dieser geendet hatte, meinte er in freundlichem Tonfall: »Das ist uns alles nicht neu, Herr Keyserling. Vor allem ist das nicht der Grund für unser Kommen.«

Keyserling blickte irritiert. Er rief nach seiner attraktiven Frau, sie möge eine Flasche Prosecco bringen. Nachdem sie wortlos eine schwarze Weinflasche und Gläser auf den Tisch gestellt hatte und wieder verschwunden war, fragte Keyserling verwundert: »Weshalb sind Sie dann hier?«

In Brodkas Stimme schwang ein drohender Unterton mit, als er erwiderte: »Weil Sie sich etwas angeeignet haben, das nicht Ihnen gehört, sondern mir.«

»Ach ja?« erwiderte Keyserling belustigt. »Und was soll das sein? Ich weiß überhaupt nicht, wovon Sie reden, Herr ...«

»Brodka. Frau Collin brauche ich Ihnen ja nicht namentlich vorzustellen.«

Irritiert, als wüßte er wirklich nicht, was die Besucher von ihm wollten, öffnete Keyserling umständlich die Flasche. Als er die Gläser gefüllt hatte, erkundigte er sich vorsichtig: »Was habe ich mir denn ... angeeignet, das Ihnen gehört?«

»Der Inhalt des Schließfachs 101 im Tresorraum des Hotels Excelsior in Rom.«

Keyserling ergriff sein Glas, schüttelte kurz den Kopf und trank es in einem Zug leer. Dann knallte er das leere Glas auf den Tisch. »Sie werden mir lästig, Herr ...«

»Brodka.«

»Und was haben Sie mit diesem gottverdammten Schließfach zu schaffen? Es gehörte Arnolfo Carracci, Fasolinos Hausdiener.«

Brodka wurde lauter. »Die Verhältnisse im Hause Fasolino sind uns hinreichend bekannt. Es geht darum, daß Sie sich den Inhalt des Schließfachs widerrechtlich angeeignet haben!«

»Widerrechtlich? Daß ich nicht lache! Ich habe zehn Millionen Lire dafür bezahlt.«

»Was?«

»Ja! An Baldassare Cornaro, Arnolfos Neffen. Dafür gab er mir einen Schlüssel und das Versprechen, in dem Schließfach belastendes Material gegen Fasolino vorzufinden.« Keyserling erhob sich und verließ das Zimmer.

Brodka fiel es wie Schuppen von den Augen. »So ein Gauner, dieser Baldassare! Hättest du das von dem Kerl gedacht?«

Keyserling kehrte zurück und hielt einen Schlüssel in der Hand, eine perfekte Kopie, wenn auch ohne die Gravuren des Originals. »Ich hatte gehofft, belastendes Material gegen Fasolino vorzufinden – jedenfalls behauptete das Baldassare. Ich wollte es diesem Fasolino heimzahlen, daß er mich mehrfach um mein Geld betrogen hat. Statt dessen hat Baldassare mich betrogen. Wie es scheint, tauge *ich* eben doch nicht zum Gauner.«

»Inwiefern hat Baldassare Sie betrogen?« fragte Juliette. »Was war denn in dem Schließfach?«

Keyserling verzog das Gesicht zu einer Grimasse, als bereitete ihm der Gedanke daran körperlichen Schmerz. »Ich hoffte auf kompromittierende Fotos, Belege oder Verträge, die ausgereicht hätten, Anzeige gegen Fasolino zu erstatten. Statt dessen enthielt das Schließfach ein Päckchen mit ...« Er schüttelte den Kopf. »Sie würden nie darauf kommen.«

»Mikrokassetten.«

»Woher wissen Sie das?« fragte Keyserling verdutzt.

»Ganz einfach«, entgegnete Brodka, »von Arnolfo Carracci. Er hat uns das Material noch zu Lebzeiten verkauft.«

»Carracci?«

»Carracci. Leider war sein Herz der Aufregung nicht gewachsen. Das Geld bekam sein Neffe Baldassare.«

»Können Sie das beweisen?«

Brodka und Juliette schauten sich an. Ohne ein Wort zu sagen, erhob sich Juliette und ging hinaus zu dem wartenden Hotelportier.

Als Keyserling Marco erkannte, rief er: »Also gut, ja gut, ist schon gut! Sie haben gewonnen.«

Nun war es an Brodka, Keyserling zu beruhigen. »Ich mache Ihnen nicht einmal einen Vorwurf. Der Gauner ist Baldassare Cornaro. Marco wird Ihnen bestätigen, daß wir Baldassare ebenfalls bezahlt haben. Dafür erhielten wir den Safeschlüssel. Im Gegensatz zu Ihnen jedoch das Original.«

Marco nickte zustimmend. Dann starrte der alte Mann Keyserling an. Seine Miene verfinsterte sich. Sein Mund wurde schmal wie ein Strich. Man sah, wie die Wut in ihm hochstieg. »Das hätte ich nie von Ihnen gedacht, Signore«, sagte er schließlich. »Sie haben die Gefühle eines Mannes, der seinen ältesten Freund zu Grabe getragen hat, schamlos ausgenützt. Ich habe Ihnen vertraut, als Sie sagten, Sie seien ein Freund Arnolfos. *Vergogna!* Pfui Teufel!«

Es hätte nicht viel gefehlt, und Marco hätte auf den Boden gespuckt.

Walter Keyserling zeigte sich ehrlich zerknirscht. »Ich habe das nicht geplant, wirklich nicht«, murmelte er. »Es ergab sich so. In meiner Wut auf Fasolino sah ich nur diese Möglichkeit, mich an ihm zu rächen.«

»Und?« fragte Brodka. »*Werden* Sie sich an Fasolino rächen?«

Keyserling winkte ab. »Bestimmt nicht mit Hilfe der Kassetten aus dem Schließfach. Die sind nämlich wertlos. Geschieht mir ganz recht.«

»Wertlos?« Juliette sprang auf; sie konnte ihre Erregung nicht mehr verbergen. »Sie lügen!«

»Auch ich habe mir mehr davon versprochen, das können Sie mir glauben. Auf den Kassetten sind nur Mitschnitte von Telefongesprächen zwischen Fasolino und Leuten, die ich nicht kenne. Und was den Inhalt völlig unbrauchbar macht – sie sprechen in Rätseln, benutzen fremde Namen und Begriffe und nennen vielfach Bibelstellen, denen wohl irgendeine Bedeutung anhaftet. Ein gewisser Asmodeus taucht dabei am häufigsten auf. Er erteilt die unsinnigsten Befehle. Ich kann Ihnen gerne die Bandaufnahmen überlassen. Ich befürchte nur, Sie können damit ebensowenig anfangen wie ich.«

Keyserling erhob sich und ließ die staunenden Besucher zurück. Juliette blickte Brodka hilflos an. »Glaubst du, Arnolfo Carracci wollte uns betrügen?«

Das wollte Marco, der bisher schweigend zugehört hatte, nicht auf seinem Freund sitzenlassen. »Für Arnolfo lege ich meine Hand ins Feuer.«

»Nein«, erwiderte Brodka, »das kann ich mir auch nicht vorstellen. Arnolfo wußte eine ganze Menge. Denk an unser Treffen im Campo Santo, Juliette. Der Treffpunkt war mit Bedacht gewählt. Nach allem, was wir gerade gehört haben, halte ich es durchaus für möglich, daß Arnolfo noch einen zweiten Schlüssel bei sich trug, allerdings in seinem Kopf.«

»Du meinst, er wollte uns mitteilen, was sich hinter den Namen und Begriffen verbirgt, damit sie einen Sinn ergeben?«

»Genau das.«

»Dann frage ich mich allerdings, welchen Grund hatten Fasolino und seine Kumpane, nicht Klartext zu reden? Und warum ließ Fasolino bei seinen Telefongesprächen ein Aufzeichnungsgerät mitlaufen?«

Brodka zuckte die Achseln. »Arnolfo sagte, es sei eine Marotte von Fasolino, nichts weiter. Und was die Verschlüsselung betrifft, ist die Antwort ebenso einfach: Botschaften, die jeder hören darf, braucht man nicht zu verschlüsseln.«

Juliette blies sich die Haare aus dem Gesicht – bei ihr stets ein Zeichen von Aufregung. »Also arbeitet Fasolino für eine geheime Organisation«, meinte sie.

Brodka lachte gekünstelt. »Hast du daran gezweifelt?«

Inzwischen war Keyserling mit dem Paket zurückgekehrt, in dem sich die Mikrokassetten befanden, und legte es auf den Tisch. Wortlos nahm er eine der Kassette heraus und legte sie in den Anrufbeantworter ein, der seitlich auf einer Anrichte stand.

»Belphegor«, quäkte eine unbekannte Stimme durch den Raum, »heute kein Treffen – Lukas 2,26 – verschoben morgen – Belphegor.«

Keyserling spulte das Band zurück und ließ es ein zweites Mal ablaufen. Die Stimme klang kalt, beinahe künstlich und jagte jedem im Raum Schauer über den Rücken.

»Kennt jemand die Stimme? Oder Lukas 2,26?« fragte Keyserling, während er die Kassette erneut zurückspulte und ein drittes Mal abspielte.

»Die Stimme habe ich nie gehört«, beteuerte Marco, der alte Portier, dem das alles am meisten an die Nieren ging. »Und die Bibelstelle kenne ich nicht. Einer von Ihnen vielleicht?«

Brodka schüttelte den Kopf. Ebenso Juliette.

Keyserling spielte noch weitere Anrufe auf der Kassette vor, die nicht weniger verwirrend oder nichtssagend waren. Einmal meinte Juliette Fasolinos Stimme zu erkennen; doch Keyserling war sicher, daß sie sich täusche.

»Sehen Sie«, meinte Keyserling an seine Gäste gewandt, »Sie können damit ebenso wenig anfangen wie ich.«

»Und nun?« fragte Juliette ungeduldig.

»Sie sagten«, wandte Brodka sich an Keyserling, »daß Sie uns die Kassetten überlassen.«

»Ja. Nehmen Sie sie mit«, erwiderte der Gefragte mit einer wegwerfenden Handbewegung. »Ich kann beim besten Willen nichts Belastendes gegen Fasolino finden.«

Brodka hatte soviel Großzügigkeit nicht erwartet, und Keyserling entging das erstaunte Gesicht seines Besuchers nicht. »Schließlich haben wir beide denselben Gegner«, meinte er, »und wenn das Material Ihnen in irgendeiner Weise von Nutzen ist, Fasolino zu schaden, hat es auch für mich seinen Zweck erfüllt.«

Keyserling nahm die Kassette aus dem Anrufbeantworter, legte sie zu den übrigen zurück und reichte Brodka das Paket.

»Wenn ich Ihnen noch einen Tip geben darf«, meinte er, als die Besucher sich verabschiedeten, »Fasolino verfügt über gute Verbindungen zur römischen Kurie. Er behauptet zwar, es seien alte Familienbande, aber das halte ich für eine Lüge. Fasolino ist ein Hehler, und das schon ein Leben lang.«

Für die Rückfahrt nahm Marco die Straße über Terracina und weiter auf der Via Appia nach Rom. Ihr Ziel war Baldassares Pizza-Service in der Via Sale.

Offensichtlich hatten Brodka und Juliette Baldassare unterschätzt. Sie hatten ihn für einen rechtschaffenen Menschen gehalten, der sich mehr schlecht als recht durchs Leben schlug und seine Chance sah, einmal im Leben ein großes Geschäft zu machen. Aber daß er dieses Geschäft mit frommem Blick gleich zweimal machte, war des Guten zuviel.

Kurz vor Einsetzen des abendlichen Berufsverkehrs erreichten sie Rom. Marco, der sich an dem Gespräch über den Neffen seines alten Freundes beteiligt hatte, meinte: »Wissen Sie, in jedem Italiener steckt ein Gauner, mal ein kleiner, mal ein großer. Man weiß nur nie, an wen man gerät. Was erwarten Sie von einem Volk, von dem drei Exministerpräsidenten vor Gericht stehen und über 30 000 Bürger eine Rente beziehen, obwohl sie seit Jahren tot sind?«

In Baldassares Pizza-Service herrschte Aufregung und Geschirrgeklapper, obwohl der abendliche Ansturm noch nicht eingesetzt hatte.

»Wo ist Baldassare?« fragte Brodka, als er zusammen mit Juliette und Marco den kleinen Laden betrat.

Ein Pizzabäcker in tadelloser weißer Kleidung lachte über das ganze Gesicht und erwiderte: »Kein Baldassare, jetzt Domenico!«

»Was soll das heißen?«

»Baldassare hat verkauft. Er ist ein reicher Mann, Signore. Ist nach Catania verzogen. Ab heute heißt dieses Geschäft ›Domenicos Pizza-Service‹. Sie verstehen?«

Da gab es nicht viel zu verstehen. Brodka sah, daß sich der alte Hotelportier ein Schmunzeln nicht verkneifen konnte. Und hätte Brodka nicht immer noch Wut im Bauch gehabt – er hätte mitgelacht.

Mittwochmorgen gegen 6 Uhr 15 zerriß eine Bombe einen dunkelblauen Volvo, der in der Via Certosa abgestellt war, in tausend Stücke. Es können auch zweitausend oder mehr gewesen sein, wobei die entsprechenden Teile der Autos, die in derselben Reihe geparkt waren, jedoch in Abzug gebracht werden müssen.

So jedenfalls protokollierte die römische Polizei den kriminellen Anschlag, der – nach bester Mafia-Manier – offenbar niemanden töten, aber als deutliche Warnung betrachtet werden sollte.

Nun sind explodierende Autos in Italien zwar nicht an der Tagesordnung, aber auch keine so große Seltenheit. Dieser Fall jedoch hatte es in sich, und zwar in vielfacher Hinsicht. Da war zum einen der Besitzer des Wagens. Es handelte sich dabei nicht etwa um einen der Polizei bekannten oder auch unbekannten Mafioso, sondern um Kardinalstaatssekretär Smolenski, den zweithöchsten Mann der römischen Kurie. Nur eine Viertelstunde später, so erklärte der Kardinal aufgelöst, und ihn hätte auf dem Weg zur Frühmesse der Tod ereilt. Wie die meisten Kardinäle hatte auch Smolenski ein Privatleben und ein Apartment in der Stadt.

Von der Suche nach Motiv und Täter einmal abgesehen, warf die Explosion zwei Fragen auf. Die erste bezog sich auf ein Dutzend Goldfische, welche neben den Trümmern auf dem Pflaster gefunden wurden; die zweite Frage erhob sich, als unter angesengten und verbogenen Metallstücken Einzelteile eines Gemäldes von Leonardo da Vinci zum Vorschein kamen. Zusammengesetzt ergaben die auf Holz gemalten Puzzleteile jenes Bild des heiligen Hieronymus, das sich einst im Besitz der Malerin Angelika Kauffmann befunden hatte und in den Wirren seiner Geschichte zerteilt worden war, bis man die eine Hälfte an einen alten Geldtresor geschraubt entdeckte, die andere als Sitzfläche eines Schusterschemels.

Auf diese Weise geriet die Frage, welcher Schurke dem Kardinal nach dem Leben trachtete, in den Hintergrund, und die italienischen Zeitungen gaben sich in Bezug auf die Goldfische und das Gemälde wilden Spekulationen hin, so daß Kardinal Smolenski sich nach zwei Tagen genötigt sah, sein Schweigen, das er sonst als Lebensaufgabe betrachtete, zu brechen.

In der wöchentlichen Pressekonferenz der Kurie, in welcher stundenlang zu Synoden, Heiligsprechungsprozessen, Enzykliken, Frauenordination und Ökumenismus Stellung bezogen wird, verstieg sich der Kardinalstaatssekretär zu zwei viel beachteten Aussagen, die das Wohl der Kirche eigentlich nur am Rande berührten.

Kardinalstaatssekretär Smolenski outete sich in dürren, knappen Worten als Aquarianer, wie Liebhaber von in Glaskästen schwimmenden Fischen sich selbst bezeichnen. Er habe die Fische am Vorabend gekauft und im Wagen gelassen, um sie am nächsten Tag mit in sein Büro im Vatikan zu nehmen. Soviel zu den Fischen.

Bei den Einzelteilen, die zusammengesetzt ein Gemälde Leonardos ergäben, handle es sich natürlich um eine Kopie. Das Original hänge, für jedermann sichtbar, weiterhin im Leonardo-Saal Nr. IX der Vatikanischen Museen. Er selbst, so Smolenski, habe die Kopie als Geschenk für einen Freund geistlichen Standes in Auftrag gegeben.

Wer sah, wie Kardinal Smolenski zweimal pro Woche ein Dutzend Goldfische in einer durchsichtigen Plastiktüte nach Hause trug, hätte ihn durchaus für einen guten Menschen halten können. Aber das war nur der Schein – und der Schein trügt bekanntlich, besonders der fromme. Denn der Kardinalstaatssekretär leerte zweimal pro Woche die Tüte mit den Goldfischen in ein zweihundert mal fünfzig mal siebzig Zentimeter messendes Aquarium hungriger Piranhas und verfolgte stumm und gottgefällig den Lauf der Natur, bis nur noch Gräten übrig waren.

Und was den in die Luft geflogenen Leonardo da Vinci betraf – eine Kopie, wie Smolenski behauptete –, so erschien die Erklärung des Kardinalstaatssekretärs ziemlich fadenscheinig, und in einem Kommentar des »Messaggero« wurde unverblümt die Frage gestellt, warum der zweithöchste Mann der römischen Kurie mit einer Kopie von Leonardo da Vinci im Kofferraum durch die Straßen Roms fährt.

Natürlich verfolgten Brodka und Juliette den Fall in den Zeitungen. Und als zum erstenmal der Name Smolenski Erwähnung fand, wurde Brodka hellhörig. Mit einem Mal kam in seinem Gedächtnis die Erinnerung an jenen Brief seiner Mutter hoch, den sie ihrer Freundin Hilda Keller geschrieben und den er von Hildas Mann zurückerhalten hatte. In dem Brief hatte Claire Brodka geschrieben, Kardinal Smolenski sei ein Teufel.

Dieser Kardinal Smolenski?

Brodka konnte sich ausrechnen, daß so viele Kardinäle mit Namen Smolenski nicht auf dieser Erde wandelten, und so stand zu befürchten, daß Smolenski tatsächlich die Schlüsselfigur jener Ereignisse war, die ihn und Juliette an den Rand des Wahnsinns getrieben hatten.

Titus, der zwielichtige Typ, von dem Brodka bis heute nicht wußte, was seine eigentlichen Absichten waren, hatte damals in Wien davon geredet, daß es im Vatikan eine geheime Organisation gebe, eine heilige Mafia, die den Milliarden-Konzern der Gläubigen lenke.

Was immer an Titus' Aussagen wahr oder gelogen sein mochte, mehrere Anzeichen sprachen dafür, daß er recht hatte. Der Fälscherskandal, in den Juliette verwickelt war, bestätigte diese Annahme. Doch was den Tod seiner Mutter betraf, hatte Brodka nicht die geringste Vorstellung, welche Zusammenhänge zwischen ihm und der Kurie bestehen könnten.

Brodka erstand in einem Elektronikladen in der Via Andreoli einen Anrufbeantworter, der das Abspielen der Tonbänder ermöglichte, und nun saßen er und Juliette stundenlang im Zimmer ihrer Pension und lauschten den verschlüsselten Mitteilungen. Und je mehr sie von dem Kauderwelsch auf den Kassetten hörten, desto unwahrscheinlicher erschien es ihnen, das Geheimnis der unterschiedlichen Codes je entschlüsseln zu können.

Fest stand, daß die Codes die Handschrift des organisierten Verbrechens trugen. Sie wurden mit höchster Raffinesse benutzt. Von Amateuren oder kleinen Gaunern konnte also keine Rede sein.

Nach zweimaligem Anhören aller zwanzig Kassetten – so viele hatten sie von Keyserling erhalten – begann Brodka mit der systematischen Auswertung. Er notierte häufig wiederkehrende Namen und Codewörter, ein mühseliges Unterfangen, da es sich zum größten Teil um nie gehörte Wörter und Begriffe handelte.

Juliette glaubte nach wie vor, in einem der Sprecher, der sich am Telefon Moloch nannte, Alberto Fasolini zu erkennen. Asmodeus und Belphegor schienen die zentralen Figuren der geheimen Organisation zu sein. Diesen Eindruck vermittelte jedenfalls die Häufigkeit ihrer Namen und ihr herrisches, selbstgefälliges Auftreten. Ein Adrammelech stand im gewissen Widerspruch zu Belphegor; nähere Umstände gingen aus den Bandaufnahmen jedoch nicht hervor. Als einzige weibliche Stimme tauchte Lilith auf, mehrmals sogar. Baalzebuth, Nergal und Belial waren offenbar von geringerer Bedeutung, versorgten Fasolino jedoch mit geheimnisvollen Aufträgen. Ein- oder zweimal kamen noch weitere Codenamen vor, die Brodka aus akustischen Gründen aber nicht aufzeichnen konnte.

Erschöpft meinte Juliette nach sechsstündiger Arbeit vor dem quäkenden Anrufbeantworter: »Jetzt weißt du, warum Keyserling uns die Kassetten so bereitwillig überlassen hat.«

Brodka nickte stumm und wiederholte zum x-tenmal eine Aufzeichnung von Asmodeus' Stimme, welche unverständliche Aufträge vergab.

»Fällt dir an dieser Aufnahme etwas auf?« fragte er und blickte Juliette an.

»Ja, natürlich. Der eigenartige Glockenschlag im Hintergrund.«

»Ein ungewöhnlicher Vierklang, findest du nicht?«

»Ja, höchst eigenartig. Was hat das zu bedeuten?«

»Der Glockenschlag an sich hat gewiß überhaupt nichts zu bedeuten. Er könnte für uns allerdings ein Hinweis auf den Ort sein, an dem sich der Anrufer zur Zeit seines Gesprächs mit Fasolino befand.«

Noch während er sprach, nahm Brodka die Kassette aus dem Gerät und legte eine andere ein. Wieder meldete sich Asmodeus mit einem verschlüsselten Auftrag, diesmal mit einem Zahlencode. Irgendwie hörte die ganze Sache sich ein wenig albern an, so als würden erwachsene Männer Geheimdienst spielen, und es erinnerte an die Zeit des Kalten Krieges, als weibliche Stimmen des Staatssicherheitsdienstes der DDR, auf Langwelle und überall in Europa vernehmbar, mit Eiseskälte und einem Zahlencode Botschaften an ihre Agenten übermittelten. Allerdings fehlte diesen Übertragungen der ungewöhnliche Glockenklang, der auch in dieser Aufnahme Asmodeus' zu hören war.

»Da!« sagte Juliette und hob den Zeigefinger. »Kein Zweifel, zumindest diese beiden Anrufe kamen vom selben Ort.«

Brodka spielte weitere Aufnahmen mit Asmodeus' Stimme ab. Bei diesen jedoch fehlte das Hintergrundgeräusch.

»Kirchenglocken läuten halt nicht den ganzen Tag«, bemerkte Brodka enttäuscht.

Juliette, mit den Nerven am Ende, fragte seufzend: »Und was gedenkst du jetzt zu tun, nach dieser tiefgreifenden Erkenntnis?«

»Das will ich dir sagen.« Brodka erhob sich und schlug, um seinen Worten Nachdruck zu verleihen, mit der flachen Hand auf den Tisch. »Ich werde tun, was alle Dechiffrierer der Welt in einer solchen Situation tun würden. Ich höre mir die Bandaufnahmen so lange an, bis mir die Idee kommt, was sich dahinter verbergen könnte. So einfach ist das.«

»*Einfach?* Ohne mich!« Juliette sprang auf und stampfte im Zimmer auf und ab. »Brodka, merkst du eigentlich, daß wir uns langsam aber sicher am Rand des Wahnsinns bewegen? Daß wir schon nicht mehr normal denken, normal reden, daß unsere

Handlungen Paradebeispiele für jeden Psychiater sind? Vielleicht haben diese Leute es genau darauf abgesehen. Vielleicht wollen sie, daß wir im Irrenhaus enden. Aber es liegt an uns, diesem Treiben Einhalt zu gebieten. Laß uns Schluß machen. Laß uns irgendwo anders hingehen und ein neues Leben anfangen. Das hier ist kein Leben. Das ist Selbstmord auf Raten!«

Brodka verfolgte Juliettes Worte und ihre heftigen Bewegungen mit nachdenklicher Miene. Vom Gefühl neigte er sogar dazu, ihr Recht zu geben. Gleichzeitig aber sagte sein Verstand etwas anderes. Und der formulierte auch seine Antwort: »Juliette, seit Monaten rennen wir gegen eine Gummiwand. Jetzt ergeben sich zum erstenmal konkrete Anhaltspunkte, wer hinter dem Komplott stehen könnte. Arnolfo Carracci hat uns brisantes Material zugespielt. Ich bin überzeugt, er konnte dic verschiedenen Codes entschlüsseln; dann wären wir heute schon weiter. Daß Arnolfo ein Betrüger war, glaube ich nicht. Dafür hatte er ein zu gutes Motiv – das einzige Motiv, das sogar die Gier nach Geld übertrifft, und das ist der Wunsch nach Rache. Juliette, ich kann jetzt nicht aufgeben. Wenn es dir zu gefährlich wird, hätte ich Verständnis dafür, wenn du zurück nach München fährst.«

Da fiel Juliette ihm um den Hals. »Es war nicht so gemeint, Brodka. Verzeih mir, aber an Tagen wie diesen weiß ich vor Verzweiflung nicht weiter. Dann kommt es mir vor, als hätte die ganze Welt sich gegen uns verschworen.«

Sie krallte die Nägel in Brodkas Rücken, daß es ihn schmerzte, klammerte sich an ihn wie ein Kind, das Angst vor dem Unbekannten, Bösen hat.

Aber trotz ihrer Verwirrtheit sprach Juliette aus, was ihr schon lange auf dem Herzen lag: »Und was das Schlimmste ist ... am meisten leidet unsere Liebe darunter.«

Der Satz stand wie ein Menetekel im Raum. Er wirkte lange in Brodkas Innerem nach, bevor er die Sprache wiederfand.

Schließlich rang er sich zu der Antwort durch: »Was mich betrifft, hat sich an meiner Zuneigung zu dir nichts geändert. Juliette, ich liebe dich. Und wenn ich es nicht so zeige wie früher, hat es mit der verdammten Situation zu tun, in die wir gedrängt wurden.«

Minutenlang lagen sie sich wortlos in den Armen. Schließlich löste sich Brodka von Juliette und sagte mit müder Stimme: »Ich wüßte auch Besseres, als in einem ungemütlichen Hotelzimmer blödsinnige Tonbandkassetten anzuhören.«

Juliette ließ sich in dem einzigen Sessel nieder, der das Zimmer mit dem Charme der sechziger Jahre zierte, und lehnte sich zurück. Sie dachte nach. »Wir sollten unsere Aufgaben teilen«, meinte sie schließlich. »Ich fühle mich seit längerer Zeit als Anhängsel. Aber ich bin durchaus in der Lage, eigene Aufgaben zu übernehmen.«

»Du könntest versuchen, herauszufinden, wer sich hinter diesen Decknamen verbirgt«, erwiderte Brodka und nahm von dem Tisch, auf dem der Anrufbeantworter stand, einen Zettel mit den verschlüsselten Namen. »Vielleicht haben alle Namen eine bestimmte Bedeutung. Jedenfalls glaube ich nicht, daß es sich um reine Phantasienamen handelt. Moloch, zum Beispiel. Wenn ich mich nicht täusche, war das irgendein Götze aus dem Vorderen Orient. Offenbar sind die Drahtzieher der geheimen Organisation ziemlich gebildete und wahrscheinlich intelligente Leute. Mafiosi tragen andere Bezeichnungen. Sie werden Padrone oder Boß oder Capo genannt und haben allenfalls Spitznamen. Einen Namen wie Adrammelech würde sich kaum einer merken können.«

Juliette betrachtete die Namen auf dem Zettel: Asmodeus, Belphegor, Moloch, Adrammelech, Lilith, Baalzebuth, Nergal und Belial.

Und wo, bitte schön, soll ich die Bedeutung der Namen erfragen, wollte Juliette fragen, biß sich dann aber auf die Unterlippe. Sie wollte sich vor Brodka nicht blamieren.

Doch der schien ihre Gedanken zu erraten, denn er sagte: »Ich weiß auch nicht, wie du am besten an die Informationen kommst. Aber du bist doch ein kluges Mädchen ...« Dann setzte er sich wieder an das Aufzeichnungsgerät und legte die nächste Kassette ein.

Juliette steckte den Zettel in die Tasche ihrer Jeans, warf sich ihren dunklen Blazer über die Schultern und verabschiedete sich mit einem Kuß auf Brodkas Wange.

Vor dem Albergo Waterloo überlegte sie, wohin sie gehen sollte, aber dann schob sie ihre Vorbehalte beiseite und machte sich auf den Weg zum Zeitungsarchiv des »Messaggero«. Sie nahm sich vor, Claudio von oben herab zu behandeln, rein geschäftsmäßig. Dennoch konnte sie nicht verhehlen, daß der Junge sie noch immer anzog.

Mit gespielter Gleichgültigkeit, so wie sie es sich vorgenommen hatte, betrat Juliette das Archiv und steuerte schließlich auf Claudio Sotero zu, den sie allerdings erst auf den zweiten Blick erkannte, denn er hatte sein langes, im Nacken zusammengebundenes Haar einer extremen Kurzhaarfrisur geopfert.

Claudio erschrak, als er Juliette sah, und blieb wie angewurzelt vor einem Bildschirm sitzen.

Juliette grüßte höflich. So als wäre nichts zwischen ihnen gewesen, sagte sie: »Ich habe eine Bitte. Die sieben Namen auf diesem Zettel haben vermutlich allesamt eine historische Bedeutung. Könntest du mir weiterhelfen?« Dabei schob sie Claudio den Zettel hin.

Claudio, der nun viel älter aussah, als Juliette ihn in Erinnerung hatte, starrte sie immer noch an und wagte nicht zu antworten.

»Hast du nicht verstanden?« sagte Juliette laut und nachdrücklich, daß es auch die anderen Archivare hörten und aufmerksam wurden.

Da erhob er sich, trat ganz nahe an sie heran und flüsterte: »Giulietta, es tut mir so leid! Ich weiß, mein Benehmen ist unentschuldbar. Bitte, laß dir erklären ...«

»Ich bin nicht hier, um Entschuldigungen anzunehmen oder alte Rechnungen zu begleichen«, erwiderte Juliette kühl. »Ich brauche eine Auskunft. Die Sache ist wichtig. Außerdem habe ich es eilig.«

Claudio entgegnete im Flüsterton: »Ich verstehe ja, daß du wütend auf mich bist und weiß, daß ich alles kaputtgemacht habe; aber laß mich wenigstens erklären, wie es dazu kam.«

»Die einzige Erklärung, die mich interessiert, ist die Bedeutung dieser Namen. Wenn du nicht bereit bist, mir weiterzuhelfen, versuche ich's bei einem deiner Kollegen.«

»Nein, nein, Giulietta!« Claudio wischte sich mit dem Ärmel über die Stirn, als wäre er bei der kurzen Unterhaltung ins Schwitzen gekommen. Dann nahm er den Zettel und gab die einzelnen Namen in seinen Computer ein. Doch nach jedem Namen folgte ein Kopfschütteln.

Nur bei Moloch und Nergal wurde er fündig. »Zwei Götter aus dem alten Orient, ein phönizischer und ein babylonischer.«

»Und die übrigen?« fragte Juliette.

»Keines von unseren historischen Nachschlagewerken führt diese Namen auf. Aber wenn es sie gibt, werde ich sie finden.«

Claudio bearbeitete die Tastatur seines Computers wie ein Besessener und klickte sich von einem Speziallexikon zum nächsten.

Als würde sie die Sache nichts angehen, begab Juliette sich zu einem Kaffeeautomaten im Gang und besorgte sich einen Cappuccino im Pappbecher. Als sie ins Archiv zurückkehrte, fiel ihr sofort Claudios strahlendes Gesicht auf.

»Volltreffer!« rief er ihr schon von weitem zu. »Alle Namen sind in einem alten Lexikon der Magie aufgeführt. Es sagt nicht viel über sie aus, aber immerhin. Eine seltsame Gesellschaft!«

Er schob Juliette einen Zettel hin, und sie las staunend:

Belphegor	›der mit der schönen Gestalt‹, ein Dämon, den der Überlieferung nach die Templer in geheimen Riten verehrten
Asmodeus	Teufel der Wollust, Sinnlichkeit und des Luxus in der jüdischen Tradition
Moloch	der alles verschlingende Gott der Phönizier und Kanaaniter, ein Fürst der Hölle
Adrammelech	Götze der Samariter, dem Kinder geopfert wurden
Lilith	erste Frau Adams, von Gott aus Dreck und Schlamm geschaffen, ursprünglich geflügelte assyrische Dämonin
Baalzebuth	›der Herr der Fliegen‹, eigentlich ein Gott der Philister, im Mittelalter als oberster Teufel der Hölle angesehen
Nergal	der Geduckte, Herr des Krieges, der Pest, der Flut und der Zerstörung, ursprünglich babylonischer Gott der Unterwelt
Belial	›der Wertlose‹, Herr der Lügen, spricht mit täuschend sanfter Zunge

»Mein Gott«, murmelte Juliette geistesabwesend.

Claudio blickte zu ihr auf. »Also, mit Gott hat das wenig zu tun. Es sind alles Teufel.«

Juliette bedankte sich förmlich, als wären sie sich völlig fremd, und fragte provozierend: »Was bin ich für die Auskunft schuldig?«

Die Frage kränkte Claudio, und er blickte zornig und betroffen zu Boden, ohne zu antworten.

Juliette wandte sich um und ging.

Doch kaum war sie am Ausgang des »Messaggero« angelangt, hatte Claudio sie eingeholt. Er stellte sich ihr in den Weg und redete heftig auf sie ein. »Ich weiß, Giulietta, du hast allen Grund, mich so zu behandeln. Aber laß dir bitte erklären, wie es dazu kam. Das macht die peinliche Begegnung zwar nicht ungeschehen, aber vielleicht kannst du mir dann doch noch verzeihen. Bitte!«

Juliette versuchte sich an Claudio vorbeizudrängen, doch er ließ sich nicht abschütteln.

»Da gibt es nichts zu erklären und zu verzeihen«, sagte sie kühl. »Es war ein Irrtum meinerseits, *basta.* Wir sollten der Angelegenheit nicht mehr Bedeutung schenken, als sie verdient. Und jetzt geh mir bitte aus dem Weg!«

Die Kälte, mit der Juliette ihm begegnete, brachte Claudio zur Verzweiflung. In der Aufregung fehlte es ihm an den passenden Worten; aber vermutlich wären auch die passenden Worte unter den gegebenen Umständen nutzlos gewesen, da Juliette in ihrem gekränkten Stolz nur eines wollte: Claudio demütigen.

Der gab schließlich den Weg frei. Doch bevor Juliette auf die Via del Tritone trat, rief er ihr hinterher: »Ich werde morgen um sieben in unserem Lokal an der Piazza Navona auf dich warten, Giulietta. Wenn es sein muß, die ganze Nacht!«

Juliette tat so, als hätte sie ihn nicht verstanden.

Die Zustände in Collins Privatklinik hatten inzwischen ein Ausmaß erreicht, daß Dr. Nicolovius sich ernsthaft mit dem Gedanken trug, den Klinikbetrieb einzustellen. Dies brachte er in einem Brief zum Ausdruck, den er mit der Bitte um dringende Stellungnahme an Juliette nach Rom schickte.

Collin nahm beinahe den gesamten Klinikbetrieb für sich in Anspruch, und seit er sich immer besser verständlich machen konnte, betrachtete er sich wieder als Leiter der Klinik. An manchen Tagen war der gelähmte Professor nur zu ertragen, wenn er mit Cognac abgefüllt war – zur Linderung der Schmerzen, wie er sich herausredete.

Auf den Gängen und in den Zimmern der Klinik herrschte Angst. Angesichts eines gelähmten Mannes im Rollstuhl mochte sich das grotesk anhören; aber Collin benützte seinen Rollstuhl als Waffe. Er weigerte sich, zur Nachtzeit das Bett aufzusuchen, denn er fand ohnehin nur minutenweise Schlaf. Im übrigen bedeutete das Bett für ihn absolute Hilflosigkeit. Deshalb bestand er darauf, die Nächte in seinem Rollstuhl zu verbringen. Heimlich und wie ein Schatten fuhr er dann die Gänge der Klinik auf und ab, lauschte an Türen oder polterte dagegen, und weder Oberarzt Dr. Nicolovius noch die kräftigen Pfleger vermochten ihm Einhalt zu gebieten.

Was wirklich in ihm vorging, wußte niemand. Es schien, als hätte er sich mit seinem Zustand abgefunden und als wären der Suff und der Sadismus, mit dem er seine Umgebung terrorisierte, zu seinem Lebensinhalt geworden.

Um so mehr verblüffte der plötzliche Wandel in seinem Verhalten. Von einem Tag auf den anderen verhielt Collin sich auffallend zurückhaltend. Zwar schien er noch immer gegenwärtig zu sein, überall, Tag und Nacht, doch seine herrischen Befehle blieben aus, und mit einem Mal lenkte er sogar seinen teuflischen Rollstuhl umsichtig und mit Bedacht durch die Gänge.

Nicolovius, dem der Wandel zuerst auffiel, führte dies auf die jüngste Untersuchung des Professorenkollegen zurück, der Collin nach dem verhängnisvollen Unfall behandelt hatte und sich mit dem Zustand seines Patienten zufrieden zeigte. Jedenfalls in Anbetracht der schweren Verletzungen, wie er sich ausdrückte. Daß Collin jemals wieder Arme oder Beine bewegen könnte, daran sei ohnehin nicht zu denken.

Von seinem Oberarzt wurde Collin gegen 22 Uhr mit dem geforderten Quantum Alkohol versorgt; dann verabschiedete er sich. Collin bat Nicolovius noch, er möge das »Warschauer Konzert« in seinen Walkman einlegen, ihm die Kopfhörer aufsetzen und wie immer die Tür seines Zimmers offenstehen lassen.

Allein mit sich und seiner Lieblingsmusik, verharrte Collin lange Zeit regungslos. Dann setzte er mit dem Löffel vor seinem Mund den Rollstuhl in Bewegung. Behutsam, als wäre er darum bemüht, ja niemanden zu stören, fuhr er aus dem Zimmer und steuerte das Fahrzeug den Gang entlang.

Vor dem Treppenhaus angelangt, wendete er den Rollstuhl. Das Quietschen, das die Gummiräder auf dem Fußboden verursachten, erschreckte ihn, so daß er einen Augenblick stehenblieb und wartete. Dann steuerte er den Rollstuhl zurück bis zur Tür seines Zimmers und wendete erneut.

Minutenlang verharrte Hinrich Collin, den Blick starr nach vorn auf ein imaginäres Ziel gerichtet. Langsam glitt seine Kinnlade herab. Mit geöffnetem Mund schnappte er nach dem Löffel, mit dem er seinen Rollstuhl steuerte; dann drückte er den Hebel des Elektromotors bis zum Anschlag nach vorn.

Der Rollstuhl beschleunigte seine Fahrt. In Gedanken hatte Collin seinen Plan schon hundertmal in die Tat umgesetzt. Jetzt kannte er nur noch eine Angst: daß dieser Plan scheitern könnte.

Nach der Hälfte des Weges hatte das schwere Gefährt, auf das er geschnallt war, eine so hohe Geschwindigkeit erreicht, daß nur ein Lenkfehler es noch aus der Bahn hätte werfen können. Collin hielt sich starr, als wäre sein Nacken aus Eisen gegossen.

Er wagte keinen Blick zur Seite auf eine der vorüberhuschenden Türen, hinter denen andere tragische Schicksale ihren Lauf nahmen. Längst war ihm der Gedanke fremd geworden, daß diese Klinik sein Werk war; daß er dies alles aufgebaut hatte. Das zählte nicht mehr. In seinem Inneren war alles geordnet, alles geregelt. Er mußte sich eingestehen, daß er gescheitert war. In jeder Beziehung gescheitert.

Hinrich Collin war kein Mann, der Mitleid ertragen konnte. Für ihn war Mitleid eine Vokabel kleiner Leute. Er konnte gut damit leben, gehaßt zu werden – bemitleidet werden wollte er nicht. Und er wollte kein Bittsteller sein müssen. Er wollte nicht dankbar sein müssen. Er wollte überhaupt nichts mehr. Deshalb hielt er den Steuerlöffel starr nach vorn gerichtet.

Seine letzte Wahrnehmung war ein Geräusch, ein furchtbares, durchdringendes Krachen, als der Rollstuhl in rasender Fahrt gegen das Geländer im Treppenhaus prallte, es durchbrach und ein paar Teile mit sich riß.

Das Fahrzeug überschlug sich, geriet in rollende Bewegung und nahm dabei soviel Schwung auf, daß es mit dem Vielfachen seines Eigengewichts landete, als es drei Stockwerke tiefer aufschlug.

Collins Kopf wurde auf den Steinboden geschmettert und zerplatzte wie ein mit Erde gefüllter Blumentopf.

Kapitel 11

Collin war bereits zwei Tage tot, als Juliette in München eintraf. Dr. Nicolovius hatte sie telefonisch benachrichtigt. Er hatte alle Anstrengungen unternommen, ihr den Selbstmord ihres Mannes möglichst schonend nahezubringen, doch Juliette hatte sehr beherrscht reagiert. Vielleicht sei es für alle Beteiligten besser so, hatte sie gesagt.

Die Boulevardzeitungen sahen in dem Ereignis ein gefundenes Fressen. Professor Collin genoß einen guten Ruf, vor allem in Kreisen der Münchner Society. Geschickt hatte er es verstanden, seine persönlichen Umstände und Probleme aus der Öffentlichkeit herauszuhalten. Andererseits war sein Schicksal, vor allem aber sein bis ins kleinste geplanter Selbstmord, so ungewöhnlich, daß die Zeitungen sich tagelang damit beschäftigten.

Auf Juliettes Wunsch blieb Brodka in Rom zurück. Sie wollte ihn nicht in die Sache hineinziehen, und er war ihr dankbar dafür.

Bis zum Tag der Beerdigung wurde Juliette von Journalisten belagert. Sobald sie das Haus verließ, setzten sie sich wie Hunde auf ihre Fährte. Juliette war machtlos, hilflos, ausgebrannt. Sie fühlte sich allein wie der einsamste Mensch der Welt.

Die Beerdigung, für die Juliette sich in einem Modesalon in der Maximilianstraße neu einkleidete, lief wie ein Film vor ihr ab. Die Sonne schien, und sie trug eine große dunkle Brille. Es gab keinen Pfarrer, keine Ansprachen, nur Händeschütteln, aber keine Bekundungen von Anteilnahme. Als Juliette nach zwanzig Minuten das Weite suchte, schwor sie sich, die Stätte nie wieder zu betreten.

Zu Hause machte sie sich umgehend daran, jede Erinnerung an ihre fünfzehnjährige Ehe auszulöschen. Sie öffnete sämtliche Fenster des Hauses, alle Schranktüren, Kästen und Kommoden und sortierte aus, was irgendwie mit Collin zu tun hatte. In Collins Arbeitszimmer, das sie auf seinen ausdrücklichen Wunsch nur selten betreten hatte, fand sie mehr als ein Dutzend Cognacflaschen in den Schränken. Angeekelt goß sie den Inhalt ins Waschbecken und warf die Flaschen in die Mülltonne. Im ganzen Haus stank es nach Alkohol. Juliette würgte, trat ans offene Fenster und holte Luft.

Der respektlose, ja pietätlose Umgang mit ihrer Vergangenheit widerte sie an, gab ihr jedoch ein Gefühl der Freiheit. Juliette fühlte sich besser, als sie immer mehr Erinnerungsstücke hervorzog und zu Boden warf: Fotos, Briefe, Prospekte, Notizbücher und all den Krimskrams, der sich im Laufe der Jahre angesammelt. Nun war es Müll.

In einem Wandtresor, dessen Schlüssel stets in der Schreibtischschublade lag, fand Juliette eine größere Summe Geld in deutscher, amerikanischer und italienischer Währung. Wieviel es war, interessierte sie nicht. Ebensowenig die Ansammlung von Dokumenten in einer schwarzen Ledermappe, Wertpapiere und Konten, von denen sie nichts wußte, Policen, Prozeßakten und Urkunden.

Obwohl die laue Vorfrühlingsluft durch die geöffneten Terrassentüren strich, bekam Juliette kaum Luft. Sie ging ins Badezimmer im ersten Stock, hielt ihr Gesicht unter das fließende Wasser und spritzte sich das kühle Naß mit der flachen Hand an

Stirn und Schläfen. Verzweifelt, ratlos betrachtete sie sich im Spiegel und griff, tief in Gedanken, zu einem Lippenstift, hielt ihn fest zwischen Daumen und Zeigefinger, drückte ihn gegen den Spiegel und schrieb auf die Glasfläche:

Warum?

Warum hatte Collin das getan?

Hatte er einfach nicht mehr weiterleben wollen? Hatte er das Mitleid der anderen Menschen nicht mehr ertragen? Oder hatte er ihr, Juliette, mit seiner letzten Tat noch eins auswischen, ihr ein Schuldgefühl einpflanzen wollen?

Oder steigerte sie sich nur in irgend etwas hinein?

Das Telefon klingelte. Es war Brodka.

Juliettes Kehle war wie zugeschnürt. Ihre Stimme klang stumpf und belegt. Das Wühlen in ihrer Vergangenheit forderte ihr mehr an Kraft und Nerven ab als die Beerdigung selbst. Mechanisch beantwortete sie Brodkas Fragen, und mit Gleichmut vernahm sie seine tröstenden Worte.

»Laß uns morgen weiterreden«, bat sie schließlich. »Es war sehr anstrengend für mich.«

Bis zum Abend hatte Juliette im Haus drei große Haufen aufgetürmt. Im Obergeschoß Kleidung, im Wohnzimmer Nippes und Trödel, im Arbeitszimmer Berge von Papier.

Gegen 19 Uhr verließ sie das Haus und begab sich mit einer Reisetasche zum Hilton-Hotel, wo sie sich ein Zimmer nahm. Dort hoffte sie den unsichtbaren Armen Collins zu entgehen, wenigstens für eine Nacht.

Aber sie konnte nicht schlafen. Kurz nach zehn stand sie auf, kleidete sich an und ging in die Hotelhalle, wo um diese Zeit Hochbetrieb herrschte. An der Bar setzte sie sich an die linke Außenseite und bestellte ein Glas Rotwein. Abwesend betrachtete sie das Kommen und Gehen der Hotelgäste.

Plötzlich stand ein Mann vor ihr, den sie bereits aus ihrem Gedächtnis verdrängt hatte; durchschnittliches Aussehen, etwa dreißig Jahre alt, dunkle, nach vorn gekämmte Haare: Norbert.

Juliette drehte sich demonstrativ zur Seite, ohne seinen Gruß zu erwidern.

»Nanu?« sagte Norbert. »Hab' ich dir was getan?«

»Da fragst du noch? Du weißt doch genau, was los ist ...« Juliette nahm einen tiefen Schluck aus ihrem Glas. »Verschwinde!«

Norbert gab nicht auf. Er ging um Juliette herum, baute sich vor ihr auf und fragte mit herrischer Stimme, die sie an ihm gar nicht kannte: »Zum Teufel, was ist mir dir? Was hast du plötzlich gegen mich?«

»Das will ich dir sagen!« erwiderte Juliette verbittert. »Vermutlich hast du mich seit Jahren bespitzelt und Informationen an deine miesen Auftraggeber geliefert. Und ich dumme Kuh habe nichts bemerkt und dir vertraut.«

Norbert schien verwirrt, machte ruckartige Bewegungen mit dem Kopf, wie es seine Art war, wenn er nicht weiterwußte. Schließlich bestellte er beim Barkeeper einen Gin Tonic, kletterte auf den Barhocker neben Juliette, lehnte sich auf seinen linken Unterarm und sagte: »Willst du mir nicht erklären, worum es hier überhaupt geht?«

In ihrer Wut kniff Juliette die Augen zusammen und zischte ihn an: »Du bist ein lausiger Schauspieler, Norbert. Es ist zwecklos, sich zu verstellen. Ich habe in deiner Wohnung die Purpurschlinge gesehen. Das sagt wohl alles.«

»Aha«, erwiderte Norbert, der offenbar nicht ganz folgen konnte. »Du hast bei mir was gesehen ... eine Purpurschlinge ...« Er hielt inne. »Ach so, ja, jetzt weiß ich, was du meinst. Und wegen dieses Dings bist du sauer auf mich?«

Juliette machte eine abfällige Handbewegung. »Vergiß es. Ich will nichts mehr mit dir zu tun haben!«

Sie wandte sich um, trank ihr Glas leer, legte einen Schein auf die Theke und wollte gerade gehen, als Norbert plötzlich mit weinerlicher Stimme sagte:

»Hör mich an. Danach kannst du über mich denken, was du willst. Aber bitte hör mich an: Diese rote Schleife, die du bei mir gesehen hast, gehörte nicht mir, sondern einem älteren Freund, den ich vor kurzem in einem Lokal am Gärtnerplatz kennengelernt habe. Er hat mir seinen Namen verschwiegen, obwohl er noch am selben Abend mit mir nach Hause ging. Wir ... wir fanden Gefallen aneinander, und als ich ihn am nächsten Morgen nach seinem Namen gefragt habe, sagte er: ›Nenn mich einfach Titus. Alle, die mich kennen, nennen mich so, obwohl ich nicht so heiße.‹ Und dann ...«

»Sagtest du ›Titus‹?« Juliette wurde hellhörig. »Von mittlerer Statur? Auffallend weiße Haut? Rosafarbenes Gesicht und Halbglatze?«

»Äh ... ja«, antwortete Norbert verwundert. »Kennst du ihn?«

»Könnte sein«, murmelte Juliette. »Erzähl weiter.«

»Na ja«, fuhr Norbert fort, »Titus hat ein paar Tage bei mir gewohnt. Ich mochte den Burschen. Wir haben prima Gespräche geführt, aber wenn wir auf seine Vergangenheit zu sprechen kamen, blockte er ab oder wechselte das Thema. Mir wurde bald klar, daß irgend etwas in seinem Leben nicht stimmte. Der Junge trug irgendein Geheimnis mit sich herum. Als ich ihn darauf ansprach, meinte er, ich läge gar nicht so schief mit meiner Vermutung, aber er könne nicht darüber reden.

Nach einer Woche war Titus mir sehr ans Herz gewachsen, aber zugleich war er mir ... unheimlich. Eines Tages, Titus war außer Haus, hab' ich einen Blick in seine Reisetasche geworfen. Und was fand ich? Einen Revolver und diese Purpurschleife. Ich legte beides auf den Tisch und wollte ihn zur Rede stellen, sobald er nach Hause kam. Aber statt Titus kamst du. Den Revolver habe ich schnell beiseite geräumt, aber die Schleife nicht. Ich habe keine Ahnung, was das Ding sein sollte.

Titus kam erst zurück, nachdem du längst gegangen warst. Als ich den Revolver auf den Tisch legte und fragte, was das zu bedeuten habe, tobte Titus plötzlich los. Er schimpfte mich einen Spitzel und Verräter, riß seine Sachen an sich, stopfte sie in seine Tasche und verschwand. Ich habe ihn nie mehr gesehen.

Willst du mir jetzt sagen, was es mit dieser Purpurschlinge auf sich hat?«

Juliette preßte die Hände vors Gesicht. Sie schüttelte den Kopf und wagte es nicht, Norbert anzuschauen. »Ich glaube, ich habe dir Unrecht getan.«

Norbert legte die Stirn in Falten. Er wußte nicht mehr, wie ihm geschah. »Was ist mit dieser Schlinge?«

»Die Purpurschlinge«, begann Juliette zaghaft, »ist das Erkennungszeichen einer geheimen Organisation, die überall in Europa ihre schmutzigen Finger im Spiel hat. Ihre dubiosen Hintermänner machen mit Immobilien, Kunst und Schwarzgeld dunkle Geschäfte. Eine Art Mafia, wenn du so willst. Nur leben ihre Bosse nicht in Neapel oder New York ...«

»Sondern?«

»In Rom. Im Vatikan, um genau zu sein.«

»Du lieber Himmel!« rief Norbert. »Weißt du überhaupt, was du da sagst?«

Juliette lächelte bitter. »Ich weiß, es klingt ziemlich unglaubhaft, und ich kann es auch nicht beweisen. Aber du erinnerst dich, was Brodka passiert ist, und du weißt von dem Fälscherskandal, in den ich verwickelt bin. Alle Nachforschungen führen irgendwie zum Vatikan – und dort enden sie auch.«

Verlegen nippte Norbert an seinem Glas. »Ich weiß nicht, was ich dazu sagen soll.« Und nach einer Pause: »Aber was hat das alles mit Titus zu tun?«

»Das will ich dir sagen. Titus ist ein Mitglied dieser Heiligen Mafia. Keiner kennt seinen richtigen Namen. Ich weiß auch nicht, wie er wirklich heißt.«

»Jetzt wird mir manches klar.« Norbert machte ein nachdenkliches Gesicht. »Einmal sagte er, er könne sich nun nicht mehr in den einschlägigen Lokalen blicken lassen. Ich habe das nicht begriffen und fragte, welchen Grund er habe, seine Veranlagung zu verheimlichen. Darauf antwortete er nur abfällig, das würde ich nicht verstehen.«

Norbert bemerkte, daß Juliette mit ihren Gedanken weit weg war. »Sag mal, hörst du mir überhaupt zu?«

»Entschuldige.« Juliette schluckte. »Ich kann ja verstehen, daß dir die Sache mit Titus nahegeht. Aber ich habe ganz andere Probleme. Ich hatte ein geordnetes Leben. Ich hatte meine Galerie, ich hatte meinen Mann – auch wenn er ein Scheusal war –, und jetzt habe ich alles verloren und bin in eine rätselhafte Verschwörung verwickelt.«

Norbert nickte. »Du mußt erst einmal Abstand gewinnen«, sagte er mit einer hilflosen Geste, »dann wird alles schon wieder normal.« Kaum hatte er ausgeredet, da merkte er, wie unpassend die Bemerkung war.

Juliette glitt von ihrem Barhocker und stellte sich vor Norbert hin. Ihre dunklen Augen blitzten zornig. »Du glaubst also doch, daß ich das alles erfunden habe. Daß ich meine Sinne nicht mehr beisammen habe. Daß ich unter Verfolgungswahn leide.«

»Das habe ich nicht gesagt.«

»Aber gedacht.« Juliette leerte das Rotweinglas in einem Zug. »Und ich kann es dir nicht mal verübeln.«

»Juliette, bitte!«

»Mach's gut.« Sie knallte das Glas auf den Tresen und ging zum Lift.

Norbert kehrte zu seinem Flügel an der gegenüberliegenden Seite der Hotelhalle zurück. Seine Hände zitterten, als er in die Tasten griff und »As Time Goes By« spielte.

In Rom saßen zur selben Zeit gut hundert Jahre Gefängnis und mindestens viermal die ewige Verdammnis um einen großen runden Tisch. Dieser Tisch, der mit grünem Tuch belegt und von einer tief hängenden, schüsselförmigen Lampe beleuchtet war, stand im Keller einer im Stadtteil Trastevere gelegenen Pizzeria – jedenfalls konnte man das auf einem unauffälligen Schild über dem Schaufenster lesen.

Mit seinen Stühlen und Tischen aus Plastik in dem schlauchförmigen Raum und der grellweißen Neonbeleuchtung an der Decke wirkte das Lokal nicht gerade einladend, was aber durchaus beabsichtigt war. Verirrte sich nämlich wirklich mal ein Gast in das Etablissement, um seinen Hunger zu stillen, wurde er von dem einzigen Ober, der obendrein die Funktion des Pizzabäckers bekleidete, äußerst lustlos, ja rüde bedient und darauf aufmerksam gemacht, daß das gewünschte Essen einer Zubereitungszeit von einer Stunde bedürfe, worauf die meisten Gäste enttäuscht das Weite suchten.

Die Pizzeria, zwei Straßenzüge vom Tiber entfernt, war lediglich die legale Fassade für illegale Machenschaften, die im weitverzweigten Kellergeschoß des schmalbrüstigen Hauses vonstatten gingen; aber selbst die Bewohner der Straße, von denen beinahe jeder jeden kannte, und denen kein Gerücht zu absurd erschien, um es nicht zu verbreiten – eine Eigenschaft, die viele Bewohner von Trastevere überhaupt erst am Leben erhält –, selbst diese Leute wußten nicht genau zu sagen, was sich hinter dem Pizzaofen abspielte, hinter dem die wenigen Gäste des Lokals verschwanden.

Signora Blatter vom vierten Stock gegenüber, seit dem Tod ihres Mannes, eines Südtiroler Gastwirts, in der Hauptsache damit beschäftigt, großformatige Todesanzeigen an die Hauswände des Stadtviertels zu kleben, behauptete sogar, in der Pizzeria gehe es nicht mit rechten Dingen zu. Menschen, die in dem Lokal verschwanden, hätten das Haus nie wieder verlassen; andere hätten es verlassen, ohne es jemals betreten zu haben, darunter ein leibhaftiger Kardinal aus dem Vatikan – bei allen Heiligen, sie habe ihn erkannt.

In keiner Stadt der Welt gibt es so viele Wunder wie in Rom, was daran liegen mag, daß der Glaube, der hier verwaltet wird, ein Wunderglaube ist; jedenfalls erschienen die Erzählungen der Signora Blatter nicht wundersam genug, um ihnen Glauben zu schenken, obwohl sie der Wahrheit entsprachen.

Im Keller der unscheinbaren Pizzeria verbarg sich ein zwielichtiger Spielklub, in dem allabendlich Millionen umgesetzt wurden. Hier wurde Bruchgeld und Schwarzgeld verzockt, aber auch Sünden- und Spendengeld aus dem nahen Vatikan.

Der Vorteil der Einrichtung lag in dem weitverzweigten Gemäuer des Untergeschosses, eine Hinterlassenschaft der frühen Christen, welche die Möglichkeit bot, das Haus durch einen Hofausgang zwei Straßenzüge weiter zu verlassen.

Der Ober in der Pizzeria erschrak, als der kleine Mann mit weißem Haarkranz kurz vor Mitternacht das Lokal betrat. Er war wie alle Gäste, die hinter dem Pizzaofen verschwanden, korrekt gekleidet, gut rasiert, von sicherem Auftreten und wußte Bescheid. Dennoch zeigte der Ober sich überrascht und stammelte: »Assassino!«

»Für dich immer noch Giuseppe Palmezzano«, entgegnete der kleine Mann barsch. »Da staunst du, was?«

»Ja, da staune ich«, meinte der Ober. »Wie lange ist das her, Signore Palmezzano?«

»Fünfzehn Jahre«, antwortete Palmezzano. Als der Ober sich ihm mit einem Anflug von Todesverachtung in den Weg stellte, schob Giuseppe ihn mit dem linken Arm und den Worten beiseite: »*Permesso,* Signore.«

Der Ober war kräftig und wollte ihn daran hindern, in das Untergeschoß des Gebäudes vorzudringen, doch ein Blick Palmezzanos genügte, und er ließ ihn gewähren.

Von den Wänden der Treppe, die nach unten führte, blätterte die Farbe. Palmezzano erinnerte sich, es war die gleiche türkise Farbe wie vor seinem Gefängnisaufenthalt. Der Vorraum im Keller, von dem vier Türen in alle Richtungen führten, war in dumpfem Rot gehalten und strahlte den plüschigen Charme eines Vorstadtbordells aus.

Einen Augenblick zeigte Palmezzano sich irritiert und fragte sich, welche Tür er wählen sollte; dann aber vernahm er eine dezente Lautsprecherstimme – offenbar wurde der Raum von Videokameras überwacht –, und die Stimme des Obers sagte: »Links, Signore Palmezzano.«

Palmezzano wandte sich in die angegebene Richtung und öffnete die Tür. Zigarrenqualm schlug ihm entgegen. Im diffusen Licht erkannte Palmezzano drei Männer und eine Frau, die um den Spieltisch saßen, Spielkarten in der Hand aufgefächert und vor sich einen Stapel Dollarnoten.

Ohne sich umzudrehen, sagte der Mann, der mit dem Rücken zur Tür saß: »Du hast Mut, Assassino, dich hierher zu wagen.«

Palmezzano erkannte Smolenskis Stimme sofort und konterte: »Sieh an, sieh an. Dich habe ich zuallerletzt hier erwartet, Eminenza, vor allem nicht um diese Zeit. Ein anständiger Kardinal gehört um diese Zeit ins Bett, damit er für die Frühmesse ausgeschlafen ist.«

Zwischen den Lippen, mit denen er an einer drei Viertel abgebrannten Zigarre nuckelte, preßte der wie üblich in einen schwarzen Anzug gekleidete Kardinalstaatssekretär ein verächtliches »Scheißkerl!« hervor; dann nahm er den Stumpen aus dem Mund, drehte sich um und fragte: »Was willst du, Assassino?«

»Blöde Frage«, entgegnete Palmezzano und ging um den Tisch herum, um die übrigen Mitspieler in Augenschein zu nehmen. »Mitspielen, natürlich.«

Es war nicht üblich in diesen Kreisen, daß man sich gegenseitig vorstellte, es sei denn, irgend jemand legte aus irgendeinem Grund besonderen Wert darauf. Der Grund für diese freiwillig gewählte Anonymität lag zum einen in der alten Spruchweisheit begründet, welche behauptet, was ich nicht weiß, macht mich nicht heiß, zum anderen in der Tatsache, daß einen Spieler an seinem Gegenspieler nichts anderes interessiert als dessen Geld.

Von den Spielern am Tisch kannte Palmezzano nur die Frau zur Linken des Kardinals: Anastasia Fasolino. Der stiernackige Typ ihr gegenüber machte eher einen beschränkten Eindruck. Dem widersprach jedoch das gebündelte Geld, hinter dem er seine klobigen Finger mit den Karten verbarg. Smolenski gegenüber saß, kettenrauchend und Asche verstreuend, ein untersetzter, schwächlich anmutender Mann, der sich wie Smolenski durch ein rötliches Gesicht auszeichnete, wie es geistliche Würdenträger aus unerfindlichen Gründen zur Schau tragen.

»Wir sind schon zu viert«, nörgelte Smolenski an Palmezzanos Ansinnen herum. »Verschwinde!«

Da fiel Anastasia Fasolino ihm ins Wort: »Aber warum denn? Er kann für mich weiterspielen. Ich habe keine Lust mehr. Heute ist ohnehin nicht mein Tag.« Sprach's und erhob sich, um Palmezzano Platz zu machen.

Der bedankte sich mit einer höflichen Verneigung, was bei einem Mann von seinem Äußeren durchaus passend erschien, und nahm Anastasias Platz ein.

»Teuflische Sache das mit deinem in die Luft geflogenen Auto«, bemerkte er, während der Stiernackige zur Rechten Smolenskis die Karten mischte.

Die beiden anderen Mitspieler sahen Smolenski erschreckt an.

Der spuckte den Zigarrenstumpen neben sich auf den Boden und rief: »Sind wir hier zum Spielen oder zum Austausch von Beileidsbezeugungen?« Und nach einer Weile, die ohne Antwort blieb: »Hast du überhaupt Geld, Assassino?«

Palmezzano langte zuerst in die linke, dann in die rechte Innentasche seines Zweireihers und zog je ein Bündel Dollarnoten hervor. Die legte er in einer Reihe vor sich auf den Tisch.

»Der Einsatz ist hundert«, erklärte der Stiernackige. Jeder der Mitspieler setzte einen Hundertdollarschein, und der Geber verteilte die gemischten Karten.

Die Mitspieler versenkten sich in ihr Blatt, während Anastasia hinter den Kardinal trat, um den Fortgang der Pokerrunde zu beobachten.

Nach mehrmaliger Begutachtung seines Blattes von links nach rechts und rechts nach links, wobei er sein teuflisches Grinsen aufsetzte, warf Smolenski tausend Dollar in die Mitte des Tisches und sagte, ohne den Blick von seinen Karten zu nehmen: »Gnade dir Gott, Palmezzano, wenn ich dahinterkomme, daß du die Bombe gelegt hast!« Dabei nickte er, als wüßte er irgend etwas.

»Ich?« tat der Mann zu seiner Linken entrüstet. »Wie kommst du denn darauf?« Und nach einem Augenblick des scheinbaren Nachdenkens: »Ich gehe mit und leg' fünfhundert drauf!«

Eine Ankündigung, die Smolenski in Unruhe versetzte.

Der Rotgesichtige, der neben Palmezzano saß, schüttelte den Kopf, schob seine Karten zusammen und legte sie mit dem Rükken nach oben auf den Tisch. Der Stiernackige tat es ihm gleich. »Noch jemand Karten?«

Smolenski schob eine Karte über den Tisch und ließ sich eine neue reichen. Sein Grinsen verstärkte sich. Palmezzano schüttelte den Kopf.

»Ich halte und erhöhe um hundert«, sagte Smolenski, zählte sechs Geldscheine ab und warf sie in die Mitte.

»Und noch mal hundert«, kam Palmezzanos prompte Antwort.

Im Gegensatz zu Smolenski, der beim Spiel ständig grinste, um seine Mitspieler einzuschüchtern, zeigte Palmezzano das bekannte Pokerface, ein gleichgültiges, bisweilen ernstes Gesicht, das keinerlei Deutung erlaubte.

Smolenski warf einen weiteren Hundertdollarschein auf den Tisch. »Ich will sehen«, erklärte er.

Palmezzano legte ruhig, als sei es die selbstverständlichste Sache der Welt, drei Könige und zwei Asse auf den Tisch und sammelte, ohne abzuwarten, daß Smolenski seine Karten aufdeckte, die Geldscheine ein.

Während Smolenski die Karten neu mischte und Palmezzano seine Dollarnoten wieder in einer Reihe ordnete, meinte dieser beiläufig: »Du hast wohl neue Leute, Smolenski?«

»Neue Leute?« fragte der Kardinal scheinheilig, obwohl er natürlich ganz genau wußte, was der Fragesteller meinte.

»Ich meine den Leonardo da Vinci, der in die Luft geflogen ist. Von mir stammt das Bild nicht. Darf man den Namen des Genies erfahren?«

Smolenski tat, als hätte er die Frage überhört. Er sagte nur: »Die Einsätze, meine Herren«, und teilte die Karten aus.

In der stickigen Luft des düsteren Raumes hing eine eigenartige Spannung. Anastasia legte ihre Hände auf Smolenskis Schultern. Die beiden anderen Mitspieler sagten kein Wort.

»Wer es ist, will ich wissen!« wiederholte Palmezzano seine Frage mit drohendem Unterton.

Smolenski verzog das Gesicht, als bereite ihm das neue Blatt eine besondere Qual (womit er seinen Gegnern signalisieren wollte: In Wahrheit habe ich fantastische Karten); dann erwiderte er unwillig: »Ein Deutscher. Der Name tut nichts zur Sache.«

»Ein Deutscher?« Palmezzano schob seine Karten, die er soeben zu einem Fächer aufgereiht hatte, zusammen. »Ein Deutscher! Dabei weiß jeder Dilettant, daß die Deutschen seit Dürer keine richtigen Maler mehr hervorgebracht haben, und das ist fünfhundert Jahre her. Die importieren doch seit einem halben Jahrtausend ihre Maler aus Italien.« Am liebsten hätte Palmezzano vor Verachtung auf den Boden gespuckt.

»So gut wie du ist er allemal!« entgegnete der Kardinalstaatssekretär mit gespielter Gleichgültigkeit. Er hätte nicht geglaubt, daß er Palmezzano mit wenigen Worten so sehr beleidigen konnte. Denn kaum hatte er diesen Satz gesagt, da streckte dieser den Arm aus, packte den Kardinal am linken Handgelenk und drehte dessen Unterarm blitzschnell um die eigene Achse, daß die Knochen krachten und Smolenski losbrüllte wie ein Stier in der Arena.

»Hast du den Verstand verloren?« rief der Kardinal, nachdem Palmezzano längst losgelassen hatte. »Du brichst mir alle Knochen im Leib!«

»Beim nächsten Mal tue ich's, Kardinal! Solche Techniken lernt man in fünfzehn Jahren Knast.«

Smolenski stand die Wut ins Gesicht geschrieben. Er schämte sich vor dem Stiernacken und dem Rotgesicht, vor allem aber vor Anastasia. Deshalb faßte er den Entschluß, sich auf seine Weise an Palmezzano zu rächen.

»Ich dachte, du bist gekommen, um zu spielen«, bemerkte der Kardinal. »Wenn du eine Schlägerei willst, mußt du woanders hingehen. Dafür bin ich nicht der richtige Gegner. Also?«

Palmezzano gab dem Banknotenbündel zu seiner Rechten einen Stoß, daß es ein Stück nach vorne rutschte. »Zehntausend«, sagte er und steckte seine Karten zu einem Fächer zusammen.

Der Rotgesichtige am Tisch erbleichte und ließ seine Karten sinken. Der Stiernackige schüttelte nur den Kopf und versuchte, so unsichtbar wie möglich zu erscheinen.

Der Kardinal zählte sämtliche Scheine, die vor ihm auf dem Tisch lagen, häufte sie zu einem Stapel zusammen, schob diesen in die Mitte des Tisches, daß von oben das Licht darauffiel, und sagte mit hämischem Grinsen: »Alles, was ich habe. Fünfzigtausend Dollar!«

Palmezzano schluckte und begann seine Barschaft zu zählen.

»Du willst doch nicht kneifen, Assassino?«

Die Frage packte Palmezzano bei seiner Ganovenehre. »Natürlich nicht«, erwiderte er, obwohl er soeben bemerkt hatte, daß ihm 33 000 Dollar fehlten, um mit dem Kardinalstaatssekretär mitzuhalten.

»Geht ein Schuldschein in Ordnung?« fragte er unsicher.

»Natürlich.«

Smolenski gab Anastasia ein Zeichen, und diese verschwand, um nach kurzer Zeit mit einem Zettel zurückzukehren. Den legte sie vor Palmezzano auf den Tisch.

Palmezzano überflog das Papier, setzte mit vorgehaltener Hand eine Zahl ein und seine Unterschrift darunter. Dann legte er das Papier auf das bereitliegende Geldbündel und schob beides zur Tischmitte hin.

»Ich halte mit«, sagte er und zog die Augenbrauen so hoch,

daß sie einen Halbkreis bildeten. »Und leg' noch zehntausend drauf.«

Ohne eine Regung zog der Kardinal seinen Ring vom Finger und legte ihn auf Palmezzanos Wechsel. »Der ist für zehntausend gut«, sagte er. »Zeigen!«

Für den Bruchteil einer Sekunde wich das Pokergesicht einem triumphierenden Lächeln, als Palmezzano seine Karten aufdeckte: Drei Asse, zwei Könige. *»Full House.«*

Der Kardinalstaatssekretär schien die kurze Zeit der Unsicherheit zu genießen. Dann legte er nacheinander die Karten auf den Tisch – Zehn, Bube, Dame, König, As – und grinste unverschämt.

»Fünfmal Herz. *Royal Flush.*«

Palmezzano saß da wie gelähmt. Nur seine Augen flackerten unruhig zwischen Smolenski und den vor ihm liegenden Karten hin und her.

Als hätte ihn ein Blitz getroffen, schnellte plötzlich Palmezzanos Rechte zu Smolenskis linkem Unterarm und drehte ihn mit derselben Geschicklichkeit wie zuvor nach außen. Und dabei geschah etwas Unfaßbares: Aus dem Ärmel von Smolenskis schwarzem Anzug glitten drei weitere Spielkarten hervor.

Noch bevor Smolenski die Karten verbergen konnte, griff Palmezzano mit der anderen Hand zu, zog die Karten aus dem Ärmel und klatschte sie auf den Tisch.

Palmezzano schnalzte mit der Zunge gegen den Gaumen, schüttelte den Kopf und sagte: »Aber, aber, tut ein anständiger Kardinal so etwas?«

Für Sekunden herrschte gespannte Stille. Der rötliche Kopf des Kardinals hatte sich bereits bläulich verfärbt. Anastasia war hinter Smolenski einen Schritt zurückgetreten, weil sie wohl glaubte, dieser würde sogleich aufspringen und sich auf Palmezzano stürzen. Die beiden anderen Mitspieler, von denen bisher keiner ein Wort verloren hatte, glotzten in geduckter Haltung; die Vermutung lag nahe, daß ein jeder im nächsten Augenblick eine Waffe ziehen würde.

Aber nichts dergleichen geschah. Statt dessen beugte Palmezzano sich über den Tisch und raffte mit beiden Armen alles Geld an sich. Obwohl es sich um sehr viel Geld handelte, legte er dabei eine erstaunliche Ruhe an den Tag. Nachdem er die Geldbündel geglättet und gestapelt hatte, meinte er, wobei er sich den Ring ansteckte und ihn am Ärmel polierte: »Es bedarf wohl keiner Diskussion, wem das alles zusteht. Denn hättest du die besseren Karten gehabt, wäre es wohl nicht nötig gewesen, falsch zu spielen. Tut mir leid.«

Dann erhob er sich, sackte die Dollarnoten in alle verfügbaren Taschen seines Anzugs und verließ den Spielsalon auf demselben Weg, den er gekommen war. Allerdings um hunderttausend Dollar reicher – und um einen echten Kardinalsring mit falschen Steinen.

Was den Beruf des Museumsdieners von anderen Berufen unterscheidet, ist die lebenslange Bindung, in der Bewacher und Objekt sich befinden. Ein Wärter, der seinen Beruf ernst nimmt, verbringt in der Regel mehr Zeit seines Lebens mit einem Gemälde als mit der eigenen Frau. Dies mag auch der Grund sein, warum Museumsdiener meist unverheiratet und im übrigen ein wenig merkwürdig sind.

Es ist keine Seltenheit, daß die Wächter der Kunst sich in eine Skulptur oder ein Gemälde verlieben; jedenfalls kennen sie ihr Bewachungsobjekt aus jahrzehntelanger Anschauung häufig besser als jene, die sich in klugen Büchern darüber auslassen.

Bruno Meinardi, dessen dichtes Kraushaar sich in 61 Lebensjahren vom schwärzesten Schwarz in Schlohweiß verwandelt und ihm das Aussehen eines weisen Mannes verliehen hatte, zählte zu diesen Museumswächtern. Bruno, der aus der weniger vornehmen Gegend um Pozzuoli stammte und als Sohn eines Korallenschleifers davon geträumt hatte, ein zweiter Raffael zu werden, mußte sich mit vierzehn, als es darum ging, eine Schule zu besuchen, den Gegebenheiten einer kinderreichen Familie anpassen und eine Lehre als Schildermaler antreten, welche, wenn sie auch kein Geld einbrachte, zumindest keine Kosten für den Ältesten verursachte.

Brunos Traum von Raffael II. endete schließlich bei seinem Onkel Luigi, den heute längst geweihte Erde bedeckte. Damals besaß Onkel Luigi in Rom eine kleine Paramentenstickerei und hatte deshalb gute Kontakte zur hohen Geistlichkeit, die seinem Neffen eine Anstellung in den Vatikanischen Museen verschaffte – schlecht bezahlt zwar, aber von hohem Ansehen.

Zum Raffael-Saal hatte Bruno sich vom Billeteur über den Nachtwächter emporgearbeitet, und seit genau vierzig Jahren genoß er das Ansehen eines Oberaufsehers in dieser heiligen Halle, die er seither als seine zweite Heimat betrachtete.

Seit vierzig Jahren bestaunte Bruno tagtäglich Raffaels Meisterwerke, und seit eben dieser Zeit machte er sich Gedanken über sein großes Vorbild. An kalten Wintertagen, wenn die Besucher eher tröpfelten als strömten, verschlang er die Gemälde Raffaels mit Blicken. Jedenfalls hatte es den Anschein, wenn Bruno den Pinselstrich des Malers aus wenigen Zentimetern Entfernung begutachtete und sorgfältig in seinem Gedächtnis notierte.

Zu seinem Leidwesen gab es niemanden, mit dem er ernsthaft über seine Leidenschaft reden konnte, außer den Kollegen in den anderen Sälen des Vatikans; aber die nahmen Bruno schon lange nicht mehr ernst, denn seit geraumer Zeit behauptete Bruno, er kenne Raffaels Werke so gut und genau, daß er ein jedes aus dem Gedächtnis wiedergeben könnte, so er nur den Umgang mit Pinsel und Farbe beherrschte.

Eines Morgens, als Bruno Meinardi seinen Dienst antrat und wie gewöhnlich mit seinen Werken Zwiesprache hielt, bevor der Ansturm der Besucher begann, stutzte er. Auf dem Gemälde, das die Heilige Familie darstellt und zu Brunos Lieblingsbildern zählte, entdeckte er eine winzige Veränderung, so geringfügig und unbedeutend, daß sie niemand anderem aufgefallen wäre.

Der rechte kleine Fingernagel der Madonna wies einen dunklen Rand auf, als hätte die Mutter Maria es nach der Hausarbeit unterlassen, ihre Nägel zu säubern.

Zuerst glaubte Bruno an eine Beschädigung des Gemäldes oder einen außerordentlichen Fliegenschiß; aber nach längerer Begutachtung des Falles – und zu einem solchen sollte sich die Begebenheit entwickeln – stellte er zweifelsfrei eine Veränderung an dem Gemälde fest, und er meldete diese dem zuständigen Kustos. Der begutachtete den Zustand des Gemäldes und kam zu dem Ergebnis, Bruno Meinardi leide unter Halluzinationen; Raffaels Heilige Familie habe nicht die geringste Veränderung erfahren.

Für einen Oberaufseher der Vatikanischen Museen, vor allem aber für Bruno, war diese Behauptung ein Schlag ins Gesicht. Denn wie schon gesagt: Bruno Meinardi kannte alle seine Gemälde, doch das niederschmetternde Urteil des Kustos hätte bedeutet, daß er sich nur *eingebildet* hatte, die Werke bis in die kleinsten Einzelheiten zu kennen. Das wollte Bruno keinesfalls auf sich sitzen lassen, und so sprach er noch am selben Tag beim Generaldirektor der Vatikanischen Museen vor, der ihn zwar freundlich, aber ebenfalls abweisend beschied.

Darauf schrieb Bruno Meinardi einen Brief an Kardinalstaatssekretär Smolenski, von dem man sich erzählte, er sei der wichtigste Mann im Vatikan nach dem Papst, und er erhielt postwendend die Antwort: Meinardi werde aufgrund seiner gesundheitlichen Probleme von seinem Amt als Oberaufseher entbunden, und man gewähre ihm freiwillig 75 Prozent seiner in vier Jahren fälligen Rente. Die Vatikanischen Museen dürfe er mit sofortiger Wirkung nicht mehr betreten.

Ein Mann wie Bruno, der vierzig Jahre mit seinen Bildern gelebt hatte, ließ sich nicht von einem Tag auf den anderen aus seiner Welt herausreißen. Bruno Meinardi bekam Fieberanfälle und Entzugserscheinungen wie ein Süchtiger. Am übernächsten Tag löste er als Tourist in Freizeitkleidung eine Eintrittskarte und suchte den Raffael-Saal auf, um seinen Gemälden nahe zu sein.

Besuchern aus Japan und Amerika erzählte er gestenreich, er habe vier Jahrzehnte die gepflegten Hände der Madonna bewundert, und über Nacht habe sich Schmutz unter ihren Nägeln angesammelt. Als er gerade dabei war, einer spanischen Reisegruppe dieselbe Geschichte vorzutragen, wurde er von zwei Soldaten der Schweizergarde festgenommen und aus dem Saal entfernt.

Weil Bruno Meinardi sich wehrte und um sich schlug, erregte die Festnahme des alten Mannes mehr Aufsehen, als von beiden Seiten erwünscht war, und am folgenden Tag berichteten die italienischen Zeitungen vom tragischen Fall eines Museumswärters, der nach vierzigjähriger Tätigkeit im Vatikan verrückt geworden sei und an dem Raffael-Gemälde »Die Heilige Familie« seltsame Veränderungen festgestellt zu haben glaubte.

Am selben Tag kehrte Juliette zu Brodka nach Rom zurück. Er befand sich in beklagenswerter Verfassung und hatte dunkle Ränder um die Augen. Seine Wangen wirkten blaß, seine Bewegungen fahrig. Brodka war an einem Punkt angelangt, an dem er nicht mehr weiterwußte. Er konnte nicht begreifen, daß die Telefonkassetten, von denen er sich so viel versprochen hatte, ohne jeden Nutzen sein sollten. Arnolfo Carracci ein Betrüger? Brodka wollte nicht daran glauben.

Vielleicht war es unüberlegt, als Juliette vorschlug, in jener Trattoria auf der Piazza Navona zu Abend zu essen, in der sie sich zum erstenmal mit Claudio getroffen hatte. Doch wie sich bald herausstellen sollte, hatte gerade dieser Entschluß unerwartete Folgen.

»Ich dachte, du kennst Rom überhaupt nicht«, bemerkte Brodka verwundert, während sie an einem der kleinen, weißgedeckten Tische Platz nahmen.

»Ich kenne die Stadt auch nicht«, überspielte Juliette die Situation, »aber ich habe gelesen, daß die Trattorien an der Piazza Navona die besten in Rom sind.«

Damit gab sich Brodka fürs erste zufrieden, auch wenn er von Juliettes Erklärung nicht so ganz überzeugt zu sein schien. Doch er hatte wichtigere Probleme.

Brodka erkundigte sich nach Einzelheiten über Collins Selbstmord. Er wollte alles ganz genau wissen und merkte anfangs gar nicht, wie sehr er Juliette mit seinen Fragen quälte. Dennoch erzählte sie alles, was man ihr berichtet hatte.

Als Brodka sie auch noch fragte: »Wie war denn die Beerdigung?«, brach Juliette in Tränen aus und flüsterte mit gepreßter Stimme: »Kannst du dir nicht vorstellen, daß ich jetzt darüber nicht reden will?«

»Entschuldige.« Brodka nahm ihre Hand. »Der Tod deines Mannes ging dir offenbar näher, als ich dachte.«

»Ja«, erwiderte Juliette und tupfte sich die Tränen aus den Augenwinkeln, »aber nicht so, wie du denkst.«

»Was soll das heißen?«

Ihr Gespräch wurde für einen Augenblick unterbrochen, weil der Ober die Bestellung – natürlich Fritto misto – aufnahm. Als er sich entfernt hatte, antwortete Juliette: »Brodka, du ahnst nicht, welches Ekel Hinrich in Wirklichkeit war. Und mit diesem Mann war ich fünfzehn Jahre verheiratet.« Sie schüttelte den Kopf.

»Ich kannte ihn«, wandte Brodka ein. »Zwar nur flüchtig, aber das hat gereicht.«

Eine Zeitlang aßen beide schweigend, bis ein Besucher die Trattoria betrat. Als er Juliette erkannte, begrüßte er sie mit einer freundlichen Verneigung.

Sie erwiderte den Gruß mit einem Kopfnicken.

»Du scheinst in dieser Gegend bekannt zu sein«, meinte Brodka.

»Quatsch. Ich habe dir doch von dem Schriftsteller erzählt, dem ich begegnet bin.«

»Dieser dicke Kerl?«

»Genau. Sperling. Er ist ein Nachtmensch. Er kommt gerade zum Frühstück.«

»Zum Frühstück?« Brodka lachte leise, als wollte er sich selbst ein wenig aufmuntern, doch es gelang ihm nicht, die Stimmung zu heben.

»Übrigens«, meinte Juliette und schob ihren Teller beiseite, auf dem noch die Hälfte des Fischgerichts lag, »habe ich mich geirrt, was Norbert betrifft. Er hat nichts mit der Vatikanmafia zu tun. Die Purpurschlinge lag nur deshalb in Norberts Wohnung, weil er einen neuen Freund hatte.«

»Laß mich raten: Titus.«

»Richtig.«

»Hat dieser Norbert Näheres über Titus erfahren?«

»Nein, überhaupt nichts. Im Grunde wußte er nur, daß Titus schwul war.«

»Und wo ist er jetzt? Titus, meine ich.«

»Keine Ahnung. Er hat sich auch bei Norbert einfach aus dem Staub gemacht. Der Bursche scheint wirklich ein übler Kerl zu sein; gottlob, daß wir ihn los sind!«

Brodka beobachtete seit geraumer Zeit den dicken Schriftsteller. Sperling hatte eine große Stoffserviette an einer Goldkette befestigt, die er auf der Brust trug. Es war ein interessantes Schauspiel, wie er seine Kaffeetasse zum Mund führte: Da seine Leibesfülle einen weiteren Weg vom Tisch zum Mund erforderlich machte als bei Menschen von normalem Leibesumfang, schützte Sperling sich und seine Kleidung vor dem Überschwappen des Kaffees, indem er die Linke mit dem Handrücken nach oben unter die Tasse hielt.

Die Szene wirkte so komisch, daß Brodka schmunzeln mußte.

»Was grinst du denn so?« erkundigte Juliette sich etwas unsicher.

Brodka hielt die Hand vors Gesicht. »Er ist ein echtes Unikum, dieser Schriftsteller. Wie, sagst du, heißt er?«

»Sperling, Paul Sperling«, raunte Juliette ihm den Namen zu. »Er behauptet, Rom besser zu kennen als jeder Römer.«

»Ach.« Brodka betrachtete den Dicken aufmerksam. »Dieser Schriftsteller kennt sich hier also wirklich aus?«

»Er behauptet es zumindest. Willst du seine Rom-Kenntnisse prüfen?«

»Ja«, antwortete Brodka knapp.

»Mach dich nicht lustig über diesen Mann!«

»Ich mach' mich nicht über ihn lustig. Ich denke an etwas ganz anderes. Wenn er Rom besser kennt als jeder Römer, kennt er vielleicht auch den Glockenklang der verschiedenen Kirchen.«

»Du denkst an die Telefonkassette«, meinte Juliette skeptisch.

»Na ja, es ist einen Versuch wert, und Sperling hat mir ja schließlich seine Hilfe angeboten. Soll ich ihn an unseren Tisch bitten? Er ist sicher ein unterhaltsamer Zeitgenosse, obwohl man bei Schriftstellern vorsichtig sein muß. Die meisten halten sich für eine Reinkarnation Goethes und drehen jedes Wort dreimal im Mund um, bevor sie es ausspucken – und dann wollen sie auch noch Geld dafür.«

»Du scheinst mit dieser Zunft schlechte Erfahrungen gemacht zu haben!« Brodka lachte.

»So ist es.«

»Warum hast du mir nie davon erzählt?«

»Ach, das war lange vor deiner Zeit. Er behauptete, ich wäre seine Muse, die ihn beflügelte – vor allem wenn ich Strapse trug.«

»Und? Hat's genützt?«

Juliette blickte verschämt auf die Tischplatte; dann mußte sie doch grinsen. »Weder ihm noch mir.«

»Was ist aus ihm geworden?«

»Willst du es wirklich wissen?« Juliette hielt ihr Lachen zurück. »Ich habe gehört, daß er jetzt als Flamenco-Tänzer auf Mallorca arbeitet.«

»Dann hat er jetzt wenigstens einen vernünftigen Beruf«, sagte Brodka, und beide lachten herzhaft.

»Was ist nun?« fragte Juliette dann. »Soll ich Sperling an unseren Tisch bitten?«

»Klar«, sagte Brodka. »Bei seiner Figur haben wir eines schon mal nicht zu befürchten: daß er Flamenco tanzt.«

Juliette ging zu Sperling hinüber.

Der Schriftsteller erwies sich als faszinierender Mann, dessen langsame Bewegungen, bedingt durch seine Leibesfülle, in krassem Gegensatz zu seinem blitzschnellen Verstand standen. Dabei entschuldigte er sich, er sei noch gar nicht wach; er sei nämlich gerade erst aufgestanden. Richtig reden könne man erst mit ihm, nachdem er einen ausgiebigen Spaziergang gemacht habe.

Was Brodkas Anliegen betraf, so meinte Sperling entschuldigend, er habe zwar den Klang von ein paar Dutzend Kirchenglocken im Gedächtnis, aber alle kenne er gewiß nicht. Trotzdem wolle er sich die Aufnahme gern anhören. Er könne Brodka und Juliette ja zu ihrem Hotel begleiten, da er ohnehin einen längeren Spaziergang machen wollte; außerdem sei es ein milder Abend. So machten sie sich zu dritt auf den Weg zum Albergo Waterloo.

Sie überquerten den Tiber auf dem Ponte Umberto, vorbei an der Piazza Cavour, und ließen das Teatro Adriano hinter sich. Brodka und Juliette waren erstaunt, mit welcher Ausdauer der schwergewichtige Mann voranschritt.

Im Zimmer ihrer Pension spielte Brodka Sperling das Band vor.

Sperling nahm in dem Sessel Platz, faltete die Hände über dem Bauch und machte sich auf eine schwierige, wenn nicht unlösbare Aufgabe gefaßt. Doch schon beim erstenmal fuhr er aus seinem Sessel hoch und rief triumphierend: »Das sind unverkennbar die Glocken von San Zeno!«

Brodka und Juliette schauten sich verwundert an.

»Sind Sie sicher?« fragte Brodka zögernd.

»Ganz sicher«, entgegnete Sperling.

»Und wo liegt San Zeno?«

»Gar nicht weit von hier.« Er trat ans Fenster und blickte über die nächtliche Stadt. »Etwa auf halbem Weg zwischen der Piazza Mazzini und der Engelsburg. Eine merkwürdige Bandaufnahme ist das.«

»Ja, äußerst merkwürdig.« Brodka lächelte verlegen. »Sie möchten natürlich wissen, worum es sich hier handelt ...?«

»Aber ich bitte Sie!« Sperling hob beide Hände. »Das ist Ihre Angelegenheit. Wenn ich Ihnen behilflich sein konnte, war es mir ein Vergnügen.«

Sperling verabschiedete sich, und Juliette versprach, sich in den nächsten Tagen mit einer Einladung zum Essen für seine Hilfe zu revanchieren.

Brodka brachte Sperling nach unten. Als er in ihr Zimmer zurückkehrte, atmete er tief durch.

»Ich glaube, was Schriftsteller betrifft, mußt du deine Meinung ändern. Dieser Sperling ist jedenfalls ein feiner Kerl.«

»Finde ich auch.« Juliette war über einen Stadtplan gebeugt damit beschäftigt, die Kirche San Zeno ausfindig zu machen. Plötzlich stach sie mit dem Finger auf die Karte: »Da! San Zeno.«

Nachdem Brodka die Lage der Kirche begutachtet und die Entfernungen verglichen hatte, kam er zu dem Schluß: »Irgendwo im Umkreis von etwa fünfhundert Metern muß sich die Wohnung dieses Asmodeus befinden.« Er zog mit einem Bleistift einen Kreis um die betreffende Stelle.

Die Köpfe auf ihre Hände gestützt, blickten Brodka und Juliette auf den magischen Kreis und lasen nichtssagende Straßennamen.

Plötzlich hielt Juliette inne. »Wo ist die Zeitung mit dem Bericht über das Auto des Kardinals, das explodiert ist?«

Brodka kramte die Zeitung hervor, und Juliette überflog den Artikel. Dann blickte sie auf den Stadtplan.

»Brodka«, sagte sie leise, »der Wagen von Kardinalstaatssekretär Smolenski war in der Via Certosa geparkt. Und wo ist die Via Certosa? Einen Straßenzug von San Zeno entfernt. Hier!«

»Du hast recht, Juliette.«

»Glaubst du an einen Zufall?«

»Kaum.« Brodka schüttelte den Kopf. »Das würde bedeuten. Kardinalstaatssekretär Smolenski und Asmodeus sind ein und dieselbe Person ...«

Kapitel 12

Der Mann, der in der Via Banco Santo Spirito auf den Klingelknopf drückte, machte einen verwahrlosten Eindruck. Seine spärlichen Haare klebten strähnig im Nacken, und das auffallend rote Gesicht hatte seit mehreren Tagen kein Wasser gesehen. Über seiner Schulter hing eine vollgestopfte Reisetasche.

Ein junger, arroganter Hausdiener öffnete und wollte beim Anblick des Fremden die Tür zuschlagen, doch der Mann stemmte seinen Fuß dagegen und sagte: »Melde mich bei Signora Anastasia. Sag ihr, daß ihr Neffe gekommen ist.«

Der Diener musterte den unbekannten Besucher argwöhnisch, ließ ihn dann aber ein und forderte ihn auf, in der Halle zu warten.

Titus vernahm Anastasias Stimme schon von weitem. Auch daß sie schimpfte und nicht gerade bester Laune war.

In einem schwarzen Morgenmantel mit roter Knopfleiste erschien Anastasia Fasolino auf dem oberen Treppenabsatz. Ihr Haar war wirr und ungepflegt. Sie warf Titus, der unten in der Halle stand, einen wütenden Blick zu und rief mit lauter Stimme, daß es durchs ganze Haus hallte: »Ah, der Herr Neffe läßt sich wieder einmal blicken. Bist wohl pleite, eh?«

Ohne Titus aus den Augen zu lassen, schritt Anastasia die weite Treppe hinunter und trat vor ihren Neffen hin.

Der machte einen Kniefall und küßte in dieser Haltung Anastasias Rechte; dann erhob er sich. Er wollte antworten, doch bevor er dazu kam, meinte die Signora: »Um Himmels willen, wie siehst du aus! Hast du die Nacht auf einer Müllkippe verbracht?«

Titus nickte. »So was ähnliches. Ich bin mit einem Gemüse-Laster von Florenz hierher gekommen. Und davor hat mich ein Auto-Transporter aus München mitgenommen. Insgesamt siebzehn Stunden.«

»Konntest du dir denn keinen Zug leisten?« Anastasia legte die Stirn in Falten.

»Nein«, erwiderte Titus. »Ich habe keine Lira mehr.«

Anastasia musterte den Neffen vom Scheitel bis zur Sohle, wobei sie kopfschüttelnd um ihn herum ging. »Wußte ich's doch«, meinte sie schließlich und blieb hinter ihm stehen. »Du stinkst wie eine Müllhalde. Ab ins Bad mit dir, ins Personalbad natürlich. Dann reden wir weiter.«

Titus nahm seine Reisetasche und verschwand durch eine Seitentür.

Anastasia ging zum Telefon und wählte eine Nummer.

»Lilith für Asmodeus.«

Und nach einer Pause: »Weißt du, wer bei mir ist. Mein Neffe! Stinkend, verkommen und ohne eine Lira in der Tasche.«

Ohne es zu wollen, wurde Alberto Fasolino Zeuge des Telefongesprächs. Er kam gerade aus dem Ankleidezimmer und vernahm, wie seine Frau Anastasia über ihren Neffen herzog.

»Was soll ich mit dem Kerl anfangen? Hier kann er jedenfalls nicht bleiben.« Sie lauschte in den Hörer. »Gut. Wie du willst.«

Dann legte sie auf.

Wie stets an warmen, aber nicht zu heißen Tagen wurde das Frühstück im malerischen Innenhof des Hauses eingenommen, und wie stets erschien Anastasia in ihrem schwarzen, rotgeknöpften Morgenmantel, während Alberto sich korrekt gekleidet zu Tisch setzte.

»Irre ich mich, oder habe ich die Stimme deines Neffen erkannt?« fragte Alberto Fasolino scheinheilig.

»Du irrst dich nicht«, erwiderte Anastasia, und wie auf ein Kommando erschien Titus frisch geduscht und rasiert und mit hochrotem Kopf.

»Sieh da, der Herr Neffe!« rief Fasolino zynisch. »Was suchst du denn hier?«

Titus begrüßte Fasolino höflich, vermied es aber, auf dessen Frage zu antworten.

»Schon gut«, meinte Anastasia, während sie ein Stück Weißbrot in ihre bauchige Tasse mit Milchkaffee tunkte. Und an Titus gewandt: »Ich habe mit Smolenski telefoniert und ihm gesagt, daß du hier bist.«

»Und?« erkundigte der Neffe sich vorsichtig. »Wie hat er reagiert?«

Anastasia schob Titus eine Tasse hin. »Er will dich sehen, und zwar sofort. Du weißt, wo du ihn findest?«

Der Alptraum, den Brodka und Juliette seit geraumer Zeit durchlebten, wurde durch die Enttarnung des Codenamens Asmodeus noch bedrohlicher. Zwar blieb ihnen der Inhalt der Tonbandkassetten noch immer verborgen; aber allein die Tatsache, daß Kardinalstaatssekretär Smolenski einer der Drahtzieher der Verschwörung war, vielleicht sogar ihr Kopf, beunruhigte sie zutiefst.

Immerhin hatten sie jetzt die Bestätigung, daß Arnolfo Carracci sie nicht betrügen wollte und daß die Kassetten von unschätzbarer Bedeutung und somit ihr Geld wert waren. Und vermutlich würden diese Kassetten auch das einzige Pfand sein, das es ihnen ermöglichte, sämtliche Fragen um ihr eigenes Schicksal zu klären.

Zwei volle Tage und einen Teil der Nächte hatten Brodka und Juliette damit verbracht, die zwanzig Bandaufnahmen abzuschreiben und zu übersetzen. Als die Arbeit endlich abgeschlossen war, plagte Brodka die Furcht, die Kassetten könnten aus ihrem Zimmer in der Pension entwendet werden.

Brodka fühlte sich beobachtet. Er mißtraute der freundlichen Besitzerin des Albergo Waterloo, insbesondere den ständig wechselnden Nachtportiers. Wohin also mit den Kassetten?

Am Ende der Straße, in der sich die Pension befand, gab es eine Filiale der Banco di Napoli. Dort mietete Brodka tags darauf ein Schließfach mit Kennwort und brachte die Kassetten fürs erste in Sicherheit.

Daß diese Vorsichtsmaßnahme von Nutzen war, sollte sich schon am nächsten Tag erweisen.

Brodka und Juliette saßen im Frühstücksraum der Pension, dessen kahle Wände und rotbrauner Fliesenboden jedes Wort ihrer Unterhaltung widerhallen ließen, und beratschlagten ihr weiteres Vorgehen, als eine junge Frau den Kopf durch die Glastür steckte.

»Das ist doch ...« Juliette setzte ihre Teetasse ab und raunte Brodka zu: »Ich müßte mich sehr täuschen, wenn das nicht die Frau von Arnolfos Neffen ist.«

Brodka nickte. Es war Adriana Cornaro.

Diese trat vor sie hin, wünschte einen guten Morgen und fragte, ob sie einen Augenblick Platz nehmen dürfe.

»Selbstverständlich«, meinte Brodka verblüfft und schob ihr einen Stuhl hin. »Ich bin ziemlich erstaunt, Sie hier zu sehen«, meinte er dann und warf Juliette einen Blick zu, der besagte: Du sicher auch.

Juliette nickte. »Wissen Sie«, wandte sie sich dann an Adriana, »nach allem, was vorgefallen ist, haben wir eigentlich erwartet, Sie und Baldassare würden sich nie mehr blicken lassen. Und jetzt tauchen Sie plötzlich hier auf und setzen sich an unseren Frühstückstisch.«

Adriana ließ den Blick durchs Zimmer schweifen, als wollte sie sich vergewissern, daß es keine Zeugen gab; dann stellte sie ihre Handtasche auf den Tisch, eine Art Lederbeutel mit Schulterriemen, und holte einen dicken braunen Umschlag hervor. Den legte sie vor Brodkas Teetasse.

»Was ist das?« erkundigte sich Brodka.

»Fünfzig Millionen Lire, Signore. Die Hälfte unserer gesamten Ersparnisse.«

»Wie bitte?« Juliette streckte die Hand aus und öffnete den Falz, mit dem der Umschlag verschlossen war.

Brodka starrte auf die gebündelten Banknoten; dann schaute er Adriana an. »Was hat das zu bedeuten?«

»Baldassare schickt mich. Er möchte das Paket mit den Kassetten zurückkaufen.«

»Von uns?« rief Brodka wütend. »Ausgerechnet von uns, denen er den Schlüssel eines leeren Schließfachs verkauft hat?«

»Ich weiß«, erwiderte Adriana kleinlaut. »Ich war von Anfang an dagegen, aus Carraccis Tod ein Geschäft zu machen. Aber Baldassare sagte, eine solche Gelegenheit biete sich nur einmal im Leben, und man müsse sie beim Schopf packen. Hätte er nur auf mich gehört!«

»Allerdings.« Brodka betrachtete den Umschlag und überlegte, ob er nicht zehn Millionen abzählen sollte, jene Summe, für die er von Baldassare nichts erhalten hatte. Doch angesichts der Tatsache, daß die Kassetten nun doch in seinem Besitz waren, beließ er es dabei. Statt dessen sagte er: »Signora, Baldassare hat die Kassetten an einen Fotografen verkauft. Er heißt Walter Keyserling und lebt in Gaeta.«

»Ich weiß Bescheid. Sie müssen mir nichts vormachen. Bei Keyserling war ich bereits. Er hat mir alles erzählt ... daß ein normaler Mensch nichts mit den Kassetten anfangen kann und daß er sie an Sie weitergegeben hat.«

Juliette fixierte Adriana mit finsterem Blick. »Aber warum geben Sie dann ein Vermögen aus, um wieder in ihren Besitz zu gelangen, wenn Sie angeblich nichts damit anfangen können?«

»Das will ich Ihnen sagen, Signora. Wir sind nach Catania geflohen, wo wir Verwandte haben. Baldassare wollte mit dem Geld ein eigenes Ristorante aufmachen. Weit weg von Rom, in Sizilien, glaubten wir uns vor Fasolino und seinen Helfern sicher. Wir waren gerade drei Tag in Catania, da stand Fasolino in Begleitung des Padre von Santa Agatha vor der Tür und forderte die Kassetten zurück. Er beschimpfte Onkel Arnolfo als Dieb und Erpresser und drohte, er würde dafür sorgen, daß wir in Catania kein Bein auf die Erde bekämen, sollten wir die Tonbandaufzeichnungen nicht zurückgeben.«

»Und dieser Padre von Santa Agatha?«

Adriana hob die Schultern und biß sich auf die Unterlippe. »Er drohte uns mit der ewigen Verdammnis. Aber das war wohl nicht der Grund seines Kommens. Ich glaube, er hat uns an Fasolino verraten. Einem Padre auf Sizilien entgeht nichts.«

»Und wie hat Baldassare reagiert? Hat er gesagt, daß er das Material verkauft hat?«

»Natürlich nicht. Baldassare hat so getan, als wüßte er von nichts. Er sagte, es sei nicht Onkel Arnolfos Art gewesen, irgend etwas beiseite zu schaffen. Und hätte Arnolfo es doch getan, hätte er es in seinem Nachlaß gefunden. Aber Fasolino glaubte Baldassare nicht. Er hat geflucht und gedroht, bevor er mit dem Padre verschwand. Seit diesem Tag fühlten wir uns ständig beobachtet. Es würde mich nicht wundern, wenn vor dem Eingang des Albergo unauffällig ein Mann auf und ab ginge.«

Juliette erhob sich und spähte durch den Fenstervorhang nach draußen, konnte aber keinen Verdächtigen erkennen.

»Ich bitte Sie, Signore«, nahm Adriana ihre Rede wieder auf, »nehmen Sie das Geld, und geben Sie uns die Kassetten zurück. Es ist für uns die einzige Möglichkeit, unseren Frieden wiederzufinden.«

Brodka und Juliette warfen sich einen kurzen Blick zu. Es bedurfte keiner großen Worte: Jeder kannte die Antwort des anderen. Und diese Antwort lautete nein.

»Angenommen«, holte Brodka aus, »ich hätte die Kassetten wirklich noch in meinem Besitz und würde sie Ihnen zurückgeben, was würden Sie damit anfangen, Adriana?«

»Wir würden sie Fasolino zurückgeben. Bitte!«

Brodka nahm den Umschlag mit dem Geld, gab ihn Adriana zurück und sagte: »Tut mir leid, ich habe die Kassetten nicht mehr. Die Aufnahmen waren so wirr, daß ich nichts damit anzufangen wußte. Ich habe sie vernichtet und in den Müll geworfen.«

»Das ist nicht wahr, Signore!« Adriana kämpfte mit den Tränen.

»Es ist die Wahrheit«, log Brodka. Ein bißchen tat die junge Frau ihm leid. Es war offensichtlich, daß sie Brodka nicht glaubte, und sie konnte nicht begreifen, warum der Deutsche soviel Geld ablehnte.

Doch er hatte sie offenbar mit seinen Worten nicht völlig überzeugt. Denn als sie sich erhob und den Umschlag in ihrer Handtasche verstaute, zog sie einen Zettel mit einer Telefonnummer hervor und schob ihn über den Tisch. »Hier, unsere Nummer, falls Sie es sich doch noch anders überlegen.«

Dann verließ sie den Frühstücksraum des Albergo. Brodka und Juliette blieben ziemlich ratlos zurück.

Alberto Fasolino war kein sehr mutiger Mann. Das wußten alle, die ihn kannten. Vor allem wußte er es selbst. Er hatte lange mit sich gerungen, wie er sich in dieser Situation verhalten sollte. Dann faßte er einen Entschluß.

Er betrat den Vatikan von der Via di Porta Angelica her. Vorbei an der linker Hand gelegenen Kaserne der Schweizergarde ging er geradewegs auf das St.-Anna-Tor zu.

Um in die Vatikanstadt zu gelangen, brauchte man einen Ausweis, aus dem hervorging, daß man Angestellter der Città del Vaticano war. Wer jedoch den Palast der Päpste betreten wollte, brauchte darüber hinaus eine besondere Erlaubnis, an die man sehr schwer herankam, unter normalen Umständen überhaupt nicht.

Fasolino verfügte jedoch über einen kleinen Gegenstand, der ihm Tore und Türen öffnete. Er zog eine purpurfarbene Schlinge aus der Tasche und hielt sie den Gardisten entgegen. Die beiden Hellebardiere salutierten. Fasolino trat ein.

Die hohe Eingangshalle mit ihren wuchtigen Säulen zu beiden Seiten der breiten Marmortreppen ließ jeden Besucher klein und bedeutungslos erscheinen. Endlose Gänge, in denen die Schritte hallten, verstärkten den Eindruck der eigenen Winzigkeit.

Fasolino ging diesen Weg nicht zum erstenmal; deshalb hatte er keinen Blick für den Pomp und die Pracht, die ihn umgab. Am Ende des langen Ganges führte eine Glastür ins Freie. Zielstrebig überquerte der Besucher den Cortile di San Damaso und ging durch eine unscheinbare Tür auf der gegenüberliegenden Seite des Hofes. Nach ein paar Schritten gelangte Fasolino zu einem Aufzug, dessen automatische Türen aus mattem Stahl bestanden und nicht recht zu dem altertümlichen Gebäude passen wollten. Die Türen öffneten sich wie von Geisterhand, und Fasolino drückte auf den Knopf mit einer römischen Vier.

Im vierten Stock trat ihm ein Sekretär in schwarzem Habitus entgegen. Noch bevor der Mann nach dem Passierschein fragen konnte, hielt Fasolino dem Aufpasser die Purpurschlinge entgegen, worauf dieser den Kopf neigte und eine ausladende Handbewegung machte, Fasolino möge seines Weges gehen; dann verschwand der Kleriker hinter einer der zahllosen hohen Türen.

Die Pracht der endlosen Korridore wirkte schon deshalb beklemmend, weil sich hier keine Menschenseele aufzuhalten schien und weil eine Stille herrschte wie auf einem nächtlichen Friedhof.

Am hinteren Ende des Ganges klopfte Fasolino an eine schwarzglänzende Tür, die so hoch war, als wäre sie für einen Riesen erbaut; die Klinke war zwar im unteren Drittel der Tür angebracht, befand sich aber immer noch so hoch, daß sie seinen Kopf überragte. Fasolino trat ein.

Hinter einem Schreibtisch in der Mitte des quadratischen Raumes, dessen Wände deckenhohe Gemälde zierten, lugte ein kleinwüchsiger Sekretär mit dicker Brille hervor, der aussah wie frisch gebadet. Als Fasolino ihm gegenübertrat und die purpurfarbene Schleife vorzeigte, rückte der Mann seine Brille mit dem Zeigefinger zurecht.

Um lästige und, wie Fasolino wußte, umständliche Fragen des Sekretärs – dessen einzige Tätigkeit darin zu bestehen schien, das Telefon zu bedienen – zu vermeiden, nannte Fasolino seinen Namen und den Grund seines Kommens. Er wolle Kardinalstaatssekretär Smolenski sprechen; es sei von größter Wichtigkeit.

Obwohl der Sekretär des Kardinals – er hieß Polnikov, wobei er das i besonders betonte –, Fasolino seit langem kannte, bediente er sich jedesmal derselben Prozedur, indem er sagte: »*Laudetur.* Wen darf ich melden?«

»Laudetur« war eine Kurzform des lateinischen »Gelobt sei Jesus Christus« und Polnikovs Frage eine glatte Unverschämtheit; schließlich hatte Fasolino seinen Namen bereits genannt.

Ungeduldig wiederholte Fasolino seinen Namen, und er blickte gelangweilt aus dem Fenster, durch das man den Petersplatz sehen konnte, während der Sekretär zum Hörer griff und Fasolinos Namen nannte. Abrupt wurde das Gespräch beendet. Offensichtlich hatte Smolenski aufgelegt. Kurz darauf öffnete sich eine Tapetentür, und Smolenski erschien, angetan mit dem Purpurornat eines Kardinals.

»Ich habe dich nicht gerufen«, sagte der Kardinalstaatssekretär im Flüsterton, als fürchtete er, die Wände hätten Ohren. »Was willst du, Fasolino? Meine Zeit ist knapp.«

»Ich weiß, Eminenza. Dennoch, die Angelegenheit ist zu wichtig, wir können sie nicht aufschieben.« Fasolino warf dem Sekretär einen mißtrauischen Blick zu. Smolenski verstand. Auf einen Wink des Kardinals folgte ihm Fasolino und schlüpfte durch die Tapetentür in Smolenskis Büro.

Wer erwartet hatte, dieses Büro würde sich im gleichen Pomp oder gar noch prunkvoller präsentieren, als die Korridore und Vorzimmer des päpstlichen Palastes vermuten ließen, sah sich getäuscht. Der Raum besaß zwar dieselben Ausmaße wie das Vorzimmer des Sekretärs, etwa fünfzehn mal fünfzehn Meter, doch von edler Kunst und Kostbarkeiten war hier nichts zu sehen. Das Büro glich eher einer geheimen Kommandozentrale, deren Bestimmung jedoch im unklaren blieb.

An den gut fünf Meter hohen Wänden türmten sich Regale bis zur Decke, in denen stapelweise Bücher und Akten lagen; das Büro war mit Computern, zwei Dutzend Fernsehbildschirmen sowie Fax- und Funkgeräten ausgestattet. Alles vermittelte den Eindruck, als würde von diesem Raum der Vatikan, vielleicht sogar die Christenheit ferngesteuert. Im Büro verteilt standen vier Schreibtische mit Bergen von Akten und Papier. Eine Couch in der hintersten Ecke verriet, daß der Kardinal bisweilen die Nacht an diesem seltsamen Ort verbrachte.

Obwohl Fasolino Smolenskis Reich kannte, staunte er jedesmal wieder über den technischen Aufwand, mit dem der Kardinal seine geheime Organisation von hier aus steuerte. Der Kontrast zu seiner purpurnen Kardinalstracht hätte größer nicht sein können.

Fasolino schloß die Tür hinter sich, während Smolenski seine qualmende Zigarre aus einem Aschenbecher angelte; dann ließ er sich in einen Drehstuhl fallen und streckte die Beine von sich wie ein betrunkener Pferdeknecht. Was ihn jedoch von einem solchen unterschied, war die purpurrote Soutane mit dreißig handgenähten Knopflöchern und die Mozzetta, jener kurze Umhang, sowie das Scheitelkäppchen aus dem Haus Gammarelli, der allerfeinsten Adresse für Herren seines Standes.

Während der Kardinalstaatssekretär an seinem Zigarrenstummel kaute, der bedrohlich dem Ende entgegenglimmte, brummte er gereizt: »Also, was gibt es, Fasolino?« Dabei hielt er wie ein Luchs alles im Auge, was auf den Bildschirmen hinter dem Besucher ablief.

»Eminenza«, begann Alberto Fasolino umständlich, »es ist mir sehr unangenehm, darüber zu reden; aber Ihr wißt, daß ich zu Euren treuesten Dienern gehöre.«

»Zur Sache, Fasolino. Keine Ausflüchte!«

»Eminenza, ich hatte einen alten Hausdiener namens Arnolfo, der mir zwanzig Jahre treu gedient hat. Er war alt und in den letzten Jahren ein wenig ... merkwürdig. Bis ihn vor kurzem der Schlag traf.«

»Er möge in Frieden ruhen. Und weiter?«

»Nach Arnolfos Tod habe ich bemerkt, daß mein treuer Diener mich zu Lebzeiten bestohlen hat. Er hat kein Geld entwendet, nein, nein. Arnolfo wollte mich offensichtlich erpressen. Wie es scheint, war er nicht der gutmütige Dummkopf, als der er sich gab. Er wußte mehr über mich und alles, was in meinem Haus geschah, als mir lieb sein kann. Und er wußte auch einiges über Euch, Eminenza.«

Der Kardinalstaatssekretär nahm den Zigarrenstummel aus dem Mund und zerquetschte ihn im Aschenbecher, als wollte er einen bösen Gedanken auslöschen. Er schwieg.

»Offenbar hat er sogar meine Telefongespräche belauscht«, fuhr Fasolino fort, wobei er Smolenski einen unsicheren Blick zuwarf. »Nun habe ich es mir zur Gewohnheit gemacht, alle wichtigen Gespräche aufzuzeichnen, als Gedächtnisstütze sozusagen und als eine Art Tagebuch. Nach Arnolfos Tod machte ich eine furchtbare Entdeckung. In meinem Archiv fehlten zwanzig Kassetten. Sie sind einfach verschwunden.«

Smolenski sprang so heftig auf, daß der Stuhl, auf dem er gesessen hatte, gegen eine Bücherwand krachte. Er verschränkte die Hände auf dem Rücken und trat mit schnellen Schritten ans Fenster. Den Besucher würdigte er keines Blickes. Schließlich sagte er tonlos: »Willst du damit sagen, daß sich auf den verschwundenen Kassetten auch geheime Botschaften befinden?«

»Leider, Eminenza. Soweit ich es feststellen kann, hat Arnolfo ganz gezielt bestimmte Kassetten ausgewählt.«

»Soll das heißen ...«

»Ja, Eminenza. Er scheint unsere Pläne für die Operation ›Urbi et Orbi‹ gekannt zu haben.«

»Großer Gott!« flüsterte der Kardinal.

Es war das erste Mal, daß Fasolino solch fromme Worte aus Smolenskis Mund hörte. Doch der Kardinal nahm das Geständnis mit einer Ruhe auf, die Fasolino zutiefst beunruhigte. Er kannte den Mann in Purpur nur zu gut und wußte, daß seinen Zornesausbrüchen meist ein langes Schweigen vorausging.

»Ich kann mir nicht vorstellen«, meinte Fasolino beschwichtigend, »daß irgend jemand etwas mit den Kassetten anfangen kann. Alle Namen sind verschlüsselt. Wer sollte schon dahinterkommen ...«

Der Kardinalstaatssekretär trat auf Fasolino zu, daß ihre Gesichter sich bedrohlich nahe waren, und fragte noch immer im Flüsterton: »Und was hat dein treuer Diener mit den Kassetten getan?«

»Er hat sie seinem Neffen vermacht. Und der hat sie verkauft.«

»An wen?«

»An einen Mann, der des öfteren für mich gearbeitet hat. Walter Keyserling, ein Fotoreporter aus Gaeta. Aber der hat die Kassetten angeblich verschenkt, weil er nichts damit anzufangen wußte.«

»So, so. Verschenkt.«

Fasolino blickte betroffen zu Boden. »Ich wage nicht auszusprechen an wen.«

Der Kardinal packte Fasolino am Kinn und blickte ihn mit stechenden Augen an. *»An wen?«*

»Er ist uns allen kein Unbekannter. Sein Name ist Brodka.«

Smolenski stieß Fasolino zurück, daß dieser strauchelte und zu Boden stürzte. Doch Smolenski setzte nach, packte Fasolino mit beiden Händen, riß ihn hoch und preßte ihn mit eisernem Griff gegen die Wand, an der die Bildschirme flimmerten.

Aus dem Augenwinkel sah Fasolino auf einem dieser Monitore einen weißgekleideten Mann, der reglos in einem Sessel saß. Das Bild war von einer Zimmerdecke aus und offenbar heimlich aufgenommen, wie die meisten anderen Bilder auf den Monitoren; aber im Augenblick interessierte ihn das wenig. Er hatte Angst vor der Brutalität Smolenskis und dessen Unberechenbarkeit.

Für Fasolino überraschend ließ der Kardinal plötzlich von ihm ab, strich sein dünnes, schwarz gefärbtes Haar mit der flachen Hand nach hinten und nahm wieder an dem Schreibtisch Platz, an dem er zuvor gesessen hatte. Er fingerte eine der billigen Zigarren, die er aus Gründen der Sparsamkeit rauchte, aus der Schublade, entzündete sie mit einem Streichholz und pustete, wie es seiner Gewohnheit entsprach, mehrmals auf die Glut. Dann sog er an der Zigarre und preßte den Rauch lautstark durch die Lippen.

»Fasolino«, sagte er, ohne dem Besucher einen Blick zu gönnen, »du bist ein Idiot. So etwas kann nur einem ausgewachsenen Schwachkopf passieren.«

Fasolino stand auf der anderen Seite des Schreibtisches in der Haltung eines reuigen Sünders, der auf Absolution hofft. Nach einer Weile ratloser Stille, während ihm der Zigarrenqualm beißend in die Nase stieg, wagte er die Frage: »Eminenza, was soll ich jetzt tun?«

Da beugte der Kardinalstaatssekretär sich zu Fasolino vor und erklärte mit seiner gefürchteten Flüsterstimme: »Ich sage dir nur eines, Fasolino. Schaff die Kassetten herbei, sonst ...«

Mehr sagte Smolenski nicht; aber Fasolino wußte auch so, was es bedeutete.

Am Vormittag war ein Gewitter niedergegangen, und noch immer hingen dunkle Wolken über Rom, durch die sich bisweilen die Sonne zwängte – ein Anblick, der die Stadt verzauberte wie eine raffinierte Theaterbeleuchtung; denn die antiken Ruinen, denen man hier alle paar Schritte begegnet, erstrahlten in diesem Licht wie Staffage in einer gigantischen Inszenierung.

Brodka und Juliette hatten sich vor dem Platzregen in ihre Pension gerettet, wo der Portier sie mit einem hochformatigen Paket überraschte. Ein Taxifahrer habe es vor gut einer Stunde abgegeben.

Auf dem Paket in grauem Papier stand, mit schwarzem Filzstift geschrieben, die Adresse: ›Signora Juliette Collin, zur Zeit Albergo Waterloo.‹ Letzteres war doppelt unterstrichen.

Weder Brodka noch Juliette hatten eine Vorstellung, wer der Absender des Pakets sein könnte, ganz zu schweigen vom Inhalt. Es war etwa 60 mal 80 Zentimeter groß und seltsam leicht; jedenfalls machte es nicht den Eindruck, als ob es etwas Gefährliches enthalten könnte. Trotzdem trugen sie es mit großer Vorsicht auf ihr Zimmer.

Mit einem Messer löste Brodka die Klebestreifen. Als er das Papier auffaltete, kam eine dicke Pappe zum Vorschein. Brodka hob sie hoch, und Juliette stieß einen Schrei aus.

Das Paket enthielt die aus ihrer Galerie entwendeten Grafiken. Die Originale!

»Bist du sicher?« fragte Brodka verdutzt.

»Absolut sicher!« stieß Juliette aufgeregt hervor.

»Was hat das zu bedeuten?«

Juliette prüfte das Papier zwischen Daumen und Zeigefinger, hielt ein Blatt nach dem anderen gegen das Licht und sagte kopfschüttelnd: »Das wüßte ich auch gern.«

»An der Sache ist irgend etwas faul«, meinte Brodka, nachdem er sich von der ersten Überraschung erholt hatte.

Ein ums andere Mal betrachtete Juliette die Grafiken, und dabei konnte sie nicht die geringsten Beschädigungen entdecken. »Eine merkwürdige Geschichte. Man könnte beinahe meinen, irgend jemand will ein Geschäft mit uns machen.«

Brodka überlegte kurz. »Natürlich!« rief er dann. »Fasolino schlägt uns ein Geschäft vor! Ein Tauschgeschäft sozusagen. Die Grafiken gegen seine Kassetten.«

»Das würde aber bedeuten, daß die Kassetten für Fasolino mindestens eine halbe Million Mark wert sind.«

Brodka pfiff durch die Zähne. Dann schüttelte er den Kopf. »Aus Reue gibt er die Bilder jedenfalls nicht zurück.«

Juliette legte die Grafiken sorgfältig aufeinander und wollte gerade das Papier zusammenfalten, in dem sie verpackt waren, als sie in der untersten Lage einen Umschlag entdeckte. Sie öffnete ihn und fand darin zwei Flugtickets: Rom–München, Alitalia Flug AZ 434, Abflug 17 Uhr 30 Fiumicino, 17. März.

»Das ist ja heute!« Brodka nahm Juliette die Tickets aus der Hand und betrachtete sie, als wären es Fälschungen. »Das ist es also. Die wollen uns loswerden, und zwar sofort.«

»Was sollen wir tun?«

»Nachdenken«, bemerkte Brodka trocken, setzte sich auf die Bettkante und stützte den Kopf in beide Hände. Juliette beobachtete ihn ratlos.

Schließlich meinte sie: »Wenn ich in München zum Staatsanwalt gehe und sage, die Originale der Grafiken sind wieder aufgetaucht, ein Taxifahrer hat sie in unserer Pension in Rom abgegeben, glaubt mir kein Mensch. Dann mache ich mich erst recht verdächtig.«

Brodka lachte mit einem bitteren Beiklang von Ratlosigkeit. »Da hast du allerdings recht, Liebes. Außerdem halte ich es durchaus für möglich, daß hinter der vermeintlich großzügigen Geste wieder eine teuflische List steckt.«

»Aber die Bilder sind echt. Es *sind* die Originale!«

»Das mag schon sein«, erwiderte Brodka. »Die Frage ist nur, welches Ziel verfolgen Fasolino und seine Leute mit der Rückgabe?«

»Keine Ahnung. Aber wenn sie uns schon Rückflugtickets beilegen, dann bedeutet es, sie wollen uns loswerden.«

»Genau das macht mich so stutzig. Offenbar sind wir der Lösung aller Probleme näher, als wir glauben.«

Juliette klatschte die Flugtickets auf den Tisch. »Man könnte das Ganze auch als Drohung auffassen. ›Hier habt ihr die geraubten Bilder zurück. Jetzt gibt es keinen Grund mehr, in unseren Angelegenheiten herumzuschnüffeln. Also haut ab.‹«

»Hm.« Brodka blickte zu Juliette auf. »Du vergißt dabei, warum *ich* eigentlich hier bin.«

Im selben Augenblick summte das Telefon. Juliette nahm den Hörer ab. Sie kannte die fremde Stimme nicht.

»Haben Sie die Bilder erhalten?« Der Mann sprach gebrochen deutsch mit italienischem Akzent.

»Ja.«

»Gut. Wir erwarten, daß Sie Rom noch heute verlassen.«

»Und wenn wir uns weigern?«

»Signora Collin, Sie sind doch eine vernünftige Frau.«

»Darüber ließe sich streiten.«

»Im übrigen bestehen wir auf Rückgabe der Kassetten. Legen Sie die Kassetten in ein Schließfach am Flughafen Fiumicino. Stecken Sie den Schlüssel in einen Umschlag. Versehen Sie den Umschlag mit dem Namen Asmodeus. Ich wiederhole, Asmodeus. Deponieren Sie den Umschlag am Informationsschalter der Alitalia. Und lassen Sie sich nie wieder in Rom blicken.« Dann war die Leitung tot.

»Wer war das?« Brodka blickte Juliette fragend an.

»Ich weiß nicht. Eine fremde Männerstimme.« Stockend wiederholte sie den Wortlaut der Nachricht.

Brodka sprang auf und faßte Juliette an den Oberarmen. »Hör zu, wir machen es so: Wir gehen zum Schein auf die Forderung ein, packen unsere Sachen, fahren zum Flughafen, nehmen ein

Schließfach, checken ein und gehen durchs Boarding-Gate für den Flug nach München. Ich bin überzeugt, daß man uns dabei beobachtet. Wenn unser Flug aufgerufen wird, verlassen wir die Boardingzone und lassen unsere Buchungen löschen. Dann halten wir das Schließfach im Auge.«

»Du willst die Kassetten wirklich zurückgeben?«

»Kommt gar nicht in Frage. Wir legen ein leeres Päckchen ins Schließfach.«

»Ein abenteuerlicher Plan, Brodka.«

»Ich weiß. Aber das ganze Leben ist ein Abenteuer. Oder etwa nicht?«

Als Brodka Juliettes nachdenkliches Gesicht sah, meinte er: »Es ist die einzige Möglichkeit, aus dem Blickfeld dieser Gangster zu entkommen. Während sie uns in München glauben, suchen wir uns ein neues Hotel. Hast du überhaupt eine Erklärung dafür, wie die uns hier ausfindig gemacht haben?«

»Da kommen nur zwei in Frage.«

»Stimmt. Baldassare oder Sperling. Jemand von den beiden muß geplaudert haben. Und das kann eigentlich nur einer sein.«

»Du meinst ... Sperling?«

»Ich dachte eigentlich an Baldassare. Dieser Sperling ist doch nur ein harmloser Schriftsteller.«

»Der nie einen Roman verkauft hat. Und er hat einen nahen Verwandten im Vatikan. Sein Bruder ist Kardinal, hat er gesagt.«

»Das bedeutet, wir müssen in Zukunft noch vorsichtiger sein.« Brodka überlegte einen Augenblick. Dann griff er zum Telefon.

»Wen rufst du an?«

»Marco, den Portier vom ›Excelsior‹.«

Mit knappen Worten machte Brodka Marco klar, daß sie noch heute eine Unterkunft brauchten, in der sie möglichst anonym und unerkannt bleiben könnten.

Marco wußte Rat. Er kenne eine Comtessa, erklärte er, die zur Sommerzeit ihre Villa in den Albaner Bergen, eine knappe Fahrstunde südlich von Rom, an Fremde vermiete. Jetzt, in der Vorsaison, stünde das Haus gewiß leer.

»Soll ich mich für Sie verwenden?« fragte Marco.

»Bitte, tun Sie das«, erwiderte Brodka. Das Haus schien für ihre Zwecke ideal.

Keine zehn Minuten später rief Marco zurück und erklärte, daß sie die Villa noch heute beziehen könnten; die Miete betrage zwei Millionen Lire im Monat.

»Und die Adresse?« erkundigte sich Brodka.

»Viale Vespucci 9 in Nemi. Die Comtessa heißt Mirandolina Maffei. Sie erwartet Sie ab achtzehn Uhr.«

Brodka bedankte sich bei Marco und reservierte telefonisch einen Leihwagen am Flughafen Fiumicino; dann packten sie ihre Sachen und machten sich reisefertig.

Am Flughafen verlief alles wie geplant. Kurz nachdem Flug Alitalia AZ 434 aufgerufen wurde, verließen Brodka und Juliette den Warteraum und begaben sich zu einer Toilette in der Nähe, um ihre Kleidung zu wechseln.

Dann trennten sich ihre Wege. Juliette suchte mit dem Paket, das ihre Bilder enthielt, den »Avis«-Schalter auf, um den Leihwagen zu übernehmen, während Brodka das Gebäude durch die Ankunfthalle verließ, um es durch die Abflughalle wieder zu betreten. In sicherer Entfernung von den Schließfächern im Untergeschoß legte er sich auf die Lauer, stets das Fach im Auge, in dem er eine Packung Kleenex verstaut hatte – etwas anderes hatte er im Albergo Waterloo in der Eile nicht gefunden.

Nachdem fünfzehn Minuten verstrichen waren, ohne daß etwas geschah, wurde Brodka unruhig. Er hatte sich mit Juliette in genau 30 Minuten vor der Ankunfthalle verabredet. Dort sollte sie im Leihwagen auf ihn warten.

Kurz vor Ablauf der Zeit näherte sich ein Mann dem Schließfach, blickte unauffällig nach allen Seiten und zog den Schlüssel aus dem Briefumschlag, den Brodka selbst am Informationsstand der Alitalia hinterlegt hatte.

Brodka traute seinen Augen nicht. Der Mann mit der Halbglatze und dem rötlich schimmernden Gesicht war – Titus.

Im ersten Augenblick hätte Brodka sich vor Wut am liebsten auf den Kerl gestürzt; dann aber siegte die Vernunft, und er genoß den Anblick eines Mannes, der ein Paket Kleenex aus dem Schließfach nahm und wie von Furien gehetzt zum Ausgang eilte.

Nemi ist ein bezaubernder Ort, am Rande eines vulkanischen Kraters gelegen, auf dessen Grund sich ein tiefer, ovaler See gebildet hat; an den Hängen wächst süßer, schwerer Wein. In der Mitte des Ortes steht ein alter Palast, umgeben von schmucken, bunten Wohnhäusern und Trattorien. Seit alters bauten reiche Römer in den Albaner Bergen ihre Sommerhäuser, um der Hitze zu entfliehen, die zwischen Juni und September die Hauptstadt heimsucht.

Ein Zitronenverkäufer, den Brodka und Juliette am Ortseingang nach dem Weg fragten, zuckte zunächst mit den Schultern, hatte nach Abnahme einer größeren Menge Zitronen aber plötzlich eine Erleuchtung und beschrieb den Weg so genau, daß sie die angegebene Adresse, Viale Vespucci 9, auf Anhieb fanden.

Das alte Haus war kürbisgelb gestrichen und lag hinter einem eisernen Tor am Fuße eines Weinberges, der unweit des Hauses steil anstieg. Auf ihr Klingeln öffnete sich das Tor automatisch, und Brodka lenkte den Leihwagen bis vor die zweiflügelige Haustür.

Als Brodka aus dem Wagen stieg, schallte ihm das tausendstimmige Zirpen der Zikaden entgegen. In der Luft lag ein süßlicher Geruch.

Nun hat wohl jeder eine andere Vorstellung von einer leibhaftigen Comtessa. Die Dame, die aus der Tür trat, um die Ankömmlinge zu begrüßen, trug hautenge Jeans, eine weite, weiße Blazerjacke und hochhackige Sandaletten, die ihre Körpergröße von gut 180 Zentimetern noch hervorhoben. Ihr kupferrotes Haar war kurzgeschnitten und ihre Stimme rauchig wie bei vielen Italienerinnen.

Die Comtessa sprach sogar deutsch, was sie, wie sie betonte, einst in jungen Jahren auf dem Lyzeum gelernt habe.

So lange, überlegte Brodka, dürfte das nun auch wieder nicht her sein. Er schätzte ihr Alter auf etwa dreißig.

»Nennen Sie mich einfach Mirandolina«, meinte die Frau, als Brodka sie mit »Comtessa« anredete, und mit einem Augenzwinkern fügte sie hinzu: »Meine Freunde nennen mich Dolly. Wie lange wollen Sie bleiben?«

»Vier Wochen«, erwiderte Brodka. »Wir zahlen im voraus. Ist Ihnen das recht?«

Und um peinlichen Fragen zu entgehen, fügte Juliette hinzu: »Wir haben beide beruflich in Rom zu tun, müssen Sie wissen. Ich bin Kunsthändlerin, und mein Mann ist Journalist. Sie haben ein wundervolles Haus.«

Die Comtessa verzog das Gesicht. »Ich war mit einem persischen Teppichhändler verheiratet. Er hat mein ganzes Vermögen durchgebracht. Na ja, beinahe mein ganzes Vermögen. Ein bißchen ist schon noch geblieben, wenn auch nicht viel. Wie ich hörte, lebt er noch immer ganz gut von dem, was er sich hier beiseite geschafft hat. Wir sind seit drei Jahren geschieden.«

»Tut mir leid«, sagte Brodka.

»Das braucht Ihnen nicht leid zu tun. Im Gegenteil. Es gibt

größere Katastrophen, als sich scheiden zu lassen. Heiraten zum Beispiel. Man sollte gesetzlich verbieten, daß Menschen unter dreißig heiraten.«

Juliette lachte. »Da kann ich Ihnen nur recht geben.«

»Ach. Wohl auch schlechte Erfahrungen gemacht?«

»Sehr schlechte.«

Mirandolina nahm Juliette am Arm. Mit der Linken machte sie eine ausladende Handbewegung über das Tal. »Von meinen Eltern hatte ich hier im Ort ein Dutzend Landhäuser und Weingüter geerbt, dazu einen Palazzo in Rom. Wissen Sie, was mir von all dem Reichtum geblieben ist? Das hier.« Sie zeigte mit dem Finger auf den Boden. »Und eine Wohnung in der Stadt. Jetzt muß ich im Sommer das Haus vermieten. Es stört Sie doch nicht, daß ich unter dem Dach ein kleines Apartment mit separatem Eingang bewohne?«

»Aber nein«, beteuerte Brodka.

Mirandolina zeigte ihren Gästen das Haus. Das dunkle, schwere Mobiliar aus dem 19. Jahrhundert wirkte ziemlich abgewohnt; dafür machte das Schlafzimmer im ersten Stock einen hellen und freundlichen Eindruck; vor allem aber fühlten sie sich hier in Sicherheit vor ihren Verfolgern. Und das war zunächst einmal das Wichtigste.

Die Comtessa hatte ihnen ein Ristorante empfohlen, keine zehn Minuten von ihrem Haus entfernt. Es trug den Namen »Specchio di Diana« und hatte seiner heimischen Weine und der außergewöhnlichen Küche wegen schon Goethe und Lord Byron anerkennende Worte entlockt. Gäste, die dem Besitzer, einem graumelierten Padrone, sympathisch waren, durften sogar einen Blick in die alten Gästebücher mit den Namenszügen der Berühmtheiten werfen.

Zu ebener Erde war an diesem Abend jeder Platz besetzt, doch im ersten Stock fanden Brodka und Juliette einen freien

Tisch, an dem sie sich, abseits vom Lärm, unterhalten konnten. Es galt, ihre Situation neu zu überdenken.

Sie wußten nun, daß Kardinalstaatssekretär Smolenski der Kopf einer geheimen Organisation war, die mit dem frommen Ort, von dem aus sie gesteuert wurde, nichts gemein hatte. Aber welche Macht ging von diesem Menschen aus?

Die Lösung, oder zumindest der Weg zu einer Lösung, war offensichtlich auf einer der Kassetten verborgen, auf ein läppisches, drei Millimeter breites Tonband magnetisiert. Anders war der plötzliche Meinungsumschwung der Gangster nicht zu erklären. Und solange weder Smolenski noch Fasolino oder ihre Helfershelfer wußten, wo die Kassetten sich befanden, bedeuteten diese winzigen Tondokumente für Juliette und Brodka soviel wie eine Lebensversicherung.

»Findest du nicht auch?« fragte Brodka, nachdem er Juliette diese Überlegungen nahegebracht hatte.

Juliette schien weit weg mit ihren Gedanken. Sie gähnte hinter vorgehaltener Hand.

»Hörst du mir überhaupt zu?«

Juliette lächelte müde. »Entschuldige, aber es ist gleich Mitternacht, und der Tag war verdammt anstrengend.«

Brodka zeigte sich einsichtig. »Schon gut, mein Liebes.« Er winkte den Ober herbei und beglich die Rechnung.

Weinselig und mit schweren Beinen strebten sie ihrem neuen Zuhause zu.

Kurz nach Sonnenaufgang verließ Großpönitentiar Kardinal William Sherman den Palazzo della Cancelleria in einem dunkelblauen Volvo. Am Steuer saß sein Chauffeur und Diener Padre Johannes, genannt »Jonny«.

In schneller Fahrt erreichte der Wagen die Vatikanstadt. Die Schweizergardisten am Portone di Bronzo salutierten schneidig. Sherman, Chef der vatikanischen Behörde für Ablässe, war kein Unbekannter, wenngleich sein Amtssitz außerhalb der Mauern lag und seine Behörde nur zehn Leute beschäftigte.

Sherman machte große Schritte und nahm jeweils zwei von den breiten Stufen. Er war sechzig – für einen Kardinal der Kurie ein beinahe jugendliches Alter. Selbst ein Kurienkardinal, der nicht täglich hier verkehrte, hatte Schwierigkeiten, sich in den Korridoren und Treppenhäusern zurechtzufinden. Schließlich erreichte Sherman sein Ziel, die Sixtinische Kapelle.

In der Sixtina die Frühmesse lesen zu dürfen galt als besondere Auszeichnung, selbst für einen Kardinal. Sherman hatte nur deshalb diese Ehre erlangt, weil der für den heutigen Mittwoch vorgesehene Geistliche, Kardinalstaatssekretär Smolenski, am Abend zuvor ein Unwohlsein vermeldet und die Messe zur Disposition gestellt hatte. Den Grund für seine Unpäßlichkeit – übermäßiger Genuß billigen Rotweins und ebensolcher Zigarren – hatte Smolenski freilich verschwiegen.

Im angrenzenden Sakristeiraum wurde Sherman von Padre Fernando Cordes erwartet, der kein Wort Englisch sprach, während dem Amerikaner Spanisch ebenso fremd war wie der Stierkampf in Cordes' Heimatland. Als Ministranten standen zwei Theologiestudenten von der Gregoriana, der päpstlichen Universität, bereit.

Im Verlauf der Messe, die er in makellosem Latein las, sonnte sich der Großpönitentiar in seiner eigenen Andacht. Jedenfalls bis zu dem Augenblick, als er den Kelch in die Höhe hielt und die Ministranten ihre Handglöckchen schwangen. Denn als Sherman wenig später den Kelch an den Mund setzte und einen tiefen Schluck nahm, hielt er mit einem Mal inne. Für Sekunden schien es, als sei der Großpönitentiar von der göttlichen Erleuchtung durchdrungen, so starr und nachdenklich stand er vor dem Altar. Dann aber neigte der Kardinal sich langsam zur Seite wie ein angesägter Baum, und gleich einem Baumstamm krachte sein Körper in vollem Ornat auf die Stufen vor dem Altar.

Shermans Mund stand offen, als würde er einen lautlosen Schrei formen. Seine Augen blickten starr auf die Altarwand mit Michelangelos Jüngstem Gericht. Die Finger beider Hände waren verkrampft, als wäre ihnen etwas Kostbares entglitten.

Niemand von den Umstehenden, die der Messe beiwohnten, rührte sich vom Fleck. Es schien, als habe der wuchtige Arm des Weltenrichters aus Michelangelos leuchtendem Blau heraus den Großpönitentiar niedergestreckt. Die gerechte Strafe für eine ungerechtfertigte Tat.

Erst ganz allmählich erhob sich ein Wispern, dann ein Murmeln und endlich der Ruf nach einem Dottore.

Padre Fernando Cordes begriff zuerst, was geschehen war. Er trat zu Sherman, zog den leblosen Körper des Kardinals von den Stufen und legte ihn ausgestreckt auf den Marmorboden. Hastig zog er ihm das Meßgewand über den Kopf und drückte ein Ohr auf Shermans Brust. Dann legte Cordes beide Daumenballen übereinander und preßte sie in kurzen Abständen und mit großer Kraft auf das Brustbein des Kardinals.

Die Besucher, darunter zwei italienische Nonnen, begriffen erst jetzt, was sich soeben vor ihren Augen zugetragen hatte. Während die eine Schwester schluchzend aus der Sixtina stürzte, fiel die andere vor dem leblosen Kardinal auf die Knie, schlug sich mit geballten Fäusten an die Brust und rief mit gellender Stimme: *»Dio mio, e morto!«*

Bis Professore Lobello mit seinem Notkoffer eintraf, vergingen mindestens zwanzig Minuten. Lobello war ein in Würde ergrauter Internist mit randloser Brille, der seinen Job als gesundheitlicher Direktor im Vatikanstaat der Tatsache verdankte, daß sein Großvater mit Pius XII. in enger Beziehung gestanden hatte. Aber selbst bei früherem Eintreffen hätte Lobello nur den Tod des Großpönitentiars feststellen können.

Auf einen Wink des Arztes komplimentierte Padre Fernando, der Sakristant, alle Besucher der Messe aus der Sixtina. Nach Schließung sämtlicher Türen ließ sich der Professore jenen Meßkelch reichen, der Kardinal Sherman aus der Hand gefallen war und deutliche Beschädigungen aufwies.

Der Professore schnupperte am Kelch und verzog das Gesicht, wobei er die Unterlippe nach außen stülpte. Dann wandte er sein Interesse den beiden gläsernen Karaffen mit Wasser und Wein zu, die unbeachtet auf einem kleinen Tischchen standen.

»Wer hat den Wein in die Karaffe gefüllt?« fragte er, während er an dem Glas herumschnupperte wie ein Hund an einem Baumstamm.

»Ich, Professore.«

Lobello reichte dem Padre die Karaffe und bedeutete ihm, er solle ebenfalls daran riechen.

Cordes folgte der Aufforderung. Nachdem er sich ein zweites Mal vergewissert hatte, daß seine Nase ihn nicht täuschte, reichte er die Karaffe zurück.

»Riecht wie schlechter Wein«, sagte er und hob dabei die Schultern, als wollte er sagen: Keine Ahnung, wie das Zeug in die Glaskaraffe gekommen ist.

Lobello stellte das Glasgefäß zur Seite; dann trat er ganz nahe an Padre Fernando heran und sagte, während er unsicher nach allen Seiten blickte, ob niemand ihr Gespräch belauschte: »Padre, wissen Sie, was sich in der Flasche befindet?«

»Keine Ahnung, Professore.«

Lobello machte ein ernstes Gesicht. »Blausäure. Es ist der typische stechende Geruch von Blausäure. Achtzig Milligramm genügen, um einen Menschen von durchschnittlichem Körpergewicht zu töten. Das Gift lähmt das Atemzentrum. Der Tod tritt innerhalb von Sekunden ein.«

Padre Fernando stand wie versteinert, als hätte Lobello ihm soeben den eigenen Tod angekündigt. Dann, ganz plötzlich, begann der schwergewichtige Mann, der noch immer den weißen Chorrock trug, zu zittern. Sein ganzer Körper bebte; er schlug ein flüchtiges Kreuzzeichen und rief, daß es durch die Kapelle hallte: »Bei allen Heiligen, ich habe mit der Sache nichts zu tun. Glauben Sie mir, Professore!«

Lobello legte einen Finger auf die Lippen und mahnte den Padre zur Besonnenheit. »Wo ist die Flasche mit dem Meßwein?«

Fernando Cordes, der kein Wort hervorbrachte, deutete auf die Seitentür.

Lobello nahm den Kelch und die Karaffe, und gemeinsam betraten sie den kleinen Raum. Ein großer barocker Schrank nahm eine ganze Wand ein. Ihm gegenüber stand eine ebenso alte, breite Kredenz mit mehreren Türen. Linker Hand befand sich ein Waschbecken.

In dieses Waschbecken goß der Professore den Inhalt der Karaffe; dann spülte er das Glasgefäß und den Kelch mit Wasser aus.

»Den Meßwein!« herrschte er den Padre an, der verständnislos beobachtete, was vor sich ging.

Padre Fernando öffnete eine Tür der Kredenz und reichte dem Professore die Flasche.

Der schnupperte vorsichtig und aus einiger Entfernung an der Flaschenöffnung; dann drehte er den Wasserhahn auf und leerte den Inhalt der Flasche in den Ausguß.

»Öffnen Sie das Fenster!« rief er mit gedämpfter Stimme. »Schnell!«

Padre Fernando kam der Aufforderung nach.

Schließlich zog Lobello sich die Ärmel hoch. Während er sich gründlich die Hände wusch, sagte er zu Padre Fernando, ohne diesen anzuschauen: »Hören Sie gut zu, was ich Ihnen jetzt sage. Kardinal Sherman ist an einer Herzinsuffizienz gestorben, Herzinfarkt, Sie verstehen?«

»Nein«, antwortete Fernando kleinlaut. »Es war doch Blausäure, sagten Sie, Professore.«

Lobello verdrehte die Augen und blies unwillig die Luft durch die Nase. Dann wiederholte er das Gesagte; nur klang seine Stimme diesmal lauter und drohend: »Kardinal Sherman ist an einem Herzinfarkt gestorben. Diese Todesursache werde ich auf den Totenschein eintragen.«

»Aber ...«

Dem Professore platzte der Kragen. »Herrgott, wo leben Sie eigentlich? Begreifen Sie denn nicht, daß ein Kardinal der Kurie keinem Mordanschlag zum Opfer fallen darf? Jawohl, es war Mord. Ein Giftmord! Aber davon wird nie jemand erfahren. In diesen Mauern starben schon zu viele Menschen durch Mord.«

Padre Fernando blickte betroffen. Wie konnte ein rechtschaffener Professore nur so daherreden? »Herzinfarkt«, wiederholte er und nickte heftig mit dem Kopf, als hätte er endlich begriffen, was Lobello meinte.

»Lassen Sie mich einen Augenblick allein«, meinte der Professore, und Cordes verließ den Raum durch die Hintertür.

An der Wand neben dem Waschbecken hing ein Telefon. Lobello wählte eine Nummer.

Die Leiche des Großpönitentiars lag noch immer auf dem Marmorboden der Sixtinischen Kapelle, als Kardinalstaatssekretär Smolenski am Ort des Geschehens eintraf. Smolenskis Gesicht war fahlweiß wie ein verwaschenes Altartuch.

Lobello begrüßte Smolenski mit einem devoten Knicks und dem Versuch, dessen Ring zu küssen, wie es bei einem Kardinal üblich und Smolenski genehm war; aber es blieb bei dem Versuch, denn der bleiche Würdenträger hatte seinen Ring aus unerfindlichen Gründen vergessen.

Als der Professore die Kasel anhob, die der verblichene Kardinal zuvor getragen hatte und mit der nun die Leiche zugedeckt war, überkam Smolenski ein Würgen, und er preßte die Hand vor den Mund. Das Gesicht des toten Großpönitentiars hatte eine leicht bläuliche Farbe angenommen; das Schlimmste aber waren die weit aufgerissenen Augen und sein in den Nacken geworfener Kopf, der das spitze Kinn hervorstehen ließ wie einen Faustkeil. Es schien, als hätten Shermans Augen noch während des Sturzes das Fresko des Jüngsten Gerichts gesucht.

Smolenski wandte sich ab, und Lobello drückte dem toten Kardinal mit beiden Daumen die Augenlider zu. Dann bedeckte er Sherman erneut mit dem Meßgewand.

Zögernd fragte Smolenski: »Haben Sie alles Nötige veranlaßt, Professore?«

Lobello nickte und musterte das Gesicht des Kardinalstaatssekretärs. »Wenn ich mir die Bemerkung erlauben darf, Sie sehen gar nicht gut aus, Eminenza.«

Der Kardinalstaatssekretär wandte sich ab, als wollte er sein Gesicht vor dem Professore verbergen. »Es geht mir auch nicht besonders gut«, erwiderte er, ohne Lobello anzuschauen. »Um die Wahrheit zu sagen, ist mir sogar hundeelend.«

Lobello führte den Kardinalstaatssekretär zu einem mit rotem Samt bezogenen Hocker und nahm eine Injektionsspritze aus seinem Notfallkoffer. Aus einer winzigen Ampulle zog er eine glasige Flüssigkeit auf. »Das wird Ihnen guttun, Eminenza«, sagte er, während er Smolenskis Arm freimachte.

Ein Stich in die Armbeuge, und der Professore drückte den Inhalt der Spritze in die Vene des Kardinals.

Der hing apathisch auf dem Hocker, den Blick auf den Boden gerichtet; nach einer Weile begann er in dieser Haltung zu sprechen: »Ich weiß nicht, ob Ihnen klar ist, Professore, daß dieser Mordanschlag eigentlich mir galt.«

Lobello beugte sich zu Smolenski hinunter. Er machte ein besorgtes Gesicht. »Wie soll ich das verstehen, Eminenza?«

»Ganz einfach. Am Mittwoch liest stets der Kardinalstaatssekretär in der Sixtina die Frühmesse.«

»Ich weiß. Jeder weiß es.«

»Eben. Heute ist Mittwoch!«

»Mein Gott, ja.«

»Verstehen Sie jetzt, warum ich mich so elend fühle, Professore?«

Lobello preßte die Lippen zusammen und nickte stumm. »Haben Sie eine Ahnung, wer hinter dem Anschlag stecken könnte?« meinte er schließlich, während er mit einem großen weißen Taschentuch die randlosen Gläser seiner Brille reinigte, um seine nervösen Finger zu beschäftigen.

Der Kardinalstaatssekretär lachte gekünstelt und sagte mit einem deutlichen Beiklang von Verbitterung: »Im Vatikan leben zweieinhalbtausend Menschen. Da kommt fast jeder in Frage, vom Hellebardier bis zum Scrittore, vom einfachen Funzionario bis zum Monsignore, vom Kardinal bis zum Papst.«

»Eminenza!« rief Lobello entrüstet.

Die Injektion zeigte Wirkung; denn Smolenski sprang auf, trat vor Lobello hin und sagte mit dem ihm eigenen hämischen Grinsen: »Professore, machen wir uns doch nichts vor. Der Vatikan ist eine Firma wie tausend andere. Ein Weltkonzern, wenn Sie so wollen. Und in jedem Konzern gibt es Mißgunst und

Neid, Eitelkeit und Gewinnsucht. Warum sollte der Kirchenkonzern da eine Ausnahme machen?«

Kaum hatte der Kardinalstaatssekretär den Satz beendet, wurde die Tür geöffnet, und zwei grau gekleidete Träger mit einem Zinksarg traten ein. Sie wuchteten die Leiche des stämmigen Großpönitentiars in den Sarg und verschwanden ohne ein erkennbares Zeichen von Anteilnahme.

Wie ein Lauffeuer verbreitete sich das Gerücht vom Tod eines Kardinals während der Meßfeier. Wäre dieser im Bett gestorben, hätte das kaum jemanden interessiert, so aber trat Monsignore Pietro Cibo, Pressesprecher des Heiligen Stuhls, bereits fünf Stunden nach dem spektakulären Ableben Kardinal Shermans vor die Sala Stampa della Santa Sede und teilte den Journalisten offiziell mit, daß den Großpönitentiar bei der Heiligen Messe in der Sixtinischen Kapelle der Herztod ereilt habe.

Wie bei Pressekonferenzen des Vatikans üblich, verteilte Cibo ein schriftliches Bollettino von Kardinalstaatssekretär Smolenski, in welchem dieser seine Bestürzung über das unerwartete Hinscheiden des amerikanischen Mitbruders und Bewunderung über das Lebenswerk eines Mannes ausdrückte, der als Pferdezüchter in Colorado begonnen habe und der nun nach göttlicher Fügung in Ausübung seines hochheiligen Amtes zur höheren Ehre abberufen worden sei. Im übrigen sei der Großpönitentiar, für den nur mit größter Anstrengung gleichwertiger Ersatz gefunden werden könne, seit längerer Zeit wegen Kreislaufproblemen bei Professore Lobello in Behandlung gewesen.

Dies entsprach zwar nicht der Wahrheit, aber Pressekonferenzen der Kurie waren nicht dazu da, Wahrheiten zu verbreiten, sondern Verlautbarungen oder Dementis.

Fragen der Journalisten nach den näheren Umständen des

Todes in der Sixtinischen Kapelle, nach Augenzeugen und Verwandten, wich Monsignore Cibo aus und machte seinem Spitznamen »Monsignore Non-mi-risulta«, was soviel bedeutet wie »Monsignore Ist-mir-nicht-bekannt«, alle Ehre.

Kurz vor dem Ende der Pressekonferenz stellte Andreas von Sydow, Starreporter beim »Messaggero« und wegen seiner investigativen Recherchen ebenso gefürchtet wie bewundert, Cibo die Frage, was es mit einem namenlosen Grab auf dem Campo Santo Teutonico für eine Bewandtnis habe.

Unter den dreißig Journalisten, die den Pressesaal bevölkerten, herrschte plötzlich gespannte Aufmerksamkeit. Andreas von Sydow war kein Unbekannter unter seinen Reporterkollegen. Zwar trug er einen deutschen Namen, aber sein Italienisch war so perfekt, daß alle glaubten, er stamme aus dem Norden, aus Südtirol oder vom Gardasee. Obendrein trug von Sydow sein Haar zentimeterkurz, daß kaum jemand bemerkte, daß es eigentlich strohblond war. Seine listigen Augen verbarg er hinter einer schlichten Nickelbrille mit kreisrunden Gläsern, die ihm ein jungenhaftes Aussehen verlieh.

Dennoch, Andreas von Sydow war ein alter Hase in dem Geschäft, knapp vierzig, und er wußte genau, was er tat, wenn er Monsignore Cibo während der Pressekonferenz eine Frage stellte. Allein durch die Fragestellung erlangte das Thema eine gewisse Öffentlichkeit, und Monsignore Cibo mußte Stellung beziehen.

Natürlich war Cibo auf die Frage nicht vorbereitet. Er reagierte ziemlich aggressiv und tadelte den Fragesteller, von Sydow solle sich besser anderen Dingen zuwenden als den Gräbern auf irgendwelchen Friedhöfen.

Doch da hatte der Monsignore sich im Ton vergriffen; vor allem hatte er von Sydow unterschätzt. Dieser konterte mit dem Hinweis, bei dem Campo Santo im Schatten von St. Peter handle es sich nicht um irgendeinen Friedhof, und selbst auf irgendeinem Friedhof sei es doch seltsam, wenn der Name auf einem Grabstein gleichsam über Nacht verschwinde.

Der Monsignore bekam einen roten Kopf und weiße Flecken an seinem Doppelkinn, Zeichen allerhöchster klerikaler Erregung. Er atmete heftig und entgegnete, auf dem Campo Santo verschwänden keine Inschriften.

Darauf hielt Andreas von Sydow zwei Fotos in die Höhe, die ein und denselben Grabstein zeigten, einmal mit den Initialen ›C. B.‹ und der Datumszeile ›13. Januar 1932 – 21. November 1998‹, und einmal ohne jede Inschrift. Dann stellte er die Frage, wer sich hinter den Buchstaben ›C. B.‹ verberge.

Cibo zwängte seine Hand in den weißen Stehkragen, um sich Luft zu verschaffen und Zeit zum Nachdenken zu gewinnen. Zögerlich meinte er schließlich, bei dem namenlosen Grab handle es sich vermutlich um einen Gönner, welcher der Kirche ein Hundert-Millionen-Dollar-Erbe hinterlassen und den Wunsch geäußert habe, im Schatten von St. Peter begraben zu werden. So etwas komme ab und zu vor.

Plötzlich wurde es laut im Pressesaal. Das Thema erweckte allgemeines Interesse, und der Rom-Korrespondent der »Welt« stellte die Frage, ob der Campo Santo nicht ausschließlich Deutschen vorbehalten und seine Annahme richtig sei, daß es sich bei dem Hundert-Millionen-Erblasser um einen Deutschen handle.

Das war zuviel für Monsignore Cibo. Schwitzend und sichtlich erregt wiederholte er auf alle nachfolgenden Fragen die stereotype Antwort: »Non mi risulta« – ist mir nicht bekannt. Der Campo Santo liege außerhalb der Zuständigkeit der Kurie.

Die meisten Zeitungen brachten am folgenden Tag groß aufgemachte Berichte über Kardinal Shermans Tod. Nur einige Boulevardzeitungen sowie der »Messaggero« maßen dem Kardinalstod weniger Bedeutung bei. Der »Messaggero« stellte sogar in einer mehrspaltigen Überschrift die Frage: *Das namenlose Grab im Vatikan. Wer ist C. B., der 100 Millionen Dollar für die Kirche hinterließ?* und zeigte zwei Fotos des Grabsteins mit und ohne Inschrift.

Damit kam ein Stein ins Rollen.

KAPITEL 13

Während Juliette auf der Terrasse den Frühstückstisch deckte, eilte Brodka zum Paneficio an der Hauptstraße, um frisches Brot zu kaufen. Nach einer Viertelstunde kehrte er mit einem Stangenbrot und den Morgenzeitungen zurück.

Noch stand die Sonne tief und warf lange Schatten über den Weinberg.

»Im Urlaub könnte es nicht schöner sein!« rief Juliette gutgelaunt. »Findest du nicht auch? Manchmal wünschte ich, wir könnten den Grund unseres Hierseins einfach vergessen.«

»Das wünschte ich mir auch«, erwiderte Brodka und nahm Juliette gegenüber an dem klobigen Holztisch Platz. »Aber leider ist das nicht möglich. Du weißt es.«

Juliette schnaubte lautstark, und Brodka wußte, daß dies Ausdruck ihres Unwillens war. »Könnten wir uns nicht mal einen oder zwei Tage Ferien gönnen, jetzt, wo wir in Sicherheit sind?« Dabei machte sie eine ausladende Armbewegung über den dunklen See tief unter ihnen, wo ein Ruderboot pfeilförmige Wellen ins Wasser zeichnete.

Es dauerte lange, bis Brodka sich zu einer Antwort durchrang. Schließlich erwiderte er: »Eigentlich hast du recht. Ein Tag mehr oder weniger hilft uns auch nicht weiter. Vor dem Gartentor steht das Auto. Laß uns einen Ausflug in die Albaner Berge machen. Einverstanden?«

Juliette freute sich wie ein Kind.

Der Duft von starkem schwarzem Kaffee wehte über die Terrasse, und Brodka begann oberflächlich die Zeitungen durchzublättern. Im »Messaggero« entdeckte er den Bericht über das rätselhafte Grab im Campo Santo.

»Gibt es was Neues?« fragte Juliette unbekümmert. Dann bemerkte sie Brodkas plötzliche Veränderung. Seine eben noch fröhliche Miene war verflogen. »Was ist denn los, Brodka?«

Der starrte kopfschüttelnd auf die Zeitung. Dann faltete er das Blatt und reichte es Juliette über den Tisch.

Juliette erkannte die Fotos sofort. Sie blickte kurz auf; dann wandte sie sich dem Bericht zu.

»Das gibt's doch nicht«, sagte sie leise, als sie zu Ende gelesen hatte. »Was hat das zu bedeuten?«

Brodka sprang auf, vergrub die Hände in den Taschen und stieg nachdenklich die Steintreppe hinunter, die von der Terrasse in den Garten führte. Auf der untersten Stufe blieb er stehen, lehnte sich ans Geländer und blickte über die Weinstöcke hinweg, deren zarte Blätter im Morgenlicht funkelten.

Zum wiederholten Male las Juliette die Überschrift: ›Das namenlose Grab im Vatikan. Wer ist C. B., der 100 Millionen Dollar für die Kirche hinterließ?‹

»Jetzt begreife ich gar nichts mehr«, sagte Brodka in die Stille hinein. »Ist das alles nur ein Zufall: die Initialen meiner Mutter auf dem Grabstein, ihre Lebensdaten? Aber wieso haben sie die Inschrift getilgt, als ich ihnen mit meinen Fragen lästig wurde? Oder liegt wirklich ein reicher Deutscher in dem Grab? Denn daß meine Mutter der Kirche eine solche Riesensumme vermacht hat, kann ich mir nicht vorstellen. Es sei denn ...« Er stockte.

»Es sei denn ... was?«

»Es sei denn, das Geld stammt von dieser seltsamen Immobiliengesellschaft ›Pro Curia‹, mit der meine Mutter zu tun hatte. Aber wenn es Teil des Erbes war, dann müßte ich es doch wissen!«

Nach einer Weile ratlosen Schweigens fragte Juliette: »Brodka, hast du damals im Zusammenhang mit deiner Erbschaft nicht einen ›News‹-Reporter erwähnt, der die Machenschaften dieser Immobiliengesellschaft aufgedeckt hat und über Nacht ins Ausland verschwand?«

»Ja. Dorn hat mir die Geschichte erzählt. Lange her. Damals wußte ich noch nicht, was auf mich zukommt.«

»Erinnerst du dich an seinen Namen?«

»An den Namen des Reporters?«

»Ja.«

»Bülow oder so ähnlich. Warum fragst du?« Brodka kam an den Tisch zurück.

Juliette reichte ihm die Zeitung. »Könnte er vielleicht Sydow geheißen haben, Andreas von Sydow?«

Brodka betrachtete die Autorenzeile unter der Überschrift. »Verdammt, ja! So hieß der Mann.«

Dem Impressum der Zeitung entnahm er die Telefonnummer des »Messaggero«, ging zum Telefon und rief an, erreichte aber nur eine freundliche Vorzimmerdame, die erklärte, Sydow würde erst gegen zehn in der Redaktion eintreffen. Brodka hinterließ seine Nummer und sagte, es handele sich um den Artikel über das Grab im Campo Santo. Er bitte um Rückruf.

Es dauerte keine zehn Minuten, und von Sydow meldete sich am Telefon. Brodka erklärte, er könne möglicherweise zur Lösung des Falles beitragen. Ob er interessiert sei?

Andreas von Sydow zeigte sich zunächst reserviert, doch als er erfuhr, daß Brodka persönlich in den Fall verwickelt war und daß er seinen Namen aus einem ›News‹-Bericht kenne, wuchs seine journalistische Neugier, und er fragte Brodka, ob er nicht umgehend nach Rom kommen könne – aber möglichst allein. Sydow schien mißtrauisch.

Sie verabredeten sich für zwölf Uhr bei Nino, Via Borgognona 11, nahe der Spanischen Treppe, wo sich vorzugsweise Journalisten und Leute vom Film träfen und wo es die beste Bistecca alla Fiorentina gebe. Er, Sydow, trage Jeans und einen blauen Blazer.

Bevor Brodka losfuhr, küßte er Juliette, doch mit den Gedanken war er längst woanders. Enttäuscht blickte sie dem Wagen hinterher, der langsam bergab fuhr und an der Biegung zur Hauptstraße verschwand.

Seit Wochen lebten sie nun schon nebeneinander her – ohne Sex, ohne das Knistern, die prickelnde Erregung, die ihrer Beziehung jahrelang die Würze gegeben hatte. Eigentlich waren es nur noch die Umstände, die sie miteinander verbanden. Sie waren ein Team, kein Paar mehr.

Juliette ließ sich auf den Steinstufen zur Terrasse nieder. Die Sonne schien ihr ins Gesicht.

Sie dachte an Claudio.

Brodka kannte den römischen Verkehr, insbesondere die Parkprobleme in der Innenstadt; deshalb stellte er sein Auto in einem der Parkhäuser um den Hauptbahnhof ab und legte den Weg zur Via Borgognona im Taxi zurück.

Brodka sah Sydow in Jeans und blauem Blazer an einem Ecktisch sitzen. Sie waren sich nie begegnet, obwohl sie kurze Zeit für dasselbe Magazin gearbeitet hatten. Ob es nun der gemeinsame Hintergrund war oder nicht, auf jeden Fall waren sie sich auf Anhieb sympathisch.

»Dorn hat mir einmal Ihren Namen genannt – im Zusammenhang mit Recherchen um die Immobiliengesellschaft ›Pro

Curia‹. Und er sagte mir, Sie wären Hals über Kopf aus Deutschland verschwunden.«

»O ja!« Sydow lachte und bestellte Cappuccino für beide. »Das ist nun schon ein paar Jahre her. Allerdings hat das eine mit dem anderen nichts zu tun. Dorn ist ein Hasenfuß. Er glaubte sich immer von irgendwelchen Leuten verfolgt, von der Mafia oder der Camorra. Alles Quatsch. Ich hatte andere Gründe, aus Deutschland abzuhauen.«

Natürlich hätte es Brodka brennend interessiert, weshalb Sydow abgetaucht war, doch er hielt eine dahingehende Frage zurück. Statt dessen erkundigte er sich, wie Sydow vom Grab auf dem Campo Santo erfahren habe.

»Ganz einfach«, erwiderte Sydow. »Ich habe die Fotos von jemandem bekommen, der einen nahen Verwandten im Vatikan hat. Ich habe eine ganze Menge Informanten. Italien ist ein Land von Denunzianten. Ob Ehebruch, Steuerhinterziehung oder ein besonderes Privileg – es gibt immer jemanden, dem dein Gesicht nicht gefällt und der dich bei irgend jemandem anschwärzt. Manche Zeitungen leben davon. Aber wenn ich ehrlich sein soll: Neunzig Prozent aller Anrufe erweisen sich als Seifenblase, angefüllt mit Bigotterie, Neid und Mißgunst.«

»Und die restlichen zehn Prozent?«

»Dahinter steckt wirklich eine Geschichte.«

»So wie diese.« Brodka tippte mit dem Finger auf den Zeitungsartikel im »Messagero«, der zusammengefaltet vor ihm auf dem Tisch lag.

Sydow nickte. »So wie diese. Ich komme mit meinen Recherchen nur nicht weiter. Bei sämtlichen offiziellen Stellen renne ich wie gegen eine Wand. Erzählen Sie, was wissen Sie über den Fall?«

Verlegen strich Brodka über die Zeitung. Er war sich bewußt, daß es für einen Außenstehenden ziemlich unwahrscheinlich klingen mußte, was er nun sagen würde. Aber dann faßte er sich ein Herz und erklärte: »Ich habe Grund zu der Annahme, daß meine Mutter Claire Brodka in dem Grab auf dem Campo Santo beigesetzt ist.«

»Aha.« Sydows Reaktion war nicht gerade ermutigend. »Gibt es einen Beweis dafür?«

»Sagen wir mal so: Es gibt mehrere Hinweise. Da sind zum einen die Namensinitialen und vor allem die Geburts- und Sterbedaten.«

»Ihre Mutter wurde am dreizehnten Januar 1932 geboren und starb am einundzwanzigsten November 1998?«

»So ist es.«

»Verblüffend, in der Tat. Und welche Erklärung haben Sie dafür, daß Ihre Mutter neben St. Peter in Rom beerdigt wurde, auf einem alten Prominentenfriedhof, auf dem seit langer Zeit niemand mehr bestattet wurde?«

»Keine«, antwortete Brodka knapp. Nach einer Pause fuhr er fort: »Meine Mutter wurde offiziell auf dem Münchner Waldfriedhof beerdigt. Allerdings in meiner Abwesenheit.«

Sydow rieb sich die Nase, als wäre ihm die Situation peinlich. »Ich will ehrlich sein«, meinte er schließlich, »wären Sie kein Kollege, sondern ein anonymer Informant, würde ich mich nun von Ihnen verabschieden. Also, hat Ihre Mutter der Kirche nun hundert Millionen gespendet oder nicht?«

»Das sicher nicht. Aber es gibt da eine ganze Reihe Merkwürdigkeiten im Zusammenhang mit dem Tod meiner Mutter. Und je mehr ich mich damit beschäftigt habe, desto absurder und unerklärlicher hat sich das Geschehen dargestellt. Ich will Sie nicht mit Einzelheiten langweilen, aber es gibt Hinweise, daß in ihrem Grab auf dem Münchner Friedhof ein leerer Sarg liegt.«

»Und deshalb meinen Sie, Ihre Mutter wurde im Vatikan beigesetzt?«

Brodka vernahm sehr wohl die Ironie in Sydows Worten. »Nein«, erwiderte er. »Ich weiß, das alles hört sich sehr verworren an ...«

»Hatte Ihre Mutter überhaupt irgendeine Verbindung zum Vatikan?«

»Auch davon ist mir nichts bekannt. Es gibt da nur einen Brief an eine Freundin, in dem sie sich über Kardinal Smolenski ausläßt und die Frage aufwirft, warum er ihr ›das alles antue‹.«

»Was?« fragte Sydow, dessen Interesse plötzlich geweckt war.

Brodka hob die Schultern. »Genaues weiß ich nicht. Das Verhältnis zwischen meiner Mutter und mir war sehr distanziert.«

Andreas von Sydow war wie elektrisiert. Er schien Brodkas Einwand überhaupt nicht wahrgenommen zu haben. »Sie haben vermutlich eine falsche Vorstellung von Kardinal Smolenski«, meinte er. »Unter einem Kardinal der Kurie stellt man sich einen vergeistigten, würdigen alten Herrn vor ...«

»Meine Mutter schrieb, Smolenski sei der leibhaftige Teufel«, fiel Brodka ihm ins Wort.

»Was wissen Sie über Smolenski?«

»Leider nicht genug. Was wissen *Sie*?«

Es war ein behutsames Abtasten zwischen den beiden Männern. Sie kannten sich zu wenig, um dem anderen blind zu vertrauen. Doch beide hatten erkannt, daß sie hinter ein und derselben Geschichte her waren.

Vorsichtig kam Sydow zur Sache. »Ich beobachte diesen Smolenski seit langem, ohne ihm irgendeine Schweinerei nachweisen zu können. Ich kann also nicht beweisen, was ich Ihnen jetzt anvertraue, und ich könnte es Ihnen nicht verübeln, wenn Sie mich für einen Spinner halten, aber Smolenski ist der Kopf einer Organisation, die unter dem Deckmantel des Vatikans die schmutzigsten Geschäfte betreibt, die man sich vorstellen kann.«

Brodka lächelte vielsagend, und das wiederum machte Sydow unsicher.

»Da sagen Sie mir nichts Neues«, meinte Brodka.

»Wie ... Sie wußten davon?«

»Ich habe Smolenskis Teufeleien am eigenen Leib erfahren. In München hat man auf mich geschossen. In Wien hat man versucht, mir einen Mord in die Schuhe zu schieben, und mich ins Irrenhaus gesperrt. Und man hat dafür gesorgt, daß meine Lebensgefährtin als Kunsthehlerin dasteht. Ich kann mich nicht beklagen, daß mir von diesen Leuten zu wenig Beachtung geschenkt worden wäre.«

»Sind Sie Smolenski jemals begegnet?«

»Nein, nie. Der Mann verfügt über genug Leute, die für ihn arbeiten. Ein Kardinalstaatssekretär macht sich doch nicht die Finger schmutzig! Haben Sie Angst vor Smolenski?«

»Angst?« Sydow grinste selbstsicher. »Dann hätte ich wohl den falschen Beruf gewählt. Aber das brauche ich Ihnen nicht zu erklären.«

»Ich frage deshalb, weil Dorn behauptet hat, Sie seien verschwunden, nachdem in ›News‹ der Bericht über die Machenschaften der Immobiliengesellschaft ›Pro Curia‹ erschienen war.«

»Unsinn.« Sydow winkte ab. »Mein Verschwinden hatte einen anderen Grund. Weibergeschichten, Sie verstehen. Wissen Sie übrigens, wer hinter ›Pro Curia‹ steckt?«

»Ich ahne es ... Smolenski.«

»Richtig. Seine Leute luchsen alleinstehenden Frauen ihren Besitz ab. Dafür versprechen sie ihnen den vollkommenen Ablaß ihrer Sünden und die Aussicht auf ewige Glückseligkeit. Allein der Name der Gesellschaft ist purer Zynismus: ›Pro Curia‹

– für die Kurie. Falls Ihre Mutter der Kurie tatsächlich ein Millionenvermögen hinterlassen hat, würde das vielleicht erklären, warum sie auf dem Campo Santo bestattet wurde.«

»Aber sie hat der Kurie nichts vererbt. Im Gegenteil. ›Pro Curia‹ hat ihr in München ein Haus in bester Lage zum symbolischen Preis von einer Mark verkauft. Ich habe sämtliche Unterlagen eingesehen. Ich bin der rechtmäßige Erbe.«

»Das verstehe ich nicht.« Andreas von Sydow ließ den Blick durch das Lokal schweifen. Man sah, daß er Schwierigkeiten hatte, dies alles einzuordnen. »Die Leute von ›Pro Curia‹ sind keine Wohltäter, sondern Ausbeuter.« Nach längerem Nachdenken fügte er hinzu: »Ich will Ihnen nicht zu nahe treten, deshalb verzeihen Sie die Frage, aber halten Sie es für möglich, daß Ihre Mutter für Smolenskis Leute gearbeitet hat?«

»Ehrlich gesagt, habe ich mir diese Frage auch schon gestellt. Meine Mutter muß irgend etwas mit Smolenski zu tun gehabt haben. Sonst hätte sie sich in dem Brief nicht so negativ über ihn geäußert. Aber was und wie – ich habe keine Ahnung. Wie gesagt, hatte ich ein sehr distanziertes Verhältnis zu meiner Mutter. Eigentlich habe ich sie erst richtig kennengelernt, als sie tot war, so verrückt es sich anhört. Zu Lebzeiten habe ich sie für eine gutmütige, schöngeistige Frau gehalten, die ein zurückgezogenes Dasein führte und mit ihren Erinnerungen lebte. Nach ihrem Tod mußte ich meine Meinung allerdings ändern. Sie war so wohlhabend, daß ich es mir heute erlauben könnte, meinen Beruf an den Nagel zu hängen. Ihr gehörte nicht nur das Mietshaus, in dem sie wohnte; ich habe auch Aktien und andere Wertpapiere bei ihr gefunden. Wahrscheinlich hatte sie deshalb eine Waffe in der Wohnung. Ich mußte damals lachen, als ich mir meine Mutter mit einer Pistole in der Hand vorstellte. Inzwischen ist mir das Lachen vergangen.«

Sydow nippte an seinem Cappuccino. »Das alles klingt wirklich verrückt und völlig unlogisch. Aber gerade das macht die Sache interessant. Wenn Sie gestatten, würde ich mich gern eingehender mit dem Fall beschäftigen. Man müßte an Smolenski herankommen. Fragt sich nur wie ...«

Allmählich füllte sich das Lokal. Und unter den Gästen waren auch einige Herren mit weißem Stehkragen. Brodka lag auf der Zunge, daß er sehr wohl über ein Mittel verfüge, an Kardinal Smolenski heranzukommen: die Kassetten. Aber er war nicht sicher, ob er Sydow vorbehaltlos trauen konnte, auch wenn er einen positiven Eindruck von ihm hatte.

Schließlich meinte er: »Smolenski und seine Leute haben es gar nicht gern, wenn man sich mit ihnen beschäftigt.«

»Woher wollen Sie das wissen? Sprechen Sie etwa aus Erfahrung?«

Brodka nickte. »Was würden Sie davon halten, wenn Ihnen eines Tages zwei bezahlte Tickets mit Ihrem Namen ins Haus flattern? Flugtickets, die Sie nie bestellt haben?«

»Das ist Ihnen wirklich passiert?«

»Wenn ich es Ihnen sage.«

»Aber Sie sind nicht auf das Angebot eingegangen. Besser gesagt, auf die Drohung.«

»Doch.«

»Warum sitzen Sie dann hier?«

»Meine Lebensgefährtin und ich sind zum Schein aus Rom verschwunden. Wir haben unser Hotel verlassen, sind zum Flughafen gefahren, haben eingecheckt und sind durch einen Nebenausgang verschwunden. Jetzt haben wir in den Albaner Bergen ein Haus gemietet und können hoffentlich unbeobachtet unsere Recherchen fortsetzen.«

»Ganz schön raffiniert.«

Brodkas Aufmerksamkeit wurde von einem Gast in Anspruch genommen, der das Lokal betrat und nach jemandem

Ausschau hielt. Als er den Gesuchten nicht fand, nahm er am Fenster Platz und blickte gelangweilt nach draußen.

Der Mann kam Brodka gleich bekannt vor. Es war Titus.

Während Sydow weiterredete, beobachtete Brodka aus sicherer Entfernung, wie sich ein älterer Herr zu Titus gesellte, und schon bald kam eine lebhafte Diskussion in Gang.

Sydow stockte, folgte Brodkas Blick und beobachtete ebenfalls die Männer vor dem Glasfenster. Plötzlich schmunzelte er und machte eine Kopfbewegung zu den beiden hin. »Wissen Sie, wer das ist? Ich meine, der Ältere.«

»Nein. Aber Sie werden es mir sicher gleich sagen.«

»Sein Bild stand vor ein paar Tagen in allen Zeitungen. Eine rührende Geschichte. Sein Name ist Bruno Meinardi. Vierzig Jahre war er Aufseher im Raffael-Saal in den Vatikanischen Museen. Vierzig Jahre lang stets dieselben Bilder vor Augen. Meinardi behauptete, jeden Fliegenschiß auf seinen Gemälden zu bemerken. Vor ein paar Tagen meinte er, an Raffaels Madonna eine Veränderung festgestellt zu haben. Die Madonna, behauptete Meinardi, habe plötzlich einen schmutzigen Fingernagel. Man stelle sich das vor! Der arme Kerl. Vierzig Jahre in Gesellschaft ein und desselben Gemäldes haben ihn offenbar verrückt gemacht.«

»Interessant.«

Sydow sah Brodka an, ob der sich über ihn lustig machte.

Doch Brodkas Miene war ernst. »Kennen Sie den anderen Mann?« fragte er.

»Nein. Nie gesehen. Kennen *Sie* ihn?«

»Ja. Sein Name ist Titus. Nicht sein richtiger Name, aber das tut nichts zur Sache. Viel interessanter ist, daß er mal Smolenskis Sekretär war. Es gab offenbar Krach zwischen den beiden. Entweder hat Smolenski ihn rausgeworfen, oder Titus hat sich heimlich aus dem Staub gemacht. Jedenfalls haben Smolenskis

Leute ihn bis nach Wien verfolgt, wo er untergetaucht ist, weil er Angst ...« Brodka hielt inne. »Sehen Sie nur!«

Der Mann, von dem Brodka behauptet hatte, er sei Titus, reichte dem anderen, den Sydow als Bruno Meinardi erkannt haben wollte, einen Umschlag. Meinardi öffnete das Kuvert und zählte unauffällig Geldscheine, was Titus sichtlich unangenehm war, denn er blickte nervös nach allen Seiten, ob jemand sie beobachtete. Nachdem Meinardi die Scheine gezählt hatte, nickte er zufrieden, steckte das Geld in seine Jackentasche, erhob sich und schüttelte Titus die Hand. Gemeinsam verließen sie das Lokal.

»Kommen Sie!« Sydow warf einen Geldschein auf den Tisch. »Sie behalten diesen Titus im Auge. Ich übernehme Meinardi. In einer Stunde treffen wir uns wieder hier im Lokal. Hier ist meine Telefonino-Nummer!« Er reichte Brodka seine Karte.

»Einverstanden.«

Brodka gefiel die Entschlossenheit von Sydows, die ihn als guten Reporter auswies. Beider Informationen zusammen ergaben in der Tat eine interessante Kombination, die nur einen Schluß erlaubte. Und Sydow und Brodka dachten in diesem Augenblick das gleiche. Für beide stand außer Frage, daß Titus aus irgendwelchen Gründen Meinardis Schweigen erkaufte.

Vor Ninos Trattoria trennten sich Titus und Meinardi. Titus eilte zur Via del Corso, wo er in ein Taxi stieg, gefolgt von Brodka. Meinardi schlenderte die Via Bocca di Leone nordwärts, wobei Sydow sich an seine Fährte heftete.

Es war nicht einfach für Brodka, Titus auf den Fersen zu bleiben, doch nachdem er dem Taxifahrer ein sattes Trinkgeld versprochen hatte, fand dieser sich bereit, mehrere rote Ampeln zu überfahren. So gelangten sie zur Via del Banco di Santo Spirito, wo Titus im Hause Fasolinos verschwand.

Meinardi hatte alle Zeit der Welt. Bummelnd gelangte er zur

Via di Babuino, wo er in einer Gelateria einen Eisbecher verspeiste und in einem exklusiven Geschäft ein Paar Schuhe erstand, bis er schließlich in die Via San Giacomo einbog und in einem unförmigen Mietshaus mit hohen Fensterläden verschwand, von denen die meisten um die Mittagszeit geschlossen waren.

Sydow folgte ihm bis zum Hauseingang, aus dem muffige kühle Luft wehte. Es gab eine Klingelleiste mit gewiß fünfzig Knöpfen. Die meisten Namen waren überklebt, andere abgeschraubt. In der obersten Reihe entdeckte Sydow das Namensschild »B. Meinardi«. Zufrieden begab er sich zurück zu Ninos Trattoria in der Via Borgognona.

Brodka wartete bereits auf ihn.

Sie bestellten Bistecca alla Fiorentina und tauschten ihre neu gewonnenen Erkenntnisse aus.

»Was halten Sie von der Sache?« fragte Brodka.

»Die Gründe sind klar«, meinte von Sydow. »Meinardi soll den Mund halten oder weiter den Verrückten mimen. Und warum? Weil seine Beobachtung richtig war! Die Raffael-Madonna im Vatikan ist eine Fälschung.«

Brodka runzelte die Stirn. »Angenommen, Sie haben recht. Können Sie mir dann erklären, was mit dem Original von Raffael geschehen ist? Ich meine, Gemälde von diesem Bekanntheitsgrad haben doch keine Chance auf dem Schwarzen Markt.«

»Das glauben *Sie!* Ich hätte es auch nicht für möglich gehalten, aber der Kunstmarkt ist ein Tummelplatz von Verrückten. Um in den Besitz eines Gemäldes zu kommen, wurden schon Menschen umgebracht. Die Unsummen, die für manche Bilder bezahlt werden, haben nichts mehr mit ihrem tatsächlichen künstlerischen Wert zu tun. Es sind Prestigeobjekte, die das verkümmerte eigene Ego aufrichten sollen. Während der Nichtsammler einen Psychiater aufsucht und sagt, Doktor, ich leide unter Minderwertigkeitskomplexen oder dergleichen, stellt ein

Sammler sich vor seinen Raffael oder Rembrandt und sagt, du gehörst mir, und ich bin der einzige von sechs Milliarden Menschen, der das behaupten kann.«

»Sie haben sich offenbar eingehend mit der Thematik beschäftigt, Sydow. Nur eines verstehe ich nicht. Ein Deal wie der mit Raffaels Madonna muß doch geheim bleiben. Naturgemäß kann es also nur wenige Mitwisser geben. Das bedeutet, so ein verrückter Sammler muß das Objekt seiner Begierde ein Leben lang verstecken.«

»Stimmt. Aber es gibt Menschen, für die ist gerade das der Kick.«

»Ein solcher Coup setzt aber auch voraus, daß es Fälscher gibt, die über unglaubliches Können verfügen.«

»Die gibt es, lieber Freund, die gibt es. Es sind wahre Genies darunter. Und in den letzten Jahren haben sie auch enorme technische Fortschritte gemacht. Sie arbeiten mit Röntgenstrahlen und UV-Licht. Mit Hilfe chemischer Manipulation können sie eine Patina zaubern, die Jahrhunderte alt aussieht. Unter dem Röntgenschirm entdecken sie sogar die Eigenheiten der Pinselführung eines Künstlers. Und was das notwendige Material betrifft: Fälscher kaufen auf Auktionen mit Vorliebe zweit- und drittklassige zeitgenössische Gemälde und benutzen die Leinwand, das Holz oder Kupfer als Grundlage für ihre Kopien, oder sie entfernen die Farben, mahlen und mischen sie neu und verfügen auf diese Weise über authentische Farben.«

»Faszinierend. Wenn ich es mir recht überlege, könnte der Louvre, der Prado oder die Alte Pinakothek zur Hälfte aus Fälschungen bestehen, während die Originale bei irgendwelchen Sammlern hängen.«

»Möglich, aber unwahrscheinlich.«

»Und warum?«

»Die großen Museen der Welt befinden sich in der Obhut des

Staates. Sie unterstehen Ministerien, von denen Museumsdirektoren benannt werden, die wiederum unter der Kontrolle durch irgendwelche Ausschüsse stehen. Mit anderen Worten, es gibt zu viele Kontrollinstanzen, zu viele Mitwisser, und oft genügt ein Zeitungsartikel eines wissenschaftlichen Assistenten, um die Untersuchung eines Gemäldes in die Wege zu leiten, das seit Jahrzehnten oder Jahrhunderten an seinem Platz hängt.«

»Dies klingt einleuchtend«, stimmte Brodka zu. »Aber was hat Smolenski damit zu tun?«

»Ich kenne die Verhältnisse im Vatikan. Zwar gibt es offiziell einen Direktor der Vatikanischen Museen, aber den kennt keiner; denn in wichtigen Angelegenheiten entscheidet nur ein Mann: der Kardinalstaatssekretär.«

Die beiden Männer schwiegen, während der Ober schwungvoll die Bistecca servierte.

»Unter diesem Aspekt«, fuhr Sydow fort, »gewinnen manche Dinge eine völlig andere Bedeutung. Einmal im Jahr gewährt der Vatikan bei einer Pressekonferenz Einblick in seine Bilanzen. Und dabei erscheint jedesmal eine groteske Zahl. Der Wert aller vatikanischen Kunstwerke wird mit einer einzigen symbolischen Lira angegeben. Auf meine Frage, wie hoch der tatsächliche Wert der Kunstwerke sei und ob sie überhaupt jemals geschätzt wurden, bekam ich eine ausweichende Antwort. Statt dessen stellte Monsignore Cibo seinerseits die Frage, warum ich das wissen wolle, man denke ohnehin nicht daran zu verkaufen. Als ein chilenischer Journalist fragte, ob mit dem Verkauf der unermeßlichen Kunstschätze im Vatikan den Armen in der Welt nicht mehr geholfen werden könne als durch fromme Gebete, nahm Smolenski dem sprachlosen Monsignore die Antwort ab und erklärte, im Vatikan werde das Kulturerbe der gesamten Menschheit treuhänderisch verwaltet, folglich könne man kein einziges Objekt veräußern.«

Brodka betrachtete das mürbe Beefsteak mit Wohlgefallen, doch sein Gesichtsausdruck wandelte sich rasch, als er mit den Tücken eines stumpfen Messers kämpfen mußte. Aber in dem Verdacht, daß der Ober ihm bei einer Reklamation doch nur lächelnd ein neues Messer bringen würde, das genauso stumpf wäre, säbelte er tapfer weiter.

»Smolenski scheint vergessen zu haben«, meinte er, »daß sein römisch-katholisches Großunternehmen gerade mal zwanzig Prozent der Menschheit umfaßt. Aber zur Sache. Nachdem Sie jetzt einiges erfahren haben ... wollen Sie mir helfen?«

Andreas von Sydow tupfte sich mit der Serviette den Mund ab und trank einen Schluck Wasser. Dann erwiderte er, während er genußvoll mit den Augen rollte: »Ich wäre kein Reporter, würde ich Ihre Frage mit nein beantworten. Ich habe das Gefühl, da steckt ein großes Ding dahinter. Und die Sache mit dem Gemälde, das mysteriöse Grab auf dem Campo Santo, der Tod Ihrer Mutter und die merkwürdigen Immobiliengeschäfte ... hinter all dem steht Smolenski. Der Mann scheint allgegenwärtig, als wäre er der liebe Gott.«

»Oder sein Widersacher.«

Sydow nickte. »Ja.«

Im weiteren Gespräch einigten sich die beiden Männer, daß Sydow das ausschließliche Veröffentlichungsrecht an der Story erhalten solle. Brodka war lediglich an der Aufklärung des Falles interessiert, *seines* Falles. Gemeinsam stellten sie einen Plan für die nächsten Tage auf.

Ihr erster Weg führte zu Bruno Meinardi.

Es war halb vier und ziemlich heiß. Kein normaler Römer machte unter diesen Umständen einen Besuch, so daß Brodka und Sydow ziemlich sicher sein konnten, Meinardi um diese Zeit zu Hause anzutreffen.

Als sie in der Via San Giacomo aus dem Taxi stiegen, schlug

ihnen unbarmherzige Hitze entgegen. Die Kühle im Treppenhaus versöhnte sie ein wenig mit der Herausforderung, sechs Stockwerke bewältigen zu müssen.

Das Treppenhaus war wie ausgestorben. Nur vom Hinterhof drang schrilles Vogelgezwitscher durch die schmalen Fenster. Sydow war ziemlich sicher, daß er den entlassenen Museumswächter mit einer List zum Reden bringen konnte. Er sprach akzentfrei italienisch und bat Brodka – hinter dessen Aussprache jeder Römer sofort einen *tedesco* vermutete –, sich zunächst zurückzuhalten, um kein Mißtrauen von Seiten Meinardis aufkommen zu lassen. Auf dem obersten Treppenabsatz angelangt, drückte Sydow auf den Klingelknopf.

Nach einer Weile öffnete Meinardi die Tür. Er trug ein verwaschenes T-Shirt und weite Shorts, aus denen weiße, dünne Beine ragten. Mißtrauisch musterte er die beiden Männer und fragte mit mürrischem Unterton, was sie wollten.

Sydow stellte sich vor, verschwieg aber den Namen Brodkas und erklärte, er und sein Kollege seien Reporter des »Messaggero«; ob sie ihn kurz sprechen könnten.

Der alte Mann, der viel älter erschien, als es seinen Jahren entsprach, reagierte wütend. Er beschimpfte die Männer, sie sollten ihn endlich in Ruhe lassen. Seit Tagen werde er nun schon von der »Bande« verfolgt, wie er sich ausdrückte, und alles nur wegen einer Geschichte, die sich inzwischen erledigt habe.

Sydow jedoch hatte viel zuviel Erfahrung in seinem Beruf, um sich durch solche Worte einschüchtern oder gar abweisen zu lassen. Er ging auf Meinardis Kritik ein und beteuerte, genau dies sei der Grund ihres Kommens; sie seien nur deshalb hier, um die Sache richtigzustellen.

Wie beabsichtigt wurde der alte Mann nachdenklich und fragte, ob sie auch wirklich vom »Messaggero« kämen. Während Sydow seinen Ausweis zeigte, bat er, ob sie nicht eintreten dürften, und setzte dabei schon einen Fuß in die Tür.

Meinardi warf einen besorgten Blick ins Treppenhaus; dann bat er Sydow und Brodka in die Wohnung, wobei er Entschuldigungen stammelte, daß nicht aufgeräumt sei; aber er sei nicht auf Besuch eingerichtet.

Die Wohnung des alten Mannes bestand aus einem langen, unbeleuchteten Flur, von dem rechter Hand drei braungestrichene Türen abgingen. Die letzte führte zu einem Kabinett mit altem Mobiliar, von dem kein Stück zum anderen paßte. Es gab nur zwei runde, niedrige Fenster, die wie Bullaugen eines Schiffes zur Straße wiesen. Die Wände waren mit zahlreichen Drucken beklebt, die vorwiegend Werke Raffaels zeigten, doch waren auch andere Motive aus den Vatikanischen Sammlungen darunter.

Um den Besuchern Platz anbieten zu können, mußte Meinardi erst ein paar hölzerne Tischchen, Kästen und Notenständer beiseite rücken; dann ließen Sydow und Brodka sich auf einer durchgesessenen Ottomane nieder.

»Sie sagten«, begann Sydow, während Meinardi nach einem Stuhl suchte, »die Geschichte habe sich inzwischen erledigt. Was meinten Sie damit?«

Umständlich, um Zeit zu gewinnen, rückte Meinardi einen schwarzgelackten Holzstuhl mit hoher Lehne und gedrechselten Holmen zurecht; dann erwiderte er ebenso umständlich: »Nun ja, Signori, wie soll ich es Ihnen am besten erklären? Es ist wirklich eine unangenehme Sache und hat mir nur Scherereien eingebracht. Eigentlich will ich gar nicht mehr darüber reden.«

»Sie wollen doch nicht etwa behaupten«, meldete Brodka sich zu Wort, »daß Ihre Beobachtung an dem Raffael-Gemälde ein Irrtum war?«

»Ja. Leider.«

Brodka schaute sich im Zimmer um und betrachtete die zahllosen Kunstdrucke an den Wänden. Schließlich meinte er: »Ein Mann, der ein so enges Verhältnis zu seinen Gemälden hat, irrt sich doch nicht, Signore. Sie kennen Raffael gewiß besser als jeder Professore.«

Die Worte Brodkas schmeichelten dem Alten; man konnte es ihm deutlich ansehen. Doch unverkennbar focht er zugleich einen inneren Kampf aus. Nachdem die beiden Männer ihn in Erwartung einer Antwort längere Zeit gemustert hatten, sagte Meinardi verschämt: »Mag schon sein. Vierzig Jahre tagtäglich mit denselben Gemälden im selben Raum, das ist eine lange Zeit. Da beginnen Sie irgendwann zu zweifeln, ob dieses oder jenes Detail schon immer so war, wie es ist. Schauen Sie, ich bin alt, und meine Augen sind auch nicht mehr die besten. Ganz zu schweigen von meinen kleinen grauen Zellen. Da bildet man sich schon mal etwas ein, das man später bereut.«

»Aber Signore«, wandte Sydow ein, »Sie haben doch nichts zu bereuen. Sie haben bloß eine Beobachtung gemacht.«

»Ja, aber ich habe mich geirrt. Und dieser Irrtum hatte katastrophale Folgen.«

»Wie meinen Sie das?«

»Ich wurde in Rente geschickt, und die Zeitungen schrieben, ich wäre nach vierzig Jahren Aug' in Aug' mit Raffael verrückt geworden. Mir ist zu Ohren gekommen, daß man mich sogar entmündigen will.«

»Wer sagt das?« fragte Brodka.

Bemüht, keinen Namen zu nennen, druckste Meinardi herum. »Meine Vorgesetzten, wissen Sie. Jedenfalls habe ich davon gehört. Nein, es ist so, wie ich sagte: Ich war einfach mit den Nerven herunter. Mein Blutdruck ist auch nicht der beste. Ich sollte wirklich einen Arzt aufsuchen. Schreiben Sie, ich hätte meinen Irrtum eingesehen und begäbe mich in ärztliche Behandlung.«

»Signore!« rief Sydow. »Es ist ein gefährliches Spiel, auf das

Sie sich da einlassen. Wenn Sie erst mal bei einem Psychiater waren, wird der Sie für unzurechnungsfähig erklären, und was das bedeutet, brauche ich Ihnen wohl nicht zu sagen. Ich halte es für besser, wenn Sie bei der Wahrheit bleiben – mit allen Konsequenzen.«

»Was meinen Sie damit?«

»Ganz einfach. Da ein Gemälde sich nicht von selbst verändert, es sei denn durch ein Wunder, wäre die einzige Erklärung für Ihre Beobachtung, daß es sich bei der Raffael-Madonna um eine Kopie handelt. Und wie Sie wissen, geschehen Wunder überall auf der Welt, nur nicht im Vatikan. Jedenfalls liegt das letzte vatikanische Wunder ein paar hundert Jahre zurück.«

Meinardi tat entrüstet. »Die Raffael-Madonna eine Fälschung? Nie! Nein, glauben Sie mir. Schreiben Sie in Ihrer Zeitung, ich habe mich geirrt.«

Sydow und Brodka schauten sich an. Beide hatten den selben Gedanken.

»Könnte es vielleicht sein«, begann Brodka, und in seiner Stimme lag etwas Drohendes, »daß Sie Ihre Meinung für Geld geändert haben? Oder für ein Versprechen? Oder wegen einer Drohung? Wurden Sie mit mehr oder weniger Nachdruck zu Ihrer Aussage gezwungen?«

Der alte Mann musterte Brodka von der Seite und erwiderte aufgebracht: »Denken Sie, was Sie wollen, aber lassen Sie mich jetzt in Frieden. Gehen Sie!«

Brodka und Sydow erhoben sich umständlich. Als Sydow noch etwas sagen wollte, wiederholte Meinardi lautstark: »Gehen Sie endlich.« Bevor er die Wohnungstür schloß, rief er: »Und hören Sie auf, irgendwelche Geschichten über mich zu verbreiten. Ich werde alles abstreiten! Alles!«

Schweigend stiegen die beiden Männer die Treppe hinunter.

Vor dem Haus, wo es in der Nachmittagshitze nach Staub

und Moder roch, der aus Hinterhöfen und Kellerschächten hervorquoll, sagte Sydow: »Diese Reaktion hätten wir eigentlich erwarten können. Fragt sich, wie Meinardi reagiert hätte, wenn wir erklärt hätten, daß wir die Geldübergabe beobachtet haben.«

»Um Himmels willen! Dann wäre sein Mißtrauen noch größer geworden. Diesen Trumpf sollten wir in der Hinterhand behalten.«

»Sie haben recht.« Andreas von Sydow nickte.

In einem Laden kaufte er im Vorbeigehen eine Flasche Grappa. Als sie ein Taxi entdeckten, dessen Fahrer im Schatten einer Häuserwand Siesta hielt, trat Sydow hinzu und rüttelte den Schlafenden durch das offene Seitenfenster wach. »He, Arbeit wartet!«

Der Fahrer streckte und reckte sich; dann fragte er gähnend: »Wo soll's denn hingehen, Signori?«

»Città del Vaticano«, antwortete Sydow. *»Presto!«*

Am Cancello del Sant' Ufficio stiegen sie aus dem Taxi. Von dort war es nicht weit zum Campo Santo.

Sydow kannte in Rom Gott und die Welt. Natürlich verfügte er auch im Vatikan über gewisse Kontakte, die er sorgfältig pflegte, wie bei Zeitungsreportern üblich. Einer seiner Kontaktleute hieß Rosario, ein aus Arezzo stammender Postbeamter, der auf vielen Umwegen nach Rom gelangt war und im Vatikan eine Anstellung gefunden hatte.

Rosario war Faktotum in der Domus Sanctae Marthae, dem Gästehaus gegenüber der Sakristei von St. Peter, das die meiste Zeit des Jahres leersteht und den Kardinälen bei der Papstwahl als Unterkunft dient. Das fünfstöckige, moderne Gebäude verfügt über 132 Zimmer und Suiten und eine Eingangshalle mit pompösen Barockmöbeln, die über die Schlichtheit der Zimmer hinwegtäuschen. Was Rosario betraf, so teilte er sich in die Aufgabe eines Portiers, Verwalters und Hausmeisters; jedenfalls wußte er stets, wer gerade im Vatikan zu Besuch weilte. Er war für Sydow eine unbezahlbare Informationsquelle.

Das Haus der heiligen Martha beherbergte auch an diesem Tag keine Gäste, und Rosario, eine stattliche Erscheinung mit schwarzem, streng zurückgekämmtem Haar, zeigte sich erfreut über den Besuch, vor allem angesichts der Flasche Grappa, die Sydow ihm überreichte, nachdem er Brodka als einen lieben Kollegen vorgestellt hatte.

Die beiden Männer kannten sich seit Jahren. Deshalb wußte Rosario, daß Sydow eine Information benötigte; sonst hätte er ihm nicht so unverhofft einen Besuch abgestattet.

»Was kann ich für Sie tun, Professore?« fragte Rosario. Er nannte Sydow »Professore«, eine Anrede, die er für gewöhnlich nur guten Freunden zukommen ließ und auch nur dann, wenn sie wie Sydow eine Brille trugen.

»Was weißt du über das mysteriöse Grab auf dem Campo Santo?« fragte Sydow ohne Umschweife.

Rosario lachte verlegen. »Wenn ich ehrlich bin, nichts – oder fast nichts.«

Sydow legte Rosario vertraulich eine Hand auf die Schulter und meinte: »Du wohnst nur ein paar Schritte vom Campo entfernt und willst mir weismachen, daß dir eine Beerdigung entgangen ist? Komm schon, Rosario, heraus mit der Wahrheit.«

»Professore«, ereiferte sich Rosario, »das *ist* die Wahrheit. Warum sollte ich Sie belügen? Eines Tages war das Grab da, einfach so. Auf einer Tafel standen zwei Buchstaben, darunter zwei Datumsangaben. So wie auf dem Bild in der Zeitung. Ich habe es mit eigenen Augen gesehen. Und dann, irgendwann, war die Inschrift verschwunden.«

»Darum geht es nicht, Rosario. Es muß doch einen Augenzeugen geben, der die Beerdigung gesehen hat.«

»Bei der heiligen Martha, nein! Die vatikanische Verwaltung hatte an diesem Tag eine Personalversammlung. Sie begann um sechzehn Uhr und endete gegen halb sieben. In dieser Zeit muß es passiert sein. Als ich zurückkam, war es schon dunkel. Aber drüben, beim Bavarese, da brannte noch Licht.«

»Beim Bavarese?«

»So nannten wir den Kapuzinermönch, der dort seinen Dienst tat. Sein Italienisch hatte einen ulkigen Akzent, weil er aus Bayern kam. Deshalb nannten wir ihn den Bayer; eigentlich heißt er Pater Theodorus.«

»Und der Bayer war nicht bei der Versammlung?« meldete Brodka sich zu Wort.

»Nein«, erwiderte Rosario, »er gehörte nicht zu uns. Ich meine, zur Verwaltung.«

Sydow schaute Brodka an. »Wir sollten diesem Mönch aus Bayern einen Besuch abstatten.«

»Ist längst geschehen und war wenig ergiebig«, sagte Brodka. »Er gab sich sehr verschlossen, um nicht zu sagen abweisend. Jedenfalls behauptete er, von nichts zu wissen. Damals ahnte ich allerdings nicht, daß dieser Mann vermutlich der einzige Augenzeuge des Geschehens war.«

Sydow hob den Zeigefinger. »Und deshalb sollten wir ihm erneut einen Besuch abstatten.«

»Das wird nicht möglich sein, Signori!« erklärte Rosario.

»Warum nicht?«

»Er ist nicht mehr da. An dem Tag, als die Zeitungen über das geheimnisvolle Grab berichteten, erschien der Kardinalstaatssekretär im Deutschen Kolleg. Signori, seit ich hier bin, hat sich dort niemals ein Kardinalstaatssekretär blicken lassen! Als Smolenski wieder aus dem Gebäude kam, befand sich der Bayer in seiner Begleitung. Vor dem Haus trennten sich ihre Wege. Der Kardinal nahm in einer noblen dunkelblauen Limousine Platz, Padre Theodorus stieg in einen alten Fiat aus den siebziger Jahren. Dann fuhren sie davon.«

Sydow griff nach dem Telefonbuch, das auf dem Schalter lag. Er machte sich eine Notiz und steckte Rosario ein paar Scheine zu. »Du hast uns sehr geholfen. Bis zum nächstenmal.« Und an Brodka gewandt: »Kommen Sie!«

Während sie dem Ausgang beim Sant' Ufficio zustrebten, erklärte Sydow: »Wir müssen diesen Pater Theodorus finden! Ist doch klar, warum er hier abgezogen wurde. Man wollte ihn nicht den Fragen der Journalisten aussetzen. Aber daß ausgerechnet Smolenski ihn abholte, macht die Sache interessant. Finden Sie nicht auch?«

Vor dem Ausgang stiegen sie in ein Taxi.

»Via Piemonte siebzig«, sagte Sydow.

Der Fahrer fuhr los.

Brodka blickte Sydow von der Seite an. »Wollen Sie mir nicht sagen, wohin wir fahren?«

Sydow runzelte die Stirn. »Habe ich das nicht gesagt?«

»Nein.«

»Entschuldigen Sie. Ich bin schon so mit dem Thema beschäftigt, daß ich offenbar nicht mehr klar denke. Der Bayer war ein Kapuzinermönch wie der selige Padre Pio. In Rom gibt es eine Stelle, die sämtliche Aktivitäten aller Kapuzinermönche auf diesem Planeten steuert. Die Generalkurie der Kapuziner in der Via Piemonte.«

Die Generalkurie des Ordens, ein zweistöckiger, roter Backsteinbau aus den fünfziger Jahren, lag an einer vielbefahrenen Straße. An der Pforte saß hinter einem Glasfenster ein junger Frater. Als Sydow den Wunsch äußerte, mit Padre Theodorus zu sprechen, musterte der junge Mönch die Besucher mit argwöhnischem Blick. Schließlich rang er sich zu einer Erwiderung durch: »Das ist leider nicht möglich. Padre Theodorus befindet sich nicht mehr in der Generalkurie.«

»Und wo können wir ihn finden?« erkundigte sich Brodka ungeduldig. »Ich muß es wissen. Es geht um eine Familienangelegenheit.«

Der junge Pförtner blickte teilnahmsvoll und ratlos zugleich; dann griff er zum Telefon. Mit gedämpfter Stimme wechselte er hinter der Glasscheibe ein paar unverständliche Worte mit einem Vorgesetzten; dann trat er an seinen Schalter vor und sagte: »Es tut mir wirklich leid, Signori. Ich bin nicht befugt, Auskunft über den derzeitigen Aufenthalt von Padre Theodorus zu geben. Ich soll Sie bitten, den bei Familienangelegenheiten üblichen Weg zu beschreiten und sich schriftlich an die Generalkurie des Ordens zu wenden.«

Man merkte deutlich, daß der Pförtner den aufgetragenen Text nur nachplapperte. Er kannte die Zusammenhänge nicht und sah offenbar selbst nicht ein, aus welchem Grund der Aufenthalt des Mitbruders verschwiegen werden sollte.

»Hören Sie, Padre«, sagte Sydow, womit er dem jungen Frater offensichtlich schmeichelte, »mein Freund ist ein Neffe von Padre Theodorus und eigens den langen Weg aus Deutschland gekommen, um ihn zu sehen. Können Sie uns nicht wenigstens einen kleinen Hinweis geben?«

Der Pförtner überlegte. Dann lehnte er sich aus seiner Pforte und sagte leise, beinahe im Flüsterton: »An Ihrer Stelle würde ich es zuerst in San Zaccaria versuchen, einem entlegenen Ort in den Sabiner Bergen. Dort gibt es ein Kloster für alte und pflegebedürftige Ordensbrüder.«

Brodka verstand genau, was der Bruder ihnen damit sagen wollte; doch er tat entrüstet: »Padre Theodorus ist doch nicht pflegebedürftig! Er ist vielleicht etwas sonderbar, was mit seinem schweren Unfall zu tun haben mag. Doch deshalb muß er doch nicht in ein Heim gesteckt werden!«

Der Pförtner hob beide Hände, um Brodka zu beruhigen. »Es ist ja auch kein Heim, sondern ein Kloster für Ordensbrüder, die Probleme haben, sich in die Gemeinschaft einzufügen. Im übrigen, Signore, habe ich nicht behauptet, daß Padre Theodorus sich dort aufhält.«

»Stimmt«, erwiderte Brodka augenzwinkernd. »Trotzdem vielen Dank.«

Immerhin hatten sie jetzt eine Spur von dem offenbar einzigen Zeugen der geheimnisvollen Bestattung. Aber gleichzeitig keimte ein furchtbarer Verdacht auf.

In einem Café, zwei Straßen weiter, tranken die beiden einen Espresso im Stehen und beratschlagten, wie sie weiter vorgehen wollten.

Sydow rührte nachdenklich in seinem winzigen Täßchen. »Sie haben doch mit diesem Theodorus geredet. Welchen Eindruck hatten Sie von ihm?«

»Er kam mir merkwürdig vor. Zum einen war er redselig und nahezu begierig, seine Krankheitsgeschichte zu erzählen, doch auf alle Fragen nach dem Grab auf dem Campo Santo hat er gemeint, er könne sich an überhaupt nichts erinnern. Aber daß er verwirrt gewesen wäre, kann ich nicht behaupten. Ich hatte eher den Eindruck, er wußte genau, worum es ging, aber wollte oder durfte es nicht sagen.«

Sydow kippte den Espresso mit einem einzigen Schluck hinunter. Dann murmelte er halblaut vor sich hin: »Wir haben einen Zeugen. Wir wissen, wo er sich aufhält. Vermutlich unfreiwillig. Frage eins: Wie kommen wir an ihn heran? Frage zwei: Wie bringen wir ihn zum Reden?«

Brodka beobachtete den Verkehr, der um diese Zeit hektisch

wurde. Es dämmerte, und die ersten Leuchtreklamen und Autoscheinwerfer flammten auf.

Wie bringen wir ihn zum Reden, wiederholte Brodka in Gedanken Sydows Frage.

Morgens um acht stieg Juliette aus dem Bett, um die Fensterläden zu öffnen. Der Nemisee lag noch im Dunst, und es schien ein warmer Tag zu werden. Dann kroch sie zu Brodka ins Bett zurück. Der schlief noch fest.

Erst kurz vor Mitternacht war er aus Rom zurückgekehrt, und sie hatten seither kaum ein Wort gewechselt. Die Recherchen seien erfolgreich gewesen, hatte er gesagt. Mehr nicht. Dann war er eingeschlafen.

Nun schmiegte Juliette sich an ihn. Der Morgen war die beste Zeit für die Liebe. Mit dem Zeigefinger vollführte sie kleine kreisende Bewegungen, vom Hals über Brustkorb und Bauch bis zwischen die Schenkel, und entlockte so dem Schlafenden wollüstige, grunzende Laute.

Als sie seinen Penis in die Hand nahm, schlug Brodka die Augen auf und fragte: »Wie spät ist es?«

Juliette war schockiert. Seit sie sich kannten – und das waren immerhin dreieinhalb Jahre –, hatte sie eine solche Reaktion bei Brodka nicht erlebt.

»Wie spät ist es?« wiederholte er.

Juliette setzte sich auf und wandte den Blick aus dem Fenster über den Weinberg. »Acht!« sagte sie beleidigt.

Brodka küßte sie auf die nackte Schulter. »Um Himmels willen, ich muß aufstehen. Um neun kommt Sydow.«

Verärgert meinte Juliette: »Kommt dieser Sydow jetzt schon zum Frühstück?«

»Was soll diese spitze Bemerkung? Wir wollen nach San Zaccaria in den Sabiner Bergen. Man hat den Mönch vom Campo

Santo dorthin gebracht. Er ist der einzige für uns greifbare Augenzeuge der Beerdigung.«

»So, so. Und wohin soll morgen der Ausflug mit deinem neuen Freund gehen?«

Brodka faßte Juliette an den Schultern. »Du vergißt, daß wir hier nicht auf Urlaub sind. Auch wenn es in dieser Umgebung schwerfällt, sich damit abzufinden.«

»Schon gut«, murmelte Juliette.

Das gemeinsame Frühstück verlief schweigsam. Brodka war in Gedanken schon bei den Mönchen in San Zaccaria, und Juliette schmollte.

Pünktlich um neun erschien Andreas von Sydow.

Juliette begrüßte ihn mit deutlicher Zurückhaltung.

»Mach dir einen schönen Tag!« sagte Brodka zum Abschied und küßte Juliette auf die Wange. »Du hast ja das Auto.«

»Wann sehe ich dich wieder?«

»Kommt darauf an, wie erfolgreich wir sind.« Dann stieg er zu Sydow in den Wagen.

Er bemerkte nicht, daß Juliette Tränen der Wut und Enttäuschung in den Augen standen.

Bruno Meinardi hatte noch nie soviel Geld auf einmal besessen. Seit Tagen hatte er die Scheine im Brotkasten aufbewahrt, einem emaillierten Behälter, und mehrmals am Tag nachgezählt: 25 Millionen Lire.

Dafür mußte ein Museumswächter ein ganzes Jahr Dienst tun. Jetzt stopfte er alles Geld in eine Plastiktüte und machte sich schweren Herzens auf den Weg zur Zweigstelle seiner Bank, zwei Straßen weiter.

In Rom gab es Gauner genug, die mit Lambrettas unterwegs waren und ahnungslosen Passanten im Vorbeifahren Taschen und Kameras entrissen. Deshalb preßte Meinardi die Plastiktüte mit dem wertvollen Inhalt an seine Brust, sobald er das Haus verließ. Ein Lächeln huschte über sein Gesicht, als er an den Bankangestellten dachte, der ihn seiner bescheidenen Bezüge wegen stets herablassend behandelt hatte. Nun wollte er den Spieß umdrehen.

Er wolle einen Anlageberater sprechen, verlangte Meinardi selbstsicher.

Das könne er auch selbst übernehmen, erwiderte der arrogante, glattgekämmte Mann am Schalter. Worum es sich handle.

Meinardi blickte mißtrauisch nach allen Seiten, ob es keine Augenzeugen für das Ereignis gab, das nun eintreten würde. Dann kippte er den Inhalt der Plastiktüte auf den Bankschalter.

In sechzig bescheidenen Lebensjahren hatte Meinardi keinen vergleichbaren Triumph erlebt. Nun empfand er den Augenblick wie einen Sieg über seine eigene Vergangenheit. Am liebsten hätte er die Zeit stillstehen lassen, so sehr genoß er die Situation, die er seinem überraschenden Reichtum verdankte.

Mit einer Höflichkeit, die Meinardi nicht gewöhnt war, erkundigte sich der Bankangestellte, was er mit der respektablen Summe, deren Höhe er noch nicht einmal kannte, zu tun gedenke.

Er wünsche, sagte Meinardi nun seinerseits von oben herab, eine sichere Anlage mit hoher Rendite. So hatte er es einmal auf einem Prospekt gelesen, der an allen Schaltern auslag, dem er damals jedoch wenig Interesse entgegengebracht hatte, da sein vatikanisches Gehalt gerade zum Leben reichte und keine nennenswerten Rücklagen gestattete.

Der Bankangestellte begann mit flinken Fingern die Scheine zu zählen. Natürlich hätte Meinardi ihm die Summe nennen können, doch er weidete sich am Anblick des Mannes, der diese Aufgabe nun für ihn erledigen mußte.

»25 Millionen Lire.«

Bruno Meinardi grinste und nickte.

Dienernd schob der Bankangestellte die Scheine zusammen, um sie zur Kasse zu bringen, die sich im hinteren Teil des Schalterraumes befand. Dabei sagte er: »Nehmen Sie doch bitte einen Augenblick Platz, Signore Meinardi. Ich muß dem Filialleiter Bescheid sagen. Ich bin sofort wieder bei Ihnen.«

Oft hatte Meinardi die Bankkunden bewundert, deren Geschäfte von so großer Bedeutung waren, daß nur der Filialleiter sich ihnen widmete. Er hätte sich nicht träumen lassen, sich selbst jemals in dieser Rolle zu sehen, und so blickte er triumphierend in die Runde und genoß das vermeintlich gewonnene Ansehen.

Obwohl es länger dauerte als erwartet, wurde Bruno Meinardi die Zeit nicht lang. Geld macht doch glücklich, sagte er sich. Leuten, die das Gegenteil behaupteten, hatte er nie geglaubt; er hatte es nur als eine Schutzbehauptung den Armen gegenüber betrachtet.

Vielleicht, ging es Bruno durch den Kopf, während er sich vergnügt die Hände rieb, könnte man sogar von den Zinsen leben. Und einmal im Leben die Uffizien besichtigen oder den Louvre.

Eine strenge Stimme weckte Bruno aus seinen Träumen: »Signore Meinardi?«

Vor ihm standen zwei Carabinieri und ein Kriminalbeamter.

»Ja«, antwortete Bruno verunsichert.

»Sie sind verhaftet. Bitte folgen Sie uns!«

Bruno Meinardi blickte hilfesuchend zu dem Bankangestellten, der seine alte Arroganz wiedergefunden hatte. Er hob die Schultern und sagte mit verächtlichem Tonfall: »Falschgeld. Haben Sie wirklich geglaubt, Sie könnten mich täuschen, Signore Meinardi?«

»Aber das ist doch nicht möglich!« rief dieser entgeistert. »Das Geld stammt ...«

»Ja?« Der Kriminalbeamte kam näher und baute sich vor Meinardi auf. »Woher haben Sie das Falschgeld? Reden Sie.«

Meinardi brachte keinen Laut hervor. Er war so aufgeregt, daß ihm übel wurde. Sein Leben lang hatte er nicht das geringste mit der Polizei zu tun gehabt. Und jetzt das!

Der Bankangestellte trat hinter seinem Schalter hervor in die Halle und raunte dem Kriminalbeamten etwas zu, laut genug, daß Meinardi es verstehen konnte: »Der Mann ist ein armer Hund. Ich habe mich gleich gewundert, daß er so plötzlich zu Geld gekommen ist. Nur gut, daß wir hier einen UV-Strahler haben.«

»Um welche Summe handelt es sich?« fragte der Kriminalbeamte leise zurück.

»Fünfundzwanzig Millionen Lire«, kam Meinardi dem Bankangestellten zuvor. Der nickte auf einen fragenden Blick des Kripomannes.

»Das Geld ist beschlagnahmt«, erklärte der Kriminalbeamte und wandte sich an Bruno. »Sie haben sich ziemlich ungeschickt angestellt, Signore. Und wenn Sie nicht bereit sind, uns Ihre Hintermänner zu nennen, wird Sie das teuer zu stehen kommen. Ein Mann Ihres Alters, jahrelang hinter Gittern. Keine besonders angenehme Vorstellung, nicht wahr?«

»Titus!« rief Bruno Meinardi, und es klang beinahe wie ein Hilfeschrei.

»Was?«

»Titus! Der Mann, von dem ich das Geld bekommen habe, hieß Titus.«

»So, Titus. Und wie weiter?«

Meinardi schluckte. »Nichts weiter. Nur Titus.«

»Jetzt hören Sie mir mal gut zu«, sagte der Kriminalbeamte,

und seine Stimme klang wütend und wohlwollend zugleich. »Sie behaupten allen Ernstes, ein Mann habe an Ihrer Tür geklingelt und gesagt, er heiße Titus, und dann hat er Ihnen 25 Millionen Lire in die Hand gedrückt und ist wieder verschwunden?«

»Das habe ich nicht behauptet, Signore! Ich sagte nur, daß dieser Titus mir das Geld gegeben hat! In einer Trattoria in der Via Borgognona!«

»Gibt es Zeugen?«

»Zeugen? Nein, ich kannte doch niemanden in dem Lokal. Ich war zum erstenmal dort.«

»Wollen Sie mir vielleicht erklären, warum ein Mann, dessen Namen Sie nicht einmal kennen, Ihnen an einem späten Vormittag in einem Lokal 25 Millionen Lire überreicht, vermutlich mit den besten Empfehlungen?«

Bruno Meinardi senkte den Kopf und schwieg. Er fürchtete, alles nur noch schlimmer zu machen, wenn er auspackte. Aber was sollte er sagen? Schließlich wußte er nicht einmal, wer versucht hatte, sein Schweigen zu erkaufen.

Als der Bankangestellte erkannte, daß Meinardi zu keinem Geständnis bereit war, sagte er hinter vorgehaltener Hand – aber laut genug, daß jeder im Raum es verstehen konnte – zu dem Kriminalbeamten: »Das ist der Mann, dessen Geschichte durch die Zeitungen ging. Er hat Wahnvorstellungen und behauptet, Raffaels Madonna habe über Nacht ihr Aussehen verändert.« Mit der flachen Hand wedelte er vielsagend vor der Stirn hin und her.

Der Kriminalbeamte blickte Meinardi prüfend an. Dann sagte er, an den Bankangestellten gewandt: »Ach, so ist das.« Schließlich ergriff er den alten Mann am Oberarm. »Keine Angst. Es wird Ihnen nichts geschehen. Kommen Sie!«

Kapitel 14

Nach zweistündiger Autofahrt über enge, kurvenreiche Straßen, die stellenweise den Anschein erweckten, als führten sie ans Ende der Welt, erreichten Brodka und Sydow den Ort San Zaccaria, ein Städtchen von zweieinhalbtausend Einwohnern, vorwiegend älteren Leuten, die hier ein karges Leben fristeten.

Die Jüngeren hatten den Ort längst verlassen; denn hier gab es kaum Jobs. Ein paar Weinbauern, eine Schmiede für landwirtschaftliche Maschinen und zwei Töpfereien waren die einzigen Arbeitgeber der Stadt, sah man einmal von einem Dutzend Trattorien und Cafeterien ab, in die sich meist eine Großfamilie teilte.

Nur Kirchen gab es genug, von denen allerdings zwei seit dem letzten Erdbeben verfallen und die übrigen auch nicht mehr in aller bestem Zustand waren. Von einem Kloster keine Spur.

Durch einen Torturm mit Zinnen gelangten sie auf den kleinen Marktplatz, auf dem sich schmalbrüstige Häuser im Oval drängten; an der einen Längsseite stand das Rathaus, gegenüber eine Kirche.

Auf der im Schatten gelegenen Rathausseite saßen alte Männer auf Holzstühlen vor den Häusern und beobachteten teils neugierig, teils gleichgültig das fremde Auto.

Sydow öffnete das Fenster und fragte einen alten Mann, wo das Kloster zu finden sei.

Der verstand die Frage des Fremden nicht, bildete mit der Hand eine Muschel und legte sie ans Ohr, zum Zeichen, er möge seine Frage wiederholen. Inzwischen trat eine schwarzgekleidete Frau vor das Haus und zeigte mit einem derben Stock, der ihr als Gehhilfe diente, über die Dächer der dem Berg zugewandten Häuserzeile. Dann richtete sie ihren Gehstock auf Sydows BMW und sagte kichernd: »Aber nicht mit diesem Auto.«

»Und warum nicht?« wollte Sydow wissen.

Die alte Frau wechselte ihren Stock in die Linke und hielt die gestreckte rechte Hand schräg, beinahe senkrecht in die Luft, um anzuzeigen, wie steil der Weg nach oben führte.

»Und zu Fuß?«

»Eine Stunde«, antwortete die Alte. »Was wollt ihr denn da oben?«

»Einen Besuch machen.«

»O je.« Nach dieser verheißungsvollen Bemerkung verschwand die alte Frau im Hauseingang.

Zwischen zwei Gebäuden auf dem Platz zwängte sich ein Gäßchen steil bergan, doch es war gut gepflastert und durchaus befahrbar.

»Solange uns keiner entgegenkommt ...«, meinte Brodka.

Sydow fuhr los.

Sie gelangten aus der Stadt bis etwa hundert Meter über den Häusern, wo die gepflasterte Straße endete und ein felsiges Plateau gerade ausreichend Platz bot, den Wagen zu wenden.

Brodka und Sydow faßten den Entschluß, von hier aus zu Fuß weiterzugehen.

Brodka sicherte das Fahrzeug, indem er Steine unter den Reifen verkeilte. Sydow öffnete den Kofferraum und holte zwei Ordenskutten hervor. Die Männer streiften sie sich über und marschierten los.

Obwohl der Weg bergan weit weniger steil war, als die alte Frau angedeutet hatte, erwies er sich als schweißtreibend. Die Mittagssonne und die ungewohnten Kutten trugen das ihre dazu bei. Nach einer Stunde Fußmarsch war von dem Kloster noch immer nichts zu sehen.

Dann öffnete sich hinter einem Felsdurchlaß plötzlich die Landschaft. Eine Hochebene, die von unten nicht zu erkennen war, tat sich vor ihnen auf. Und inmitten dieser Ebene, eingerahmt von Pinien und Zypressen, lag das Kloster, ein Häusergeviert mit vier Stockwerken und einem hoch aufragenden Campanile an der entfernten Seite. Ein Stück abseits des Klosters befand sich ein kleiner Friedhof, ein wundersamer Anblick in dieser Einsamkeit.

Während sie sich dem Kloster näherten, das wie ausgestorben schien, blies ein warmer Wind über die Hochebene. Brodka und Sydow wußten nicht, was sie erwartete, doch sie hatten auf der Fahrt alle Möglichkeiten durchgesprochen und entsprechende Pläne geschmiedet.

Aber es kam alles ganz anders.

Das wuchtige zweiflügelige Eingangstor stand offen und gab den Blick frei auf einen kahlen Innenhof, der von einem Kreuzgang mit Spitzbögen umgeben wurde. In der Mitte erhob sich ein rundgemauerter Brunnen mit einem verrosteten Gitterwerk darüber; davor befand sich ein Wasserbecken.

Seltsamerweise wurde das Erscheinen der Fremden nicht beachtet; jedenfalls fragte keiner der betagten Mönche, die in abgerissenen Kutten über den Hof schlurften, nach ihren Wünschen oder bot seine Hilfe an. Ihr Alter und das Einerlei in der Abgeschiedenheit hatte ihre Seelen abgestumpft. Brodkas Versuch, einem von ihnen eine Auskunft zu entlocken, scheiterte. Der Mönch lächelte bloß freundlich und ging seines Weges.

Endlich gerieten Brodka und Sydow an einen Mann im blauen Overall. Er ging gebückt, hatte einen Buckel und trug eine Werkzeugkiste bei sich. Während er in seiner verkrümmten Haltung zu den Fremden aufblickte, sagte er: »Euch habe ich hier noch nicht gesehen. Oder irre ich mich?«

»Nein«, entgegnete Sydow, »Sie irren sich nicht. Wir sind gerade angekommen. Wir kommen von San Zaccaria.«

Da kicherte der Buckelige in sich hinein und meinte: »Ja. Woher denn sonst, meine Brüder! Es gibt ja keinen anderen Weg als diesen. Aber was wollt ihr hier eigentlich? Sicher nicht eure letzten Tage verbringen.«

»Wir suchen Padre Theodorus«, antwortete Brodka, der keinen Anlaß sah, den Grund ihrer Anwesenheit zu verheimlichen.

Der Buckelige wischte sich mit der Hand über das faltige Gesicht. »Kenne ich nicht«, meinte er schließlich, »muß neu sein. Wollt ihr ihn wieder mitnehmen?«

»Nein, nein«, wehrte Brodka ab, »nur mit ihm reden.«

»Wer hierherkommt, geht nämlich nicht mehr fort«, meinte der Buckelige kichernd und fügte nach einer Pause ernst hinzu: »Es sei denn auf acht Beinen.«

Brodka und Sydow blickten den Mann im Overall verwundert an.

»Nun ja«, erklärte dieser, »im Sarg, getragen von vier Trägern.«

Brodka schaute an den Gebäuden hoch und entdeckte hinter einigen Fenstern neugierige Gesichter, die jedoch verschwanden, sobald ihre Blicke sich begegneten.

Ein alter, ausgemergelter Mönch auf Krücken kam langsam näher. Er gesellte sich zu den Neuankömmlingen, um dem Gespräch zu lauschen, das jedoch abrupt endete.

»Bruder«, sagte der Buckelige von unten an den Mönch mit den Krücken gewandt, »kennst du einen Mitbruder namens Theodorus?«

»Theodorus?« Der Gefragte hob eine Krücke und zeigte mit verlängertem Arm auf das gegenüberliegende Gebäude, dessen Fensterläden zum größten Teil geschlossen waren. »Der Verrückte«, geiferte er mit hoher Stimme, »da drüben im ersten Stock. Ein junger Kerl, aber leider nicht ganz richtig im Kopf.« Und schon humpelte er weiter.

»Ich würde da aber nicht hingehen«, bemerkte der Buckelige und spuckte auf den Boden, als ob er Ekel empfände.

»Und warum nicht, wenn ich fragen darf?« Brodka sah den Mann im Overall verwundert an.

»Da sind die Kranken und Siechen. Ich würde da nicht hingehen.«

Brodka überlegte, ob er die Warnung ernst nehmen sollte. Doch ihr Eindringen konnte jeden Augenblick entdeckt werden; deshalb entschloß er sich, das Gebäude zu betreten und Theodorus zu suchen.

»Ich gehe«, sagte er zu Sydow. »Sie können ja hier bleiben.«

»Unsinn«, meinte Sydow. »Natürlich komme ich mit.«

Kopfschüttelnd verschwand der Buckelige mit seiner Werkzeugkiste.

Im Inneren des Hauses herrschten Finsternis und Kühle. Die Holztreppe zum oberen Stockwerk war abgetreten und sandig und knarzte bei jedem Schritt.

»Merkwürdig«, meinte Brodka, während sie hinaufstiegen, »ich habe mir das alles ganz anders vorgestellt. Ich dachte, die würden uns nur widerwillig reinlassen. Dabei stehen alle Türen offen.«

Sydow blieb stehen und lauschte. Als er nichts hörte, ging er weiter und sagte: »Denen läuft hier keiner davon. Wohin denn?

Die armen Hunde sind froh, wenn sie etwas zu essen bekommen. Und Eindringlinge haben sie kaum zu befürchten. Es sei denn, es kommen ein paar ausgeflippte Journalisten, die sich als Mönche verkleidet haben.«

Brodka zwinkerte mit dem rechten Auge. »Wer weiß, ob die Verkleidung uns nicht doch noch von Nutzen ist. Ich gebe ja zu, im Augenblick komme ich mir auch ziemlich albern vor.«

Auf dem Treppenabsatz versperrte ihnen eine Schwingtür den Weg. Brodka war sicher, daß sie abgeschlossen war, und überlegte, wie sie sich Zutritt verschaffen könnten; aber als er die Tür antippte, gab sie nach. Er schaute Sydow ungläubig an.

Der hob bloß die Schultern.

Auf Zehenspitzen traten sie ein. Vor ihnen lag ein düsterer Gang. Es gab kein elektrisches Licht, und in der Luft lag ein abstoßender Geruch, eine Mischung aus faulem Obst und Karbol. Die Türen zu beiden Seiten hatten in Augenhöhe ausgeschnittene Fenster, durch die man in die Räume dahinter schauen konnte. Mehr als ein Bett und ein Stuhl war in den meisten Zellen nicht zu sehen. Einige standen leer, in anderen vegetierten alte, gebrechliche Männer dahin. Von Padre Theodorus keine Spur.

Brodka hatte bereits in sämtliche Zellen geäugt, als er hinter sich eine Stimme hörte: »Sind wir uns nicht schon einmal begegnet?«

Erschreckt fuhr Brodka herum. »Padre Theodorus?«

»Ah, Sie erinnern sich. Ich habe Sie beobachtet, als Sie mit dem Buckeligen redeten. In diesem Kloster kann man sich nicht vielen Gelüsten hingeben. Eigentlich ist es nur das heimliche Schauen und Lauschen.« Er leckte sich die Lippen und strich über seinen Bart. Dann musterte er Brodka spöttisch, und ebenso spöttisch meinte er: »Ehrlich gesagt, habe ich damit gerechnet, daß Sie früher oder später hier auftauchen würden. Aber diese abenteuerliche Verkleidung habe ich nicht erwartet.«

Brodka erwiderte verschämt: »Wir dachten, als Mönche würden wir hier leichter Zutritt bekommen. Dieser Bruder hier ist übrigens Andreas von Sydow vom ›Messagero‹.«

Der Padre lachte. »Mein Freund, Sie vergessen eines. Es ist nicht die Kutte, die den Ordensmann macht, sondern sein Habitus.«

»Sie sagten, Sie hätten mit meinem Kommen gerechnet«, erwiderte Brodka. »Wie darf ich das verstehen?«

Der Padre blickte nach beiden Seiten; dann öffnete er eine Tür hinter sich und zog die Besucher hinein.

Wie die übrigen Zellen war auch diese äußerst spärlich möbliert: eine Pritsche, ein Stuhl und eine an der Wand befestigte Holzplatte, die als Tisch diente. Der Mönch bot den Besuchern einen Platz auf der Pritsche an.

Über die Lehne des einziges Stuhles gebeugt, wandte Padre Theodorus sich an Brodka: »Sie waren schon auf der richtigen Fährte, damals im Campo Santo. Vermutlich hatten Sie den Eindruck, der alte Theodorus wäre nicht ganz richtig im Kopf. Ja, Sie brauchen sich nicht zu genieren, das war durchaus beabsichtigt. Ich mußte es tun. Schließlich waren Sie nicht der einzige, den das geheimnisvolle Grab beschäftigt hat.«

»Sie geben also zu, daß im Campo Santo eine Beerdigung stattfand?«

»Natürlich. Ich war ja dabei.«

Brodka blickte Sydow vielsagend an. Die Einsamkeit des Ortes hatte offensichtlich Padre Theodorus' Erinnerung beflügelt.

»Dann wissen Sie auch, wer dort bestattet wurde?«

Padre Theodorus legte den Kopf zur Seite, und zögernd meinte er: »Das nicht. Ich kann nur sagen, was ich gesehen habe.«

»Und was haben Sie gesehen, Padre?«

»Einen Leichenwagen mit Münchner Autonummer.«

»Sind Sie sicher?« rief Brodka aufgeregt.

»Ganz sicher«, erwiderte Theodorus gelassen. »Es war schon dunkel, als der Wagen das Tor beim Heiligen Officium passierte, aber das Schild konnte ich trotzdem lesen. Man hatte mich am Tag zuvor von dem Ereignis in Kenntnis gesetzt und mich zu strengster Geheimhaltung verpflichtet. Nun, so etwas passiert ja auch nicht alle Tage. Genaugenommen fand seit den fünfziger Jahren auf dem Campo Santo keine Beerdigung mehr statt. Ich habe mir zunächst keine Gedanken gemacht. Aber dann erschienen vier Mönche von einem mir unbekannten Kloster. Nachdem die Tore geschlossen waren, schaufelten sie ein Grab. Kaum waren sie mit der Arbeit fertig, fuhr das Auto aus München vor, und der Sarg verschwand in der Erde. Kein Priester, kein Gebet, keine Trauergemeinde. Nach einer Stunde war alles vorüber. Spät in der Nacht ist dann eine Gestalt an das Grab getreten und blieb bewegungslos davor stehen, gewiß eine Stunde lang. Dann verschwand sie lautlos, kam aber in der Nacht darauf wieder, und auch in der übernächsten Nacht. Dann war der Spuk zu Ende.«

»Konnten Sie erkennen, wer es war?«

Der Padre schüttelte den Kopf.

Brodka legte die Stirn in Falten. »Könnte es Kardinal Smolenski gewesen sein?«

»Das glaube ich nicht. Der Kardinalstaatssekretär ist ein auffallend kleiner Mann. Es könnte weiß Gott wer gewesen sein.«

»Sagen Sie mir noch eines«, meinte Brodka: »Warum erzählen Sie uns das alles so bereitwillig?«

»Warum?« Padre Theodorus zupfte sich an der Nase. »Ich weiß, Rache ist nicht gerade eine christliche Tugend, aber für einen wie mich die einzige Möglichkeit, der Willkür der Oberen zu begegnen.«

»Wie meinen Sie das, Padre Theodorus?«

»Sie sehen doch, was aus mir geworden ist!« Er machte eine weit ausholende Armbewegung, welche die gesamte Zelle umfaßte.

»Sie sind nicht freiwillig hierher gegangen, Padre?«

Theodorus lachte bitter. »Können Sie sich vorstellen, daß jemand freiwillig hierherkommt?«

»Kaum.«

»Sehen Sie. Die Mönche fürchten dieses Kloster mehr als den Teufel. Wer nach San Zaccaria kommt, der geht nicht mehr fort. Hierher kommt man zum Sterben. Kaum ein Tag vergeht, an dem sie nicht einen von uns hinaustragen.«

»Aber warum haben Sie das mit sich geschehen lassen?«

»Warum, warum! Man hat mich mit Gewalt in dieses Kloster gebracht. Die Generalkurie meines Ordens schickte mir zuerst einen Brief, in dem mir angekündigt wurde, daß ich meinen Dienst im Deutschen Kolleg aus Altersgründen aufgeben müsse. Ein paar Tage später erschienen zwei Krankenpfleger, die mich hierher brachten. Ich werde verrückt bei dem Gedanken, meine letzten Jahre in dieser Umgebung verbringen zu müssen.«

»Warum verschwinden Sie nicht einfach?« meldete Sydow sich zu Wort. »Das dürfte doch nicht so schwierig sein.«

Der Padre zog die Mundwinkel nach unten. Dann meinte er: »Verschwinden? Wohin denn? Ein Mönch in meinem Alter! Wie stellen Sie sich das vor? Ich habe keinen Beruf gelernt. Ich wäre hilflos. Nein, hier läuft keiner davon.«

»Und was ist der Grund für Ihre Verbannung?« wollte Brodka wissen. »Was meinen Sie?«

Theodorus spähte durch die angelehnten Fensterläden in den Innenhof des Klosters. »Es ging wohl in erster Linie darum, einen Augenzeugen aus dem Weg zu schaffen. Eine andere Erklärung habe ich nicht. Allerdings weiß ich nicht, was an einer

Beerdigung auf dem Campo Santo so verwerflich sein könnte, daß man sie vor aller Welt verheimlichen muß. Aber vielleicht können Sie mir das erklären? Sie haben sicher einen persönlichen Grund, daß Sie so hartnäckig hinter der Geschichte her sind.«

»Wenn ich Ihnen das sage«, antwortete Brodka, »halten Sie *mich* wahrscheinlich für verrückt. Ich habe jedenfalls Grund zu der Annahme, daß bei der Nacht-und-Nebel-Aktion auf dem Campo Santo meine Mutter beigesetzt wurde. Ihre Beobachtung bestätigt meine Vermutung. Meine Mutter starb in München.«

Theodorus zeigte sich weniger überrascht, als Brodka erwartet hatte. Im diffusen Licht in der abgedunkelten Zelle konnte er erkennen, daß der Padre nachgrübelte. Schließlich sagte er: »Das ist eine recht abenteuerliche Behauptung, Signore. Welchen Grund sollte es dafür geben, wenn ich fragen darf?«

Brodka nickte mutlos. »Das habe ich mich auch gefragt. Bisher habe ich jedenfalls keine Erklärung. Wüßte ich eine, wäre der Fall vermutlich gelöst.«

Vom Klosterhof drang Lärm nach oben, und der Mönch, der noch immer durch die Läden spähte, wurde unruhig.

Plötzlich drehte er sich um. »Sie müssen sofort verschwinden. Ich glaube, der Buckelige hat Sie verraten. Sehen Sie nur!«

Brodka und Sydow traten ans Fenster und blinzelten durch den winzigen Spalt, den die Flügel der Fensterläden freiließen. Im Hof scharte sich eine lärmende Meute alter Männer mit Äxten, Mistgabeln, Hacken, Dreschflegeln und Knüppeln um zwei Mönche, die sich in ihrem hellen Talar deutlich von den übrigen abhoben.

»Das sind die beiden Oberen!« erklärte Padre Theodorus besorgt. »Kommen Sie, schnell! Sie müssen weg von hier. Man darf uns nicht zusammen sehen.«

Der Padre drängte Brodka und Sydow zur Tür hinaus. Auf dem Gang nahmen sie die andere Richtung als die, aus der sie gekommen waren, und gelangten zu einer engen Wendeltreppe mit gefährlich abgetretenen Sandsteinstufen. Sie stiegen zwei Stockwerke hinauf. Mit einem Mal befanden sie sich auf der Empore der Klosterkirche, deren Campanile sie schon aus der Ferne gesehen hatten.

Ein angenehm kühler Wind wehte ihnen ins Gesicht, doch der Mönch drängte zur Eile und öffnete einen schmalen Einlaß auf der gegenüberliegenden Seite der Empore. Von hier führten hölzerne Treppen nach unten zu einem Vorraum. Aus zwei Löchern im Deckengewölbe hingen die Glockenseile.

Padre Theodorus öffnete das einzige Fenster, eine rundbogige Maueröffnung. »Hier«, sagte er und zeigte nach draußen, »es ist nicht sehr hoch, und Sie beide sind ja noch jung!«

Brodka lehnte sich über die Brüstung und blickte nach unten. Zweieinhalb Meter mochten es sein. Er zog sich die Kutte über den Kopf. Sydow tat es ihm gleich. Dann warfen sie hintereinander ihre Verkleidung aus dem Fenster.

Als Brodka dem Padre zum Abschied die Hand schüttelte, fragte er: »Sie sind doch neu hier, Padre. Woher kannten Sie diesen Fluchtweg?«

Padre Theodorus schmunzelte traurig. Aus seinen Gesichtszügen sprach Resignation. »Ich habe ihn schon am Tag nach meiner Ankunft ausgespäht. Aber inzwischen weiß ich, daß es sinnlos ist, von hier zu fliehen. Leben Sie wohl.«

Brodka schwang sich auf den Sims und ließ sich, mit den Beinen voraus, rückwärts aus dem Fenster gleiten, gefolgt von Sydow.

Unten rollten sie ihre Kutten zu einem Bündel zusammen und schlichen ein Stück im Schatten der Klostermauer entlang; dann rannten sie über die freie Ebene bis zum Waldsaum, wo sie sich schnaufend und keuchend unter einer Pinie niederließen.

»Armer Kerl«, sagte Sydow, nachdem sein Atem sich beruhigt hatte, und blinzelte zum Kloster hinüber. »Er tut mir leid.«

Brodka reagierte nicht auf Sydows Worte, sondern stocherte mit einem dürren Ast im Waldboden herum. Mit dem Ärmel wischte er sich den Schweiß von der Stirn; dann sagte er, ohne aufzusehen: »Mir auch. Aber wir wissen jetzt, was wir wissen wollten: In dem Grab auf dem Campo Santo liegt der Leichnam meiner Mutter. Daran habe ich keine Zweifel mehr.«

Sydow nickte. »Aber das ist so, als hätte Marilyn Monroe im Kreml ihre letzte Ruhe gefunden, wenn Sie diesen Vergleich entschuldigen. Warum wurde Ihre Mutter auf dem Campo Santo beigesetzt?«

»Ja, warum?« Brodka schleuderte den Ast von sich. Dann erhob er sich, nahm das Bündel mit der Kutte unter den Arm und sagte: »Kommen Sie, Sydow!«

Juliette setzte sich ins Auto und machte sich auf den Weg nach Rom. Sie kam mit dem Leihwagen gut zurecht, jedenfalls besser als mit dem Verkehr, der immer chaotischer wurde, je näher sie der Stadt kam. Und die römischen Autofahrer gebärden sich gnadenlos, sobald eine Frau am Steuer Schwächen zeigt.

Mit Hilfe eines Stadtplans erreichte Juliette nach zwei Stunden das Gebäude des »Messaggero«; eine Straße weiter fand sie sogar einen Parkplatz.

Sie hatte einen weißen, unverschämt kurzen Rock an und Schuhe mit hohen Absätzen, die ihre langen Beine noch länger erscheinen ließen. Unter dem hellen T-Shirt trug sie deutlich sichtbar nichts.

Ihr stand der Sinn nach Provokation. Sie wollte begehrliche

Männerblicke spüren, Erregung empfinden. Die letzten Wochen waren einsam und trostlos gewesen. Sie hatte viel über Brodka nachgedacht. Er war ein anderer geworden. Die Umstände hatten ihn verändert. Der einst so leidenschaftliche, lebensfrohe Mann jagte einem Phantom hinterher und hatte nichts anderes mehr im Kopf. Manchmal hatte Juliette das Gefühl, daß sie ihm völlig gleichgültig geworden war. Sie bezweifelte, daß er sie noch liebte.

Zielstrebig ging sie zum Zeitungsarchiv und kam dabei am Portier vorbei, der genußvoll die Augen verdrehte und ihr schmunzelnd hinterherschaute. Sie nahm den Lift zum 4. Stock. Erst an der Glastür mit der Aufschrift »Archivio« verließ sie ein wenig der Mut. Doch ihr Zögern währte nur kurz. Dann drückte sie die Tür auf.

Außer dem Personal hielt sich niemand im Archiv auf. Während Juliette den Blick durch den großen Raum schweifen ließ, spürte sie die Blicke der Archivarinnen auf sich gerichtet. Dann trat Claudio hinter einem Stahlschrank hervor. »Giulietta!« rief er und eilte auf sie zu.

Für die Archivarinnen war dies Anlaß genug, ihre Tätigkeit wieder aufzunehmen oder zumindest den Anschein zu erwecken. Claudio ergriff Juliettes Hand.

»Ich habe nicht damit gerechnet, daß du noch einmal kommst«, sagte er halblaut und führte sie zu seinem Arbeitsplatz.

Juliette setzte sich auf den Stuhl vor dem Schreibtisch und schlug selbstbewußt die Beine übereinander. In Wahrheit fühlte sie sich so unsicher, daß sie innerlich zitterte. Auch Claudio nahm Platz, und seine Unsicherheit war noch größer.

Eine Zeitlang schauten sich beide in die Augen – ein stummes Abtasten, ein Einschätzen der Möglichkeiten. Dann sagte Claudio mit gedämpfter Stimme: »Ich war eine Woche lang jeden Abend in unserer Trattoria, in der Hoffnung, du würdest kommen. Dann habe ich's aufgegeben.«

»Hast du wirklich damit gerechnet, daß ich wiederkomme?« Juliette blickte Claudio herausfordernd an.

»Ich habe es gehofft, und da greift man nach jedem Strohhalm.«

Juliette lächelte und ließ den Blick über die Schreibtische mit den Monitoren schweifen. »Ich weiß«, sagte sie schließlich. »Das Gefühl kenne ich.« Sie richtete den Blick wieder auf Claudio und fügte nach kurzem Zögern hinzu: »Deshalb bin ich hier. Ich wollte dich sehen.«

Claudios Augen blitzten wie zwei dunkle Perlen. Er blickte auf die Uhr und erkundigte sich vorsichtig: »Hast du ein bißchen Zeit für mich?«

Juliette nickte.

»Paß auf«, sagte Claudio, »ich mache in einer halben Stunde Schluß. Wir treffen uns in unserem Lokal auf der Piazza Navona. Abgemacht?«

»Abgemacht.«

Juliette erhob sich, und Claudio warf ihr mit zwei Fingern einen Kuß zu.

Auf dem Weg nach unten verspürte Juliette die Erregung, dieses Kribbeln, dieses Verrücktspielen der Gefühle, das sie so sehr vermißt hatte. Warum, in aller Welt, sollte sie sich dagegen wehren, wenn Brodka sie nicht mehr begehrte?

Claudio wartete bereits, als Juliette in der Trattoria eintraf. Die Parkplatzsuche hatte diesmal mehr Zeit in Anspruch genommen.

»In Rom gibt es nur ein vernünftiges Transportmittel, und das ist die Lambretta!« Claudio strahlte übers ganze Gesicht und hauchte Juliette einen Kuß auf die Wange. »Hier habe ich eine Woche lang jeden Abend auf dich gewartet«, meinte er, als Juliette an dem Tisch Platz nahm, an dem sie bei ihrem ersten Treffen gesessen hatten. »Dann dachte ich, es ist alles aus.«

»Das hast du dir selbst zuzuschreiben«, erwiderte Juliette.

»Ich weiß.« Claudio malte verlegen mit dem Zeigefinger auf der Tischdecke. »Ich habe einen großen Fehler gemacht, und dafür gibt es keine Entschuldigung. Bist du sehr böse, Giulietta?«

»Ja.«

»Das Mädchen im Treppenhaus war eine *puttana,* weißt du. Eine von den vielen ›Schauspielerinnen‹ und ›Models‹, die einsamen Herren für gutes Geld die Zeit vertreiben.«

Juliette musterte Claudio mit belustigtem Blick. »Und das mußte sein?«

Claudio hob die Schultern. »Ich war verzweifelt, als du gesagt hast, daß es zwischen uns aus ist. Sie war da, und sie war willig, und außerdem war ich betrunken. Sonst trinke ich nie.« Er schluckte.

Der Ober kam, und sie gaben ihre Bestellung auf: Juliette einen Salatteller. Claudio Pasta. Dazu Aqua minerale.

»Wie ist es dir in der Zwischenzeit ergangen?« fragte Claudio.

»Es ist viel passiert, seit wir uns zuletzt gesehen haben. Die Bilder aus meiner Galerie in München sind wieder aufgetaucht. Sie wurden sorgfältig verpackt in meiner Pension abgegeben.«

»Das ist ja fantastisch!«

»Ja, aber leider hatte die Sache einen Haken. Ein Anrufer stellte zwei Bedingungen. Wir sollten aus Rom verschwinden, und sie wollten die Mikrokassetten zurückhaben, in deren Besitz wir durch Zufall gelangt sind. Du erinnerst dich?«

»Natürlich. Wie ich sehe, seid ihr auf die Forderungen nicht eingegangen.«

»Stimmt.«

»Das ist gefährlich, Giulietta! Erst gestern wurde der Museumswächter Bruno Meinardi verhaftet. Das meldeten heute die Nachrichtenagenturen.«

»Verhaftet? Aus welchem Grund?«

»Er wollte auf einer Bank 25 Millionen Lire einzahlen – Falschgeld. Die Vatikan-Mafia steckt dahinter, jede Wette.«

Vom Brunnen auf der Piazza näherte sich ein Mann, den Juliette kannte und der seiner auffälligen Erscheinung wegen alle Blicke auf sich zog: Paul Sperling. Er trug wie immer einen Hut und ein weites Hemd, das über die Hose fiel, darüber eine Kette mit einem großen Medaillon.

Juliette genierte sich ein wenig, weil sie schon wieder in Gesellschaft eines anderen Mannes war. Sie wußte nicht, ob es Absicht oder Zufall war, daß Sperling von der Seite statt von vorn auf seinen Tisch zusteuerte, so daß er nicht an ihr und Claudio vorüber mußte. Jedenfalls nahm er in der hintersten Ecke Platz und wandte ihnen den breiten Rücken zu, als wollte er andeuten, daß es ihn überhaupt nicht interessierte, mit wem Juliette sich hier aufhielt.

Claudio bemerkte Juliettes Interesse an dem Schriftsteller, enthielt sich aber jeder Bemerkung. Vorsichtig legte er seine Hand auf die ihre und meinte: »Was muß ich tun, um dir meine Liebe zu zeigen, Giulietta?«

Seine Worte wirkten rührend, wenngleich sie vermutlich geschwindelt waren. Immerhin gab der Junge sich alle Mühe, sie zurückzugewinnen, und das tat Juliette gut. Sie ließ ihre Hand in der seinen und schaute ihn lange und schweigend mit großen dunklen Augen an. »Ich möchte ...«, sagte sie. Weiter kam sie nicht, da der Ober ihre Bestellung servierte.

Ohne seine Pasta zu beachten, fragte Claudio: »Was möchtest du, Giulietta?«

»Ich möchte mit dir schlafen«, antwortete Juliette, als wäre es die selbstverständlichste Sache der Welt. Sie sprach so laut, daß

Claudio den Blick nach allen Seiten wandte, ob sie jemand gehört hatte.

»Und zwar sofort«, fügte Juliette hinzu.

Claudio blickte sie an. Dann schob er den Teller beiseite, legte zwei Scheine auf den Tisch und sagte: »Komm!«

Vor dem Lokal stiegen sie auf die Lambretta. Juliette hielt sich mit beiden Armen an Claudio fest, während er seinen Roller durch den dichten abendlichen Verkehr zu seiner Wohnung in Trastevere steuerte. Oben angelangt, schloß Claudio die Tür auf, trug Juliette über die Schwelle und gleich bis ins Schlafzimmer. Dann ließ er sich mit Juliette im Arm auf das breite Bett fallen.

Sie stöhnte vor Wonne, als Claudio sie behutsam auszog. Er kam ihr vor wie ein kleiner Junge, der ein Geschenk auspackt und den Inhalt längst kennt, was seine Freude aber nicht im geringsten schmälert – im Gegenteil.

Claudio fuhr mit den Lippen über Juliettes nackten Körper, wobei er keine Stelle ausließ. Juliette bäumte sich auf, als er zwischen ihren Schenkeln angelangt war.

»Komm!« flüsterte sie ungeduldig. »So komm doch endlich!«

Sie liebten sich mit unbändiger Leidenschaft. Dann lagen sie keuchend, mit bebenden Leibern nebeneinander.

Juliette fand zuerst die Sprache wieder: »Du hast soeben eine Witwe glücklich gemacht.«

Claudio richtete sich auf und schaute sie verständnislos an. »Was meinst du damit, Giulietta?«

»Du hast richtig gehört. Ich bin Witwe. Mein Mann hat sich umgebracht.«

»Ich dachte, dein Mann ist gelähmt und sitzt im Rollstuhl.«

Juliette nickte. »Wer sein Leben verschleudern will, findet immer einen Weg.«

»Das tut mir leid für dich«, sagte Claudio; dann nahm er allen

Mut zusammen und fragte: »Und dieser Brodka? Liebst du ihn noch immer?«

Juliette schwieg, doch Claudio deutete ihr Schweigen richtig. Dann stellte er eine schlichte Frage, die Juliette sich eigentlich längst hätte selbst stellen müssen.

»Und wie soll es mit uns weitergehen?«

Juliette schaute Claudio lange an; dann wandte sie den Blick über die Dachterrasse. In der Dämmerung funkelten die Lichter der Stadt.

Sie wußte keine Antwort.

Der Raum war fensterlos und hoch, daß man kaum die Decke sehen konnte, was ihm etwas Unheimliches verlieh. Im Unterschied zu allen anderen Räumen im Vatikan besaß er keinen Namen, jedenfalls keinen so vornehmen wie die Sala delle Muse, das Gabinetto del Canova oder die Sala degli Indirizzi. Die wenigen Personen, denen dieser geheime Raum bekannt war, nannten ihn bloß Sala senza Nome, Raum ohne Namen, und das hatte seinen Grund.

Leo X., der macht- und prachtbesessene Medici-Papst, hatte diesen Raum, der durch mehrere Anbauten zwischen zwei Außenmauern entstanden war, erweitern und mit schlüpfrigen Fresken ausmalen lassen. Zu seiner Erbauung und der seiner Freunde tummelten sich an den Wänden nackte Frauen in unzüchtiger Haltung, was Leos Nachfolger veranlaßte, die sündhaften Darstellungen mit Kalk zu übertünchen.

Doch der Kalk hielt nicht auf der Sünde; er blätterte ab wie gute Vorsätze und gab bald wieder den Blick frei auf die Frivolitäten, so daß Leos Nachfolger sich entschloß, den Zugang der Sala senza Nome zumauern zu lassen. Der namenlose Raum geriet in Vergessenheit und ist bis heute in keinem Plan verzeichnet.

Wie Kardinalstaatssekretär Smolenski den Raum entdeckte, blieb ein Geheimnis – wie vieles andere, das ihn umgab. Da die Sala senza Nome keine Fenster und nur einen Zugang besaß, benutzte Smolenski den Raum für Zusammenkünfte ganz besonderer Art, die nie vor Mitternacht begannen, da der Kardinal dann sicher sein konnte, niemanden anzutreffen, der hier nichts zu suchen hatte.

Vor dem schmalen Eingang, den eine schmucklose Eisentür verschloß, hatten sich zwei große schwergewichtige Diakone aufgebaut. Irgendwie paßten sie nicht recht in ihre frischgebügelten Talare. Ihre Aufgabe bestand darin zu kontrollieren, wer zur Teilnahme an der Gesprächsrunde berechtigt war.

Zu diesem Zweck hatte der Mann, der sich Belphegor nannte, ein raffiniertes System ersonnen. Da nicht alle Mitglieder zu jeder Zusammenkunft geladen waren, gab er telefonisch ein Codewort aus der Heiligen Schrift aus. Diesmal war es Matthäus 10, Vers 17.

Belphegor mochte ein Teufel sein, aber ein bibelfester Teufel. Er warf mit Zitaten nur so um sich, was freilich nicht bedeutete, daß er sie ernst nahm. Im Gegenteil, meist machte er sich darüber lustig, und auch Matthäus 10,17 hatte eher eine zynische Beziehung zur Wirklichkeit. Der Vers lautet nämlich: ›Nehmt euch in acht vor den Menschen; denn sie werden euch den Gerichten übergeben ...‹

Um in den namenlosen Saal eingelassen zu werden, flüsterte jeder Teilnehmer einem der beiden Diakone: »Matthäus 10,17« ins Ohr. Die Männer – es handelte sich ausschließlich um Männer – waren allesamt schwarz gekleidet, jedoch keineswegs klerikal: Sie trugen schwarze Zweireiher, handgeschneidert wie eine Uniform, dazu schwarze Krawatten oder weiße Stehkragen.

Die Männer redeten sich nicht mit ihren richtigen Namen an.

Es war, als fühlten sie sich in einer anderen Welt. Wie immer erschien Smolenski als einer der ersten, und wie immer trug er statt seiner Kardinalstracht einen eleganten schwarzen Anzug. Diesmal hatte er seinen Sekretär Polnikov bei sich.

Äußerst erregt und mit hochrotem Gesicht nahm er an einem langen, schmalen schwarzen Tisch Platz, der in der Mitte des kahlen Raumes stand und von wuchtigen Kandelabern beleuchtet wurde.

Für gewöhnlich legte Smolenski Wert auf die Anrede »Eminenza«, doch im Raum ohne Namen hätte er jeden zur Schnekke gemacht, der ihn nicht mit seinem Decknamen angeredet hätte: Asmodeus.

Der Mann zu seiner Rechten, Baalzebuth, hieß in Wahrheit Pietro Sadona, war von Beruf Kardinal, Präfekt der Kongregation für die Glaubenslehre und überdies ein Freund von Belphegor. Ein Freund im Geiste, wohlgemerkt, denn wahre Freundschaften waren innerhalb der Organisation verpönt.

Ihm gegenüber setzte sich ein weiterer Kardinal, Enrico Fiorenzo, Präfekt der Kongregation für die Evangelisierung der Völker, ein buckliger Mann mit stechenden Augen. Er trug den Decknamen Nergal.

Aus gutem Grund blieb der Platz neben ihm leer, denn hier hatte früher Kardinal Sherman gesessen. Was dem Monsignore auf dem Stuhl gegenüber sichtliches Mißbehagen bereitete; er starrte unentwegt auf die Tischplatte und verzog dabei das Gesicht zu einer Grimasse, als hätte er Schmerzen. In der Runde trug er den Namen Belial; sein richtiger Name war Monsignore Pietro Cibo und sein Beruf Pressesprecher des Vatikans.

Neben Belial fand sich Apollyon ein. Apollyon hieß eigentlich Enrico Polzer und war Leiter einer Fälscherwerkstatt mit fünf Angestellten. Enrico hatte während Palmezzanos Gefängnisaufenthalt dessen Aufgabe übernommen und sich als exzellenter Könner erwiesen.

Der Mann ihm gegenüber war kein Unbekannter: Alberto Fasolino, der sich hier Moloch nannte.

Schließlich betrat Adrammelech den namenlosen Raum, besser bekannt als Professore Andrea Lobello und Gesundheitlicher Direktor im Vatikan. Er setzte sich neben einen ernst blickenden Herrn.

Dieser Mann war Monsignore Giovanni Battista Lombado, Professor für Theologie und als solcher Mitglied der Glaubenskongregation, gefürchtet wegen seiner Scharfzüngigkeit und der Waffe, die er stets bei sich trug. Denn Lombado fürchtete sich. Fragte man ihn vor wem, blieb er die Antwort schuldig. Hinter vorgehaltener Hand aber nannte er den obersten aller Teufel, Lucifer höchstselbst, der ihm, wie Lombado oft und vehement versicherte, in jungen Jahren begegnet sei, was ihn veranlaßt habe, die geistliche Laufbahn einzuschlagen. Sein Deckname in der Organisation lautete Lucifuge.

Nachdem bis auf zwei alle Plätze besetzt waren, wurde es verhalten still. Einige Köpfe wandten sich der Tür zu. Dann erschien Kurienkardinal Sperling mit einem Stoß Akten unter dem Arm. Hinter ihm wurde die Tür geschlossen.

Sperling ähnelte seinem Bruder Paul wie ein Ei dem anderen, auch was die Leibesfülle betraf, und doch war er anders. Der Kurienkardinal trug einen schwarzen, maßgeschneiderten Zweireiher und einen steifen, weißen Kragen, wie Paul, der Schriftsteller, ihn nie getragen hätte. Seine Bewegungen waren, im Unterschied zu denen seines Bruders, dynamisch und flink, sein Blick stechend und zynisch.

Sein Deckname war Belphegor.

Eilig steuerte er auf den leeren Platz an der Stirnseite des Tisches zu. Kaum hatte er Platz genommen, polterte er los:

»Manchmal glaube ich, ich bin von Idioten umgeben. Pannen, nichts als Pannen! So werden wir unser Ziel nie erreichen. Adrammelech, wer ist für den Giftanschlag auf den Großpönitentiar verantwortlich?«

Verlegen rückte der Professor seine dunkle Krawatte zurecht; dann erwiderte er: »Ich weiß es nicht, Belphegor, ich weiß nur, es war ein Anschlag mit Blausäure. Das Gift befand sich im Meßwein.«

»Der Anschlag galt mir!« ereiferte sich Smolenski. »Regulär hätte ich an diesem Morgen die Messe gelesen. In unseren Reihen sitzt ein Mörder!«

»Unsinn!« schimpfte Nergal, der bucklige Kardinal mit dem stechenden Blick. »Wer sollte Interesse daran haben, Sie zu töten? Nehmen Sie Ihre Anschuldigung zurück, oder ...«

»Das werde ich nicht tun!« rief Smolenski erregt, »jedenfalls so lange nicht, bis der Giftmord aufgeklärt ist.«

Kardinal Sperling hob beschwichtigend die Hand. »Es wird keine Aufklärung geben, jedenfalls keine offizielle. Das wäre viel zu gefährlich für uns. Adrammelech, wie lautet die offizielle Todesursache?«

»Herzversagen, Belphegor. Und das ist nicht einmal gelogen.«

»Und wie hat die Presse den Fall behandelt?« fragte Kardinal Sperling an Monsignore Cibo gewandt.

»Positiv. Ich meine, in keinem Blatt wurde auch nur der Verdacht ausgesprochen, der Großpönitentiar könnte eines unnatürlichen Todes gestorben sein. Den meisten Zeitungen war der Kardinal nur eine einspaltige Meldung wert. Er war weder bekannt noch beliebt und obendrein Amerikaner.«

Doch Kardinal Smolenski wollte sich nicht beruhigen: »Wir reden über einspaltige Zeitungsmeldungen, und dabei sitzt vielleicht ein Mörder hier am Tisch!«

»Asmodeus, ich muß doch sehr bitten!« ermahnte Kardinal Sperling den Unruhestifter. »Schweigen Sie, wenn Sie keine Beweise haben.«

»Er wird es wieder versuchen. Vielleicht sind Sie dann sein Ziel, Belphegor!«

Sperling warf Smolenski einen wütenden Blick zu. »Es wäre besser, Asmodeus, Sie würden der Realität sachlicher ins Auge blicken.«

»Realität! Man wollte mich vergiften! *Das* ist die Realität!«

Sichtlich genervt blickte Kurienkardinal Sperling in die Runde. »Kann jemand von Ihnen etwas zur Lösung des Falles beitragen?«

Professore Lobello hob die Hand. »Dieser Sakristant, Padre Fernando Cordes, hat sich merkwürdig aufgeführt. Ich halte ihn nicht für einen Giftmörder, aber für einen Mitwisser.«

»Und wie kommen Sie zu Ihrer Annahme?«

»Wenn ich mich recht entsinne, nahm Padre Cordes den Tod des Amerikaners zunächst sehr gelassen auf, viel ruhiger als die anderen Augenzeugen. Erst nachdem ich den Padre davon in Kenntnis gesetzt hatte, daß der Kardinal an Gift gestorben war, fing er am ganzen Leib zu zittern an und beteuerte, er habe nichts mit der Sache zu tun.«

»Und weiter?« wollte Kardinal Sperling wissen.

»Nichts weiter, Belphegor.«

Der schüttelte verständnislos den Kopf. »Dann verstehe ich nicht, worauf Sie hinauswollen. Wie hätte der arme Kerl sonst reagieren sollen? Er fühlte sich schuldig, weil er den Meßwein abgefüllt hat!«

»Jedenfalls gibt es keinen Zweifel«, Smolenski ließ nicht lokker, »daß der Anschlag nicht Sherman galt, sondern mir. Ich fordere eine ordentliche Untersuchung!«

»Und wer soll die Untersuchung führen? Vielleicht die römische Kriminalpolizei? Sie wissen, daß ein Verbrechen auf dem Territorium des Vatikanstaates nicht der italienischen Gesetzgebung untersteht.«

»Darauf brauchen Sie mich nicht hinzuweisen, Belphegor! Als Kardinalstaatssekretär ist mir der Sachverhalt durchaus geläufig.«

»Wollen Sie aus dem tragischen Fall einen Skandal machen? Es gibt schon genug Journalisten, die ihre Nasen in unsere inneren Angelegenheiten stecken. Diese Schnüffler sind eine große Gefahr für uns. Muß ich deutlicher werden? Wie ist eigentlich der neueste Stand der Dinge im Fall Brodka?«

Smolenski blickte betroffen und antwortete ausweichend: »Wir machen gute Fortschritte, Belphegor. Wir haben alles im Griff.«

Kardinal Sperling vergrub das Gesicht in den Händen, um seinen Zorn zu verbergen. Es war kein Geheimnis, daß Sperling und Smolenski sich nicht ausstehen konnten, was zum einen in ihrem unterschiedlichen Charakter begründet lag und zum anderen darauf zurückzuführen war, daß beide sich als Widersacher bei ein und demselben Vorhaben betrachteten.

»Wo befinden sich die Kassetten?« fragte Kardinal Sperling, dem deutlich anzumerken war, wie sehr er seine Wut zügelte.

»Die Sache ist schiefgegangen«, erwiderte der Kardinalstaatssekretär. »Aber es war nicht meine Schuld!«

»Natürlich nicht«, erwiderte Sperling spöttisch.

»Die Bandaufnahmen sind noch immer im Besitz dieses Reporters.«

»Brodka?«

Smolenski nickte heftig und warf Alberto Fasolino einen Blick zu, er möge ihm bei der Erläuterung der Sachlage zur Seite stehen.

»Ja, so ist es«, erklärte Fasolino. »Wir haben Brodkas Lebensgefährtin, dieser Galeristin, die vertauschten Bilder zurückgegeben. Anonym, versteht sich. In dem Paket waren zwei Flugtickets nach München. Die beiden standen bis zum Abflug unter Beobachtung. Leider ist Brodka unserer Forderung, im Austausch gegen die Bilder die Kassetten zurückzugeben, nicht nachgekommen.«

Da sprang Kurienkardinal Sperling von seinem Platz auf. Er verschränkte die Hände hinter dem Rücken und stampfte mit schweren Schritten durch den Raum ohne Namen. Alle Anwesenden erwarteten nun einen seiner gefürchteten Wutausbrüche, bei denen Sperling – wobei ihm sein körperliches Volumen zugute kam – loszubrüllen pflegte, daß das Echo von den Wänden widerhallte.

Aber nichts geschah. Der Kurienkardinal wurde nur blaß, und an Smolenski gewandt fragte er: »Die beiden haben Rom also verlassen?«

»Ganz sicher, Belphegor.«

Nachdem er lange genug auf und ab gegangen war und sich beruhigt hatte, nahm Kurienkardinal Sperling seinen angestammten Platz wieder ein. »Dieser Brodka und seine Geliebte wissen natürlich, was sie mit den Kassetten in der Hand haben. Wie konnten diese Bandaufnahmen in falsche Hände gelangen?«

Smolenski schaute Alberto Fasolino an, worauf der sich räusperte und sagte: »Es gibt überall schwarze Schafe, vor allem beim Hauspersonal. Mein treuloser, korrupter Hausdiener hat mir die Kassetten entwendet. Ich bin überzeugt, er wußte nicht einmal, was er in seinen Besitz brachte. Doch der Allerhöchste hat ihn bestraft. Arnolfo Carracci ist tot.«

Kardinal Enrico Fiorenzo schickte sich an, ein schwungvolles Kreuzzeichen über Stirn und Brust zu schlagen, doch als er plötzlich aller Augen auf sich gerichtet sah, brach er die Zeremonie auf halbem Wege ab, senkte den Kopf und blickte verschämt auf die Tischplatte.

Er schreckte hoch, als Sperling mit der Faust auf den Tisch schlug und sagte: »Ich will die Kassetten hier auf dem Tisch sehen! Und zwar alle, bevor unsere Gegner unsere Pläne zerstören. Wie viele sind es?«

»Zwanzig«, antwortete Fasolino. »Aber die Aufnahmen enthalten nur verschlüsselte Namen und Termine. Ich glaube nicht, daß irgend jemand außerhalb unseres Kreises damit etwas anfangen kann.«

»Sind auch Interna über das Projekt ›Urbi et Orbi‹ drauf?«

»Ja, Belphegor.«

Kurienkardinal Sperling biß sich auf die Unterlippe. Dann wandte er sich Smolenski zu und fragte: »Wie weit sind Ihre Planungen in dieser Sache fortgeschritten, Asmodeus?«

Umständlich fingerte der Kardinalstaatssekretär eine seiner billigen Zigarren aus der Innentasche seines Anzugs, biß das Ende ab und antwortete, während er in der Hosentasche nach Streichhölzern wühlte: »Die Explosion meines Wagens hat unsere Pläne durcheinandergeworfen.«

»Wie konnte das überhaupt passieren?«

»Dagegen ist man nie gefeit«, erklärte Monsignore Lombado, alias Lucifuge, mit einer Stimme, als wäre er gerade aufgewacht. »Es war bestimmt das Werk eines Verrückten. Bisher hat die Polizei keine Spur eines Täters gefunden.«

»Man will mich mit allen Mitteln beseitigen«, sagte Smolenski. »Was habe ich nur getan?«

Das klang so unschuldig, daß es den anderen in der Runde für einen Moment die Sprache verschlug.

Bis auf Kardinal Sperling. »Und der Leonardo im Kofferraum Ihres Wagens, Asmodeus?«

Unwillig preßte Smolenski den Rauch seiner Zigarre durch

die Lippen. »Der Anschlag hat uns zehn Millionen Dollar gekostet. Aber dafür bin ich am Leben geblieben.«

Kurienkardinal Sperling grinste zynisch. »Dann trifft meine Vermutung also zu, daß es sich bei dem Leonardo in Ihrem Kofferraum um ein Original handelte und nicht, wie in der Öffentlichkeit verbreitet, um eine Kopie. Fahren Sie öfter mit einem Leonardo im Kofferraum spazieren, Asmodeus?«

»Unsinn. Ein verrückter reicher Japaner wollte das Gemälde eine Stunde später abholen. Ich habe den Wagen absichtlich ein Stück von meiner Stadtwohnung entfernt geparkt. Dort sollte der Austausch stattfinden: Leonardo im Packpapier gegen zehn Millionen Dollar in einem Reisekoffer. Die Sache war so aberwitzig eingefädelt, daß niemand bemerkt hätte, was da abgelaufen wäre.«

Kardinal Sperling strich sich mit der Hand über das bärtige Kinn. Dabei verzog er das Gesicht, als käme ihm ein widerwärtiger Gedanke. Dann sagte er, ohne Smolenski aus den Augen zu lassen: »Das bringt mich auf die Frage, Asmodeus, wie viele Gemälde in den Vatikanischen Museen sind eigentlich noch Originale?«

Die Frage traf Smolenski unerwartet. Er versuchte Sperlings Blick auszuweichen, doch der verharrte auf ihm wie ein Löwe vor der erlegten Beute. »Nun?« drängte der Kurienkardinal.

»Schwer zu sagen«, erwiderte Smolenski zögernd. »Naturgemäß gibt es kein Verzeichnis darüber. Aber Sie können davon ausgehen, daß die großformatigen Werke der alten Meister und die Fresken in den Stanzen noch allesamt echt sind. Bedenken Sie, Belphegor, vorläufig sind die Gemälde unsere wichtigste Einnahmequelle. Vom Peterspfennig allein vermag nicht einmal der Stellvertreter diese ganze Organisation aufrechtzuerhalten.«

»Und der Coup mit dem Leonardo diente nur dazu, unsere Konten aufzufüllen.«

»Ja, natürlich, wozu sonst?«

Kardinal Sperling wandte den Blick theatralisch zur Decke und murmelte kaum verständlich vor sich hin: »Na ja, man hätte den Erlös ja auch für sich behalten können ...«

Smolenski, der Sperlings Bemerkung sehr wohl verstanden hatte, sprang auf, zeigte mit einer heftigen Armbewegung auf den Kurienkardinal und rief: »Belphegor, ich fordere Sie auf, diese Anschuldigung zurückzunehmen. Anderenfalls betrachten Sie mich ab sofort als Ihren Feind.«

Sperling grinste über Smolenskis gestelzte Worte. »Hören Sie zu, Asmodeus. Ich habe nicht behauptet, daß Sie mit dem Coup in die eigene Tasche wirtschaften wollten. Ich wollte nur andeuten, daß diese Möglichkeit bestand ...«

»Das lasse ich mir nicht bieten!« geiferte Smolenski. »Auch nicht von Ihnen, Belphegor! Ich bin Kardinalstaatssekretär!«

»Solange Sie nicht behaupten, daß Sie der liebe Gott sind ...«, murmelte Kardinal Sperling und machte eine wegwerfende Handbewegung.

Bevor der Streit zwischen den beiden ausuferte, ergriff Kardinal Pietro Sadona, der ultrakonservative Präfekt der Kongregation für die Glaubenslehre, das Wort und mahnte zur Einheit im Geiste. »Fratres«, rief er auf lateinisch und mit weit ausgebreiteten Armen, »meidet die Zwietracht, denn nur vereint können wir unser großes Ziel erreichen. Ich flehe euch an, laßt eure persönlichen Animositäten aus dem Spiel!«

Der Kardinalstaatssekretär drückte seine angerauchte Zigarre an der Tischkante aus und ließ den Stumpf in seiner Jackentasche verschwinden. Dann sagte er mit ernster Stimme: »Wenn ich nicht mehr das Vertrauen der Mehrheit genieße, bin ich gerne bereit, meinen Stuhl in diesem Kreis zu räumen.«

Da brach unter den Anwesenden Unruhe aus, da sie Smolenskis Worte für bare Münze nahmen. In Wahrheit war der Gedanke für Smolenski so unvorstellbar wie die leibhaftige Aufnahme der Jungfrau Maria in den Himmel.

Kurienkardinal Sperling sah sich jedenfalls in einer Zwickmühle; deshalb rang er sich die Entschuldigung ab, es täte ihm leid und er habe nicht vorgehabt, Asmodeus zu beleidigen. »Aber nun zur Sache!«

Der Kardinalstaatssekretär entfaltete auf dem Tisch einen Plan, der, unschwer zu erkennen, den Grundriß der Vatikanstadt wiedergab.

Neugierig beugten sich die schwarzgekleideten Männer über das Papier. Smolenski beschrieb mit dem Zeigefinger einen Kreis über dem Petersplatz. »Die Operation ›Urbi et Orbi‹ beginnt exakt zwei Wochen vor Ostern, also übermorgen, und zwar hier an dieser Stelle.« Smolenski machte mit dem Finger auf der linken Hälfte der Kolonnaden Halt, genau beim siebten Heiligenpaar auf der Balustrade. »In der Nacht zum Passionssonntag werden die Heiligen Nummer dreizehn und vierzehn eine Himmelfahrt antreten, verursacht durch eine Explosion. Tut mir leid, es geht nicht anders. Am darauffolgenden Montag werden Bauarbeiter die Trümmer beseitigen und an der Stelle ein Gerüst mit zwei übereinanderliegenden Plattformen errichten. Das Ganze soll den Eindruck vermitteln, als würde umgehend mit der Wiederherstellung der Skulpturen begonnen. In Wahrheit dient die untere Plattform zur Installierung eines automatischen Gewehrs. Mit dieser Aufgabe ist mein Sekretär Polnikov betraut. Er wird Ihnen die Einzelheiten erklären. Polnikov ist absolut vertrauenswürdig. Ich bürge für seine Zuverlässigkeit.«

Polnikov beugte sich über den Tisch und erläuterte den Plan. »In Luftlinie beträgt die Entfernung vom siebten Heiligenpaar bis zur Mittelloggia von St. Peter exakt 108 Meter. Das russisches Gewehr Tokarev LZ 803 ist für Entfernungen zwischen hundert und zweihundert Metern konstruiert. Es sieht übrigens nicht wie ein Gewehr aus, eher wie ein länglicher Werkzeugkoffer. Mit dem eingebauten Zielfernrohr beträgt die Justiergenauigkeit auf diese Entfernung plus minus vier Zentimeter. Ein fantastischer Wert. Das Gerät wurde vom KGB während des Kalten Krieges entwickelt und für mehrere spektakuläre Attentate eingesetzt. Offiziell starben alle Opfer an Herztod. Das Tokarev-Gewehr wird nämlich nicht mit gewöhnlichen Patronen geladen, sondern mit Explosionsgeschossen, deren drei Millimeter große Spitze mit N3 gefüllt ist und nach dem Einschlag detoniert. N3 ist ein von den Russen entwickeltes Super-Gift. Drei Milligramm dieser Substanz genügen, um ein Pferd in zwei Sekunden zu töten. Die Spitze enthält fünf Milligramm. Am Körper des Zielobjekts wird höchstens ein kleiner roter Punkt sichtbar sein, kaum so groß wie ein Muttermal.«

Kurienkardinal Sperling lauschte gespannt Polnikovs Ausführungen. Die Kälte und Präzision, mit der er den Ablauf des Attentats schilderte, war faszinierend und beängstigend zugleich. »Wie sind Sie in den Besitz dieser Wunderwaffe gelangt, Polnikov?«

»Ich bekam sie aus erster Hand«, erwiderte der Sekretär, ohne von dem Plan aufzublicken, »von einem KGB-Spion. War nicht billig – eine halbe Million.«

»Lire?«

»Dollar! Ich bitte Sie! Bei solchen Objekten gibt es nur eine Währung – amerikanische Dollar.«

Kurienkardinal Smolenski mischte sich ein. An Sperling gewandt meinte er: »Sehen Sie jetzt, wie sinnvoll wir den Erlös aus den verkauften Gemälden investieren?«

Polnikov überging Smolenskis Bemerkung und ergänzte: »In dem Preis ist allerdings die Funkfernsteuerung enthalten. Und diese Funkfernsteuerung hat eine Leistung von zehn Watt. Das bedeutet, Sie können das auf der Plattform installierte Gewehr aus einer Entfernung von drei bis fünf Kilometern vom Tatort auslösen.«

Der Sekretär langte in seine Jackentasche und holte ein daumendickes Etwas hervor. Er legte es auf den Tisch und sagte: »Das ist der Sender, mit dem der Schuß ausgelöst wird. Ein leichter Druck auf das eine Ende und – peng!« Die Augen Polnikovs leuchteten wie der Stern von Bethlehem.

»Wenn ich Sie recht verstehe, Polnikov« – Kurienkardinal Sperling machte ein nachdenkliches Gesicht –, »brauchen wir für das Attentat gar keinen Schützen ...?«

»Natürlich nicht!« Polnikov gab Smolenski einen Wink. Der entnahm seinen Unterlagen einen Stoß Fotos und reihte sie neben- und untereinander auf. »Das sind Pressefotos vom Ostersegen ›Urbi et Orbi‹ in den letzten zwanzig Jahren. Wie deutlich zu sehen ist, steht die Zielperson, auch der Vorgänger, auf allen Bildern beinahe zentimetergenau an derselben Stelle. Vergleichen Sie den beidseitigen Abstand zur Tür, zu den Säulen und Pilastern – er ist auf allen Fotos der gleiche. Das bedeutet, das Tokarev-Gewehr kann bereits einen oder zwei Tage vor dem Tag X auf der unteren Plattform festgeschraubt, mit Hilfe des Zielfernrohres justiert und mit der N3-Patrone geladen werden. Mit einer Plane abgedeckt, ist das LZ 803 so unsichtbar wie der Heilige Geist.«

»Genial!« bemerkte Kurienkardinal Sperling anerkennend. »Bleiben nur noch zwei Fragen: Wer soll den Schuß wann auslösen?«

Da erhob sich Kardinalstaatssekretär Smolenski und legte die Hände ineinander, als wollte er eine Ansprache halten. Doch er sagte nur ein Wort: »Ich.«

Sperling zeigte sich nicht überrascht, stellte Smolenski jedoch die Frage: »Und wo werden Sie sich dabei aufhalten?«

»Ich werde mich nicht gut fühlen und die Übertragung in meinem Büro im Fernsehen verfolgen. Sobald die Zielperson ihre Position einnimmt, drücke ich auf den Knopf.«

Kurienkardinal Sperling blickte zu Smolenskis Sekretär hinüber. »Ist das technisch sicher?«

»So sicher wie das Amen in der Kirche«, antwortete dieser.

Kapitel 15

Spät am Abend kehrte Juliette nach Nemi zurück. Nachdem die Leidenschaft verflogen war, verspürte sie Gewissensbisse. Sie hatte sich sogar Ausreden für ihr spätes Kommen zurechtgelegt. Doch als Brodka erfuhr, daß sie den Tag in Rom verbracht hatte, erkundigte er sich sofort, ob sie etwas Neues erfahren habe.

»Leider nicht. Und du?« erkundigte Juliette sich vorsichtig. »Warst du erfolgreich?«

Brodka rieb sich das Kinn. »Immerhin haben wir diesen Padre vom Campo Santo gefunden. Sie haben ihn in ein Altersheim für Mönche abgeschoben.«

»Warum?« fragte Juliette.

»Weil irgend jemand ihn aufs Abstellgleis schieben wollte. Alles spricht dafür, daß es wirklich meine Mutter ist, die auf dem Campo Santo beigesetzt wurde. Der Padre behauptet, er habe die Beisetzung mit eigenen Augen gesehen. Und das ist wohl auch der Grund für seine Verbannung in die Sabiner Berge.«

»Was weiß dieser Mönch?«

»Immerhin soviel, daß ein Leichenwagen mit Münchner Kennzeichen vorfuhr.«

»Und du meinst, das ist Beweis genug?«

»Ja. Bleibt nur die Frage nach dem Warum.«

»Hast du schon mal daran gedacht, daß deine Mutter Smolenskis Geliebte gewesen sein könnte? Ich meine, zu einer Zeit, als er noch kein Kardinal war.«

»Das ist doch absurd! Meine Mutter bezeichnet Smolenski in einem ihrer Briefe als Teufel. Sie muß ihn aus irgendeinem Grund gehaßt haben.«

»Eben. Man kann nur hassen, was man einmal geliebt hat.«

Brodka sah Juliette lange schweigend an.

Noch immer plagte sie das schlechte Gewissen. Um ihre Mundwinkel spürte sie ein Zittern. Plötzlich hatte sie Angst, Brodka zu verlieren. Warum schaute er sie so durchdringend an?

Schließlich aber sagte Brodka zu Juliettes Erleichterung: »Es steht nicht einmal fest, daß meine Mutter Smolenski gekannt hat. Nein, nach meiner Auffassung steckt etwas ganz anderes dahinter.«

»Und was?«

Brodka zuckte die Achseln.

»Weißt du schon, daß Meinardi, der Museumswärter, verhaftet wurde?« fragte Juliette und hätte sich im nächsten Moment am liebten die Zunge abgebissen.

»Woher willst du das wissen?«

»Aus ... aus der Zeitung«, log sie.

»Laß mal sehen.«

»Ich habe sie im Café liegen lassen.«

»Mit welcher Begründung wurde der Mann verhaftet?«

»Er wollte bei einer Bank 25 Millionen Lire einzahlen.«

»Das ist viel Geld für einen Mann wie Meinardi, aber noch lange kein Grund, ihn zu verhaften.«

»Die Scheine waren gefälscht.«

Wieder rieb Brodka sich nachdenklich das Kinn. »Das war aber ein kurzer Traum vom bescheidenen Glück.«

Er griff zum Telefon und wählte Sydows Nummer.

»Hier Brodka. Meinardi wurde verhaftet. Das Bestechungsgeld war Falschgeld.«

»Ich weiß«, erwiderte Sydow am anderen Ende der Leitung. »Die Meldung lief heute über den Ticker. Woher haben Sie die Nachricht, Brodka?«

»Es stand doch in der Zeitung.«

»Nein. Oder haben Sie schon die Zeitung von morgen?«

Brodka schwieg und blickte Juliette hinterher, die über die Treppe nach oben verschwand.

»Ihnen ist doch klar«, meinte Sydow nach kurzem Nachdenken, »daß Meinardi mit Hilfe unserer Zeugenaussage freikommen könnte?«

»Ja. Allerdings würde ich dann eine Gegenleistung verlangen. Meinardi muß auspacken. Er muß sagen, wofür er das Falschgeld bekommen hat. Erst dann sind wir zu einer Zeugenaussage bereit. Einverstanden?«

»Einverstanden. Ich habe einen Informanten im Polizeipräsidium. Der kann mir sagen, wo Meinardi einsitzt. Eine Besuchserlaubnis zu bekommen ist nicht schwer. Wann können Sie morgen in Rom sein?«

»Sagen wir, um elf. Treffpunkt wie gestern. Bei Nino, Via Borgognona.«

Brodka legte auf.

Juliette stellte sich schlafend, als Brodka ins Bett kam.

Er lauschte in die Nacht, die hier, am Rande des Kratersees so still war, daß man sogar die Fledermäuse vernehmen konnte, die in der Dunkelheit um die Dächer schwirrten. Doch Brodka war zu aufgewühlt, um einschlafen zu können. Er warf sich von einer Seite auf die andere. Irgendwann knipste er die Nachttischlampe an und starrte mit hinter dem Kopf verschränkten

Händen zur Decke. Wieso hatte Juliette ihn belogen, als sie sagte, in der Zeitung von Meinardis Verhaftung erfahren zu haben?

Brodka drehte sich auf die Seite, betrachtete ihr Gesicht. Das Zucken ihrer Augenwinkel verriet, daß sie mit geschlossenen Augen wachlag. Deshalb wunderte er sich nicht, als sie plötzlich und ohne ihn anzuschauen fragte: »Woran denkst du?«

Nach einer Pause erwiderte Brodka halblaut: »Mir gehen tausend Dinge durch den Kopf.«

»Geht mir genauso.«

Schließlich begann Brodka erneut: »Wie lange kennen wir uns jetzt?«

»Dumme Frage. Das weißt du so gut wie ich.«

»Sag es.«

»Über drei Jahre.«

»Stimmt. Und wie fandest du unser Verhältnis? Ich meine, empfandest du dabei Glück oder nur Spaß? Oder hast du das Ganze nur als eine Zweckverbindung betrachtet?«

Juliette fühlte deutlich, worauf Brodka hinauswollte, und das gab ihr alles andere als ein gutes Gefühl. Dennoch stellte sie sich unwissend: »Warum fragst du das, wo du doch die Antwort genau kennst? Ich erkläre hiermit feierlich und nicht zum erstenmal, daß die vergangenen drei Jahre die glücklichsten meines Lebens waren. Genügt das?«

»Du solltest das nicht ins Lächerliche ziehen.«

»Tue ich das?«

»Ich jedenfalls empfinde es so.«

»Entschuldige, das war nicht meine Absicht«

Wieder entstand eine lange Pause, bis Brodka sie mit der Frage unterbrach: »Wie oft hast du mich in diesen drei Jahren belogen?«

Juliette schaute ihn an. Sie fühlte sich ertappt, sagte sich aber, Angriff ist die beste Verteidigung. »Und wie oft hast du mich belogen? Oder mir Affären verschwiegen? Was soll die Frage? Soll das ein Verhör sein?«

»Keineswegs. Du mußt auch nicht antworten. Ich meine nur, wir sollten uns immer die Wahrheit sagen.«

»Hast du einen Grund für deine Moralpredigt?«

»Es gibt keinen Grund«, antwortete er scheinbar gelassen. »Oder kennst du einen?«

Juliette setzte sich auf. Ohne Brodka anzuschauen, meinte sie: »Was hältst du davon, wenn ich morgen mit dem Wagen nach München fahre? Ich mache mir Sorgen, solange meine Bilder hier im Schrank liegen. Du weißt, sie sind gut und gerne eine halbe Million Mark wert. Und einer Kunstspedition möchte ich sie nicht noch einmal anvertrauen. Außerdem gibt es zu Hause eine Menge zu erledigen. Ich will die Galerie auflösen. Die Klinik soll verkauft werden. Und was mit dem Haus geschehen soll, weiß ich auch noch nicht.«

»Wie lange willst du bleiben?«

»Eine Woche vielleicht.«

Brodka drehte sich wieder auf den Rücken. »Weißt du«, sagte er nachdenklich, »vielleicht ist es gar nicht verkehrt, wenn wir für ein paar Tage getrennte Wege gehen.«

Juliette beugte sich zu Brodka hinüber. »Das tun wir doch schon seit Wochen«, sagte sie. »Ich fahre morgen nach München, in Ordnung? Ich muß über uns nachdenken. Du sicher auch, nicht wahr?«

Brodka antwortete nicht.

Am nächsten Morgen trennten sich ihre Wege.

Brodka fuhr mit dem Bus nach Rom. Andreas von Sydow wartete schon, als er bei »Nino« in der Via Borgognona eintraf. Er hatte bereits die nötigen Vorkehrungen getroffen und war sehr aufgeregt.

»Brodka«, meinte er, »es wäre ein ganz großes Ding, wenn es uns gelingt, Meinardi zum Reden zu bringen. Falls er ein Geständnis ablegt, daß man ihm das Geld gegeben hat, damit er den Mund hält, ist das ein erster Hinweis darauf, daß in den Vatikanischen Museen ein gefälschter Raffael hängt und daß die Fälschung mit Billigung der zuständigen Stellen gegen das Original ausgetauscht wurde.«

»So sehe ich das auch. Fragt sich nur, ob Meinardi zu dieser Aussage bereit ist. Sie erinnern sich doch, wie wir ihn vergeblich bedrängt haben.«

»Natürlich. Aber jetzt haben wir eine ganz andere Situation. Meinardi sitzt in Untersuchungshaft, weil man ihn mit dem Falschgeld hereingelegt hat. Ich kann mir vorstellen, er hat eine Stinkwut auf die Leute, die ihm so übel mitgespielt haben.«

Brodka nickte. »Mit Sicherheit. Vermutlich wurde Meinardi das Falschgeld nur deshalb untergeschoben, damit er verurteilt wird und im Gefängnis verschwindet. Zumindest so lange, bis über die Angelegenheit Gras gewachsen ist.«

»Genau so ist es. Das war die billigste und sicherste Lösung. Falschgeld kann man für zehn Prozent des Nennwertes kaufen. Wer glaubt schon einem Mann, der 25 Millionen Lire auf sein Bankkonto einzahlt und behauptet, er habe das Geld von einem Mann bekommen, den er nicht einmal kennt. Ich kann mir jedenfalls nicht vorstellen, daß dieser ... wie nannte er sich gleich?«

»Titus.«

»... daß dieser Titus sich mit Namen und Adresse vorgestellt hat.«

»Ganz bestimmt nicht. Ich kenne den Kerl schon seit ein paar Monaten und weiß bis heute nicht, wie er wirklich heißt und für wen er arbeitet. Haben Sie denn herausgefunden, wo Meinardi einsitzt?«

»Im Gefängnis ›Regina Coeli‹. Ich habe über meinen Kontaktmann bei der Polizei bereits eine Besuchserlaubnis erwirkt.«

»Alle Achtung«, sagte Brodka, der sein Erstaunen nicht verbergen konnte.

»Halb so wild. Was Justiz und Behörden betrifft, ist in Italien alles möglich. Natürlich kostet es eine Kleinigkeit, aber unter dem Strich ist Schmiergeld immer noch viel billiger als schweißtreibende Recherchen. Kommen Sie, besuchen wir unseren Freund.«

Brodka und Sydow machten sich auf den Weg.

Das Gefängnis »Regina Coeli« im Stadtteil Trastevere ist ein klotziges Bauwerk und geeignet, einem unbescholtenen Bürger Furcht einzuflößen.

Durch bloße Nennung seines Namens gelang es Sydow auf geheimnisvolle Weise, sämtliche Tore zu öffnen. So gelangten er und Brodka ohne Probleme in einen kalten Besucherraum, etwa sieben mal sieben Meter im Quadrat. Statt eines Fensters gab es eine Wand aus Glasbausteinen, darunter frisch gestrichene Heizkörper aus Gußeisen. In der Mitte unter einer grellen Neonleuchte stand ein Tisch, ein mal einen Meter groß, mit vier Stühlen; ein weiterer Stuhl für den Aufsichtsbeamten stand in der Ecke neben der Tür.

Brodka und Sydow warteten zehn Minuten; dann kam Meinardi in Begleitung eines Wärters. Offenbar hatte man ihm nicht mitgeteilt, wer ihn sprechen wollte; denn als der alte Mann die beiden Besucher erkannte, drehte er sich um und machte Anstalten, den Raum auf demselben Weg zu verlassen, den er gekommen war. Doch der Wärter hatte die Tür bereits verschlossen, so daß dem Alten keine andere Wahl blieb, als an dem Tisch in der Mitte Platz zu nehmen.

»Keine Sorge, Signore«, begann Sydow behutsam, »hören Sie erst einmal zu, was wir Ihnen zu sagen haben.«

Meinardi tat, als ginge ihn das alles nichts an. Er blickte starr auf die Glaswand und sagte kein Wort.

»Signore Meinardi«, begann Sydow erneut, »ich kann verstehen, wenn Sie verbittert sind. An Ihrer Stelle wäre ich es auch. Aber glauben Sie mir, wir sind die einzigen, die Sie aus diesem Gefängnis herausholen können.«

Meinardi würdigte Sydow keines Blickes. Die Worte des Journalisten prallten an dem Alten ab wie Steine an einer Mauer. Schließlich wandte sich Brodka an den Mann. »Meinardi, Sie können natürlich weiter verstockt bleiben. Wir können Sie nicht zwingen auszupacken. Aber dann müssen Sie sich mit dem Gedanken vertraut machen, daß Sie hier vielleicht nie mehr herauskommen.« An Sydow gewandt, fragte er: »Wieviel Jahre gibt es in Italien für die Verbreitung von Falschgeld?«

»Zehn«, log Sydow.

Die Vorstellung, zehn Jahre in diesen Mauern verbringen zu müssen, schien Meinardi zu beeindrucken. Plötzlich blickte er Brodka, dann Sydow ins Gesicht und fragte: »Was wollen Sie? Ich habe kein Geld.«

»Wer redet von Geld?« erwiderte Sydow. »Wir wollen die Wahrheit erfahren. Wir wollen wissen, was mit dem Raffael-Gemälde im Vatikan geschehen ist.«

»Warum?«

»Signore Meinardi! Wir sind Journalisten. Wir wissen, daß da eine riesige Schweinerei passiert ist. Wir haben nur keine Beweise. Wenn Sie uns jedoch bestätigen, was wir zu wissen glauben ...« Sydow legte eine bedeutungsvolle Pause ein.

»Was dann?« fragte Meinardi gespannt.

»Dann würden wir bei der Polizei eine Aussage machen, daß wir gesehen haben, wie Ihnen das Falschgeld übergeben wurde.

Und was noch wichtiger für Sie ist, Signore, wir kennen den Namen des Mannes. Mit diesen Leuten haben wir noch eine Rechnung offen.«

Meinardi wurde unruhig. »Das glaube ich nicht«, sagte er. »Ich traue niemandem mehr, verstehen Sie? Niemandem!«

Sydow und Brodka schauten sich fragend an.

Schließlich stand Brodka auf und machte Anstalten zu gehen. »Also gut, wenn Sie nicht wollen. Zwingen können wir Sie nicht.« Auch Sydow erhob sich.

In diesem Augenblick begriff Meinardi, daß er womöglich seine letzte Chance vergab, wenn er die Männer gehen ließ. »Halt, warten Sie. Ich will es mir überlegen.«

»Wir haben nicht viel Zeit, Signore Meinardi«, bemerkte Sydow. »Aber wenn Sie nichts sagen wollen, ist es letztlich Ihr eigener Schaden.«

Aus Furcht, Brodka und Sydow könnten ihre Drohung wahr machen und ihn verlassen, rief der alte Mann: »Nein, nein, Signori! Es ist genau so, wie Sie vermuten!«

Brodka setzte sich wieder. »Was soll das heißen? Könnten Sie etwas deutlicher werden?«

»Ich habe alle Gemälde Raffaels vom jahrelangen Betrachten so genau vor Augen, als hätte ich sie selbst gemalt«, sagte Meinardi. »Ich kenne jedes noch so kleine Detail; deshalb ist mir der Fingernagel der Madonna sofort aufgefallen. Als ich mir das Bild genauer anschaute, bin ich zu dem Schluß gekommen, daß der Raffael gegen eine Kopie ausgetauscht wurde.« Er hielt kurz inne und blickte seine Besucher an, die ihm gespannt zuhörten. »Sie können sich vorstellen, Signori«, fuhr er dann fort, »welch ein Schock das für mich war. Und diese Kopie ... sie war von phantastischer Qualität. Künstlich gealtert. Sogar das Krakelee hatte man hervorragend nachgeahmt. Aber nach vierzig Jahren hat man ein so geschultes Auge, daß einem nicht einmal das unterschiedliche Netzwerk der kleinen Haarrisse verborgen bleibt. Daraufhin habe ich auch die übrigen Raffael-Gemälde einer näheren Betrachtung unterzogen.« Meinardi hielt inne.

»Und mit welchem Ergebnis?« fragte Sydow gespannt.

»Schwer zu sagen«, erwiderte Meinardi, »aber ich bin ziemlich sicher, daß zwei oder drei andere Gemälde Raffaels ebenfalls keine Originale sind. Sie müssen verstehen, ich war nach meiner Entdeckung zu aufgeregt.«

»Das würde bedeuten«, sagte Brodka nachdenklich, »daß die Vatikan-Mafia sich seit längerer Zeit aus den Kunstschätzen der Museen bedient.«

»Unglaublich.« Sydow schüttelte den Kopf und blickte Meinardi an. »Signore, sind Sie bereit, vor Gericht zu wiederholen, was Sie gerade gesagt haben?«

Meinardi hob die Schultern. Er wirkte unsicher. »Wer glaubt schon einem alten Mann wie mir? Aber es ist die Wahrheit.«

»Wir glauben Ihnen, Signore. Und wir können bezeugen, daß ein Abgesandter der Vatikan-Mafia namens Titus Ihnen das Falschgeld ausgehändigt hat.«

Meinardi machte ein ungläubiges Gesicht.

»Titus ist nicht sein richtiger Name«, erklärte Brodka. »Den kennen wir nicht. Aber wir wissen, wo und bei wem der Mann sich aufhält und daß er zu einer geheimen Organisation gehört, die den unterschiedlichsten Geschäften nachgeht und vom Vatikan aus gesteuert wird.«

»O Gott!« stieß Meinardi entsetzt hervor. »Es wäre wohl besser, sich nicht mit diesen hohen Herren anzulegen und zu schweigen. Meinen Sie nicht auch?«

Brodka verdrehte die Augen. »Dann müssen Sie sich mit dem Gedanken vertraut machen, die nächsten zehn Jahre Ihres Lebens im Gefängnis zu verbringen. Aber es ist Ihr Leben, Signore.«

Die gespielte Kaltschnäuzigkeit Brodkas verunsicherte den alten Mann. Was hatte er zu verlieren? Er faltete die Hände und preßte die Finger zusammen, bis sie weiß wurden. Hilflos stellte er die Frage: »Und was genau haben Sie vor?«

Sydow antwortete: »Egal, ob Sie auspacken oder nicht: Wir werden bei der Polizei zu Protokoll geben, daß wir die Geldübergabe in Ninos Trattoria beobachtet haben, daß der Überbringer Titus heißt und daß er bei einem Mann namens Alberto Fasolino ein- und ausgeht. Ich bin sicher, das genügt.«

Meinardi nickte. Seine Wut über den Betrug war größer als seine Angst. »Ich werde aussagen«, beteuerte er.

»Sollen wir Ihnen einen Anwalt besorgen?« fragte Sydow.

Der Alte hob abwehrend beide Hände. »Signori, ich bin ein Mann ohne Ersparnisse. Mein bescheidenes Gehalt reicht gerade zum Leben. Woher soll ich das Geld für einen teuren Anwalt nehmen?«

»Das«, meinte Sydow, »lassen Sie unsere Sorge sein.«

Die beiden Besucher verabschiedeten sich mit dem Versprechen, Meinardi aus dem Gefängnis zu holen.

Zur selben Zeit ging über Rom ein heftiger Frühlingsregen nieder. Juliette mußte das Licht ihres Wagens einschalten. Die Scheibenwischer konnten die Wassermassen kaum bewältigen.

Sie hatte die grünen Wegweiser ›A1‹ in Richtung Norden außer acht gelassen und war den weißen Schildern mit der Aufschrift ›Centro‹ gefolgt. So gelangte sie zur Via del Corso, wo die Fahrzeuge sich Stoßstange an Stoßstange stauten.

Juliette wurde nervös – nicht nur, weil sie sich verspätet hatte. Als sie endlich den vereinbarten Treffpunkt an der Piazza del Popolo bei den Zwillingskirchen erreichte, die jedem Fremden ein Begriff sind, fuhr sie an den rechten Straßenrand und hielt.

Kaum hatte sie den Wagen zum Stehen gebracht, wurde die Beifahrertür aufgerissen.

»Giulietta!« Claudio warf eine Reisetasche auf den Rücksitz; dann faltete er seinen Schirm zusammen, sprang auf den Beifahrersitz und umarmte Juliette stürmisch. »Du kannst dir nicht vorstellen, wie sehr ich mich über deinen Anruf gefreut habe. Bisher waren wir immer nur Stunden zusammen, jetzt sind es zum erstenmal Tage. Ich bin aufgeregt wie ein kleiner Junge!«

»Das merkt man«, erwiderte Juliette schmunzelnd. Natürlich hätte sich Brodka nie so verhalten; aber war es nicht gerade das Ungestüme, das Handeln ohne Hintergedanken und ohne Rücksicht auf irgendwelche Konventionen, was sie an dem Jungen so faszinierte?

Während Claudio sie mit sicheren Kommandos aus der Stadt auf den Autobahnring lotste, zog er seine Windjacke aus, die wie eine zweite Haut an seinem Körper klebte, und breitete sie auf dem Rücksitz zum Trocknen aus. Ebenso das Hemd, so daß Claudio schließlich mit nacktem Oberkörper neben ihr saß.

Nachdem sie die Autobahnstation, an der man die Mautkarte ziehen muß, hinter sich gelassen hatten, entledigte sich Claudio auch der restlichen Kleidungsstücke. Es hatte aufgehört zu regnen, und Juliette öffnete die rückwärtigen Fenster, damit der Fahrtwind die Kleider trocknete.

»Es stört dich doch nicht?« sagte Claudio unbedarft.

Juliette konnte sich nicht erinnern, je im Leben mit einem nackten Mann, einem ziemlich attraktiven sogar, über die Autobahn gerast zu sein. »Nein«, antwortete sie lachend, und dabei rutschte ihr heraus: »Im Gegenteil!«

Sie faßte nach Claudios Schenkel, aber im nächsten Augenblick zog sie verlegen ihre Hand zurück.

Die Autostrada zwischen Orvieto und Arezzo mit ihrer weiten Straßenführung forderte der Fahrerin wenig Konzentration ab und war daher auf besondere Weise zum Nachdenken geeignet, sobald das Gespräch einschlief. Es war schon merkwürdig, aber im Umgang mit Claudio benahm Juliette sich anders, als es ihrem Wesen entsprach. Allein seine Gegenwart verleitete sie zur Unvernunft, ließ sie in einer Sprache reden, die ihr fremd war, und Dinge tun, die ihr im nachhinein fragwürdig erschienen. Woran lag das?

Obwohl Claudio ein kluger Junge war, verliefen ihre Gespräche ziemlich oberflächlich, sah man einmal von den immer wiederkehrenden Liebesschwüren ab, welche Juliette genoß wie den Duft eines Parfüms.

Nach zweihundert Kilometern hatte der warme Fahrtwind seine Kleidungsstücke getrocknet, und Claudio begann sich wieder anzuziehen.

»Du siehst ziemlich zerknittert aus«, meinte Juliette lachend, »hast du nichts anderes anzuziehen?«

Claudio blickte an sich herab, dann sah er Juliette an. Sie trug einen raffiniert geschnittenen Overall und einen breiten Gürtel und wirkte selbst am Steuer des Wagens elegant. Er genierte sich plötzlich und angelte aus seiner Reisetasche ein neues T-Shirt.

»Ich weiß, du schämst dich mit mir«, sagte er provozierend. »Eine elegante Galeristin und ein schlecht gekleideter Archivar!«

»Rede bitte keinen Unsinn!« mahnte Juliette. »Aber wenn du mich fragst, wer mir sympathischer ist, ein gut gekleideter Mann oder ein schlecht gekleideter, dann antworte ich, ein gut gekleideter gefällt mir besser.«

»Ich werde es mir zu Herzen nehmen!« beteuerte Claudio.

Hinter Florenz, wo sich die Autostrada nach Norden über den Apennin windet und wo Tunnels sich mit engen Kurven abwechseln, endete ihre Unterhaltung, und ein jeder dachte über den anderen nach. Claudio liebte Juliette über alles, und ihn plagten Zweifel, ob diese Frau nicht doch unerreichbar für ihn sein würde. Juliettes Zweifel betrafen eher sie selbst: War es Liebe, die sie zu Claudio hinzog oder nur ein Strohfeuer? In diesem Augenblick fanden weder Claudio noch Juliette eine klare Antwort auf ihre Fragen.

So erreichten sie Bologna, und die bergige Landschaft weitete sich zu sanften Hügeln und bald darauf zu endlosen Ebenen. Als es dämmerte, schlug Juliette vor, die Fahrt nicht, wie vorgesehen, in einem Hotel nahe der Autobahn zu unterbrechen, sondern bis München durchzufahren. Sie sorgte sich um die Bilder im Kofferraum; der Norden Italiens ist nicht gerade die sicherste Gegend.

Es war kurz vor Mitternacht, als sie München erreichten. Juliette steuerte das Hilton an, wo sie sicher sein konnte, ein Zimmer zu bekommen; außerdem hatte sie die Möglichkeit, ihre Bilder im Tresor des Hotels verwahren zu lassen.

»Aber du hast doch ein Haus«, bemerkte Claudio erstaunt, »warum gehen wir in ein teueres Hotel?«

»Weil ich in diesem Haus kein Auge zutun könnte. Und schon gar nicht an deiner Seite. Aber das kannst du nicht verstehen.« Juliette war nicht in der Verfassung, Claudio die Gefühle zu beschreiben, die sie überkamen, sobald sie das Haus betrat.

Claudio hob die Schultern. »Nein, das verstehe ich nicht.«

In der Hotelhalle spielte Norbert Klavier. Als er Juliette mit ihrem Begleiter kommen sah, beendete er das soeben begonnene Stück mit ein paar klangvollen Akkorden und kam ihnen entgegen.

»Juliette, welche Überraschung!« rief er und drückte ihr einen Kuß auf die Wange, den Juliette erwiderte. Dann stellte sie Norbert ihren Begleiter vor. »Das ist Claudio, ein Freund aus Rom.«

»*Der* Freund aus Rom?« fragte Norbert.

Juliette nickte.

Die Männer reichten sich die Hände.

Norbert wollte die beiden zu einem Drink an die Bar einladen, doch Juliette entschuldigte sich mit dem Hinweis, sie sei tausend Kilometer gefahren und hundemüde; in den nächsten Tagen hätten sie noch genügend Zeit, sich zu unterhalten.

Nachdem sie ihre Bilder im Hotelsafe verstaut und der Page das Gepäck aufs Zimmer gebracht hatte, ließ Juliette sich erschöpft aufs Bett fallen. Sie war so geschafft, daß sie für Augenblicke einschlief; erst als sie Claudios Hände auf ihren Brüsten spürte, erwachte sie.

Unwillkürlich rückte sie von ihm ab und sagte mit geschlossenen Augen: »Nicht jetzt, bitte. Ich bin wirklich zu müde.«

Claudio schien zu spüren, daß hinter ihrer Verweigerung noch etwas anderes, Tiefergehendes steckte. Nach einer Weile, in der Juliette die Stille des Augenblicks genoß, sagte er leise: »Du hast viele Verehrer hier in dieser Stadt, stimmt's?«

Juliette schlug die Augen auf und schaute in Claudios Gesicht, das dicht über dem ihren war. Sein Blick war ungewohnt ernst.

»Natürlich«, erwiderte sie und lächelte, um ihm zu zeigen, daß sie ihn nur aufzog. »Aber was Norbert betrifft, den Hotel-Pianisten, kann ich dich beruhigen. Norbert interessiert sich nicht für Frauen.«

»Das glaube ich nicht, Giulietta. So wie der dich angeschaut hat.«

Juliette lachte. »Wohl eifersüchtig, hm?«

»Natürlich«, antwortete Claudio. »Alle italienischen Männer sind eifersüchtig. Das liegt uns im Blut. Und bei einer Frau wie dir ist ein Italiener sogar rasend eifersüchtig.«

»Eifersucht ist nichts anderes als das Eingeständnis eigener Schwäche.«

»Hatte Brodka nie Grund zur Eifersucht?«

Juliette schwieg.

»Dann liebt er dich nicht wirklich«, sagte Claudio. »Denn Liebe ohne Eifersucht gibt es nicht. Wenn du erst mit einem Italiener verheiratet bist ...«

»Verheiratet?« unterbrach Juliette ihn verwirrt.

»Ich möchte dich meiner Mama vorstellen, sobald wir wieder in Italien sind«, sagte Claudio. »Und mit Luisa, meiner Schwester, wirst du dich gut verstehen.«

Juliette sprang auf. Eilig verschwand sie im Bad. Von innen verriegelte sie die Tür; dann zog sie ihren verschwitzten Overall aus und stellte sich unter die kalte Dusche. Und während das Wasser ihr ins Gesicht prasselte, ärgerte sie sich über sich selbst.

Als sie nach zwanzig Minuten in ein Handtuch gehüllt aus dem Badezimmer trat, kroch sie unter die Bettdecke und schlief sofort ein.

Das gemeinsame Frühstück am nächsten Morgen gegen zehn verlief ungewöhnlich schweigsam. Claudio wußte, daß er zu weit gegangen war. Und Juliette stellte sich die Frage, warum sie sich das alles antat. Sie war doch eigentlich alt genug, um zu wissen, daß Zweisamkeit aus mehr besteht als aus diesem bißchen Reibung primärer Geschlechtsmerkmale.

Allein wie Claudio mit seinem Frühstücksei umging, genügte, Juliette an ihrem Verstand zweifeln zu lassen. Denn zweifellos erkennt man am Eiaufklopfen den Charakter eines Menschen. Es gibt kaum eine alltägliche Handlung, die unterschiedlicher gehandhabt wird. Claudio zog es vor, das weiche Ei mit den Fingern völlig von seiner Schale zu befreien und es dann anzubeißen wie einen Apfel, daß das Dotter auf den Teller tropfte.

Juliette genierte sich und blickte besorgt nach allen Seiten, ob dieser Vorgang ohne Zeugen blieb. Schließlich mahnte sie zur Eile. Sie habe viel zu erledigen an diesem Tag. Ob er sich nicht die Innenstadt ansehen wolle?

»Ich will *dich* ansehen, Giulietta!« beharrte Claudio, »schick mich nicht fort!«

»Wer schickt dich fort?« wandte Juliette ein. »Ich habe tausend Dinge zu erledigen. Du wirst dich langweilen!« Die Vorstellung, mit ihrem jungen Liebhaber in der Klinik zu erscheinen, bereitete ihr Unbehagen.

Endlich einigten sich die beiden, ein paar Dinge gemeinsam zu besorgen. Am Nachmittag sollten sich ihre Wege trennen.

Ihr erster Weg an diesem Tag führte sie zum Collinschen Haus. Zwischen den Steinplatten am Eingang wucherte Gras. Juliette hatte Mühe, die Haustür aufzustoßen, soviel Post und Beileidsschreiben waren durch den Briefkastenschlitz geschoben worden.

Im Inneren des Hauses roch es muffig, und Juliette riß Fenster und Türen auf. Kartons und Kisten standen herum, Relikte ihrer Entrümpelungsaktion. Nein, dieses Haus war nicht mehr ihr Zuhause.

Claudio verstand nicht, warum Juliette sich von all dem Luxus trennen wollte, der trotz der Unordnung zu erkennen war. »Du bist eine reiche Frau«, bemerkte er anerkennend, »das wußte ich ja gar nicht.«

»Dann weißt du's jetzt«, murmelte Juliette.

Als sie das Badezimmer im Obergeschoß betrat, erschrak sie. Auf dem Spiegel über dem Waschbecken prangte in leuchtendem Rot das Wort *Warum?* In tiefer Verzweiflung hatte sie es damals, nach Collins Unfall, mit Lippenstift auf die Spiegelfläche geschrieben. Nun hatte es eine neue Bedeutung für sie. Nachdenklich nahm sie ihren Lippenstift von der Konsole und machte einen dicken Strich unter das Wort.

»Ich muß hier raus«, sagte sie zu Claudio. »Komm.«

Claudio, der Juliettes Reaktion nicht begreifen konnte, stellte keine Fragen, als er sie zu Brodkas Wohnung begleitete, wo Juliette ebenfalls nach dem Rechten sehen wollte.

Als sie die Tür aufschloß, spürte sie sofort, daß bereits vor ihr jemand die Wohnung betreten hatte. Ängstlich griff sie nach Claudios Hand, ohne daß es ihr bewußt gewesen wäre.

»Was hast du?« fragte er verwundert.

Doch Juliette drückte nur den Zeigefinger auf die Lippen. Vorsichtig bewegte sie sich in Richtung Wohnzimmer. Als sie durch die Tür spähte, stockte ihr der Atem.

In einem Sessel saß Brodka mit übereinandergeschlagenen Beinen. Gelassen sagte er: »Kommt nur herein. Oder habt ihr Angst vor mir? Ich beiße nicht.«

Juliette trat mit dem sichtlich verschüchterten Claudio ins Zimmer. In diesem Augenblick wäre sie am liebsten im Boden versunken. »Ich ... ich dachte, du wärst in Rom. Ich bin nur hier, um nach deiner Post zu sehen«, sagte sie und kam sich wie eine Idiotin vor.

Brodka grinste. »Nett von dir. Aber ich hielt es für besser, das selbst zu besorgen. Du hast doch nichts dagegen?«

Juliette war völlig durcheinander. Sie warf Brodka und Claudio abwechselnd hilflose Blicke zu und rang sich schließlich die Bemerkung ab: »Claudio kennst du ja schon. Vom ›Messaggero‹.«

Brodka zeigte keine Reaktion. Es schien, als hätte er Juliette gar nicht gehört, und Claudio schenkte er nicht die geringste Beachtung. Statt dessen fragte er: »Hast du wenigstens die Bilder heil hierher gebracht?«

»Sie sind im Safe des Hilton«, erwiderte Juliette. Natürlich war ihr die Spitze nicht entgangen, als Brodka »wenigstens« gesagt hatte. Denn diesem Wort folgte die unausgesprochene Bemerkung: Wenn du mich schon mit diesem Kerl betrügst.

Claudio beobachtete die beiden, deren Gespräch er nicht verstand, mit hängenden Schultern.

»Wir müssen miteinander reden«, sagte Juliette.

»Tun wir das nicht schon?« erwiderte Brodka spöttisch.

»Du weißt, was ich meine!« Juliette reagierte verärgert. Mit dem Kopf wies sie auf Claudio.

»Nein«, erwiderte Brodka.

Juliettes Miene verfinsterte sich. »Warum bist du mir gefolgt?«

Auf dem Tisch vor Brodka lag ein Stoß Briefe. Er nahm den, der zuoberst lag, und strich mit Daumen und Zeigefinger über den Rand. »Ich hatte so eine Ahnung«, meinte er.

»Laß uns darüber reden. Bitte.«

Brodka ging gar nicht auf Juliettes Worte ein. »Und diese Ahnung hat mich nicht getäuscht. Im übrigen wollte ich wieder mal nach dem Rechten sehen. Und schau mal, was ich in der Post gefunden habe.« Brodka zog den Brief aus dem Kuvert und reichte ihn Juliette.

Verwirrt warf sie einen Blick auf den Absender: Beatus Keller, Sengerstr. 6, Zürich. Im ersten Augenblick wußte sie nichts mit dem Namen anzufangen; dann aber erinnerte sie sich an Brodkas Reise nach Zürich, wo er die einzige Freundin seiner Mutter zu treffen hoffte. »Ist das ...«

»... jener Beatus Keller, der mir die Briefe meiner Mutter zurückgegeben hat.«

»Ah, ja«, sagte Juliette. »Brodka, bitte, du siehst das alles falsch. Ich habe erkannt, daß Claudio für mich nicht mehr als ein flüchtiges Abenteuer war, und ...«

Brodka schien sie nicht zu hören. »Kellers Frau ist gestorben«, sagte er. »In ihrem Nachlaß befindet sich ein Umschlag, den er mir erst nach ihrem Tod aushändigen sollte.«

»Warum schickt er ihn nicht mit der Post?« Juliette reichte Brodka den Brief zurück.

»Vielleicht ist er von besonderem Wert. Oder er möchte mir persönlich etwas dazu sagen. Jedenfalls bittet er mich, den Umschlag bei ihm abzuholen. Als seine Frau noch bei klarem Verstand war, schreibt er, hat er ihr versprochen, mir den Umschlag persönlich auszuhändigen.«

»Merkwürdig.«

»Das kann man wohl sagen. Aber wenn der Inhalt keine Bedeutung hätte, hätte Hilda Keller wohl kaum solche Auflagen gemacht.« Brodka erhob sich, steckte den Brief in seinen Aktenkoffer und sagte: »Wie dem auch sei, ich fliege sofort nach Zürich. Mein Flugzeug geht in zwei Stunden. Entschuldige, aber ich bin in Eile. Ihr zwei könnt es euch ruhig bei mir gemütlich machen.«

Sprach's und ging an Juliette und Claudio vorüber.

Juliette war so verdutzt, daß sie erst reagierte, nachdem die Wohnungstür ins Schloß gefallen war.

»Brodka!« rief sie im Treppenhaus. »Wir müssen uns aussprechen. Du irrst dich, wenn du glaubst, ich hätte wieder mit ihm geschlafen! Ich weiß jetzt, daß es ein Fehler war!«

Ihre Worte blieben ungehört.

Juliette war, als erwachte sie aus einem bösen Traum. Sie spürte, wie Claudio sie von hinten umfaßte.

»Laß mich los!« rief sie zornig, aber schon im nächsten Augenblick entschuldigte sie sich für ihren Ausbruch: »Versteh mich nicht falsch, Claudio. Die Begegnung mit Brodka kam zu unerwartet. Ich bin jetzt noch ganz durcheinander.«

Claudio führte Juliette in die Wohnung zurück und drückte sie in einen Sessel. Er sah, daß sie weinte, und er ahnte die Bedeutung ihrer Tränen.

»Du liebst diesen Brodka also noch immer«, sagte er traurig. »Stimmt's?«

Juliette hob die Schultern und schwieg.

»Er ist ein sehr stolzer Mann«, begann Claudio erneut. »Aber ich bin ein guter Liebhaber!«

Juliette mußte lachen. Wie recht er doch hatte! Mit der flachen Hand wischte sie sich die Tränen aus den Augen.

Claudio kniete sich vor Juliettes Sessel nieder. Ihre Gesichter waren jetzt in gleicher Höhe. Dann nahm er ihren Kopf in beide Hände und zog ihn ganz nahe an den seinen heran. »Giulietta«, meinte er endlich, »was ich dir jetzt sage, wird mir sehr schaden, aber es wäre Selbstbetrug, es nicht auszusprechen. Dieser Brodka paßt viel besser zu dir als ich. Du solltest ihn nicht so einfach aufgeben.«

Es dauerte eine Weile, bis Juliette die Konsequenz von Claudios Worten begriffen hatte. Doch dann auf einmal fiel sie dem Jungen um den Hals. Und während beide weinten wie Kinder, umarmten und küßten sie sich, bis Juliette die Luft wegblieb und sie sich mit den Armen Raum verschaffte, um sich aus seiner heftigen Umklammerung zu befreien.

»Du bist verrückt, Claudio!« rief sie atemlos, aber im selben Atemzug wußte sie, daß er recht hatte.

Eigentlich hatte sie es immer gewußt.

Flug Swissair 553 nach Zürich ging pünktlich um 12 Uhr 45. Brodka landete eine Dreiviertelstunde später in Zürich Kloten.

Er hatte keinen Blick für das sonnige Frühlingswetter und den tintenblauen Himmel, der sich über der Stadt am See wölbte. Sein letzter Besuch lag Monate zurück. Damals, im Winter, hatte die Stadt sich von ihrer häßlichsten Seite gezeigt.

Das Haus der Kellers, das ihm bei seinem ersten Besuch trist und beinahe schäbig vorgekommen war, machte nun einen freundlichen Eindruck. Neben dem Eingang und im Garten leuchteten die ersten Frühlingsblumen.

Wie damals kam Brodka unangemeldet.

Auf sein Klingeln trat Keller aus der Tür. Er war blaß und schien um Jahre gealtert, erkannte Brodka jedoch sofort, und seine Miene hellte sich auf.

»Ich habe Sie erwartet«, sagte er und verschwand für einen Augenblick im Haus, um auf den Toröffner zu drücken. »Kommen Sie bitte herein.«

Brodka bedankte sich für Kellers Brief und sprach dem alten Mann seine Teilnahme zum Tod seiner Frau aus.

Keller nickte und lächelte wehmütig. »Es war besser für sie. Die letzten Wochen waren eine Qual. Hilda kam jeden Tag nur noch für ein paar Augenblicke zu Bewußtsein. Die übrige Zeit dämmerte sie vor sich hin. Ja, so war das. So, so.«

»Gestatten Sie mir eine Frage«, begann Brodka nach einer Pause. »Warum haben Sie mir das Dokument nicht bei meinem ersten Besuch ausgehändigt?«

Keller nickte verständnisvoll. »Ich wußte, Sie würden das nicht verstehen«, erwiderte er, »aber Hilda und ich hatten ein sehr vertrauensvolles Verhältnis.« Er öffnete einen alten Schreibsekretär und nahm einen braunen Umschlag heraus. Dann fuhr er fort: »Vor vielen Jahren, als es noch besser um sie bestellt war, zeigte sie mir einmal diesen Umschlag und sagte, falls ihr etwas zustoße – aber nur dann –, sollte ich diesen Umschlag ihrer Freundin Claire Brodka geben. Ich fragte, was in dem Umschlag sei, aber Hilda meinte, es gehe mich nichts an und es sei besser, wenn ich es nicht wüßte. Jetzt ist Hilda tot und Claire Brodka ebenso. Also sind Sie derjenige, dem der Umschlag zusteht.«

Brodka nahm den Umschlag wortlos entgegen. Auf der Vorderseite stand mit Tinte geschrieben: *Für Claire.* Mit bloßen

Fingern riß Brodka den Umschlag auf. Keller wandte sich diskret zur Seite.

In dem Umschlag steckte eine alte Fotografie, die Brodka obendrein nicht unbekannt war. Das gleiche Bild hatte er im Bankschließfach seiner Mutter gefunden. Es zeigte sie in jungen Jahren an der Seite eines Mannes.

Dabei lag ein kurzer Brief:

Liebe Claire!
Hier gebe ich Dir Dein Foto zurück. Wenn Du es nicht mehr haben willst, dann gib es Deinem Sohn. Ich werde nie vergessen, wie er geweint hat, als der Mann in Purpur ihn Dir weggenommen hat. So soll er wenigstens eine Erinnerung an seinen Vater haben.
In alter Freundschaft,
Hilda.

»Sie können sich ruhig wieder umdrehen«, meinte Brodka enttäuscht und zeigte Keller das Foto. Brodka hatte irgendein Dokument erwartet, das ihm einen Hinweis geben würde; aber das Foto kannte er ja bereits, und der Brief blieb ihm unverständlich und rätselhaft.

»Ist das alles?« fragte Keller. »Hat das Bild eine Bedeutung für Sie?«

Brodka hob die Schultern. »Wenn ich das wüßte! Aber wenn es keine Bedeutung besäße, hätte Ihre Frau bestimmt nicht so ein Geheimnis daraus gemacht. Hat sie Ihnen nie etwas darüber erzählt?«

»Nie. Seltsam. Dabei dachte ich, es gab zwischen uns keine Geheimnisse.«

»Warum wollte Ihre Frau das Foto überhaupt zurückgeben?« fragte Brodka.

»Nun ja«, meinte Keller, »ursprünglich war das Bild ja Ihrer Mutter zugedacht. Aber nehmen Sie doch Platz, Herr Brodka.«

Brodka ließ sich in einem altmodischen Sessel nieder, der wie das meiste in diesem Haus schon bessere Tage gesehen hatte. Schließlich meinte er, während er nachdenklich die Fotografie betrachtete: »Was glauben Sie, Herr Keller, welchen Grund gibt es, um ein gewöhnliches Foto so ein Aufheben zu machen?«

»Sie gestatten?« Der blasse Mann betrachtete das Bild. Dann blickte er auf und sagte: »Vielleicht wäre es ein Skandal gewesen, hätte man Claire Brodka mit diesem Mann in Verbindung gebracht. Möglicherweise eine bekannte Persönlichkeit. Oder verheiratet. Oder das Gegenteil ...« Keller rieb sich das Kinn.

»Das Gegenteil? Wie meinen Sie das?«

»Nun ja, vielleicht durfte er keine Frau haben, weil er katholischer Geistlicher war.«

Keller reichte Brodka das Foto zurück, und der betrachtete es zum wiederholten Male. Die Worte in dem Brief gingen ihm durch den Kopf: ›... eine Erinnerung an seinen Vater.‹ Das Bild hatte für ihn mit einem Male eine ganz neue Bedeutung. Bislang hatte er es nur vermutet, jetzt zweifelte er nicht mehr daran: Der Mann auf dem Foto war sein Vater. Und seinen Vater umgab ein Geheimnis.

Ein katholischer Geistlicher? Brodka mußte unwillkürlich an Smolenski denken. Der »Mann in Purpur« – war das sein Vater? Eine vage Erinnerung überkam ihn, an eine riesige dunkle Gestalt, in Purpur gekleidet, aber er verdrängte sie rasch. Allein der Gedanke ließ ihn schaudern.

Als er das Bild umdrehte und auf die Rückseite schaute, fiel sein Blick auf einen runden, kaum fingernagelgroßen Stempel: *Fotografo Gamber – Ruga degli Orefici – Venezia.*

Brodka konnte sich nicht erinnern, ob die Fotografie im Bankschließfach seiner Mutter den gleichen Stempel getragen hatte. Vielleicht war es ihm aber auch nicht aufgefallen, weil das Bild so schlecht erhalten war. Und eine Suche nach dem Fotografen in Venedig war aussichtslos. Das Bild war mindestens vierzig Jahre alt; außerdem hatte der Fotograf in seinem Leben gewiß Tausende Venedig-Touristen abgelichtet.

»Tut mir leid, daß ich Sie nur wegen dieses Fotos hierher bemüht habe«, entschuldigte sich Keller. »Wenn ich ehrlich sein soll, habe ich mir natürlich Gedanken gemacht, was in dem Umschlag sein könnte. Ich hatte ein wichtiges Dokument oder ähnliches erwartet, das Ihre Mutter meiner Frau zur Verwahrung gegeben hat. An ein Foto hätte ich nie gedacht.«

»Ehrlich gesagt, ich auch nicht. Aber Sie brauchen sich nicht zu entschuldigen, Herr Keller. Vielleicht unterschätzen wir beide die Bedeutung dieses Fotos.«

Brodka steckte das Bild ein und verabschiedete sich. Noch am gleichen Tag flog er von Zürich aus weiter nach Rom.

Wie verabredet hatte Andreas von Sydow in der Zwischenzeit für Bruno Meinardi einen Topanwalt engagiert. Dottore Leoncino galt als der prominenteste Avvocato Roms, ein Anwalt, der Schlagzeilen machte, was nicht zuletzt auf seine guten Kontakte zu Journalisten zurückzuführen war, zu denen auch von Sydow zählte.

Bei spektakulären Fällen verzichtete Leoncino nicht selten auf Bezahlung, weil er wußte, daß die Publicity von weit höherem Wert war als das entgangene Honorar. Ein solcher Fall versprach auch die Verhandlung gegen Bruno Meinardi zu werden.

Auf Anraten Leoncinos hatte Sydow noch am selben Tag vor der Polizei ausgesagt, er und sein deutscher Kollege Brodka hätten die Geldübergabe bei Nino beobachtet, und Brodka habe den Überbringer eindeutig identifiziert. Er nenne sich Titus und sei bei einem gewissen Alberto Fasolino gesehen worden, wohnhaft Via Banco di Santo Spirito.

Gleichzeitig beantragte Dottore Leoncino nach einem Gespräch mit Bruno Meinardi einen Haftprüfungstermin für seinen Mandanten.

Brodka und Sydow hatten sich für den Sonntag in Nemi verabredet, in Brodkas gemieteter Villa, um ihr weiteres gemeinsames Vorgehen zu besprechen. Sydow hatte sich inzwischen so in den Fall verbissen, daß er alle anderen Aufgaben liegenließ.

Auf der Fahrt nach Nemi hörte Sydow in den Nachrichten von einem terroristischen Anschlag im Vatikan. In den frühen Morgenstunden des Sonntags waren auf Berninis Kolonnaden zwei Heilige, die Nummern 13 und 14, in die Luft gesprengt worden. Der Anschlag trage die Handschrift der Roten Brigaden; außerdem sei ein Papier mit dem Zeichen der Terrorgruppe, ein Maschinengewehr über einem fünfzackigen Stern, auf dem Petersplatz gefunden worden.

Als Sydow Brodka von der Meldung erzählte, wurde dieser hellhörig.

»Die Heiligen dreizehn und vierzehn, sagten Sie?«

»Ja. Hat das eine Bedeutung für Sie?«

Brodka kramte nervös in einem kleinen Koffer, den er aus dem Schrank hervorzog. »Hier, das sind die Abschriften der Kassetten, soweit ich deren Wortlaut verstehen konnte.« Er suchte nach einem bestimmten Blatt und reichte es Sydow.

»Lesen Sie. Das ist doch kein Zufall!«

Auf dem Zettel standen die Worte: ›Operation »Urbi et Orbi« – Sancti 13 und 14 – Bernini – Johannes 8,46 – Asmodeus.‹

Sydow las, blickte Brodka fragend an und wandte sich wieder der Aufzeichnung zu. Halblaut las er, was auf dem Blatt geschrieben stand.

»Haben Sie irgendeine Erklärung dafür?«

Brodka dachte lange nach. »Bisher nicht«, meinte er schließlich, »aber nach diesem Ereignis habe ich eine Ahnung.«

»Was bedeutet ›Operation »Urbi et Orbi«‹?«

»Das weiß ich nicht.« Brodka zuckte die Schultern. »Auf jeden Fall ist es ein schlimmer Zynismus, den Begriff des Ostersegens zu benutzen.«

»Das kann man wohl sagen. Aber warum diese Geheimnistuerei, die merkwürdige Verschlüsselung?«

Brodka lachte bitter. »In zwei Dingen ist die Kirche ein wahrer Meister, im Verteilen von Hoffnung und Vermarkten von Geheimnissen. Insofern sind diese Kassetten gar nichts Besonderes.«

Nachdem er den Zettel zum wiederholten Mal gelesen hattc, griff Sydow zum Telefon. »Ich kenne einen absolut bibelfesten Padre. Vielleicht kann der uns weiterhelfen.«

Sydow wählte die Nummer und erkundigte sich nach dem Wortlaut von Johannes 8,46. Die Antwort kam prompt, und Sydow notierte auf das Blatt: ›Wer von euch kann mir eine Sünde nachweisen? Wenn ich Wahrheit verkünde, warum glaubt ihr mir nicht?‹

»Sie mußten ja nicht einmal in der Bibel nachschlagen«, meinte Sydow bewundernd.

»Kunststück«, erwidert der Padre. »Der Text ist der Beginn des heutigen Evangeliums nach Johannes zum Passionssonntag Judica.«

»Zum Passionssonntag?«

»Genau.«

Sydow bedankte sich und legte auf.

Brodka hatte alles mitgehört. »Glauben Sie immer noch an einen Anschlag der Roten Brigaden?«

Sydow schien wie versteinert. Mit zusammengekniffenen

Augen starrte er auf den Zettel. »Bleiben zwei Fragen offen«, meinte er schließlich. »Was verbirgt sich hinter der Operation ›Urbi et Orbi‹? Und wer ist Asmodeus?«

»Fangen wir mit Asmodeus an«, erwiderte Brodka und holte tief Luft. »Mir fehlt der letzte Beweis; aber nach allem, was ich bisher in Erfahrung bringen konnte, ist Asmodeus niemand anders als Kardinalstaatssekretär Smolenski.«

»Das ist aber eine ziemlich kühne Behauptung, Brodka. Denn das würde ja bedeuten, daß Smolenski die Sprengung an seiner eigenen Kirche in Auftrag gegeben hat.«

»Ich weiß«, entgegnete Brodka. »Aber ist nicht alles, womit wir uns seit Tagen beschäftigen, ziemlich widersinnig?«

»Da haben Sie allerdings recht. – Und was ist die Operation ›Urbi et Orbi‹?«

Brodka verzog das Gesicht. Unter seinen Aufzeichnungen zog er ein weiteres Blatt hervor, dessen Text nicht weniger verwirrend war. Er lautete: ›Markus 16,1-7 ... *Urbi et Orbi finis et initium* ... Asmodeus.‹

»Können Sie Latein?« fragte Brodka und reichte Sydow das Blatt.

»Gallia omnis est divisa in partes tres«, antwortete Sydow. »Mehr als der Anfang von Cäsars Gallischem Krieg ist aus der Schulzeit nicht bei mir hängengeblieben.«

»Bei mir leider auch nicht. Aber was *finis et initium* heißt, weiß ich noch: ›Ende und Anfang‹. Und bei der Bibelstelle könnte uns sicher Ihr Padre noch mal weiterhelfen.«

Seufzend griff Sydow erneut zum Hörer und wählte die Nummer.

»Entschuldigen Sie, Padre, wenn ich Sie schon wieder belästige, aber Sie sagten, Johannes 8,46 beziehe sich auf den heutigen Tag. Steht Markus 16,1-7, ebenfalls mit einem festen Datum in Verbindung? ... Ostern? Ich danke Ihnen sehr, Padre.«

Sydow legte auf.

Schweigend starrten die beiden Männer auf das Blatt Papier. Ein jeder versuchte, unabhängig vom anderen, den geheimnisvollen Wörtern einen Sinn zu entnehmen.

Sydow kapitulierte als erster. Nervös klopfte er mit den Fingern auf die Tischplatte.

»Das kann alles oder nichts bedeuten«, sagte er unwillig. »Haben Sie sich schon mal Gedanken gemacht, ob man Sie nicht bloß an der Nase herumführen will?«

Brodka lachte bitter auf. »Natürlich. Dagegen sprechen allerdings die Bemühungen dieser Leute, wieder in den Besitz der Kassetten zu kommen. Und die Rückgabe der Kunstwerke an Juliette war wohl kaum ein Akt später Reue, sondern eher ein großzügiges Angebot. Die Graphiken hatten immerhin einen Wert von einer halben Million Mark. Warum hat man ihr die Kunstwerke zurückgegeben? Es gab keinen Hinweis darauf, wer die Bilder ausgetauscht hatte. Und vor allem ... der heutige Anschlag läßt mich nicht mehr am ernsthaften Inhalt der Tonbänder zweifeln.«

Sydow preßte die Lippen aufeinander. Er wußte nicht weiter.

»Versuchen wir mal, die Fakten zu ordnen«, begann er nach einer Weile. »Asmodeus, hinter dem wir Kardinalstaatssekretär Smolenski vermuten, wußte offensichtlich schon vor Wochen, daß am heutigen Tag die Heiligen dreizehn und vierzehn auf den Kolonnaden des Petersplatzes in die Luft fliegen werden. Frage Nummer eins: Was schließen wir daraus?«

»Smolenski muß der Drahtzieher des Unternehmens sein.«

»Zumindest ist er an der Sache namhaft beteiligt. Frage Nummer zwei: Was hat den Kardinalstaatssekretär zu dieser Verrücktheit getrieben?«

Brodka stützte den Kopf in beide Hände und blickte durch das Fenster auf den Weinberg. Eine Antwort auf diese Frage fand er nicht. Schließlich schaute er Sydow an und zuckte die Achseln.

»Sehen Sie?« Sydow begann erneut mit den Fingern auf der Tischplatte zu trommeln. »Das macht doch alles keinen Sinn. Es sei denn ...«

»Es sei denn was?«

»Nun ja, professionelle Gangster versuchen bisweilen von der Planung eines Kapitalverbrechens abzulenken, indem sie eine zwar spektakuläre, aber harmlose Tat inszenieren. Aber ein Kardinal ...«

»Was glauben Sie, wozu Kardinäle fähig sind!« fuhr Brodka Sydow ins Wort. »Denken Sie nur an den Fall Meinardi. Mafiosi hätten nicht heimtückischer vorgehen können. Und die Idee, kostbare Gemälde aus den vatikanischen Sammlungen gegen Kopien auszutauschen und zu verkaufen, zeugt von erheblicher krimineller Energie.«

Sydow gab Brodka recht, meinte aber: »Sollten wir uns nicht wieder Ihrem eigenen Fall zuwenden?«

Bisher hatte Brodka das dürftige Ergebnis seiner Reise nach Zürich verschwiegen. Nun schien der Augenblick günstig, Sydow einzuweihen. Brodka zog das Foto aus der Innentasche seines Sakkos und legte es vor Sydow auf den Tisch.

»Wer ist das?« erkundigte sich Sydow.

»Die Frau ist meine Mutter. Vor ungefähr vierzig Jahren.«

»Und der Mann?«

»Halten Sie es für möglich, daß es Smolenski ist? Sie kennen ihn doch persönlich.«

Sydow hielt sich das Bild nahe vor die Augen. »Das soll Smolenski sein? Nie im Leben! Smolenski ist viel kleiner!«

»O Mann, da fällt mir ein Stein vom Herzen.«

»Sie glauben doch nicht etwa, daß Ihre Mutter irgendeine Beziehung zu Smolenski hatte?«

»Ich weiß es nicht. Es gibt da diesen Brief, in dem meine Mutter sich bei ihrer besten Freundin über Smolenski ausläßt. Er sei ein Teufel, schreibt sie.«

Sydow betrachtete das Foto abermals. »Nein, unmöglich, das kann nicht Smolenski sein. Aber was den Teufel betrifft, lag Ihre Mutter gar nicht so verkehrt. Woher haben Sie das Bild?«

»Eine abenteuerliche Geschichte. Hilda Keller, die beste Freundin meiner Mutter, ist vor kurzem gestorben und hat ihr das Foto in einem verschlossenen Umschlag hinterlassen. Ihrem Mann sagte sie, falls ihr je etwas zustoße, solle er den Umschlag meiner Mutter aushändigen. So weit, so gut. Einen weiteren Abzug dieses Bildes fand ich in einem Bankschließfach meiner Mutter. Sie müssen sich das mal vorstellen – ein vielfach gesicherter Tresor, und der einzige Inhalt ist ein harmloses Foto!«

»Das läßt wohl nur einen Schluß zu«, meinte Sydow. »Das Foto ist längst nicht so harmlos, wie es auf den ersten Blick scheint. Und noch etwas.« Sydow tippte mit dem Finger auf den Stempel auf der Rückseite des Fotos. »Haben Sie das gesehen?«

»Ja, natürlich.«

»Und? Haben Sie schon etwas unternommen?«

»Wie meinen Sie das? Das Foto ist mindestens vierzig Jahre alt!«

»Gut, ich gebe zu, daß die Chancen gering sind, irgendwas herauszufinden. Aber der Ertrinkende klammert sich bekanntlich an jeden Strohhalm.«

Sydow wählte die Nummer der Auskunft und erkundigte sich nach dem Fotografo Gamber in Venedig.

Die Antwort kam prompt, und sie war ernüchternd: Ein Teilnehmer dieses Namens war in Venedig nicht verzeichnet.

»War ein Versuch«, meinte Andreas von Sydow und gab Brodka das Bild zurück.

Kapitel 16

Am Abend des folgenden Tages meldete sich Kardinalstaatssekretär Smolenski telefonisch bei Alberto Fasolino.

»Asmodeus an Moloch.«

»Moloch hört, Eminenza!«

»Lassen Sie die Eminenza weg, verdammt noch mal!«

»Entschuldigung.«

Mit schneidender Stimme und der ihm eigenen abgehackten Redeweise polterte der Kardinal: »Ich hoffe, Sie haben nicht wieder ein Tonband eingeschaltet, Moloch.«

»Nein. Ich schwöre es bei allen Heiligen, Asmodeus!«

»Die Heiligen können Sie auch vergessen. Läuft ein Band mit?«

»Nein. Ich schwöre es bei ... ich schwöre es.«

»Gut. Hören Sie zu. Dieser Brodka gibt nicht auf. Im Gegenteil, unser Kreis läuft Gefahr, von ihm enttarnt zu werden. Brodka hat sogar den gottverdammten Mönch vom Campo Santo ausfindig gemacht, und der scheint nichts Besseres zu tun gehabt zu haben, als dem Kerl zu erzählen, was dort vorgegangen ist.«

»Sie meinen, Brodka war in San Zaccaria? Wie ist das möglich? Wie hat er den Mönch gefunden?«

»Das ist mir auch ein Rätsel. Auf jeden Fall ist er in Begleitung eines Mannes in San Zaccaria erschienen. Ich vermute, es war dieser ›Messaggero‹-Reporter Sydow, mit dem Brodka seit langem zusammensteckt. Die beiden haben mit dem Mönch geredet. Daß es dabei nicht um die Heilslehre ging, können Sie sich vorstellen.«

»Brodka ist also wieder in Italien?«

»Was haben Sie gedacht, Moloch?«

»In Deutschland.«

»Sie sind ein Dummkopf, Moloch. Ich glaube, Brodka hat Italien überhaupt nicht verlassen. Er hat Sie hinters Licht geführt. Jedenfalls lebt er mit seiner Geliebten in einem Haus am Nemisee.«

»Woher wissen Sie das?«

»Von der Polizei.«

»Von der Polizei?«

»Brodka hat im Polizeipräsidium die Aussage gemacht, er habe zusammen mit diesem ›Messaggero‹-Reporter beobachtet, wie Titus Meinardi das Falschgeld übergeben hat.«

»Du lieber Gott!«

»Der hat's mir nicht verraten. Aber Polizeipräsident Colluci.«

»Eine Katastrophe!«

»Es wäre eine Katastrophe; aber wie Sie wissen, wird Colluci von uns bezahlt. Er hat mir versichert, die Angelegenheit zu verschleppen. Man wird Sie allerdings in den nächsten Tagen befragen. Bis dahin muß Titus verschwunden sein. Verstehen Sie? Setzen Sie ihn in ein Flugzeug nach Indien oder Australien. Ich will den Kerl nie mehr sehen. Und Sie wissen von nichts.«

»Verstanden, Asmodeus.«

»Und noch etwas.«

»Ja?«

»Besorgen Sie einen Killer.«

»Eminenza!«

»Der Preis spielt keine Rolle. Ich will saubere Arbeit. Keine Spuren! Sie verstehen.«

»Gewiß, Asmodeus. Und die Zielperson?«

»Alexander Brodka.«

»Asmodeus!«

»Lassen Sie das, Moloch!«

»Aber sagten Sie nicht, Brodka dürfe nicht sterben?«

»Das war vor vier Monaten. Ich dachte, wir könnten ihn mit anderen Mitteln zur Räson bringen. Das hat sich als Irrtum erwiesen. Inzwischen sind wir in die Defensive gedrängt. Bis zur Operation ›Urbi et Orbi‹ sind es nicht einmal mehr zwei Wochen. Bis dahin muß Brodka außer Gefecht sein. Ich will nicht, daß im letzten Augenblick etwas schiefgeht.«

»Wenn ich Sie recht verstehe, Asmodeus, soll alles ganz schnell gehen.«

»Exakt. Je schneller desto besser.«

»Das ist nicht ganz einfach. Wirklich gute Leute, die so etwas erledigen, sind nicht nur teuer, sie gehen langsam und mit Bedacht vor, um jedes Risiko zu vermeiden. Mit einem preisgünstigen Mafioso, der nachher erwischt wird und seine Auftraggeber ausplaudert, um seinen Kopf zu retten, ist uns nicht gedient.«

»Natürlich nicht. Deshalb habe ich auf Sie gesetzt, Moloch. Sie schaffen das. Und wie gesagt – Geld spielt dabei die geringste Rolle. *Laudetur.*«

»Laudetur«, erwiderte Alberto Fasolino devot. Aber da hatte Kardinalstaatssekretär Smolenski bereits aufgelegt.

Über dem Nemisee lag bereits die Dunkelheit, und vom Wasser wehte eine kühle Brise die weiten Hänge hinauf. Brodka hatte es sich auf der Terrasse des Hauses bequem gemacht, vor sich ein flackerndes Windlicht und ein Glas Rotwein. Er dachte nach.

Er wurde nicht mit dem Gedanken fertig, daß Juliette ihn immer noch mit diesem Latin Lover betrog. Er selbst hatte Juliette seit seiner Beinahe-Affäre mit Nora in Wien die Treue gehalten. Er verspürte ohnmächtige Wut und den Wunsch, es ihr heimzuzahlen.

Die einzige Genugtuung war seine Reaktion bei ihrer Begegnung in München, seine nach außen zur Schau getragene Gleichgültigkeit. In Wahrheit hätte er den jungen Schnösel am liebsten zusammengeschlagen.

Wie sollst du Juliette begegnen, falls sie wider Erwarten hierher zurückkehrt, fragte er sich. Ob sie es überhaupt wagte? Oder wenn sie ihn anrief?

Brodka schreckte hoch, als das Telefon schrillte, ein alter Apparat von beinahe historischem Wert. Er dachte, es wäre Juliette, die ihn um Verzeihung bitten wollte; deshalb zögerte er, den Hörer abzunehmen. Ihm war nicht nach langen Diskussionen oder Versöhnung zumute. Schon gar nicht am Telefon.

Der Apparat verstummte. Brodka atmete auf. Als es ein paar Sekunden später jedoch erneut zu läuten begann, hob er ab und meldete sich in ruppigem Tonfall.

»Brodka!«

»Ist was?« fragte Sydow.

»Ach, Sie sind es«, sagte Brodka verlegen.

»Sie haben offenbar jemand anderen erwartet. Entschuldigen Sie, aber ich wollte Ihnen nur mitteilen, daß Dottore Leoncino den armen Meinardi aus dem Gefängnis geholt hat. Er ist frei.«

Brodka hatte nicht damit gerechnet, daß der Avvocato so schnell erfolgreich sein würde. »Freut mich zu hören«, sagte er aufrichtig. »Bleibt zu hoffen, daß wir richtig gehandelt haben. Wer einen Leonardo in die Luft sprengt, schreckt auch nicht davor zurück, einen alten Museumswächter umzulegen. Vor allem wenn es darum geht, die eigenen Schweinereien zu vertuschen.«

»Ja. Aber das wußten wir ja schon vorher«, antwortete Sydow. »Nun, der eigentliche Grund meines Anrufs ... Was halten Sie davon, wenn wir morgen nach Venedig fliegen? Wegen des Fotos.«

Brodka überlegte. Er war skeptisch, daß dahingehende Nachforschungen von Nutzen sein könnten, erwiderte schließlich aber: »Gut, wenn Sie sich etwas davon versprechen.«

»Es ist die einzige Spur, die Sie haben. Außerdem sind wir gegen Abend zurück.«

Schließlich sagte Brodka zu.

Er hatte gerade aufgelegt, da vernahm er, wie vor dem Hauseingang eine Wagentür zugeschlagen wurde. Er steckte den Kopf zur Tür hinaus und erkannte im Schein einer Gartenlaterne die Comtessa Maffei. In ihrer Begleitung befand sich ein Hund, ein ziemlich großes Tier.

»Habe ich Sie in Ihrer Nachtruhe gestört? Dann tut es mir leid«, rief sie von weitem. Sie war mit Taschen und Einkaufstüten behängt. Brodka ging ihr entgegen, um ihr einige Gepäckstücke abzunehmen. Der Hund knurrte, gab sich aber gleich wieder friedlich.

»Sie haben mich ganz und gar nicht gestört«, erwiderte Brodka freundlich. »Ich bin allein, und da nimmt man jedes unerwartete Geräusch wahr.«

Die Comtessa bedankte sich für Brodkas Hilfsbereitschaft. Während sie ins Haus gingen, erklärte sie: »Wissen Sie, ich kann Rom nicht länger als fünf Tage ertragen. Dann muß ich raus aus der Stadt und wieder einmal richtig durchatmen. Wo ist Ihre Frau, Signore Brodka?«

»Sie ist nach Deutschland gefahren, um ein paar geschäftliche Dinge zu erledigen«, antwortete er mit gespielter Gelassenheit. »Es steht noch nicht fest, wann sie zurückkommt.«

Während Brodka der Comtessa mit den Einkaufstüten über

die Treppe nach oben folgte, wobei sein Blick unwillkürlich dem Schwung ihrer langen Beine folgte, die von einer weißen Leinenhose verhüllt wurden, sagte diese: »Es stört Sie doch nicht, wenn ich ein paar Tage bleibe? Und Lohengrin, mein Hund, ist gut erzogen.«

»Ich bitte Sie, Comtessa«, erwiderte Brodka. »Das Haus ist groß genug. Wie kommt Ihr Hund zu dem seltsamen Namen?«

»Der Hund ist das einzige, was mein Exmann zurückgelassen hat. Er war der Ansicht, ein deutscher Schäferhund müsse Lohengrin heißen.«

»Wo ist er geblieben?« fragte Brodka, als sie in die Mansardenwohnung der Comtessa gelangt waren. »Der Hund, meine ich.«

»Um den brauchen Sie sich nicht zu sorgen. Er betritt das Haus nur, wenn er gerufen wird. Lohengrin hat eine Hütte im Garten. Haben Sie sie noch nicht gesehen?«

»Nein«, erwiderte Brodka und reichte der Comtessa die Einkaufstüten. »Tja, dann wünsche ich Ihnen eine angenehme Nachtruhe.«

Comtessa Maffei bedankte sich. Brodka ging nach unten und setzte sich wieder auf die Terrasse.

Über dem See braute sich ein Gewitter zusammen. Im Nu kam heftiger Wind auf. Brodka räumte den Tisch ab und verschloß die Terrassentüren. Dann ging er ins Schlafzimmer im ersten Stock und blickte durchs Fenster nach draußen.

Der Sturm zerrte an den Weinstöcken, und die Blätter rauschten wie die Gischt des Meeres. In unregelmäßigen Abständen zuckten Blitze und tauchten die wogenden Hänge für Sekundenbruchteile in weißes, gleißendes Licht. Von der gegenüberliegenden Kraterseite hallte das Krachen des Donners zurück. Der See, für gewöhnlich glatt wie ein Spiegel, zeigte sich pechschwarz und bedrohlich wie ein Höllenschlund.

Fasziniert verfolgte Brodka das Naturschauspiel. Er liebte Gewitter seit seiner Kindheit und hatte nie Furcht vor Blitz und Donner gehabt. Gewitter waren für ihn eine gigantische Inszenierung.

Schließlich wandte er sich vom Fenster ab und tastete sich im Halbdunkel zu der kleinen Lampe, die auf dem Nachttisch stand. Aber als er sie anknipste, geschah nichts.

Mit ausgestreckten Armen ging Brodka wie ein Schlafwandler zum Kippschalter neben der Tür, wobei er das flackernde Licht der Blitze nutzte, die das Zimmer immer wieder für Sekundenbruchteile erhellten. Aber auch dieser Schalter war tot. Kein Strom.

Brodka wandte sich um, als er an der Zimmertür ein Klopfen vernahm. Zuerst glaubte er, sich getäuscht zu haben, doch als das Klopfen heftiger wurde, fragte er in die Dunkelheit: »Ist da jemand?«

»Signore! Ich bin es! Mirandolina!« Die sonst so rauchige Stimme der Comtessa klang furchtsam.

Brodka tastete sich zur Tür zurück und öffnete.

»Ich habe Angst«, hörte er die Comtessa sagen. Es klang so rührend, daß Brodka schmunzelte.

»Aber Comtessa«, sagte er. »Ein Gewitter ist doch kein Grund, sich zu fürchten ...«

Noch während er sprach, zuckte ein Blitz über das Haus hinweg, gefolgt von ohrenbetäubendem Donner, daß der Boden erzitterte. Mirandolina warf sich Brodka in die Arme. Verdutzt bemerkte er, daß die Comtessa nackt war. Brodka spürte ihre Brüste, ihren Leib, ihre Schenkel – ein erregendes Gefühl.

Minutenlang standen sie so in dem dunklen Zimmer. Jedesmal, wenn Blitze ihr grelles Feuer entfachten, zuckte Mirandolina zusammen, als hätte ein Peitschenhieb sie getroffen.

»Bitte, nehmen Sie es mir nicht übel«, flüsterte sie, nachdem das Gewitter sich ein wenig beruhigt hatte. »Ich habe schon seit Kindertagen panische Angst vor Gewittern. Sie sind mir doch nicht böse?«

O nein, wollte Brodka sagen, ich habe schon unangenehmere Situationen erlebt als diese. Meinetwegen könnte das Gewitter noch ein bißchen länger dauern. Doch er antwortete höflich: »Wenn ich Ihnen ein wenig von der Furcht nehmen konnte, Comtessa ...«

»Mirandolina«, sagte die Comtessa.

Das Donnergrollen hatte sich bereits in Richtung der Stadt verzogen, als plötzlich das elektrische Licht aufflammte.

Mirandolina wollte oder schien es nicht zu bemerken. Sie hielt die Augen geschlossen und hing noch immer wie eine Klette an Brodka.

Unerwartet eröffnete sich ihm die Möglichkeit, die schlanke, hochgewachsene Frau von hinten in dem großen Spiegel zu betrachten, der über der alten Kommode hing. Bewundernd betrachtete Brodka ihren wachsweißen Körper, genoß wie ein Voyeur den Anblick.

Um so mehr erschrak er, als Mirandolina plötzlich fragte, ohne die Augen zu öffnen: »Gefalle ich Ihnen, Signore?«

Sie spürte, wie Brodka zusammenzuckte. Er fühlte sich ertappt und stammelte: »Entschuldigen Sie, Comtessa.«

Mirandolina schlug die Augen auf. Sie hielt noch immer Brodkas Hals umschlungen, und mit einem Augenzwinkern sagte sie: »*Ich* muß mich entschuldigen, Signore, daß ich Sie in diese Situation gebracht habe. Aber schon beim ersten Donnergrollen reagiere ich kopflos.«

Brodka lachte. »Was hätten Sie getan, wäre ich nicht dagewesen?«

»Dann wäre ich vor Angst gestorben«, antwortete die Comtessa und drängte sich wild an ihn.

Brodka räusperte sich. »Das wäre ein großer Verlust für die Männerwelt«, sagte er. Nach einer Pause meinte er fragend: »Das Gewitter zieht ab. Haben Sie eine Vorstellung, wie wir dieser Situation ein Ende machen können?«

»Ist Ihnen mein Verhalten unangenehm?«

»Das nicht, aber ... in der Aufregung ist Ihnen offenbar entgangen, daß Sie nichts anhaben.«

»Ich weiß. Schließen Sie Augen, und drehen Sie sich um.«

»Was soll das?« fragte Brodka. »Sie haben doch nichts dabei.«

»Bitte«, sagte Mirandolina.

Brodka kam der Aufforderung nach. Als er die Zeitspanne für ausreichend erachtete, wandte er sich wieder um und sah Mirandolina auf dem Bett sitzen. Den Oberkörper nach hinten gelehnt, stützte sie sich mit den Armen ab. Sie hatte ein verführerisches Lächeln aufgesetzt.

Sie winkte ihn zu sich heran. Dann zog sie ihn sanft auf die Knie, öffnete ihre Schenkel, legte die Arme um seinen Hals und zog seinen Kopf zu sich heran. »Weißt du jetzt, was das soll?«

Seit ihrer Scheidung hatte Mirandolina mit keinem Mann mehr geschlafen und es nicht einmal vermißt; nun aber verspürte sie ein überwältigendes Verlangen.

Sie fuhr Brodka, der immer noch vor ihr kniete, mit gespreizten Fingern durchs Haar, und dabei schien es ihm, als streife sie die Gedanken an Juliette aus seinem Gedächtnis. Brodka küßte sie auf den Mund, auf den Hals, liebkoste ihre Brüste mit der Zunge. Sie atmete heftig und genoß seine Zärtlichkeiten.

Brodka spürte ihr Verlangen, und es entfachte seine Leidenschaft. Kraftvoll faßte er ihre Handgelenke, führte sie über ihren Kopf und drückte sie aufs Bett. Zuerst nahm er sie zärtlich, doch Mirandolinas wilde, hemmungslose Bewegungen erregten ihn, forderten ihn heraus, und er liebte sie wild und mit solcher Heftigkeit, daß sie spitze Schreie ausstieß, als wäre sie zum erstenmal mit einem Mann zusammen.

Nachdem sie sich erschöpft voneinander gelöst hatten, lagen beide schwer atmend da, den Blick zur Decke gerichtet, auf das die Zimmerlampe ein Strahlenmuster projizierte.

»Darf ich dich etwas fragen?« sagte Mirandolina.

»Ja, sicher.«

»Die junge Frau, mit der du hier wohnst ...«

»Ich bin nicht mit ihr verheiratet«, unterbrach Brodka. »Wir sind frei – sie und ich.«

»Warum versteckt ihr euch dann hier?«

Brodka schaute sie verdutzt an. »Woher weißt du ...?

»Es ist nicht schwer zu erraten, daß ihr zwei hier keinen Urlaub macht. Was ist mit dir und deiner Freundin? Oder sollte ich diese Frage besser nicht stellen?«

Brodka ließ das Schattenspiel an der Decke nicht aus den Augen und dachte nach. »Natürlich darfst du fragen«, sagte er schließlich, »nur kann ich dir keine Antwort geben. Könnte ich es, wären alle meine Probleme gelöst. Du hast recht. Ich verstecke mich hier. Vor einer Organisation im Vatikan, die nicht weniger gefährlich ist als die Mafia. Ihre Mitglieder sind Kardinäle und andere Würdenträger.«

»Und was hast du mit diesen Leuten zu schaffen?«

Brodka erzählte ihr die Geschichte in kurzen Worten. »Und deshalb haben wir uns hier eingemietet, verstehst du?« endete er. »Hier fühle ich mich einigermaßen sicher.«

Mirandolina strich Brodka über das Haar. So ganz glaubte sie seinen Worten nicht. Sie klangen zu abenteuerlich. Dennoch sagte sie: »Armer Brodka.«

Das klang merkwürdig in seinen Ohren und irgendwie nach Bedauern, und wenn Brodka etwas nicht leiden konnte, dann war es, bedauert zu werden. Dennoch genoß er ihre zärtlichen Berührungen.

»Darf ich dir auch eine Frage stellen?« meinte er schließlich.

»Natürlich.«

»Hast du wirklich so große Angst vor Gewittern?«

Mirandolina drehte ihren Kopf zur Seite, damit er ihr verlegenes Lächeln nicht sehen konnte. »Wenn ich ehrlich sein soll, nicht mehr als vor der bösen Hexe.«

»Ich dachte es mir.«

»Du nimmst es mir doch nicht übel?«

»Vielleicht doch.«

»Bitte nicht! Es war die einzige Möglichkeit, dir näherzukommen. Bist du enttäuscht?«

»Enttäuscht?« Brodka beugte sich über sie. »Aber nein. Ich bin glücklich.« Es klang nicht ganz überzeugend.

Mirandolina schwieg nachdenklich. »Vielleicht kann ich dir helfen ...«, sagte sie schließlich.

»Das ist viel zu gefährlich«, erwiderte Brodka.

»Nicht, solange wir hier in Sicherheit sind.«

»Ich muß darüber nachdenken«, murmelte Brodka. »Ich muß über vieles nachdenken ...«

Pünktlich um 9 Uhr 25 landete die Alitalia-Boeing aus Rom auf dem Flughafen Marco Polo. Der Flughafen von Venedig, direkt am Meer gelegen, war um diese Zeit zum Glück noch nicht überfüllt wie um die Mittagszeit, wenn die ersten Chartermaschinen eintreffen.

Brodka und Sydow zogen es vor, den Bus zur Piazzale Roma zu nehmen, der schneller war als der zwar romantische, aber nur alle Stunden verkehrende Motoscafo. An der Piazzale Roma bestiegen sie den Vaporetto, der sie direkt zum Rialto brachte.

Für die Schönheiten der Stadt, die malerischen Palazzi mit ihren Spitzbogenfenstern, hinter denen tausend Geheimnisse schlummerten, die schwarzen Gondeln auf dem Canale Grande, den bunten Gemüsemarkt direkt neben der Brücke, den Fischmarkt, wo Muscheln, Rochen, Seewalzen und Tintenfische einen durchdringenden Geruch verströmten – für dies alles hatten sie keinen Blick. Brodka und Sydow interessierte allein die Ruga degli Orefici, die Straße der Goldschmiede, die vom Ponte di Rialto geradewegs nach Nordwesten führt, vorbei an San Giacomo mit der ungenauesten Kirchturmuhr der ganzen Stadt, da sie seit 1410 nur einen einzigen Zeiger besitzt.

An der Straße der Goldschmiede, an der sich Obst- und Lederwarenstände reihten, hatte sich einst das Atelier des Fotografen Gamber befunden. Auf dem geheimnisvollen Foto, das Brodka bei sich trug, war keine Hausnummer verzeichnet. Also drängten sie sich – jetzt, kurz vor Mittag, herrschte an den Marktständen Hochbetrieb – zuerst die rechte Straßenseite entlang bis zur Ruga Vecchia San Giovanni, wo die Straße endet, und von dort auf der gegenüberliegenden Straßenseite zurück zu ihrem Ausgangspunkt. Einen Laden oder auch nur ein Schild, das auf einen Fotografen hinwies, fanden sie nicht.

Bei einer schwarz gekleideten alten Mama, die mit zwei überquellenden Einkaufstaschen die Eingangstreppe zu einem der Häuser hinaufsteigen wollte, erkundigte sich Sydow, ob sie ihm etwas über den Fotografo Gamber sagen könne.

Die Frau stellte ihre Taschen ab und dachte nach, den Handrücken an die Stirn gelegt. Gamber, Gamber? Der Name komme ihr bekannt vor. Aus einem Fenster des Hauses, vor dem sie gerade standen, steckte ein alter Mann neugierig den Kopf heraus. Die alte Signora rief zu ihm hinauf, ob er sich an einen Fotografen namens Gamber erinnern könne. Er solle in dieser Straße sein Atelier gehabt haben.

Der alte Mann hob den Arm und zeigte auf ein heruntergekommenes Haus schräg gegenüber. Dort drüben, erwiderte er mit heiserer Stimme, wäre Gambers Laden gewesen. Der Fotografo habe am Rialto Touristen geknipst, manchmal auch eine Hochzeit, doch vor ein paar Jahren, fünf oder sechs könnten es sein, sei seine Frau verstorben und kurz darauf er selbst. Aber vielleicht wisse man im Haus gegenüber mehr.

In dem Gebäude befand sich ein Souvenirladen. Vor dem Schaufenster, in dem goldene Plastikgondeln und Kitsch aus farbigem Glas feilgeboten wurden, saß eine junge Frau auf einem Hocker und wartete auf Kundschaft.

Ob sie sich noch an den Fotografen Gamber erinnere, fragte Sydow höflich und fügte hinzu, sie interessierten sich für ein Foto, das Gamber vor langer Zeit aufgenommen habe.

Die Signora blickte mißtrauisch. »Sind Sie von der Polizei?« fragte sie unverhohlen.

Sydow zückte seinen Ausweis. »Wir sind von der Zeitung«, sagte er. »Vom ›Messaggero‹ in Rom.«

Plötzlich wurde die Frau gesprächig. In Venedig, erklärte sie, lese man den »Gazzettino« und »La Nuova Venezia« – keine Zeitungen von Bedeutung. Aber wenn Reporter des »Messaggero« in Venedig recherchierten, solle gewiß ein großer Skandal aufgedeckt werden, und da habe sie bestimmt ein gutes Honorar zu erwarten, wenn sie ihnen behilflich sei.

Es gehe weder um einen Skandal, erwiderte Sydow, noch um eine andere große Sache, sondern allein um den Fotografen Gamber, doch was das Honorar betreffe, könne man darüber reden, falls die Signora einen brauchbaren Hinweis für sie hätte.

Sydow und Brodka erfuhren, daß Gambers Tochter Maria das heruntergekommene Haus samt Fotoladen geerbt, aber kein Interesse gehabt habe, wie ihr Vater Touristen zu fotografieren. Sie habe das Haus vermietet und sei nach ihrer Heirat mit ihrem Mann, einem Chemiker aus Mestre, nach Rom gezogen. Sie selbst arbeite als freie Fotografin für verschiedene Zeitungen. Einmal im Jahr käme sie nach Venedig, um in ihrem Haus nach dem Rechten zu sehen.

»Wie heißt die Signora?« fragte Sydow.

»Maria Bonetti.«

»Bonetti? – Klein? Mit dunklem, krausem Haar?«

»Ja, Signore.«

»Was ist?« Brodka schaute Sydow verwundert an. »Kennen Sie die Frau?«

»Sie arbeitet manchmal als Society-Fotografin für den ›Messaggero‹. Daß ich sie kenne, wäre zuviel gesagt. Wir sind uns bloß ein paarmal begegnet.«

Er zog zwei Scheine aus der Tasche und reichte sie der Besitzerin des Souvenirladens. »Vielen Dank, Sie haben uns sehr geholfen.«

Zum Campo della Pescheria waren es nur ein paar Minuten, und Sydow, der Venedig gut kannte, schlug vor, die Ravioli und Tagliolini im ältesten Restaurant der Stadt zu versuchen, der Antica Trattoria Poste Vecchie.

Bei Pasta und Soave-Wein beratschlagten Brodka und Sydow in einer stillen Ecke des Lokals ihr weiteres Vorgehen. Daß Maria Bonetti in Brodkas Fall den entscheidenden Hinweis geben könnte, wagten zu diesem Zeitpunkt weder er noch Sydow zu hoffen.

Zu seiner Verblüffung wurde Brodka auf dem Flughafen von der Comtessa erwartet, und so verabschiedete er sich von Sydow, nicht ohne ihm seine neue Liebe vorgestellt zu haben. Sydow versprach, für den folgenden Tag ein Treffen mit Maria Bonetti, der Tochter des Fotografen, zu vereinbaren.

»Woher wußtest du, daß ich mit dieser Maschine aus Venedig

zurückkomme?« fragte Brodka, während Mirandolina ihren Lancia auf den Autobahnring steuerte.

»Ich wußte es nicht«, gab die Comtessa zur Antwort, »aber wenn man jemanden liebt, dann fühlt man so etwas. Du nicht?«

»Ehrlich gesagt, nein. Jedenfalls habe ich mich in dieser Hinsicht noch nie auf meine Gefühle verlassen.«

»Nein, im Ernst«, meinte Mirandolina, »es gab nicht so viele Möglichkeiten. Ich habe bei der Auskunft angerufen und erfahren, daß aus Venedig heute nur noch zwei Flüge ankommen. Wärest du mit der späteren Maschine gekommen, hätte ich eben so lange gewartet.«

»Das hättest du getan?« Brodka ergriff ihre Hand, die auf dem Schalthebel ruhte, und küßte sie.

»Vorsicht!« rief Mirandolina übermütig. »Es ist verboten, den Fahrer abzulenken. Ich hoffe, du warst erfolgreich in Venedig.«

»Das muß sich erst herausstellen«, sagte Brodka, aber er klang ziemlich mutlos. »Der Mann, den wir suchten, ist tot. Und seine Tochter arbeitet als Fotoreporterin in Rom. Sydow, den du gerade kennengelernt hast, kennt sie. Er wußte nur nicht, daß es die Tochter des Mannes ist, nach dem wir suchten.«

»Das ist doch nicht möglich!«

Brodka hob die Schultern. »Das Leben schreibt die verrücktesten Geschichten. Ob Maria Bonetti, so heißt sie, mir allerdings weiterhelfen kann, steht in den Sternen. Vielleicht wissen wir morgen schon mehr.«

Kurz nach 21 Uhr, es war schon dunkel, kehrten Brodka und Mirandolina nach Hause zurück, freundlich empfangen von Lohengrin, dem Schäferhund. Der laue Abend lud ein, den Tag auf der Terrasse im Weinberg zu beschließen.

Beim Schein einer flackernden Kerze, der ihre Gesichter anders erscheinen ließ als sie sie nach ihrer kurzen Bekanntschaft in Erinnerung hatten, erzählten beide Geschichten aus ihrem Leben.

Nach gut einer Stunde hielt Mirandolina plötzlich inne.

»Was ist?« fragte Brodka.

»Da vorn, in den Rebstöcken«, raunte Mirandolina. »Es kam mir so vor, als hätte sich etwas bewegt.«

Brodka erhob sich, ohne ein Geräusch zu verursachen, und starrte blind in die Dunkelheit, während Mirandolina die Kerze ausblies. Plötzlich erkannte auch Brodka, daß sich ein Weinstock bewegte.

»Lohengrin?« rief Mirandolina unsicher.

Zunächst geschah nichts. Dann näherte sich der Schäferhund aus der entgegengesetzten Richtung und knurrte bedrohlich.

An der Stelle, die beide im Auge hielten, knackten Zweige, und plötzlich war zu sehen, wie ein Schatten sich durch die Rebstöcke bewegte, stolperte, an den Spanndrähten hängenblieb, zu Boden stürzte, sich wieder aufrappelte und davonhuschte.

Lohengrin nahm die Verfolgung auf. Er stürmte mit lautem Gebell in Richtung des Schattens, unsichtbar für die beiden auf der Terrasse.

Kurz darauf hörten sie, wie unten am Weg ein Motor angelassen wurde, dann das Geräusch kreischender Reifen.

Mirandolina flüchtete sich in Brodkas Arme.

»Diesmal hatte ich wirklich Angst«, sagte sie in Anspielung auf den gestrigen Abend.

»Ich auch«, erwiderte Brodka, löste sich von Mirandolina und tastete nach dem Feuerzeug, das auf dem Tisch lag. Er hatte gerade die Kerze entzündet, als Lohengrin zwischen den Rebstöcken hervorkam. Er hielt einen daumendicken, kurzen Gegenstand im Maul, den er vor Mirandolina zu Boden fallen ließ. Das Geräusch, das dabei entstand, ließ Brodka aufhorchen. Er hob den Gegenstand auf und hielt ihn ins Licht der Kerze.

»Ist das nicht ein Zielfernrohr?« fragte Mirandolina mit zittriger Stimme.

Brodka nickte. »Allerdings. Unser unerwünschter Besucher scheint es in der Eile verloren zu haben. Solche Dinger werden von Scharfschützen benutzt.«

Mirandolinas Blicke huschten verängstigt von Brodka zu den Rebstöcken und wieder zurück. »Das heißt, jemand wollte auf uns schießen!«

»Auf mich!« korrigierte Brodka. »Oder hast du ebenfalls Feinde?«

»Mein Gott!« flüsterte Mirandolina. Sie war völlig außer sich. »Wir müssen die Polizei rufen!«

»Das würde im Augenblick mehr schaden als nützen. Ich habe jedenfalls nicht das geringste Interesse, meinen Fall öffentlich zu machen.«

»Aber was willst du tun? Du kannst doch nicht warten, bis sie dich abknallen!«

»Nein«, antwortete Brodka nüchtern. »Ich konnte ja nicht ahnen, daß mich diese Leute schon wieder ausfindig gemacht haben.«

»Welche Leute?« bohrte Mirandolina nach.

»Die Leute von der Vatikan-Mafia.«

»Was willst du jetzt tun?«

Brodka überlegte. »Am besten, wir schließen uns hier ein und warten, bis es Morgen wird.«

»Wenn der Schütze wiederkommt, dann wird er sich nicht noch mal verscheuchen lassen. Nein, wir verschwinden. Am besten sofort. Jetzt ist die Chance, unentdeckt zu entkommen, am größten.«

»Und wohin? Gibt es ein Hotel hier in der Gegend?«

Die Comtessa schüttelte den Kopf. »Ich habe eine bessere Idee. Du packst nur das Nötigste zusammen, und wir fahren mit meinem Wagen zu Tante Gracia. Sie wohnt in einem alten Haus in Ostia. Dort bist du fürs erste sicher.«

Brodka überraschte die Entschlossenheit, mit der Mirandolina der Situation begegnete. Ihr Vorschlag war verlockend. Jedenfalls mußte er auf schnellstem Wege untertauchen.

»In Ordnung«, sagte er schließlich.

In aller Eile packte er ein paar Kleidungsstücke in eine Tasche. Im Schrank blieben Juliettes Kleider zurück. Sie hinterließen bei Brodka ein merkwürdiges Gefühl; aber es blieb keine Zeit, darüber nachzudenken. Auch das Zielfernrohr verstaute Brodka in der Reisetasche. Dann stiegen sie in Mirandolinas Lancia und fuhren los.

Es war fast Mitternacht, und auf dem schmalen, dunklen Weg, der steil abwärts zur Hauptstraße führte, war niemand zu sehen. Als sie die Straße erreicht hatten, vergewisserten sie sich, daß sie nicht verfolgt wurden.

Nach einer knappen Stunde Fahrzeit kamen sie in Ostia an, einer Stadt, die nicht zu den schönsten Italiens zählt. Doch bei Nacht war Ostia ein Alptraum: Straßenschluchten mit vielstöckigen, alten Wohnblocks, spärlich beleuchtete Plätze, überquellende Mülltonnen am Straßenrand, auf denen Katzen nach Nahrung suchten, und zahllose verwaiste Baustellen.

»Keine Bange«, meinte Mirandolina angesichts von so viel Scheußlichkeit, »Tante Gracia wohnt etwas außerhalb in Richtung Lido.«

Wenig später erreichten sie das alte, an einer ruhigen Seitenstraße gelegene Haus, das hinter Pinien und Sträuchern verborgen war. Mirandolina läutete und machte sich durch Rufen bemerkbar. Nach langem Warten erschien Tante Gracia in einem langen weißen Morgenmantel. Als sie ihre Nichte erkannte, fragte sie aufgeregt, was passiert sei.

Mirandolina schilderte die Situation und fragte, ob Brodka für ein paar Tage bei ihr bleiben könne. Gracia, eine hochgewachsene, resolute alte Dame mit langen ergrauten Haaren, verwünschte die heutige Zeit, in der nur Mörder und Strauchdiebe ihr Unwesen trieben. Dann bat sie die beiden ins Haus, musterte Brodka mit sichtlichem Wohlgefallen und erklärte, »der Freund ihrer Nichte« könne bleiben, so lange er wolle.

Das Haus wirkte alles andere als einladend. In den kahlen, hohen Räumen hatte sich der Mief von Jahrzehnten eingenistet. Doch es war Brodka herzlich egal. Hauptsache, er war erst einmal aus der Schußlinie.

Mirandolina zog es vor, noch in der Nacht nach Nemi zurückzukehren.

»Hast du keine Angst, der Kerl könnte dir noch auflauern?« fragte Brodka. »Ich lasse dich nur ungern allein zurückfahren.«

»Allein bin ich sicher genug. Der Schütze hatte es auf dich abgesehen. Nur meinetwegen wird er kein Risiko eingehen. Und außerdem mache ich mir Sorgen um Lohengrin; ich muß mich um ihn kümmern.«

Zum Abschied umarmten sich beide innig. Die alte Dame sah es mit Wohlgefallen, weil ihr der *tedesco* gefiel und sie schon lange die Ansicht vertrat, daß ihre Nichte einen anständigen Mann brauchte.

Kapitel 17

Karfreitag. Wie in jedem Jahr entfachte die Karwoche im Vatikan ein klerikales Chaos. Priester aus aller Welt lasen Messen am Fließband. Während die Glocken schwiegen, hallten Gregorianische Gesänge durch die Gewölbe und steigerten sich zu einem berauschenden Furioso masochistischer Töne. Der Tag der Operation ›Urbi et Orbi‹ rückte näher.

Der Plan war bis ins kleinste Detail ausgearbeitet: Der Papst, ein liberaler Schwächling, der, wäre es nach seinem Willen gegangen, den Zölibat aufgehoben und die Kirche in ein modernes Zeitalter geführt hätte, sollte sterben. Er würde beim Ostersegen *Urbi et Orbi* auf der Loggia von St. Peter lautlos zusammenbrechen, und noch am selben Tag würde das Konklave einberufen, das den neuen Papst zu wählen hatte. Daß er Smolenski heißen würde, stand so gut wie fest. Mit Millionensummen und Ämterversprechungen hatte er die Mehrheit der Kardinäle auf seine Seite gebracht.

Skrupel kannte Smolenski nicht. Ihm und der Purpur-Mafia ging es um nichts anderes als den Machterhalt der Kirche. Für diese Männer gab es keinen Zweifel, daß die Kirche nur fortbestehen konnte, wenn sie sich so verhielt wie in den zweitausend Jahren zuvor. Zwar war die Menschheit in dieser Zeitspanne um keinen Deut besser geworden, aber das war auch nicht die Absicht des Klerus. Die Kirche durfte keinesfalls zu den Menschen herabsteigen – im Gegenteil, die Menschen mußten zur Kirche emporschauen. Und das bedurfte mittelalterlicher Strenge. Menschlichkeit war da fehl am Platz.

Am Vormittag des Karsamstags trafen Smolenski und sein Sekretär Polnikov noch einmal im Büro des Kardinalstaatssekretärs zusammen, um jeden einzelnen Punkt abzuhaken.

Jan Polnikov war ein kleiner, glatzköpfiger Mann, dem nachgesagt wurde, er habe seit dem Niedergang des Kommunismus in Polen nicht mehr gelacht. Seine verhärmten Gesichtszüge ließen diesen Schluß durchaus zu.

Daß er ein Spätberufener war, wußten nur die wenigsten. Und seine Vergangenheit als KGB-Mitglied mit Spezialaufgabe elektronische Logistik war nur Smolenski bekannt. Polnikov war es auch, der den Kardinalstaatssekretär mit allen elektronischen Raffinessen ausgestattet und jene Anlage installiert hatte, die es Smolenski seit geraumer Zeit ermöglichte, alle wichtigen Stellen im Vatikan zu observieren. Selbst die Privaträume des Papstes.

Hinter Polnikovs dicken Brillengläsern verbarg sich im übrigen ein scharfer Verstand, der mit Bits und Bytes ebenso umzugehen verstand wie mit der Philosophie eines Hegel oder Kant. Als kleiner Sekretär eines herrschsüchtigen Kardinals war Polnikov natürlich unterfordert, doch der kleine Mann wäre nie auf die Idee gekommen, sich über mangelnde Herausforderungen zu beklagen.

Vor Smolenski lag die Checkliste der Operation auf dem Schreibtisch, daneben eine Reihe Pressefotos vom Segen *Urbi et Orbi* im vergangenen Jahr. Sie zeigten den Papst in der Mitte der Loggia von St. Peter. Zu seiner Linken der päpstliche Kammerherr. Zu seiner Rechten Kardinal Rocchetta, der Älteste in der Kardinalsriege.

Zum wiederholten Male flimmerte über einen der zahlreichen an der Wand installierten Bildschirme die Videoaufzeichnung des Ostersegens. Smolenski und Polnikov verfolgten die Szene wie gebannt.

Der Papst rührte sich während der Zeremonie nicht vom Fleck. Das hatte seinen Grund: Genau in der Mitte der Loggia war das Mikrofon aufgestellt, in das er sprach.

»Großartig!« lobte Smolenski die Planungsarbeit seines Sekretärs.

Polnikov konnte sich nicht erinnern, jemals von seinem Chef gelobt worden zu sein.

»Sehen Sie noch irgendeine Schwachstelle, Polnikov?«

Natürlich erwartete Smolenski ein klares Nein auf seine Frage; aber der Sekretär zögerte.

Polnikov nahm die Kassette aus dem Recorder und legte eine andere ein. »Es gibt da eine gewisse Unsicherheit, Eminenza ...«

»Unsicherheit? Es darf nicht die *kleinste* Unsicherheit geben!« schimpfte Smolenski.

Auf dem Monitor erschien die gleiche Szene noch einmal.

Der Kardinalstaatssekretär blickte Polnikov fragend an.

»Das ist *Urbi et Orbi* vor zwei Jahren«, erklärte Polnikov. »Sehen Sie nur, Eminenza!«

Auf dem Bildschirm verrückte der päpstliche Kammerherr ohne ersichtlichen Grund das Mikrofon. Plötzlich stand der Papst nicht mehr exakt in der Mitte der Loggia.

Smolenski wurde bleich. »Theoretisch könnte das morgen wieder passieren. Was können wir tun, Polnikov?«

Der Sekretär spulte das Band zurück und ließ die Szene noch einmal ablaufen. »Das ist die Unsicherheit, von der ich sprach, Eminenza. Wenn Sie mich fragen, können nur Sie selbst diese Gefahr bereinigen. Nehmen Sie Kardinal Rocchettas Stelle ein.«

»Ich? Unmöglich! Ich muß den Schuß auslösen!«

»Was hindert Sie daran, Eminenza?« Polnikov hielt ein kleines Etwas hoch, kaum größer als ein Füllfederhalter. »Der Sender läßt sich in jeder Jackentasche verbergen, ganz zu schweigen von den Falten eines Kardinalsgewandes.«

Smolenski nahm das Gerät in die Hand, prüfte dessen Gewicht und befand: »Keine schlechte Idee. Wie groß ist eigentlich die Zielgenauigkeit der Waffe?«

Polnikov machte eine abfällige Handbewegung. »Mit dem Tokarev LZ 803 schießen Sie Ihrem Gegner aus zweihundert Meter Entfernung eine Zigarette aus dem Mund. Ich fürchte, das größere Problem wird darin bestehen, Kardinal Rocchetta zu überzeugen, daß Sie beim *Urbi et Orbi* seine Rolle einnehmen.«

»Das«, meinte Smolenski, »lassen Sie ruhig meine Sorge sein!«

Wie vorgesehen hatte ein Bautrupp die Trümmer der Explosion auf den Kolonnaden beseitigt und ein Baugerüst aus Eisenstangen errichtet. Während in der Peterskirche die Feierlichkeiten der Osternacht abliefen, bestieg Polnikov im Schutze der Dunkelheit die Kolonnaden über den östlichen Aufgang. Er trug einen schmalen, länglichen Koffer bei sich, wie ihn Musiker für ihre Instrumente verwenden.

Um dem grellen Scheinwerferlicht zu entgehen, mit dem Berninis Kolonnaden zur Nachtzeit angestrahlt werden, durfte Polnikov sich nicht an der Vorderseite bewegen. Geduckt und stellenweise auf allen vieren kriechend, wobei er den Koffer vor sich herschob, gelangte er schließlich zu dem Gerüst.

Die Explosion hatte einen in der Nähe befindlichen Scheinwerfer in Mitleidenschaft gezogen, so daß das Gerüst im Unterschied zur Fassade in Dunkelheit gehüllt war. Polnikov kletterte auf die Plattform, wo er seinen Koffer öffnete und die in Einzelteile zerlegte Tokarev-Wunderwaffe herausnahm.

Inzwischen hatten sich seine Augen an die Dunkelheit gewöhnt, und Polnikov suchte die Umgebung ab, ob es keinen Zeugen des bedeutsamen Unternehmens gab. Dabei fühlte er sich an seine große Zeit beim KGB erinnert, als derartige Aufgaben beinahe alltäglich für ihn waren. Das war lange her und hatte ihm zu seinen regulären Einkünften respektable Prämien eingebracht. So gesehen hatte er sich in seinem klerikalen Leben verschlechtert; aber das gehörte nicht hierher.

Mit der ihm eigenen Akkuratesse begann Polnikov die Waffe zusammenzuschrauben. Seine Taschenlampe brauchte er nicht, denn er kannte jeden Handgriff auswendig. Er hätte die Aufgabe sogar mit verbundenen Augen bewältigt. Das ganze dauerte nur Minuten.

Wie erwartet gestaltete sich die Installation der beiden Tellerstative, auf denen das LZ 803-Gewehr verschraubt werden mußte, am schwierigsten. Auf Holzbohlen ging diese Arbeit leichter vonstatten. Die modernen Gitterroste hingegen, die dem Gerüst als Plattform dienten, erwiesen sich als äußerst ungünstig, was die Verschraubung der Stative betraf. Immerhin mußten sie für den Bruchteil einer Sekunde einem Rückschlag von einer Tonne pro Quadratzentimer standhalten, und dabei durften sie sich um keinen Millimeter verschieben.

Polnikov befestigte die dafür vorgesehenen Schraubzwingen mit aller Kraft, die sein untersetzter Körper aufbrachte. Dann nahm er die Schußapparatur, die nun, im gebrauchsfertigen Zustand, beinahe zwei Meter lang war, mit einem herkömmlichen Gewehr jedoch nur den langen Lauf gemein hatte. Er setzte sie auf die beiden Stativköpfe und zog die verchromten Flügelmuttern fest, nachdem er den Lauf auf die Mitte der Fassade von St. Peter gerichtet hatte.

Vorsichtig, beinahe liebevoll, schob Polnikov nun die Zielapparatur in die dafür vorgesehene Gleitschiene. Das Spiegelfernrohr maß beinahe zehn Zentimeter im Durchmesser, was ihm eine enorme Lichtstärke verlieh, die es auch bei Nacht ermöglichte, das Zielobjekt anzuvisieren. Dies geschah durch ein Prismenobjektiv, das geschwenkt und sogar senkrecht nach oben ausgerichtet werden konnte.

Polnikov blickte auf seine Uhr. Bis *Urbi et Orbi* waren es gerade noch 36 Stunden. Er war sich der Bedeutung seiner Arbeit bewußt; trotzdem zeigte er kein Anzeichen von Unruhe. Die Folgen würden weitreichend sein, und das erfüllte ihn mit Stolz.

Mit einem hörbaren Geräusch rastete die Zielapparatur in die dafür vorgesehene Vorrichtung ein. Polnikov stellte das Prisma senkrecht nach oben und blinzelte hindurch. Zur Höhen- und Seiteneinstellung bediente er zwei Drehknöpfe aus poliertem Aluminium. Das Gewehr folgte jeder noch so winzigen Bewegung mit äußerster Präzision.

Aus der Jackentasche zog er mehrere Pressefotos vom Segen *Urbi et Orbi*. Im Schein seiner Taschenlampe betrachtete er jedes einzelne. Die Balustrade der Loggia diente ihm als Anhaltspunkt für die Höhenverstellung; für die Seitenverstellung erwies sich das Portal im Hintergrund als hilfreich.

Ein um das andere Mal verglich Polnikov das Blickfeld des Zielfernrohrs mit den Pressefotos, justierte nach und verglich erneut, bis er sich endlich, nach fast einer Stunde, zufriedengab. Behutsam spannte er eine Plane über die Apparatur und befestigte sie mit Klebeband.

Jetzt war Polnikov sich seiner Sache sicher. Nun wußte er, daß von seiner Seite nichts mehr schiefgehen konnte. Behutsam legte er einen Kippschalter an der Rückseite des LZ 803 um. Das leise »Klick«, das der Schalter von sich gab, schien harmlos und unbedeutend im Vergleich zur Wirkung, die sich dahinter verbarg. Gleichzeitig leuchtete neben dem Schalter ein kleines grünes Lämpchen auf – das Zeichen der Bereitschaft, lautlos zu töten.

Am Morgen erreichte Andreas von Sydow ein unerwarteter Anruf. Schlaftrunken meldete er sich: »*Pronto.* Wer spricht?«

Eine rauhe Stimme antwortete mit einer Gegenfrage: »Sind Sie der Reporter vom ›Messaggero‹?«

Als Sydow unwillig bejahte, erklärte die Stimme: »Sie haben doch das ominöse Grab im Vatikan entdeckt, nicht wahr? Und die Geschichte von dem verrückt gewordenen Museumswächter aufgeklärt, stimmt's? Das alles ist harmlos im Vergleich zu den anderen Schweinereien, die dort ablaufen. Sind Sie interessiert, mehr zu erfahren?«

Mit einem Mal war Andreas von Sydow hellwach. »Ja, natürlich, selbstverständlich!« stieß er hervor. »Aber weshalb rufen Sie mich an? Wer sind Sie?«

»Mein Name tut nichts zur Sache. Und was den Grund meines Anrufs betrifft – ich möchte diesen Banditen im Vatikan das Handwerk legen.«

»Banditen sagen Sie, Signore? Können Sie Namen nennen?«

Auf Sydows Frage folgte ein langes Schweigen.

»Namen! Fakten!« drängte Sydow. »Mit Andeutungen kann ich nichts anfangen.«

Der Anrufer räusperte sich umständlich und sagte: »Verstehe. Können wir uns irgendwo treffen?«

Obwohl er sehr aufgeregt war, zwang Sydow sich zur Gelassenheit. »Hören Sie, Signore, ich kenne Ihren Namen nicht, und Sie machen bloß irgendwelche Andeutungen. Was glauben Sie, wie viele Spinner bei mir anrufen und mir irgendeine Sensation verkaufen wollen, die sich dann als Seifenblase entpuppt. Wenn Sie nicht mehr zu berichten wissen ...«

»Legen Sie nicht auf!« Der andere wurde nervös. »Was ich Ihnen zu sagen habe, ist von größter Wichtigkeit.«

»Dann reden Sie, verdammt noch mal!«

Als der Anrufer schwieg, legte Sydow auf. Aus seiner Erfahrung als Zeitungsreporter wußte er, daß dies das einfachste Druckmittel war, jemanden zum Reden zu bringen.

Tatsächlich dauerte es keine Minute, bis das Telefon erneut klingelte. Diesmal kam der Unbekannte ohne Umschweife zur Sache: »Die vatikanischen Gemäldesammlungen sind eine Anhäufung von Kopien. Raffael, Leonardo, Giotto – alles keine Originale!«

»Woher wollen Sie das wissen?«

»Weil ich die Kopien selbst gemalt habe.«

Jetzt war die Sprachlosigkeit auf Sydows Seite.

»Die Originale«, fuhr der Anrufer fort, »wurden nach Amerika, Japan und Deutschland verkauft. Und mit dem Geld wurde eine geheime Organisation aufgebaut, mit einer Kardinalsmafia an der Spitze. Ihr Ziel ist die unauffällige Beseitigung des Papstes. Genügt das?«

»Können Sie beweisen, daß *Sie* die alten Meister kopiert haben?« fragte Sydow fassungslos.

»Aber sicher!« Der Unbekannte lachte. »Ich habe jede meiner Kopien mit meinen Initialen versehen, winzig klein und an den unmöglichsten Stellen. Ich habe geahnt, daß es mir irgendwann von Nutzen sein würde.«

Sydow vermochte seine Aufregung nur schwer zu verbergen. »Ich glaube Ihnen nicht«, sagte er. »Ich glaube Ihnen kein Wort.«

»Na gut«, meinte der andere, »dann sehen Sie sich in den Vatikanischen Sammlungen das Porträt Papst Leos x. einmal näher an. Vor allem seinen Siegelring. Im Original trägt der Ring die Initiale L wie Leone.«

»Dann war die Beobachtung des Museumswächters Meinardi an der Raffael-Madonna also richtig?«

»Natürlich. Eine lächerlich schlechte Kopie. Nicht von mir. Ein Deutscher soll sie gemalt haben – ausgerechnet ein Deutscher! Mir wäre ein solcher Fehler nicht unterlaufen!«

Sydow überlegte. »Wenn Sie für Ihre Information Geld wollen, muß ich Sie enttäuschen.«

»Kein Geld. Ich will nur, daß Sie schreiben, was ich Ihnen sage. Wenn Sie wollen, können wir uns treffen. 21 Uhr an der Via Appia Antica, Monument des Commodius.«

Noch ehe Sydow antworten konnte, beendete der unbekannte Anrufer das Gespräch.

Von Berufs wegen zählte Andreas von Sydow nicht zu den Frühaufstehern. Er brauchte seine Zeit, bis er ansprechbar war. Der frühe Anruf, vor allem sein Inhalt, hatte ihn ziemlich durcheinandergebracht.

Da klingelte erneut das Telefon. Brodka meldete sich aus Ostia und berichtete von seiner Flucht aus Nemi und dem versuchten Mordanschlag. Als Sydow ihm von dem unbekannten Anrufer erzählte, der auszupacken bereit sei, besaß der Fall plötzlich eine neue, ungeahnte Dimension. Sydow und Brodka verabredeten sich zur Mittagsstunde in der Eingangshalle der Vatikanischen Museen.

Von den zahllosen Besuchern bemerkten nur Brodka und Sydow die Spannung, die in der Luft lag. Zielstrebig suchten die beiden Männer den Saal mit dem Porträt Leos x. auf. Für die anderen Kunstschätze hatten sie keinen Blick. Sydow wollte nur eine Bestätigung der Aussage des mysteriösen Anrufers.

Als sie das Porträt Leos x. in Augenschein nahmen, erschien es ihm schlichtweg unmöglich, daß das Gemälde eine Kopie sein sollte. Der Siegelring des Papstes hatte nur die Hälfte der natürlichen Größe eines Fingerrings, zudem war das Siegel auf dem Bild perspektivisch verkürzt; dennoch konnte man die Initialen deutlich erkennen.

»Wie würden Sie die beiden Buchstaben lesen?« wandte sich Sydow an Brodka.

»Ein G und ein P.«

»Das sehe ich auch so. Also hat der unbekannte Anrufer recht. Das Gemälde ist eine Fälschung.«

»›G. P.‹? Haben Sie eine Ahnung, wer sich hinter den Initialen verbergen könnte?« fragte Brodka.

Die Hände in den Taschen, war Sydow in den Anblick des Gemäldes vertieft. Er hob die Schultern, überging Brodkas Frage und meinte nach einer Weile: »Sie verstehen doch etwas von Kunst, Brodka. Halten Sie es für möglich, daß ein Künstler von heute die Fähigkeit besitzt, einen Raffael so nachzuahmen, daß er vom Original nicht zu unterscheiden ist?«

Brodka schmunzelte in sich hinein. In Juliettes Augen wäre er wohl eher ein Banause gewesen, was Kunst betraf; aber er hatte dazugelernt und erfahren, daß eine solche Fälschung durchaus möglich war. »Leute, die mehr von Kunst verstehen als ich«, meinte er schließlich, »behaupten, die Hälfte aller auf dem Kunstmarkt angebotenen Alten Meister seien keine Originale.«

Ungläubig schüttelte Sydow den Kopf. »Raffael gilt als Genie. Und dieser Unbekannte malt genauso gut wie Raffael, aber niemand kennt seinen Namen!«

»Das Leben ist nun mal ungerecht«, meinte Brodka trocken. »Haben Sie übrigens mit Signora Bonetti Kontakt aufgenommen, der Tochter des Fotografen?«

»Ach, das habe ich Ihnen ja noch gar nicht gesagt. Maria Bonetti kommt erst heute von einem Schlagerfestival in Cannes zurück.«

»Ist auch nicht so wichtig«, bemerkte Brodka, als sie über die große Wendeltreppe dem Ausgang zustrebten.

»Sagen Sie das nicht«, wandte Sydow ein. »Ich habe so ein Gefühl, als könnte Maria Bonetti uns noch von großem Nutzen sein.«

Nach Einbruch der Dunkelheit machten Brodka und Sydow sich auf den Weg zur Via Appia. Ein Stück des Weges legten sie im Auto zurück; dann gingen sie auf der alten Pflasterstraße zu Fuß weiter.

Vor mehr als zweitausend Jahren errichteten die reichen Römer zu beiden Seiten der Straße ihre Prachtgräber. Nun lagen die Ruinen im fahlen Mondlicht. Wer glaubte, die Appia sei um diese Zeit einsam und verlassen, sah sich getäuscht. Liebespaare nützen die laue Nacht und die romantische Umgebung für ihre Schäferstündchen.

Das Monument des Commodius lag eingerahmt von Zypressen und wucherndem Buschwerk und bestand aus einem verfallenen Mauergeviert von drei mal vier Metern und den Resten einer Inschrift, die den Namen Commodius trug. Es lag etwas abseits der Straße. Als Brodka und Sydow näher kamen, schlug ihnen pestilenter Gestank entgegen.

Nachdem sie die von Gestrüpp überwucherte Ruine einmal umrundet hatten, trat eine Gestalt aus dem Schatten des Mondes hervor.

Die beiden Männer blieben in gebührendem Abstand stehen.

»Wer sind Sie?« rief Sydow.

»Und Sie?« kam die Gegenfrage.

»Mein Name ist Sydow, und das ist mein Kollege Brodka.«

Der andere trat ein paar Schritte vor, so daß sie sein Gesicht erkennen konnten. Er war vielleicht fünfzig oder sechzig Jahre alt, und seine Stirnglatze wurde von einem hellen Haarkranz eingerahmt. Im übrigen machte er nicht gerade den Eindruck eines Gangsters.

»Ich heiße Giuseppe Palmezzano«, sagte er, während er sich den beiden Männern nährte. Dabei hielt er die Hände auf dem Rücken verschränkt.

Brodka blickte mißtrauisch. Ihm war nicht wohl bei der Sache, und er wich einen Schritt zurück.

»Sind Sie sicher, daß niemand Ihnen gefolgt ist?« erkundigte sich Palmezzano.

Sydow hob die Schultern. »Sicher bin ich nicht. Aber wir haben uns jedenfalls nicht auffällig verhalten.«

»Ich möchte nämlich nicht unbedingt mit Ihnen gesehen werden, verstehen Sie.«

»Durchaus«, erwiderte Sydow. »Was haben Sie uns zu sagen?«

Palmezzano gab den beiden einen Wink, sie sollten ihm hinter das Buschwerk folgen. Dort zog er einen Gegenstand aus seiner Jackentasche und hielt ihn Brodka und Sydow entgegen.

Brodka erkannte im Mondlicht, daß es eine Purpurschlinge war. Er spürte, wie das Blut in seinen Schläfen hämmerte.

»Das«, begann Palmezzano, »ist das Erkennungszeichen der Kardinalsmafia.«

»Und wie kommen Sie an das Ding?« fragte Brodka.

»Ich habe dieser Organisation einmal angehört. Wenn Sie so wollen, war diese Schlinge mein Mitgliedsausweis. Ich habe viele Jahre für die hohen Herrn gearbeitet. Aber dann passierte ... nennen wir es einen Betriebsunfall, und ich konnte ihnen nicht mehr von Nutzen sein. Da ließen sie mich fallen wie eine heiße Kartoffel.«

»Was war Ihre Aufgabe in der Organisation?« fragte Sydow.

Palmezzano lachte. »Ich bin Maler aus Leidenschaft, verstehen Sie? Ich brauche nur eine Flasche Rotwein, dann fühle ich wie Raffael, und ich male auch so. Die Hälfte aller alten Meister in den Vatikanischen Sammlungen habe ich nachempfunden. Nicht gefälscht, wohlgemerkt – nachempfunden! Smolenski hat mit meiner Arbeit ein Vermögen gemacht, indem er die Originale verkaufte und statt dessen meine Bilder aufhängte.«

»Smolenski?«

»Ja, der Kardinalstaatssekretär. Er ist zwar nicht der Kopf der Organisation, aber der Macher.«

»Und wer ist der Kopf?« fragte Brodka aufgeregt.

»Sperling.«

»Kurienkardinal Sperling?«

»Genau der.«

»Und Smolenski? Ich dachte ...«

»Zwischen Sperling und Smolenski besteht eine alte Rivalität. Sie sind sich spinnefeind, und jeder hat schon mehrere Versuche unternommen, den anderen zu beseitigen. Der angebliche Herztod Kardinal Shermans während der Messe in der Sixtinischen Kapelle war ein Betriebsunfall. Der Meßwein war vergiftet.«

»Von wem?«

Palmezzano räusperte sich. »Ich habe im Vatikan noch immer meine Leute. Aber es sollte nicht Sherman treffen, sondern Smolenski. Jetzt holt Smolenski zum großen Schlag aus. Er nennt es die Operation ›Urbi et Orbi‹. Dahinter verbirgt sich die Beseitigung des Papstes. Wie man hört, ist alles so perfekt eingefädelt, daß nichts schiefgehen kann.«

»Wissen Sie Näheres?«

Palmezzano schüttelte den Kopf. »Es gibt nur einen kleinen Kreis von Mitwissern. Sie allein kennen den genauen Termin und die näheren Umstände.«

Brodka schaute Sydow von der Seite an. Soweit er es im

Mondlicht erkennen konnte, war Sydow nicht weniger fassungslos als er selbst.

»*Urbi et orbi*«, murmelte Brodka.

Sydow nickte. »Sie wissen, was das bedeutet. Der Papst hat noch fünfzehn Stunden zu leben.«

»Fünfzehn Stunden?« fragte Palmezzano verunsichert. »Dann wissen Sie mehr als ich.«

»Das mag sein«, erwiderte Brodka, »zumindest was den Termin betrifft. Wir sind im Besitz einer geheimen Botschaft, auf welcher von einer Operation ›Urbi et Orbi‹ die Rede ist. Bis jetzt war uns die Bedeutung dieses Begriffs unbekannt. Jetzt wissen wir, daß damit der Termin für das Attentat gemeint ist.«

Zum wiederholten Male spähte Palmezzano nach allen Seiten; dann sagte er mit leiser Stimme: »Ehrlich gesagt, kann ich mir nicht vorstellen, daß Sperling oder Smolenski zu diesem Mittel greifen und den Papst von einem Heckenschützen umlegen lassen. Der Aufruhr wäre zu groß, und früher oder später würde der Attentäter gefaßt. Ein Papstattentat vor laufenden Kameras?«

Brodka meinte nachdenklich: »Wer sagt denn, daß der Papst erschossen werden soll? Wie man weiß, hat die menschliche Niedertracht schon die unglaublichsten Todesarten erfunden.«

»Beim Segen *Urbi et Orbi*?« Sydow verzog das Gesicht.

»Nach dem, was ich über Smolenski erfahren habe«, meinte Brodka, »traue ich ihm alles zu.«

»Da liegen Sie gar nicht falsch. Smolenski ist die Verkörperung des Bösen. Und das Böse ist nur mit Bösem zu bekämpfen. Ich habe ihm schon eine Bombe unter das Auto gelegt. Aber das Schicksal schützt diesen Teufel auf unerklärliche Weise.« Palmezzanos Worte klangen verbittert.

Von Süden näherten sich auf der alten Straße, die für den Verkehr gesperrt ist, zwei Gestalten. Ihre Schritte hallten auf dem glatten Basaltpflaster. Palmezzano wurde unruhig und drängte Brodka und Sydow hinter die Sträucher, die um das Monument des Commodius wucherten.

Brodka fühlte sich nicht wohl in seiner Haut; weniger der beiden dunklen Gestalten als Palmezzanos wegen, der einen undurchsichtigen Eindruck auf ihn machte.

Nachdem die beiden Gestalten in der Dunkelheit verschwunden waren, sagte Palmezzano: »Sie nehmen es mir gewiß nicht übel, Signori, wenn ich mich jetzt zurückziehe. Für den Austausch so wichtiger Geheimnisse ist mir dieser Treffpunkt ein wenig zu gefährlich. Außerdem ist alles Wichtige gesagt. Ich hoffe, Sie können mit den Informationen etwas anfangen.«

Kaum hatte er geendet, verschwand Palmezzano in der Dunkelheit. Brodka und Sydow lauschten in die Mondnacht. Sie vernahmen keinen Laut. Palmezzano war wie vom Erdboden verschluckt.

»Was halten Sie von dem Mann?« erkundigte sich Brodka nach einer Weile.

Sydow hob die Schultern und schwieg.

»Wenn seine Aussage stimmt«, fuhr Brodka fort, »entscheidet der morgige Tag über die Zukunft des Papsttums. Sydow, wir müssen etwas unternehmen!«

Sie spähten in der Dunkelheit nach allen Seiten, während sie auf der Via Appia zurück zu ihrem Wagen gingen.

»Was sollen wir jetzt tun?« fragte Sydow. »Sollen wir zur Polizei gehen und sagen, morgen beim Segen *Urbi et Orbi* wird der Papst erschossen oder von der Loggia gestürzt, oder er bricht einfach tot zusammen? Brodka, dann sind wir beide die ersten Verdächtigen.«

»Glauben Sie denn nicht, daß es ein Attentat geben wird?«

Sydow hob die Schultern. »Gewiß, es gibt Indizien, aber Beweise haben wir nicht. Erinnern Sie sich, was passiert ist, als wir wegen Meinardi zur Polizei gegangen sind. Gut, wir haben ihn aus dem Gefängnis freibekommen. Aber hat die Polizei etwas gegen die Heilige Mafia unternommen? Nichts! Oder sehe ich das falsch?«

»Ich fürchte, Sie sehen das richtig«, erwiderte Brodka. »Ich habe am eigenen Leibe erlebt, welche Machtmittel diese Leute im Vatikan besitzen.«

Er fühlte sich machtlos gegenüber dem unsichtbaren Gegner. Sein Wissen drohte ihn zu ersticken. Wie würde er damit fertig werden, wenn das Unfaßbare einträte, wenn Smolenski seine Pläne in die Tat umsetzte?

Wie aus der Ferne vernahm Brodka Sydows Stimme: »Was ist? Geht es Ihnen nicht gut?«

»Doch, doch«, entgegnete Brodka zerstreut.

Dann setzten sie ihren Weg fort.

Die Comtessa hatte den ganzen Tag versucht, Brodka zu erreichen. Von Tante Gracia hatte sie erfahren, daß er das Haus schon am Morgen verlassen hatte. Auch Sydow meldete sich nicht am Telefon. Warum gab Brodka ihr keine Nachricht?

Gegen 22 Uhr entschloß sie sich, mit dem Wagen nach Ostia zu fahren, um auf Brodka zu warten.

Vor der Tür stand noch immer sein Leihwagen. Mirandolina schien es ratsam, Brodkas Auto vor ihrem Haus zu entfernen. Außerdem brauchte er einen Wagen. Deshalb stieg sie in den grauen Ford, nicht in ihren Lancia, um sich auf den Weg nach Ostia zu machen.

Sie ließ den Motor an, der ein sattes Brummen von sich gab. Umständlich legte sie den Gang ein; dann fuhr sie los. Die

Scheinwerfer des Wagens leuchteten spärlich den steilen Weg aus, den sie schon tausendmal gefahren war.

Viel zu lange hatte sie geglaubt, Männer könnten ihr gestohlen bleiben. Aber seit zwei Tagen wußte sie, was sie versäumt hatte. Brodka hatte sie aus ihrem Liebesschlaf geweckt. Sie liebte diesen Mann. Vielleicht war es sogar der erste Mann, den sie wirklich liebte. Ihr Stolz hätte es früher nie zugelassen, einem Mann hinterherzutelefonieren oder ihm gar nachzufahren.

Bei Brodka war es anders. Zum erstenmal in ihrem Leben fühlte sie jene Schmetterlinge im Bauch, die in Romanen beschrieben werden. Sie hatte Angst, Brodka könnte ihre Gefühle nicht im selben Maße erwidern. Warum meldete er sich nicht? War sie ihm gleichgültig? War ihre Liebe für ihn nur ein Abenteuer? Betrachtete er sie nur als Lückenbüßer?

An einer Stelle, wo der steile Weg eine leichte Biegung machte, schaltete sie in den zweiten Gang. Plötzlich gab das Getriebe ein krachendes Geräusch von sich. Obwohl Mirandolina den Fuß vom Gaspedal nahm, heulte der Motor auf. Der Wagen schoß unkontrolliert nach vorn. Verzweifelt stieg Mirandolina aufs Bremspedal, spürte aber keinen Widerstand. Das Pedal sackte bis zum Anschlag durch.

Der schwere Ford beschleunigte. Im Lichtkegel der Scheinwerfer tauchte die Hauswand am Ende des Weges auf. Hektisch versuchte Mirandolina, die Gänge herunterzuschalten. Doch der Schalthebel ließ sich nicht bewegen.

»Neiiiin!« schrie sie aus Leibeskräften und versuchte im letzten Moment, das Steuer herumzureißen. Vergeblich. Für den Bruchteil einer Sekunde sah sie die helle Hauswand auf sich zu rasen; dann vernahm sie ein ohrenbetäubendes Krachen und Klirren. Die Welt um sie herum versank in Finsternis und Stille.

Es war weit nach Mitternacht, als Sydow Brodka bei Signora Gracia in Ostia absetzte.

Brodka hatte Bedenken wegen seiner späten Rückkehr; außerdem waren er und Sydow nicht mehr ganz nüchtern, als sie vor dem Haus hielten.

»Was ist denn hier los?« sagte Brodka erschrocken. An der Straße parkte ein Wagen der Carabinieri. Die Fenster des Hauses waren hell erleuchtet.

Mit Tränen in den Augen kam ihnen die Signora entgegen.

»Was ist geschehen?« fragte Brodka.

Die alte Frau wandte sich ab. Sie konnte nicht sprechen, so aufgewühlt war sie.

Aus dem Hintergrund traten zwei Carabinieri. Der eine blätterte in seinen Unterlagen; dann schaute er Brodka prüfend an. »Haben Sie vor vier Tagen bei ›Avis‹ einen Leihwagen gemietet? Einen Ford Scorpio, Kennzeichen AX-509-EB?«

»Ja«, erwiderte Brodka ratlos.

»Comtessa Maffei hatte mit diesem Wagen einen Unfall. Sie ist tot. In welchem Verhältnis standen Sie zur Comtessa?«

Die Kälte, mit welcher der Carabiniere seiner Arbeit nachkam, wirkte auf Brodka paralysierend. Es dauerte eine ganze Weile, bis er die Worte des Mannes begriff.

»Mirandolina ... tot?« fragte er fassungslos. »Was ist passiert?«

»In welchem Verhältnis standen Sie zu der Comtessa?« wiederholte der Carabiniere.

»In welchem Verhältnis?« stammelte Brodka tonlos vor sich hin. »Wir ... wir waren gute Freunde, wenn Sie das meinen.«

»Das meine ich nicht, Signore. Ich frage: War die Comtessa Maffei berechtigt, das Leihfahrzeug zu fahren.«

Brodka nickte gedankenlos. Dann brauste er auf: »Ist das wirklich wichtig, jetzt, wo sie tot ist? Ich frage Sie!«

Der forsche Carabiniere zuckte zusammen.

Sydow legte Brodka die Hand auf die Schulter. Der sah ihn mit versteinerter Miene an. An den Carabiniere gewandt fragte er: »Wie konnte es dazu kommen? Wo ist es passiert?«

»Sie ist keine zweihundert Meter von ihrem Haus entfernt verunglückt. In Ihrem Mietwagen, Signore. Das Fahrzeug schoß bergab gegen eine Hauswand. Es gibt keine Bremsspuren, nichts. Man könnte beinahe meinen, es war Absicht.«

»Absicht? Sie meinen Selbstmord?«

Die Signora trat hinzu. Sie hatte das Wort Selbstmord vernommen und beschimpfte den Carabiniere, er solle sich mit seinen Äußerungen und Vermutungen zurückhalten. Mirandolina sei nicht der Mensch gewesen, dem man einen Selbstmord zutrauen könnte.

Brodka pflichtete ihr bei. »Keine Bremsspuren?« wiederholte er nachdenklich.

»Ich habe schon viele Unfälle aufgenommen, Signore, aber so etwas habe ich noch nicht gesehen.«

»Haben Sie schon einmal daran gedacht, daß ein Anschlag der Grund für den Unfall sein könnte?«

»Deshalb habe ich Sie nach Ihrem Verhältnis zur Comtessa gefragt, Signore. Am Wagen wurde manipuliert, so daß Getriebe und Bremsen versagt haben.«

»Sie glauben, ich ...?« rief Brodka aufbrausend. »Sie glauben ernsthaft, ich könnte ...?« Brodka rang nach Luft, und Sydow versuchte, ihn zu beruhigen. »Es war *mein* Leihwagen«, sagte Brodka schließlich, immer noch aufgebracht. »Glauben Sie ernsthaft, ich hätte mein eigenes Fahrzeug manipuliert?«

Der Carabiniere zeigte keine Reaktion. Dann meinte er: »Haben Sie Feinde, Signore Brodka?«

Es war eine schlichte Frage, die nach einer schlichten Antwort verlangte.

»Ja, ich habe Feinde«, sagte Brodka und blickte Sydow fragend an. »Nur ... ich kenne sie nicht.«

»Wie soll ich das verstehen?« fragte der Carabiniere.

Brodka ging schweigend in das Zimmer, das ihm die Signora zur Verfügung gestellt hatte. Als er zurückkehrte, hielt er das Zielfernrohr in der Hand, das Mirandolinas Hund im Weinberg aufgespürt hatte.

»Vorgestern hat man versucht, mich vor dem Haus der Comtessa zu erschießen. Aber der Heckenschütze ist geflohen und hat bei seiner Flucht dieses Zielfernrohr verloren.«

Der Beamte ließ es in einer Plastiktüte verschwinden. »Ich glaube«, sagte er, »Sie werden uns einiges erklären müssen. Halten Sie sich zu unserer Verfügung.«

Brodka und Sydow saßen die ganze Nacht mit Signora Gracia an einem runden Tisch; an Schlaf war nicht zu denken. Brodka machte sich bittere Vorwürfe, er trage die Schuld am Tod Mirandolinas, weil er sie in die Sache mit hineingezogen hatte. Außerdem hätte er wissen müssen, daß die Comtessa in Nemi nicht mehr sicher war, seit seine Feinde ihn dort aufgespürt hatten.

Doch mit dieser Schuld mußte er leben. Falls *er* mit dem Leben davonkam.

Auf dem Petersplatz drängten sich hunderttausend Menschen. Die warme Frühlingssonne tauchte den Platz in gleißendes Licht. Es herrschte eine feierlich-heitere Stimmung.

Der Tag des »Urbi et Orbi« war gekommen.

Auf Umwegen hatten Brodka und Sydow die Absperrungen umgangen. So gelangten sie in den vorderen Block, der in der Hauptsache für prominente Besucher reserviert war; von dort hatte man gute Sicht auf die Loggia.

Bis zuletzt hatten Brodka und Sydow darüber diskutiert, ob sie ihr Wissen der Polizei weitergeben sollten. Brodka war dafür, Sydow dagegen. Schließlich hatte Brodka nachgegeben, weil er Sydows Argument, man würde ihnen keinen Glauben schenken, nicht entkräften konnte. Was hatten sie schon in der Hand? Ein paar Mikrokassetten mit irrwitzigem Inhalt und die Aussagen von drei Männern, von denen einer tot war und die beiden anderen verdächtigt wurden, nicht mehr Herr ihrer Sinne zu sein.

Beifall brandete auf, als der Papst in Begleitung des Kardinalstaatssekretärs und des päpstlichen Kammerherrn auf die Loggia trat. Der Mann wirkte bleich und zerbrechlich, beinahe schüchtern.

Mehr als der Papst faszinierte Brodka die Erscheinung Smolenskis. Er war klein und gedrungen, und sein bleiches Gesicht wurde von schwarzen, buschigen Brauen beherrscht. Seine Mozzetta, der purpurne Umhang, stieß Brodka schon der Farbe wegen genauso ab wie dieser Mann.

Der Papst wirkte rührend, beinahe hilflos, als er in lateinischer Sprache den Segen erteilte. Brodka verfolgte jede seiner Bewegungen. Von nun an ließ er den alten Mann nicht mehr aus den Augen.

Deshalb entging ihm auch die Unruhe des Kardinals zu dessen Rechten. Smolenski musterte den Papst, der nun Osterwünsche in allen Sprachen in die Welt schickte, von der Seite. Dann schweifte sein Blick betont gleichgültig hinüber zu den Kolonnaden, dann wieder zum Papst und erneut zu dem Gerüst auf der Balustrade.

»Joyeuses Paques!« rief der Papst in französischer Sprache in das Mikrofon, das sich dicht vor seinem Mund befand.

Auf dem Platz erschallte verhaltener Beifall.

Brodka warf Sydow einen unsicheren Blick zu. Sollten sie sich getäuscht haben? Sollten sie sich etwas eingeredet haben, das nur in ihrer Phantasie existierte?

Warum stehe ich hier eigentlich, sagte Brodka zu sich selbst. Wenn er auf die vergangenen Monate zurückblickte, dann hatte er Teile eines Puzzles zusammengesetzt, nur das entscheidende Einzelstück, welches alles erklärte, fehlte.

Während Brodka darüber nachdachte, während er an sich selbst zweifelte, entging ihm, wie Smolenski unter seine purpurfarbene Mozzetta griff, als wollte er seine Kleidung zurechtrücken. Noch einmal schweifte der Blick des Kardinals vom Papst, der dicht neben ihm stand, zu dem Gerüst auf den Kolonnaden und wieder zurück.

»Frohe Ostern!« schallte die Stimme des Papstes über den Platz.

Ein zynisches Lächeln umspielte Smolenskis Lippen. Er fühlte den winzigen Sender in seiner Hand. Sein Daumen suchte nach dem Auslöser. Mit gespielter Frömmigkeit schloß Smolenski die Augen.

Der Schuß löste sich geräuschlos. Smolenski riß die Augen weit auf, verharrte eine Sekunde stocksteif und sackte lautlos in sich zusammen. Er war auf der Stelle tot.

Aus dem Hintergrund eilten zwei Diakone zu Hilfe. Sie trugen den Kardinalstaatssekretär ins Innere.

Für einen Augenblick machte sich auf dem Petersplatz Unruhe breit. Scheinbar unbeeindruckt fuhr der Papst mit seinem Segen fort.

»Was ist da geschehen?« raunte Sydow Brodka zu.

Brodka schüttelte den Kopf. Er stand da wie versteinert.

Auf der Loggia beendete der Papst die Zeremonie. Er winkte den Menschen zu und verschwand.

Da spürte Brodka, wie eine Hand die seine umfaßte. Brodka blickte sich um.

»Juliette!«

Die beiden schauten sich an. Dann fielen sie sich in die Arme.

In den 13-Uhr-Nachrichten verbreitete Radio Vatikan die Meldung, daß Kardinalstaatssekretär Smolenski während des Segens *Urbi et Orbi* vom Herztod ereilt worden sei. Den Papst habe der Vorfall zutiefst erschüttert.

Das Ereignis löste im Vatikan weniger Betroffenheit als eine unerklärliche Hektik aus. Von Feiertagsruhe konnte keine Rede sein.

In Smolenskis Schaltzentrale hatte Polnikov die Regie übernommen. Er verfolgte die Unruhe an den Bildschirmen mit wachsamen Blicken, und so wußte er auch, daß Kurienkardinal Sperling alias Belphegor sich auf dem Weg zu ihm befand.

Polnikov erwartete Sperling im Vorzimmer.

Der Kardinal schloß die Tür hinter sich, trat auf Polnikov zu und umarmte ihn.

»Sie haben gute Arbeit geleistet, Polnikov. Und es wird Ihr Schaden nicht sein!«

Polnikov sonnte sich in dem Kompliment. Und mit einem Blick auf die Bildschirme sagte er: »Was soll jetzt damit werden, Eminenza?«

Der Kardinal verschränkte die Arme über der Brust und musterte die Überwachungsanlage.

»Ich weiß nicht, ob eine solche Installation im Vatikan erforderlich ist«, meinte er.

Polnikov grinste verlegen. »Ich habe nur im Auftrag des Kardinalstaatssekretärs gehandelt. Kardinal Smolenski lebte in ständiger Angst, er könnte über irgendeinen Vorgang nicht Bescheid wissen. Für ihn gab es nur ein einziges Übel: die Unwissenheit. Wissen ist Macht, pflegte er zu sagen.«

»Damit hatte er gar nicht so unrecht. In seinem Wahn glaubte er sich wohl allwissend. Aber gerade das wurde ihm zum Verhängnis. Smolenski hatte keine Ahnung, daß er zum Schluß ganz allein dastand. Dabei glaubte er ernsthaft, er könnte Nachfolger des Papstes werden. Kompliment, Polnikov, Sie haben ihn in diesem Glauben bestärkt.«

»Wenn ich ehrlich sein darf«, antwortete der Sekretär, »manchmal war es nicht einfach, gegen meine eigene Überzeugung zu handeln. Und ich lebte in ständiger Angst, entdeckt zu werden. Denn Smolenski war nicht nur intelligent, er besaß bei aller Härte auch ein äußerst feines Gespür.«

Während Polnikov und der Kardinal auf den Bildschirmen die Gemächer des Papstes betrachteten, fragte der Sekretär: »Eminenza, woher stammte eigentlich der abgrundtiefe Haß Smolenskis gegen den Papst?«

Kardinal Sperling trat näher an Polnikov heran und sagte mit gedämpfter Stimme: »Dazu müssen Sie wissen, der Papst war einmal Smolenskis Sekretär, damals, als er noch schlicht Monsignore Manik hieß. Natürlich wollte Smolenski selbst Papst werden, aber er fand beim Konklave keine Mehrheit. Also schob er seinen ehemaligen Adlatus, inzwischen selbst Kardinal, vor, weil er wußte, daß er ihn erpressen konnte.«

»Erpressen?«

»Es gab da einmal eine Affäre zwischen dem späteren Papst und einer Frau, die nicht ohne Folgen blieb.«

»Mein Gott! Jetzt wird mir manches klar.«

»Das ist noch nicht alles. Smolenski versuchte damals, die Frau zu einer Abtreibung zu zwingen. Er konnte sich keinen Skandal leisten. Aber die Frau blieb hart. Der Papst hat Smolenski das nie verziehen. Er konnte jedoch nichts gegen ihn ausrichten. Dazu war Smolenski einfach zu mächtig. Als der Papst dann – mit meiner Hilfe – die Frau auf dem Campo Santo beisetzen ließ, hatte Smolenski das Gefühl, daß die Sache aus dem Ruder lief. Deshalb inszenierte er die Operation ›Urbi et Orbi‹, um seine letzte Chance zu wahren, vielleicht doch noch Papst zu werden.«

Polnikov überlegte. »Wußte der Papst eigentlich, daß er die Zielscheibe des Anschlags war?«

»Gewiß«, erwiderte Sperling. »Es hat ihn sehr verängstigt, obwohl ich ihm versichert habe, daß ihm nichts geschehen würde.«

»Und daß Smolenski sich selbst töten würde?«

»Davon hatte er keine Ahnung. Ich bin sicher, er hätte es nie zugelassen. Der Stellvertreter ist ein guter Mensch. Er glaubt auch jetzt nur die offizielle Version, Smolenski sei an einem Herzinfarkt gestorben. Würde ich ihm die Wahrheit sagen, ich bin sicher, er würde sie nicht glauben.«

Polnikov nickte heftig. »Ich habe selbst noch Schwierigkeiten, mich in der Realität zurechtzufinden. Der ständige Druck, die Angst, enttarnt zu werden – das alles lastete wie ein Felsblock auf mir. Aber gestatten Sie mir eine Frage, Eminenza. Nun, wo Kardinalstaatssekretär Smolenski nicht mehr unter uns weilt, was wird sich jetzt ändern?«

Der Kurienkardinal richtete den Blick zur Decke. Die Frage schien ihm sichtlich unangenehm. »Ach wissen Sie, Polnikov«, entgegnete er schließlich, »die Kirche ist zweitausend Jahre alt. Was hat sich in dieser Zeit schon geändert? Immer wieder gibt es einen Papst, der Reformen und Menschlichkeit verkündet, aber schon sein Nachfolger macht alle guten Absichten zunichte. Es ist, als läge ein Fluch über dem Papsttum.«

Kaum hatte Sperling geendet, da erschrak er über seine eigenen Worte.

Smolenskis Tod traf die Purpur-Mafia wie eine Bombe. Wie bei einer heftigen Explosion flogen die einzelnen Teile auseinander, und hätte ein Beobachter im Vatikan noch am selben Tag nach Spuren von dem ursprünglichen Gebilde der Verschwörung gesucht, er hätte nichts mehr gefunden. Irritiert gingen sich die ehemals Verbündeten aus dem Weg. Jeder mißtraute dem anderen. Sie ahnten, daß Smolenski keines natürlichen Todes gestorben war. Aber keiner wagte es, seine Vermutung zu äußern; denn damit hätte er sich selbst verraten.

Titus, soeben nach Rom zurückgekehrt, hatte den Ostersegen und dessen unvermuteten Ausgang im Fernseher einer Schwulenkneipe verfolgt. Nachdem er eine Zeitlang ziellos durch die Stadt gewandert war, führten ihn seine Schritte zu Anastasia Fasolino in das Haus in der Via Banco di Santo Spirito. Ihn hatte Smolenskis Tod am härtesten getroffen. Der Kardinalstaatssekretär hatte ihn zwar wie einen Hund behandelt, doch Titus war ein treuer Hund gewesen.

Er dachte, seine Tante würde ebenso wie er unter Smolenskis Tod leiden; aber er sah sich getäuscht. Schon beim Betreten des Hauses merkte Titus, daß irgend etwas nicht stimmte. Anastasia wirkte eher befreit als bedrückt.

»Da bist du ja endlich«, meinte sie mit spöttischem Unterton. »Ich dachte schon, du hättest dich endgültig aus dem Staub gemacht. Komm!«

Sie führte Titus in den Salon – was sie noch nie getan hatte – und forderte ihn auf, Platz zu nehmen.

Titus gehorchte. Er befand sich in einer Situation, in der er beinahe jedem Befehl nachkam.

»Es ist aus«, sagte sie, während Titus sie erwartungsvoll ansah.

Im selben Augenblick wurden die Türen zu beiden Seiten des Salons aufgerissen. Vier Carabinieri und ein Mann in Zivil traten in den Raum, und ehe er sich versah, klickten Handschellen um Titus' Handgelenke.

Der Kommissar zog eine Pistole aus Titus' Jackentasche und legte sie auf den Tisch: eine Walther PPK.

»Das war's dann wohl«, sagte er mit einem Anflug von Genugtuung.

Titus machte keine Anstalten, sich zu wehren oder zu protestieren. Er wirkte apathisch.

Der Kommissar fuhr fort: »Sind Sie Theodor Brandstetter, genannt Titus?«

Titus nickte stumm.

»Sie sind vorläufig festgenommen. Ihnen wird ein Mordversuch in München, Beihilfe zu einem Prostituiertenmord in Wien, Verbreitung von Falschgeld in Rom und der Mord an der Comtessa Maffei in Nemi zur Last gelegt. Kommen Sie mit.«

Als zwei der Polizisten ihn hochzerrten, um ihn abzuführen, hörte Titus noch, wie der Kommissar zu Anastasia sagte: »Ich habe Ihnen zu danken, Signora Fasolino.«

Titus warf Anastasia einen verächtlichen Blick zu. Er hatte diese Frau immer gehaßt. Er räusperte sich und spuckte vor ihr auf den Boden. Dann wandte er sich dem Ausgang zu.

Im Augenblick wußte Brodka den unerwarteten Tod Smolenskis nicht zu deuten. Aber die Tatsache, daß der Papst *Urbi et Orbi* überlebt hatte, während Smolenski zur selben Zeit vom Tod ereilt wurde, stimmte ihn nachdenklich. Smolenskis Tod bewirkte bei Brodka noch etwas anderes: Zum erstenmal seit langer Zeit hatte er nicht mehr das Gefühl, von allen Seiten bedrängt und beobachtet zu werden, und so scheute er sich auch nicht, mit Juliette im Hotel Excelsior ein Zimmer zu nehmen.

Auf Juliette machte Brodka dennoch keinen wirklich befreiten Eindruck. Sie schrieb es ihrem eigenen Verhalten zu, auch wenn sie Brodka erklärte, daß mit Claudio endgültig Schluß sei. Brodka erzählte ihr vom Tod der Comtessa und daß sie in seinem Leihwagen umgekommen sei; er verschwieg ihr auch nicht, was zuvor zwischen ihm und Mirandolina gewesen war. Die Zeit der Geheimniskrämerei mußte endlich ein Ende haben.

»Was soll nun aus uns werden?« erkundigte sich Juliette, nachdem sie ihr komfortables Zimmer mit Blick auf die Via Veneto bezogen hatten.

Brodka nahm Juliettes Hände zwischen die seinen. Er schaute ihr in die Augen und sagte: »Vor allem sollten wir uns jetzt keine gegenseitigen Vorwürfe machen. Es ist einfach zuviel auf uns eingestürzt.«

Juliette schüttelte den Kopf. »Ich habe mich kindisch benommen. Verzeih mir.«

Zum Zeichen, sie solle schweigen, legte Brodka seinen Zeigefinger auf Juliettes Lippen. »Hör auf, dich zu entschuldigen. Ich selbst müßte dich genauso um Verzeihung bitten. Vielleicht war es eine Erfahrung, die wir beide machen mußten. Und Erfahrungen machen bekanntlich klüger.«

»Wir könnten einfach dort anfangen, wo wir aufgehört haben«, meinte sie. »Du erinnerst dich?«

»Ja«, erwiderte Brodka. »Wir sollten einen Tag alles um uns herum vergessen und so leben, wie wir gelebt haben, bevor das alles begann.«

»Wollen wir?« Juliette blickte herausfordernd.

»Ja«, antwortete Brodka. »Denn ich liebe dich noch immer.«

Das Telefon klingelte.

Brodka nahm ab. Sydow war am Apparat.

»Ich bin in der Hotelhalle. Können Sie herunterkommen? Ich habe eine Überraschung für Sie.«

Brodka warf Juliette einen raschen Blick zu. »Komm mit«, sagte er.

In der Hotelhalle wartete Sydow in Begleitung von Maria Bonetti. Sie war klein und hatte dunkle gekräuselte Haare, so wie Sydow sie beschrieben hatte.

Die junge Frau zog ein Foto aus der Tasche. Wortlos reichte sie es Brodka.

Der warf einen Blick darauf, schüttelte fassungslos den Kopf und gabe es an Juliette weiter.

»Ist das die ominöse Fotografie?« fragte sie.

Brodka nickte. »Das gleiche Bild wie im Tresor meiner Mutter und das gleiche Bild, das ich von Keller in Zürich erhalten habe.« Und an Maria Bonetti gewandt: »Wie kommen Sie ausgerechnet an dieses Foto? Ich meine, Ihr Vater hat doch Tausende von ähnlichen Bildern geschossen.«

Maria Bonetti wurde verlegen. »Mein Vater gab es mir eines Tages mit der Bemerkung, ich könnte es irgendwann vielleicht zu Geld machen.«

Brodka blickte irritiert. »Zu Geld machen?«

»Ja«, erwiderte die junge Frau. »Das Foto ist nämlich ein Knüller.«

»Ich verstehe nicht«, warf Brodka ein. »Was ist denn so Besonderes an diesem Bild?«

»Der Mann an der Seite Ihrer Mutter«, antwortete Maria Bonetti.

»Sie kennen ihn?«

»Jeder kennt ihn. Sehen Sie sich doch das Bild einmal genauer an.«

Juliette reichte Brodka die Fotografie zurück. »Keine Ahnung, wer das sein könnte.«

»Es ist Alexander Manik. Jedenfalls trug er noch diesen Namen, als das Foto geschossen wurde. Heute ist er der Papst.«

Juliette ergriff Brodkas Hand. Der stand wie versteinert. Mühsam versuchte er den Wirrwarr seiner Gedanken zu ordnen. Vieles, das bisher keinen Sinn ergab, wurde mit einem Mal verständlich. Gleichzeitig kam ihm ein beinahe unfaßbarer Gedanke.

»Ich glaube, wir sollten Brodka jetzt allein lassen«, meinte Juliette, an Sydow und Maria Bonetti gewandt.

Die beiden fanden die Aufforderung nur zu verständlich, und Juliette begleitete sie hinaus.

Brodka blieb noch einen Augenblick verloren in der Hotelhalle stehen, als ein Mann auf ihn zutrat. Er trug einen schlichten dunklen Anzug; nichts deutete darauf hin, wer er war und woher er kam.

»Signore Brodka? Alexander Brodka?«

»Ja, der bin ich.«

»Eine Botschaft für Sie.«

Er reichte ihm einen schlichten weißen Umschlag. Brodka drehte ihn verwundert in den Fingern. Als er das blindgeprägte Wappen auf der Rückseite sah, erstarrte er.

In dem Umschlag war ein einzelnes, gefaltete Blatt aus feinstem Büttenpapier. Darauf in einer fein geschwungenen, etwas zittrigen Handschrift die Worte:

›Campo Santo. C. B. 18 Uhr.‹

Brodka hob den Blick, aber der unbekannte Bote war bereits verschwunden.

Er trat aus der Hotelhalle auf die Straße hinaus. Auf der Via Veneto herrschte Feiertagsstimmung. Die Straßencafés waren voll besetzt. Die ersten Lichter flammten auf.

Wie in Trance stieg er in ein Taxi.

»Città del Vaticano«, sagte er. Zum Vatikan.

Brodka suchte den Weg zum Campo Santo, wo um diese Zeit friedliche Stille herrschte. Hier und da gingen noch Pilger über den Platz, einzeln oder in Gruppen. Nichts Ungewöhnliches war zu sehen, bis er den Eingang zum Vatikangelände links neben der mächtigen Fassade von St. Peter erreichte.

Gewöhnlich hielten hier zwei Schweizergardisten Wache, die jeden bereitwillig durchließen, der sich als Deutscher zu erkennen gab. Jetzt war der Campo Santo abgesperrt durch einen Kordon von Wachen in Blau und Gelb. Stumm wies Brodka das

Schreiben vor, das er erhalten hatte. Ebenso stumm ließ man ihn passieren.

Er sah den weißgekleideten Mann sofort, als er das Tor zum Campo Santo durchschritt, und er zweifelte nicht, daß *er* es war. Trotzdem ging er festen Schrittes auf sein Ziel zu. Vor dem Grab blieb er neben dem alten Mann stehen.

Sie würdigten sich keines Blickes.

»Ich bin Alexander Brodka«, sagte er, ohne den Blick von dem Grab zu wenden.

»Ich weiß.« Der Mann im weißen Talar blieb unbewegt.

Nach einer Weile beiderseitigen Schweigens unterbrach Brodka die unheimliche Stille. »Warum haben Sie das getan?«

»Aus Liebe zu dieser Frau.«

»Und warum haben Sie mit der Beisetzung soviel Verwirrung gestiftet?«

»Mir blieb keine andere Wahl. Sollte bekannt werden, daß ich Claire Brodka über den Tod hinaus liebe?«

»Dann waren die Blumen auf dem leeren Grab in München von Ihnen?«

»Gewiß.«

»Und welche Rolle spielte Kardinal Smolenski in der Angelegenheit?« wollte Brodka wissen.

Der andere blickte noch immer starr auf das Grab. »Er hat sich um deine Mutter gekümmert. Aber er hat zur Bedingung gemacht, daß man dich in ein Klosterinternat steckte und daß sie sich von dir fernhielt. Hinter Klostermauern wollte er dich unter Kontrolle haben – und damit auch mich.«

Der Mann in Purpur! Mit einem Mal war die Erinnerung wieder da: Der kleinwüchsige Mann, der einem Jungen von neun Jahren wie ein Riese erschien. Er hatte seinen Haß auf die Farbe Purpur ausgelöst. Smolenski, der Kardinal des Teufels.

In Brodka kochte Zorn hoch; jener unerklärliche Zorn, der

ihn so oft übermannt hatte, jetzt fand er ein Ziel: »Und du hast das alles gewußt und nichts dagegen getan?«

Der Mann in Weiß wandte sich wieder dem Grab zu. Hilflos hob er die Schultern. »Was hätte ich tun sollen? Ich bin der Papst. Was würde mit der Kirche geschehen, wenn bekannt würde, daß ich auch nur ein Mann bin, mit allen Schwächen eines gewöhnlichen Menschen?«

Da kehrte Brodka dem alten Mann den Rücken. Er hörte gerade noch, wie dieser sagte: »Und noch etwas. Wir haben uns nie gesehen, mein Sohn.«

»Der unbestrittene Meister des Thrillers heißt Ridley Pearson.«

WASHINGTON TIMES

Das Leben eines Polizisten hat seine Schattenseiten. Dies muss auch Lou Boldt von der Polizei aus Seattle erfahren: Seine Kollegen befinden sich im Streik, während Lou mit einer Serie von bewaffneten Überfällen und einem brutalen Mordversuch an einer Polizistin konfrontiert wird. Die Spur führt nach Denver, und Lou muss erkennen, dass die Überfälle, der Mordversuch und der Polizistenstreik auf irgendeine Weise miteinander verwoben sind. Als Lou sich weigert, die Untersuchung abzubrechen, gerät er in tödliche Gefahr.

ISBN 3-404-14776-6

BASTEI LÜBBE

»Ein grandioser Thriller, der dem Leser den Atem raubt.« DAILY TELEGRAPH

In Miami Beach werden die entstellten Leichen der Eheleute Robbins aufgefunden, die mit einem Skalpell ermordet wurden. Zwischen den Toten liegt die blutüberströmte Tochter Cathy, die seltsamerweise unverletzt blieb. Detective Sam Becket und die Kinderpsychologin Grace Lucca übernehmen den Fall und stoßen bald auf schier unlösbare Rätsel um das Mädchen und die Umstände des Todes der Robbins. Denn die junge Cathy kann sich weder an die Tat erinnern noch daran, wie sie zu ihren getöteten Eltern ins Zimmer geraten ist ...

ISBN 3-404-14744-8

BASTEI LÜBBE